ro
ro
ro

ro
ro
ro

Eva Sichelschmidt wuchs am grünen Rand des Ruhrgebiets auf. 1989 zog sie nach Berlin, wo sie als Kostümbildnerin für Film und Oper arbeitete und erst ein Maßatelier für Abendmode, dann das Geschäft «Whisky & Cigars» eröffnete. 2017 erschien ihr erster Roman, «Die Ruhe weg». «Bis wieder einer weint» war für den Deutschen Buchpreis 2020 nominiert. Die Autorin lebt in Rom und Berlin.

«Die subtile Erzählkunst dieses Romans besteht darin, dass Eva Sichelschmidt auch hier, als längst alle Alarmglocken schrillen, nicht abweicht von der Perspektive ihrer naiven Protagonistin.» *Süddeutsche Zeitung*

«Eva Sichelschmidt beschreibt mit gekonnten Zeitsprüngen den Aufstieg und Fall einer westdeutschen Familie in der Nachkriegszeit. Sie zeichnet voller Freude am Detail Lebenswelten, die uns prägten. Der Kern ihres Buches aber ist das Schicksal eines Mannes, der trotz Erfolg nicht das Leben führen durfte, das er ersehnte, und für dessen Unglück alle bezahlen müssen.» *Brigitte*

«Wie Eva Sichelschmidt am Ende Tabula rasa macht, ist bemerkenswert und von großer literarischer Kraft.» *Deutschlandfunk*

Eva Sichelschmidt

BIS WIEDER EINER WEINT

Roman

ROWOHLT TASCHENBUCH VERLAG

Veröffentlicht im Rowohlt Taschenbuch Verlag, Hamburg, Februar 2021

Die Zeilen von Gottfried Benn auf Seite 7 sind zitiert nach Gottfried Benn, Keiner weine, aus: Sämtliche Gedichte, Stuttgart 2019
Covergestaltung any.way, Hamburg,
nach einem Entwurf von Anzinger und Rasp, München
Coverabbildung privat
Satz DTL Documenta
Gesamtherstellung CPI books GmbH, Leck, Germany
ISBN 978-3-499-29183-8

Die Rowohlt Verlage haben sich zu einer nachhaltigen Buchproduktion verpflichtet. Gemeinsam mit unseren Partnern und Lieferanten setzen wir uns für eine klimaneutrale Buchproduktion ein, die den Erwerb von Klimazertifikaten zur Kompensation des CO_2-Ausstoßes einschließt.
www.klimaneutralerverlag.de

Für Marlene, Vera und Ellen

keiner weine,
keiner sage: ich so allein.

GOTTFRIED BENN

TEIL I

Erste Bilder

Kein Mensch kann sich daran erinnern, was vor seinem dritten Geburtstag geschehen ist, sagt meine Großmutter. «Das kennst du alles nur von den Fotografien.»

Stimmt, was war das Erinnern vor der Erfindung der Fotografie? Und welche Rolle spielt daneben die Einbildung?

Meine Erinnerung hat ihren Ursprung möglicherweise in den Schubladen des Wellenschranks der Großmutter. Er steht im Wohnzimmer und ist angefüllt mit seidenbezogenen Alben, in denen durchscheinende Pergamentblätter mit Spinnwebmustern Dekaden von Schwarzweißbildern trennen. Man sieht den Großvater, akkurat gescheitelt, den frischen Schmiss auf der Backe, mit seinem jungen Bruder beim Dämmerschoppen am Deutschen Eck und die Großmutter vor einer Kirche in Köln, gertenschlank in einem engen Brautkleid mit wehendem Schleier. Nie wieder wird sie diese Bilder anschauen. Wann mag sie sie zuletzt betrachtet haben? «Ach, lass doch die alten Kamellen.»

Die Erinnerung an die überwundenen Schicksalsschläge schmerzt, aber noch mehr schmerzt das Betrachten der Aufnahmen aus den schönen Zeiten. Aufnahmen sagt die Großmutter zu Fotografien, Wagen zu Auto und Apfelsinen zu Orangen.

In den geblümten Fotoalben der dreißiger Jahre findet sich eine Menge fröhlicher, teilweise stark behaarter Nackedeis am Strand von Juist. «Kinder, streckt doch mal die Arme in die Lüfte», werden die Damen aufgefordert. «Das hebt enorm.»

In den Sechzigern wurden die Pferde porträtiert, zusammen mit meiner Mutter, links und rechts je ein Tier am Halfter. Irgendwer hat sie auch hoch zu Ross geknipst, Inga mit dem entschlossenen Blick, den Po im Galopp aus dem Sattel gehoben. Später, als frischgebackene Mama, hält sie dem Fotografen den Säugling wie einen Reiterpokal entgegen.

Mal schmust sie mit einem Pudel auf dem Arm, dann wieder streichelt sie einen Dackel auf ihrem Schoß. Und immer strahlt sie ihr Zahnpastalächeln – zwei Reihen, gleichmäßig wie japanische Zuchtperlen. Auf den Abzügen mit dem welligen weißen Rand aus der Nachkriegszeit sieht man sie als Kommunionkind im Spitzenkleid, das ihre Großmutter aus der Gardine genäht hatte – ein Mädchen mit noch windschiefen Zähnen. Eines der ersten Fotos zeigt sie als wildgelocktes, nacktes Baby mit Grübchen, auf dem obligatorischen Schaffell.

Auf einem Foto schaut mein Vater im Karo-Sakko verwegen über das Lenkrad seines Cabrios. Man könnte ihn für einen Schauspieler in einem James-Bond-Streifen halten, Curd Jürgens an seiner Seite. Der Fotograf hat sein strenges Profil, den festen Blick und die Geheimratsecken gut getroffen. Im weißen Rollkragenpullover wirkt er, als habe er die Berliner Philharmoniker dirigiert.

Auf dem Grund der Schubladen liegen achtlos angehäuft Bilder von entfernten Verwandten und fast vergessenen Bekannten, kreuz und quer über Ansichten von Einfamilienhäusern, Reithallen, kalten Buffets, Rassehunden, Gartenlandschaften und Weihnachtsbäumen hinter überquellenden Gabentischen. Eines haben all die Fotos gemeinsam, aus so unterschiedlichen Jahrzehnten sie auch sind: Es bleiben Bilder einer formstrengen Zeit. Alles scheint akribisch inszeniert, stark auf Außenwirkung getrimmt.

Von mir gibt es nur ein paar senffarbene, verwackelte Farbbilder. Diese rauen, körnigen Abzüge, die mit der Zeit immer mehr an Kontur und Kontrast verlieren, könnten tatsächlich meine heimliche Erinnerungsstütze sein. Viele sind es nicht. Ein paar zeigen einen pausbäckigen Säugling auf der Wickelkommode und im Hochstühlchen, andere das nachdenklich dreinblickende, rothaarige Kindergartenkind. Vom Tag meiner Einschulung ist nur ein einziges Bild erhalten. Ich lehne mit einer Schultüte vor der Beifahrertür des dunkelblauen Mercedes meines Vaters und schaue voll hellsichtiger Skepsis in die Kamera. Danach haben die Fotografen es aufgegeben. Die Pubertät war kein abbildungswürdiger Zustand.

Die Bilder aus den Siebzigern stecken in zerfledderten Papieretuis, in deren schmaler Innentasche die braunen Negativstreifen zusammenpappen. Wie oft habe ich mir diese Fotos angeschaut? Unzählige Male, immer auf der Suche nach der Geschichte einer Familie, in der über die Vergangenheit nicht gesprochen wurde.

Am 29. Juni 1971 hat niemand fotografiert. Keiner der Familienangehörigen, auch keiner der sonstigen im Haus der Großeltern Anwesenden will sich an dieses Datum erinnern, und doch wird es keiner vergessen. Ich habe von diesem Tag Erinnerungsausschnitte im Kopf, seltsame Bilderschnipsel, aber auch Bewegtbilder, die bestimmt nicht aus der Fotokiste stammen.

Da taucht eine geblümte Vase auf, in der ein starrer Strauß von rosa Nelken steckt. Die Vase steht auf einem über Eck gelegten Deckchen, das wiederum auf dem Fernsehapparat liegt, der seinerseits auf einem gewaltigen zylindrischen Ständer thront. Ich befinde mich direkt vor diesem monströsen Gerät, in einem roten Plastikställchen, in dem mich keine Reihe von Gitterstäben, sondern ein grobmaschiges Synthetiknetz von der Außenwelt abgrenzt. An den diagonal verzwirnten Nylonschnüren kann man sich besser hochziehen als an glatten Holzstäben, und so geschieht es, dass ich einigermaßen wacklig auf die kurzen Beine komme und einen Arm in Richtung der bestickten Tischdecke ausstrecke. Meine darauffolgende Erinnerung ist nur mehr Blumenwasser. Ich sitze in einer Pfütze. Um mich herum liegen die Stängel wie Mikadostäbe, und ich blicke durch das Netz des Ställchens auf die Auslegware im Wohnzimmer meiner Großeltern.

Ziemlich lange sitze ich so, die Stoffwindel wird immer schwerer, und mein Po wird kalt. Ich spiele mit den Nelkenstielen und stecke eine der Blüten in den Mund. Die Blumen schmecken und riechen grün metallisch.

Nicht auszuschließen, dass ich, bis ich ein Teenager war, nie wieder so lange unbeaufsichtigt geblieben bin. Dabei bin ich nicht allein im Zimmer. Fremde Menschen gehen zwischen der Wohnstube und dem Esszimmer auf und ab, leise Gespräche sind von der Sitzgruppe her zu hören. In das Gemurmel mischt sich Schniefen und leises Gewimmer. Jemand hat einen Blechkuchen mitgebracht und Schnittchen mit gekochtem Schinken und Ei. Die Platten mit der Petersiliendekoration werden herumgereicht, aber niemand greift zu. Eine allgemeine Lähmung liegt in der Luft. Sie versetzt diejenigen, die nicht ohnehin mit Trauer und Verzweiflung angefüllt sind, in einen entleerten Zustand, in eine bleierne, kaum zu ertragende Schwermut.

«Und, was unternehmen wir jetzt?», fragt Asta, meine Schwester, in die dumpfe Stimmung hinein. Das Gemurmel der Anwesenden verstummt schlagartig, und die Erwachsenen blicken das sechsjährige Mädchen an. Die Großmutter springt von ihrem Stuhl auf und stürmt laut schluchzend aus dem Zimmer.

Was ist nur los mit ihrer Enkeltochter? Wie kann sie so gefühllos sein, eine solche Frage zu stellen? Und warum hat sie den ganzen Tag noch keine einzige Träne vergossen? Aber wen wundert's? Immer schon hat sie sich gegenüber ihrer Mutter so distanziert verhalten, und nicht selten war sie unerträglich frech gewesen.

Die Großmutter wird ihrer Enkelin diesen Satz jahrelang nachtragen. Und Asta bekommt auf die Frage nach dem weiteren Verlauf des Tages natürlich keine Antwort. Sie wird demonstrativ mit Missachtung gestraft.

Der füllige Nachbar raucht eine Zigarre, die aussieht wie ein kleiner brauner Zeppelin. Die Freundinnen der Großmutter sitzen auf dem Sofa und paffen Zigaretten mit goldenen Filtern. In der Luft stehen verschiedenfarbige Tabakwolken. Tante Uta öffnet die Tür zum Balkon. Durchzug entsteht. Die Wohnzimmertür schlägt krachend zu. Der Großvater ruft: «Nun passt doch mal auf! Gleich zerspringt noch das Glas in den Türen.» Aufpassen? Jemand ist alarmiert. Tante Uta eilt zum Ställchen. Sie hebt mich auf und drückt mich fest an ihre Brust. Ihr Gesicht ist rosig verquollen, und ihr Herz pocht so laut, dass ich den Herzschlag deutlicher hören kann als alle anderen Geräusche um mich herum. Meine Tante trägt eine Kette mit einem herzförmigen Anhänger aus kleinen Granatsteinen. Als ich ihn in den Mund nehme, kitzelt mich die kantige Fassung der Steine am Gaumen.

Kann ich mich wirklich so genau an diesen Tag erinnern?

«Das Ganze bildest du dir nur ein», sagt die Großmutter. «Das reimst du dir alles bloß zusammen», sagt sie. «Du hast eine blühende Phantasie.» Was nicht als Kompliment gemeint ist.

Sie hat recht, wie immer. Denn am Tag der Beerdigung meiner Mutter bin ich keine zehn Monate alt.

1

Der Sand in der Reithalle staubt, es ist heiß und die Luft stickig. Der Rappe trabt, die junge Frau wirkt konzentriert, der Reitlehrer lehnt an der Bande der Halle und brüllt Kommandos. Durch die ganze Bahn Wechseln im Galopp, Schenkelweichen, Rückwärtssetzen, Durchparieren in den Stand, Scheh-ritt!

Es riecht nach Pferdeschweiß, Sattelfett und nach den Zigarillos des Reitlehrers. Inga stehen kleine Schweißtropfen auf der Oberlippe. Das Pferd soll am Zügel gehen, den Kopf an die Brust nehmen, doch es reckt ständig den Hals, als wäre es eine Giraffe in der Savanne auf der Suche nach frischem Blattgrün. Herr Lüttmann war heute fast die ganze Reitstunde über unzufrieden mit seiner Schülerin. «Absatz runter, Kinn hoch, Zügel nachfassen, Bauch rein, Brust raus, Knie ran, umsitzen, aussitzen. Treib mit dem Hintern und hör auf, dich im Spiegel zu bewundern.» Warum nur müssen Reitlehrer immer wie Offiziere auf dem Kasernenhof brüllen? Ein paarmal hat Inga mit den Tränen gekämpft. Nicht weil ihr die Schreierei des Lehrers so zugesetzt hätte, sondern vor Wut. Warum macht der Gaul nicht, was sie ihm durch Schenkelweichen und andere Kommandos zu verstehen gibt? Als die Reitstunde nach fünfundvierzig Minuten, die ihr wie Stunden vorgekommen sind, ein Ende findet und Inga vom Sattel gleitet, sieht sie ihn. Er hat hinter einem Pfeiler gestanden und sie heimlich bestaunt. Nicht ihre Reitkünste, mit denen ist nicht viel los. Sie lacht, schüttelt ihren Bubikopf und läuft übermütig auf ihn zu.

Strubbel nennt er sie – ein merkwürdiger Kosename für eine junge Frau, die so sehr auf ihr Äußeres bedacht ist wie Inga. Doch wenn sie reitet, stehen ihre blonden Locken in kürzester Zeit in alle Himmelsrichtungen ab, und etwas verwegen Unternehmungslustiges umgibt sie.

Er küsst ihr den Schweiß von den Lippen, nimmt sie in den Arm, und im Gleichschritt geht es durch das hohe Tor der Reithalle. Sie steuern den Gasthof an. Der Knecht in dem dreckigen Arbeiterkittel, der den ganzen Tag Unverständliches in sich hineinmurmelt, hält für einen Moment an der Bande des Parcours inne, stützt sich auf den breiten Besen und schaut den beiden versonnen nach. Was für ein Paar!

Die Kneipe auf Brinkmanns Hof ist jeden Nachmittag ab fünf gerappelt voll. Reiter nehmen, am Tresen stehend, ihr Feierabendbier zu sich, gerne auch mit einem Korn. «Machst du mir noch ein Gedeck, Hanni?» Die Arbeiter und Angestellten aus den großen Firmen der Umgebung sitzen an den klobigen Eichentischen, schweigen müde oder kloppen Skat.

Der Hof ist seit drei Generationen in Familienbesitz. Lange war das eine der typischen Bauernklitschen der Gegend, mit einem Misthaufen hinter der windschiefen Scheune. Doch dann baute Bauer Brinkmann ihn von seiner Kriegsversehrtenrente zum schmucken Gutshof um – im bergischen Stil, mit Schieferfassade und grünen Fensterläden. Als nach dem Krieg die Landstraße vor dem Heuschober zur zweispurigen Fernstraße ausgebaut wurde, erkannte Brinkmann die Zeichen der Zeit und tauschte einen Gutteil der Schweine gegen Pferde. Die riechen besser, leben länger, und der Reitbetrieb bringt ein Vielfaches ein von dem, was mit Leberwurst je zu verdienen gewesen war.

Jetzt, in den sechziger Jahren, hat sich der geschäftstüchtige Bauer eine große, chromglänzende Gastronomieküche gegönnt. An den Bauernhof grenzt nun, hinter der Küche, der Hühnerstall an und weiter hinten die Reithalle. Alles geht ineinander über, ein wildes Sammelsurium verschiedener Baustile und Materialien. Brinkmanns Hof wächst wie die Wirtschaft in dieser Gegend, heils- und glücksversprechend.

In der chromglänzenden Küche schuftet am Vormittag Hanni, die strenggläubige Bauersfrau. Um fünf Uhr ist sie aufgestanden, nachmittags hat sie das Bier im Reiterstübchen gezapft, und abends bedient sie die Gäste im Restaurant. Jeden Morgen füttert sie vor Sonnenaufgang die Tiere, schickt ihre vier Kinder pünktlich zur Schule und macht nach dem Frühstück die fünfzehn Betten für die Pensionsgäste. Auch am Sonntag. Niemand weiß, warum Bauer Brinkmann dennoch im Suff hin und wieder die Hand ausrutscht.

Hanni trägt ihre Veilchen mit Würde, soweit das möglich ist. So ein blaues Auge, das ist Privatsache, darum kümmert man sich nicht. «Das ist dem Bauer sein Bier», wird höchstens mal hinterm vorgehaltenen Skatblatt genuschelt. Und doch gibt es eine gesunde Gemeinschaft. Seit Jahren, seit Generationen schon versammelt man sich sonntags auf den immer gleichen Plätzen im Gemeindesaal zum Gebet. Nur einmischen mag man sich nicht. Auch der unzeitgemäße Spruch «Meine Ehre heißt Treue», der über dem Eingang zur Brinkmann'schen Wohnstube prangt, wird allgemein übersehen. Der alte Bauer war seinerzeit ein Hundertfünfzigprozentiger. In seiner Wohnstube sollen gekreuzte SS-Dolche über dem Sofa hängen, ein Kauz eben, aber zuverlässig ist er, und gute Preise macht er für seinen Hafer, und auch das Zigeunerschnitzel ist erschwinglich, da kann man nicht meckern.

Als Inga und Wilhelm die Kneipe betreten, ist nur noch ein Stehplatz an Hannis Tresen frei. Männer mit zerfurchten, braunen Gesichtern, mit Halbglatze oder Pomadentolle rauchen schweigend Roth-Händle oder reden über Politik. In einer Ecke döst ein Arbeiter im Blaumann, das Kinn auf der Brust. Einige tragen ihre stattlichen Bäuche wie pralle Medizinbälle über dem auf halb acht gerutschten Hosenbund. «Der is mein Kapital, der war nich billig», sagen sie und klopfen sich auf die Wamme. «Hab ich mir hart erarbeitet.» Die jungen Reiter in ihren engen Hosen lachen über die alten Witze, die sich hier schon seit Jahren in immer ähnlicher Reihenfolge erzählt werden.

Während Inga und Wilhelm sich ihren Weg durchs Lokal bahnen, wird es stiller im Schankraum. Wilhelm ist schon Mitte dreißig, aber keiner sieht so *schmuck* aus wie er und hat auch nur annähernd so viel *Moos*, wie man hier sagt. Und die Olle daheim ist bei den meisten keinen Tag jünger als sie selber. Aber selbst wenn die Angetraute ebenfalls Anfang zwanzig wäre, es würde ihr im Schatten Ingas nichts helfen. Das Leben kann schon ungerecht sein. Warum sind Schönheit und Geld nur immer so ungleich verteilt? «Wo viel is, kommt noch mehr hin», sagen sie hier schulterzuckend. Neid ist das Problem der sturen Westfalen nicht. «Das sieht man doch gern, so ein junges Glück. Wie schnell kann alles vorbei sein.» Außerdem arbeitet die Mehrzahl der Anwesenden in der Rautenberg'schen Fabrik. Wes Brot ich ess, des Lied ich sing.

Wilhelm bestellt einen Schoppen Mosel für Inga, und

Hanni zapft ihm unaufgefordert noch ein kleines Wicküler. Dann macht sie einen Strich auf seinen Bierdeckel, an dessen Rand sich bereits eine ganze Reihe kleiner Kugelschreibermarkierungen angesammelt hat.

Wilhelm hat zuvor schon bei Hanni auf Inga gewartet. Er reitet natürlich nicht bei Brinkmanns. Er hat seine Pferde in der nächsten Ortschaft stehen, in einem Privatstall. Brinkmanns Hof ist nichts für ihn, da ist ihm zu viel Trubel. Das Reiten ist ja schließlich nicht sein Hobby. Er hat Großes vor, mit seinen Pferden und auch mit sich. «Die Reiterei ist meine Bestimmung», sagt er.

Der Krieg war schon fast vorbei, als Wilhelm, gerade mal siebzehn, als Flakhelfer auf den letzten Drücker in britische Gefangenschaft geraten war. Unweit des Elternhauses, nur ein paar Kilometer Luftlinie entfernt, hatten ihn die Briten in einem Lager beinahe verhungern lassen. Aber nach einigen Wochen war es ihm gelungen, sich zu befreien. Mit bloßen Händen hatte er sich in einer mondlosen Nacht unter dem Zaun hindurchgebuddelt, als die Wachposten nach einer Schnapslieferung in seligem Tiefschlaf lagen. Der Tagelöhner in der nächstgelegenen Hütte hatte ihm eine graue Arbeitskluft geschenkt. In der lief Wilhelm geduckt im Dunkeln über Wiesen und Weiden zu seinem Elternhaus zurück.

Mehr Glück als Verstand habe er gehabt, sagt man in der Familie. Was mit siebzehn kein Wunder ist. Seine Flucht aber schon. Einem seiner Mitschüler war es schlechter ergangen. Fritz, ein paar Wochen jünger als Wilhelm, wurde mit Typhus aus dem Lager getragen, die Füße voran.

Nur gut, dass Wilhelm nicht der Größte ist. Er passt in den heimischen Wäscheschrank, wo ihn die Mutter noch eine Weile versteckt hält, bis der Krieg vorbei ist. Klein und abgemagert beginnt er bald darauf seine Reiterkarriere als Jockey auf der Dortmunder Trabrennbahn. Dort findet er Freunde, drahtige Kerle in bunten Jacken, die sein Leben prägen werden. Zu seinem Lebensinhalt, den Pferden, ist Wilhelm somit auch durch die Kriegsgefangenschaft gekommen. Doch daran, dass alles für etwas gut ist, glaubt er nicht. Einen Knall, einen Knacks hat er im Lager bekommen und dann noch einmal einen auf der Rennbahn. Seitdem ist sein Leben irgendwie verdreht, verwirrt. Inga soll es jetzt entknoten. Er hofft, dass ihr gelingt, was er selbst nicht vermag.

Klein kommt Inga ihr Zukünftiger gar nicht vor. Er hält sich stets baumgerade, wie es sich für einen Dressurreiter gehört. Ihn, den Jungen vom Lande, umgibt, neben einem feinen Aftershave, der unwiderstehliche Geruch frischen Geldes. Inga verfügt dafür über angeborene Grandezza. Letzten Sommer hat sie in Bad Arolsen den ersten Platz bei der Wahl der «Miss der schönsten Beine» belegt und als Preis acht Paar Feinstrumpfhosen der Marke Triumph nahtlos mit nach Hause genommen. Doch nicht nur ihr Liebreiz, neuerdings Charme genannt, ist es, was Wilhelm begeistert. Ingas Eltern kommen aus Köln und nicht wie seine Mutter aus Ostpreußen. Ihr Vater hat studiert. Sie stammt aus einem Arzthaushalt, in dem man klassische Musik hört und nicht bloß den Wetterbericht. Sie sind füreinander mehr als nur eine gute Partie. Sie hat den Stil und er das Geld.

Wie immer, wenn Wilhelm Inga von Brinkmanns Hof nach Hause chauffiert, hat er auf der Heimfahrt bei einem abseits gelegenen Parkplatz von «Bärbels Tanzdiele» am Rand des Stadtwalds angehalten. Ohne den Zwischenstopp anzusagen, biegt er auf dem Nachhauseweg von der Landstraße ab und parkt den Wagen unter den knorrigen Eichen beim Eingang des neumodischen Trimm-dich-Pfads. Man hat ja sonst nie seine Ruhe. Mit einem einzigen Handgriff kann er den Beifahrersitz umlegen. Das ergibt eine Rückwärtsbeuge wie beim Tangotanzen, und die Plötzlichkeit, mit der Inga sich nun in der gewünschten Liegeposition befindet, lässt die beiden laut auflachen. Die Fenster beschlagen schon nach dem ersten Kuss, sodass, sollte tatsächlich mal ein Grüppchen Vergnügungssüchtiger aus dem Tanzlokal dem Mercedes zu nahe kommen, nichts zu sehen wäre.

Mit Wilhelm ist alles anders als mit ihrem Jugendfreund. Wenn sie an Axel denkt, den Metzgersohn, dem sie den silbernen Kettenanhänger mit dem Tierkreiszeichen Schütze zum vorletzten Weihnachtsfest geschenkt hat. Der war im gleichen Alter wie sie, und sie hatten in der Volksschule dieselbe Klasse besucht. Bei dem hatte sie immer das Gefühl gehabt, mit ihm verwandt zu sein. Er war so zutraulich wie ihr schwarzer Zwergpudel Billy und so gesprächig wie ihre Busenfreundin. Aber küssen konnte der … «Dieser Jüngling ist ja nicht mehr als ein Schluck Wasser in der Kurve», hatte ihr Vater bemerkt, nach ihrem ersten Rendezvous, als sich Axel, bevor er sie ausführen durfte, bei den Lüdersheims zu Hause vorstellen musste. «Der könnte ja ebenso gut einer deiner halbgaren Vettern aus Koblenz sein.»

Dass es einen himmelweiten Unterschied zwischen den Kusskünsten des Cousins und Axel gab, wusste Inga nur zu genau, schließlich hatte sie sich auf dem letzten Schützenfest nach etwas zu viel Himbeerwein auch einmal von Vetter Günther küssen lassen. Aber das verriet sie dem Vater natürlich nicht.

Wilhelm dagegen ist für Inga und auch für den Schwiegervater in spe ein echter Mann. Aber nicht alles, was er tut und sagt, versteht Inga, und auf nicht alles, was sie fragt, gibt er eine Antwort.

«Bitte, sag doch mal richtig», bettelt sie dann. Neugierige, naive Kinderfragen stellt Inga.

«Findest du Marie hübsch?», fragt Inga nun, als Wilhelm sich über dem Schalthebel zu ihr herüberbeugt.

«Was du alles wissen willst. Die hat doch ein Hinterteil wie ein Droschkengaul.»

«Sie hat aber den ganzen Abend so zu dir geschaut. Ich hab's genau gesehen. Und du hast ihr einmal zugezwinkert.»

Wilhelm streicht ihr eine Locke aus der Stirn. «Was in diesem hübschen Köpfchen nur alles so vor sich geht», sagt er belustigt und küsst sie sanft auf den Scheitel.

«Warst du eigentlich mit Rita schon mal aus?» Inga stützt sich auf den linken Unterarm, und Wilhelm lehnt sich wieder in seinem Sitz zurück.

«Was für ein Kind du doch bist.» Er schaut auf seine goldene Armbanduhr. Die Zeit läuft ihm davon. Bis um zehn muss er Inga nach Hause gebracht haben, die Schwiegereltern in spe finden nicht in den Nachtschlaf, bevor ihre Jüngste nicht wieder im Jugendzimmer schlummert.

«Du weißt doch, Strubbel, es gibt keine schöne Frau im Ruhrgebiet, die ich noch nicht geküsst habe.»

Dann küsst er Inga und fährt mit der Hand unter ihren eng sitzenden Pullover. Was für ein schöner flacher Bauch. Ihre warme Haut und der Geruch nach Waschmittel und Lavendelseife beruhigen ihn.

Inga erwidert seinen Kuss und streicht ihm über den Nacken. Eine Gänsehaut breitet sich an seinem Rücken aus, und leichter Schauder fährt ihm die Wirbelsäule hinab. Seine Gefühle zu ihr sind noch so zart und fragil. Er mag Ingas Reinheit, ihre Naivität. Begehren regt sich noch kein echtes. Nicht bei ihm und wohl auch nicht bei ihr, denn schon geht die Fragerei weiter.

«Sag doch mal, glaubst du, Harry und Petra sind glücklich verheiratet?»

Inga entwindet sich seiner Berührung und sieht ihn prüfend an. Sie hat einen guten Riecher, seine Zukünftige. Petra hat er auf dem letzten Karnevalsfest im Reiterverein in die dunkle Sattelkammer getanzt. Er erinnert sich noch an einen kurzen, heftigen Drang und an Petras Handrücken, ihre Fäuste, festgekrallt, links und rechts in zwei Trensen an der Wand.

«Kein Paar ist für heute so glücklich wie wir.»

«Ach, sei doch mal vernünftig, bleib doch mal ernst», bittet sie trotzig.

Aber vernünftig will er mit ihr nicht sein, und ernst ist es ihm schon mit so vielem anderen in seinem Leben. Er ist dreizehn Jahre älter als sie und erinnert sich mit Grauen an den Krieg, an den sie keine Erinnerung hat, in den sie gerade einmal hineingeboren wurde. Er gehört einer anderen Generation an. Manchmal kommt es Inga so vor, als würde er auch mit ihrer Mutter flirten. Kein Wunder, Wilhelm hatte jede Menge Freundinnen, die weitaus älter sind als die zukünftige Schwiegermutter. Wilhelm und Lotte trennen nur elf Jahre, also zwei Jahre weniger als Inga und ihn – interessant.

Als es auf zehn Uhr zugeht, wischt Wilhelm die Windschutzscheibe mit seinem gebügelten weißen Herrentaschentuch wieder blank. Die Initialen hat seine Mutter in das Tuch gestickt, *WR* mit hellblauem Faden. In jeder Hose und in jeder Sakkotasche hält er ein solches Taschentuch parat. Es gehört zu ihm wie seine roten Haare und die Sommersprossen auf seinen Händen. Wenn Inga die Nase läuft, reicht er es ihr, unaufgefordert. Sie schnäuzt sich, gibt es ihm zurück, und er steckt es dann wieder ein.

Das muss Liebe sein, denkt Inga. Dann fährt er sie heim.

Wilhelm parkt den Mercedes vor der Auffahrt, links vor dem großen Tor. Auf Zehenspitzen schleicht er den Weg zu seinem Haus hinauf. Als er leise die Haustüre öffnet, klirren die schmiedeeisernen Blätter und Ranken, die Tiermotive, mit denen die Tür großflächig verziert ist, und einem Hasen zittern die Löffel. Das reicht, sie ist wach, noch oder schon wieder. *Wilhelm*, klingt es weinerlich aus dem oberen Stock. Eigentlich ruft sie nur *Wilm*, sie verschluckt den letzten Vokal, dafür wird das I sirenenhaft gedehnt. Als er vor fünfunddreißig Jahren hier geboren wurde, genauer, auf dem Küchentisch des Sandsteinhauses, das ein Wäldchen weiter hinter der alten Schule steht, hat ihm der Vater diesen Namen gegeben. Karl, der Vorname des Alten, war schon vergeben. So hieß bereits der älteste Sohn, der seinen Sohn später wieder Karl nennen sollte, als ob es auf der Welt keine schöneren deutschen Vornamen gäbe.

Wilhelm sollte auf jeden Fall dieses zerknautschte, erdbeerrote Wesen heißen, so bestimmte es der Vater nach der Geburt seines Zweiten. Der Haarflaum und das Gesicht des Kleinen waren von dem gleichen Rotton. Marianne, die Mutter, wurde gar nicht erst gefragt.

«Nicht, dass er später einmal Willi genannt wird», so ihr einziger Einwand.

«Wenn etwas aus ihm wird, wird er Wilhelm heißen», sagte der Vater.

Und so ist es auch gekommen. Niemals wird er, in seinem ganzen Leben nie, und sei's auch nur im Scherz, Willi genannt werden.

In Mariannes Schlafzimmer fällt ein schmaler Streifen Flurlicht, sie schläft stets, auch im Winter, bei geöffnetem Fenster und angelehnter Zimmertür. Doch trotz der Frischluftzufuhr kann man noch die Farbe und den feuchten Tapetenleim riechen. Erst vor wenigen Tagen, als der Anbau im Parterre fertiggestellt wurde, ist Mariannes Schlafzimmer, ein dunkelbraunes Komplet aus Schrankwand, massivem Ehebett mit gedrechselten Pfosten und einer gewaltigen Frisierkommode, von den Arbeitern der Firma in das Eckzimmer im ersten Stock gehievt worden. Marianne hat darauf bestanden, all ihre alten Möbel zu behalten, obwohl das Mobiliar in der neuen Umgebung so wirkt, als habe man eine H0-Modelleisenbahn in eine Liliput-Landschaft gestellt. Wilhelm hatte mit ihr Ausflüge in die neuen, modernen Möbelhäuser der Umgebung gemacht und ihr Versandhauskataloge auf den Couchtisch gelegt. Es half nichts, Marianne wollte partout kein einziges neues Möbelstück für ihr neues Reich, wie Wilhelm nun die erste Etage nennt, in der früher die Kinderzimmer der Familie Rautenberg untergebracht waren. «Wenigstens etwas soll mich doch noch an damals erinnern», hatte Marianne bemerkt und dabei eigensinnig aus dem Fenster der Familienküche gestarrt.

In die ist nun eine dieser modischen Einbauküchen eingepasst worden. In Hellblau, mit Durchreiche und Tischgrill. Hier soll demnächst die neue Schwiegertochter walten. «Dann brauchst du nie mehr mittags zu kochen, Mutter», hatte der Sohn sie zu trösten versucht. So weit wird das kommen, denkt Marianne, sagt aber nichts, sondern presst nur die dünnen Lippen aufeinander.

Als Wilhelm sich nun auf ihre Bettkante setzt, wirkt ihr Mund noch ein wenig schmaler, die Zähne liegen im Wasserglas auf dem Nachttisch. Der winzige Vogelkopf ruht auf zwei schweren Kissen, und ihr dünner, geflochtener Zopf liegt über ihrer knochigen Schulter. Als Wilhelm klein war, so klein, dass er, ohne sich zu bücken, durch das Schlüsselloch der Badezimmertür linsen konnte, hatte er sie abends manchmal dabei beobachtet, wie sie ihren Dutt gelöst und die Haare mit einer silbernen Bürste minutenlang gekämmt hatte. Mit offenem Haar glich sie damals noch dem jungen Mädchen auf der gerahmten Fotografie im Flur, dieser vorsichtig lächelnden Frau, die der Vater in seiner Matrosenuniform stolz in den Armen hält. Die Mutter war ihm in ihrem weißen Nachthemd fremd vorgekommen – gar nicht mehr so wie Mutter, sondern plötzlich nur noch wie Vaters Frau –, heute noch kann er bei dem Gedanken an diesen verbotenen Anblick eine Gänsehaut bekommen.

«Ich habe den ganzen Abend auf dich gewartet, Junge», sagt sie, guckt ihn dabei aber nicht an, sondern stur in eine Schlafzimmerecke, und ihre Oberlippe zittert bei jedem Wort leicht. «Die Butterbrote stehen im Kaminzimmer, aber die Cervelatwurst ist jetzt bestimmt trocken.»

Er will ihren blau geäderten Handrücken streicheln, doch sie zuckt zurück. Das Bett rechts neben ihr ist seit zehn Jahren leer, dort bedeckt nur eine gesteppte Tagesdecke die durchgelegene Matratze. Für sein eigenes neues Bett, es ist ein französisches, hat Wilhelm vor wenigen Wochen leichte Daunendecken gekauft und mehrere Garnituren Damastbettwäsche, im ersten Bettenhaus am Platz. Nie mehr im Leben will er unter den Säcken seiner Kindheit schlafen müssen, die schweren Dinger, die einem die Brust beschweren, dass man Albdrücke bekommt. Auch Wilhelms rechte Bettseite ist leer. Noch, aber nicht mehr lange – diese Aussicht stimmt ihn froh und beunruhigt ihn gleichermaßen.

Er steigt die Treppe hinab und schaut sich um. Alles ist so, wie Inga es sich gewünscht hat, genauso gediegen wie bei Wilhelms Freunden in Bonn, einem Unternehmerehepaar, das in einer Villa mit Bediensteten wohnt.

Personal wird es bei ihnen natürlich fürs Erste noch nicht geben, aber bei der Einrichtung hat Wilhelm sich nicht lumpen lassen. Das Esszimmer ist Bauernbarock aus dem achtzehnten Jahrhundert, er hat es in einem Antiquitätengeschäft erstanden, weil es so gut zu seinen alten Wäschetruhen passt. Wilhelm hatte einmal eine Verehrerin, ein etwas älteres Kaliber, die hat ihm die erste Truhe, die mit den Intarsienarbeiten, vermacht. Die Jahreszahl 1748 ist in schwarz-weißer Einlegearbeit – Elfenbein und Ebenholz – auf dem Deckel verewigt. Die wird wohl einiges wert sein.

Diese Edeltraut bewohnte damals ein Wasserschloss bei Münster und schmiss die dollsten Partys. Ihr Mann, ein Hundertfünfzigprozentiger, hatte sich in den letzten Kriegswochen nach Argentinien abgesetzt. Und er fehlte ihr nicht die Bohne. Edeltraut lud sich abends zur Unterhaltung die adretten Reiter vom benachbarten Jagdverein ein, dazu eine Blaskapelle und eine Handvoll fröhlicher Witwen und Lebedamen, darunter auch Marika Rökk, und manchmal kam auch Zarah Leander aus Schweden zu Besuch. Kurz nach dem Krieg hatten beide UFA-Diven zwar noch jede Menge Zaster, aber kaum mehr Engagements, dafür umso mehr Zeit und Bedarf an Zerstreuung. Die Rökk brachte Edeltraut ein paar Kisten Champagner mit, und Edeltraut versorgte ihre Freundinnen im Gegenzug mit Frischfleisch. Nicht jeder in der Umgebung wollte sich da noch gern mit den Nazissen blickenlassen, aber solche Ängste plagten Wilhelm und seinen Freund Uli nicht im Geringsten. Sie wurden satt, hatten ihren Spaß und waren gerngesehene Gäste auf dem Schloss. Galant schoben sie die Damen übers Parkett und trieben allerlei deftige Späße mit ihnen. Es wurde eine Menge gebechert. Ganz erstaunlich, was die Filmstars so alles wegstecken konnten. Einmal, bei einem besonders feuchtfröhlichen Fest, rutschten diverse Ladys im Überschwang das Geländer der Freitreppe des Schlosses hinunter. Wilhelm und Uli mussten sie auffangen, doch bei der Leander hatte sich sein Freund einfach umgedreht und sie aufs Parkett plumpsen lassen, die war ihm zu schwer. Das nahm ihm aber niemand krumm. Die beiden Jungs sahen gut aus, und die nicht mehr ganz taufrischen Damen mussten nicht mehr jede Nacht allein schlafen.

Mit Obsttanz fingen die Abende an – der Kunst, möglichst lange Apfelsinen und Äpfel und für Fortgeschrittene auch Bananen beim Engtanz zwischen sich auf und ab zu bewegen, ohne dabei Fallobst zu erzeugen. Ja, auch Südfrüchte gab es in jenen mageren Zeiten bei der generösen Gastgeberin. Bis man zu später Stunde beim Strippoker landete, dem einzigen Kartenspiel, das Wilhelm je erlernte. Dann hieß es aber auch schon sich beeilen. Denn es galt, eine der weniger beschwipsten und vor allem weniger betagten Damen abzukriegen und auch noch eines der raren Betten im Schloss, um nicht in der Abstellkammer zu landen. Auch war es wichtig, nicht allzu häufig an die Gastgeberin zu geraten, denn die verfügte über einen Mordsappetit und schlief zusammen mit ihrem Wolfsspitz in einem großen Himmelbett, sodass einem am nächsten Morgen lange graue Haare am ganzen Körper klebten.

Eines Tages bekam Wilhelm von Edeltraut dann auch noch den Wäscheschrank aus ihrem Ankleidezimmer geschenkt. Den mag Inga nicht, obwohl sie doch eigentlich gar nicht ahnen kann, womit er ihn sich verdient hat.

Inga hat sich eine rehbraune Ledercouch ausgesucht und ein Blumenfenster gewünscht, so was ist grade der neuste Schrei. Vor einem der großen Panoramafenster hat Wilhelm also ein Blumenbeet in die Fensterbank einbauen lassen. Wenn man da hinausschaut, sieht man auf die gackernden braun gefleckten Hühner in dem halb vermoderten Stall und auf Mariannes Küchengarten. Dort humpelt sie jeden Tag herum und zupft an ihrem Gemüse. Diese beiden Dinge scheinen nicht so recht zueinander zu passen, drinnen die teure Einrichtung mit den Usambaraveilchen und draußen das Landleben. Aber was soll man machen? Der Mutter gehören nun einmal das Haus und der Boden, auf dem es steht. Und allein kann Wilhelm die gebrechliche Marianne auch nicht lassen. Das ist ganz unmöglich.

Das Blumenfenster macht bei Ingas Freundinnen Furore – nein, so etwas Modernes, sagen sie, das haben sie bisher nur in der «Neuen Illustrierten» gesehen. Wilhelms Freunde interessieren sich mehr für seine Hausbar. Sie ist in die Schrankwand eingebaut. Wilhelm hat Wodka, Fernet-Branca, Cognac und Whisky hineingestellt. Dabei schmeckt ihm der heimische Korn am besten. Oder etwas, das sich «Linie» nennt. Ein Aquavit, der einmal um den Äquator geschippert wurde. Aber den muss man aus dem Eisschrank holen, der hat in seiner Bar nichts zu suchen.

Immer noch in Reitstiefeln, durchquert er das frisch renovierte Parterre, sein neues Heim und das seiner zukünftigen Frau und derer, die da noch nachkommen wollen. Er hofft sehr, dass es nicht allzu viele werden.

Seitdem er das Erdgeschoss allein bewohnt, hat er die Pantoffeln im Kamin verbrannt und wird nie wieder welche tragen. Revolution!

Er denkt über einen Dimple nach. Morgen braucht er nicht allzu früh aufzustehen; am Sonntag geht es erst um halb zehn raus, wenn die Mutter in die Kapelle gefahren werden will.

Einen darf er sich noch gönnen. Die Hausbar ist ganz mit Spiegeln ausgekleidet, die Seiten, die rückwärtige Wand und auch die Decke. Öffnet man die ebenfalls verspiegelten Türen, erstrahlt automatisch die Innenbeleuchtung. Während Wilhelm nach der bauchigen, dreifach eingedellten Flasche sucht, sieht er sich zwischen den vielen Spirituosen: einmal, zweimal, dreimal hintereinander seinen Kopf, immer noch einen, immer kleiner werdend. Er ist viele, das weiß er, und es macht ihm Angst. Prost!

Gottesdienst

Das erste Mal in der Kapelle war ich mit vier oder fünf Jahren.

Als ich noch ein Kleinkind war, hatte mich der Vater nur manchmal samstags im Haus der Großeltern besucht. Brachte er, was selten geschah, Asta mit, langweilte die sich bei der Familienzusammenführung demonstrativ. Sie lümmelte in den klobigen Ledersesseln, schwang ihre langen Beine über die Armlehnen, wackelte mit den Füßen, bis ihre Holzclogs lautstark zu Boden fielen, und steckte dabei die Nase in einen Karl-May-Roman. Grundsätzlich sprach sie bei den Besuchen im Haus der Großeltern wenig und mit ihrer kleinen Schwester gar nicht.

«Lotte, sag Asta, dass sie sich wie ein normaler Mensch hinsetzen soll», bat dann der Großvater die Großmutter. Und obwohl alle um den gleichen Couchtisch saßen, in gleicher Hörweite zueinander, gab unsere Großmutter diese Bitte tatsächlich weiter. Unter mürrischem Ächzen und indem sie ihren Pony hochpustete, nahm Asta dann eine halbwegs aufrechte Haltung an, während der Vater die ganze Zeit unbeteiligt tat.

Hatte mein Vater seinen Besuch telefonisch angekündigt, ging die Großmutter vorher zum Friseur und zog hochhackige Schuhe an. «Was siehst du heute wieder fabelhaft aus, Lotte», sagte er dann zur Begrüßung. Er brachte damit seine Schwiegermutter, die von ihrem Ehemann nicht gerade mit Komplimenten verwöhnt wurde, jedes Mal zum Erröten. Die Besuche des Vaters fanden im Wohnzimmer statt, immer in gleicher Sitzordnung, und waren meist nicht von langer Dauer. Länger als eine Stunde hielt es Wilhelm nicht aus. Die beiden Männer saßen sich in den Ohrensesseln gegenüber, die Großmutter hatte auf dem Sofa Platz genommen, und ich hockte auf ihrem Schoß. Asta war der Springer, saß mal hier, mal da. Der Vater sprach seine kleine Tochter nicht an. Wir interessierten uns beide nicht übertrieben füreinander. Der Großvater verhandelte mit seinem Schwiegersohn die steigenden Ölpreise und die aktuelle Tagespolitik. Wilhelm gab die Gesprächsbälle charmant zurück – ein Boulevardtheaterstück, bei dem keine Verwechslungen stattfanden, niemand aus dem Schrank fiel, aber alle Akteure froh waren, wenn es nach kurzer Zeit wieder vorbei war. So kam dem Vater dann die Idee mit den Ausflügen.

Als ich nicht mehr gefüttert werden musste und mir, kurz darauf, auch den Po selber abwischen konnte – trocken war ich zum Stolz der Großmutter bereits mit einem Jahr –, hatte mein Vater damit begonnen, mich manchmal an den Wochenenden bei den Großeltern abzuholen, um mit mir die Kirmes, einen Freizeitpark oder einen Abenteuerspielplatz zu besuchen. Für die erste Landpartie musste mich die Großmutter zum Vater ins Auto tragen und auf dem Rücksitz anschnallen. Hysterisch wehrte ich mich, ich strampelte und heulte mit hochrotem Kopf, bis wir in einem Wildgehege ankamen, in dem ich gemeinsam mit Asta die bereits stark gemästeten Rehe mit Trockenfutter traktieren durfte.

Der Vater war mir fremd und unheimlich. Nichts an ihm war wie bei den Menschen meiner häuslichen Umgebung. Das begann schon mit der Sprache. Er fand manche Dinge *okay* und nicht nur *in bester Ordnung*. Er sagte *Hallo* anstelle von *Guten Tag* und steckte beim Gehen die Hände – am geöffneten Jackett vorbei – in die Hosentaschen. In den Augen der Großeltern eine schlechte Angewohnheit. Die konnten diese Art umherzustolzieren schon bei Showmastern wie Blacky Fuchsberger und Hans-Joachim Kulenkampff im Fernsehen nicht ausstehen.

Mein Vater hatte in den Jahren seines Witwerdaseins zudem eine starke Allianz mit seiner älteren Tochter gebildet. Im Profil sahen sie sich verblüffend ähnlich, sie lachten auf dieselbe Weise und über das Gleiche und hatten beide denselben geraden Gang. Das Befremdlichste an meinem Vater war für mich allerdings, dass er ein Mann war. Männer kannte ich nicht. Um mich kümmerten sich ausschließlich Frauen. Großmutter und Tante Uta, der Großvater war nicht primär der Mann, er war Arzt. Sein weißer Kittel war gleichsam seine weiße Weste. Bekam er abends von mir ein Gutenachtküsschen auf die Wange, sagte er, der bekennende Atheist, gespielt unwillig: «Geh mit Gott, aber geh.»

Großvater nannte mich «Es», mit einem langen E. «Was will Es trinken?», wurde ich gefragt, wenn wir in ein Café einkehrten, und Großmutter wusste die Antwort.

An dem Sonntag, an dem ich mit dem Vater zum ersten Mal zur Kirche gehen sollte, zog mir die Großmutter das braune Samtkleid an, das man mir für die Hochzeit einer Cousine gekauft hatte – die musste mit siebzehn heiraten, weil sie sich auf dem Schützenfest von einem Streifenpolizisten hatte schwängern lassen. Links und rechts noch eine orange Stoffnelke ins rote Haar gesteckt, schon war ich fertig. Und grüß die Oma schön. Welche Oma?

Nie zuvor hatte man von mir verlangt, eine geschlagene Stunde lang stillzusitzen. Während des Gottesdienstes saß ich zwischen dem Vater und der Oma. Es gab nichts zu tun an diesem Sonntag, noch nicht einmal etwas zu sehen in dem schmucklosen, weiß gekalkten Gebetssaal. Ich fürchtete mich erst vor der Stille, dann vor den Gesängen und schließlich vor der dröhnenden Orgel. Während des gemeinsamen Gebets begann ich leise zu summen, dann lief mir die Nase, und ich zog den Rotz hoch. Ich löste die gefalteten Hände, zog mit der einen Hand an den Fingern der anderen und ließ die Knöchel knacken. Die Langeweile verwandelte sich in bohrenden Schmerz, immer stärker wurde der Druck auf meiner Brust, und meine Waden begannen zu kribbeln. Die Beine zappelten ganz von allein. Mehrfach ermahnte mich die Oma flüsternd stillzusitzen. Dann, auf einmal, umfasste sie mit ihrer Linken blitzschnell meine beiden Hände und presste sie in einer Art Klammergriff auf meine dünnen Beine. Ruhe war. Es starrte diese fremde Frau in Schockstarre an. Sie wiederum blickte ungerührt in die Richtung des großen Holzkreuzes am Ende des Saals und drehte ab und zu an den Rädchen ihrer hautfarbenen Hörgeräte. «Aber warum hast du denn so große Ohren?» Auch ihre Nase war groß, sogar noch größer, aber von der gleichen Form wie die meines Vaters. Alles an ihr war grau, das Haar, die Haut, die Augen und wohl auch ihr Gemüt. Niemals zuvor hatte ich einen so farblosen Menschen gesehen, und noch nie hatte mich jemand so hart angefasst. Mir liefen die Tränen über die Wangen, obwohl ich von den Ausflügen mit dem Vater wusste, dass Tränen bei den Rautenbergs keinerlei Wirkung zeitigten. Auch mein Vater schaute mich nicht an, er starrte ebenfalls wie gebannt nach vorn, zur leeren Kanzel, wo der Pfarrer gerade abtrat. Der gemischte Chor sang unsichtbar von einer rückwärtigen Tribüne ein Lied. Hosianna – was das nur bedeuten mochte?

Großmutter, liebe Großmutter, ich will sofort zu dir, hol mich hier raus.

Ich begann zu schluchzen, und Oma Mariannes Griff wurde noch etwas fester. Plötzlich reichte mir jemand von der hinteren Bankreihe ein Bonbon über die Schulter. Da ich durch Oma Mariannes Umklammerung die Gabe nicht annehmen konnte, wurde es mir von der freundlichen Unsichtbaren in den Mund gesteckt. Es war rosa, die Zuckerhülle krachte, als ich draufbiss, und es schmeckte nach Pfefferminz. Ein Bonbon, auf dem man kauen konnte. Das war eine neue, ganz tolle Sensation. So etwas kannte ich noch nicht. Ich hörte auf zu weinen, und die Oma löste den Griff, faltete ihre Hände in ihrem Schoß zu einem erneuten Gebet und neigte den Kopf zur gemeinsamen Fürbitte.

Bei allen Kirchgängen in den vielen darauffolgenden Jahren saß immer Tante Jutta mit den Mentos in der Handtasche in meiner Nähe und versorgte mich in tröstlichen Abständen mit den weißen und rosa Bonbons. So blieb für mich der Protestantismus immer mit dem befreienden Mentholgeschmack des Zähneputzens verbunden.

Am Abend, wieder im Kinderzimmer mit den rot-weiß karierten Gardinen, setzte sich die Großmutter zu mir auf die Bettkante und küsste mich auf die Stirn. «Schlaf gut.»

Im Rausgehen drehte sie sich noch einmal um. «War der Tag mit deinem Vater schön?» Ich nickte. «Ja, ja, alles gut.» Was sollte ich sagen? Ich mochte es nicht, wenn Großmutter sich Sorgen machte.

2

Inga hört das geschäftige Treiben auf dem Wohnungsflur und das Tassenklappern in der Küche. Sie liegt in ihrem Bett im Kinderzimmer, wie der Raum, in dem sie mit der zwei Jahre älteren Uta schläft, immer noch genannt wird, obwohl die beiden schon lange keine Kinder mehr, ja noch nicht einmal mehr Backfische sind. Das Bett auf der anderen Zimmerseite ist leer, ihre Schwester ist längst auf. Uta ist Frühaufsteherin, und sie hat schwarze Locken. Ihr ganzes Wesen, ihr Naturell, aber erst recht ihr Äußeres, alles verhält sich genau umgekehrt wie bei Inga. Schwestern können sich nicht unähnlicher sein. Bestimmt deckt Uta gerade mit Papi den Tisch. Ihr Vater ist für die Zubereitung des Frühstücks zuständig, alles andere, aber auch wirklich alles nur Erdenkliche an Verrichtungen im Haushalt, besorgt die Mutter. Für die Familie ist sie zuständig, aber zuallererst für den Ehemann, von dem behauptet wird, er könne trotz größten handwerklichen Geschicks noch nicht einmal einen Dosenöffner benutzen. Das ist eine Masche, wie allen klar ist, aber sie zieht. Wer an der Spaltlampe mit ruhiger Hand die dicksten Fremdkörper aus einer Hornhaut herausfräsen kann, der könnte durchaus auch Kartoffeln schälen. Nichts spräche dagegen, dass er auch einmal einen Knopf annähen würde, so geschickt, wie er Schlupflider operiert und den grauen Star sticht. Aber Hausarbeit ist keine Männersache, da ist sich das Ehepaar Lüdersheim einig. Für das

Frühstück jedoch gilt die eine Ausnahme. Darum wenigstens muss Lotte sich nicht kümmern, nie, niemals in ihrem gesamten Eheleben.

Während ihr Mann den Kaffee aufsetzt, nimmt sich die Mutter im Bad die Lockenwickler aus dem Haar, auf denen sie samstagnachts schläft. In der Woche stehen sie um halb sieben auf, an den Wochenenden um halb acht. Alles in diesem Haushalt ist minuziös geplant. Die Brötchen sind abgezählt und portionsweise eingefroren und werden jeden Morgen exakt für zehn Minuten im vorgeheizten Backofen aufgebacken. Das Kaffeepulver wird löffelweise auf die Personenanzahl berechnet und das Kaffeewasser im Messbecher abgemessen, Litermaß genannt. Und doch heißt es manchmal: Nein, was ist der Kaffee heute stark, da bleibt einem ja der Löffel drin stecken. Oder auch: Was ist denn das für ein Wischwasser, man sieht ja den Tassenboden durch die Plörre.

«Ich glaub, es wird einmal ein Wunder geschehn.»

Sonntags gibt es für jeden ein weichgekochtes Ei. Ist Ingas Vater gutgelaunt, zeichnet er mit der ruhigen Hand des Augenarztes kleine Bilder auf die Eier. Den DKW zum Beispiel, mit dem die Familie früher Ausflüge in die Eifel und an den Rhein unternahm, oder einen funkelnden Kettenanhänger für seine Frau, den sie sich zum Geburtstag wünscht und von dem alles andere als klar ist, ob sie ihn jemals bekommen wird. Wird dann der Eierwärmer gelüftet, ruft Lotte begeistert aus: «Nun schaut doch mal, wie schön der Papi zeichnen kann», als wäre das etwas ganz Neues, Unerwartetes. Und tatsächlich – es qualmt aus dem Auspuff des Autos, und die Scheibenwischer scheinen sich, winzig klein, hin und her zu bewegen. Hans' Laune ist an diesen Sonntagen meistens blendend. Das erkennt man nicht nur an den verzierten Eiern, sondern auch an dem Blumenstrauß, der auf dem Wohnzimmertisch steht und der Lotte überraschen soll. Er hat ihn mit einem Fünfmarkstück aus dem messingbeschlagenen Automaten vor dem benachbarten Blumenladen gezogen, der gegenüber dem Krankenhaus liegt. Man wirft die Münze in den Schlitz und kann dann mit einem Ruck eine Schublade öffnen und die in Zellophanpapier eingewickelten Chrysanthemen, Rosen oder Gerbera entnehmen, deren drahtverstärkte Stängel in kleinen Wasserbehältern stecken. Seitdem Uta und Inga samstagabends zum Tanz zu Brinkmanns Hof gehen, gibt es sonntags Blumen. Diese Gleichzeitigkeit zwischen der sturmfreien Bude der Eltern und den Blumenpräsenten des Vaters verleitet die beiden Mädchen regelmäßig zu albernen Bemerkungen. Was die Eltern wohl so treiben, wenn die Töchter nicht zu Hause sind? Dafür reicht ihre Phantasie eigentlich gar nicht.

Vor zwei Monaten ist Inga großjährig geworden. An ihrem einundzwanzigsten Geburtstag hat sich Wilhelm mit ihr verlobt. Er führte sie zu diesem feierlichen Anlass in ein Restaurant in Köln aus, mit bodenlangen Tischdecken und Rheinblick, und überreichte ihr zwischen Krabbencocktail und Bœuf Stroganoff einen Verlobungsring mit Brillant. «Welcher Monat ist dir lieber, Mai oder September?», hatte er gefragt und sich dann mit sich selber auf den Juli geeinigt. Danach passt es ihm nicht mehr, dann ist Turniersaison.

«Du musst aber doch noch Papi fragen», erinnerte Inga ihn, nicht im mindesten irritiert darüber, dass er formell gar nicht um ihre Hand angehalten hat. Sein Heiratsantrag ist eher eine gemeinschaftliche Feststellung – Zweifel ausgeschlossen.

Einen Tag später sitzt Wilhelm also vor Hans im Wohnzimmer der Familie Lüdersheim und die beiden wiederum vor zwei Cognacschwenkern mit Asbach Uralt. Der Vater hat sich zur Feier des Tages eine Zigarette der Marke Krone angezündet, die er sonst nur zur Feier des Wochenendes raucht, nach dem Mittagessen am Sonntag.

«Sie haben doch nichts dagegen?», hatte Wilhelm forsch gefragt.

«Hans, ab jetzt für dich bitte Hans», hatte der zukünftige Schwiegervater nur geantwortet. Inga und Uta hatten währenddessen gemeinsam an der Wohnzimmertür gelauscht und kichernd nach Luft geschnappt. Dieser ernste Ton des Vaters ist aber auch wirklich zum Piepen. Wilhelm dagegen wirkt sehr souverän, als sei er geradezu auf Heiratsanträge spezialisiert.

Später, in der Nacht, umarmte Hans seine Frau über die Besucherritze des Ehebetts hinweg und bemerkte wehmütig: «Unser Püppi ...», und Lotte streichelt ihm über die Wange und versucht, ihn zu beruhigen. «Etwas Besseres kann ihr doch gar nicht passieren.» Das weiß Hans so gut wie sie, nur traut er Männern, die im Sitzen die Knie breitbeinig übereinanderschlagen, sodass man den Sockenbund und ein Stückchen haariges Bein sehen kann, einfach nicht über den Weg.

Inga kann sich an diesem Sonntagmorgen nicht entschließen aufzustehen, weil sie Sonntage nicht ausstehen kann. Frühstück, Mittagessen, Kaffeetrinken, Abendbrot – der Sonntag kommt ihr vor wie ein besonders schwerer, fettiger Eintopf, der müde macht und lustlos, weil man genau weiß, dass immer dasselbe drin ist. Wilhelm hat sonntags keine Zeit für sie. Am Morgen muss er als Erstes in die Kirche. Seine Mutter besteht darauf. Danach geht es in ein Gasthaus, oder es gibt bei Marianne einen Sonntagsbraten, zu dem auch der Bruder Karl mit seiner Familie erscheint. Inga war auch schon einmal dazu eingeladen, es gab schlabbrigen Kopfsalat mit Kondensmilch, Zucker und Dosenmandarinen. Das Essen war so ungenießbar wie die Schwiegermutter – besser ist es, dass sie ein solches Mittagsmahl nie wieder mitmacht.

Nach dem Essen wird Wilhelm nicht, wie wochentags, sein Mittagsschläfchen halten, sondern sogleich die Pferde «bewegen».

Nach der Verlobung könnte sie jetzt eigentlich auch am Samstagabend bei Wilhelm übernachten – ihre Eltern hätten nichts dagegen, das weiß Inga. Doch Wilhelm macht keine Anstalten, sie zu sich zu bitten, und als sie einmal eine Andeutung macht – «Du könntest mir doch heute Abend mal unser neues Bett zeigen» –, fährt sie Wilhelm trotzdem nur auf den Parkplatz der Tanzdiele. «Nein», sagt er, «das wäre Mutter nicht recht», und sie gibt vor zu verstehen und kommt sich dabei sehr erwachsen vor, aber in Wirklichkeit versteht sie die Hinhaltetaktik nicht. Seit der Verlobung könnte sie auch mit in die Kapelle kommen. Ihre Anwesenheit wäre dort sogar gern gesehen. Vor allem die älteren Herrschaften würden sich freuen, sie lieben Wilhelms junge Braut, die an eine der Hollywood-Schauspielerinnen aus den neuen Modemagazinen erinnert. Inga bekommt gar nicht genug von den bewundernden Blicken und den Komplimenten der älteren Herren. Da macht es auch nichts, dass deren Gattinnen häufig gar nicht so begeistert dreinschauen. Immerhin: «Inga ist so schön wie diese Grace Kelly», flüstert eine der dürren Damen an Weihnachten in der Bank hinter ihr der Sitznachbarin zu, das hört Inga natürlich gern. Eine Freundin von Wilhelm hingegen verglich sie unlängst mit Ingrid Bergman. Na, das geht ja wohl doch zu weit. Das ist nicht freundlich. Hat Inga etwa eine große Nase, einen watschelnden Gang und Plattfüße?

Heute ist Inga jedenfalls ganz froh, nicht in die Kirche gehen zu müssen, ihr Kopf brummt ein wenig von dem allzu lieblichen Mosel, und reden möchte sie auch nicht. Erst recht nicht am Frühstückstisch, an dem ihre Familie bereits in Plauderlaune sitzt. Sie öffnet die Zimmertür, und Billy, ihr Hund, stürmt auf sie zu. Inga schlägt sich mit beiden Händen auf ihr Dekolleté, und er springt ihr in einem weiten Satz auf den Arm. Als Kind hat sie den Pudel dressiert wie ein Zirkustier. Als sie ihn wieder absetzt, rennt er in wilder Hatz durch den Korridor, um den Esszimmertisch, hüpft auf die Wohnzimmersessel, jagt hinter dem Sofa entlang und nimmt ein Stück des bodenlangen Spitzenvorhangs mit, der ihm kurz wie ein Brautschleier auf der Pudelkrone sitzt. Die Freude ist groß, dass das Frauchen endlich wach ist.

Schon bald, nach der Heirat, werden sich ihre Wege trennen. Billy wird bei Mami und Papi bleiben. Wilhelm hat schon einen Jagdhund, in einem Zwinger, Hunde kommen ihm nicht ins Haus, zudem kann er Pudel nicht ausstehen.

Um Viertel vor zehn steigt Marianne unsicheren Schrittes die Treppe von ihrer Etage hinab zu Wilhelm. Neuerdings machen ihr die Knie zu schaffen. «Ihnen liegen die Nerven blank», so die Diagnose des Hausarztes Dr. Westerhoff. Was das nun wieder heißen mag? Das wäre ja noch schöner, wenn einem der Kummer auch noch lahme Beine bescheren würde.

Wilhelm hatte Marianne zum Frühstück gerufen. Zum ersten Frühstück in seinem neuen Esszimmer, mehrmals sogar.

Aber sei es, dass die Mutter die Hörgeräte noch nicht eingesetzt hatte oder es vorzog, in ihrer eigenen Küche zu brüten, er musste seinen Tee alleine trinken.

Sie erscheint dann pünktlich zum Aufbruch in die Kirche im Erdgeschoss. Marianne hat Kölnisch Wasser aufgelegt. 4711, die Notrufnummer der Frische und Reinlichkeit. Sie trägt den Schneefuchs um den Hals, der sich selbst in die buschige Rute beißt, und schweren Witwenschmuck am Revers ihres Seidenkostüms. Ein bescheidenes Äußeres sollen die Mitglieder der Gemeinde pflegen, so lautet die ungeschriebene Regel, an die sich die Brüder und Schwestern nicht immer halten. Wann, wenn nicht sonntags, soll man die guten Sachen denn ausführen? Der Gottesdienst ist das einzige gesellschaftliche Ereignis im Ort. Nur am Sonntagmorgen und am Weihnachtsabend sieht man Marianne ohne ihre verwaschene Kittelschürze. Prunksüchtig wirkt Marianne auch im Pelz nicht – das liegt an ihrer ernsten Miene, dem akkuraten Mittelscheitel und der protestantischen Strenge, die aus alldem spricht.

Als der Sohn, die Mutter am Arm eingehängt, nun die Auffahrt Richtung Garage hinabschreitet, fällt sein Blick auf das Dorf im Tal. Was für einen schönen Ausblick man doch von hier oben hat! Hoch über dem Firmengelände kann man über das kleine Eichenwäldchen, über Wiesen und Weiden bis in die Ruhrauen blicken. Von dort dringt wochentags ein Dröhnen, Knarzen und Quietschen den Berg hinauf, und nachts blinken in unregelmäßigen Abständen bunte Lichter. Das ist das mächtige Stahlwerk im Ort, der größte Steuerzahler der Region. Aus den kleinen Schlossereien an der Ruhr ist in den vergangenen hundert Jahren ein Zentrum der metallverarbeitenden Industrie geworden. So manch ein pfiffiger

Unternehmer hat sich in der letzten Zeit von der Herstellung einbruchsicherer Schlösser ein alarmgesichertes Wasserschloss kaufen können. Die Firma Rautenberg ist ebenfalls zu einer ansehnlichen Größe herangewachsen. Die sogenannten Dörnkes, die kleinen Stifte in den Gewehren, die Wilhelms Vater im Krieg hatte drehen lassen, waren es, die ihn, zugegeben, zu einem noch sehr überschaubaren Wohlstand gebracht hatten. Aber immerhin. Ohne den alten Karl gäbe es heute keine Rautenberg'sche Maschinenfabrik, dem ist als Ingenieur soeben eine bahnbrechende Idee gekommen: die Entwicklung explosionsgeschützter Hallenfahrzeuge, ideal für die Farben- und Chemieindustrie. Aber das revolutionäre Gerät muss erst noch entwickelt werden. Bis dahin also strengste Geheimhaltung!

In der Talsenke sieht man den Wetterhahn auf dem Kirchturm der katholischen Dorfkirche, daneben ragt ein großer gelber Baukran in den strahlend blauen Frühlingshimmel. Hier wird gerade ein moderner Kasten gebaut, ein Behindertenzentrum, in dem die körperlich und auch geistig Beeinträchtigten demnächst eine Berufsausbildung erhalten sollen. Das Krüppelheim, wie Marianne sagt. Ein Heim für körperlich und geistig Versehrte gibt es im Dorf schon seit Anfang des Jahrhunderts, aber was diesen Menschen seit neustem beigebracht werden soll, welche Fabrik diese an allen Fronten zu kurz Gekommenen einstellen soll, das ist Marianne schleierhaft. Verschleiert ist seit kurzer Zeit auch ihr Blick, sie sieht keinen Baukran, selbst das Wäldchen hinter dem Gartenzaun erscheint ihr als milchiges Dickicht. Ein grauer Star kündigt sich an, aber bisher ignoriert Marianne den Nebel.

Wilhelm freut sich jeden Tag aufs Neue über die unverbaubare Aussicht vor dem Wohnzimmerfenster. Bauer Heidkötter – mit dem hat er schon die Schulbank gedrückt – gehören die Koppeln unterhalb seines Grundstücks. Rundherum scheint es in den letzten Jahren, als ob die Siedlungshäuser stetig den Berg hinaufkröchen. Schon sieht man auf dem gegenüberliegenden Hügelsaum langgezogene Wohnblöcke, versetzt aufgestellt wie Dominosteine. Es wird wie wild gebaut, für die Arbeiter der umliegenden Fabriken. Die Wirtschaft läuft. Und die Geschäfte gehen fabelhaft. Nicht wenige Bauern verscherbeln jetzt ihr Ackerland und können sich von dem Erlös plötzlich mehr als nur einen Sportwagen leisten. Aber Dieter Heidkötter wird seine Wiesen nie verkaufen, darauf hat Wilhelm seinen Handschlag. Wo sollten Dieters zahlreiche Milchkühe denn sonst auch grasen?

Zum Dank hat Wilhelm Dieters Jüngstem einen Ausbildungsplatz in der Rautenberg'schen Vertriebsabteilung besorgt, sicher ist sicher. Dabei bestand dessen Zeugnis aus lauter Vieren, und der Filius machte auch sonst stark den Eindruck einer tauben Nuss.

Die einzigartige Lage des Elternhauses ist ein guter Grund, warum sich Wilhelm, jetzt, da die Hochzeit mit Inga bevorsteht, kein neues Haus gesucht oder gebaut hat. Doch der Dauerkonflikt mit Marianne ist mit dem Einzug Ingas vorbestimmt und der Krach so sicher wie das gemeinschaftliche Gebet in seiner Kirche, das weiß auch Wilhelm. Aber das Elternhaus, seit ein paar Monaten vom schlichten Klinkerbau zur weißen Villa umgebaut, liegt einfach zu schön. Im Grünen, hoch oben. Über den Fabrikhallen, dem Büro und dem Haus des Bruders, und doch sind es nur wenige Meter bis zum «Geschäft» – wie Wilhelm die Firma nennt. Und der neue

Anbau bietet genügend Platz für Inga und das Kind, das sie sich wünscht. Der Nachwuchs ist schon besprochene Sache. Ein Kind, mehr braucht es nicht, man will ja schließlich noch etwas haben von dem schönen Leben.

Über den ausschlaggebenden Grund für den komplizierten Umbau seines Elternhauses redet Wilhelm nicht, und doch kennt ihn jeder. Seine beiden Schwestern sind im Rheinland verheiratet, und sein Bruder hat eigene familiäre Sorgen, der will sich nicht mit der Mutter herumschlagen. Wilhelms Befürchtung ist nun, dass die strenge Mutter und seine lebenslustige Auserwählte nicht so recht zueinander passen könnten. Marianne hat noch nie mehr als nur das Nötigste mit der Schwiegertochter in spe gesprochen. Nun ja, die Damen werden sich schon aneinander gewöhnen. Oder eben lernen, sich aus dem Weg zu gehen, hofft er.

Langsam chauffiert er Marianne ins Tal, wo bereits die neue Glocke der Freien Evangelischen Gemeinde zum Gottesdienst ruft. Wilhelm kann keinen Unterschied zur alten hören. Für Glockengeläut im Speziellen interessiert er sich so wenig wie für Musik im Allgemeinen. Er parkt in der Zufahrt zur Kapelle. Im absoluten Halteverbot, der Feuerwehrausfahrt. Vorbei die Tage, an denen für die Gläubigen die Benutzung der Bahn oder eines sonstigen Fuhrwerks eine Entheiligung des Sonntags darstellte. Die Gemeindemitglieder in ihren Kleinwagen und Limousinen suchen nach den letzten Parkplätzen in Laufnähe. Während Wilhelm Marianne den Wagenschlag aufhält und sie sich mühsam vom Beifahrersitz hievt, blickt er versonnen zum Glockenturm hinauf. Vor kurzem hat ihn die Gemeinde um eine Spende für dieses hohle Monstrum gebeten, und die Firma Rautenberg hat kurzerhand die Glocke mitsamt dem ganzen Glockenstuhl gespendet. Sollen ruhig alle sehen und hören, dass es wie am Schnürchen läuft mit den Rautenberg'schen Werkzeugen – das kann gar nicht schaden.

Im Vorraum des Gemeindehauses ist es klamm und das ganze Jahr über kühl. Ein unablässiger, kaum merklicher Luftzug führt zu kollektiven Nackenverspannungen. Dennoch halten sich alle Brüder und Schwestern erst einmal eine Weile im Entree auf, schütteln Hände, reden gedämpft und getragen miteinander. Der immer gleiche Geruch von Leichenschmaus – dünner Filterkaffee mit Leberwurstbrötchen und Streuselkuchen auf Margarinebasis – hängt in der Luft. Wilhelm bahnt sich seinen Weg durch die Grüppchen, während Marianne von Schritt zu Schritt schwerer an seinem Unterarm hängt. Sie zieht in Richtung Gebetssaal, zu den harten Kirchenbänken, die ihr nichts anhaben können, da die rote Henkeltasche, die sie beim Gehen schwenkt, in Wahrheit ein aufklappbares Sitzkissen aus Frottéstoff ist.

Es ist gar nicht so einfach, an Hunderten Geschwistern vorbei in den schmucklosen Versammlungsraum zu gelangen. Immer wieder legen sich Arme um Mariannes schmale Schultern, ruhen schwere Hände auf Wilhelms Rücken. «Na, wie isses?», wird gefragt und «Es muss, es muss» oder «Ich kann nicht besser klagen» geantwortet.

Im Juli wird Wilhelm hier seine Inga vor den Altar führen, den es in der freikirchlichen Gemeinde freilich nicht gibt. Er wird deutlich ja sagen und Inga natürlich auch, vielleicht sogar noch etwas lauter.

Wilhelm und Marianne brauchen sich nicht zu beeilen, ihre Plätze einzunehmen, die Sitzordnung im Saal bleibt über Generationen gleich und wird im Todesfall vererbt. Die Rautenbergs setzen sich auf die Bank im letzten Drittel des Saals, in den Gang mit der Beinfreiheit. Wilhelm beruhigt das, weil die Bank an einem Durchgang gelegen ist und eine günstige Fluchtmöglichkeit zum Hinterausgang bietet. Nach der Kriegsgefangenschaft hat es Jahre gedauert, bis er sich wieder in einen Raum mit mehreren hundert Menschen und nur zwei kleinen Türen getraut hat. Schnell wegkommen ist inzwischen sein Lebensmotto, vorwärts genauso wie im Rückzug – je nachdem, welche Bewegung angesagt ist.

Er geht auch gern, wenn andere gerade erst kommen. Wenn man es genau bedenkt, dann befindet er sich seit dem Lager auf der Flucht. Aber die nächste Stunde hält Wilhelm tapfer an Mariannes Seite durch.

Die Orgel erschüttert die Gemeinde, der Männerchor singt «Geh aus, mein Herz, und suche Freud». Einer der Brüder betet im Stehen laut für die Gemeinde. Die anderen Brüder und Schwestern rascheln mit den Dünndruckblättern der Gesangbücher und suchen die Nummern der Lieder, den Blick auf die Messinglettern, die in drei Schienen übereinander auf der weißen Wand stecken. Pastor Lenz betritt die Kanzel, die Lautsprecher an der Decke pfeifen. Margarete hält sich die Ohren zu. Bruder Lenz hat die Angewohnheit, während seiner anschaulichen Predigten im Tonfall immer leichter, leiser und sanfter zu werden. Nach wenigen Minuten schon kippen die ersten Köpfe in den Bankreihen nach vorn, auch in Mariannes Atem mischt sich ein feines Pfeifen. Da dröhnt von der Kanzel laut und plötzlich wie ein Donnerschlag das achte Gebot: «Du sollst nicht falsch Zeugnis reden.» Durch die Gemeinde geht ein Ruck der Erweckung, geraunte Zustimmung. Pastor Lenz lächelt beim Anblick seiner ausgeschlafenen Schäfchen – weiter geht's.

«Denn so hat Gott die Welt geliebt.» Wilhelm schaut sich um und sieht all die vertrockneten Jungfern, die Rentner mit den buschigen Augenbrauen, die nasebohrenden Kinder und die dicken Mütter um sich herum. Andächtig drehen sie die Augen himmelwärts, wenn von Liebe gesungen oder um Liebe gebeten wird. Inbrunst wird dabei in die Stimme gelegt, so als wolle man beschwören, was so schwer zu fühlen ist. «Gott liebt auch dich.» Was mögen diese Menschen unter Liebe verstehen?

Wilhelm liebt Inga, seine Mutter, seine Freiheit, seinen beruflichen Erfolg und so manches, was ihm selber fremd ist, aber den lieben Gott oder Jesus? Wie soll das gehen? Den Gottesdienst besucht er, trotz aller Zweifel, nicht ungern, gerade nach einer ausschweifenden Samstagnacht. Dann kommt das ganze Durcheinander, der Gefühle wie auch der gesellschaftlichen Stellung, durch das Ritual wieder an den richtigen Platz. Schade nur, dass es keine Beichte wie bei den Katholiken gibt. Ein paar Rosenkränze gebetet, und alles ist vergessen, das wäre eine Möglichkeit, von der Wilhelm hin und wieder gern Gebrauch machen würde.

Mit den meisten Brüdern und Schwestern ist Wilhelm per du. Es sind entweder Tanten und Onkel, oder man kennt sich aus dem Sandkasten, wie man so sagt, obwohl es den auf dem Land vor dem Krieg natürlich nicht gegeben hat. Dieses Du ist nie respektlos. Sein erster Vorarbeiter duzt ihn genauso wie sein Buchhalter, der auch Rautenberg heißt, aber mit Vornamen Matthias – mit dem ist man überhaupt nicht verwandt. Fast alle der inzwischen über sechzig Arbeiter und Angestellten sind Mitglieder der Gemeinde. Das Du in der Firma und in der Kapelle ist mit dem englischen *you* zu vergleichen, in ihm kann mehr Achtung liegen als in dem deutschen Sie auf offenem Straßenland.

Zum Ende des Gottesdienstes singt die Gemeinde noch einmal gemeinsam «Danke für diesen guten Morgen». Über die letzte Liedzeile, «Danke, ach Herr, ich will dir danken, dass ich danken kann», kommt Wilhelm nicht hinweg. Was wäre zu diesem Dank wohl die Alternative? Er singt nicht. Das überlassen die Rautenbergs den anderen, den zahlreichen hageren Damen, die in jedes Kirchenlied, egal welcher Tonlage, ein hohes C einzubauen pflegen.

Zum Ende des Gottesdienstes gehen Brotkörbe für die Kollekte durch die Bankreihen, man reicht sich zum Abschied die Hände und wünscht einander einen gesegneten Tag. Inzwischen steht Pastor Lenz am Ausgang. Auch dem wird noch einmal warm die Hand gereicht, hundertfach. Wenn nur das lästige Händeschütteln und diese Umarmungen an diesen Sonntagen nicht wären, denkt Marianne. Wilhelms Rechte rührt über Minuten stur in seiner Sakkotasche und sucht immer weiter nach Kleingeld für «Brot für die Welt». Für beide ist diese Art von körperlicher Nähe eine Bakterienfalle. Mit dem Unterschied, dass Marianne, außer an Sonntagen, keine körperlichen Kontakte mehr pflegen muss. Das Alter hat auch seine guten Seiten.

Bekennungstäufer sind die freikirchlichen Protestanten, man lässt sich nach dem Bibelunterricht, nach einer Art Konfirmation, also mit vierzehn oder fünfzehn Jahren, als mündiger Christ taufen. Die Idee entsprang einer Gruppe zweifelnder Protestanten, die sich Ende des neunzehnten Jahrhunderts mit ihrem Bestreben, die ererbte, tote Konfession mit einem im Alltag gelebten Glauben zu erneuern, eine Menge Ärger eingehandelt hatten. Bei Nacht und Nebel ließen sich die Neu-Täuflinge in einen kleinen Teich im Wald eintauchen oder stiegen, sogar im Winter, in die Ruhr. Wurden sie dabei erwischt, hatten sie unter Repressalien zu leiden. Nicht wenige verloren durch den neuen Glauben ihre Arbeit und ihre gesellschaftliche Stellung. Die gemeinsame Überwindung dieser Widrigkeiten ist bis heute der Mörtel dieser Gemeinde, mit dem sich die Mitglieder wie kleine Steinchen zu einer festen Mauer formieren. Abschätzig und mit gedämpfter Stimme werden die Freikirchler daher auch mancherorts eine «Sekte» genannt.

Wilhelm hat sich nicht taufen lassen. Der Krieg war seine Feuertaufe. Danach hat ihn Gott sei Dank niemand mehr gefragt, ob er in einem weißen Gewand in das unter der Kanzel befindliche Schwimmbad steigen möchte. Die Täuflinge tragen inzwischen Badekleidung unter den im Wasser durchscheinend werdenden weißen Kleidern, die Damen auch gerne Badehauben, damit ihre aufgetürmten Föhnfrisuren nicht leiden. Nein, so eine Kollektivveranstaltung ist nicht nach Wilhelms Geschmack. Nur gut, dass er nie mit anderen in ein und dieselbe Brühe getaucht wurde. Öffentliche Schwimmbäder sind ihm generell ein Graus. Bald schon will Wilhelm sich ein Haus mit eigenem Pool bauen, am besten eins mit sieben Badezimmern, nur um niemals wieder mit einem Familienmitglied oder einem Gast die Klobrille teilen zu müssen.

Vor dem Regal mit den Gemeindebriefen – jede Familie hat hier ein Fach mit einer Nummer, in dem Nachrichten und das Gemeindeblatt deponiert werden – treffen Marianne und

Wilhelm auf Jochen Wirtz. Jochen, Wilhelms Reiterkamerad, ist ein paar Jahre jünger als er, Landwirt und ebenfalls frisch verlobt.

«Um zwei oder um drei?», fragt Jochen. Wilhelm weiß, dass Jochen zwei Uhr zum Ausreiten lieber ist, denn Helene, mit der Jochen noch am Nachmittag ein Stündchen im Wald «spazieren gehen» möchte, muss um sieben wieder zum Abendbrot ins Nachbardorf geradelt sein. Ihm persönlich ist die Uhrzeit eigentlich egal, er hat Zeit. Er isst um Schlag zwölf mit Marianne im Gasthaus Brehmers Mutter zu Mittag. Er kann sich selbst nicht erklären, warum er wie aus der Pistole geschossen «Um drei!» sagt. Man kann es eben nicht immer allen recht machen.

Wilhelm wird Jochen mit seinem Wagen von dessen Hof abholen und zur Reithalle fahren. Nur dreitausend Stück sind von diesem speziellen Mercedes SL gebaut worden, und einen davon, einen hellblauen, fährt er – einen silbernen sein Bruder Karl. Freund Jochen wird also auf seinem Hof auf Wilhelm warten müssen, bis dieser sich vorbeizukommen bequemt, und Helene wird am Nachmittag auf der Parkbank am Einstig des «Kohlensteigs», dem Waldweg an der dichtbewachsenen Lichtung, auf Jochen warten, bis Wilhelm ihn nach einigen Schnäpsen im «Storch» doch noch bei ihr absetzt. Es wird viel gewartet an diesen Sonntagen, das ist Jochen ganz und gar nicht recht. Doch was will er machen? Er hat keinen schicken Wagen, in dem er seine Zukünftige ausfahren kann, nur einen Trecker mit Anhänger und keine Mark zu viel für den Diesel.

Bei Brehmers Mutter, dem nächstgelegenen Dorfgasthof, nimmt Wilhelm nach dem Kirchgang mit Marianne schweigend das Mittagsmenü ein. «Komm, Herr Jesus, sei du unser

Gast und segne, was du uns bescheret hast.» Die Spargelsuppe schmeckt wie jede andere Vorsuppe bei Brehmers Mutter in erster Linie nach Fondor. Um den Geschmack zu verändern, kann man Maggi-Suppenwürze aus dem klebrigen Bastkännchen hinzufügen. Hühner-, Hochzeits- oder Kartoffelsuppe, man erkennt keinen Unterschied. «Kraft meiner Wassersuppe» heißt es hier auch gerne einmal, um Entscheidungen zu bekunden. Doch die dicke Mutter Brehmer serviert alles mit einem so deftigen Lächeln im Pfannkuchengesicht, dass man ihr den dürftigen Geschmack der Speisen sofort verzeiht. Vater Brehmer, dünn wie eine Haarnadel, winkt dazu aus der Küche. Noch schnell die Königsberger Klopse verdrückt und den Grießbrei mit der Cocktailkirsche verschmäht, nach weniger als einer Dreiviertelstunde möchte Marianne wieder auf ihr Kanapee.

Auf dem Heimweg wird immer noch nicht geredet. Während Wilhelm den Wagen durch die hügelige Landschaft lenkt, unternimmt er noch ein paar vergebliche Anläufe zu einem Gespräch. Die Predigt, der kaputte Hühnerstall, der von den Schnecken durchlöcherte Blattsalat in Mariannes Garten, die von den Kaninchen allesamt geköpften Anemonen – aber keine Reaktion bei Marianne. Das Schweigen ist seit ehedem ihre Waffe. Nicht, dass sie je gesprächig gewesen wäre. Immer schon hat sie wortlos über die Familie regiert. Aber Wilhelm kann ihr alltägliches Stummsein von dem nun vorherrschenden stillen Vorwurf unterscheiden, ja, den kann er geradezu körperlich spüren. Schwer lasten die unausgesprochenen Anklagen auf seinen Schultern. Sie wird ihm die Heirat mit Inga nicht verzeihen, genauso wenig, wie sie es ihm verziehen hätte, nicht zu heiraten. Es ist einfach so: Eine richtige Ehefrau kann es für ihn nicht geben, weil Wilhelm nicht richtig ist. Nur Karl ist ohne Fehler, Karl ist ihr Lieblingssohn. Er kümmert sich nicht die Bohne um die Mutter und wird dennoch abgöttisch geliebt. Dass er heute den Gottesdienst geschwänzt hat und ohne Entschuldigung dem Mittagessen mit der Mutter ferngeblieben ist, scheint sie nicht zu bemerken. Keiner sage was gegen Karl! Der ist ein guter Sohn, hart, war Flieger im Krieg, hat zur rechten Zeit eine Familie gegründet, kann Maschinen bauen und im Haushalt so gut wie alles reparieren, und, das ist nicht ganz unwichtig, er sieht mit seinem schwarzen gewellten Haar und dem mächtigen Kugelbauch aus wie der geliebte Ehemann – Gott beschütze seine Seele. Wie anders doch Wilhelm ist, weißhäutig, empfindsam und empfindlich. Weinte, wenn ihn der Nachbarsjunge verprügelte, anstatt kräftig zurückzuschlagen. Wackelte immerfort an seinen Milchzähnen und traute sich nicht, sie zu ziehen, was Marianne so wütend machte, dass sie ihn bis in sein Versteck unter der Küchenbank verfolgte und den Wackelzahn mit der gleichen Handbewegung aus seinem Kiefer entfernte, mit dem sie im Garten einem zwischen die Knie geklemmten Huhn den Hals umdreht.

Dass Wilhelm sich längst geändert hat, hart sein kann zu sich und zu anderen und unbeirrt sein Ziel verfolgt, nimmt Marianne nicht wahr. Seit es mit der Firma gut läuft, überhäuft er sie mit Geschenken, das Modellkleid und den Pelz zum Geburtstag, die Perlenkette zu Weihnachten. «Ach, Junge», seufzt Marianne dann beim Auspacken der Präsente, und in diesem kargen Seufzer liegt für Wilhelm die ganze Vergeblichkeit. In diesem Leben wird er nicht mehr an die Liebe der Mutter gelangen.

Nachdem er Marianne nach Hause begleitet und ihr den Mantel abgenommen hat, bringt er ihr noch ein Glas Wasser ans Sofa, auf dem sie bereits mit über der Brust gefalteten Händen wie aufgebahrt liegt. Dann breitet er ihr die Mohairdecke über den spitzen Knien aus. Marianne gibt vor zu schlafen, und so spart sich Wilhelm den Abschiedsgruß.

Tierliebe

Hatte sich mein Vater bei seinen Besuchen im Ledersessel der Schwiegereltern zurückgelehnt, machte der Pudel Peter an seinem Bein etwas, das die Großmutter *hückern* nannte. Er sprang am Unterschenkel *des Gasts* hoch, umklammerte seine Wade mit beiden Vorderpfoten und vollzog dabei mit dem Gesäß rhythmische Bewegungen, wobei sein kupiertes Schwänzchen mit dem getrimmten Pompon aufgeregt zitterte. «Oh nein, nun hückert er schon wieder. Hans, tu doch auch mal was.» Aber natürlich musste der Großvater nicht einschreiten, denn Wilhelm bekam den Pudel schon ganz allein vom Knie. «Hach, was für ein Schweinchen», sagte die Großmutter dann peinlich berührt und hielt mir die Augen zu. Dabei kannte ich Peterchens Angewohnheiten nur zu gut, diese unappetitliche Sache machte er auch mit der Wolldecke vom Sofa, sobald er sie zu packen bekam, und auch mit mir, wenn er und ich in der Wohnung alleine waren. Er sprang dann an meinem Rücken hoch und hielt mich von hinten mit seinen Pfoten fest, während ich auf dem Boden saß und mit Legosteinen spielte. Sein rosa Pimmel schaute dabei glänzend aus dem behaarten Schaft.

Abends, nach dem Ende der Sprechstunde, guckte der Großvater zunächst mit mir im Fernsehen *Die Drehscheibe*. Schlag achtzehn Uhr öffnete er eine Flasche Dortmunder Kronen Pils und goss die Hälfte des Inhalts in ein geschliffenes Bierglas mit Jagdmotiven. Die Flasche verschloss er wieder mit dem Öffner, dessen breiter Griff an der Unterseite gummiert war; man konnte ihn wie eine Schiene über den Flaschenhals schieben. So ging die Kohlensäure nicht verloren. Eine Flasche reichte für zwei Fernsehabende. Ich durfte hin und wieder vom Schaum nippen. «Aber keinen Fettfinger ans Glas machen!»

Begann die *Tagesschau*, wurde ich von der Großmutter zu Bett gebracht, und der Großvater schaute weiter, was die drei Kanäle zu bieten hatten. Nach dem Abendessen sprach er gemeinsam mit seiner Frau einem preisgünstigen, leichten Mosel zu. Auch der Wein hielt für mindestens zwei Tage vor. «Genuss entsteht durch Mäßigung.» Die belegten Brote servierte die Großmutter dem Großvater allabendlich an den Sofatisch. Er breitete sich dann die gestärkte, weiße Damastserviette über den Schoß, stellte den Teller auf die Oberschenkel und aß die Butterbrote mit Messer und Gabel, derweil ich bei der Großmutter in der Küche saß und die Brote verspeiste, die sie für mich in gleichmäßige Rauten geschnitten hatte.

Hatte Großmutter die Serviette vergessen, wischte sich der Großvater die Finger an den Sachen ab. Was sollte man machen? Nach der eigenen Frau konnte man schließlich nicht rufen.

An Samstagen gab es Tatarbrote. «Und vergiss die Sardelle nicht.» Spätestens gegen neun hatte der Großvater kein besonderes Interesse mehr an der Fernsehunterhaltung. Er brachte seine Frau auf die Palme, indem er selbst während spannender Krimis ständig einnickte, leise zu schnarchen begann und dann wieder ruckartig den Kopf hob. «Was ist denn das nun wieder für eine Frau, Lotte?» – «Ach, Männemännchen, das ist doch die gleiche wie gerade eben. Die hat jetzt nur einen anderen Rock an.» Dann wusste er, dass es Zeit für ihn war, ins Bett zu gehen. Ich verfolgte die Fernsehkrimis vom Flur aus, durch den Spalt der angelehnten Wohnzimmertür. Erhob sich der Großvater aus seinem Fernsehsessel, huschte ich flink zurück ins Bett. Ich sah ihn dann im Nachthemd an der Kinderzimmertür vorüberziehen. Seine Unterschenkel waren bunt geädert, hellblau und lindgrün, wie die Schnittmusterbogen in den Burda-Heften der Großmutter. Ich hörte ihn im Flur noch Phantasiemelodien mehr pusten als summen, denn er hatte im Bad bereits seine Oberkieferprothese herausgenommen.

War er im eiskalten Schlafzimmer verschwunden, bezog ich wieder meinen Posten auf dem zugigen Wohnungsflur, mit Blick durch den Türspalt auf die Mattscheibe. Kaum nahm der Pudel das Knarren der Schlafzimmertür wahr, sprang er vom Sofa, rannte an mir vorbei und gesellte sich zu seinem Herrchen. Das heißt, er rückte nicht etwa dem Großvater auf die Pelle, sondern machte sich auf Großmutters Seite breit. Je älter der Pudel wurde, desto stärker verkehrten sich die Nutzungsrechte im großelterlichen Schlafzimmer. Der Pudel wurde sich immer sicherer, dass die rechte Ehebetthälfte die seine war, und gleichzeitig immer unsicherer, ob er sie noch mit der Großmutter teilen wollte. Nachdem sie den Fernseher ausgestellt, die Gläser abgeräumt, in der Küche die Spülmaschine angestellt und sich im Badezimmer Dekolleté und Gesicht dick mit glänzender Nachtcreme eingeschmiert hatte, machte sie sich an das komplizierte Geschäft, in ihr Bett zu steigen. Nie habe ich, die ich eine Wand weiter schlief, andere Geräusche aus dem großelterlichen Schlafzimmer gehört als das Geknurre und Gekläffe des Pudels bei der Verteidigung der Steppdecke und die Großmutter, wie sie über Minuten mit dem Hund kämpfte und fortwährend schimpfte. «Nein, was bist du für ein Teufel, du gemeines Untier …»

Der Großvater mochte es, Kinderschokolade zu verteilen. Selber aß er gern Asbach-Uralt-Pralinen. Nach dem Mittagessen machte er jeden Tag ein Schläfchen. Dazu faltete er seine Cordhose sorgfältig an der Bügelfalte zusammen, hängte sie über einen Stuhl und legte sich im Oberhemd und in seinen halblangen, feingerippten, weißen Unterhosen ins Bett. Dort blieb er, nachdem er noch drei Lösungswörter in ein Kreuzworträtsel eingefügt hatte – «Das Gehirn ist ein Muskel, der trainiert werden will» –, für eine Stunde vollkommen regungslos liegen und achtete noch im Halbschlaf darauf, dass sein ordentlich gebügeltes Hemd keine Knitterfalten bekam. «Dann will ich mich mal niederlegen», sprach er halblaut zu sich selbst, bevor er vom Esstisch aufstand. Wenn ich ihm ins Schlafzimmer folgte, bekam ich einen Riegel Kinderschokolade, die er bei seinen Bankunterlagen in der weißen Schleiflack-Schrankwand des Schlafzimmers aufbewahrte. Das Ritual war immer das gleiche. Er knickte die Stücke einzeln ab und fragte: «Wie viele sollen es denn heute sein?» Und dann bekam ich nacheinander drei Stückchen in die Hand abgezählt. Mehr gab es nicht.

«So, nun hat die liebe Seele endlich Ruh», sagte er, während er für sich selbst eine Likörpraline aus dem goldenen Stanniolpapier wickelte. Ein kleines Quadrat Kinderschokolade nahm er aber noch mit ans Bett, öffnete die Tür des Nachttisches, legte das Stück auf den Boden des Schränkchens und schloss die Tür wieder. Wenn ich das Schlafzimmer verließ, durfte ich die Zimmertür nur anlehnen – jeden Tag das gleiche Schauspiel:

Kaum hatte sich der Großvater in die richtige Liegeposition gebracht, rief er: «Peeeeterchen!» Der Pudel kam sogleich angesaust, stupste mit der Nase die Zimmertür auf, und der Großvater öffnete im Liegen den Nachttisch, aus dem der Hund sich, noch im Lauf zu einem kleinen Sprung ansetzend, das Stück Schokolade schnappte. Danach trabte er schmatzend – das Zeug schien ihm mächtig an den Hundezähnen zu kleben – wieder ab und hin zu der Großmutter in die Küche, wo er darauf spekulierte, zusätzlich noch mit Essensresten gefüttert zu werden.

Ich war nicht wirklich begeistert von der Kinderschokolade. Nachdem es einmal heimlich eine Asbach-Praline probiert hatte, wusste das Kind, das ich war, warum der Großvater die mit herbem Weinbrand gefüllten Zartbitterdinger der weichen, süßen Schokolade vorzog. Ich mochte den scharfen Alkoholgeschmack, aber bei diesen Pralinen waren es vor allem die Konsistenz und die krachende Zuckerkruste, die es mir angetan hatten. Das Stibitzen war gar nicht so einfach. Ich musste in einem der seltenen unbeobachteten Momente den Stuhl an die Schrankwand schieben und in Windeseile ein Stück aus der Packung klauben. Zusätzlich wurde die Sache dadurch erschwert, dass der Großvater die Stücke nach einem stetig wechselnden, geheimen Muster entnahm. Eine Praline musste also so entwendet werden, dass die verbliebenen goldenen Stückchen immer noch in einem ähnlichen Rapport angeordnet waren. Die Vertuschung wurde umso komplizierter, je mehr sich die Schachtel leerte. Je mehr meine Leidenschaft für Asbach Uralt entbrannte, desto unvorsichtiger wurde ich, und so flog die Sache am Ende auf. Der Großvater war es nicht, der den Raub bemerkte. Es war Großmutters Haushaltshilfe, die beim Frühjahrsputz einen Haufen goldener Stanniolkügelchen hinter dem Kinderbett hervorfeudelte.

Während der sonntäglichen Spaziergänge im Stadtwald sagte mir der Großvater, der ein begnadeter Geschichtenerzähler war, Balladen auf. *Die Bürgschaft* («Was für ein immenser Freundschaftsbeweis!»), *Der Ring des Polykrates* («Die Sache mit dem Fisch ist eigentlich mehr als unwahrscheinlich») und *Der Taucher* («Der Jüngling muss ja wirklich zu dumm gewesen sein. Wer will denn schon so eine grausame Frau heiraten?»). Als er mich noch im Sportwagen schob, erzählte er mir nur die Handlung nach; als ich schon größer war und an seiner Hand ging, begann er, mir die Verse beizubringen. Gelang mir ein Absatz beim Rezitieren fehlerfrei, erschien ein strahlendes Lächeln auf Großvaters Gesicht.

«Die Sonne bringt es an den Tag» war mein Lieblingsgedicht – es war so anheimelnd unheimlich, wie einem Verbrecher die Neugier seiner Gattin zum Verhängnis wird und die Lichtkringel an der Wand von einem bösen Ausgang der Geschichte künden. Kringel, Rauchkringel konnte auch der Großvater mit der sonntäglichen Krone-Zigarette hervorbringen. Gleich- und ebenmäßig erschienen und verschwanden sie an der Wohnzimmerwand, wie die Rauchwolken der Dampflokomotiven in der Schwelter Bahnhofshalle.

3

Aslan, der Airedale Terrier, muss von Wilhelm am Montagmorgen geweckt werden. Erst nachdem sein Herrchen mit dem hausmeistergroßen Schlüsselbund die rostige Zwingertür geräuschvoll aufgeschlossen hat, erhebt sich der Hund hüftsteif von seinem Strohlager und linst aus der Hütte. Seit langem schon ist er schwerhörig, aufs Wort gehört hat er ohnehin noch nie. Wie er an diesem Morgen neben Wilhelm hertrottet, verbreitet er einen abgestandenen Kötergeruch nach vergorener Milch und verstopften Drüsen. Wilhelm schreitet auf dem allmorgendlichen Spaziergang zunächst die Fabrikhallen ab und grüßt die zur Frühschicht zum Werkstor hereinströmenden Arbeiter auf ihrem Weg zur Stechuhr. Dann schlägt er den Weg über die Felder ein, hinab ins sogenannte Wiesental. Wilhelm ist in tiefes Grübeln versunken. Er will den Auftrag einer internationalen Textilfirma mit Dépendance am Niederrhein annehmen. Nur zu genau weiß er, dass er den gewünschten Liefertermin nicht wird einhalten können. Noch ist die Rautenberg'sche Maschinenfabrikation nicht auf eine solche Großorder eingestellt. Die halbe Nacht hat er mit dem Addieren von Zahlenkolonnen zugebracht. Lohnt sich der Auftrag auch dann, wenn man die Vertragsstrafe von dem zu erwartenden Gewinn abzieht, oder wird der Bau der neuen modernen Fertigungsstraße in der Fabrik vielleicht durch ein Wunder noch rechtzeitig fertig, sodass ein Großteil des Auftragsvolumens zu schaffen ist? Wilhelm kann es nicht leiden, wenn Dinge unmöglich scheinen – geht nicht gibt's nicht. Er wird heute noch einmal mit seinem Bruder reden müssen. Karl ist der Ingenieur. Karl kann planen, Wilhelm kann rechnen. Einer ist ohne den anderen aufgeschmissen. Wenn sie auf Familienfeiern in Stimmung sind und die zahlreichen Verwandten sie fragen, wie es denn klappt mit der Zusammenarbeit und der gemeinsamen Firmenleitung nach dem Tod des Vaters, dann erzählt Karl gerne den Witz von den zwei Polizisten, die stets zusammen auf Streife gehen müssen, weil der eine schreiben und der andere lesen kann.

Wilhelm kann Witze nicht ausstehen. Hühner auch nicht. Aber Aslan, der mag Hühner. Sehr sogar. Gerade hat er ein besonders trotteliges Federvieh erspäht, das dabei ist, Bauer Heidkötters Hühnergehege durch ein kleines Loch im Maschendrahtzaun zu verlassen. Das heißt, zunächst hat es gerade einmal den Kopf aus dem Zaun gestreckt. Das Loch ist für das dicke Hinterteil des Huhns viel zu klein. Noch! Weil Wilhelm in Gedanken versunken ist, bemerkt er gar nicht, wie in Aslan zunächst Leben und dann Körperspannung kommt. Er hebt die rechte Pfote, spitzt die Schlappohren, tut so, als ob er etwas hören würde, und dabei wittert er, peilt sein Opfer an und streckt die Rute waagerecht von sich. Nun wäre noch eine Sekunde Zeit, ihn bei Fuß zu rufen, aber Wilhelm sieht das aus dem Zaun lugende Huhn erst, als Aslan wie ein Indianerpfeil drauf zuschießt. In wenigen Augenblicken macht der Hund das Loch passend. Wilhelm schreit, das Huhn kreischt, Federn stieben, und Bauer Heidkötter kommt in langen Unterhosen aus dem Haus gerannt. Wilhelm hat sich derweil Aslan zwischen die Beine geklemmt, zerrt ihm mit der linken

Hand den Vogel oder das, was von ihm übrig ist, Bürzel und Füße, aus dem Maul und versohlt den winselnden Hund weit ausholend mit der Rechten. Als er den Heimweg antritt, ist seine Anzughose so blutverschmiert wie die Schürze eines Metzgers und seine Brieftasche um zwanzig Mark leichter. Es ist nicht das erste Huhn, das Aslan gerissen hat.

Einen Steinhäger musste Wilhelm in der muffigen Bauernküche kippen, auf den Schrecken, hatte Dieter gemeint. Furchtbar unaufgeräumt ist es bei ihm, seitdem seine Frau vor ein paar Jahren so plötzlich verstarb. Die war bei der Ernte einfach auf dem Feld zwischen den Garben umgekippt, mit der Forke in der Hand. Tot, von einem Moment auf den anderen. Vierzig war sie gerade mal geworden, und vier mäßig begabte Kinder hinterließ sie dem armen Dieter, der gar nicht wusste, wie ihm geschah, und in bleierne Untätigkeit verfiel. Doch dann kam kurz nach der Beerdigung schon die Gemeindeschwester Elfriede und brachte in regelmäßigen Abständen seinen Haushalt wieder auf Vordermann. Und die betfreudigen Gemeindefrauen sammelten umgehend Geld für die Kleidung der Blagen. In kürzester Zeit waren die Kinder Heidkötter für die kommenden Jahrzehnte eingekleidet – als ob das ihr drängendstes Problem gewesen wäre. Aufläufe kann die Familie seither auch nicht mehr ausstehen, und Dieter hofft, dass die Zeit, in der ihm abends noch von einer Betschwester ein Einweckglas Steckrübeneintopf vorbeigebracht wurde, vorbei ist. Schwester Elfriede hat seine Küche jedenfalls schon länger nicht mehr gesehen.

Schneller, als Wilhelm den Heimweg antreten kann, hat Dieter ihn auch schon in ein Gespräch verwickelt, das ihm sogar noch unappetitlicher erscheint als das soeben erfolgte Hühnermassaker. Eine neue Melkanlage, sagt Dieter, wäre auf seinem Hof dringend vonnöten, mit dem alten Kram könne er hier in der Gegend, in der es mehr Kühe als Frauen gebe, keinen Staat mehr machen. Um ihn herum würden alle Bauern ein Vielfaches an Milch verkaufen, selbst die mit deutlich weniger Weideland.

«Ich hab auch schon mal darüber nachgedacht, ob ich vielleicht anstatt in Kühen mehr in Schweinen machen soll, die brauchen weniger Platz. Auf ein paar Hektar Land kann ich verzichten. Der Zaster ist mir jetzt wichtiger. Ach, überhaupt, die blödsinnige Nutztierhaltung.»

Ist es dieser gespielt treuherzige Blick? Wilhelm weiß sofort, worauf Heidkötter hinauswill, dabei hat er dem Bauern doch schon so oft unter die Arme gegriffen. Er sitzt in der Falle. Und so kommt es, dass ein totes Huhn Wilhelm von einem festen Vorsatz abbringt: Leihe niemals einem Freund Geld, denn er wird dir später dafür böse sein! Nun gut, auf Dieters Freundschaft kann Wilhelm pfeifen; das Geld sieht er ohnehin nicht wieder.

«Wie viel brauchst du?» Es gibt doch kaum einen Ärger, den man mit ein bisschen Moos nicht aus dem Weg räumen kann. 5000 schreibt er also in seiner sogar für ihn selbst nachträglich häufig unleserlichen Schrift in das Kästchen des Schecks. Das dürfte erst einmal reichen, für eine moderne Melkvorrichtung, und ihm, Wilhelm, auch weiterhin den Blick ins Ruhrtal sichern. Einfamilienhäuser direkt vor der Nase, mit Schaukeln und Kinderkrach, das hat ihm gerade noch gefehlt.

Am Montagmorgen, so gegen neun, während Wilhelm sich in seinem Büro hinter dem Schreibtisch Marke Gelsenkirchener Barock immer noch über Bauer Heidkötters Erpressung, den Hund und sich selber ärgert, steht Inga auf Gleis vier des

Schwelter Bahnhofs und wartet auf den D-Zug in Richtung Frankfurt. In Freiburg will sie ihr altes Zimmer ausräumen. Die Bude wird sie nunmehr genauso wenig benötigen wie das Wissen, das ihr bei der Ausbildung zur Chemielaborantin eingetrichtert wurde. Ester, Säuren und Basen, Bunsenbrenner und Petrischale, das kann ihr jetzt alles schnuppe sein. Sie hat die Prüfung mit drei bestanden, nicht doll, aber nach der Verlobung war ihr Abschluss sogar den pingeligen Eltern egal. Gar nicht auszudenken, was sie mit ihrer Zukunft hätte anstellen sollen, wenn sie so ausgesehen hätte wie Gaby, mit der sie sich das kleine Zimmer neben dem Münster geteilt hat. Das Klo auf dem Gang die halbe Treppe tiefer und ein tropfender Wasserhahn am Fußende des viel zu schmalen Bettes – aber jede Menge Spaß mit Gaby, so waren die zwei Jahre in Freiburg wie im Flug vergangen. Die Wochenenden verbrachte sie ohnehin bei den Eltern und mit Freund Axel in Schwelte. Die arme Gaby, mit ihrem Damenbart und den Säbelbeinen, wird wohl noch eine Weile im Labor schmoren müssen, bis ein holder Recke sie von ihrem weißen Kittel befreit. Aber es wird schon noch einer kommen, der zu schätzen weiß, wie lustig es mit ihr sein kann, da ist sich Inga sicher. Gaby kann auf dem Kamm blasen und auf der singenden Säge «Ännchen von Tharau» spielen, eine halbe Flasche Korn ex trinken und danach beim Dart immer noch ins Schwarze treffen. Nur einmal gab es einen kleinen Betriebsunfall, nach einer Überdosis Kellergeister, eine Verwechslung der Zahnbürsten; an und für sich noch nichts Schlimmes, aber Gaby hatte im Rausch die Bürste erwischt, mit der sich Inga am Nachmittag die Haaransätze mit Wasserstoffperoxyd gebleicht hatte. Hui, da britzelten vielleicht die Zahnhälse! Da half auch Gurgeln mit H-Milch nichts, und das Zerkauen eines ganzen Bundes Petersilie zeigte genauso wenig Wirkung.

Der Zug fährt ein, die Silberlinge, die blitzenden Waggons, öffnen mit einem lauten Seufzer ihre Türen. Als Inga die Stufen erklettert, nimmt ihr jemand von hinten die fast leere Reisetasche aus der Hand. Sie blickt sich um und staunt nicht schlecht: Axel! Ihren Jugendfreund hat sie, seitdem sie ihm den Laufpass gegeben hat, nicht mehr gesehen. Das war letzten Sommer in den Ruhrauen. Am Tag zuvor hatte sie Wilhelm das erste Mal geküsst. Nach einem Ausritt bei Bauer Brinkmann zusammen mit ein paar hübschen Reitschülerinnen hatte er ihr zum Abschied die bauchige Trinkflasche mit Schnaps gereicht und sie, als sie diese nach einem kräftigen Schluck zurückgeben wollte, ganz frech auf den Mund geküsst. Da staunten aber die anderen Mädels nicht schlecht, der begehrteste Junggeselle der Region, wie hatte Inga das nur angestellt? Es war ihr selbst ein Rätsel. Und bei dem einen Kuss war es an diesem Tag nicht geblieben. Wilhelm hatte ihr galant angeboten, sie nach Hause zu fahren, wo sie sich stundenlang vor der Einfahrt im Auto küssten. Ab da war die Sache für Inga beschlossen. Und weil sie Heimlichkeiten nicht ausstehen konnte, wurde Axel das Ende der Beziehung gleich am nächsten Nachmittag beim Baden an der Ruhr verkündet. Sie hatte ihn von den Freunden weggezogen, unter eine Trauerweide. «Ich muss dir mal was sagen.» Das hatte Axel dummerweise ganz falsch verstanden, und er war seiner Liebsten fröhlich gefolgt, wie Pudel Billy, wenn man ihm die Leine zum Spazierengehen zeigte. «Ich habe gestern einen Mann kennengelernt.» Axels Gesicht wird sie nicht vergessen. Er taumelte leicht, wie ein Boxer nach einem eingesteckten Volltreffer, und musste sich am Baumstamm festhalten. Er schaute sie noch einmal lange und durchdringend an, wobei seine Pupillen zu schwimmen begannen. Ein Blick wie der letzte Augenaufschlag eines tödlich Verwundeten. Dann drehte er sich abrupt um, rannte zu seinem Fahrrad, schwang sich mit nasser Badehose auf den Sattel und trat wie wild in die Pedale. Auf der Landstraße staubte der Kies, dann war er verschwunden. Seine Kleidung mussten ihm die Freunde am Abend nach Hause bringen.

Ein einziger Satz kann das Leben in vorher und nachher teilen und einen Pflock in die eigene Zeitrechnung rammen. Wörter können unumstößliche Tatsachen schaffen, das war Inga erst in diesem Moment klargeworden. Und plötzlich war sie es, die sich an der Trauerweide festhalten musste. Was wusste sie schon von diesem Wilhelm, dem sie soeben einen treuen Freund geopfert hatte? Einsam war sie sich mit einem Mal vorgekommen, und grausam hatte sich die Woche gedehnt, angefüllt mit Zweifeln und Selbstvorwürfen, bis endlich der erlösende Anruf von Wilhelm kam. «Treffen wir uns morgen bei Brinkmanns?» Nach wenigen Wochen waren sie dann offiziell ein Paar. Was genau diese Tatsache begründet hatte, hätte Inga nicht zu sagen vermocht; Axel war jedenfalls vergessen.

Doch jetzt an der Zugtür legt Axel Inga galant einen Arm um die Taille. Sie suchen zusammen ein leeres Abteil. Axel schiebt das Fenster nach unten und zündet sich eine filterlose Zigarette an. Gut sieht er aus in seiner offiziellen Garderobe, so hat Inga ihn noch nie gesehen. Er trägt einen eleganten Kammgarnanzug und hat jede Menge Pomade im Haar. Durch Ingas Frisur weht der Fahrtwind, und das fühlt sich plötzlich verdächtig nach Freiheit an. «Wo soll es denn hingehen, mit der Aktentasche unterm Arm?», fragt sie den Jugendfreund.

«Ach, nur bis in die nächste Kreisstadt.» Dort will Axel die noch fehlenden Unterlagen für die Gesellenprüfung bei der Innung abgeben. Metzger wird er, wie sein Vater. Was auch sonst? Es wäre doch schade um den elterlichen Betrieb. Axel ist als Einzelkind der Stammhalter. Etwas befangen fühlt sich Inga schon. Wie soll dieses Gespräch nun weitergehen? Kann man denn tun, als wäre nichts gewesen? Immerhin kennt man sich in Situationen, in denen Inga jetzt nur noch von Wilhelm gekannt wird. Am Zugfenster ziehen die Häuser der Kleinstadt vorüber. Die Post, die im Krieg die einzige Bombe abbekommen hat, der Hochofenschlot der Stahlfirma Hundhausen, deren Arbeitern Papi regelmäßig die Fremdkörper aus den blutunterlaufenen Augen fräst. «Wo bitte war denn heute wieder der Gesichtsschutz, junger Mann?» Kurz darauf, hinter den Firmengebäuden, den Werkstätten und Lagerhallen, wird die Landschaft grün, die Ruhr taucht auf und verschwindet wieder unter einer Stahlbrücke. Der Bismarckturm steht einsam auf einem Hügel, und auf dem nächsten Berg sitzt Kaiser Wilhelm zu Pferd. Das Tier wirkt monströs, viel zu groß geraten. Warum bitte sollte der arme Kaiser seine Gefechte auf einem aufgeblasenen Kaltblüter bestritten haben? Und welche Schlachten waren das überhaupt? Inga hat in Geschichte nicht besonders gut aufgepasst. Ihr Blick fällt jetzt auf Axels braune, schlanke Hände. Aber was ist das? Ein goldener Ring blitzt an seinem linken Ringfinger auf. Verlobt? Ihr Axel? Ja, mit wem denn nur? Sie fragt ihn direkt und etwas zu laut. Das gibt's doch nicht – Claudia. Jetzt wird ihr alles klar. Die hatte sich doch schon immer so nah neben Axel gesetzt und auf jeder Party nur ihn um Feuer gebeten. Und einmal hatte er sie auch viel zu früh am Abend nach Hause geleiten müssen, weil sie denselben Heimweg hatten und Claudia etwas zu tief ins

Glas geschaut hatte. Diese falsche Schlange war zusammen mit Axel in der Clique erschienen, hatte sich dann an sie, Inga, rangeschmissen und war mit Axels Abgang auch wieder verschwunden. Nun ja, vermisst hatte sie wohl niemand. Eine einfache Friseuse. Nein, das hätte sie nicht gedacht von ihrem Axel. Etwas mehr Format hätte man doch selbst von einem Metzgersohn erwarten dürfen, zumal von einem mit Abitur.

Der Zug wird langsamer, der kleine Bahnhof des Nachbardorfs taucht auf. Nicht mehr als eine Bretterbude mit Uhrturm, direkt an der Ruhr gelegen. Da kommt Inga plötzlich eine Idee. «Hast du es eigentlich eilig?», fragt sie ihren Reisebegleiter. «Nicht sonderlich», gibt dieser leicht überrumpelt zu. Die Kreisinnung hat noch bis fünf Uhr geöffnet. Inga nimmt Axel bei der Hand und zieht ihn mit sich aus dem Abteil. Schon stehen sie auf dem Bahnsteig in Bergwickede. Beinahe hätte Inga ihre leere Reisetasche vergessen, die muss nun Axel tragen. Und jetzt? «Wie wär's mit einem kleinen Spaziergang?», fragt Inga. Sie schlagen die Landstraße zur Ruhr ein, Inga hat sich bei Axel untergehakt und plaudert munter. Sie erzählt vom letzten Urlaub mit den Eltern am Rhein. Die Anekdote, wie die ganze Familie Lüdersheim wegen eines Stromausfalls für mehrere Stunden im Sessellift zum Feldherrndenkmal geschmort hatte. Und wie da der Papi geschimpft hatte, weil er es gewesen war, der sich die unbequeme Sitzgelegenheit in schwindelerregender Höhe mit dem Hund hatte teilen müssen. Sie berichtet von ihrer Abschlussprüfung zur CTA – Mann, war das knapp! Hätte sie nicht bei der Englischprüfung neben Gaby gesessen, die ihr die ganzen Vokabeln flugs auf einem Löschblatt übersetzt hatte, dann wäre das wohl nichts geworden mit dem Abschluss. Axel fragt Inga nach der

Schwester Uta, erkundigt sich nach dem Wohlergehen des Familienpudels und möchte wissen, ob Vater Lüdersheim die Chromleisten des DKW immer noch mit der Augenwatte aus seiner Praxis auf Hochglanz poliert.

Wie vertraut man sich ist. Das ist so anheimelnd und irgendwie auch verführerisch. Eng nebeneinander laufen sie den Kiesweg am Wasser entlang. Die beiden kennen diesen Teil der Ruhr gut, hinter der nächsten Wegbiegung kommt die kleine Ausbuchtung, mit einer Art Schlammstrand, dort sind sie im letzten Sommer immer von Schwelte aus hingeradelt, Inga und Uta, Axel und sein bester Freund Bernd und eine wechselnde Schar ehemaliger Schulkameraden. Bernd, der gutaussehende Athlet, war das ganze Jahr über hübsch gebräunt und dabei noch mit über zwanzig semmelblond. «Der Bernd ist von allen Jünglingen der feschste», hatte ihre Mutter einmal bemerkt, «ein echter Naturbursche, richtig kernig wirkt der und so gesund.» Doch dann hatte Bernd ihnen zu aller Überraschung an einem heißen Badetag plötzlich unterbreitet, er wolle Priester werden. Dass er als Einziger in ihrem Freundeskreis ständig in die Kirche rannte, nicht nur sonntags zur Zehn-Uhr-Mette, sondern auch an allen möglichen anderen Tagen, zu den unmöglichsten Uhrzeiten, wussten sie. Aber deswegen musste man doch nicht gleich ins Kloster gehen. Uta hatte ihn daraufhin scherzhaft zu küssen versucht – «Willst du dir das wirklich entgehen lassen?» –, aber Bernd hatte nur gelacht und gesagt, es gebe Wichtigeres als diesen Paarlauf weltlicher Begehrlichkeiten. «Ob der Bernd sich überhaupt für Frauen interessiert?», hatte Uta am selben Abend beim Einschlafen von Inga wissen wollen. Und Inga hatte gewusst, in welche Richtung die Spekulation der Schwester ging. Länger schon waren Gerüchte über Bernd im Umlauf, an denen sie sich nicht beteiligen wollte, auf gar keinen Fall, sie erschienen ihr absurd und bösartig. Widernatürliches, über so etwas mochte sie nicht nachdenken. So etwas gab es doch gewiss gar nicht in einem kleinen Kaff wie Schwelte, in Köln vielleicht oder in Düsseldorf, aber hier, wo die Luft sauber war und alle Leute ganz normal? Daher hatte sie der Schwester nur knapp aus ihrer Kinderzimmerecke geantwortet. «Stell dir mal vor, liebes Schwesterherz, es mag für dich vielleicht nicht leicht zu begreifen sein, aber der Bernd geht eben nur mit dem lieben Gott ins Bett.»

Inga und Axel setzen sich auf eine Bank und legen gleichzeitig ihre Hände auf die Knie. Zwei goldene Ringe an zwei linken Händen, die nichts miteinander zu tun haben. Der von Axel ist geflochten und rotgolden, Ingas Verlobungsring ist aus 850er-Gold, schmal und mattiert, und der Brillant funkelt in allen Regenbogenfarben. Es ist nicht viel los in den Ruhrauen an diesem Montagmorgen. Ein Fahrradfahrer, der seinen kleinen, struppigen Hund in einem löchrigen Korb spazieren fährt, radelt in gemäßigtem Tempo vorbei. Mit ihm nähert sich und verschwindet auch wieder die sachliche Stimme eines Radiomoderators, der die Elfuhrnachrichten verliest. Der Rentner hat an dem Lenker des Fahrrads ein schmales himmelblaues Radio befestigt, dessen kleine Antenne im Gegenwind zittert. Sie schauen zwei Kajakfahrern zu. Von quer über den Fluss gespannten Seilen hängen kurze bunte Holzstäbe, blaue und rote, gelbe und grüne. Durch die fahren die Kajaks im Slalom hindurch, genau an der Stelle der Ruhr, an der es besonders viele Stromschnellen gibt. Geschickt muss man sein.

Dann ist die Bank leer. Inga hat ihren Schal auf dem Gras hinter den Hagebuttensträuchern ausgebreitet, auf einer hohen Wiese mit breitblättrigem Löwenzahn, wilden Himbeeren und langem, schon etwas trocken werdendem Gras. Grasflecken bekommt man nie mehr aus der Kleidung heraus, sagt Mami immer. Man wird vorsichtig sein müssen. Axels Kuss ist eine Reise in längst vergangene Tage. Grausam hell breitet sich der Himmel über ihnen aus, blitzblau und weit, und die Sonne sticht heiß. Die Geräusche um sie herum werden lauter. Insekten summen, der Fluss rauscht wie wild, die Kuh auf der Nachbarweide betätigt mit ihrer Schnauze laut schnaufend den Mechanismus einer Tränke …

Axel beugt sich über sie. So einen hübschen Schwung macht sein Unterkieferknochen kurz vor dem Ohr. Sein Hals und die Arme sind braun, wie auch das Haar und die Augen, und die dichte Wolle auf seiner breiten Brust ist fast schwarz. Ein starker Bartschatten wird bereits wenige Stunden nach der Morgenrasur schon wieder sichtbar. Axel könnte anstelle eines westfälischen Dickkopfs genauso gut, nein besser noch, ein Südländer, also Spanier oder Italiener sein. Für einen Moment ist Inga gerührt, als sie ihm das Hemd aufknöpft und das Kettchen mit dem Schützen auf seiner Brust sieht. «Du triffst mich mitten ins Herz», hatte sie ihm auf einer Weihnachtskarte dazu geschrieben. Er hat ihre Kette nie abgelegt. Auch Claudia kennt sie, das gibt ihr einen Stich und ist doch zugleich geheimnisvoll schön.

Sein Griff in ihren Nacken löst einen Schauder am ganzen Körper aus. Alle Kleidung muss fort, Hemd und Kleid fliegen nun in den Hagebuttenstrauch, ungeachtet aller Vorsichtsmaßnahmen. Möglichst viele Quadratzentimeter Haut der beiden sich windenden Leiber wollen aufeinandergepresst werden. Jede Berührung schmerzt, brennt süß und treibt Inga Tränen in die Augen. Nein, auch dieser Augenblick wird nicht verweilen, sich nicht wiederholen, nie wiederkehren. Rotneblige Bilder ziehen auf. Gestern noch und morgen nicht mehr, nie mehr, nur jetzt noch einmal, ein letztes Mal. Fühlt sie das wirklich, will sie es fühlen? Drei Worte machen sich in ihr breit, wollen so dringend gesagt werden. Dieses Versprechen, dieser schöne Satz, den sie noch nie so gesagt hat, noch nie auf diese Weise gehört hat. Bedeutungsschwer und leidenschaftlich. «Ich, ich …» Doch weiter kommt sie nicht. Axel legt ihr die flache Hand auf die Lippen. Die Landschaft um sie herum verschwimmt in Tränen, die Axel zunächst am Hals hinablaufen, dann wie schwere Regentropfen auf seine behaarte Brust fallen. Tautropfen in der Brustwolle. Nur Inga sieht sie, dann sieht sie nichts mehr. Sie schließt die Augen und horcht auf Axels schneller werdenden Atem. Noch einmal aufs Ganze gehen. Warum will sie das nur? Vielleicht, weil alles plötzlich möglich ist. Alles – und doch nur für heute.

Zwei Züge später sitzen sie wieder zusammen in einem braunen, verrauchten Abteil der Vorortbahn. Als Axel sich beim übernächsten Halt des Zuges von Inga verabschiedet, küsst er sie nur noch einmal flüchtig auf die Wange. Dann zieht er einen imaginären Hut, macht einen tiefen Diener und salutiert darauf noch einmal mit ernster Miene – nein, dieser Kindskopf! Weinend sieht sie ihm hinterher, wie er im Gegenlicht über den Bahnsteig geht und als Scherenschnitt in der Unterführung verschwindet. Nie wieder. Nie wieder, denkt sie unzählige Male, bis sie am Abend bei Gaby ankommt. Ganz so, als hätte sie erst jetzt die Bedeutung von Endlichkeit erfahren.

Nach dem dritten Weinbrand gesteht Inga der Freundin weinend den Fehltritt. «Ich weiß nicht, ob ich ihn jemals vergessen kann.»

«Unfug, mit der Zeit vergisst man alles», erwidert Gaby und

rückt ihrer Busenfreundin den Kopf zurecht. «Versprich mir, dass du diese Geschichte fein für dich behältst! Du kannst ja von Glück sagen, wenn dieser Unsinn folgenlos bleibt. Himmel Herr, hast du mal an deine Zukunft gedacht? Bist du denn des Wahnsinns fette Beute?»

Und Inga hat wieder einmal Glück, die Begegnung bleibt ohne Folgen. Axel heiratet Claudia im August, und Wilhelm nimmt Inga zur Frau. Die Ringe wandern bei beiden Paaren zur Vermählung von der linken an die rechte Hand. Das nächste Mal sehen sie sich sieben Jahre später, in der frisch zementierten Schwelter Fußgängerzone. Da schiebt Inga einen eleganten himmelblauen Kinderwagen und Axel einen ausgewachsenen Bierbauch vor sich her.

In der Praxis

In dem langen Flur der großelterlichen Wohnung war es dunkel. Alle Türen, die von ihm abgingen, blieben immer geschlossen. Ich spielte mit einer Persiltrommel, mit Verbandsmaterial und einem blau-roten Plastiktelefon auf Rädern mit extra laut schnarrender Wählscheibe und Schlafaugen. Die Augen mit den langen Wimpern klimperten und klapperten, wenn ich es an dem kurzen Seil über den Teppichboden hinter mir herzog. In einer Ecke der Diele baumelte der echte Telefonhörer von einem Podest zu mir herunter.

Der in Bodennähe schwingende Hörer war eine Art Vorläufer des Babyphons, denn auf dem Schreibtisch in der Praxis im Erdgeschoss lag sein Gegenstück in Reich- und Hörweite der Großmutter, gleich neben dem Rezeptblock. Während sie Sehstärken notierte und Augentropfen aufschrieb, lauschte sie auf meine gurrenden Laute und mein Gebrabbel, später hörte sie die kindlichen Selbstgespräche mit. Wählten Patienten die Nummer der Arztpraxis, war der Anschluss stets besetzt. Termine konnten auf diese Weise so schon lange nicht mehr vergeben werden. «Kommen Sie einfach zu den Sprechzeiten vorbei», hieß es. «Und bringen Sie Zeit mit.»

Wenn sich mein munteres Glucksen in Unmut verwandelte, überließ Großmutter den Augenarzt seinen Patienten und lief hinauf in die Wohnung, um in Windeseile ein Breifläschchen zuzubereiten. Wie gut, dass das Kind die Flasche inzwischen selbst halten konnte. Schon eilte sie wieder an den Arbeitsplatz. Treppauf, treppab – so blieb man jung. Die Großeltern waren keine Rentner, sie hatten durch den Betrieb in der Praxis nicht mehr Zeit als der vielbeschäftigte Schwiegersohn mit seiner Fabrik, aber was sollten sie machen? Sie hatten schon Schlimmeres überstanden, und die Pflege des wonnigen Säuglings half ihnen dabei, eine immer noch offene Wunde langsam heilen zu lassen.

4

In der Lüdersheim'schen Praxis stehen in den Bücherregalen neben der Fachliteratur zur Augenheilkunde die Handbücher mit den Streckenplänen der Deutschen Bundesbahn und dicke Bildbände mit imposanten Dampflokomotiven. Die Wände zieren Abbildungen antiker Eisenbahnzüge, ein Foto des «Big Boy», der legendären Lok der Union-Pacific-Line, hängt neben dem Leuchtkasten für den Sehtest mit der Buchstabenpyramide, bei der sich die Lettern nach unten verkleinern. Hinter der Spaltlampe prangt das Modell des Luxuszuges North Coast Limited vor der geblümten Tapete. In Amerika ist Hans nie gewesen, und doch kann er jeden einzelnen Bahnhof zwischen Chicago und Washington auswendig hersagen.

Er setzte sich in den ersten Nachkriegsjahren sonntagvormittags auch nicht mit den beiden kleinen Töchtern auf die harten Bänke der benachbarten Marienkirche, sondern mit ihnen und einer Tüte «Klümpchen», den Malzbonbons aus dem Kiosk, auf eine Bank des Bahnsteigs 1 im Schwelter Bahnhof. Dort erklärte er den Mädchen in ihren von Lotte genähten Kleidern die Funktionsweise eines Rangierbahnhofs und machte ihnen den Antrieb einer Kolbendampfmaschine anschaulich. Er klang ein wenig wie Heinz Rühmann als Herr Pfeiffer mit drei f in der «Feuerzangenbowle», mit dem Unterschied, dass er sich als gebürtiger Bonner den rheinischen Zungenschlag abtrainiert hatte. Man wollte sich vor den Westfalen schließlich keine Blöße geben.

«Lüdersheim will Eisenbahner werden», hatte 1929 unter seinem Abiturzeugnis gestanden. Doch Hans wurde Augenarzt, wie sein Vater. «Ein Augenarzt hat es gut. Er hat es, im Gegensatz zu seinen Kollegen aus anderen Fachbereichen, nur selten mit großem Leid und so gut wie nie mit dem Tode zu tun», so die einhellige Meinung in der Lüdersheim'schen Familie.

Ein Beamter der Deutschen Reichsbahn hätte mit beidem noch weniger zu schaffen gehabt, keine Frage. Aber mit diesem Argument musste Hans dem Familienoberhaupt nicht kommen, der hatte die Entscheidung bereits für ihn getroffen und ihm einen Studienplatz für Medizin in Marburg verschafft. Es geht doch nichts über Vitamin B. Als «Alter Herr» der schlagenden Verbindung «Hasso Nassovia» verfügte der Vater über die besten Kontakte. Auch nach einem Zimmer für den Ältesten musste nicht lange gesucht werden. Hans sollte als «Fuchs» «auf dem Haus» wohnen, wie es in der Sprache der Corpsbrüder hieß. In der Lutherstraße, in demselben kleinen Zimmer mit dem wackligen Waschtisch und den gluckernden Heizungsrohren, in dem schon Pipp, der Vater, vierzig Jahre zuvor die unterschiedlichen Formen der zerebralen Sehstörungen auswendig gelernt hatte. Dem Vater hatte ein Student der Philologie auf dem Exerzierplatz die Oberlippe mit dem Fechtsäbel gespalten, Hans versetzte ein angehender Jurist bei der ersten Mensur einen gewaltigen Hieb auf die linke Wange. In beiden Fällen nähte ein Erstsemesterstudent der Medizin die Wunde, der zur deutlicheren Narbenbildung geschickt ein Pferdehaar in die Verletzung flocht. «Mensch, Kinder, macht mal einen dreckigen Witz, damit ich au sagen kann», stand unter einer gezeichneten Mensur-Szene im *Simplicissimus.*

Es ist noch nicht lange her, dass Hans seiner Tochter Inga diese Zeichnung amüsiert präsentiert hatte. Einen «echten Bockmist» nennt Hans heute das Fechten ohne Gesichtsschutz, und die Corps-Studenten gehören für ihn mittlerweile zu den Ewiggestrigen. Im Wandschrank der Praxis ruhen neben den Märklin-Katalogen und Augenmodellen die vergilbten Satireblätter aus der Vorkriegszeit, und gleich daneben liegt Hans' Fotoalbum aus Universitätstagen, in dem der schmale Student in Couleur abgebildet ist, das dreifarbige Band schräg über der Brust und auf dem Kopf die Studentenmütze. Auch das Erinnerungsfoto an den Tag, an dem er den schlimmsten seiner Schmisse erhielt, ist mit schwarzen Dreiecken fein säuberlich in das Album eingeklebt. Ein schmaler, ernstblickender junger Mann ist darauf zu sehen, sein blütenweißes Hemd und die enganliegende, ebenso weiße Hose sind von Blut getränkt. Hans sieht auf dem Foto aus wie der junge Thomas Mann, dem jemand einen Kübel Tomatensaft über den Kopf gegossen hat. «Warum um Himmels willen hat man sich nur so etwas Schlimmes zum Zeitvertreib ausgedacht?», fragte Inga ihren geliebten Papi. Der antwortete, sich nachdenklich mit dem Zeigefinger hinter dem rechten Ohr kratzend, dass er ihr das, aber auch sich selbst, beim liebsten Willen nicht mehr erklären könne.

Ein Gutes hatte dieses Männlichkeitsritual immerhin, es schien Hans' Attraktivität bei der Damenwelt deutlich erhöht zu haben. In Lottes Schmuckkästchen liegt ein kleiner vergilbter Zettel, ein Fetzen aus einem Schulheft. Auf dünnen blauen Linien hatte die fünfzehnjährige Lotte in steiler Kinderschrift «Wie heißt der mit den Schmissen?» geschrieben.

Auf der Rückseite, in anderer Schriftfarbe und Handschrift, steht der Name, den die Mutter nun schon seit einem Vierteljahrhundert trägt – Lüdersheim.

1937 hatte er seine Lotte mit der Einwilligung der Schwiegereltern geehelicht. Gerade mal zwanzig war sie und damit noch nicht einmal großjährig, Lottes Eltern mussten daher die Trauzeugen sein – und 1938 ist er dann mit ihr nach Schwelte gekommen. Von Köln in die Ruhrprovinz. Hühner und Schafe liefen noch über die staubigen Straßen, und kein Tanzlokal weit und breit. «Wo trinken wir denn hier unseren Dämmerschoppen?» Dieses Schwelte war wirklich das letzte Kuhkaff. Aber ausgerechnet hier fehlte nun einmal ein Augenarzt. Warum der Vorgänger aus dieser Ödnis getürmt war, konnte man sich denken. Ein Jahr nur wollten sie bleiben, dann würde sich Hans wieder in Köln, Bonn oder Koblenz bewerben. Aber immerhin, in Schwelte ließ es sich hübsch wohnen. Das junge Paar konnte die Wohnung des abgegangenen Kollegen übernehmen. Sie befand sich im ersten Stock einer hier in der Provinz wie ein Fremdkörper wirkenden Stadtvilla mit parkähnlichem Garten, die Praxisräume lagen im Parterre.

Zum Mittagessen waren es für Hans von der Spaltlampe bis zum Esstisch nur zehn Meter und dreißig Stufen. Und während Lotte ihm in der Praxis zur Hand ging, briet die kleine Uta in dem weißen Stubenwagen im Vorgarten in der Sonne. In ihrem ersten Sommer wurde sie braun wie ein Neger, so sagte man das damals noch und dachte sich nichts dabei. In Schwelte hatte 1939 noch niemand so einen Neger zu Gesicht bekommen. Im Gegensatz zu Lotte, die kannte einen, der war Liftboy im größten Kaufhaus von Köln, der war nicht mit

Schuhcreme angemalt, sondern ein echter, mit pechschwarzer Haut. Wenn er die Messingknöpfe des Aufzugs drückte, konnte Lotte seine Handflächen sehen. Die waren babyrosa, wie auch sein Zahnfleisch. Schöne weiße Zähne hatte er, und er lächelte auch beständig freundlich, aber Lotte war immer etwas bang, dass er sie vielleicht doch einmal mit diesen schwarz-rosa Händen berühren könne, und so stellte sie sich jedes Mal in die hinterste Ecke des Paternosters.

Als der Krieg ausbrach, entpuppte sich das Dörfchen Schwelte als wahrer Segen. Die Wohnung der Schwiegereltern in Koblenz lag eines Tages in Schutt und Asche, und vom Haus des alten Lüdersheim in Bonn stand am Kriegsende nur noch der Gartenschuppen. In Schwelte war eine einzige Bombe gefallen – die allerdings, nur wenige Meter von der Augenarztpraxis entfernt, in derselben Nacht, in der Lotte ihre zweite Tochter Inga zur Welt gebracht hatte.

Die Provinz hatte ihnen das Leben gerettet. Auch wurde Hans, obgleich im besten Mannesalter, nicht zum Militärdienst eingezogen. Durch Zufall war er in diesen schweren Zeiten der einzige und letzte Augenarzt im östlichen Ruhrgebiet. Einmal, 1942, hatte es dann aber doch noch einen Einberufungsbefehl gegeben. Drei Tage blieb Hans fort, drei durchweinte Nächte für Lotte, dann entfernte er wieder wie gehabt die Fremdkörper und Gerstenkörner in der Praxis an der Schwelter Hauptstraße. «Kollege Lüdersheim, was machen Sie denn hier?», hatte ihn der Stabsarzt Müntinghofen, sein Fuchsmajor zu Marburger Corps-Zeiten, bei der Einberufung gefragt und ihn sogleich wieder zu Frau und Kindern nach Hause geschickt. «Oder wolln Se etwa gern ins Feld?» Hans hatte noch nicht einmal den Kopf schütteln müssen.

Nach dem Krieg kam der Hunger. Lotte kochte Steckrübensuppe ohne Fleisch – ohne alles, wie Hans dazu sagte – und Rübenkraut im Waschbottich. Doch schlimmer als der Schweinefraß traf beide, dass kein Tröpfchen Wein mehr aufzutreiben war. Lotte zog zu Fuß über Land und hamsterte. Tauschte das Huhn von dem Bauern, der mit dem Flattermann eine kleine Augenoperation beglichen hatte, gegen Speck und Butter. Eines Tages schepperte, als sie von ihren Streifzügen heimkam, ein stattlicher Destillierapparat auf dem wackligen Bollerwagen. Von da an wurde Kartoffelschnaps gebrannt, mit dem es sich weitaus besser hamstern ließ als mit Eiern und Butter, und ganz nebenbei konnte man mit ihm auch noch prima feiern. Wein wäre natürlich schöner gewesen. Doch verfeinerte man das Gebräu mit etwas Bols in den Geschmacksrichtungen Cognac, Persico, Apricot und Blue Curaçao – eine wahre Regenbogenskala kleiner Fläschchen hatte Hans für kleines Geld beim Apotheker erworben –, so konnte man sich mit Freuden einen mächtigen Schwips antrinken. Einmal kamen die Nachbarn, Kollege Hennerts, HNO am Marienhospital, mit seiner Gattin zu Besuch. Zu essen gab es nicht viel, umso mehr wurde getrunken. Dann fielen die Hennerts, zu blau, um nach Hause zu wanken, in Hans' und Lottes Ehebett, immerhin noch munter genug, um mit dem heimischen Ehepaar so allerhand Verwegenes anzustellen. Nur gut, dass die beiden am Morgen gänzlich grußlos verschwunden waren. Der Kopfschmerz war infernalisch, der Kater zog sich über Tage hin, und das schlechte Gewissen hielt sich ebenfalls eine ganze Weile. Noch Jahre später bekam Hans rote Ohren, wenn ihm die Hennerts beim Metzger oder im Stadtpark begegneten. Man sparte sich den Gruß, tippte noch nicht einmal mit dem Zeigefinger an den Hut, und Lotte und er verloren nie wieder ein Wort über diese bunte Nacht.

«Der Nächste bitte.» Hans steht im weißen gestärkten Kittel auf der Schwelle seiner Praxis und hält die Tür für den Patienten auf. Das Wartezimmer liegt dem Untersuchungsraum gegenüber, zwischen den beiden der kalte Hausflur.

Eine untersetzte Frau erhebt sich schwerfällig. Ganz in Schwarz ist sie gekleidet, sie trägt einen bodenlangen Herrenmantel, ein Tuch bedeckt ihren Kopf und das Gesicht, bis auf die Augenpartie. Auch ihre Augen sind pechschwarz. Die Frau zieht zwei Kleinkinder in kurzen Hosen hinter sich her, zwei Jungs, an jeder Hand einen. Die Kinder winden sich, wollen ihr nicht folgen, die Frau schimpft, laut und aufgebracht, in einer fremden Sprache. Hans stöhnt laut, das hat ihm heute noch gefehlt. Erst der Notfall vor dem Frühstück, dann schon um neun die lange Schlange der Patienten vor der Praxis und nun dies, kurz vor dem Mittagessen, und immer noch ist jeder Stuhl im Warteraum besetzt. Seit Monaten geht das schon so, immer mehr von diesen verschleierten Gestalten begegnen einem im Schwelter Stadtbild. Ein paar Schritte hinter dem Ehemann müssen diese Frauen gehen, dafür trägt der die Einkaufstasche. Pinguine nennt Hans sie insgeheim. Erst waren es die Italiener, und nun kommen auch noch die Türken. Mit den Italienern ist wenigstens noch zu reden, aber die Türken scheinen überhaupt kein Interesse daran zu haben, die Landessprache zu erlernen. Auch mit dieser Patientin kann sich Hans nur schwer verständigen. Sie schüttelt den Kopf, gestikuliert und redet auf ihn ein, in einem jammernden Tonfall, der ihm seine Nerven endgültig ramponiert.

Es geht anscheinend nicht um sie, so viel begreift er. Also schaut er sich die beiden Rotznasen genauer an. Der eine Lümmel blickt ihm frech ins Gesicht, der andere reißt sich plötzlich von der Hand der Mutter los – oder ist das die Großmutter? Und dann verschwindet er unter die Arztliege und drückt sich dort an die Wand. Mit einer schnellen Handbewegung fördert ihn Hans wieder zutage und erkennt dabei, dass es sich bei diesem Bengel um den eigentlichen Patienten handelt. Sein linkes Auge ist fast gänzlich zugeschwollen. Er bedeutet der Frau, sich auf den großen Stuhl unter die grelle Lampe zu setzen, und drückt ihr den zappelnden Jungen auf den Schoß. «Lotte, komm doch mal rüber, so wird das hier nichts.»

Seine Frau erhebt sich vom Schreibtisch, wie er trägt sie einen weißen Kittel, der jedoch kürzer geschnitten und tailliert ist. Sie beugt sich über die Frau und das Kind, nimmt beherzt den Kopf des Knaben in beide Hände, und Hans kann mit Daumen und Zeigefinger die Augenlider auseinanderziehen. Der Junge strampelt und greint. Hans muss nicht lange rätseln, dem Kind ist etwas ins Auge geraten, vielleicht ein Zweig – nein, die Verletzung wirkt stumpfer, so sehen die Spuren eines sich plötzlich öffnenden Regenschirms auf der Hornhaut aus. Was es genau war, lässt sich nicht herausfinden, man kann ja anscheinend kein vernünftiges Wort miteinander wechseln. Hier gibt es auch nicht viel zu reden. Die Zeit wird alle Wunden heilen, ob auch diese vollständig, das allerdings muss sich erst noch zeigen. Wenn der Kratzer bis zur Regenbogenhaut durchgedrungen ist, bleibt vielleicht ein weißer Streifen oder ein milchiger Fleck im Sehfeld des Jungen zurück. Mit dem wird er dann leben lernen müssen. Gerade will er dem Kind noch etwas Salbe ins untere Augenlid applizieren, da tritt der Bengel nach ihm und hüpft dann seiner Mutter blitzschnell vom Schoß. Kinderarzt wäre auch nichts für ihn gewesen, denkt Hans, greift in den Medizinschrank und drückt der Frau eine kleine Tube in die Hand. «Da rein», sagt er deutlich und laut und zieht sich dabei selber ein Augenlid herunter, um mit dem Zeigefinger der anderen Hand auf seine korallenrote Bindehaut zu deuten. Das sieht anscheinend so furchterregend aus, dass die Frau zurückweicht und um ein Haar rückwärts in den Beistelltisch mit dem Arztbesteck gestolpert wäre.

«Nun aber raus.» Er schiebt die Frau zur Tür, die sich dabei ihr verrutschtes Kopftuch zurechtsteckt. Die Jungs sind schon auf und davon. Erst mal setzen, denkt Hans, als er die Tür hinter sich schließt. «Lotte, reiß doch mal die Fenster auf, hier riecht es ja, als ob jemand ein ganzes Netz Zwiebeln platt getreten hätte.»

Um halb eins verschwindet Lotte nach oben in die Küche. Eine Viertelstunde später entfernt Hans mit ruhiger Hand den letzten Fremdkörper, einen Keramiksplitter, aus dem Auge eines unvorsichtigen Fliesenlegers. Dann hängt er den Kittel an die Garderobe und wäscht sich zum hundertsten Mal an diesem Tag die Hände. In die ovale Seife ist ein Magnet gedrückt, der wiederum sein Gegenstück an einer Halterung über dem Waschbecken findet. Die Seife schwebt, so wird sie nicht matschig, was wichtig ist, denn weiche, glitschige Seifenstücke kann Hans nicht leiden. Beim Anblick des blau geäderten Ovals kommt Hans die Nordsee in den Sinn. Wie gerne würde er wieder einmal schwimmen gehen, so wie damals auf seiner Hochzeitsreise, zehn Tage Sylt. Aber Lotte will immer nur in die Berge. Als er von seinen Händen aufblickt, sieht er sein ernstes Gesicht in dem kleinen runden Spiegel. Die Seife entwischt ihm und dreht ihre Runden durch das weiße Porzellan des Waschbeckens. Eine Weile steht er vor dem Abguss und mustert erst das Seifenstück, dann sich selbst.

Er ist zweiundfünfzig Jahre alt. Zwei Drittel des Ganzen dürften nun hinter ihm liegen. Was wohl noch in seinem Leben passieren wird? In wenigen Tagen heiratet seine jüngste Tochter. Für sie beginnt ein neues Leben. Und was ist mit ihm? Aus dem Spiegel blickt ihn ein glattrasierter, schlanker Mann mit gewelltem dunklem Haar und akkuratem Seitenscheitel an. Ob er noch für Mitte vierzig durchgehen würde? Plötzlich fällt ihm die Falte auf, quer über der Stirn. War die denn gestern schon da gewesen? Bestimmt hat der tägliche Trott sie an diese prominente Stelle platziert. Aber was soll er machen? Lotte scheint es nichts auszumachen, dass jeder Tag wie der vorherige ist und auch der nächste ganz ähnlich verlaufen wird. Die Gleichmäßigkeit des Alltags beruhigt sie. So ist es ihm auch lange Zeit ergangen, doch seit Ingas Hochzeitsvorbereitungen ist er plötzlich in innerer Alarmbereitschaft. Was ist nur los mit ihm? Der Schwiegersohn in spe drückt ihm aufs Gemüt. Große Autos, teurer Pferdesport und seine Inga, sein Püppi, im Pelzmantel – irgendwie neureich das Ganze. Man wird nicht schlau aus diesem Wilhelm. Aber, das gesteht er sich ein, es mag auch Eifersucht im Spiel sein. Diese Weltläufigkeit, mit der Wilhelm in der besseren Gesellschaft verkehrt, das dicke Bankkonto und das Ansehen des erfolgreichen Firmenchefs – wer ist er denn schon, mit alldem verglichen? Ein Provinzarzt, der mit seiner Kleinfamilie in einer Mietwohnung lebt. Lotte dreht jeden Pfennig zweimal um, und der Rest des Monatseinkommens wird eisern gespart. Ein Leben des Verzichts, zwischen Rabattmarken und Sonderangeboten. Da nützt ihm auch das große Latinum nichts und der klassische Balladenschatz, der sich gesammelt, fast vollständig sogar, in seinem Kopf befindet, jederzeit zum Abruf bereit.

Wenn nur dieser verdammte Krieg nicht gewesen wäre, was wäre nicht alles möglich gewesen? Eine florierende Praxis in einer Beletage in der Kölner Innenstadt vielleicht. Seit vielen Jahren ist es Lotte, die nicht mehr aus Schwelte fortzubewegen ist. Und ihn schnürt derweil eine unbestimmte Trauer ein, wie ein Korsett. Bald wird es das gewesen sein. Was hatte man im Leben denn geschaffen, was mit all den Lebensjahren Sinnvolles oder wenigstens Schönes angestellt? Einfach mal tun, was man will – das wär's. Wann hat er das zuletzt gemacht? Hat er das überhaupt schon einmal gemacht? Und was genau würde er dann eigentlich wollen?

Das Telefon reißt ihn aus seinen Grübeleien. «Männe, wenn du jetzt nicht kommst, zerfallen die Kartoffeln zu Brei.»

Kleiderfragen

Wie Einkaufen ging, wusste ich früh. Meine Großmutter schob mich im Sportwagen die Bahnhofsstraße entlang. Der Nachbar grüßte, hob den Hut und deutete einen Diener an. «Und schöne Grüße an den Gemahl, Frau Doktor.» Wenn wir auf dem Markt ankamen, musste die Großmutter den Kinderwagen am Blumenstand stehen lassen, wollte sie Fisch kaufen. Von Fischgeruch wurde mir schlecht, und ich bekam einen meiner berüchtigten Tobsuchtsanfälle.

Das Haus der Großeltern lag mitten in der Kleinstadt, direkt neben dem Rathaus, hinter der Post. In der Bäckerei bekam ich Eierplätzchen geschenkt, beim Metzger reichte mir die Verkäuferin eine gerollte Scheibe Fleischwurst mit einer Gabel über den Tresen. Auf dem Markt gab es eine Banane. «Darf's noch etwas mehr sein, junge Dame?», fragte der Bauer mit der grauen Schürze die Großmutter. «Junge Dame, schön wär's», murmelte sie dann und drückte an den Äpfeln herum, ob die auch ja nicht mehlig waren.

Bei Hudeck, dem schmucken Geschäft auf der Graf-Adolf-Straße, kaufte die Großmutter meine Kleidung. Hellblau und Dunkelblau, etwas anderes stand dem blassen Kind nicht, wurde behauptet. Wie hatte meine Mutter am Telefon gesagt, noch im Krankenhaus, nachdem mein Vater den Schwiegereltern die Geburt der zweiten Tochter verkündet hatte: «Ja, Mami, mir geht es gut, und das Kind ist gesund. Aber stell dir vor, es hat rote Haare», und dabei hatte sie hörbar mit den Tränen gekämpft.

Schönheit ist nicht alles, sagte mein Großvater. «Vielleicht entwickelst du ein einnehmendes Wesen, dann kannst du damit wieder etwas wettmachen.»

«Die blonden Wimpern kannst du später färben», sagte die Großmutter einmal, «dann kommt auch etwas Ausdruck in dein Gesicht. Und gegen die Sommersprossen hat sich schon deine Mutter die Nase stets mit *Schwanenweiß* eingecremt.»

Die Großmutter kaufte mir also hellblaue Hemdchen und Höschen, ein blau-weiß kariertes Kleid und einen dunkelblauen Wollmantel mit Samtkrägelchen in Größe 104. 149,80 DM machte das insgesamt. So viel Geld, davon durfte der Großvater gar nichts wissen. Mein Vater erstattete den Schwiegereltern die Auslagen und überwies zusätzlich zweihundert Mark im Monat für Kost und Logis. Als ich zum ersten Mal sah, wie er bei einem Besuch die große krokodillederne Brieftasche zückte, ihr mehrere blaue Scheine entnahm und sie der Großmutter in die Hand drückte, begann mein Herz so schnell zu klopfen wie das eines Hamsters. Er will mich kaufen, dachte ich und begann zu weinen. Die Erwachsenen sahen die Tränen des Kindes nicht, sie waren mit Kopfrechnen beschäftigt. Und ich konnte noch nicht wissen, dass ich dem Vater längst gehörte.

5

Niemals Stecknadeln in den Mund nehmen, und schon gar nicht die mit den bunten Plastikköpfen. Da erschrickt man, weil eine Tür zuschlägt oder der Postbote Sturm klingelt, holt plötzlich tief Luft, und schon atmet man die Dinger unwillkürlich ein und hat den Salat. Das heißt, Salat sollte man daraufhin sofort essen, oder besser noch eine ganze Dose rohes Sauerkraut. Und gründlich einspeicheln, damit sich die weichen Krautfäden im Magen schön um die Nadeln wickeln. Seitliches Hin-und-her-Rollen in Liegeposition wird in diesem Fall empfohlen. Denn nicht nur die spitzen Nadelenden können die Magen- und Darmwände perforieren, dazu soll sich auch das Plastik der Nadelköpfe durch den Angriff der Magensäure in hundertfache Spitzen von unglaublicher Schärfe verwandeln. Schon steht einer unstillbaren Magenblutung nichts mehr im Wege. Hans Lüdersheim weiß, wovon er redet. Als Assistenzarzt in Bonn hatte er mit so einem Fall zu tun gehabt, eine kleine Schneidergesellin.

Frau Küchenmeister zieht die Nadeln zwischen ihren zusammengekniffenen Lippen hervor, eine nach der anderen in gleichbleibendem Rhythmus. Inga steht in ihren weißen Hochzeitspumps auf dem Küchentisch und dreht sich in Zeitlupentempo um die eigene Achse. Die Schneiderin steckt die Nadeln in den Saum des Kleides, entlang der zuvor mit Kreidestaub gesprühten Linie. Bedächtig, jeder Handgriff sitzt.

Auf dem Küchenboden liegen Stofffetzen, schwerer weißer Brokatstoff und feine Streifen Florentiner Spitze. Hochgeschlossen möchte Inga heiraten, gerade auf diese Weise soll ihr Dekolleté zur Geltung gebracht werden. Die dünne Spitze wird über eine perfekt sitzende Korsage gelegt, sodass Ingas gebräunte Haut an den Armen und Hals und Schulterpartie perfekt zur Geltung kommen. Die Vorlage zu diesem Entwurf ist ein Kleid der monegassischen Fürstin Gracia, vormals Grace Kelly. Damit soll es übermorgen zum Standesamt gehen. Seit fünf Jahren bewahrt Inga einen inzwischen schon recht verblichenen Zeitungsartikel in ihrem Nachttisch auf. Ein wenig klein und kompakt wirkt der schon etwas angegraute Fürst auf dem Foto neben der Filmschönheit, die den Namen Gracia nicht zu Unrecht trägt. Inga hat darauf geachtet, dass die Absatzhöhe der Brautschuhe nicht dazu führt, ihren Wilhelm unvorteilhaft zu verkleinern.

«Bin ich schön für dich?», hat sie Wilhelm am Tag zuvor gefragt, und er hat gelacht und das Gleiche geantwortet wie auf die eigentlich doch recht unzulässige Frage «Liebst du mich?», nämlich: «Würde ich dich sonst heiraten?»

Aber so einfach ist das nicht. Inga weiß, dass sie nicht nur die attraktivste, sondern auch die lustigste unter all den Ehefrauen in Wilhelms Bekanntenkreis ist – aber warum nur macht er ihr nie *richtige* Komplimente? «Du bist ganz fabelhaft», sagt er zum Beispiel häufig. Das klingt nicht gerade wie die Dialoge der schönen Liebesfilme, die sie so gerne an den Wochenenden im Kino schaut. Stattdessen, und das kommt noch dazu, rühmt er hin und wieder die geraden Beine von Marie oder findet Heidrun «patent». Jede seiner Bemerkungen über andere Frauen, und sei sie auch nur so als Jux dahergesagt, versetzt Inga einen kleinen Stich. An jede einzelne kann sie sich erinnern. Sie kommt ihr sofort in den Sinn, wenn diese sogenannten Freundinnen plötzlich auftauchen. Warum schaut ihr Wilhelm nur nie tief in die Augen und sagt etwas Großes, Gefühlvolles?

Was sich die eng umschlungenen Paare auf den Bahnsteigen wohl zuflüstern? Das hat sich Inga schon als Kind gefragt, wenn sie mit ihrem Vater sonntags die einfahrenden D-Züge beobachtete. Sie interessierte sich nicht die Bohne für die Züge und die Technik, dafür umso mehr für die Paare, die so freudig aufeinander zuliefen und sich in die Arme fielen – er mit einer Rose, sie mit ihrer Hutschachtel in der Hand. Ingas spezielle Anteilnahme galt den vielen Abschieden, den voneinander scheidenden Menschen, ihren Tränen und ihrer Verzweiflung. Ihrem Vater war der Anblick eng umschlungener Menschen stets unangenehm. Er räusperte sich dann, stellte seinen Mantelkragen hoch und bemerkte allenfalls: «Hier werden wieder einmal Wörter von Ewigkeitswert gesprochen.»

In der Küche ist es still, Frau Küchenmeister arbeitet schweigend. Nur ab und zu bittet sie Inga, sich zu drehen, den Arm zu heben und dann wieder stillzustehen. Kindchen nennt sie Inga, mit einem langen, singenden I. Frau Küchenmeister kommt aus Ostpreußen und spricht neben den gedehnten, weichen Vokalen die Konsonanten genauso hart, spitz und knarzig aus wie Ingas zukünftige Schwiegermutter. Nur dass diese sie niemals so lieb Kindchen nennen würde. Inga blickt von ihrer erhöhten Position auf das Flachdach des Anbaus, in dem sich die Praxis des Vaters befindet. Am Mittag noch hat sich dort Lotte in einem Klappstuhl gebräunt. Wie üblich hat sie das schwere Gestell mit der Polsterauflage einfach über den

Küchentisch gehievt und dann aus dem Küchenfenster aufs Flachdach gestellt. Auf dem einen Auge ein himmelblaues und auf dem anderen ein rosa Watteballchen und dick Sonnencreme auf der Nase verteilt, so schmort sie im Frühling und Sommer, wenn der Abwasch erledigt ist, ein Stündchen in der Sonne – und der Pudel wartet vergebens auf seinen Mittagsspaziergang. Nach hinten heraus kann man einen Bikini tragen. Vorne vor dem Haus, im Vorgarten, schaut einem seit neustem die halbe Stadt auf den Nabel. Die hübsche Ligusterhecke musste im vergangenen Winter einem Parkplatz weichen, seither fühlt sich Familie Lüdersheim fortwährend beobachtet. «Wie auf dem Präsentierteller», findet Lotte.

Hans kann die Sonnenanbetung auf dem Flachdach nicht gutheißen. Vor seinem geistigen Auge sieht er schon Lottes gebräunten Unterschenkel durch die Decke der Praxis ragen. Niemand kann wissen, ob das Dach das ständige Darauf-Herumtoben aushält, es ist schließlich keine Veranda. Doch Lotte setzt sich über seine Bedenken hinweg. Die Frauen in seiner Familie machen einfach immer, was sie wollen. Dabei sind die Ansichten und Meinungen der Ehepartner Lüdersheim insgesamt in den vielen Jahren bis zur Unkenntlichkeit miteinander verschmolzen, nahtlos geworden wie die Bräune, von der Hans, aus ärztlicher Sicht, gar nichts hält. Immerhin, Rachitis wird in seiner Familie niemand bekommen, so viel steht fest. Wenn von der Flachdachnutzung nur mal nicht eines Tages Herr Göckelmann, der Vermieter, Wind bekommt.

Jetzt, am frühen Abend, wackeln die Tauben über die immer noch warme Teerpappe. Türkentauben nennt der Vater sie. Oder hat sich Inga da verhört? Von Türken ist seit neustem viel die Rede. Früher waren die Tauben dicker, oder bildet sie sich das ein? Seltsam ist auch, dass sich die Weibchen gar nicht von den Männchen unterscheiden. In der Tierwelt sind Herren doch meist schöner geraten, was man bei den Menschen nicht eben behaupten kann. Vielleicht soll es auch Turteltauben heißen. Turtle heißt Schildkröte auf Englisch, das hat Inga in der Berufsschule gelernt. Auf diese Weise kann aus dem grauen Federvieh in ihren Gedanken ein zierlicher Wolpertinger werden. Heißen die Vögel nun so, weil sie aus dem Osmanischen Reich kommen? Oder geht es ums Turteln, und man turtelt so wie Tauben, wenn man wie sie die Köpfe zusammensteckt? «Wird da etwa geturtelt?», rief Ingas Vater häufig, wenn er die Tür des Kinderzimmers aufriss und die auf den Jugendbetten herumlümmelnden Klassenkameraden beäugte. Schrecklich peinlich waren Inga diese väterlichen Überfallkommandos. Und natürlich gab es für den Vater nie etwas zu entdecken. Denn sollte Axel sie wirklich einmal geküsst haben, dann nur mit aufmerksam gespitzten Ohren. Hellhörig war das Elternhaus nämlich, und es wurde in Ingas Zimmer bereits wieder die Kleidung gerichtet, wenn man im Erdgeschoss das Türschloss klicken hörte.

Der Vater ging immer in gleicher Weise vor. Er schritt noch recht zünftig die Treppe empor, um dann auf der oberen Treppenstufe, direkt neben Ingas und Utas Zimmer, stehen zu bleiben. Man hörte ihn förmlich die Luft anhalten und konnte sich vorstellen, wie er nun leicht gebückt ein Ohr an die Zimmertür legte. Nach einer längeren Pause, in der vor und hinter der Tür alles still verharrte, drückte Hans dann plötzlich entschlossen die Klinke herunter und stand auch schon mitten im Raum. «Will jemand Eiscreme?» Einmal hatten sie den Spieß umgedreht. Uta war auf Strümpfen an die Tür geschlichen und hatte sie mit einem Ruck geöffnet.

Nein, wie wunderte sich da alles, dass Vater Lüdersheim seinen rechten Manschettenknopf ausgerechnet in diesem Moment im Wohnungsflur suchte.

«Macht mal keine Witze.»

Übermorgen wird all das Vergangenheit sein.

Sie wird dann einen anderen Namen tragen und erwachsen, nicht mehr nur Tochter, sondern vor allem Ehefrau sein. Die Ehe wird ihr gut zu Gesicht stehen. Auch ihre neue Unterschrift gefällt ihr. Sie hat sie an langweiligen Berufsschultagen zigmal auf dem rosa Löschpapier geübt. Ein schwungvoller Aufstrich an dem großen R und ein energischer Querstrich durch das kleine g am Ende.

Mein Mann – sie freut sich, das zum ersten Mal ganz laut auszusprechen. Übermorgen. All das, worauf sie so lange gewartet hat, wird sich an einem Stichtag, an einem Freitag um 15 Uhr erfüllen. Fort, weg, und doch nicht ganz aus der Welt – besser hätte es nicht kommen können. Nie wieder gegängelt werden.

Damit hat sie die zwei Jahre ältere Schwester rasant überholt.

Während sich Inga auf dem Küchentisch dreht, sitzt Uta im Kinderzimmer vor einem großen Berg pastellfarbener Unterwäsche auf dem Teppich, zwischen verdrehten Schuhen und Stiefeln, aufgeschlagenen Büchern, neben Tüchern und Schals und allerlei Krimskrams. Auch Ingas Schifferklavier ist bei Lottes Wutanfall auf den abgewetzten Kelim geflogen. Geduldig faltet Uta die Kleidungsstücke zusammen und sortiert auch die Habseligkeiten ihrer Schwester.

Während Frau Küchenmeister mit Inga die letzte Anprobe

des Hochzeitskleids absolvierte, ist die Mutter energischen Schritts zu Uta ins Zimmer gestürmt, mit einem Stapel frischer Wäsche, die sie in den Kleiderschrank ihrer Mädchen legen wollte. Aber was war das für eine unglaubliche Unordnung, die sie da sehen musste? Sie ließ die Wäsche fallen und fegte mit wenigen Bewegungen die Schrankfächer leer, schüttete Körbe und Kisten aus, beförderte mit der Schuhspitze zusammengeknuddelte Kleidungsstücke aus den Schrankecken in die Zimmermitte und warf auch noch Ingas schweres Instrument hinterher. Lottes Wutanfälle sind legendär.

Sie hat auch schon einmal Ingas gesamte Wintergarderobe in den Vorgarten geworfen. Fenster auf, und eine Armladung Mützen und Mäntel, nebst Fäustlingen, Muffs und Strickschals direkt vor die im Erdgeschoss befindliche Rechtsanwaltskanzlei geschmissen. Als Inga die Kleider wieder aufsammelte, hatte sie ein Gefühl im Nacken, als würde ihr die halbe Kleinstadt bei dieser entwürdigenden Prozedur zuschauen. Die Bestrafung führte allerdings nicht zu gesteigertem Ordnungssinn, sondern fügte Ingas Mutterliebe einen weiteren feinen Riss zu.

Ihre Mutter kommt Inga alt vor, besonders wenn sie in Wut gerät. Die von allen als ach so jugendlich gepriesene Lotte ist in letzter Zeit überspannt und unzufrieden. Vielleicht sind das die Wechseljahre, davon hat sie neulich etwas gelesen, in einer Illustrierten in Papis Wartezimmer. Seit neustem liegen auch Paletten mit kleinen gelben Dragées in der Schublade des Esszimmerschranks, neben den Serviettenringen. Diese grassierende Unordnung bringt einen zur Raserei, sagt Lotte. Erst legt man sich krumm, kauft den Kindern die gute Kleidung, und dann gehen sie so liederlich um damit. Schaffen es nicht, Ordnung zu halten, noch nicht einmal in ihrem eigenen Kleiderschrank. Sie, das ist streng genommen immer nur Inga. Bei Uta sind die wenigen Besitztümer stets akkurat geordnet. Zur Not räumt sie auch Ingas Seite des Zimmers schnell wieder auf. Lange Streitereien sind Uta ein Gräuel. Dabei stört sie weniger das emotionale Durcheinander der Streitenden als die mangelnde Ordnung in ihrem Alltag. Gegen große Gefühle ist sie imprägniert, sie perlen an ihr ab wie die Regentropfen an dem Ostfriesennerz, den sie soeben wieder in aller Seelenruhe auf einen Kleiderbügel hängt.

Dunkle Stille

Noch heute erinnert mich der stechende Geruch des Waschpulvers beim Befüllen der Waschmaschine immer wieder aufs Neue an das Innere der Persiltonne von damals, an die Stille im großelterlichen Haus. Und an die Jahre, in denen man mich, zumindest an den Vormittagen, dort mir selbst überließ – an tausend stille Tage. Bis die *Sesamstraße* erfunden wurde. Von da an setzte mich die Großmutter um kurz vor neun, bevor die Sprechstunde begann, vor das Testbild und verschwand dann in der Praxis. Ping-Pang-Pong, eine Dreiklangfanfare, erschallte, bis der Vorspann dieser Kindersendung begann.

Wer? Wie? Was? Unbeschwert wirkende Kinder kletterten über Zäune und fütterten im Zoo die Tiere. In einem Zoo war ich da noch nie gewesen. Die Puppen der *Sesamstraße* mit ihren Frottéköpfen mochte ich nicht. Schon gar nicht, wenn sie sangen. Auch die Zeichentrickfiguren konnte ich nicht leiden. Am liebsten war mir, wenn die Bewohner der Straße zusammenkamen und in bunten Latzhosen auf den Treppen vor ihren Häusern saßen, um miteinander über Alltägliches zu reden oder kleine Probleme zu lösen. Junge Männer mit langen Haaren, die Oskar in der Mülltonne ernst nahmen, und nette Frauen, die sich mit einem lebensgroßen Vogel über das Alphabet unterhielten, das gefiel mir. In so einer Straße hätte ich auch gern gewohnt.

Wenn in der Hauptstraße 9 in Schwelte die lustige Musik der *Sesamstraße* verklang, begann der graue Schulfunk. Ein dicker Onkel in einem Dreiteiler stand dann vor einer Tafel und deutete mit seinem Zeigestock auf Buchstaben und Zahlen. ABC, die Katze lief im Schnee, alles klar. Aber F = m mal a?

Seine Stimme beruhigte mich. Doch dann passierte nicht mehr viel, er sang nicht und rührte sich auch sonst nicht von der Stelle. Ich begann, mich zu langweilen, und rutschte langsam vom Ohrensessel auf den Boden. Auf dem Orientteppich bissen blaue Drachen in die Schwänze roter Löwen. Der Teppich war hart, vor der Balkontür fehlte der Flor, man sah nur noch die kleinen farblosen Knoten.

Ich rollte mich seitlich auf dem Teppich in Richtung Esszimmer und drückte im Vorbeirollen den Knopf am Fernsehgerät. Puff, der Schulfunk war beendet, und die Röhren des Fernsehers knackten leise. Ich rollte weiter bis unter den schweren Esstisch aus Eichenholz. Wie rätselhaft dieser Tisch mit der weißen Damastdecke aus der Froschperspektive wirkte. Von oben ein ebenmäßiges Oval, herrschte unter ihm das blanke Chaos. Verstrebungen aus hellerem Holz, metallene Schienen und dunkle Platten sah ich im Liegen. An drei Stellen waren mit dickem blauem Stift Nummern auf das Holz gekritzelt.

Den Rest des Vormittags lag ich im Zentrum der vier Löwenpfoten mit den unheimlich soliden Krallen. Es roch nach Möbelpolitur, auch ein wenig nach Sägewerk, und ab und zu kam der Pudel vorbei und schnupperte. Unheimlich still war es in der Wohnung. Ich beobachtete den Lichtwechsel vom Morgen bis zum Vormittag. Ich verfolgte, wie die Sonne sich immer weiter aus dem Esszimmer zurückzog, den Bücherschrank im Wohnzimmer streifte, um in Richtung Flur zu verschwinden. Dann lagen Wohn- und Esszimmer wieder im Halbdunkeln. Im Sommer dauerte die Wanderung länger, im Winter war es unter der Tischplatte meistens schon um elf Uhr finster.

Ich lag auf dem Rücken und schaute zum Balkonfenster hoch. Ein schmaler Lichtstrahl fiel, eine Handbreit neben mir, auf den Teppich. Er zeigte an der Stelle eine rot-grüne Vogelvoliere mit adlerartigem Federvieh, ihre schmächtigen Köpfe mit den Hakenschnäbeln waren im Profil dargestellt. In der Luft tanzten Staubkörner. Manchmal blieben sie still stehen, dann wieder änderten sie, kaum merklich, die Richtung. Man konnte sie nicht einfangen und, wenn man den Mund öffnete, nicht auf der Zunge spüren. Man konnte sie nicht aufhalten. Es gab nichts zu tun.

6

Unbequem ist es, auf der schmalen Bank vor den Spinden zu sitzen. Aber im Umkleideraum der Arbeiter gibt es keine anderen Sitzgelegenheiten, und auf den dreckigen Boden will sich Inga nicht kauern. Ginge auch gar nicht, dafür ist der Rock zu eng. Sie streicht mit der Hand an den Spindtüren entlang. Ob es darin vielleicht Bilder von leichtbekleideten Frauen zu sehen gibt? Die Türen sind aber alle mit Vorhängeschlössern gesichert und genauso fest verschlossen wie die Eingangstür, an der sie gerade ausdauernd gerüttelt hat.

Unter den Bänken stehen die Arbeitsschuhe, unförmige, schwere Dinger mit dicken Sohlen und Stahlkappen. Bestimmt schrecklich unbequem. An der Wand hängt ein zwei Jahre alter Kalender der Firma Michelin. Das weiße Reifenmännchen ist darauf auf der Sonnenliege zu sehen, ein Getränk mit einem Strohhalm in der unförmigen, weißen Gummihand – August 1960. Die angegrauten Kalenderblätter rollen sich leicht nach außen. Kein einziger frischer Farbton ist in diesem Raum.

Wie staubig und unsauber es hier ist. Was für ein ganz fremdes Leben diese Männer doch führen. Einmal ist ein Vorarbeiter mit dem Arm in die Drehbank geraten. Die Hand war futsch. Wankowski heißt der Mann. 45 ist er aus Pommern gekommen, mit nichts als dem Hemd auf dem Leib. Jetzt wohnt er mit seiner sechsköpfigen Familie in einem windschiefen Haus hinter dem Fabrikgelände. Inga hat ihn neulich gesehen, wie er seine Hecke schnitt, mit der linken Hand. Die rechte kann nichts mehr halten, die ist aus Plastik, verharrt in der immer gleichen, leicht gekrümmten Pose und trägt einen schwarzen Lederhandschuh. Lebensgefährlich sah es aus, wie der Mann die Motorsäge auf Augenhöhe ungelenk über die Kante der Stechpalmenhecke führte.

Und der Geruch in diesem Raum! Die Luft in der Umkleide ist zum Schneiden. Es riecht nach Haartalg und Schweiß, aber vor allem nach ranzigem Fett, altem Maschinenöl. Kein Wunder, der Raum hat nur ein schmales Kippfenster zur Fertigungshalle hin, oben, direkt unter der Decke. Inga stellt sich auf die Bank, dann auf die Zehenspitzen und lugt durch den Spalt. Sie sieht nur einen kleinen Ausschnitt der Halle, die Sicht wird ihr von der Metalltreppe versperrt, die von dem Bürotrakt neben der Umkleide hinunter in die Fabrik führt.

Hinter dem Fließband spielt die Band. Inga kann nur die rechte Körperhälfte des Schlagzeugers ausmachen. Er schrappelt mit einer Art Metallbesen über eine Trommel. «Hallo», ruft sie durch das Fenster, «haaaaallooooo.» Niemand hört sie, die Musik ist so laut. «Tanze mit mir in den Morgen, tanze mit mir in das Glück, in deinen Armen zu träumen ist so schön bei verliebter Musik.» Was man sich wohl unter verliebter Musik vorzustellen hatte? Jochen und Helene tauchen in ihrer Blickachse auf. Ein flotter Tänzer, wie er da seine Gattin beim Foxtrott auf unsichtbaren Schienen übers Parkett schiebt. Drehung hin – und zack, gleich wieder zurück. Ob man an der Art des Tanzens etwas Intimes erkennen kann? Ein Paargeheimnis? Wilhelm hat noch nie mit ihr getanzt.

Uta schwoft mit dem einen Cousin und Gaby mit dem

anderen. Ja, sogar Papi tritt vor Mami, die sich in der Hüfte wiegt, vom linken Fuß auf den rechten, immer etwas neben dem Takt. Sucht denn niemand nach ihr? Das gibt es doch gar nicht! Es kann sich nur noch um Minuten handeln, bis Wilhelm sie endlich befreit.

Wie gern sie jetzt tanzen würde! Zum Tanzen ist sie noch gar nicht gekommen, und gegessen hat sie auch noch nichts. Das schöne Buffet – Heringssalat und Matjesröllchen, kaltes Roastbeef mit Cumberlandsauce. Inga knurrt der Magen. Erst der viel zu lange Empfang der Gäste im Stehen, danach noch Wilhelms Begrüßungsrede. Und dann ging auch schon das Programm los. Die Arbeiter und Angestellten hatten sich mächtig ins Zeug gelegt für den Polterabend ihres Chefs. Sketche, in denen Wilhelm und sein Bruder Karl nachgemacht wurden, sollten die Atmosphäre wohl auflockern. Ein Auszubildender hatte recht gut einige von Wilhelms Eigenheiten imitiert, sein unruhiges Auf-und-ab-Tigern beim Diktieren der Korrespondenz. Ein Raubtier im Käfig seiner Firma. Auch die Angewohnheit, beim Verlassen eines Raumes die Tür mit dem rechten Fuß hinter sich zuzupfeffern, wurde nachgemacht. Jede Menge Unsinn zum Thema *Ende der Junggesellenzeit* wurde zusammengekalauert. «Erst warste ledig, nun biste erledigt», aber: «Kopf hoch, Wilhelm, glaube nich, dat Beste läge hinter dir, dat liegt nun neben dir.» Und Wilhelms Sekretärin Ruth spielte gemeinsam mit dem Prokuristen eine ausgedachte Szene, wie sich Inga und Wilhelm beim Ausreiten kennengelernt hatten, beide rittlings auf Bürostühlen, unsichtbare Peitschen schwingend – klackerdiklack. Der Quatsch hatte kein Ende genommen.

Dabei wollte Inga die ganze Zeit doch einfach nur tanzen. Dann aber musste sie mit Wilhelm erst noch das Geschirr zusammenfegen. Poltern musste sein. Ein Gabelstaplerfahrer hatte das alte, angeschlagene Porzellan aus der Kantine vor dem Firmentor von der Gabel eines Staplers rutschen lassen. Und kaum war das Buffet eröffnet und die Band legte los: «Sag mir quando, sag mir wann ...», da wurde Inga am Telefon verlangt, oben im Büro.

Brautentführung, wer hatte sich nur so einen Käse ausgedacht? Schau mal hier hinein, wir haben eine Überraschung für dich. Und schwups, hatte Ruth die Tür hinter Inga zugeschlossen. Immerhin hatten sie ihr eine Flasche MM-Sekt auf die Bank gestellt, wenn auch ohne Glas.

«In die Hände, meine Lieben, wurde euch MM geschrieben ...» Dem Sekt hat Inga bereits gehörig zugesprochen, auf nüchternen Magen. Jetzt beginnt sich schon ganz sachte der Boden unter ihren Pumps zu drehen. Eigentlich wollte sie es heute nicht spät werden lassen, und trinken wollte sie auch nichts. Um kurz vor zwölf würden sie sich absentieren, das hatte sie mit Wilhelm ausgemacht.

Und was sagen die Zeiger der mächtigen Werksuhr, die über der verschlossenen, brandsicheren Stahltür hängt? Noch eine Stunde bis Mitternacht.

Wie schnell so ein einmaliges Fest doch auch wieder vorbei ist. Alles hat sie sich ausgedacht, monatelang hat sie organisiert: die Dekoration, die Musiker und das Buffet für den Polterabend, aber ganz besonders den eigentlichen Feiertag, den Hochzeitstag, die Blumendekoration, die Lieder, die in der Kirche gesungen werden sollen, das Menü im Restaurant auf der Burg im Dorf, die Tischordnung, die fünfstöckige Torte, den Fotografen. Wenn sie morgen mit dem Schleier auf dem Kopf in die Kutsche steigt, die sie zur Kapelle bringen wird, will sie strahlen.

Sie muss sich bei Laune halten. Gar nicht so einfach, denn hier sinnlos herumzustehen macht sie sauer. Und langsam wird ihr auch kalt. Ihre schöne Stola ist unten in der Halle geblieben.

Als Inga die Arme fröstelnd um sich schlingt, erblickt sie direkt über sich eine Spinne mit stämmigem schwarzem Körper, flauschig behaartem Hinterteil und haarigen, dicken Beinen. Gerade seilt das Tier sich von der Neonröhre über ihr ab und kommt an seinem durchsichtigen Faden langsam näher. Angst ist für Ingas Spinnenphobie ein zu kleines Wort. Ein gigantischer Ekel ist es, der sie überfällt, wenn sie ein solches Krabbeltier sieht. Und diese Spinne hier ist wirklich ein Prachtexemplar. Ingas Kehle schnürt sich zusammen. Flucht wäre das Nächstliegende, aber sie kommt hier nicht raus.

Sie macht ein paar Schritte zurück und prallt an einen Spind, dann bückt sie sich reflexhaft nach einem der Arbeitsschuhe und wirft ihn in die Luft. Laut polternd fällt er zu Boden. Der Faden ist gerissen, das Tier bleibt regungslos auf dem kahlen Estrich liegen. Sie kann den Blick nicht von ihm abwenden. Ein Zittern geht durch den Spinnenkörper, er bewegt zunächst die zwei vorderen, dann auch die sechs hinteren Beine und krabbelt gemächlich, leicht schräg in Ingas Richtung. Inga rüttelt wieder an der Tür. «Hallo, hört mich denn niemand? Aufmachen!» Dann tut sie einen großen Schritt auf die Spinne zu. Das Tier ist so dick wie ein Kaugummiklumpen und knirscht unter ihrer Schuhsohle.

In der Halle sind Lichterketten kreuz und quer gespannt. Blaue, rote und grüne Glühbirnen an einer dicken Strippe. An den Biertresen gelehnt, schaut Wilhelm dem munteren Treiben zu. Dass es den Menschen so gut gefällt, sich zu Musik zu bewegen. Tanzen interessiert ihn nicht die Bohne. Er spart sich sein Rhythmusgefühl lieber für den Großen Preis von Aachen auf. In ein paar Wochen ist es so weit. «Fachwelt» heißt die Stute, die er seit anderthalb Jahren ausbildet. Sie ist weitaus musikalischer als der Sänger der Kapelle, der knödelt gerade: «Wenn bei Capri die rote Sonne …»

Eine prima Idee von Inga, den Polterabend in der Fabrikhalle stattfinden zu lassen. Die Belegschaft dankt. Es ist mächtig was los. Alle sind gekommen. Die Bar ist von den Männern umlagert, an den Biertischen sitzen nur noch die ondulierten Ehefrauen, laut plaudernd und lachend. Getanzt wird in der Mitte der Halle. Auch seine Mutter unterhält sich prächtig – mit den Brauteltern. Hat der Wein ihre Gemütsverspannungen gelöst? Sie lächelt sogar.

«Dat issn Scheiß.» Karl hat ihm von hinten den Arm um die Schulter gelegt. Wilhelm windet sich aus der Umarmung.

«Was ist denn nun schon wieder los?» Er hat keine Lust, sich vom Bruder die Laune verderben zu lassen. Wann ist der das letzte Mal guter Dinge gewesen? Es steht zu befürchten, dass er kurz davor ist, vor Neid zu platzen.

«Komm, trink dir doch einen.» Wilhelm nimmt dem Kellner zwei Kurze vom Tablett. Karl hat aber offenbar schon ziemlich geladen. Er schwankt merklich und rudert dazu mit den Händen, sein fülliges Gesicht glüht rosarot.

Schlapp, nun ist auch dieser Korn gekippt.

Ruth kommt auf die beiden zu, sie will Wilhelm etwas mitteilen, doch Karl schiebt sie beiseite und dreht ihr dann demonstrativ den Rücken zu. «Dass der Mönnekes genau dann ’nen Herzinfarkt kriegt, wenn der Statiker bemerkt, dass die Halle an einer Ecke absinkt.»

Karl reibt sich mit der flachen Hand übers Gesicht. «Wat soll denn nu werden? So können wir die neuen Aufträge nie abarbeiten. Ich hab dir's ja gleich gesagt. Das Auftragsbuch is voll, und die Produktion kommt nich nach. Da müssen wir uns ja nich wundern, wenn die Kundschaft zur Konkurrenz abwandert.»

Was soll Wilhelm dazu sagen? Dass es den Architekten der gerade fertiggestellten Fabrikhalle erwischt hat, haben ihm schon die Damen im Büro zugetragen. Die neuen Maschinen und Geräte sollen in der nächsten Woche geliefert werden, und nun versinkt die Halle in dem Hang, an den sie gerade erst angebaut wurde. Eigentlich fällt dieses Bauproblem doch wohl eher in Karls Zuständigkeitsbereich. Wer ist denn hier der Ingenieur? Aber der Bruder kriegt die Zähne nie auseinander. Karl kann nicht so mit Menschen, sagen die Leute. Das Reden ist nicht seine Sache. Er hat kein Büro in der Firma, ist überhaupt selten anwesend. Auch am Telefon kann man ihn nie erreichen. Neue Konstruktionen zeichnet er im Keller seines Hauses, das unterhalb der Familienvilla liegt, sein Garten grenzt an Mariannes Gemüsebeet. Umsetzen müssen die Ideen dann die Techniker und die anderen Ingenieure in der Firma. Das geht so, gut sogar und seit Jahren fast kommentarlos. Aber organisatorische Probleme löst man nun einmal nicht mit technischen Zeichnungen. Da muss Wilhelm ran. Immer steht er in der ersten Reihe, wenn etwas nicht klappt und es Ärger gibt.

«Dienst ist Dienst, und Schnaps ist Schnaps. Jetzt am Wochenende richten wir auch nichts mehr aus. Lass mal gut sein, Karl. Morgen heirate ich, und am Montag kümmere ich mich.»

Am Sonntag soll es auf Hochzeitsreise gehen, fünf Tage

Gardasee. Das wird wohl nichts werden. Wie will er das Inga beibringen? Und wo ist sie überhaupt? Karl hält sich an Wilhelms Schulter fest und schaut mit glasigem Blick auf seine Schuhspitzen. «Scheiße», murmelt er immer wieder vor sich hin, «Scheiße noch mal.» Dann bewegt er sich, unsicheren Schrittes und mit steifer Hüfte, diagonal durch die Halle, Richtung Bett. Der hat genug.

Apropos Inga, zuletzt hat Wilhelm seine Zukünftige im Gespräch mit seiner Sekretärin gesehen. Schön wär's, die beiden könnten sich anfreunden, sie sind schließlich im gleichen Alter. Ein paar mütterlich ältere Freundinnen gibt es bereits, aber weitere Freundschaften muss er für Inga noch stiften. Sie soll sich nicht allein fühlen an seiner Seite. Viel Zeit wird er in naher Zukunft nicht für sie haben. Von einem Kind hat sie in den letzten Wochen ständig geredet. Kann das nicht noch warten? Es wäre ihm lieber, er hätte seine Frau noch ein wenig für sich allein. Er möchte sie nicht teilen. Am liebsten nie. Kinder kann er nicht besonders leiden. Nun gut, für das eigene wird man sich wohl erwärmen, und ein bisschen Gesellschaft kann Inga nur guttun.

Dunkel ist es auf der Baustelle, beinahe hätte er eine Schubkarre übersehen. Er streift mit der Hüfte die Betonmischmaschine, schon ist das rechte Hosenbein des schwarzen Anzugs mit weißem Zementmehl bestäubt.

Die lange Halle steht, nur die Fenster fehlen noch. Vom Absenken des Gebäudes ist nichts zu spüren. Was dieser Statiker nun wieder hat. Es wird sich eine Lösung finden. Am liebsten wäre es Wilhelm, man könnte die Hochzeitsfeierlichkeiten abkürzen. Es kribbelt in ihm, er will die Schwierigkeiten in den Griff kriegen. Wäre doch gelacht. Nach Urlaub steht ihm jetzt ohnehin nicht der Sinn, und in Italien ist es auch im Spätherbst schön.

Im Tal sieht er die kleinen roten Lichter an einem der Hochöfen blinken. Die Ruhr schimmert silbern unter den Straßenlaternen auf der mächtigen Brücke. Ein Knarzen und Klackern ist rund um die Uhr zu hören, die Stahlproduktion kennt keine Nachtruhe. Ich bin am richtigen Ort, denkt Wilhelm, als die Kirchturmuhr zwölfmal schlägt. Noch nicht ganz da, wo ich hinwill, aber da, wo ich hingehöre. Oben von der Halle her ruft jemand seinen Namen. Wer will denn jetzt noch was von ihm? Er kommt ja gleich, man wird doch wohl noch fünf Minuten allein sein dürfen, bevor man es dann ein Leben lang nicht mehr ist.

Die Brautentführung war Ruths Idee gewesen. Uta und Gaby waren eingeweiht. Nur war die Suchaktion nicht so verlaufen, wie Ruth sich das vorgestellt hatte. Die beiden anderen Damen scheinen von den flotten Koblenzer Cousins vollauf in Beschlag genommen und haben den Streich vergessen. Ruth hat es eine Weile genossen, Inga im Umkleideraum schmoren zu lassen. Danach war an Wilhelm kein Rankommen mehr gewesen, und nun ist er verschwunden.

Aber so eine Entführung ist schließlich witzlos, wenn der Bräutigam sich nicht auf die Suche nach seiner Zukünftigen macht. Oder hat er sie am Ende schon gefunden, und die beiden haben sich längst verabschiedet? Inga muss noch diese letzte Nacht bei ihren Eltern verbringen – der Bräutigam darf die Braut schließlich nicht vor der Hochzeit in ihrem Kleid sehen, das bringt Unglück. Die Brauteltern jedoch sitzen noch munter an einem der Tische.

«Dahinten isser raus.» Ein Arbeiter zeigt in Richtung Hallentor, und ein zweiter witzelt: «Isser schon getürmt? Dat ging ja fix.» Ruth ruft nach Wilhelm, bekommt aber keine Antwort. Sie sucht die Halle, den Bürotrakt und Wilhelms Chefzimmer ab, aber er bleibt verschwunden.

Peinlich, aber nicht zu ändern. Dann ist sie es wohl, die Inga wieder befreien muss. Vorsichtig dreht sie den Schlüssel im Schloss herum. Ruth hat die Klinke noch nicht berührt, da wird die Tür auch schon aufgerissen. Mit hochrotem Kopf und aufgelöster Turmfrisur steht Inga vor ihr und bebt. Für einen Moment rechnet Ruth mit einer Ohrfeige, aber Inga schubst sie nur leicht beiseite und stakst an ihr vorbei. In der Mitte des Umkleideraums liegen zwei Pumps, ein Arbeitsschuh und eine leere Flasche Sekt.

TEIL II

Familienspiel

Die Frau ohne Unterleib, so nannte mein Großvater Schwester Isfrida.

Im Sommer vor meinem vierten Geburtstag war ich im katholischen Kindergarten der St.-Marien-Gemeinde angemeldet worden. Die Einrichtung lag in unmittelbarer Nachbarschaft, fußläufig zum Haus der Großeltern, gleich hinter den Schwelter Anlagen, einer von Landstreichern frequentierten, hundefreundlichen Grünfläche.

«Und mach uns keine Schande.» Um das eingeschossige Häuschen mit dem roten Giebel war eine graue Mauer gezogen, höher als der Wetterhahn auf dem Dach des Kindergartens. In der Garderobe gab es unzählige dreiarmige Haken. Ob ich das Sandeimerchen, den Seestern oder das blaue Auto als Erkennungszeichen für meine abzulegende Oberbekleidung bekommen würde, konnte mir am ersten Tag noch niemand sagen. Fürs Erste wurde meine gelbe Strickjacke von der Großmutter gefaltet und auf die schmale Bank unter den Garderobenhaken gelegt.

Während sie die Schnürsenkel meiner Schuhe löste, hörte ich die Kinderstimmen im angrenzenden Raum.

«Bitte, bitte, geh nicht fort.»

Die Nonne wechselte noch ein paar Sätze mit der Großmutter.

«Bleib doch noch ein bisschen bei mir», bat ich und klammerte mich mit beiden Armen an Großmutters rechtem Knie unter dem Faltenrock fest. Doch ehe ich mich's versah, war ich auch schon mit einem festen Griff um meinen Oberarm in den Gruppenraum bugsiert worden. «Sie müssen jetzt hart sein und gehen, da hilft alles nichts», hörte ich die Schwester hinter mir zu meiner Großmutter sagen. Ich drehte mich um und sah Großmutters verzagten Blick, dann schloss sich schon die Tür, und ich war allein. Das heißt, ich stand vor sechs, sieben Gruppentischen, an denen andere Kinder mit ihren Mal- und Bastelarbeiten beschäftigt waren, von denen sie nun aufsahen, um mich wortlos anzustarren.

Unheimlich ruhig war es plötzlich in dem Raum, als die Nonne mich vorstellte. Es war das erste Mal, dass ich so viele Kinder auf einmal sah, dazu noch alle in einem Zimmer.

Schwester Isfrida schob mich in die Puppenecke, in der Babys mit verrenkten, nackten Gliedern und Schlafpuppen mit struppigem Haarschopf auf einem gekettelten Stückchen Auslegware herumlagen. Ich sah mir den Puppenherd an, die diversen Stubenwagen, Wiegen und Bettchen, das Miniaturbügelbrett mit dem Bügeleisen aus Plastik und den von Puppenkleidern überquellenden Kleiderschrank, dem eine Tür fehlte. Auf der anderen Seite des Zimmers lag die Spielecke für die Jungs, mit großen gelben Baggern und Betonmischern, Matchboxautos, einem Parkhaus mit Tankstelle und einer kleinen Werkbank mit Schraubstock und allerhand Werkzeug. Hier hatte der Teppich ein Muster aus Straßen, Brücken, Ampeln und Verkehrsschildern. Das Spielzeug war schäbig, angeschlagen, und die Plastikteile waren von der Sonne vergilbt.

Ich setzte mich auf einen kleinen blauen Hocker und betrachtete meine neuen Hausschuhe, die dicken Strümpfe mit rotweißem Norwegermuster und der angehäkelten Ledersohle, die meine Großmutter Hüttenschuhe nannte. Ohne aufzuschauen, wusste ich, dass ich immer noch beobachtet wurde. Doch langsam stieg der Geräuschpegel, und die Kinder wandten sich wieder ihren Bastelarbeiten zu. Die kleineren saßen an den niedrigen Gruppentischen, rissen selbstklebendes Glanzpapier in Schnipsel und machten Collagen, die älteren hatten Webrahmen vor sich. Alle Kinder trugen Spielkittel, die hinten zugeknöpft waren.

Als Schwester Isfrida den Raum verließ, stand ich auf. Ich ging zur Tür, ich wollte nach Hause. Nein, hier gefiel es mir nicht, hier würde ich nicht bleiben. Aber die Tür hatte keine Klinke. Das konnte nicht sein, die Nonne hatte sie doch gerade geöffnet. Als ich an der Tür hinaufschaute, entdeckte ich einen kaum sichtbaren Drehgriff – hoch oben unter dem kleinen Fenster aus Milchglas. Ich ging zurück in die Puppenecke, holte den Hocker, trug ihn zur Tür, stellte mich drauf und streckte einen Arm aus. Ich konnte die Blicke der Kinder in meinem Nacken spüren. Es war aussichtslos, meine Hand erreichte den Griff immer noch nicht. Ich probierte es noch einmal, indem ich einen kleinen Stuhl holte, den Hocker daraufstellte und umständlich auf diesen wackligen Turm kletterte. Die Kinder hinter mir hatten wieder aufgehört zu basteln, alles schwieg. Gerade als ich mich auf die Zehenspitzen stellte, wurde die Tür nach außen geöffnet, und ich fiel mitsamt Stuhl und Hocker kopfüber in den Flur, der Nonne vor die Füße.

Als ich wieder zu mir kam, lag ich im Krankenraum. Meine Großmutter saß auf der Kante der grünen Liege, und unter meinem Mund klebte ein großes wattiertes Pflaster, wie der Kinnbart des Sandmännchens.

Den Rest der Woche durfte ich zu Hause bleiben. «Mit einer Gehirnerschütterung ist nicht zu spaßen», bemerkte mein Großvater, nachdem er mir mit der Taschenlampe in die Augen geleuchtet hatte.

«Es wird dir schon gefallen, wenn du erst einmal eine Freundin gefunden hast», sagte der Großvater, an dessen Hand ich fortan jeden Morgen in den Kindergarten ging. Ich mochte seine feingliedrigen Hände, die ich sonst selten anfassen durfte, jetzt aber schon, bei unserem täglichen, leider recht kurzen Spaziergang am Morgen. Er ließ mich am ausgestreckten Arm auf dem niedrigen Sandsteinmäuerchen vor dem Krankenhaus balancieren. «Trauerweiden sind mir die liebsten Bäume», sagte er einmal. Das konnte ich so wenig verstehen wie seine Begeisterung für den Herbst. Komisch, dass nicht alle Menschen den Frühling liebten, so wie ich.

Im Kindergarten hörten wir einmal auf Schallplatte eine Geschichte, bei der es um einen Kobold ging, der bei einem Schreinermeister wohnte. Der Kobold hatte eine Stimme, die mir Gänsehaut bereitete, und der Schreiner sprach mit einem komischen Akzent. Da es sich um einen männlichen Kobold und einen alten Mann handelte, hielt ich das Ganze für eine Jungsgeschichte und hörte nicht richtig zu, plapperte mit den anderen Kindern und musste mehrfach zur Ruhe ermahnt werden. Als die Geschichte zu Ende war, gab uns Schwester Isfrida die Aufgabe, den Kobold zu malen. Ich malte ein Männchen mit einem großen grünen Turban und einem Krummsäbel. Alle anderen Kinder malten wie auf Verabredung ein kleines, dünnes Wesen mit strubbeligen roten Haaren – vierzigmal ich. Ich war mir sicher, dass man sich gegen mich verschworen hatte. Es war nicht zu verstehen. Und einen hässlichen Spitznamen hatte mir dieses dumme Hörspiel obendrein eingebracht.

Im Gruppenraum saß ich neben Tanja. Ihre Eltern hatten einen Blumenladen. Ich beneidete Tanja, sie durfte am Nachmittag zwischen Blumensträußen und den prächtigen Gestecken spielen, aber noch mehr beneidete ich sie um ihre Ohrringe: goldene Haken, an denen Marienkäfer baumelten.

«Ist das ein Türkenkind?», fragte die Großmutter mich. «Nur die Südländer bringen es fertig, Löcher in die Ohren ihrer Kinder zu stechen. Wenn du groß bist, kannst du Clips-Ohrringe tragen.» Und Großvater ergänzte: «Es gibt doch nichts Schöneres als das unversehrte Ohr einer jungen Frau.» Damit war das Thema erledigt.

Tanja sprach nicht viel. Eigentlich sagte sie nicht mehr als «Weiß nicht» und «Na gut». Manchmal sagte sie auch: «Lieber nicht.»

Wenn ich mit ihr im Garten Familie spielen wollte, sagte ich zu ihr: «Also, ich bin wohl der Vater, und du bist wohl die Mutter.»

«Weiß nicht», sagte Tanja.

«Dann bist du eben der Vater, und ich bin die Mutter.»

«Na gut.»

«Du bist jetzt der Vater, und wir lieben uns wohl, und deshalb musst du mich küssen.»

«Lieber nicht», sagte Tanja. Dann drehte sie sich um und ging zu einer Vierergruppe Mädchen, die mich im Sandkasten nie mitbacken ließen.

Viel besser war es, mit Jörg zu spielen. Der war ein halbes Jahr älter als ich, wohnte in derselben Straße und fand mich offensichtlich nett. Immer wenn er mich sah, hielt er den Blick und lächelte. Das war etwas Besonderes und musste etwas heißen, denn die meisten Kinder sahen mich nicht an, was ich befremdlich fand. Die Menschen, die ich kannte, schauten mir beim Reden immer in die Augen.

Jörg sah dem blonden Jungen auf der orangefarbenen Zwiebackpackung so ähnlich wie ein eineiiger Zwillingsbruder. Er hieß mit Nachnamen Hörnig, was mich an Honig erinnerte. Zwieback mit Honig aß ich gern.

Es war andererseits aber auch nicht leicht, mit Jörg zu spielen, denn sobald wir die Memorykarten als ordentliches Rechteck vor uns hingesetzt hatten, kamen die anderen Jungs und riefen: «Da sind ja die Verliebten.» Das konnten wir natürlich nicht auf uns sitzenlassen, wir brachten schnell alle Karten durcheinander und sprangen in unterschiedliche Richtungen vom Tisch auf. «Halt, halt», rief Schwester Isfrida. «Erst muss doch noch aufgeräumt werden.» Und das taten wir dann auch, ohne zu murren.

«Bei den Nönnekes herrschen noch Zucht und Ordnung.» Das gefiel meiner Großmutter, die selber auf eine katholische Mädchenschule gegangen war, auf der sie jeden Morgen am offenen Fenster Knie- und Rumpfbeugen hatte machen müssen. Auch ich mochte Schwester Isfrida. Sie hatte bei aller Autorität ein liebes Gesicht, das mich an die Schweinchen auf dem Nachbargrundstück hinter dem Haus meines Vaters erinnerte. Unfassbar schlau seien diese Tiere, hatte mein Vater mir einmal erklärt. Als hätte man den Ferkelkopf durch ein knappes Loch in einer weißen Tischdecke gepresst und dann ein schwarzes Tuch über das Tier geworfen, so blinzelte mich die Nonne aufmerksam mit ihren wimpernlosen Augen an, wenn sie leise mit mir sprach. Nie erhob sie die Stimme, nie wurde sie ungeduldig oder unwirsch. Immer gleichen gemessenen Schrittes schwebte sie durch den Kindergarten. Sie tauchte auf, wo man sie nicht vermutete, war stets in fließender Bewegung, nie lange an einem Ort. Ich wollte ihr gern gefallen, überlegte, wie ich ihre Aufmerksamkeit bekommen könnte, und freute mich über jedes Wort, das sie zu mir sprach. Zu meinem Leidwesen behandelte die Schwester alle Kinder gleich. Sie lobte grundsätzlich niemanden und rügte auch kein Kind, zumindest nicht vor den anderen. Hatte einer ihrer

Schützlinge etwas ausgefressen, musste er in ihr Büro kommen. Dann schloss sich die Tür.

Am hinteren Ende des Gartens gab es einen hohen schmiedeeisernen Zaun, durch dessen gewundene Stäbe man auf den tiefer gelegenen Jüdischen Friedhof schauen konnte, er war fast gänzlich von Efeu überwuchert. Das kleine Gräberfeld mit nur wenigen Grabsteinen war nur noch ein Denkmal. Auch hatte es keinen sichtbaren Eingang, es lag tiefer als die Straße, an die es grenzte. Vom Bürgersteig aus konnte man den Friedhof kaum wahrnehmen, schon deshalb war er ein Ort, der meine Phantasie anregte. Wenn die anderen Kinder in ihr Spiel vertieft waren, stahlen Jörg und ich uns fort, und wir versenkten den Blick in die schwarzen Grabsteine. Vom Sandkasten aus war die Sicht auf uns durch Hagebuttensträucher verdeckt.

«Meine Mutter ist auch tot», sagte ich eines Tages zu Jörg.

«Ich weiß. Das wissen hier alle», sagte Jörg. Das überraschte mich. War das denn so interessant? Viel interessanter fand ich, was Jörg dann sagte: «Ich war auch schon einmal tot.»

«Ja, wirklich? Wann denn?»

«Als ich noch nicht geboren war.»

Gern hätte ich mal Jörgs blonde Armhaare angefasst, die so hell von dem Bronzeton seiner sommergebräunten Haut abstachen. Aber Jörg lief nun in Richtung Zaun.

«Ich muss mal pinkeln», sagte er, stellte sich an die Hagebutten und öffnete seinen Hosenstall. Er hielt sein dünnes, kurzes Ding zwischen Daumen und Zeigefinger, ganz so wie die Landstreicher in den Schwelter Anlagen ihre Zigaretten, die Glut in die Handfläche hinein, und pinkelte in hohem Bogen durch das Gitter. In dem Moment rief uns die Nonne zur Frühstückspause.

Gefrühstückt wurde an Holzbänken unter einem grünen Dach, einer Art langgezogenem Bushaltestellenhäuschen. Dort entnahmen wir jeden Morgen um zehn unseren Kindergartentaschen die Brotdosen. Es gab Zitronentee aus bunten Plastiktassen. Der Tee schmeckte nach Plastik, die lauwarmen Apfelschnitze aus der Dose auch.

Am Abend konnte ich lange nicht einschlafen. Ob man mir ansah, was ich gesehen hatte? Ob Schwester Isfrida es der Großmutter petzen würde?

Eines Tages wurde das Hochzeitsspiel erfunden. Ein Kind hatte in der Verkleidekiste eine Spitzendecke entdeckt; mit einem weißen Stirnband wurde daraus der perfekte Schleier. Alle Mädchen wollten sofort die Braut sein. Ein Kind riss dem anderen den Schleier aus der Hand, und es kam zu einem kleinen Tumult. Schwester Isfrida lief herbei, erfasste gleich die Lage und schlug vor, wir sollten doch abzählen. «Eine kleine Mickymaus zog sich mal die Hose aus …», begann ein größeres Mädchen, das Silke hieß und eine Brille trug, deren linkes Glas mit einem hautfarbenen Pflaster abgeklebt war. Zu meiner Erleichterung unterbrach Schwester Isfrida Silke und fragte, ob jemand von uns einen schöneren Vers wisse. Ene mene muh – und die Braut war am Ende ich. Vor Begeisterung begannen meine Wangen zu glühen.

Nun musste nur noch der Bräutigam gefunden werden. «Das ist doch Baby», befand Dirk, was die Attraktivität dieses Spiels für die anderen Jungs gänzlich zunichtemachte. Dirk war der größte Junge und der dickste, eine wuchtige Speckrolle hing unter seinem Nicki und über der Cordhose. Sollte sich etwa kein Mann für mich finden? Tränen stiegen mir in die Augen. Ich war so kurz vor meinem Ziel gewesen, vor der Erfüllung meines sehnlichsten

Wunsches, und nun scheiterte alles an einem einzigen Jungen. Da meldete sich Jörg. Er warf sich das schwarze Männersakko über, dessen Rockschöße ihm bis zu den Waden gingen, ich legte mir die Tischdecke auf den Kopf, zog das Stirnband drüber und hakte mich bei ihm ein.

Silke war kurz zuvor erst auf einer echten Hochzeit gewesen und wusste, wie heiraten ging. Dass die anderen Jungs lauthals «Verliebt, verlobt, verheiratet» riefen, passte eigentlich gut zum Spiel. Als allerdings die Mädchen darauf bestanden, erst noch einen Kranz aus Gänseblümchen zu flechten, wurde es Jörg etwas langweilig, und ich bekam schon wieder Angst, dass er sich aus dem Staub machen könnte. Aber Silke befahl ihm, einen Jungen zu finden, der den Pfarrer spielen wollte, und damit war er erst mal beschäftigt.

Der Pfarrer traute uns am Stumpf einer frisch gefällten Pappel, und ein blondes Mädchen, das meinen Lieblingsvornamen Sylvia trug, konnte sogar den Hochzeitsmarsch brummen. So blöd die Jungs dieses Spiel anfänglich gefunden hatten, so gern schauten sie doch zu, kicherten und hatten allerhand doofe Kommentare parat. «Sie können die Braut jetzt küssen», rief der dicke Dirk am Ende der Zeremonie. Schon hob ich meinen Kopf Richtung Sonne und schloss erwartungsfroh die Augen.

«Zeit zusammenzuräumen», rief Schwester Isfrida, und die Hochzeit war gelaufen.

Am nächsten Tag wollten alle Mädchen in der Freispielzeit gleich wieder Heiraten spielen. Die Jungs interessierten sich aber schon nicht mehr für das Spiel, auch als Hochzeitsgäste wollten sie nicht herhalten. Sie fuhren lieber auf den Dreirädern um die Wette und rempelten sich dabei an. Silke gelang es immerhin, Jörg wieder zu überreden, den Bräutigam zu geben, und zwar bestach sie ihn mit einem Duplo. Ihre Mutter gab ihr, obwohl das eigentlich verboten war, jeden Tag Süßigkeiten mit in die Brotbüchse, eine Währung, mit der sie stets ihren Willen durchsetzen konnte.

«Jetzt zählen wir wieder ab», erklärte Sylvia. Das verstand ich nicht. Wenn Jörg wieder der Bräutigam war, dann musste ich doch auch die Braut sein. Das war ja total klar, das musste doch jeder einsehen, das ging doch gar nicht anders. Schnell nahm ich den Schleier aus der Kiste und knubbelte ihn hinter den Latz meines Jeansrocks. Ohne Schleier keine Braut. «Immer willst du die Bestimmerin sein», rief Silke und zog so kräftig an meinem Rockträger, dass der Knopf abriss. Ich hob abwehrend meinen Arm, und sofort flog Silkes Schielbrille vor mir in den Sand. Es war natürlich gelogen, als ich später behauptete, ich sei nur aus Versehen draufgetreten. Es war ein gezielter Ausfallschritt gewesen, den ich sofort bereute, als ich das Glas knirschen hörte und das verbogene Gestell in den Sand gedrückt sah. Doch auf den kurzen Anflug von Reue folgte ein Hochgefühl, eine ungeahnte Kraft. Ich war mir plötzlich sicher, fliegen zu können. In meiner Kehle brannten Brennnesseln, und vor meinen Augen war die Sonne am hellen Sommermorgen tiefrot untergegangen. Als Sylvia nach dem Schleier griff, biss ich zu.

In der Schublade seines schweren weißen Schreibtisches in der Praxis bewahrte der Großvater seine diversen Schreibutensilien auf. Fein säuberlich sortiert, wie in einem Setzkasten, lagen hier die Stifte nach Gattungen geordnet, die spitzen Bunt- und Bleistifte, die Füller und Filzstifte exakt voneinander getrennt. Er besaß Kugelschreiber, in denen Schiffe hin- und herfuhren, wenn man sie schräg hielt, und in den Sichtfenstern anderer Modelle wurde einer Frau durch eine Kippbewegung der Badeanzug aus-

und wieder angezogen. In dem kleinsten Kästchen der Schublade hatte er seine Radiergummis verstaut. Die harten, länglichen rotblauen und die rechteckigen weißen. Es war ein unbeschreiblich wohliges Gefühl, in die weißen wabbelig weichen Gummis zu beißen. Und der erste Biss in ein solch frisches, noch unbenutztes Radiergummi war eine ganz besondere Sinnesfreude.

«Nun schau dir das doch einmal an, Lotte! *Es* hat schon wieder in die Radiergummis gebissen», rief dann der Großvater und schmiss die angenagten Dinger angewidert in den Papierkorb. Wenn er nicht hinschaute, holte ich sie wieder heraus, steckte sie in die Hosentaschen und nahm sie abends mit ins Bett. Dort biss ich Muster in das Gummi, was noch ein bisschen Spaß machte, aber auch etwas traurig war, denn kein Biss war so befriedigend schön wie der allererste.

Sylvias Oberarm hatte eine ganz ähnliche Konsistenz wie diese Radiergummis. Meine Zähne fanden nur ganz kurz einen Widerstand, dann schmeckte ich schon etwas Metallenes, Warmes. Sylvia schrie laut gellend auf. Bis zu diesem Tag hatte ich Schwester Isfrida noch nie rennen gesehen.

Nun erfuhr ich, was im Büro der Nonne passierte, wenn sich die Tür hinter ihr und einem Kind schloss. Sie stellte mich schweigend in eine Zimmerecke, mit dem Gesicht zur Tapete, nahm ihr Adressbuch zur Hand und hielt den schwarzen Telefonhörer ans Ohr. Ich begann zu bitten, zu betteln und zu flehen. Alles, alles wollte ich wiedergutmachen, nie wieder würde ich Braut sein wollen. Ich wollte mich entschuldigen und immer lieb sein – aber nichts half. Schwester Isfrida hörte mich nicht, ich war für sie gar nicht anwesend, unsichtbar.

Als meine Großmutter erschien, wurde ich aus dem Zimmer geschickt und musste in der Garderobe warten. Die Unterredung dauerte eine Ewigkeit. Ab und zu tat sich der Gruppenraum auf, und ein Kind steckte den Kopf durch die Tür, starrte mich wortlos an und schloss sie wieder, bis das nächste einen scheuen Blick auf mich riskierte wie auf ein besonders fürchterliches Ungeheuer.

Meine kurzen Beine hielten mit denen der wütenden Großmutter kaum Schritt. Halblaut vor sich hin murmelnd, zog sie mich am Ärmel meiner Strickjacke hinter sich her. «Unmöglich», hörte ich, «Hosenbund» und «Abreibung, die man nie vergisst», die Litanei nahm kein Ende. Zu Hause angekommen, zog sich Großmutter wieder den weißen Kittel an und sperrte mich dann ins Kinderzimmer ein. Ich setzte mich still vor das große Puppenhaus, das der Großvater zum letzten Weihnachtsfest für meine Barbiepuppen gebaut hatte. Ein tolles Ding mit selbstgezimmerten Möbeln, Tapeten, Vorhängen, die man zuziehen konnte, und elektrischer Beleuchtung. Ich wusste genau, was ich spielen wollte, zog Ken den Smoking an und Barbie das weiße Hochzeitskleid mit dem Fellkragen, dann summte ich den Hochzeitsmarsch. Später bekam Barbie von Ken ein Kind.

Eine ganze Woche lang musste ich zu Hause bleiben. Was sich zunächst wie eine gute Nachricht angehört hatte, entpuppte sich als äußerst wirksame Strafe. Meine Großmutter holte einen großen Wäschekorb vom Dachboden und warf das ganze Spielzeug hinein. Der Puppenwagen, die Brettspiele und natürlich auch das Barbiehaus mit allen Insassen, alles weg.

«Darf ich wenigstens die *Sesamstraße* schauen?»

«Sonst noch Wünsche?», sagte sie knapp und schloss die Tür nach jedem Frühstück und jedem Mittagessen, bei dem mit mir kein Wort gewechselt wurde, wieder hinter mir zu.

Der Großvater passte Silke eine neue Brille an, und mit den Eltern von Sylvia wurde lange telefoniert. Das Ohr an der Tür, bekam ich mit, wie meine Großmutter sich umständlich entschuldigte. Sehr, sehr leid tue es ihnen, und ihrer Enkelin auch. Ich hätte es eben nicht leicht, so ohne Mutter, aber im Großen und Ganzen sei ich bisher nie auffällig geworden. So etwas werde jedenfalls mit Sicherheit nie wieder vorfallen.

Mein Vater wurde natürlich auch informiert. Er schickte Sylvias Eltern Blumen und dem Kind, das mit zwei Stichen am Arm genäht werden musste, einen großen Karton mit Playmobil.

Zunächst dachte ich, das Schlimmste an der ganzen Sache wäre das Schweigen; niemand sprach auch nur ein einziges Wort mit mir, tagelang. Jeder Gesprächsversuch meinerseits wurde von meiner Großmutter sofort abgewürgt. Doch die richtige Strafe folgte erst, als man mich am darauffolgenden Wochenende wieder aus der Einzelhaft entließ. Samstage waren die schönsten Tage in der Woche, da kam vormittags die Haushaltshilfe, Frau Städtchen. Sie stattete mich immer mit einem angenehm weichen, karierten Staubtuch und der Sprühdose mit Möbelpolitur aus, und ich half ihr beim Wienern oder beim Staubsaugen, beim Wäschezusammenlegen und -aufhängen. «Was täte ich nur ohne dich?», sagte sie dann. Doch an diesem Samstag kreuzte sie nur die stämmigen Oberarme vor der Brust und schüttelte den Kopf. «Was muss ich da von dir hören?»

Immerhin, Großmutter nahm mich mit auf den Markt.

«Hast du mich noch lieb, Großmutter?»

«Aber sicher doch!»

«Bist du mir noch böse?»

«Nein. Ich weiß, dass du nie wieder so was machst. Damit ist es nun gut.»

Aber der Obstmann schenkte mir keine Kirschen. Beim Metzger hieß es: «Fleischwurst gibt es nur für die lieben Kinder», und auch beim Bäcker ging ich leer aus. «Na, wen haben wir denn da?», fragte die Bäckerin. «Ist das das Mädchen, das die anderen Kinder beißt? Du bist ja ganz gemeingefährlich.»

Da seufzte meine Großmutter.

Alle Menschen, die mich kannten, schienen von meiner Missetat – wie der Großvater die Beißattacke nannte – zu wissen. Wie konnte das sein? In mir keimte ein furchtbarer Verdacht. Was, wenn man im Fernsehen von mir berichtet hatte, in den Abendnachrichten?

Jetzt wurde mir alles klar. Aber dann wusste ja nicht nur jedermann in Schwelte, was ich getan hatte, dann wusste es wohl die ganze Welt!

1

Inga ist nicht gern allein im Haus. Wirklich allein ist sie auch nie, oben hört sie Marianne in ihrer Wohnung herumkrauchen. Die Schwiegermutter ist immer in Bewegung, merkwürdige Geräusche dringen zu Inga nach unten, ein Scharren, Klopfen, Rasseln. Was macht die da oben nur, tagein, tagaus? Obwohl sie Marianne kaum zu Gesicht bekommt, fühlt sich Inga beobachtet und einsam zugleich. Ob die Schwiegermutter durch die Dielen schauen kann wie eine Gewitterhexe durch die Wolken? Wenn Inga auf dem Sofa liegt, sieht auch sie durch die Zimmerdecke. Sieht Marianne in der Kittelschürze, die Sohlen ihrer Pantoffeln und die Möbel von unten. *Mutter* soll sie zu ihr sagen. Es gelingt ihr aber nicht, das Wort kommt ihr nicht über die Lippen. Sie hat nur eine Mutter, ihre Mami. Die reicht ihr voll und ganz. Zum Glück gibt es kaum Anlässe für eine direkte Anrede, genau genommen gab es bisher noch keinen einzigen. Die Tür zur ersten Etage bleibt immer geschlossen. Marianne nimmt die Außentreppe von ihrem Balkon in den Garten. Treffen sich die Frauen auf dem Grundstück, erwidert Marianne Ingas Gruß mit einem knappen Kopfnicken.

«Ich glaub, deine Mutter kegelt mit Totenköpfen», stellt Inga eines Abends fest, als aus dem ersten Stock wieder einmal Poltergeräusche ins Wohnzimmer dringen. Ob Wilhelm das lustig findet? Er gibt zu den Bemerkungen, die seine

Frau über die Mutter macht, nie einen Kommentar ab. In den ersten Wochen der Ehe kam es Inga so vor, als hätte man ihr einen schwerbeladenen Rucksack von den Schultern genommen. Keine Verpflichtung mehr, sie kann einfach im Bett liegen bleiben, wenn Wilhelm morgens in die Firma geht. Er ermuntert sie sogar dazu. «Bleib doch noch ein wenig liegen, Strubbel. Es ist ja noch furchtbar früh.» Dann dreht sie sich auf die andere Seite und träumt wildes Zeug. Unheimliche Szenen, Prüfungen, die sie nicht besteht. Einmal sitzt sie nackt auf einer Toilette mitten auf dem Postplatz von Schwelte, vor interessiertem Publikum. Ein andermal geht sie in Herwede über die Ruhrbrücke, und ihr Hemd wird immer kürzer, sie trägt keinen Schlüpfer.

Wenn sie dann erwacht, tastet sie nach der anderen Seite des Bettes, die bereits kalt ist, und fühlt sich total verdreht. Auch in der Nacht tastet sie häufig nach Wilhelm, aber der liegt immer ganz außen, am äußeren Rand der Matratze. Eine Hoffnung, die sie mit dem Eheleben verknüpfte, war, dass sie auch im Schlaf mit jemandem verbunden wäre. Aber eine echte Verbindung entsteht nicht mit Wilhelm, auch nicht im Wachen. Es gibt nur diesen gemeinsamen Namen, den sie nun schwungvoll unter die Schecks setzt. Wilhelm hat für sie ein Konto eingerichtet und ihr ein Scheckheft in die Hand gedrückt. Sie kann abheben, so viel und so häufig sie will. Beim Ausfüllen der Schecks kommt sie sich erwachsen vor. Wie gut sie es doch hat. Wenn sie ihr Leben mit dem ihrer Mutter vergleicht, fängt alles um sie herum an, golden zu leuchten. Und doch, etwas fehlt, etwas Wichtiges.

Im Haushalt ist nicht viel zu tun. Wilhelm hat ein junges Mädchen eingestellt. Andrea kommt frisch von der Hauswirtschaftsschule, sie ist fleißig und ehrgeizig, man muss ihr keine Anweisungen geben. Sie sieht die Wollmäuse schon, bevor sie unter dem Schrank hervorhuschen. Doch mit der alltäglichen Last des Haushalts ist Inga auch der Fallschirm genommen, das weiche Aufgehobensein in Aufgaben und Ritualen. Ist es das, was sie sich gewünscht hat? Der Kopf hat plötzlich viel zu viel Zeit. Und eine Ungeduld beginnt in ihr zu wühlen, die dann wieder von Phasen des Leerlaufs abgelöst wird, bis eines Tages die Schwermut zu Besuch kommt. Anflüge von Melancholie sind Inga neu. Neu ist auch das ganze Nachdenken, das die Untätigkeit hervorbringt. Das Palmenmuster auf der Flurtapete macht ihr auf einmal Angst, das Knacken der alten Treppe. Der Schatten, der von dem Obstbaum vor dem Panoramafenster ins Wohnzimmer fällt, wirkt vom Sofa aus wie eine bedrohliche Silhouette. Wenn sie vormittags mit Aslan durch die Nachbarschaft läuft, stülpt sich eine schwere Glocke über sie. Dann würde sie sich gern wieder auf ihr Jugendbett legen und abwarten, bis die Mutter sie zum Mittagessen ruft. Aber es gibt kein Zurück, diese Tür hat sich geschlossen und geht nicht mehr auf, auch wenn sie den Schlüssel zum Haus der Eltern noch am Schlüsselbund trägt.

Das neue Wohnumfeld zu erkunden war anfänglich ganz unterhaltsam, doch mit der Zeit merkt sie, dass die unmittelbare Umgebung längst nicht so weitläufig ist, wie es ihr anfangs schien. Jede Weide grenzt an einen Zaun, jede Wiese an eine Straße, der Wald ist gleich von drei Schnellstraßen umzingelt und endet an einem Autobahnzubringer. In den Ort muss man mit dem Auto fahren. Schwelte fehlt ihr: einfach auf die Straße gehen, den Nachbarn grüßen und gegenüber beim Metzger sechs Mettwürste kaufen oder sich nebenan beim Friseur kurz entschlossen Wasserwellen legen lassen. Hier auf dem Berg sitzt sie wie eine Prinzessin in ihrem Turm hinter der Hecke. Wenn sie nach den Spaziergängen wieder nach Hause kommt, sind es immer noch ein, zwei leere Stunden, bis Wilhelm zum Essen erscheint. In der Küche werkelt Andrea, über ihr fuhrwerkt Marianne herum, so gelingt es Inga noch nicht einmal, ein Buch zur Hand zu nehmen. Unruhige Einsamkeit – sie hätte nicht gedacht, dass ihr die Eltern einmal so fehlen könnten. Sie ist nie allein gewesen. In der engen Wohnung bei Mami und Papi war man nie für sich. In der Schule jeden Tag mit zwanzig Kindern in einem Raum eingesperrt, und auch bei der Ausbildung und im Studentenheim herrschte fortwährend Belagerungszustand. Jetzt vermisst sie auch die Schwester, selbst die kleinen Reibereien und Streitigkeiten mit ihr. Aber am meisten fehlt ihr der Pudel. Als sie Wilhelm fragt, ob sie nicht doch Billy zu sich holen kann, kommt wenig später sein Freund Uli mit einem besonderen Gastgeschenk zu Besuch: Anstelle von Schnittblumen drückt er der erstaunten Inga einen Dackel in den Arm.

Otto heißt er, er ist rotbraun und kann im Handstand pinkeln. Das haarige Geschenk ist nett gemeint, aber Inga wird mit dem Tier nicht warm. Otto ist nicht gerade anhänglich, zumindest nicht bei ihr, er hält sich an Wilhelm, dem ein Hund im Haus plötzlich nichts mehr ausmacht. Ein Nachzug von Billy ist jetzt natürlich unmöglich, darüber braucht gar nicht mehr geredet zu werden. Otto kann andere Rüden nicht ausstehen, auch ein Zusammentreffen mit Aslan muss tunlichst vermieden werden.

Die frühen Nachmittage, an denen Wilhelm seinen Mittagsschlaf hält, um dann noch einmal kurz in der Firma zu verschwinden, dehnen sich wie grauer Kaugummi. Dann, ab sechzehn, siebzehn Uhr, gerät die Welt langsam wieder ins

Lot. Wilhelm hat ihr eine nette Stute gekauft, gut ausgebildet, nicht mehr allzu jung, sanft und anschmiegsam. Wenn Inga mit Tante Otti, Gisela, Monika und wie die ganzen anderen Gattinnen der Reiter aus dem Verein so heißen, durch die Wälder galoppiert, stieben die dunklen Gedanken mitsamt dem trockenen Sandboden unter ihr fort. Sie muss sich nichts beweisen, eine Reiterkarriere braucht sie nicht. Das Herumjagen über die Felder und Wiesen, das Traben über Forstwege und Waldpfade, es reicht ihr voll und ganz. Auf Turniere kann sie verzichten. Das Sportreiten überlässt sie Wilhelm, der, während sie ausreitet, jeden Tag in der Reithalle zwei, drei Pferde trainiert. Wenn sie ihm beim Reiten zuschaut, erfüllt ein ungeahnter Stolz sie. Wie gut ihm die Konzentration zu Gesicht steht. Wie genau jeder Handgriff sitzt und jeder Schenkeldruck, mit dem er die großen Tiere bezwingt, sie schweigend tun lässt, was er ihnen befiehlt. Das ist schon imposant. Er kann die Tiere mit seinen Gedanken lenken. Das Pferd als Marionette ohne Fäden, es trägt ihn.

Wenn sie abends mit Wilhelm nach dem zweiten Schoppen Wein im Reiterstübchen sitzt, sind die schweren Morgengedanken verflogen.

Andrea kocht Königsberger Klopse, Leber mit Püree, Stielmus, Möhrendurcheinander, Linseneintopf, Erbsensuppe, Bratwurst mit Sauerkraut, Sauerbraten mit Klößen. Wilhelm hat der Haushaltshilfe auf einem Zettel notiert, was er gerne isst. Nichts davon kann Inga kochen. Andrea aber auch nicht. Das heißt, sie kocht es wohl, nur stochern Inga und Wilhelm dann immer lustlos im Essen herum, als wäre es Kasernenfraß, geschmacklich und optisch besteht da kein Unterschied. Ich glaube, ich kann das besser, beschließt Inga eines Tages und schickt Andrea zur Reinigung. Von da an ruft sie jeden Morgen ihre Mutter in der Praxis an.

«Wenn die Mehlschwitze klumpt, hast du nicht gut genug gerührt. Warte mal eben.» Lotte legt den Hörer beiseite. Der Vater diktiert: «Links – 3,75, Zylinder 1,5, 10 Grad …» Inga kann hören, wie Lottes Kugelschreiber über das Papier kratzt. «Nimm reichlich Butter und lass das Mehl gut aufkochen, sonst schmeckt es in der Soße vor, eine Sekunde …»

«Noch Augensalbe, dann sehen wir uns Mitte nächster Woche wieder.» Ratsch, die Mutter reißt das Rezept vom Block und nimmt den Hörer wieder auf.

«Wie viel Gehacktes muss ich denn kaufen, und wie heißen doch gleich die festkochenden Kartoffeln?»

«Sieglinde. Und kauf Kalbshack, eine ordentliche Menge, die Klopse, die nicht gegessen werden, lassen sich gut einfrieren.»

Inga lässt sich fortan täglich die Rezepte von der Mutter durchgeben, Tipps und Tricks inklusive, dann fährt sie einkaufen. Im Ort trifft sie die Frauen aus der Gemeinde, schließt immer neue Bekanntschaften, erfährt den neusten Tratsch und verabredet sich zum Kaffee, zum Einkaufsbummel und zu Spaziergängen.

Dass Wilhelm Ingas Essen neuerdings schmeckt, sieht man ihm schon bald an. Er lobt ihre Kochkünste und verdrückt ordentliche Portionen. Marianne kocht mit Margarine und Dosenmilch, fett- und salzarm, Andrea so schlecht, dass man von ganz allein die Gabel fallen lässt, bevor man satt ist. Inga hingegen zaubert nun jeden Tag einen Festschmaus. Wilhelm legt in kurzer Zeit mächtig zu und muss von Inga auf halbe Ration gesetzt werden, damit sich der Reißverschluss der engen Reithose noch schließen lässt.

Im Herbst entwickelt auch Inga plötzlich einen mordsmäßigen Appetit, rührt sich nachts Pudding an und isst schon zum Frühstück kalten Schweinebraten. Am Sankt-Martins-Tag 1963 stellt Dr. Westerhoff die Schwangerschaft fest, Ende Mai soll das Kind zur Welt kommen.

«Was macht denn mein kleiner Heiliger?», fragt Wilhelm jeden Morgen und streichelt ihr über den Bauch. Streicheln ist sonst nicht so sein Fall, das hat er nicht gelernt. Warte nur, denkt Inga, dich bekomme ich schon noch hin, dich mach ich noch gefühlig, das wäre doch gelacht. Alles, das ganze Leben erscheint ihr mit einem Mal wieder leicht und bunt, fröhlich und sonnig. Wilhelm freut sich auf den Nachwuchs, Inga geht es prächtig, die anderen Umstände machen ihr einen rosigen Teint und gute Laune – was will man mehr? Die Schwangerschaft ist nicht nur für Inga eine euphorisierende Neuigkeit. Die Frauen aus der Gemeinde und dem Reiterverein, ihre Schwester und ihre Mutter, alle wollen fortwährend mit ihr einkaufen gehen. Inga genießt den Rummel. Bald schon stapelt sich in ihrem Schlafzimmer die hellblaue Babybekleidung, denn dass es ein Junge wird, steht außer Frage. Die Erstgeborenen in der Familie Rautenberg sind immer männlich. Aber wo soll das Kind eigentlich hin, wenn es erst einmal da ist? Im unteren Teil des Hauses gibt es ein Kaminzimmer, ein Wohn-, Ess- und auch Schlafzimmer, aber ein Kinderzimmer findet in diesem Grundriss keinen Platz. Also bauen die Schreiner aus der Firma das Kinderzimmer einfach von außen auf Stelzen an das elterliche Schlafzimmer an. Wie ein hölzernes Vogelhäuschen mit einem kleinen Fenster und einem Durchbruch direkt neben Ingas Schminktisch.

Peter wird der Stammhalter heißen, nun kann er kommen!

Scharfe Schnitte

«Über die Sache wird Gras wachsen», prophezeite der Großvater, als er mich wieder zu Schwester Isfrida brachte. Ich stellte mir vor, wie aus der Bisswunde auf Sylvias Oberarm Gras wuchs. Aber auf Sylvia wuchs und grünte nichts, und auch sonst hatte sich im Kindergarten nicht viel verändert. Mit einer Ausnahme: Hatten die Kinder mit mir bisher nur zögerlich und ungern gespielt, so spielten sie jetzt überhaupt nicht mehr mit mir.

«Meine Mutter sagt, ich soll nicht mit dir reden», sagte Silke. Angeblich verboten diese Mütter ständig etwas und mischten sich immerzu ein. Wofür brauchte man eigentlich so etwas wie eine Mutter? Die Mütter wirkten immer gehetzt, brachten ihre Kinder im Dauerlauf in den Kindergarten, rissen ihnen genervt die Mützen vom Kopf und holten sie erst am späten Nachmittag wieder ab. Mein Großvater hingegen erzählte mir in der Garderobe noch in aller Ruhe eine Geschichte von Reineke Fuchs, und die Großmutter kam pünktlich um zwölf, damit wir zusammen mittagessen konnten. Ich brauchte keine Mutter, die ich bei jeder Zankerei vorschieben konnte. Ich hätte ja auch mit meiner Großmutter kontern können, aber es war ganz unmöglich, mir vorzustellen, was meine Großmutter zu diesen Kindergartendingen sagen sollte, sie mischte sich nicht ein.

In den Sommerferien fuhren die Großeltern mit mir, Tante Uta und Asta in den Harz. Auf der Fahrt saß meine Tante auf der

Rückbank zwischen Asta und mir mit dem Pudel Peter auf dem Schoß. Alle fünf Minuten fragte ich: «Sind wir bald da?» oder «Wie lange dauert's noch?», was nicht nur meinem Großvater schlechte Laune bereitete.

«Du bringst uns noch zur Weißglut. Lotte, sag *Es*, dass es mit der ständigen Fragerei aufhören soll. Ich muss mich auf die Fahrbahn konzentrieren.»

Der Großvater fuhr so langsam auf der rechten Spur der Autobahn, dass die stattlichsten Sattelschlepper und längsten Lkw uns laut brausend überholten. Peter mochte Autofahren genauso wenig wie ich. Er fiepte und hechelte mir mit weit offen stehendem Maul ins Ohr. Vom Autofahren wurde mir immer leicht flau, dennoch hatte ich Großmutters Ration Butterbrote bereits vor der ersten Rastpause aufgegessen. Der kariöse Hundeatem, die stickige Luft und die durch die Lüftung ins Autoinnere gesogenen Abgase schlugen mir dann auch bald auf den Magen.

«Aber du sagst, wenn du brechen musst. Versprochen?»

Wenn ich längere Zeit keine Fragen mehr gestellt hatte, wurden meine Mitreisenden unruhig. «Geht's noch?» Leider verbot mir eine Art Aberglaube, Wörter wie *schlecht* oder *brechen* laut auszusprechen. Das Schlimmste trat immer ein, sobald man darüber redete. Kotzen, etwas Furchterregenderes kannte ich nicht. Es lief immer gleich ab: Erst wurden meine Handflächen feucht, dann wurde mir heiß, der Kopf begann zu brummen, und ohne dass ich eine Warnung hätte geben können, platzte es plötzlich, auch für mich total überraschend, aus mir heraus.

«Boah, was für eine Schweinerei», rief meine Schwester, kurbelte die Scheibe herunter und hängte ihren Kopf mit den dicken Zöpfen in den Wind. «Alle bleiben angeschnallt», befahl der Großvater und steuerte die nächste Haltebucht an. Dann säuberte Großmutter mit Glasreiniger und dem stets mitgeführten Toilettenpapier die Fußmatte unter meinem Sitz.

Das Kaffeetrinken war für meine Großeltern der Mittelpunkt des Tages, keine Mahlzeit war wichtiger. Zu den Reisevorbereitungen des Großvaters gehörte die Recherche, wo genau auf unserer Route die besten Cafés lägen. Er entnahm diese Informationen dem Varta-Führer, der, für den Fall einer Planänderung durch Reifenpannen oder Unwetter, zur Sicherheit im Handschuhfach lag. Im Harz landeten wir unterhalb des Brockens in einer großen Ausflugsgaststätte mit jagdgrüner Bestuhlung, die für eine besondere Spezialität berühmt war – ihre gigantisch großen, mit Schlagsahne gefüllten Windbeutel. Der Großvater bestellte vier von diesen Prachtexemplaren, drei Kännchen Kaffee und Apfelsaft für Asta und mich. Den Windbeutel sollten wir uns teilen. «Schaut erst mal, ob euch das schmeckt. Man muss ja nicht das schöne Geld zum Fenster rauswerfen.»

Als die Bedienung den Kuchen verteilte, stellte sie unseren gemeinsamen Windbeutel vor meiner Schwester ab. Besonders die diagonale Musterung der Schlagsahne begeisterte mich. «Der ist ja viel zu hübsch, um ihn zu essen», rief Großmutter und stach mit der Gabel in den Deckel. Die Sahne quoll zu den Seiten heraus, und die Pracht war hin. Schnell griff ich nach Astas und meiner Kuchengabel, hob ein wenig den Hintern an und setzte mich drauf. Die Gabelzinken stachen unangenehm in meinen Po. Wenn das schöne Ding schon zerstört werden musste, dann wollte ich den ersten Stich tun. «Spinnst du?» Asta versuchte, mich vom Stuhl zu schubsen, aber ich hielt mich mit beiden Händen an der Tischplatte fest, dabei verrutschte die Wachstuchdecke. Großvater zog sie wieder zu sich. «Schaut doch mal, wie schön wir jetzt hier sitzen, wie gut wir es haben», sagte

Großmutter und legte ihrem Mann beschwichtigend die Hand auf den Oberschenkel. «Du rückst jetzt sofort die Gabel wieder raus», zischte Asta und drehte mir blitzschnell den Arm auf den Rücken, dass ich nach vorn klappte und mit der Stirn auf die Tischplatte knallte.

Mit letzter Kraft trat ich unter dem Tisch nach ihr. Doch Asta war schneller, zog ihr Bein zurück, und ich traf mit voller Wucht den Knöchel der Großmutter.

«Jetzt ist mal wirklich Schluss. Gleich hast du's dir mit mir verscherzt.» Großmutter nahm die Serviette vom Schoß, faltete sie sorgsam zusammen und legte sie neben ihren Kuchenteller. Am Tisch war das Gespräch verstummt. Alle Blicke, auch die der grau melierten Reisegruppe am Nachbartisch, ruhten auf mir. «So, Fräulein, wir gehen jetzt mal vor die Tür. Komm!» Großmutter war um den Tisch herumgekommen. «Steh sofort auf.» Dann drehte sie sich um und ging langsam in Richtung Ausgang.

Meine Stirn glühte, Tränen stiegen mir in die Augen. Ich folgte Großmutter stumm wie durch einen verschwommenen Unterwasserfilm. War die Bewegung, mit der sie die Tür des Restaurants hinter uns schloss und dann zum Schlag ausholte, ein und dieselbe gewesen? Ich hatte ihn nicht kommen sehen, nur einen stumpfen, brennenden Schmerz gespürt. Zack!

Sie beugte sich zu mir hinunter, nahm mein Kinn zwischen Daumen und Zeigefinger und schaute mir in die Augen: «Damit du es weißt. Ich lasse mir von dir nicht den Urlaub verderben.» Dann nahm sie mich an der Hand und ging mit mir ruhigen Schrittes wieder zu unserem Tisch zurück, durch all die Stuhlreihen hindurch. Die Scham war unbeschreiblich, wie eine Flutwelle, die mir aber nicht den Gefallen tat, mich fortzuspülen. Alle Menschen an den Tischen schienen mich mit einem Mal zu kennen. Sie hatten meine schlechteste, meine schlimmste Seite gesehen. Alle wussten, was die Großmutter mit mir vor der Tür gemacht hatte. Alle wussten, dass ich mir den Klaps, wie meine Großmutter den Vorfall später nannte, verdient hatte.

Die Rückkehr in den Kindergarten nach dem Zwischenfall mit Silke und Sylvia war eine vergleichbare Demütigung. Auch wenn nach einiger Zeit nicht mehr täglich über die Beißattacke geredet wurde, haftete mir das Stigma doch immer noch an. Gut möglich, dass ich mir das alles nur einbildete. Tatsache jedoch war, dass ich wieder angefangen hatte, ins Bett zu machen. Ich bestand fast nur noch aus Angst vor der nächsten Nacht und dem nächsten Tag. Angst vor all den Kindern, die zusammengehörten und in deren Mitte ich mich immer einsamer fühlte. Jörg war der Einzige, der sich nie etwas anmerken ließ. Der mich nicht auf die Sache ansprach und mit mir spielte, als sei nichts geschehen. Der sich vielleicht an gar nichts erinnerte.

Aber mit Puppen spielen wollte er nicht, und ich wollte nicht jeden Tag seine Playmobil-Indianer mit ihm aufstellen. Wenn er gemeinsam mit mir im Sandkasten eine Burg mit Seesternförmchen und Plastikmuscheln verzierte, spürte ich, dass er lieber mit den anderen Jungs, mit Matchbox-Autos oder Baggern gespielt hätte. Im Spiel zu versinken war damit unmöglich.

So gern ich malte, so verhasst war mir das Basteln. Die an der Spitze abgerundete Kinderschere tat einfach nicht, was ich von ihr wollte. Eines Tages verteilte Schwester Isfrida buntes Papier, so dick wie Pappe. Ich wählte Hellgrün. Sie hielt eine Schablone in Form eines Schuhs hoch. Wir sollten sie auf das Papier legen, mit einem Bleistift die Form abzeichnen und dann jeder seinen eigenen Schuh ausschneiden.

Ich war ein paarmal am Rand der Schablone abgerutscht. Auf

dem Blatt erschien ein ziemlich krakeliger Umriss. Noch schlimmer wurde es beim Ausschneiden. Die rundliche Schuhform wurde von Schnitt zu Schnitt eckiger, zuletzt war es ein Vieleck. Ich hielt die stumpfe Schere so verkrampft zwischen Daumen und Zeigefinger, dass mein Daumengelenk schon nach wenigen Schnitten zu brennen begann. Als ich fertig war, lag vor mir etwas, das an eine krumme Schaufel oder an ein klobiges T erinnerte. In dieses Ding sollte man in genauen Abständen zwei Reihen Löcher für die Schnürsenkel stanzen, dabei half mir die Nonne. Dazu verteilte sie Geschenkband, das in die Löcher gefädelt werden sollte, über Kreuz, so wie in meinen Turnschuhen. Aber auch das misslang mir. Drüber und drunter, hin und her, die Pappform war schon ganz zerknickt, als mir die Nonne auch noch das Band einfädeln musste. Die meisten Kinder konnten schon Schleifen – ich nicht. Großmutter band mir noch jeden Morgen die Schuhe. Die Nonne erklärte uns die Bastelaufgabe noch einmal und ging um die Tische herum, um die Ergebnisse zu begutachten und uns die Hände zu führen. Als sie an meinen Platz kam, runzelte sie die Stirn. «Nun ja, es ist noch kein Meister vom Himmel gefallen. Du fängst wohl besser noch einmal ganz von vorn an», sagte sie und gab mir einen neuen, einen roten Bogen Papier. Von allen Farben mochte ich Rot am wenigsten.

«Ich muss mal», sagte ich und machte mich auf den Weg zu den Toiletten. Am Ende des Flurs, hinter der Garderobe, war Schwester Isfridas Büro. Die Tür stand halb offen. Auf ihrem Schreibtisch lag eine große, glänzende, lange Papierschere mit einer schönen scharfen Spitze. Die schnitt tausendmal besser als die dummen Plastikdinger. Sie war schwer, und ich musste mich erst daran gewöhnen, sie zu halten. Doch hatte man mit der Spitze erst einmal ein Loch gebohrt, ging der Rest ganz einfach. Zuerst tat ich einen schönen langen, geraden Schnitt in die Rückseite einer hellblauen Regenjacke. Dann schnitt ich eine kleine Lasche mit einem Druckknopf von der Kapuze an Olivers Windjacke. Ganz leicht ließ sich der Bommel von einer auf der Ablage vergessenen Wintermütze abtrennen. Dann nahm ich mir die Taschenklappe von Virginias Dufflecoat vor. Das war schon nicht mehr ganz so einfach, mir gelang nur ein kleines Loch oberhalb der Tasche, der Wollstoff war einfach zu dick. Als ich gerade dabei war, die Schlaufe des untersten Knebelknopfes abzuschneiden, kam Schwester Isfrida mit hoch erhobenen Händen aus dem Gruppenraum auf mich zu.

2

Das Erste, was Marianne sieht, ist die große Pfütze in der Diele. Ein Gejammer und Gestöhne hat sie geweckt. Eilig hat sie den Morgenrock übergeworfen und ist in Pantoffeln die Treppe hinuntergeeilt. Im Esszimmer steht Inga mit geröteten Wangen und aufgelöstem Haar im Nachthemd und hält sich krampfhaft an der Tischkante fest. Wilhelm lehnt in gebührender Entfernung am Durchgang zum Kaminzimmer und betrachtet ratlos die Szene.

Uah, Inga geht in die Knie. Dann rafft sie sich wieder auf und beginnt, um den Tisch herumzugehen, erst langsam, dann schneller, bis sie fast rennt, um dann wieder, mit einem lauten Stöhnen, an die Tischplatte geklammert, in die Hocke zu gehen. «Das macht sie jetzt schon seit einer halben Stunde.» Wilhelm steht bereits im Anzug da. «Sie sagt, es sind noch keine richtigen Wehen. Aber woher will sie das wissen? Ich sollte sie jetzt ins Krankenhaus fahren. Aber sie will partout nicht, sie weigert sich mitzukommen.»

Marianne wirft einen kritischen Blick auf Ingas Bauch. «Das kann was werden. Das Kind sitzt ja noch unter den Rippen, mit dem Hintern nach oben. Das dauert noch, aber fahren würde ich trotzdem. Was will sie hier, was sie nicht auch im Krankenhaus tun kann? Für eine Hausgeburt wird das zu kompliziert.»

Was redet die Schwiegermutter da nur für ein Zeug? Gestern erst hat Dr. Westerhoff der werdenden Mutter einen Besuch abgestattet und sichtlich zufrieden verkündet: alles in schönster Ordnung. Es sei so weit, das Kind könne sich auf den Weg machen. Und als hätte es die frohe Botschaft gehört, hat Inga schon wenige Stunden später ein Ziehen im Unterleib bemerkt. Am Abend, im Bett, war das Rumoren dann heftiger geworden. An Schlaf war nicht mehr zu denken. Als sie sich in der Küche ein Glas Milch holen wollte, hat es plötzlich *Platsch* gemacht. Mit der geplatzten Fruchtblase sind Inga die Nerven durchgegangen. Sie hat auf einmal Angst. Angst vor dem Krankenhaus. Angst davor, allein zu sein. Angst vor den Schmerzen, die immer stärker werden und von denen sie nur ahnt, dass dieses Bohren bei gleichzeitigem Drücken und Ziehen erst der Anfang von etwas Urgewaltig-Furchterregendem ist. Wenn sie in gleichmäßiger Bewegung bleibt, kann sie am besten gegen die Panik und die Schmerzen ankämpfen. Aber alles Jammern nützt nichts. Unter dem strengen Blick der Schwiegermutter bringt Wilhelm Inga den Mantel, hilft ihr in die Schuhe und hat auch schon den gepackten Koffer unter dem Bett hervorgezogen. Inga wirft einen wütenden Blick auf Marianne. Was hat die plötzlich in Wilhelms Wohnung verloren? Mit ihrem krummen Rücken kommt sie ihr wie eine unheilverkündende Krähe vor. Inga tut sich auf einmal ungeheuer leid. Wie ist sie nur auf diese Idee gekommen? Ein Kind haben ist ja vielleicht ganz schön, aber ein Kind bekommen, will sie das? Im Auto krallt sie sich mit beiden Händen am Griff über der Beifahrertür fest.

Wilhelm fährt rasant, überholt auf der Landstraße mit seinem Mercedes einen VW-Käfer mit hundertfünfzig Sachen und überfährt eine rote Ampel. Was gar nicht nötig gewesen wäre. Denn kaum sitzt Inga im Auto, sind die Wehen auch schon vorüber.

«Geht's noch, hältst du's noch aus?», fragt er immer wieder.

«Ich glaub, es war bloß falscher Alarm, lass uns umkehren», haucht Inga, kurbelt die Rückenlehne des Sitzes in Liegeposition und schließt die Augen. Als sie in der Landesfrauenklinik vorfahren, ist Inga eingeschlafen.

«Bitte lass mich hier nicht alleine liegen», fleht sie Wilhelm auf der Geburtsstation an. Aber der Arzt hat dem werdenden Vater bereits den Arm um die Schultern gelegt und ihn mit sanfter Autorität aus dem Zimmer geschoben. In der Nacht wird das Kind bestimmt nicht mehr kommen, und man hat ja seine Telefonnummer für den Fall, dass sich was tut. «Das ist hier nichts für Ehemänner. Sie wollen ja schließlich bald wieder Ihre kleinen Freuden mit der Gattin haben, nicht wahr?» Er zwinkert Wilhelm zu.

Der rote Sekundenzeiger der Wanduhr rückt zitternd voran. Elf Stunden liegt sie nun schon in diesem Bett, in einem Einzelzimmer, immerhin. Aus dem benachbarten Kreißsaal sind die ganze Nacht hindurch animalisches Stöhnen und obszöne Schreie zu ihr gedrungen. Gänsehaut hat ihr das bereitet, Panik geradezu, mit Schüttelfrost und Zähneklappern. «Da drin liegt so ein ganz feines Fräulein und macht sich vor Angst fast in den Seidenschlüpfer», hat sie eine Krankenschwester vor der Tür sagen hören. Besonders unangenehm ist die dicke Hebamme, die mit den haarigen Unterarmen. Alle halbe Stunde kommt sie nach ihr schauen und hinterlässt einen immer dichteren Schweißgeruch im Zimmer. Die Dicke ist jetzt schon die dritte Hebamme, die ihr zwischen die

Beine greift und an ihr herumfuhrwerkt. Sie muss an die kalbende Kuh auf Bauer Heidkötters Hof denken. Einen gelben Spülhandschuh hat der Tierarzt getragen, bis zum Ellenbogen ist er damit in dem Tier verschwunden.

«Immer das Gleiche. Erst haben se ihren Spaß, und dann jammern se rum.»

Hat Inga das nur geträumt, oder hat das wirklich jemand gesagt?

Frühstück, Mittag, Abendbrot. Einlauf und Rasur. Jetzt ist sie schon einen geschlagenen Tag im Krankenhaus. Die Wehen kommen, werden stärker, dann noch stärker; und immer wenn der Arzt vorbeikommt, um festzustellen, ob sie in den Kreißsaal umgesiedelt werden muss, verschwinden sie wieder.

Immerhin, Marianne hat sich geirrt: Eine Steißgeburt wird es wohl nicht. Ein neumodisches Gerät, Wehenschreiber genannt, gibt rauschende Töne von sich, die Zacken auf dem Bildschirm des Geräts schlagen höher aus und beruhigen sich dann doch wieder. Hin und wieder piepst das Instrument, dann kommt eine Schwester ins Zimmer und rückt die Sensoren unter dem breiten Gurt um Ingas immer härter werdenden, prallen Bauch zurecht. Auf einmal brandet der Schmerz wirklich auf, das Kind scheint sich in ihr aufzubäumen. Inga klingelt nach der Hebamme. Dann geht alles sehr schnell.

Der Assistenzarzt schiebt sie in den Kreißsaal. Dort wird sie auf ein breiteres Bett mit zwei Beinschalen gelagert, dessen unterer Teil sich nach unten klappen lässt. Erneut wird sie an den Wehenmesser angeschlossen. Die Hebamme sucht und schimpft, sie findet die Herztöne des Kindes nicht. Eine Schwester erscheint mit einem hölzernen Hörrohr. Allerhand sterilisiertes Werkzeug wird bereitgelegt. Der Chefarzt kommt. Die Geschäftigkeit um sie herum nimmt zu, ihre Schmerzen auch. Inga zieht sich mühsam an der Schlaufe unter dem Galgen über ihrem Bett hoch. Noch eine Hebamme erscheint. Atmen soll sie, atmen, ruhiger und langsam, bloß nicht hyperventilieren.

Irgendwas ist mit dem Kind, doch Inga hat gar keine Zeit mehr, sich Sorgen zu machen, immer schneller kommen die Wehen, immer heftiger wird der Sog. Pressen soll sie, jetzt und dann noch einmal, fester und doller! Aber anscheinend macht Inga etwas falsch. «Pressen, jetzt!», schreit die Hebamme sie an. «Nun machen Sie doch mit.» Aber sie gibt sich doch alle Mühe. Immer wieder hört sie das Wort *Herztöne*. Ein großer Apparat wird in den Raum geschoben. Ein wuchtiger Motor, aus dessen oberem Ende ein Schlauch schaut. Am Schlauchende ist eine Art Einmachglasdeckel befestigt. «Die Saugglocke ist jetzt unsere letzte Chance», hört sie den Arzt sagen. Sie kann seinen Nikotinatem riechen. Ihr wird schlecht, und dann übergibt sie sich auch schon auf das hellblaue Flügelhemd, das jemand gegen ihr Spitzen-Negligé getauscht hat.

Wieder der Befehl: «Pressen!» Eine andere Stimme fordert sie erneut auf, gleichmäßig zu atmen.

Eine Frauenhand mit rot lackierten Fingernägeln schiebt ihr die Lachgasmaske über die Nase. Die dicke Hebamme liegt nun mit ihrem gesamten Körpergewicht auf Ingas Bauch und drückt das Kind nach unten. Dann gibt es einen lauten Knall.

Der Arzt stolpert ein paar Schritte zurück, das Gerät mit dem Deckel hält er in der Hand. «Notkaiserschnitt», sagt er, und der Assistenzarzt fummelt an Ingas Kanüle im Handrücken herum. Alles beginnt sich um sie zu drehen, immer schneller und schneller. Die Welt ist ein einziger Abfluss. Gebären, Sterben, ein fortwährendes Raus und Rein.

Im Zimmer liegt gelber Nebel. Die Gardinen sind zugezogen, doch etwas Sonnenlicht dringt noch hindurch. Als Inga erwacht, summt es in ihrem Kopf. Ein Bienenschwarm, direkt hinter der Stirn. Es ist heiß, die Fenster sind geschlossen, ihr Hals ist trocken und brennt. Nur fort, wo immer sie hier auch ist. Sie schwingt ein Bein aus dem Bett und richtet sich auf, ein heißer Schmerz blitzt in der Leistengegend auf. Das Zimmer dreht sich, sie glaubt, aus dem Bett zu fallen, und stützt sich am Nachttisch ab. Doch der rollt gegen einen Ständer, an dem eine Flasche mit durchsichtiger Flüssigkeit kopfüber hängt, aus der es in einen Schlauch tröpfelt. Das Gestell mit der Flasche knallt gegen den Heizkörper und reißt ihre Hand mit, an der das Schlauchende mit der Kanüle befestigt ist. Was sind das für Schläuche? Sie entdeckt noch einen weiteren, etwas dickeren, der unter der Decke zu einem Beutel am Fußende des Bettes führt, in dem etwas Gelbliches schwimmt. Inga lässt sich zurückfallen, auf das Kopfkissen. Ihr ist so übel wie nach dem ersten Rausch, damals mit vierzehn. Sie kneift die Lider zusammen, um sogleich die Augen wieder aufzureißen. Etwas fehlt. Sie tastet vorsichtig an sich hinunter, ihr Bauch ist weich wie ein dickes Kopfkissen, sie fühlt einen Mullverband und vom Rippenbogen bis zum Schambein klopfenden Wundschmerz. Das Kind ist weg, denkt Inga und gerät erneut in Panik.

Die Klingel ist vom Nachttisch gefallen und liegt auf dem Boden. An die ist kein Rankommen. Wo sind denn nur die Schwestern? Erst dringt nur ein Krächzen aus ihrer trockenen Kehle, dann gelingt ihr ein lautes Rufen, das übergeht in klägliches Schreien.

«Wo ist mein Kind?» Sie muss an ein Märchen denken, in dem außer einem Kind auch ein Reh vermisst wird. Was für ein Albtraum ist das? Da wird die Tür aufgerissen. «Immer mit der Ruhe! Wer wird denn hier so schreien? Dabei heißt es doch jetzt erst einmal: Gratulation! Mutter und Tochter sind wohlauf.» Inga weiß gar nicht, wovon die Frau spricht.

«Wenn Sie sich heute Abend etwas besser fühlen, dürfen Sie Ihr Kind sehen. Es ist ein gesundes Mädchen.» Dann bringt die Krankenschwester den Tropf und das Nachtschränkchen in Ordnung, öffnet einen Tablettenschieber und fischt für Inga zwei himmelblaue Dragées heraus. Weg, sediert. Als sie wieder zu sich kommt, steht neben ihrem Kopfende ein Miniatur-Gitterbett. Ihr Kind ist fest in eine rosa Decke gewickelt, nur das Köpfchen ragt aus der konisch nach unten zulaufenden Deckenverpackung. Der Säugling hat enganliegende, zarte Ohren, die wie kleine Salatblätter aussehen, keine Haare und eine platte Nase wie ein Pekinese. Er schläft.

Obwohl das Wesen winzig ist, kann sie seinen gleichmäßigen Atem hören. Inga versucht, sich auf die Seite zu drehen, um es besser betrachten zu können, aber der Bauch schmerzt in der Seitenlage, sodass sie sich sofort wieder auf den Rücken drehen muss. Sie würde das Kind gern berühren. Doch die rechte Hand kann sie nicht ausstrecken, die hängt am Tropf. Gleich stürmt auch schon wieder eine Schwester ins Zimmer. «17 Uhr, Zeit fürs Fläschchen.» Sie hebt das schlafende Kind aus dem Bett. Mit den Zeigefingern stützt sie das Köpfchen, ihre Daumen umfassen den Brustkorb des Winzlings. Der windet sich verschlafen wie ein Wurm an der Angel. Dann wird Inga das verschnürte Paket in die Arme gelegt. Die geöffneten dunkelblauen Augen des Kindes sind noch ohne Blick, ihre Tochter ist ein Wesen von einem anderen Stern. Inga hat noch nie ein Neugeborenes gesehen. Die Babys in der Reklame sehen anders aus, runder, weicher, lieblicher.

Die Schwester gibt Inga die Flasche in die Hand. Als sie den Sauger an die kleinen Lippen hält, dreht das Kind unwillig den Kopf hin und her, die Äuglein wieder fest geschlossen. «Es will nicht trinken.»

«Es muss trinken», bestimmt die Krankenschwester, nimmt es ihr wieder ab, setzt sich, das Kind auf dem Schoß, auf einen Stuhl und steckt ihm resolut den Sauger in den Mund. Das Kind beginnt sofort zu schmatzen.

Am nächsten Mittag wird Wilhelms Besuch angekündigt. Wenn sie ihm nur irgendwie absagen könnte. Sie will ihn nicht sehen, erst recht nicht so gesehen werden. Mit dieser Bettpfanne neben sich, dem Flügelhemd, aus dem sie nicht herauskommt, solange sie nicht aufstehen kann, kein richtiges Waschen ist möglich, und die Zähne sind auch nicht geputzt, weil jede Bewegung schmerzt. Die Schwester bringt ihr das Schminktäschchen – mit Lippenstift fühlt sie sich schon etwas menschlicher. Auch der Arzt war schon zur Visite da. Schwein habe sie gehabt, das hat er wortwörtlich gesagt. Tatsächlich sieht das Kind ein wenig wie ein Schweinchen aus – aber auch wie Nofretete, denn es hat einen spitz zulaufenden Hinterkopf. Die Verformung kommt von dem missglückten Saugglockenversuch. Aber alles ist gut, die Tochter ist gesund, und das, obwohl die Herztöne unter der Geburt schon fast nicht mehr zu hören waren. Allerhöchste Eisenbahn sei die OP gewesen, knapper als knapp.

Sie überlegt, ob die Narbe so aussieht, wie sie sich anfühlt.

Ja, in der gebotenen Eile habe man einen relativ großen Schnitt machen müssen. «Na, na, keine Sorge, Kindchen, unter der Haube sind Sie ja schon.» Und dabei hatte der Chefarzt freundlich geschmunzelt. Ob alle Frauenärzte Sadisten sind? Ihren Vater kann sie sich als Gynäkologen jedenfalls nicht vorstellen.

Das Kind wird ihr fünfmal am Tag gebracht. Immer zu denselben Zeiten. Ein Medikament gegen den Milcheinschuss hat man ihr verabreicht und die Brust abgebunden, Stillen macht Hängebrüste.

Wilhelm bringt ihr fünfzig Baccara-Rosen, einen Blumenstrauß so stattlich wie eine Zimmerlinde. Die Schwestern finden keine passende Vase, sodass die edlen Gewächse mit den kindskopfgroßen Blüten in einem Putzeimer neben dem Waschbecken Platz finden. Der frischgebackene Vater steht unentschlossen vor dem Krankenbett, alle Sicherheit ist von ihm abgefallen. Wie ein besorgter Konfirmand, denkt Inga. Küssen? Sie anfassen? Berührungen im Wochenbett, das scheint ihm unpassend vorzukommen. Er nestelt in seiner Hosentasche herum und fördert ein Taschentuch zutage. Dann löst er den Knoten an einem Zipfel. Was macht er denn da? Womit hat wohl Inga gerechnet?

Mit einem Saphirring jedenfalls nicht. Dunkelblau wie die Augen des Kindes ist der Stein, mit kleinen Brillanten drum herum.

Wilhelm hat seine Tochter durch eine Scheibe auf dem Krankenhausflur gesehen. Bettchen an Bettchen liegen dort die Neugeborenen. Die Nachnamen der Kinder stehen auf einem Schild am Fußende. Alle sind nur wenige Stunden oder Tage alt, alle sehen sich sehr ähnlich, nur haben manche Haare und manche keine. Seine Tochter lag neben einem kleinen Italiener. Der hatte eine richtige Frisur, dichtes schwarzes Haar, mit Seitenscheitel. Ein Name muss her. Peter kann das Kind ja nun nicht heißen, und eine Petra gibt es schon im Bekanntenkreis. Der Name ist verbrannt.

Asta. Als Inga ihm den Namen vorschlägt, ist er sofort einverstanden. Asta hört sich so schön nordisch und bodenständig an. Er sieht eine Tochter, mit der man lange Ausritte unternehmen kann, bei Wind und Wetter.

Inga ist beleidigt, als Wilhelm ihr von dem hübschen Italienerkind vorschwärmt. «Haare machen doch was aus.» Wozu die Bemerkung? Ein Scherz nur, schon gut. Hat sie vielleicht nicht geliefert, was man von ihr erwartet? Wie sollen denn blonde Locken und feines rotes Haar einen schwarzen Schopf ergeben?

Von der Geburt kann sie nichts berichten. Sie hat einen totalen Filmriss. Details will Wilhelm ohnehin nicht wissen. Ihm genügt, dass sein Kind gesund, das Schlimmste überstanden ist, den Rest und die Narbe werden die Zeit heilen.

Eine Schwester kommt herein und bestaunt die herrlichen Blumen. Und der wertvolle Ring, ein Stück wie aus dem Schatzkästlein der Königin von England – das alles sind doch Beweise, dass er sie liebt. Alles ist gut. Aber warum nur findet Wilhelm niemals die richtigen Worte? Na gut, es gibt Schlimmeres. Reiß dich zusammen. Wie häufig hat Inga von ihrer Mutter diese Ermahnung gehört?

Lotte kommt am Nachmittag, sie bringt Uta mit. Dass ihr Vater nicht auch noch auftaucht, beruhigt Inga. So merkwürdig ausgestellt zu sein hat etwas Hilfloses. Das Kind wird wieder hereingebracht. Ihre Mutter und die Schwester sind entzückt, sie erkennen Familienähnlichkeiten – die Stirn ganz der Opa, das Kinn die Urgroßmutter. Sie können sich an dem neuen *Erdenbürger* kaum sattsehen. Uta hat ihren Fotoapparat dabei und knipst erste Bilder von der Nichte, die nun schon etwas properer wirkt als am Tag zuvor.

Es wird schon werden. Das sagt auch Lotte. Der Kaiserschnitt ist eine offene Wunde, nicht nur unter dem mächtigen Verband. Warum hat sie ihr Kind nicht wie alle anderen Frauen in der Familie auf normale Weise zur Welt bringen können? Wie hatte es denn dazu kommen können, zu dieser Not-OP? Ärztliche Inkompetenz? Körperliche Indisposition? Kann man auch noch im Gebären versagen? Solange der Besuch auf der Bettkante sitzt, kämpft Inga erfolgreich gegen die Tränen an. Von einem Gurt, der eine schmale Taille macht, erzählt die Mutter. Nach den Geburten habe Lotte dieses miederartige Ding auch anlegen müssen und jeden Tag einen Haken enger geschnallt, das habe ihr wieder zu ihrer Wespentaille verholfen.

Kaum ist Inga allein, kann sie nicht mehr an sich halten. Müsste sie nicht glücklich und dankbar sein wegen der überstandenen Strapazen und voller Liebe für den Nachwuchs? Das Geheule nimmt gar kein Ende. In den darauffolgenden Tagen verbraucht Inga gleich mehrere Kleenex-Packungen. Marga, eine ältere Schwester mit einem stattlichen Damenbart, setzt sich für ein paar Minuten zu ihr ans Bett. Dass es vielen anderen Niedergekommenen auch so geht, beruhigt Inga. Alles ganz normal, sagt Marga. Und Inga, die von Fremden nicht gern in den Arm genommen wird, weint der geduldigen Krankenschwester ein paar Minuten in den Kittel. Danach geht es wirklich schon etwas besser.

Fünf Tage, dann darf sie aufstehen. Die Drainage und der Tropf sind entfernt, der Verband ist mehrfach gewechselt und ersetzt worden durch ein gigantisches Pflaster, das schließlich auch noch entfernt wird. Autsch, wie das ziept. Wackligen Schritts kehrt sie in die Welt zurück, ihr Körper ein schlecht zusammengebastelter Bausatz. An Schwester Margas Arm geht Inga den Krankenhausflur auf und ab und wirft dabei einen Blick auf die Kinder hinter der Schaufensterscheibe. Ihre Tochter kann sie unter all den Gitterbetten nicht ausmachen, die Schwester muss sie ihr zeigen. Das Kind schläft, die Händchen hoch in der Luft, als wollte es eine unsichtbare Bedrohung von sich abwehren.

Später am Tag darf Inga unter die Brause gehen. Das warme Wasser tut ihr gut. Inga duscht mit geschlossenen Augen. Als sie hinter dem Duschvorhang die Augen wieder öffnet, ist alles um sie herum nur mehr grauer Dunst. Vorsichtig seift sie sich ein, den Bauch lässt sie aus, sie berührt ihn nicht und schaut auch nicht an sich herab. Ausgehöhlt kommt sie sich vor und einsam, so ganz ohne Mitbewohner. Das Kind in ihr fehlt ihr. Wieder kommen die Tränen, das Wasser der Dusche nimmt sie mit sich.

Es klopft an der Tür. Alles in Ordnung? Aber sicher doch. Inga dreht die beiden Hähne zu und greift nach dem Handtuch. Die Lüftung brummt und zieht den Wasserdunst ab. An der Innenseite der Badezimmertür befindet sich ein Spiegel. Nein, so dumm wird sie nicht sein, da hineinzuschauen – und tut es dann doch. In knalligem Rot sieht sie die Markierungen der OP, das Jod hat sich nicht abwaschen lassen. Ihr Leib ist mit Stichen und Strichen übersät. Blutig und geschwollen zieht sich eine Narbe über ihren Rumpf, mit Querverstrebungen wie eine Eisenbahntrasse, teilt ihn bis hoch über den Nabel in links und rechts, wie Schweinehälften. Das war's dann wohl. Mit so einer Verunstaltung ist die Zukunft Vergangenheit.

Gut versteckt

Die Tage gehörten dann wieder nur mir, mir allein in der Wohnung. Über den Kindergarten wurde nicht mehr geredet. Bestraft worden war ich auch nicht. Als hätte es das Intermezzo mit Schwester Isfrida nie gegeben, als wäre ich einfach vor dem Fernseher im großelterlichen Wohnzimmer sitzen geblieben, bezog ich zur Fernsehzeit an den Vormittagen wieder den Ohrensessel und rollte mich nach dem Ende des Programms, wie ich es immer getan hatte, über den dunklen Wohnungsflur. Großmutter und Großvater gingen ihrer Arbeit in der Praxis im Erdgeschoss nach. Die Welt war wieder in Ordnung. An den Nachmittagen ging Tante Uta mit mir zum Mutter-und-Kind-Turnen oder zum Schwimmen. Ballett sollte ich auch noch machen. «Das Kind muss auch mal unter seinesgleichen.» Meine Tante war aus Oberstdorf zurück nach Schwelte gezogen. Eine prima Zeit hatte sie im Allgäu gehabt, gut bezahlte Stelle im Krankenhaus, Verehrer zuhauf und diverse Wanderfreundinnen inklusive, mit denen sie die Steilhänge der Alpen bekraxelte. Doch die Eltern hatten sie zurückgepfiffen, als Inga sich nicht mehr um ihre Töchter kümmern konnte. Uta wurde gebraucht, und sie kam. Schnell fand sie eine Anstellung im Labor des benachbarten Marienhospitals und zog ins Schwesternheim um die Ecke. Nach Dienstschluss war sie für mich da. Es kam auch vor, dass sie wieder in ihrem Kinderzimmer schlief, gemeinsam mit mir, an den Wochenenden – als fünfunddreißig Jahre alte Frau. Wenn ich im

Morgengrauen wach wurde, ließ ich mich über den Rand meines Bettes plumpsen und kroch hinüber ins andere, unter Tante Utas Daunendecke. Meine Tante war so warm wie eine Wärmflasche und hatte leicht stachelige Beine.

Im Badezimmer sah ich ihr dabei zu, wie sie die Enthaarungscreme mit einem kleinen weißen Spatel auf ihre Unterschenkel auftrug. Schwimmen und Turnen mit Tante Uta, das machte ich gern. Ballett hingegen war eine einsame Sache. Meine Tante wartete während des Unterrichts im Flur der Tanzschule Richter hinter einem Spiegel. Durch den sah sie mich, ich aber nicht sie. Man hatte mir ein hübsches, wenn auch kratziges himmelblaues Trikot mit kleinen Volants auf der Hüfte und weiße Nylonstrumpfhosen gekauft. Doch auch aus der Ballettschule wurde ich schnell wieder entfernt. Das Kind stört den Unterricht, hieß es. Die anderen rosafarbenen und hellblauen Mädchen interessierten mich rasend, demi-plié weniger. Herr Richter, der strenge Ballettlehrer, der zu meinem Entzücken immer sehr enge beige Jersey-Hosen trug, riet meinen Großeltern, sich nach einer anderen Freizeitgestaltung für mich umzusehen.

«Es ist nicht gut, dass der Mensch alleine bleibt», gab der Großvater zu bedenken.

«Was sollen wir tun? Wir können dem Kind schließlich keine Gesellschaft schnitzen», bemerkte die Großmutter. Da traf es sich, dass sie an der Theke beim Metzger Nobel von der Mutter Jörg Hörnigs, meines ehemaligen Kindergartenfreunds, angesprochen wurde. Ob die Enkelin nicht einmal zum Spielen vorbeikommen wolle? Man wohne schließlich direkt nebeneinander. Die Kinder hätten sich doch immer so gut vertragen.

Die Großmutter musterte die Frau. War es Mitleid, das sie zu dieser Kontaktaufnahme trieb? Die Mutter tot und das Kind bei den alten Leuten. Ob Frau Hörnig wusste, warum die Enkelin nicht mehr den Kindergarten besuchte? Ein Mädchen als Spielkameradin für die Enkelin wäre der Großmutter jedenfalls lieber gewesen.

Jörg deutete einen Diener an, als er der Großmutter die Hand reichte.

Wir spielten mit meinem Barbiehaus und dem Campingmobil, und Großmutter buk Apfelpfannekuchen.

«Aber nicht unser Schlafzimmer», sagte sie, als ich Jörg die Wohnung zeigen wollte. Die Ermahnung war mir peinlich, und ich bekam einen roten Kopf, was die Sache noch schlimmer machte. Die Zeit zum Spielen war viel zu kurz, denn Jörg musste am Nachmittag noch zum Judo. Wir wollten uns sofort für den nächsten Tag wieder verabreden, aber Großmutter beschloss, einmal in der Woche müsse reichen.

Ich schaute vom Balkon zu, wie Jörg zum Tor hinausging, sich umdrehte und noch einmal winkte, und fühlte mich zum ersten Mal in Gesellschaft der Großeltern einsam. Am Dienstag darauf brachte mich der Großvater, bevor der Dienst in der Praxis begann, zu den Hörnigs. Diesmal hatten wir den ganzen Nachmittag für uns.

Jörg hatte ein Hochbett, an dem eine Schaukel und eine Rutsche montiert waren, und eine richtige Kletterwand in seinem Kinderzimmer. Die Altbauwohnung der Hörnigs war hell möbliert, überall hingen bunte Bilder an den Wänden. In der geräumigen Küche stand ein Sofa, und im Wohnzimmer gab es einen Sitzsack – so ein Möbel hatte ich überhaupt noch nie gesehen. Jörgs Vater arbeitete als Journalist, zu Hause. Er schrieb seine Artikel an einem großen Schreibtisch, der in dem unaufgeräumten Elternschlafzimmer stand. Er sah ein wenig so aus wie der Schauspieler aus meiner Lieblingsfernsehserie «Der

Bastian». Auch er war groß und schlaksig, trug eine hellblaue Jeanshose mit Schlag und hatte halblanges blondes Haar mit Seitenscheitel. Jörgs Vater sagte, ich könne Klaus zu ihm sagen. Er war barfuß. Ich mochte ihn sofort. «Der Vater dieses Jungen ist anscheinend ein Hippie», hörte ich den Großvater später zu Tante Uta sagen.

Wir durften allein in den Garten gehen und turnten dort an den Teppichstangen. Dann spielten wir in Jörgs Zimmer das Spiel «Nicht den Boden berühren». Was Spaß machte, weil man von Jörgs Bett aus auf den Schrank steigen und vom Schrank über zwei Regale in zwei Meter Höhe das Zimmer umrunden konnte. Als ich versuchte, vom Tisch auf das Bücherregal zu klettern, das als Raumteiler in der Zimmermitte stand, kippte das Regal mit einem lauten Knall um.

Jörgs Vater kam ins Zimmer gelaufen, und ich begann zu weinen. Das Regal lag schräg auf dem Berg Bücher und Spielkisten, um mich herum kullerten Mensch-ärgere-Dich-nicht-Männchen, überall lagen Dominosteine, Spielkarten, Halmastäbe und Legowürfel herum.

«Hast du dir weh getan?»

Ich war so überrascht, nicht ausgeschimpft zu werden, dass ich die Schürfwunden auf meinen Kniescheiben gar nicht spürte. Erst am Abend, beim Ausziehen, als die Strumpfhose durch das getrocknete Blut an der Haut festklebte, sah ich die Bescherung.

Mit Jörg war es nie langweilig. Er hatte einen eigenen Plattenspieler, und wenn wir nicht mehr spielen wollten, hörten wir Märchen. Manchmal stellte Jörg dann einen kleinen Hebel um, und der Wolf begann, ganz leiernd zu reden. Iiich doahchte, ehhhs wääähren seeechs Geiiiiißleiiiin … Das fanden wir lustig.

Meine Großmutter mochte es nicht, wenn wir albern waren

und laut lachten. Giggeln nannte sie das. Übermut tut selten gut. «Bis wieder einer weint.»

Jörgs Eltern waren anders, sie achteten meistens nicht auf uns. Seine Mutter war Kinderärztin in dem Krankenhaus, in dem auch Tante Uta arbeitete. Wenn sie abends nach Hause kam, legte sie sich aufs Sofa, und ihr Mann massierte ihr den Rücken oder die Füße. Sie trug dann lange indische Gewänder und roch nach Gewürznelken. Ihr Mann hatte bereits den Abendbrottisch gedeckt. Einkaufen, waschen, putzen, alles erledigte der Vater. Es gab exotische Sachen bei den Hörnigs zu essen. Was denn das sein sollte, Erdnussbutter, fragte mich die Großmutter. Nein, so etwas Neumodisches würde sie mit Sicherheit nicht einkaufen. Wo man das denn überhaupt bekomme?

Warum Jörgs Mutter lachte, als ich sie fragte, weshalb sie nicht mehrere Kinder habe, wusste ich nicht. Das kannst du doch nicht einfach so eine fremde Frau fragen, sagte die Großmutter vorwurfsvoll, als ich ihr davon erzählte, dass man als Krankenhausärztin, wegen des Schichtdiensts, gar nicht mehr Kinder haben könne. Aber Dunja mochte ich gerne. Sie strich mir im Vorbeigehen über die Haare, nahm mich manchmal wie nebenbei in den Arm und gab mir abends, wenn ich abgeholt wurde, ein Küsschen auf die Wange. Als meine Großmutter das sah, verdüsterte sich ihre Miene. Warum sich heutzutage alle immerzu küssen müssten! So verbreiteten sich bloß Krankheiten.

Wenn ich im Bett lag und nicht einschlafen konnte, stellte ich mir vor, wie Jörg nur ein paar Meter entfernt in seiner mit Delfinen bedruckten Bettwäsche lag. Ich dachte an seine Eltern, die keinen Fernseher hatten und sich abends auf dem Sofa aus dicken Romanen vorlasen. Was hätte ich darum gegeben, Jörgs Schwester zu sein. Ich hätte den Eltern nicht mehr Arbeit gemacht als Jörg, und der wäre kein Einzelkind mehr gewesen.

Ob man wohl auch adoptiert werden konnte, wenn man noch einen Vater hatte?

Beim Lesezirkel hatte der Großvater eine Auswahl an Nachrichtenmagazinen und Illustrierten bestellt; immer donnerstags kam Nachschub für das Wartezimmer. Manche der Zeitschriften landeten auch für eine Weile in unserem Wohnzimmer, den *Spiegel* und den *Stern* las der Großvater aufmerksam, und Großmutter blätterte durch die Modejournale. Manchmal kochte sie eines der Rezepte aus *Essen und Trinken* nach. Lachs, das musste man doch mal ausprobieren. Wie es ihm denn geschmeckt habe, fragte sie den Großvater hinterher. «Sehr gut», kam stets als Antwort, «musst du aber nicht noch einmal machen.»

Die *Neue Revue* und *Praline* landeten im Nachttisch des Großvaters. Das sollte ich eigentlich nicht mitbekommen. Als ich Jörg die Hefte im Schlafzimmer der Großeltern zeigte, fingen seine Ohren an, rot zu werden. Wir blätterten darin herum, und Jörg schaute ein bisschen so, als würde er gleich einschlafen. Unter halb geschlossenen Lidern starrte er andächtig auf die großen Brüste der halbnackten Frauen. Mehrfach schlichen wir uns, immer nur ganz kurz, ins eiskalte Schlafzimmer. Doppelt und dreifach war das verboten, was wir da taten. Nicht auszudenken, was passieren würde, wenn uns jemand entdeckte.

Die Zeitschriften brachten mich in Fahrt. Vielleicht hatte mich das als Krankenschwester spärlich verkleidete Kalendermädchen inspiriert, auf jeden Fall fiel mir plötzlich mein Arztkoffer ein. Die Tante brachte mir immer jede Menge Verbandszeug und echte Spritzen, allerdings ohne Nadeln, aus dem Krankenhaus mit. Ich steckte Jörg als Patient in Tante Utas Bett, horchte ihn ab, nahm ihm Blut ab, verabreichte Tabletten und Hustensaft. Interessant war, dass Jörg keine Zäpfchen kannte. Es dauerte ein bisschen, bis ich ihn überreden konnte, sich auch die Hose auszuziehen. Das mit den Zäpfchen wollte ich ihm mal erklären und dabei auch gleich Fieber messen. Rektal, wie mein Großvater das nannte, kannte er nicht. Bei Jörg zu Hause wurde das Fieberthermometer in den Mund gesteckt. Das fand ich eklig.

Ich war gerade dabei, ihm seine Frottéunterhose runterzuziehen, als ich die Großmutter in der Speisekammer hantieren hörte. Schon kam sie über den Flur näher. Die Großmutter, ach, überhaupt, alles um mich herum hatte ich total vergessen. Schnell zog ich den nackten Jörg aus dem Bett, befahl ihm absolutes Stillschweigen, schob ihn in Tante Utas Kleiderschrank und schloss ab. Seine Anziehsachen stopfte ich unters Bett, und während ich hektisch meine Instrumente in den Arztkoffer packte, steckte Großmutter schon den Kopf durch die Tür. Jörg sei schon nach Hause gegangen, erklärte ich ihr. Lange Zeit habe ich geglaubt, alles wäre gutgegangen, wenn ich seine hellgelbe Socke auf dem Teppich nicht übersehen hätte.

«Du musst doch wissen, wo der Schlüssel ist», rief die Großmutter und rüttelte an der Schranktür, hinter der es auffallend ruhig blieb. Jörg gab sich nicht zu erkennen, er war tatsächlich ein treuer Freund. Aber ungelogen, ich konnte mich wirklich nicht erinnern. Großmutter schüttelte mich, und Großvater, der nun auch dazugekommen war, blickte fassungslos auf mich herab.

«Rück jetzt den Schlüssel raus, so machst du alles nur noch schlimmer.»

Es ging nicht. Ich wusste einfach nicht mehr, wo ich ihn in der Eile hingesteckt hatte. Und so musste der Großvater den massiven Gründerzeitschrank mit der Brechstange öffnen. Erst Jahre später fiel mir das Versteck wieder ein, im Traum. Der Schrankschlüssel wird wohl noch heute in der rechten Zimmerecke hinter der losen Teppichleiste klemmen.

3

Wilhelm wächst so selbstverständlich in die Vaterrolle hinein wie ein Welpe in sein zu großes Fell. Er überrascht sich selbst durch eine stetig wachsende Begeisterung für Asta, eine Euphorie, die er bisher nur bei Rassepferden empfunden hat. Kinder waren ihm immer so egal wie die meisten Erwachsenen. Nun trägt er seine Tochter auf dem Arm umher, summt Kinderlieder und albert mit ihr herum, als habe er nie etwas anderes getan. Eifersucht ist kein Gefühl, das Inga bisher im Zusammenhang mit Kinderliebe gehört hat, sonst könnte sie das Stechen in ihrer Brust vielleicht deuten.

Es gibt gute Neuigkeiten. Die neue Fertigungshalle steht. BASF und Bayer Leverkusen haben Großaufträge unterzeichnet. In einer stillen Stunde hat Wilhelm Inga gebeichtet, aus einer Laune heraus eine Fabrik in Montreal gekauft zu haben. Man muss schließlich aus dem Mustopf der Provinz auch mal herauskommen. Nach dem Großen Preis von Aachen, bei dem er den zweiten Platz gemacht hat, ist ihm dieser kanadische Geschäftsmann an einem Bierzelt über den Weg gelaufen. Solche Maschinen wie die der Rautenbergs, so eine deutsche Wertarbeit, die gibt es laut John Dexter in dem ganzen Gebiet zwischen Ottawa und Québec nicht.

Wilhelm hat offenbar einen Narren gefressen an dem kanadischen Erben aus gutem Hause. Weltgewandt, elegant, mit Beziehungen vom Nordpol bis São Paulo. So einem Wink des

Schicksals müsse man einfach folgen. Dumm nur, dass er in den nächsten Monaten immer mal wieder die weite Reise nach Kanada auf sich nehmen muss. «Du weißt, wie ungern ich euch beide allein lasse.»

Wilhelm verabschiedet sich kurz darauf, erst einmal für zwei Wochen, und Inga versucht, sich an den Alltag mit Asta zu gewöhnen. Disziplin ist vonnöten, denn von allein oder instinktiv klappt gar nichts. Inga hat nur noch zwei Wünsche – Stille und Schlaf. Immerhin, Hilfe hat sie zur Genüge. Andrea und Oma Marianne reißen sich um das Kind. Beide haben entschiedene, wiewohl kaum deckungsgleiche Vorstellungen zum Thema Säuglingspflege. Zusammen mit der Meinung ihrer eigenen Mutter ergibt das eine Überfülle an guten Ratschlägen, die bei den Großmüttern auf die Vermeidung von *Affenliebe* hinauslaufen, während Andrea die Kleine selbst den ganzen Tag auf dem Schoß wiegt und küsst. Inga ist jeder Rat recht und zugleich egal. Sie kann Stunden damit zubringen, das Kind in seinem Bett zu beobachten. Merkwürdig kommt ihr dieser neue Mensch vor, fremd und manchmal sogar unheimlich. In der Schwangerschaft hat sie sich ausgemalt, wie es sein würde, das eigene Kind in den Armen zu halten. Sie hat sich eine Schnittmenge aus Wilhelm und ihr ausgemalt, die Summe des Bekannten, Geliebten, dazu ein Meer an wogenden Gefühlen. Und nun liegt da dieses fremde Wesen auf dem Molton und hat keine Ähnlichkeit mit irgendetwas.

Wie ist die Sache schließlich aufgekommen? Inga hat begonnen, die Schränke im Haus zu durchforsten. Langeweile ist es gewesen, nicht Argwohn oder Verdacht, warum auch. Spuren von Wilhelms Vergangenheit hat sie wenig gefunden. Keine

Liebesbriefe, kaum Fotos. Im Schreibtisch ein Chaos aus Gastwirtschaftsrechnungen, vergilbten Reinigungszetteln, Reiterabzeichen, Kontoauszügen, Briefmarken, Manschettenknöpfen, Reißzwecken und Büroklammern – und ganz hinten findet Inga dann noch einen recht frisch wirkenden, ordentlich gefalteten Brief. Die Bestätigung eines Hotelaufenthaltes. Eine Woche Hotel Hof Ranteln in der Lüneburger Heide, das Datum: Anreise gestern.

Von Lachsen, so dick wie Dackel Otto, berichtet Wilhelm nach seiner Heimkehr aus Kanada. Mit der bloßen Hand habe der Landarbeiter, der die Holzhütte auf dem Seegrundstück in Ordnung hielt, die Tiere aus dem reißenden Fluss gezogen und danach über dem offenen Feuer gebraten. Noch nie zuvor habe Wilhelm so zartes Fischfilet gegessen. Jeden Morgen habe ihn dieser Bill mit Muckefuck aus dem Emaillebecher geweckt. Stets unrasiert sei er gewesen, und kurz darauf habe auch Wilhelm das Rasieren eingestellt. Tatsächlich ist Wilhelm mit einem roten Bart in Herwede aufgekreuzt. Die Geschäfte seien jedenfalls ganz fabelhaft gelaufen, der Expansion stehe nichts mehr im Wege.

Es wäre ein Leichtes für Inga, den Schwager Karl nach den unternehmerischen Projekten in Kanada zu befragen und damit dem Unsinn ein Ende zu bereiten. Aber wem soll das nützen? Die Sache, die sie nicht auffliegen lassen will, macht sie zu Wilhelms Komplizin. Und sie weiß nicht, wovon eigentlich.

Kraft des Willens

Es war ja nicht so, dass ich Jörg nicht mehr wiedersah. Sehen konnte ich ihn, hin und wieder, aus dem Fenster meines Kinderzimmers. Auf dem Fensterbrett sitzend, beobachtete ich, wie er im Garten seines Wohnhauses spielte. Mit Julia oder Stefan turnte er an der Teppichstange, so wie er das zuvor mit mir getan hatte. Nur reden, ihn treffen, das war unmöglich. Ich traute mich nicht mehr, danach zu fragen.

Zu meinem fünften Geburtstag hatte ich von meinem Vater eine Schaukel und einen Sandkasten geschenkt bekommen. Göckelmanns, die Vermieter, hatten nichts dagegen, dass die auf der Wiese neben ihrem Haus aufgestellt wurden. Der Garten war ohnehin verwildert. Nur ein Jägerzaun trennte mich beim Spielen vom Nachbargrundstück. Ich vermied tunlichst, dem Zaun zu nahe zu kommen.

Wenn meine Großmutter kochte und mich durch das Küchenfenster beobachten konnte, wenn es das Wetter erlaubte und ich keinen Schnupfen ausbrütete oder sonst wie angeschlagen war, durfte ich allein nach draußen zum Sandkasten. Da hockte ich dann und redete mit mir und den Barbiepuppen. Tod und Shelly hießen die Kinder, sie machten ständig dummes Zeug und mussten den Po verhauen bekommen. Ich steckte sie mit ihren Gummifüßen in den Sand, wo sie auf meine Anweisungen warteten. Mittags lag der Sandkasten in gleißender Sonne. Die Großmutter setzte mir ein geblümtes Hütchen auf und schmierte Sonnencreme auf jeden Quadratzentimeter meiner unbedeckten Haut, bis ich aussah wie mit Deckweiß mumifiziert. Wenn das Essen fertig war, rief sie mich aus dem Küchenfenster an den Tisch.

Fingerhut, Fliegenpilze, Maiglöckchen, der Garten war das Gewürzregal einer wahren Giftküche.

«Fass die Blumen nicht an, leck nicht die Finger ab, steck nichts in den Mund, versprichst du mir das?» Auch die bunten Beeren sollte ich nicht pflücken, besonders vor den hochgiftigen Vogelbeeren wurde ich gewarnt. Das meiste, was im Garten so schön wuchs, konnte einen das Leben kosten. Die fortwährenden Warnungen machten mich sehr ängstlich. Ich achtete so zwanghaft darauf, kein Gift in den Mund zu bekommen, dass ich mir irgendwann nicht mehr sicher war: Hatte ich nicht gerade aus Versehen den Goldregen in zwei Meter Höhe berührt? Vielleicht konnten die Pilze ihr Gift versprühen, wenn man sie zu lange ansah. Sogleich begann mein Bauch zu schmerzen. «Hauch mich doch mal an», befahl mir die Großmutter. Sie hatte sofort bemerkt, dass ich etwas von dem wilden Schnittlauch gefuttert hatte, der unter der Ligusterhecke wuchs. «Du hast doch wohl einen Schlag mit der Wichsbürste, wie oft hab ich dir schon gesagt, dass da immer das Peterchen hinpinkelt?» Am Abend putzte ich eine halbe Stunde lang die Zähne, auch die Zunge, ja sogar den Gaumen.

Großmutter überblickte aus dem ersten Stock den Teil des Gartens, in dem ich spielen durfte. Nur die hintere linke Ecke mit dem Sandkasten lag in einem toten Winkel. Dort spielte ich am liebsten.

Wenn ich in meinem Kinderzimmer vor dem Puppenhaus saß und sämtliche Rollen der Barbiepuppenfamilie mit verstellten Stimmen sprach, hörte ich im Spiel versunken manchmal, wie sich jemand auf dem Flur heranschlich, sachte die Klinke herunterdrückte und am Türspalt lauschte. Süß fanden sie mich. Das Kind hat Phantasie. Die Erwachsenen hatten es gut, die durften in geheimen Momenten abschließen, nur meine Kinderzimmertür hatte keinen Schlüssel. Mir wurde das vor der Familie peinlich. Es waren meine Spiele, meine Geheimnisse.

Manchmal machten sie mich auch nach, erzählten sich, was meine Barbiefrau zu ihrem Barbiemann gesagt hatte, und lachten. Ich verstand nicht, was daran so komisch sein sollte, die Figuren in meinem Spiel redeten nicht anders als meine Großeltern und der Kaffeebesuch an dem niedrigen Couchtisch. «Das ist ja heute wieder ein Wetterchen zum Eierlegen, mein lieber Herr Gesangsverein ...»

Eines Morgens erzählte mir meine Großmutter beim Frühstück, sie habe geträumt, mich beim Gang in die Stadt auf der Straße verloren zu haben. Ich hätte mich einfach von ihrer Hand losgemacht und sei in einen Linienbus gestiegen, sogleich hätten sich die Türen geschlossen und der Bus sei losgebraust. Sie sei noch ein Stück neben dem Bus einhergelaufen, habe geschrien und an die Tür geklopft, aber weder der Busfahrer noch die anderen Passanten hätten sie gehört. «Was war ich froh, als ich wach wurde und du in deinem Bettchen lagst, meine Suse. Ich hab im Halbschlaf gleich nachgeschaut. Du bist doch das Wertvollste, was ich hab.» Das waren die schönsten Momente, wenn mich meine Großmutter Suse nannte. Wenn sie sich Sorgen um mich machte, fühlte ich mich geliebt. Meistens war ich dann krank oder hatte mir weh getan, schon der Kosename war Trost.

«Essen ist fertig.» Die Großmutter lehnte sich aus dem Küchenfenster und rief noch drei-, viermal in den Garten. Ich antwortete nicht. «Hörst du mich?» Doch, ich hörte sie. Sie rief noch mehrmals meinen Namen, dann meldete sich auch die Stimme des

Großvaters. «Sie wird schon nicht verlorengegangen sein.» Ganz still drückte ich mich in den letzten Winkel der Mauer. Es tat so gut, wenn sie sich Sorgen machten.

Der gebrochene Knochen stand wie ein großer, weißer Splitter rechtwinklig aus Großmutters dünner Haut heraus. Noch dreißig Jahre später würde man den dicken Knoten an ihrem rechten Handgelenk unter der langen Narbe sehen. Sie war im Dauerlauf auf der zweiten Stufe zum Garten ausgerutscht. Wieso hatte da niemand das Moos entfernt? Beim Sturz hatte sie sich abfangen wollen, doch hatte sie den Schlüsselbund nicht fallen gelassen, sodass sie ungünstig auf die geballte Faust geknallt war – der Knöchel war in der Mitte gebrochen, in zwei Hälften, wie ein Überraschungsei.

«Du, Großmutter, damals im Garten, da habe ich dich gehört. Aber ich wollte, dass du dir Sorgen machst, darum hab ich nicht geantwortet.»

Als ich älter war und bereits in die Schule ging, wollte ich ihr mein Verbrechen beichten. Immer wieder quälte mich das schlechte Gewissen. Doch Großmutter glaubte mir einfach nicht.

«Das bildest du dir nur ein. Warum hättest du so etwas tun sollen? Du hast mich nicht gehört, weil du so sehr in dein Spiel vertieft warst.» Die Beichte, sie wurde mir nicht abgenommen.

4

Am Mittwoch bleibt die Praxis nachmittags geschlossen. Lotte und Hans fahren zu ihrer Tochter zum Kaffeetrinken. Der englische Rasen ist in diesem Frühling so grün und so dicht wie frisches Moos. Inga hat die Kuchentafel auf der Terrasse gedeckt. Asta schläft in einer Wiege mit rot kariertem Verdeck im Schatten eines Sonnenschirms. Hans lobt Ingas Erdbeerkuchen und verspricht sogleich, die Hollywoodschaukel zu ölen, die quietscht. Inga schaukelt dennoch, Lotte schaut versonnen zu, Hans hat Billy auf dem Schoß und krault ihn hinter den flauschigen Ohren. Der Pudel kann nun wieder mitgebracht werden. Während Inga im Krankenhaus gelegen hat, ist nämlich ein Unglück geschehen. Aslan hat Dackel Otto in einem unbeaufsichtigten Moment, als der kleine Hund aus Neugier dem Zwinger zu nahe gekommen war, mit dem Kopf durch die Gitterstäbe gezogen und ihm damit sofort das Genick gebrochen. Am nächsten Tag ist Wilhelm mit dem alten Jagdhund und einem Gewehr in den Wald gegangen und allein wieder heimgekehrt.

Die Schaukel quietscht weiter, und obwohl Inga sich nichts anmerken lässt, kann Lotte sehen, dass etwas auf dem Gemüt der Tochter lastet. Sie kann ihr nichts vormachen, so etwas spürt man als Mutter. Sechs Wochen alt ist das Enkelkind jetzt, es entwickelt sich prächtig, und Inga ist doch auch wieder in Form. Sogar die engsten Kleider passen ihr, ganz wie zuvor. Was ist denn nur?

«Blass siehst du aus, Kind. Du solltest mehr in die Sonne gehen.»

Das Gartentor knarrt. Wilhelm kommt über den Rasen geschlendert, in Reithose und Stiefeln. Gleich wirft sich Lotte in die Brust, Hans nimmt den Hund vom Schoß und setzt ihn neben sich auf den Boden. Doch der Schwiegersohn hat offenbar gar nicht vor, ihnen die Hand zu schütteln. Fröhlich winkend geht er in einiger Entfernung an ihnen und Mariannes Gemüsegarten vorbei Richtung Garage. Noch mehr Anlass für Lotte, sich so ihre Gedanken zu machen. Wenn man nur mit ihm warm werden könnte.

Nachts liegt sie dann wach und grübelt. Seit ein paar Jahren schon kann sie, die früher wie ein Stein geschlafen hat, keine Nacht mehr durchschlafen. Sie macht Hans' Pfeifen dafür verantwortlich. Gerade mal fünfzig ist er gewesen, als die Zähne im Oberkiefer zu wackeln begannen. «Besser, man zieht gleich alle», hat er da beschlossen, «dann hat man seine Ruh.» Und seitdem er eine Kieferprothese trägt, macht er eben im Schlaf Geräusche.

Gegen Ende des Krieges hat sie sogar einmal den Bombenalarm verschlafen. Zigmal war sie mit den Mädchen im Nachthemd in den Heizungskeller gerannt und hatte mit den Nachbarn, in Pferdedecken gewickelt, die Nacht auf den schmalen Bänken rund um den Heizkessel ausgeharrt. Dann, irgendwann, hatten sie begonnen, die Sirenen nicht mehr ernst zu nehmen. Bis eines Tages in den Morgenstunden eine Bombe in die Post gleich nebenan rauschte. Von der Detonation fiel das Buffet in der Küche um. Das gesamte Sonntagsgeschirr war hin, in tausend Scherben zersprungen. Ein Millimeter aus dem Bombenschacht weiter nach rechts, und die ganze Familie Lüdersheim, nebst den Gockelmanns im Erdgeschoss, wäre ausgelöscht gewesen. Die letzten Monate sind sie dann alle wieder in den Luftschutzkeller gerannt.

Woher nur jetzt diese Schlaflosigkeit kommt? Mit Unruhezuständen hat es angefangen. Wenn nachts alles still ist, beginnt ihr Herz zu rasen, sie spürt es im Hals und in der Magengegend wild klopfen, Schweißausbrüche inklusive. Dabei ist doch alles in Ordnung, es gibt keinen Kummer, sie ist gut versorgt.

Hans hatte im Ärzteblatt von einem neuartigen Beruhigungsmittel gelesen, ohne Nebenwirkungen, sogar für Schwangere geeignet. Sofort hatte er ihr ein Rezept ausgestellt. Ein Wundermittel war das, sie schlief sogleich wie im siebten Himmel. Ganz ohne die lästigen Begleiterscheinungen wie dieses Ausgelaugtsein oder das zerschlagene Gefühl am Morgen, das sie nach der Einnahme von Schlaftabletten sonst kannte. Ein Jahr lang nahm sie die kleinen flachen, weißen Pillen. Ach was, hatte Hans gesagt, abhängig machten die nicht. Wenn ein Medikament hilft, dann hilft es. Was es denn da für Bedenken gäbe? Und dann waren plötzlich die Bilder der Contergankinder um die Welt gegangen.

Jetzt schläft sie wieder schlecht. Die halbe Nacht dreht sie sich wie ein Spießbraten um die eigene Achse. Woher nur diese schwarzen Gedanken kommen? Selbst nach dem Krieg, als das Elternhaus in Trümmern lag und die Kinder hungrig waren, hatte sie dieses inwendige Bohren nicht gekannt. Es ist zum Verrücktwerden. Gerade jetzt, wo alles geregelt ist, Inga unter der Haube, Uta in Lohn und Brot, die Praxis rentabel und das erste Enkelkind gesund, rauben ihr dunkle Gedanken den Schlaf. Vielleicht hat Hans recht, und sie sollte Dr. Schüssler mal nach Hormonen fragen.

Als sie Wilhelm in den Mercedes einsteigen und rasant

davonbrausen sieht, weiß sie plötzlich wieder, woher die Sorgen rühren. Mit der Heirat Ingas und dem Weggang Utas ins Allgäu ist der feine schwarze Strich der Endlichkeit am Horizont aufgetaucht. Mit Hans allein fühlt sie sich auf einmal alt.

Am späten Nachmittag fährt Inga die Eltern auf die Baustelle. Wilhelm hat zehn Hektar Land und Wald gekauft, mehrere Kilometer vom nächsten Nachbarn entfernt. Für die Reithalle ist eigens ein Stück Steinbruch gesprengt worden. Die Bauarbeiten sind bereits in vollem Gange und die provisorischen Pferdeboxen aufgestellt. In einer von ihnen schläft Tristan, der Pferdebursche. Er kümmert sich um die sechs Turnierpferde und schaut daneben auf der Baustelle nach dem Rechten. Tristan ist im Krieg aus Pommern geflohen und mit seinen acht Geschwistern zu Fuß im Ruhrgebiet angekommen. Lesen und schreiben kann keiner von ihnen, auch Tristan hat es nie gelernt. Wozu auch? Zum Treckerfahren braucht man kein Diplom.

Der Reitparcours oberhalb der Halle ist bereits fertiggestellt. Während der Schwiegersohn auf dem Platz einen glänzenden schwarzen Wallach trainiert, begutachten die Schwiegereltern das Grundstück. Lotte ärgert sich, kein anderes Schuhwerk zum Wechseln mitgebracht zu haben, die Pfennigabsätze ihrer Pumps sind auf dem Waldweg im Nu ruiniert.

Hinter den alten knorrigen Bäumen in der Senke einer Obstwiese liegt ein Fachwerkhäuschen mit verwitterten, schief hängenden Fensterläden, mit krummem Giebel und einem Plumpsklo, Herzchen in der vermoderten Holztür. Sobald der betagte Pächter hier das Zeitliche gesegnet hat, will Wilhelm mit dem Umbau beginnen. Dorthin kommt der Tennisplatz und dahin das Schwimmbad ...

«Der Hövel wird mein Glück», stellt Inga fest. Am Hövel 1, das wird ihre neue Adresse. Sie schreitet mit den Eltern das Grundstück ab. Diesen entschlossenen Gesichtsausdruck kennt Lotte an ihrer Tochter gut. So hat die sich als Kind selber das Rollschuhfahren, Schleifebinden und Schifferklavierspielen beigebracht, allein durch die Kraft ihres Willens.

Krank

Kuchhäuser war ein schöner Name für einen Bäcker. Und dazu machte er noch die besten Brötchen. Weil er außerhalb von Schwelte lag, fuhren Großvater und ich jeden Mittwoch um halb sieben morgens ins Nachbardorf und kauften immer genau achtundzwanzig Brötchen. Je vier wurden zu Hause in sechs kleinen Tüten eingefroren. So reichte der Brötchenvorrat für genau eine Woche. Es war meistens noch dunkel, wenn der Großvater seinen Audi vor der Bäckerei parkte und wir durch den Hintereingang in die warme Backstube gingen. In der roch es so gut, dass ich die Brötchen am liebsten ungebacken und mehlbestäubt direkt von den Blechen in den rollenden Regalwagen gefuttert hätte. Herr Kuchhäuser schenkte mir immer eine Tüte mit Rosinen, und ich bekam ein Kümmelbrötchen gekauft, das ich auf der Heimfahrt essen durfte. «Aber nicht alles vollkrümeln», mahnte der Großvater und legte mir, nachdem er mich wieder auf dem Rücksitz angeschnallt hatte, sein Taschentuch auf den Schoß.

Eines Tages ging ich mit Großvater zum Blumenladen, der dem Krankenhaus gegenüberlag. Während ich an seiner Hand über das Mäuerchen vor dem Bestattungsinstitut balancierte, sagte er: «Heute ist deine Mutter schon fünf Jahre tot.»

Fünf Jahre – ich hatte ihn noch nie von meiner Mutter reden hören. Fünf Mark bekam ich inzwischen jedes Wochenende, Sonntagsgeld. «Mit fünf Mark sind Sie dabei» – so viel kostete das Los der Fernsehlotterie. Das Fünfmarkstück war schön groß, es lag schwer in der Hand, und die mittig geprägte Fünf wirkte so massiv, dass ich mir reich vorkam.

Großmutter hatte das Gesteck vorbestellt. Gerbera, Schleierkraut und Chrysanthemen, das Ganze sollte sich auf dem Grab auch eine Zeitlang halten. Fünfundzwanzig Mark kosteten die Blumen.

«Wie viele Fünfmarkstücke sind das?», fragte der Großvater und zählte mit mir zusammen die Münzen, die ich aus seinem Portemonnaie in die kleine Schale auf dem Tresen legte. Fünf Stück. «Möchtest du die Blumen tragen?» Das Gesteck hatte einen weichen grünen Styroporkern, in den ich von unten mit meinen Fingern durch das Papier hindurch Löcher bohrte.

Großmutter und ich fuhren am Nachmittag allein auf den Friedhof nach Herwede, Großvater kam nicht mit. Auf dem Grab stand bereits ein großer Strauß roter Rosen.

«Dein Vater war schon da», stellte Großmutter zufrieden fest. «Für jedes Lebensjahr eine Rose, dreißig Stück. Wie man nur so jung sterben kann.» Wie häufig hatte ich diesen Satz gehört? Er fiel immer, wenn von meiner Mutter die Rede war. Dreißig Jahre waren für mich eine lange Zeit, unüberschaubar. Sechs Fünfmarkstücke Lebenszeit. Warum das nicht reichen sollte?

Die Großmutter holte an einem Brunnen Wasser und begann, das Beet mit den Geranien zu gießen. Neben dem Brunnen lagen grüne Blumenvasen aus Plastik, die am unteren Ende eine Art Stachel hatten, mit dem man sie in die Erde stecken konnte. Ich sammelte so viele davon zusammen, wie ich tragen konnte, und steckte sie um den runden Grabstein herum auf das Nachbargrab. «Was machst du denn da für einen Unsinn? Bring sofort die Vasen wieder fort. Man betritt doch keine fremden Gräber.» Es war Juni und schon so heiß wie sonst im August. Die meisten Blumen ließen bereits die Köpfe hängen und hatten braune

Blätter. Dicke Hummeln taumelten über das Efeu, das den Boden bedeckte. Mir brummte plötzlich der Schädel. Dann wurden meine Knie weich, und auf dem Rückweg zum Parkplatz musste ich mich hinter dem Friedhofsschuppen übergeben. Meine Beine waren wie aus Gummi, die letzten Meter zum Auto trug die Großmutter mich. Ich durfte mich lang auf dem Rücksitz ausstrecken und sah auf dem Heimweg die Baumwipfel, Wolken, Laternen- und Hochspannungsmasten über mir vorbeiziehen.

38,5 Grad Fieber. Das kühle Bettzeug und die weiche Matratze brachten Linderung, unangenehm war allein das Fiebermessen im Po, aber da ließ Großmutter nicht mit sich handeln. Die Temperatur musste genau erfasst werden. Der Kinderarzt kam und verordnete Gelonida und Bettruhe. Als das Fieber über 39 stieg, legte Großmutter mir kalte Wadenwickel an und verabreichte mir eine Schwitzkur unter drei Decken. Ich schlief fast zwei Tage, neben mir ein unheilverkündender Putzeimer, dessen Boden mit Wasser bedeckt war. Als ich wieder den ersten trockenen Zwieback mummeln durfte, schmeckte der besser als Weihnachtsgebäck. Krank sein war eine tolle Sache. Ich mochte den Schwindel und wie sich im Fieber der Boden unter den Füßen drehte, beim Gang zur Toilette. Ich genoss den Zustand zwischen Schlaf und Wachsein, in dem man alles hörte und mitbekam, aber weder reden noch sich rühren konnte. Am schönsten allerdings war die Aufmerksamkeit der Erwachsenen. Großmutter kochte Schonkost, extra für mich, Tante Uta las mir nachmittags aus Märchenbüchern vor, und abends durfte ich im Schlafanzug unter dem dicken Plumeau mit dem Großvater fernsehen, bis mich die Großmutter dann wieder in das frischgelüftete Kinderzimmer brachte und die Decke unter mir feststopfte.

In der dritten Nacht stieg das Fieber noch einmal. Ich schwitzte und träumte bunte Fieberbilder. Mitten in der Nacht schreckte ich aus dem Schlaf, mit Herzrasen und einem eisernen Band um die Brust, einem Beklemmungsgefühl, das mir die Luft nahm. Es war das erste Mal, dass ich mich nach dem Aufwachen an einen Traum erinnern konnte. Ich war in die bunten Zeichnungen meines Märchenbuches geraten und hatte mich als das siebte Geißlein im Uhrenkasten versteckt. Ich hatte gehört, wie all meine Geschwister vom Wolf gefressen wurden, das Schmatzen und dann seine Tapser, die näher und näher kamen. Ich hörte den schweren Atem des Tiers und spürte, wie es vor der Standuhr innehielt, erst zögerte und dann doch mit einem Ruck die Tür öffnete. Es wurde gleißend hell, und ich sah in die gelben Augen des Wolfs, er fletschte die Zähne und – da wurde ich wach. Mein Herzklopfen hatte mich geweckt, ein Ganzkörperbeben. Eine Weile konnte ich mich nicht rühren, es sauste in meinen Ohren, und meine Füße waren eiskalt. Im Kinderzimmer war es so dunkel wie im Uhrenkasten. Ich begann, nach Großmutter zu rufen.

«Na gut, aber nur ausnahmsweise.» Ich durfte mich zu ihr ins Bett legen, bis der Erregungspegel gesunken war. Kaum hatte ich wieder in den Schlaf gefunden, weckte sie mich und geleitete mich zurück ins Kinderzimmer.

«Ich kann mich jetzt nicht auch noch an dir anstecken. Wenn ich krank werde, liegt hier der ganze Betrieb lahm, und Großvater schimpft. Du bist ja so heiß wie ein Kachelofen.»

5

«Du darfst deinen Mann niemals abweisen», lautet Helenes Ratschlag.

«Ihr seht immer so glücklich aus, du und der Jochen, wie macht ihr das nur, nach so langer Zeit?», hat Inga die ältere Freundin nämlich einmal beim Ausreiten gefragt.

«Das ist eigentlich ganz einfach. Man soll sich als Ehefrau niemals beklagen und nicht jammern, das mögen die Männer nicht. Und noch etwas: Wenn Jochen abends zu mir ins Bett kommt und ich bin müde, habe Kopfschmerzen oder fühle mich sonst wie unpässlich, dann reiß ich mich eben zusammen. Es gibt doch immer Mittel und Wege, manchmal kommt der Appetit ja auch beim Essen. Es ist das Allerwichtigste, dass ein Mann sich in der Ehe wohl fühlt, anders geht es nicht. Sonst läuft er dir eines Tages weg.»

Wenn das nur Ingas Problem wäre. Wilhelm kommt meistens so spät ins Ehebett, dass sie schon schläft. Dennoch wirkt er immer zufrieden. An Weglaufen ist gar nicht zu denken. Ingas Klagen stören ihn wenig. Er nimmt vieles nicht wahr und den Rest nicht ernst.

«Das ist nur psychisch», sagt er, wenn sie versucht, ihm von ihren Sorgen zu berichten. Psychisch ist gleichbedeutend mit eingebildet. Wenn sie allzu traurig wird, führt er sie aus. Dann fahren sie nach Düsseldorf oder Köln. Er kauft ihr ein hübsches Kleid oder ein paar Schuhe, und sie spazieren untergehakt am Rhein entlang, speisen in einem teuren Restaurant Crevettencocktails und trinken genau so viel Wein, dass Inga wieder fröhlich wird. Die Schwermut hat dann für ein paar Stunden Pause. Wilhelm erzählt ihr von seinen kommenden Turnierplänen. Er geht mit ihr noch einmal die Schwachpunkte und Stärken seiner Dressurprüfungen durch und schwärmt von den guten Anlagen des neuen Wallachs. Und dann die starken Umsätze der Firma, die vielen Neueinstellungen in den Werkstätten und Büros, die Expansion nach Kanada. Sogar der Firmenparkplatz muss jetzt erweitert werden. Es ist nie langweilig mit Wilhelm. Er steckt voller Ideen und Tatendrang. Er bringt sie für ein paar Stunden auf andere Gedanken. Er erzählt, und sie hört zu.

Wenn aber die Sonne abends hinter den Heidkötter'schen Weiden untergeht, schaut Wilhelm noch einmal nach den Pferden, und Inga sitzt wieder auf der Hollywoodschaukel und weiß nichts mit sich anzufangen.

Sie geht ins Bett, bevor Wilhelm nach Hause kommt, der gern noch einen Zwischenstopp auf ein Bier im «Laternchen» macht, und wird erst am späten Morgen wach, wenn das Bett neben ihr schon wieder kalt und leer ist.

Die Zeiten, in denen sie ihrem Mann nachspioniert hat, sind vorbei. Die Firma in Kanada gibt es wirklich, das hat sie immerhin noch herausgefunden. Doch Wilhelm war nie da. Sie hat ihren Schwager Karl in ein harmloses Gespräch verwickelt. Der hat ihr eine ganz andere Geschichte erzählt. Ein Mitbewerber in Amerika sei pleitegegangen, und der Ableger dieses Unternehmens sei billig zu haben gewesen. Und von Karl stammte die Idee der Expansion.

Nach der Sache mit dem Hotel in der Lüneburger Heide hat Inga noch eine Weile Wilhelms Brieftasche und die Anzüge durchsucht, aber nichts mehr gefunden. Wilhelm fährt weiterhin alle paar Monate nach Montreal. Sie hört sich nach seiner Rückkehr die Geschichten von den undurchdringlichen Wäldern, den Bibern und ihren Staudämmen an und lauscht seinen Erzählungen von den zutraulichen Wildpferden. Wilhelm erfindet Büroleiter und Vorarbeiter. Besonders begeistert ist er von den Überseeflügen, in denen es in der ersten Klasse komfortable Betten gibt und einen zweiten Stock in der Boeing, den man über eine Treppe erreicht und in dem sich eine Bar befindet, an der Cocktails gemixt werden.

Sie kann sich einfach nicht vorstellen, dass Wilhelm eine andere trifft. Nie schaut er fremden Frauen nach, immer macht er ihr Komplimente, er hat nur Augen für seine Ehefrau, ihre Freundinnen sind schon ganz neidisch. Er preist nicht nur ihr Aussehen, sondern auch ihre Klugheit, bei jeder Gelegenheit, auch in aller Öffentlichkeit. In geselligen Runden ist er es, der stets am lautesten über ihre Scherze lacht.

Als er mal wieder in sein imaginäres Kanada fliegt, fährt Inga nach Dortmund zu Feinkost Iden. Einkaufen ist inzwischen zu ihrer Hauptbeschäftigung geworden. Gaby begleitet sie. Ihre Jugendfreundin ist immer noch unverheiratet, doch dank Ingas Verkupplungstalent inzwischen mit einem glatzköpfigen, aber durchaus wohlhabenden Speditionsunternehmer, May-Import-Export, verlobt. Die beiden Freundinnen trinken an einem Tischchen vor dem Geschäft in der Mittagssonne Fürst-Metternich-Sekt. Auch Gabys Zukünftiger ist Mitglied im Reiterverein, er züchtet nebenbei Schäferhunde und zeichnet sich durch seinen Hang zu Whisky und derben Witzen aus. Die beiden Paare planen für das kommende Wochenende einen Ausritt in die Hardt, einen reiterfreundlichen Forst in der Umgebung.

War es Gaby, die ihn zuerst gesehen hatte? War ihre Verwunderung oder die Peinlichkeit größer gewesen? Inga war im Sitzen schwindlig geworden. Sie hatte sich am Tisch festhalten müssen, um nicht vom Stuhl zu rutschen, und hätte Gaby nicht die geblümte Tischdecke festgehalten, wären die Gläser, der Aschenbecher und die kleine Vase mit der rosa Nelke auf dem Bürgersteig gelandet.

Auf der gegenüberliegenden Straßenseite hatte ein Auto rückwärts ausgeparkt. Inga kannte den Wagen gut, der goldene Mercedes Coupé gehörte Uli, Wilhelms ältestem Freund. Inga hatte Uli am Steuer gesehen und ganz eindeutig Wilhelm auf dem Beifahrersitz.

Es ist Gaby, die auf der Heimfahrt das eisige Schweigen bricht.

«Mach jetzt nur kein Drama. Das alles ist nicht wichtig. Was du nicht weißt, macht dich nicht heiß.» Aber Inga ist es bereits mehr als heiß. Sie ist wütend. Sie will nicht heulen, sich nicht noch eine Blöße geben vor der Freundin, und doch fließen die Tränen. Stumm weint Inga, die Lippen zusammengepresst, während sie das Lenkrad so fest umklammert, dass die Fingerknöchel ganz weiß werden. Gaby überredet sie, an einer roten Ampel anzuhalten und ihr das Steuer zu überlassen. Die Freundin will sie in den Arm nehmen, aber Inga wehrt die Umarmung ab. Mitleid, das kann sie gerade noch gebrauchen. Eine Mitwisserin mag sie aber auch nicht haben. Eine, die alles gesehen hat. Was eigentlich? Wenn sie sich doch nur einen Reim auf diesen Mann machen könnte, der sie geheiratet und doch nie wirklich angenommen hat, bei dem man nie anlanden konnte. Wenn er ihr nur etwas mehr Einlass gewähren würde in sein Herz und damit in sein fremdes Leben. Dass er nicht mehr von ihr will als ihre Gesellschaft, wird seine Gründe haben. Gründe, die sie nicht wissen will und die sie doch kennen muss, wenn sie mit Wilhelm weiter zusammenleben soll – wozu es ja auch gar keine Alternative gibt. Zu Hause angekommen, will Inga die Freundin wegschicken, doch Gaby geht schnurstracks zur Hausbar und füllt zwei Cognacschwenker mit Weinbrand, randvoll.

«Ich möchte wirklich nicht darüber reden», sagt Inga, während sie Gabys durchdringenden Blicken auszuweichen versucht. «Tu mir einfach den Gefallen und vergiss die Sache.»

«Schon passiert», verspricht Gaby leichthin, und um das Vergessen zu besiegeln, leeren sie gemeinsam die ganze Flasche Chantré, bis sie sich lachend und immer wieder heulend in den Armen liegen. Gaby legt Schallplatten auf. Die Freundinnen schwingen die Gläser und singen Beatles-Songs mit. «Yellow Submarine», den Text kann Inga nicht übersetzen. Dann schwofen sie, Gaby führt, über die Perserteppiche. Roy Black säuselt: «Ganz in Weiß mit einem Blumenstrauß.»

«Das hier ist dein Leben», sagt Gaby mehrfach beschwörend. «Das hier ist deine Familie. Hier bist du zu Hause, hier geht es dir gut. Wilhelm liebt dich. Das ist alles, was zählt. Man muss nicht jeden Dreck voneinander wissen.»

Im Rausch sieht Inga immer wieder Axel vor sich. «Der ist mein Geheimnis, der war meine Liebe», denkt sie. Was ihr selber etwas unreif und trotzig vorkommt, denn Axel ist mehr als passé. Vier Jahre ist die letzte Begegnung her. Ob er noch an sie denkt? Den Gedanken an den längst verheirateten, verflossenen Geliebten kann sie bei Bedarf immer wieder aufrufen. «Ich hab einmal etwas erlebt, das größer war als jeder Kompromiss.» Was einem nicht genommen werden kann, sind die Erinnerungen.

Als Inga am Morgen am Schlafzimmerfenster steht, sieht sie Andrea, die Haushälterin, und Asta auf einer karierten Wolldecke unter dem Apfelbaum. Das Kind ist frisch gewickelt, es rollt sich hin und her, satt und glücklich. Inga kann das Glucksen und das kehlige Lachen ihrer Tochter hören. Andrea kitzelt sie, macht ihr Tierlaute vor und küsst sie auf die Fußsohlen. Dann spielt sie mit Asta im Liegen Verstecken, indem sie sich die Augen zuhält, um plötzlich «wieder da» zu sein.

Alles ist gut. Für Asta ist gesorgt. Mehr Liebe kann dem Kind nicht gegeben werden. Inga bürstet sich sorgfältig die Haare an ihrem Schminktisch – hundert Bürstenstriche pro Tag, so soll es sein.

Dann zieht sie sich an, geht in die Küche und schreibt den Einkaufszettel für das Mittagessen.

Überraschungen

Wenn es Zeit für mich war, ins Bett zu gehen, schickte mich die Großmutter ins Badezimmer. Am Beckenrand lag die Zahnbürste, auf die sie bereits einen Streifen Zahnpasta gedrückt hatte. Der rosa Waschlappen war angefeuchtet und mit *Fenjala* getränkt, und über dem Heizkörper hing mein Schlafanzug zum Anwärmen. Zweimal in der Woche wurde ich geduscht. Abbrausen nannte meine Großmutter das, zum Schluss drehte sie den Wasserhahn unerbittlich auf Kalt. «Das härtet ab.»

Das großelterliche Bad war mein liebster Ort. Der Wohnungsflur grenzte an ein unbeheiztes offenes Treppenhaus, und in der ganzen Wohnung wurde es nie richtig warm, außer im Badezimmer. Richtig gemütlich war es dort, und interessant. Allein die Wasserspülung war eine Sensation. Der Spülkasten war hoch oben unter der Zimmerdecke angebracht, darunter hing eine Kette mit einem schwarzen länglichen Griff. Zog man daran, fing ein gewaltiges Tosen und Brausen an, das in einer lautstarken, finalen Flutwelle endete. Danach lief der Wasserkasten wieder gurgelnd voll. Man musste Geduld haben und abwarten können, bis man wieder abziehen konnte. «Lotte, sag *Es,* dass es nicht am Lokus herumspielen soll», rief dann der Großvater aus dem Wohnzimmer in Richtung Küche.

Im Badezimmerschrank wurden hauptsächlich Medikamente aufbewahrt. Unzählige Schachteln, Tuben und Tiegel waren da übereinandergestapelt. Wie unterschiedlich die Schubladen rochen. Pudrig und blumig duftete die, in der die Großmutter ihre Schminkutensilien aufbewahrte. Herb und ein wenig nach Talg die des Großvaters, in der neben einem Nagelnecessaire seine Haarbürste lag – «echte Wildschweinborsten». Großmutters Unterwäsche, ihre BHs, Mieder und Nylonstrümpfe regten meine Phantasie an. Sie machten aus ihr ein weibliches Wesen mit einem Körper und den dazugehörigen Gerüchen. Gern hätte ich meine Großeltern einmal nackt gesehen.

Von dem Fach mit den Handtüchern ging ein heimeliger Waschmittelgeruch aus, und auf dem Fensterbrett lagen die Hefte des Eifelvereins, in denen der Großvater blätterte, wenn er eine Sitzung machte. «Ich habe in meinem ganzen Leben noch nie auf dem Klo gelesen», bemerkte die Großmutter einmal, als das Bad wieder ungebührlich lange besetzt war.

Wenn sie das Fernsehprogramm fesselte oder Tante Uta zu Besuch war, vergaß sie manchmal, dass sie mich noch nicht ins Bett gebracht hatte. Dann schlich ich mich auf dem Flur ans Wohnzimmer heran, dessen Tür immer angelehnt war, und kauerte mich hinter den Spalt auf den Teppichboden. Wie die Welt ohne mich sein würde, sah ich, wenn ich die Menschen in ihrem Leben beobachtete und von nebenan ihre Reden und Gedanken belauschte. «Der Lauscher an der Wand hört seine eigne Schand», sagte die Großmutter einmal, als sie mich dabei erwischte. Mit meiner angeborenen Schande hatte das Gesprochene eines Abends aber einmal zufällig nichts zu tun. Es ging um die bevorstehenden Sommerferien. Tante Uta berichtete den Großeltern von einer Einladung nach Norderney. Für gleich drei Wochen hatte mein Vater sie in sein Ferienhaus eingeladen. Das machte mich schlagartig traurig – ein Sommer ohne Uta, die mit mir immer so lustig spielte und herumalberte, was für eine Aussicht. Die Tante erzählte, Wilhelm habe sich gewünscht, dass ich ein wenig Zeit mit ihm verbringen solle, um mich mit Utas Hilfe an ihn zu gewöhnen, vor der Einschulung. Jetzt verstand ich gar nichts mehr. Was hatte Tante Utas Urlaub mit mir und meiner Einschulung zu tun? Nur langsam dämmerte es mir: Ich war es, die zusammen mit meiner Tante an die Nordsee fahren sollte. Drei Wochen ohne Großmutter. Noch nie war ich länger als ein paar Stunden von ihr getrennt gewesen. Nein, das ging nicht. Ohne die Großmutter würde ich nirgendwohin fahren. Ohne die Großmutter konnte ich nicht sein, das war ausgeschlossen.

«Ich komme nicht mit», rief ich, als ich mit der Tür ins Wohnzimmer fiel.

«Siehst du», sagte Uta und sah die Großmutter ernst an. «Ihr hättet schon längst mit dem Kind reden sollen.» Was denn, über die Ferien? Das verstand ich nicht. Davon hatten die Großeltern doch selber nichts gewusst.

«Komm mal her, Suse», sagte Großmutter und hob mich auf ihren Schoß. «Wir müssen jetzt beide vernünftig sein.»

Und Großvater nahm sich die Brille von der Nase und putzte mit der weißen Damastserviette langsam die Brillengläser.

6

Das Dirndlkleid haben die Großeltern für Asta im letzten Sommerurlaub in Österreich gekauft. Eine richtige kleine, original steirische Tracht, rot geblümt mit schwarzen Paspeln, weißer Bluse und blauer Schürze. Es hat einer ziemlichen Überredungskunst vonseiten Lottes bedurft, Hans von dieser Ausgabe zu überzeugen, denn der Preis ist gepfeffert gewesen. «Das lohnt doch kaum, so schnell, wie die Kinder aus allem rauswachsen.» Aber die Großmutter hat sich das Kleid nun einmal in den Kopf gesetzt, als Wiedergutmachung für all die armseligen Hängerchen, die sie mit viel Phantasie und wenig Material für ihre eigenen Kinder aus den abgelegten Wehrmachtsuniformen und Militärdecken zusammengeflickt hatte.

Aber was tut dieses undankbare Kind? Es will das Kleidchen partout nicht anziehen. «Ich will ein Junge sein!», hat Asta geschrien, nachdem sie es aus dem Geschenkpapier gewickelt und dann einfach von der Lehne hinters Sofa geschubst hat.

Später steht Lotte im Hausflur der Tochter und wartet im Mantel, während im Kinderzimmer getobt und geschrien wird. Sie hatten es schon aus der Tür geschafft, doch dann hat sich Asta wieder losgerissen und irgendwo im Haus versteckt. Und das alles nur wegen eines Dirndls. Das ist inzwischen schon ganz zerdrückt, und die Schürze ist auch verschwunden.

Lotte will Inga in die Stadt begleiten. Deren Geburtstag steht an, und Wilhelm hatte Inga aufgetragen, sich beim Juwelier oder beim Kürschner etwas Schönes auszusuchen. «Du weißt doch schließlich am besten, was dir gefällt.»

Lotte hört Inga mal sanft, dann wieder bestimmt und streng auf das Kind einreden, dann schreit sie es an: «Wenn du nicht sofort kommst ...» Auf diese leere Drohung hört man eine Tür knallen. Asta poltert über den Flur, wird von Inga eingefangen, dann geht der Ringkampf wieder von vorn los. So etwas hätten sich ihre Kinder mal leisten sollen. Die wären im Traum nicht darauf gekommen, nach ihrer Mutter zu schlagen, so wie neulich Asta, beim Mittagessen in der Gaststätte, als ihr Inga eine Spange ins Haar stecken wollte, damit ihr die Mähne nicht in die Erbsensuppe hing.

Antiautoritäre Erziehung, also wirklich. Wie man ohne Strenge etwas bei einem Kind bewirken will, das leuchtet ihr nicht ein. Mit Diskutieren vielleicht? Man ist doch mit seinen Kindern nicht befreundet.

«Inga hat sich mal wieder mit Asta gestritten», ist so ein Satz, den Wilhelm gern von sich gibt. *Gestritten* hat sie, Lotte, sich in ihrem ganzen Leben noch nie mit einem Kind. Wie soll das denn gehen? «Ach, lass sie doch.» Das ist alles, was dem Vater zu den Frechheiten seiner Tochter einfällt. «Ach, lass sie doch», sagt er immer dann, wenn Inga zumindest ein wenig Folgsamkeit einfordert. Wenn sie Asta bittet, den Tisch zu decken oder beim Essen nicht aufzuspringen, bevor die anderen nicht auch fertig sind. «Nun lass sie doch», sagt Wilhelm, wenn Inga versucht, der Tochter Essen mit Messer und Gabel beizubringen, und Asta trotzdem die fettigen Hühnerschenkel in der Hand hält und schmatzend abnagt. Wenn Inga in solchen Situationen durchgreifen will, versteckt sich die Tochter hinter ihrem Vater und klammert sich an seine Beine. Und was tut der? Er lacht nur und küsst sie noch dazu. Wie ähnlich sich dann Vater und Tochter sind, wie aus dem Gesicht geschnitten. Vor allem, seitdem Asta nun ihren Willen bekommen hat und einen Kurzhaarschnitt trägt.

Klatsch – mit Ingas antiautoritärer Erziehung ist es aber auch noch nicht weit her.

Dann erscheint Inga mit aufgelösten Haaren im Flur, als käme sie gerade aus dem Bett, die Tochter am Handgelenk hinter sich herziehend, die so tut, als könne sie nicht laufen, und demonstrativ über die eigenen Schuhspitzen stolpert.

Wütend starrt das Kind die Großmutter an. Das Kind, kaum sechs Jahre alt, kann mit Blicken funkeln wie eine ausgewachsene Rachegöttin.

«Geh weg.»

Hat Lotte richtig gehört? «Wie redest du denn mit deiner Großmutter?»

Inga hockt sich vor Asta hin und schaut ihr streng ins Gesicht. Aber das Kind schließt einfach die Augen und fängt an zu summen. Diese Frechheiten ist man von ihr längst gewohnt. Lotte hat sich vorgenommen, sich nicht in die Erziehung der Tochter einzumischen, damit macht man sich nur unbeliebt, auf allen Seiten. Aber leicht ist das nicht, wenn man mit ansehen muss, wie Asta der Mutter auf der Nase herumtanzt.

Vor ein paar Wochen, als Lotte und Hans überraschend in der Lüneburger Heide aufgetaucht sind, wo Wilhelm mit seiner Familie ein paar Tage Reiterferien machte, hat das Kind sie am Gartentor mit den Worten «Was wollt ihr denn hier?» begrüßt. Wenn das mal nicht auch die Haltung des Herrn Schwiegersohn ist. Der hat es vorgezogen, zum Heidschnuckenbraten erst gar nicht zu erscheinen.

Im Auto, auf dem Weg in die Stadt, wird wenig geredet. «Ich lass mir von dir nicht den schönen Tag verderben.» Aber der schöne Tag ist längst in Schieflage geraten. Inga wirkt müde und abgekämpft. Auf nichts kann man sich freuen, das Kind macht einem ständig einen Strich durch die Rechnung, es ist wirklich eine Plage. Jetzt singt Asta. Ausgerechnet Heintje. «Mama, du sollst doch nicht um deinen Jungen weinen … Einst wird das Schicksal wieder uns vereinen …» Musikalisch ist das Mädchen. Dazu noch mit einer erstaunlichen Merkfähigkeit gesegnet. Kaum hat sie einen Schlagertext gehört, ist der auch schon in ihrem Köpfchen gespeichert. Alles, was sich reimt, merkt sie sich sofort. Einen Sinn für ungewöhnliche Wortwendungen hat sie auch. Am Sonntag hat sie bei Brehmers Mutter das Mittagessen gelobt. «Ich muss schon sagen, der Koch ist ein Künstler», hat sie dem Kellner geantwortet, der beim Abtragen nachfragte, wie es geschmeckt habe.

Das Gesinge und Gesumme geht Lotte allerdings schon sehr auf die Nerven. Alles schön und gut mit der Musikalität, aber kann das Kind nicht auch mal den Mund halten? Ist das denn zu viel verlangt? Lotte muss an eines ihrer alten Kinderbücher denken, die so liebevoll illustrierten aus der Kaiserzeit. «Sprechende Tiere» war einer der Titel, da war einem Plapperentchen ein Vorhängeschloss durch den Schnabel getrieben worden, weil es vor den Erwachsenen nicht still sein konnte. So konnte es kein vorwitziges Zeug mehr reden und auch keinen Kuchen mehr essen.

«Jetzt trinken wir erst einmal schön Kaffee», ruft Lotte bemüht aufgeräumt, während Inga in der Stadt nach einem Parkplatz sucht.

Aber so, wie der Tag begonnen hat, geht es natürlich weiter.

Im Café Spitzner besteht Asta darauf, allein auf die Toilette zu gehen, sie schließt sich verbotenerweise ein und bekommt dann die Tür nicht mehr auf. Bis der Hausmeister mit der Kneifzange das Malheur behoben hat, ist der Kaffee kalt. Bei Juwelier Rüschenbeck wirft sie sich lang hin, mitten in den Verkaufsraum, weil ihr warm ist und die weißen Spitzenkniestrümpfe angeblich kratzen. Und bei Pelz Berger ist Asta dann plötzlich wie vom Erdboden verschwunden. Die netten Verkäuferinnen, vier an der Zahl, suchen nach dem Kind, sogar im Büro und im Keller. Inga läuft vor dem Geschäft auf dem Bürgersteig auf und ab, ruft immer lauter, immer schriller den Namen der Tochter. Sie hat doch nur dieses Nerzjäckchen anprobiert, Asta allenfalls eine Minute aus den Augen gelassen, da war sie einfach weg. Ach, herrje, man liest doch neuerdings immer so schlimme Dinge in der Zeitung. Es kann einem ja beinahe so vorkommen, denkt Lotte, als sei nach dem Krieg die Hälfte aller Männer abartig geworden. Die Großmutter saß ermattet auf einem kleinen goldenen Sessel neben einer Schale mit Pralinés und strich ein auf ihrem Schoß liegendes Stanniolpapier glatt, als sie plötzlich, in dem Regal mit den Fuchspelzmänteln ganz hinten in der rechten Ecke, ein paar nackte Kinderfüße ausmachte.

Wohin das Dirndlkleid verschwunden ist, bleibt Astas Geheimnis, auch die Sandalen und die Kniestrümpfe tauchen nicht mehr auf. Barfuß und in der kurzen Sporthose, die Asta die ganze Zeit unter dem Kleid getragen hat, wird sie von der Mutter abgeführt.

Zu Hause erwartet Wilhelm sie, er scheint in Feierlaune und hat den Damen bereits eine Flasche Sekt geöffnet. «Na, habt ihr denn etwas Hübsches gefunden?»

«Heute war nicht der richtige Tag», sagt Inga, und in Richtung Asta: «Erzähl doch mal deinem Vater, wie du dich aufgeführt hast.»

Aber Asta denkt gar nicht daran und dreht ihrer Mutter demonstrativ den Rücken zu.

«Na, morgen ist ja auch noch ein Tag», stellt Wilhelm fest. «Hast du es ihnen schon gesagt?»

Inga lässt sich aufs Sofa fallen, streift die Pumps ab, legt die Beine hoch und schließt die Augen. «Ich dachte, das kannst du besser.»

Wilhelm schenkt den Sekt ein, sogar Asta bekommt einen kleinen Schluck. Dann macht er eine feierliche Pause. «Mein liebes Astakind, heute trinken wir darauf, dass wir sehr glücklich sind. Im nächsten Sommer bekommst du ein Geschwisterchen.»

Lotte sitzt stumm vor ihrem Sektglas. Was ist das eigentlich für eine merkwürdige Ankündigung? Als ob sie gar nicht im Raum wäre. Geht sie das neue Enkelkind etwa nichts an? Das hätte ihr die Tochter ja auch mal vorher mitteilen können. Zeit genug wäre dazu am heutigen Tag gewesen. Und diese aufgesetzte feierliche Art. Wieso Freude? Sie weiß doch ganz genau, dass Wilhelm sich keine weiteren Kinder wünscht. Will er damit einen Verkehrsunfall schönreden? Inga hat ihr mehrfach ihr Leid geklagt, wie wenig mit Wilhelm über ein zweites Kind zu reden war. Hier fügt sich jemand doch nur formvollendet in sein Schicksal.

Asta kippt hinter dem Sessel den Sekt herunter wie ein Bauarbeiter seinen Schnaps.

«Bald wirst du eine große Schwester sein. Das wird dir gefallen, du wirst schon sehen.» Asta schaut wortlos durch den Vater hindurch. Man kann ihr förmlich zuschauen, wie sie die Neuigkeit langsam begreift.

«Ich will das nicht.» Das Kind ist nicht wütend oder aufgebracht. Es wirkt so, als sei die Sache mit dieser Feststellung geregelt.

Da richtet sich Inga vom Sofa auf, geht auf Asta zu und umfasst mit beiden Händen ihre Schultern.

«Mir ist es egal, was du willst», sagt sie. Leise sagt sie es, und doch hört sie sich nun viel entschlossener an als bei der ganzen Brüllerei am Mittag. «Ich weiß nicht, was du willst, und es ist mir auch ganz gleich. Ich weiß nur eins, dieses Kind wird ein Mamikind.»

Sch, sch, macht Wilhelm, als wolle er einen steigenden Hengst beruhigen. Er nimmt Inga kurz in den Arm. Dann hebt er Asta hoch und küsst sie auf die Nase. «Ihr alten Streithähne. Wenn ihr euch nicht zanken könnt, werdet ihr wohl auch nicht froh.»

Fern der Heimat

Im Miederwarengeschäft der alten Frau Rienhöfer probierte Großmutter in einer Umkleidekabine Badeanzüge für den kommenden Sommer an. Ich musste auf einem Hocker mit flauschigem Fellbezug vor dem braunen Vorhang warten. «Die Alte hat eine Stimme wie ein kettenrauchender Postkutscher», hatte ich den Großvater über die Ladeninhaberin sagen hören. «Die ist vor Hässlichkeit schon fast wieder schön.» Ich war von Frau Rienhöfers tiefem Bass fasziniert. Auch davon, wie sie, bucklig, fast in einem Neunzig-Grad-Winkel eingeknickt, durch die Ladenstube wuselte. Ständig zog sie Schubladen auf und hängte der Großmutter immer neue Badebekleidung in die Kabine.

«Darf ich?», fragte Frau Rienhöfer, bevor sie, ohne eine Antwort abzuwarten, seitlich in die Kabine schlüpfte und dann die BH-Körbchen begutachtete und die Trägerlänge kontrollierte. «Dieser Badeanzug hat die beste Passform. Der ist zwar etwas teurer, aber die Ausgabe rentiert sich, den sollten Sie nehmen. Den trage ich auch.»

Sie lief wieder zu dem Schrank mit den Schubladen. «Gut zu wissen, dann nehme ich den auf gar keinen Fall», murmelte Großmutter.

«Na, kleines Fräulein, freust du dich denn schon darauf, lesen und schreiben zu lernen?», fragte Frau Rienhöfer.

Seitenblick zur Großmutter, die demonstrativ nickte. «Ja, ich freu mich.»

«Dann beginnt für dich bald der Ernst des Lebens», stellte sie fest und steckte mir, wie zum Trost, ein kleines Kuvert mit einem Plättchen After Eight zu.

Dabei hatte Großvater mir Lesen und Schreiben längst beigebracht, im Keller. Während er an der Werkbank hobelte, defekte Toaster mit Kurzschluss reparierte, aus den Fugen geratene Stühle und zerschlagenes Porzellan leimte, ließ er mich die ausrangierten Sehtesttafeln abschreiben. Besser gesagt, abmalen. Seitdem in der Praxis ein moderner Leuchtkasten an der Wand befestigt war, wurden die alten Leseproben nicht mehr gebraucht. Eine Pyramide kleiner werdender Buchstaben vom großen A bis zum winzigen Z hatte ich, auf dem Boden hockend, ungelenk auf die Rückseite einer Tapetenbahn gekritzelt, die bei der letzten Renovierung der Wohnung übrig geblieben war. «So, und nun wieder umgekehrt, jetzt ist mal das schöne Z oben.» Dann forderte er mich auf, zu jedem Buchstaben ein Tier zu schreiben. «Aber nicht so etwas Langweiliges wie Affe oder Biene.» Mit Ameisenbär, Bisamratte, Chamäleon, Dromedar und Emu gab er sich zufrieden. Flugunfähiger Straußenvogel, drei Buchstaben senkrecht – den kannte ich aus seinen Kreuzworträtseln. Großmutter wunderte sich nicht schlecht, als ich ihr beim Einkaufen eines Tages das Wort Bus-hal-te-stel-le vorlas. Es folgten Straßennamen, Ladenschilder und sogar die Gemüsepreise auf dem Markt, einfach so. Die Zahlen und auch das Lesen der Uhr hatte mir der Großvater mit Hilfe eines klobigen Weckers beigebracht. Wenn der große Zeiger auf der Soundso und der kleine dann … Immer wenn ich richtiggelegen hatte, zog Großvater den Wecker auf, und dann bimmelte der lautstark zu meiner Belohnung.

Das Thema Schule lag in der Luft, und doch wurde nicht mit mir darüber geredet. Es war doch möglich, dass ich mir die

Schule ersparen konnte, wenn ich mit fünf schon alles wusste, was man dort beigebracht bekam.

«Hausmann mit dem bunten Rocke, läutet hell die Morgenglocke.» Die Häschenschule war eines meiner Lieblingsbücher. «Hu, hu, hu, es ist der Fuchs, Augen leuchten wie beim Luchs.» Die Stelle, wo das Raubtier mit einem Federhut und leuchtenden Augen am Wegrand den Häschen auflauert, erzeugte in mir immer wieder einen enormen innerlichen Aufruhr, mit Gänsehaut auf den Armen. Heutzutage war Schule natürlich anders, ohne Holzbänke und Zeigestock, das wusste ich schon. Ich stellte mir eine echte Schule wie den Kindergarten vor, nur mit einer großen grünen Tafel vorn. Viele Kinder, viel Lärm, und man muss tun, was einem gesagt wird. Nein, ich war nicht scharf darauf, eingeschult zu werden. Und es hätte doch auch sein können: Wer den Kindergarten übersprungen hatte, für den würde vielleicht auch der Schulbesuch entfallen.

Großmutter nahm drei Badeanzüge zur Auswahl mit nach Hause. Spontane Entscheidungen waren nicht ihre Sache. Obwohl sie in den Geschäften immer sehr gründlich mit den Verkäuferinnen die Güte, Vor- und Nachteile der Kleidungsstücke besprochen hatte, war ihre Trefferquote gering.

«Das muss ich erst noch meinem Mann zeigen.» Der fand eigentlich alles «schön», nur besonders teure Teile gefielen ihm weniger.

«Ach, Männe, du schaust ja gar nicht richtig hin. Ich könnte mir die Haare grün färben lassen, und du würdest es nicht bemerken.»

Alles, was sie in Schweltes Umkleidekabinen anprobierte und in Betracht zog, wurde erst einmal mit nach Hause genommen. Bis auf wenige Ausnahmen wurde es am nächsten Tag wieder zurückgebracht. «Das Blau ist doch ganz unmöglich, ich sehe ja aus wie eine Wasserleiche. Das merkt man eben erst bei Tageslicht so richtig.»

Den Umtausch erledigte ich. Ich wurde immer allein losgeschickt, die Wege waren nicht weit. «Sag einfach, dem Großvater hätten die Blusen nicht gefallen.» Ihre hartnäckige Unentschlossenheit machte Großmutter zu einer der gefürchtetsten Kundinnen der Stadt. Es gab Läden, in denen sich das Personal regelrecht hinter den Kleiderständern versteckte, wenn sie in der Tür erschien. Ich habe Verkäuferinnen gesehen, die hinter dem Verkaufstresen abtauchten und auslosten, wer die anspruchsvolle Frau Doktor bedienen sollte. Denn eines war klar: Wer den Kürzeren zog, der hatte die nächsten Stunden alle Hände voll zu tun. Knitterte der Stoff auch nicht? Machte die Farbe einen nicht blass? War die Jacke für die Witterung im Frühling nicht zu warm, der Mantel bei Schnee nicht zu kalt? War die Rocklänge auch schmeichelhaft?

«Also, ich würde das Kleid ja nehmen, wenn es etwas weniger geblümt wäre. Wenn die Hose nicht so komische Taschen hätte, die Bluse nicht diesen spießigen Kragen.» Interessiert verfolgte ich die schleichende Zermürbung der Verkäuferinnen, die Großmutters Konjunktiv anrichtete, sah, wie sie durch ihre Fragen und Bedenken immer wortkarger und matter wurden. Großmutter konnte überhaupt nicht verstehen, warum den Frauen nach einer gewissen Weile der Elan ausging. Gehörte eine gute Beratung nicht zu einem gelungenen Einkauf? Sie war doch einfach nur auf der Suche nach dem perfekten Kleidungsstück. War das denn so schwer zu verstehen?

Einer der Badeanzüge aber wurde irgendwann ausgewählt, für gut befunden und schließlich gekauft. Den Erwerb dieses Kleidungsstücks deutete ich als Indiz dafür, dass die Großmutter Tante Uta und mich an die Nordsee begleiten würde.

«Wo denkst du hin? Ich bin doch überhaupt nicht eingeladen.» Großmutter brauchte den Badeanzug, weil sie sich in der neugebauten Schwimmhalle zur Wassergymnastik angemeldet hatte. Als junges Paar hatten Hans und sie an den Wochenenden jedes Freibad in der Gegend unsicher gemacht. Es gab Fotos von Lotte auf dem Fünfmeterbrett mit Badehaube und eingezogenem Bauch. Hans hatte sogar eine Schraube rückwärts präsentiert, wenngleich auch nur vom Dreier. Ich fragte den Großvater, ob er nun auch eine Badehose kaufen würde. Aber der wollte nicht mehr turmspringen, und die Wassergymnastik war auch nichts für ihn.

Ich war mir ganz sicher, dass der Vater nichts dagegen gehabt hätte, wenn anstelle von Tante Uta Großmutter mit mir nach Norderney gereist wäre. Ob wir nicht zu dritt fahren könnten? «Du weißt, dass das nicht geht.» Nein, das wusste ich eben nicht. Und erklären konnte es mir auch keiner.

Meine Ferien an der Nordsee waren beschlossene Sache. Da konnte ich weinen und zetern, nachts so schlecht schlafen und mit zusammengekniffenen Lippen vor dem Mittagessen sitzen, wie ich wollte.

«Mach doch nicht so ein Theater. Du musst doch nicht alleine fahren. Zusammen mit Tante Uta wirst du es schon aushalten. Du bist doch schon groß.» Neuerdings war ich ständig groß. Dabei war ich nicht viel größer als im Winter, als man mir noch nicht mit diesem Satz gekommen war. Das musste etwas mit diesem leidigen Schulthema zu tun haben. Groß sein war anscheinend mit immer neuen Aufgaben verbunden. «Du kannst auf Norderney reiten und schwimmen, mit Uta Radtouren machen und am Strand Sandburgen bauen. Du wirst sehen, nach ein paar Tagen denkst du gar nicht mehr an Schwelte.» Hier irrten die Großeltern gewaltig.

Als der Zug nach Norddeich Mole auf dem Schwelter Bahnhof einfuhr, klammerte ich mich an Großmutter fest, erst an ihrer Hand, dann an ihrem Bein, sie konnte mich einfach nicht abschütteln und musste erst einmal mit uns in den Zug steigen. Ich glaubte schon fast, sie zum Mitfahren überredet zu haben, als sie, das schrille Pfeifen des Schaffners war zu hören, doch noch meinen Klammergriff aufbog und in letzter Sekunde aus dem Zug entkam. Ich drückte mir die Nase am Fenster platt, an dem meine Tränen hellgraue Schlieren hinterließen, während die Großmutter aus meinem Blick verschwand. «Lass mal, das Fenster ist doch dreckig», sagte die Tante, als sie mich ins Abteil schob und unsere schweren Reisetaschen ins Gepäcknetz hievte. «Kennst du die Geschichte von dem Kind, das mit seiner Mutter in einem Zug nach Köln sitzt?», fragte sie. «Also, das Kind, ungefähr so alt wie du, sitzt im Zug auf dem Fensterplatz, wo es in einem fort die verdreckte Scheibe ableckt. Fragt der ältere Herr, der ihm gegenübersitzt, die Mutter: Daaf dat dat? Die antwortet: Dat daaf dat, darauf der Mann: Datt dat dat daaf!»

Die Frau mit den dicken Knöcheln, die wie pralle Würste in den hautfarbenen Stützstrümpfen steckten, lachte auf ihrem Sitz mir gegenüber so laut und ansteckend, dass ich zu weinen aufhörte und Tante Uta um ein Butterbrot bat. «Sind wir bald da?»

Auf der Fähre zwängten wir uns mit unserem Gepäck durch die Autos mit den Pferdeanhängern und den Campingwagen, stiegen aufs Oberdeck, wo der Fahrtwind Tante Utas Frisur zerzauste, und fütterten mit dem letzten von Großmutters Käsebrötchen die Möwen. Tatsächlich geriet ich bei dem Blick auf die schäumende Kielwellenschneise und die niedlichen Seerobben auf einer entfernten Sandbank in so etwas wie Ferienstimmung.

Eine halbe Ewigkeit warteten wir auf dem Vorplatz der Anlegestelle auf meinen Vater. Die Autos waren bereits allesamt von der Fähre gerollt, die zu Fuß Mitreisenden hatten sich mit ihren Koffern und dem Strandgepäck in die Busse und Taxen verfügt, sodass wir die Letzten vor den Schalterhäuschen der Fährgesellschaft *Frisia* waren.

«Vielleicht ist ihm was dazwischengekommen.» Also nahmen auch wir einen Bus, in dem wir dann die einzigen Fahrgäste waren. «Einmal zur Meierei bitte, ein Erwachsener, ein Kind.»

Das Haus mit dem Spitzgiebel aus rotem Klinker stand mit seinesgleichen in Reih und Glied in einer frisch entstandenen Wohnsiedlung. Es wirkte wie ein Hexenhaus, wenngleich auch wie das einer extrem aufgeräumten, eher spießigen Vertreterin ihrer Zunft. Vorgarten, Jägerzaun, Windfang aus Eternit und ein Stellplatz für den Wagen, der fast die Hälfte des Gartens einnahm. Aber in dem saß ohnehin nie jemand, weil dort nur struppiger Strandhafer und Hagebuttensträucher wuchsen.

Wir setzten uns auf die oberste der drei Stufen vor der Eingangstür, und ich schlief auf dem Schoß meiner Tante ein.

Ich erwachte von Schritten. «Na so was», rief mein Vater fröhlich. «Wir hatten erst morgen mit euch gerechnet.»

Asta zwängte sich, ohne uns eines Blickes zu würdigen, an uns vorbei ins Haus. Ich sah sie in diesen Ferientagen fast immer nur von hinten. Aber nun ging es erst einmal hinein ins Hexenhaus. Der Vater zeigte uns unser Zimmer.

«Wenn deine Mutter noch gesund gewesen wäre, als dein Vater mit seinem Bruder das Haus gekauft hat, dann sähe das dort jetzt alles anders aus», stellte die Großmutter später fest, als Tante Uta die Fotos vom Optiker abgeholt hatte und die Großeltern sich am Schwelter Esstisch ein Bild von dem Inseldomizil zu machen versuchten. Streublümchentapete, Sperrholzmöbel und in der Küche ein Tisch mit Resopalplatte. «Da wohnt dein Vater in Herwede aber deutlich herrschaftlicher. Schade, dass deine Mutter sich nicht mehr um die Einrichtung kümmern konnte.»

Tante Uta hängte unsere Bademäntel in den Schrank und bezog uns das Doppelbett im Erdgeschoss. Eine steile Treppe führte in die obere Etage, in der mein Vater in dem rechten Zimmerchen unter der Dachschräge schlief, Asta im linken. Den Vater sah ich selten, meine Schwester so gut wie nie. Vater und Tochter ritten morgens und nachmittags, sie frühstückten nicht und gingen abends ins Restaurant essen. Tante Uta schmierte beim Frühstück Brötchen für den Strand, wo wir den ganzen Tag verbrachten, abends kochte sie mir meine Lieblingsgerichte Milchreis, Milchnudeln und Milchsuppe und brachte mich Punkt acht Uhr ins Bett. Ungenießbar würde *Es* werden, hatte die Großmutter gewarnt, wenn es ihm an Schlaf mangelte. Da wollte die Tante lieber kein Risiko eingehen und schlug dem Schwager die Einladungen zum Essen aus. Sie kaufte ein Netz mit Sandspielzeug und baute mit mir gemeinsam eine große Burg um unseren Strandkorb, die wir jeden Tag aufs Neue mit Muscheln und Schwemmgut verzierten. Unser Proviant aus der Kühltasche schmeckte nach dem Baden so gut wie nie – was eines Tages auch eine Möwe feststellte, die sich in meinem Honigbrot verbiss und mich, da ich den Griff nicht lockerte, um ein Haar nach England entführt hätte. Ich war schon ein Stück in die Luft gehoben worden, als das Brot, im Gegensatz zu mir, nachgab.

Dann kam Tante Helene aus Herwede zu Besuch, und wir machten mit ihren Kindern und der schmollenden Asta eine Wanderung durchs Vogelschutzgebiet zum Wrack am Inselende, wo wir ein Picknick einlegten – hart gekochte Eier mit Maggisoße. Asta trottete im Abstand von einem halben Kilometer hinter uns her und redete mit keinem. «Nun zieh doch nicht so einen Flunsch», sagte Tante Uta. Aber Astas Gesichtsausdruck blieb unverändert. Und nach einer gründlichen Beschwerdeführung am Abend beurlaubte der Vater sie von allen weiteren Inselexkursionen.

Mit Großmutter hatte ich ein tägliches Telefonat verabredet, immer um sechs Uhr abends. «Na, wie geht es denn meiner Suse an der Nordsee? Bist du schon ein wenig braun? Schwimmst du auch schön?» Sobald ich ihre Stimme hörte, wurde ich von einer rauschenden Sehnsucht erfasst, die das Knacken und Tosen in der Telefonleitung noch übertraf. «Nur noch zwanzig Tage, bis wir uns wiedersehen, Großmutter. Nur noch neunzehn, achtzehn ...» Nie vergaß ich, die Tage zu zählen, und als sie endlich einstellig wurden, begann sich der allabendliche Weinkrampf langsam zu legen. «Nur noch fünf Tage, Großmutter, ich freu mich so sehr auf dich.»

«Jetzt lass das mal bloß nicht deinen Vater hören, dass du immerzu nur nach Hause willst. Was soll der denn glauben? Der denkt noch wer weiß was von mir.»

Der Vater war aber freundlich und immer gut gelaunt, wenn ich ihn sah, was wie gesagt nur selten vorkam. Er trug stets Reithosen und Stiefel und berichtete Tante Uta von Astas Reiterfolgen, den Eigenheiten der Pferde und den schönen Ausritten. «Komm doch mal mit», forderte er sie auf.

«Das geht doch nicht, ich kann das Kind ja nicht allein lassen.»

«Asta kann sich doch um sie kümmern.» Aber auf dieses Angebot ging die Tante dankenswerterweise nicht ein.

Die Pferde standen in den ehemaligen Kuhställen der Meierei, die längst außer Betrieb war. Familie Junker verdiente mit der Verpachtung der Pferdeboxen ihr Geld und bot zudem für die Sommertouristen Reitausflüge an, einmal zum Strand und zurück. Eine halbe Stunde zehn Mark. «Da kann es einem ja angst und bange werden, wie die dicken Ruhrpott-Trullas in ihren

Gummistiefeln die Ackergäule bearbeiten», sagte mein Vater, als Uta und ich unsere Pferde mit Äpfeln fütterten, während sich ein Pulk Sonntagsreiter zum Strand aufmachte. Ganz unerfahrene Pferdenarren nahm Herr Junker an einen zusätzlichen Zügel, damit die keinen groben Unfug machten.

Wenn Tante Uta mich abends zu Bett gebracht hatte, konnte ich durch die Gardine ihr Profil im Liegestuhl sehen, beleuchtet vom mottenumflatterten Gartenlicht. Eines Nachts wurde ich wach, es war stockfinster in unserem Zimmer und das Bett neben mir leer.

Ich lauschte, aber im Haus war kein Geräusch zu vernehmen, außer der hin und wieder aufzischenden Flamme des Gasboilers im Bad. Das Federbett lag feucht-klumpig auf mir, und meine Angst wuchs Minute um Minute. Es war ganz unmöglich, in diesem Zimmer allein zu bleiben, noch unmöglicher, aus dem Bett zu steigen. Und doch gelang es mir. Ich rannte barfuß durch das Haus, drückte in Windeseile alle Lichtschalter und begriff, dass ich mutterseelenallein war. Mit einem Ruck öffnete ich die Haustür und lief in den Vorgarten. Die Tür schlug klirrend hinter mir zu, und ich stand hinter dem Jägerzaun im Nordseewind. Die Straße war von den gelblichen kleinen Laternen nur spärlich beleuchtet. Kein Mensch weit und breit, kein Auto, die Fenster allesamt dunkel. Da begann ich zu rufen, erst leise, dann immer lauter. «Taaaaante Uuuuta», bis in den Häusern um mich herum die Rollläden hochgezogen wurden. Gerade als Frau Rosenboom mit Lockenwicklern im spärlichen Haar in der Hintertür des Nachbarhauses erschien, sah ich die Tante im Dauerlauf herbeihasten. «Du meine Güte, was machst du denn für Sachen?» Das hätte ich sie auch gern gefragt. Nur ein einziges Bier hatte sie mit meinem Vater trinken wollen, in der Kneipe am Ende der Straße. «Menschenskind, das muss doch wohl auch mal erlaubt sein.»

«Lass mich nie mehr allein. Bitte versprich mir das.» Und Uta versprach's.

Von da an schlief ich erst, wenn ich mich sicher wähnte. Um keine Überraschungen mehr zu erleben, las ich alle meine Mickymaushefte, bis auch Uta ins Bett ging. Hatte sie mich vorher ermahnt, das Licht auszumachen, las ich mit einer Taschenlampe unter der Decke einfach weiter, bis sie mit einer dicken Schicht Nachtcreme im Gesicht glänzend und wohlriechend zu mir ins Bett kroch.

«Das gibt es doch nicht. Du bist wohl gar nicht totzukriegen. Weißt du eigentlich, wie spät es ist?» Dann schlugen wir die Bettdecken so übereinander, dass wir uns aneinanderschmiegen konnten, und schliefen in Löffelchenstellung ein.

Dennoch lag ich in einer der letzten Nächte plötzlich wieder allein im Bett. Aber diesmal waren da Geräusche im Zimmer über mir. Auf Zehenspitzen, wie die Indianer in dem Winnetou-Film, den ich ein paar Wochen zuvor an einem Sonntagnachmittag mit meinem Vater und Asta im Kino gesehen hatte, schlich ich mich aus dem Zimmer. In der Diele brannte Licht, doch in der Küche und im Wohnzimmer war niemand. Es war nicht leicht, lautlos in den ersten Stock zu gelangen. Die Treppenstufen knarrten, sobald man sie betrat. Also hangelte ich mich am Treppengeländer hoch, indem ich einen Schritt nach dem anderen in die Lücken zwischen den einzelnen Stäben setzte. Je näher ich den oberen Zimmern kam, desto deutlicher wurden die Geräusche. Jemand weinte. Tante Uta? Nein, das waren zwei Menschen, die da schluchzten oder stöhnten. Ich setzte mich auf die oberste Treppenstufe und legte den Kopf in meine Hände. Von hier aus würde ich mich ganz einfach nach unten stürzen können. Dann hätte der Spuk ein Ende. Wenn ich mich verletzte, würden die merkwürdigen Laute aufhören, da war ich mir sicher. Aber sie brachen auch so einfach ab. Das Haus lag wieder im Tiefschlaf, und ich kletterte am Geländer auf die gleiche Weise hinab, wie ich mich hinaufgehangelt hatte.

Am nächsten Tag bat mich der Vater um einen Gefallen. Im Keller habe es eine Kellerasselplage gegeben. Ich müsse aber keine Angst haben, die Viecher seien längst tot und trocken. Nur müsse die jemand zusammenkehren. «Zieh dir festes Schuhwerk an.» Dann bewaffnete er mich mit meinem Sandeimer, einem Handfeger und meinem Schippchen, öffnete die Kellertür, machte Licht und wartete, bis ich unten angekommen war. Der Boden war tatsächlich zentimeterdick mit Asseln bedeckt. Ich sank mit meinen Wanderstiefeln tief in den Teppich aus totem Ungeziefer ein. Von da an stieg ich jeden Morgen hinab in den Keller und schaufelte Tausende Asselpanzer in meinen Eimer, den ich dann hinter den Hagebuttensträuchern im Garten entleerte. Stundenlang konnte ich dieser Aufgabe nachgehen, wie in Trance.

Einmal sah ich meinen Vater, wie er in der Küche von hinten meine Tante umarmte. «Siehst du, was hab ich gesagt? Das Kind braucht lediglich eine Aufgabe.»

7

Den Brief, cremefarbenes Büttenpapier mit Goldprägung und Familienwappen, hat die Sekretärin Wilhelm oben auf die Postmappe gelegt, ungeöffnet. Von Bohlen und Halbach, was für ein Name! Alfried Krupp hat ihn nie gebraucht. Hart wie Kruppstahl, das hat gereicht. Aber der Sohn ist anders geraten, sonderbar weich, fast weibisch, zum Fortführen der Geschäfte jedenfalls ungeeignet und durch sein exaltiertes Auftreten in der Rolle eines Repräsentanten der Firma Krupp untragbar. Das Praktikum, das Arndt von Bohlen und Halbach in Essen absolviert hat, ist nicht von langer Dauer gewesen. Man müsse ihm nur mal die Hand geben, um zu wissen, was mit dem Jungen los sei. So haben die Leute geredet. Wo dieser blaublütige Knabe nicht überall studiert hat und was nicht alles. In demselben Alter hat Wilhelm schon eine Firma geleitet, mit der Verantwortung für seine Familie und für die seiner Arbeiter und Angestellten. Der Krupp'sche Thronfolger hat sich anfangs vielleicht noch Mühe gegeben, doch auch ungeschminkt und ohne Pelzmantel taugt so einer im Ruhrgebiet nur zur Witzfigur. Wilhelm erinnert sich an eine Abendgesellschaft am Baldeneysee, zu der Uli ihn und Inga vor ein paar Jahren mitgenommen hat. Es wurde im Schatten der mächtigen Villa Hügel gefeiert. In imposanter Kulisse, auf dem illuminierten Seegrundstück eines Baulöwen. Der junge Arndt war eine Weile affektiert zwischen den Stehtischen herumstolziert, immer umgeben von ein paar schwerbehängten übergewichtigen Damen, eine von ihnen war seine Mutter Anneliese. Doch sosehr er den Anschluss an die Gesellschaft auch gesucht hatte, indem er hier einen Scherz machte, dort das Kleid einer Ehefrau lobte, so wenig hatte er ihn gefunden. Die Frauen wandten sich schnell von ihm ab, und die Männer schienen ihn gar nicht richtig wahrzunehmen. Sie schauten nicht in sein Puppengesicht, sondern knapp am Revers seines strahlend weißen Seidenjacketts vorbei. Auch Wilhelm hatte sich lieber auf Abstand gehalten. Inga hatte man den ganzen Abend nicht von der Tanzfläche bekommen, mit allen Männern hatte sie getanzt, sogar mit dem alten Krupp. Eine imposante Erscheinung war dieser hochgewachsene Patriarch, mit scharf geschnittenen Gesichtszügen.

Ein echter Herr, schwärmte sie später, ein Tycoon wie aus einem Hollywoodfilm, aber keine Spur von Starallüren. Beim letzten Schnaps hat der Großindustrielle Wilhelm sogar die Hand auf die Schulter gelegt. So, so, Baumaschinen, na, die würden doch immer gebraucht. Wilhelm hat den Namen des Mitarbeiters, bei dem er sich melden sollte, auf einer Serviette notiert. Ein guter Kunde ist Krupp inzwischen geworden, der Umsatz, den die Firma Rautenberg mit diesem Stahlriesen macht, liegt im sechsstelligen Bereich.

Unlängst, nur ein paar Monate vor seinem Tod, hat Alfried die gesamte Familienkohle in einer Stiftung untergebracht. Damit ist der missratene Sohn aus dem Rennen. Der bekommt nun von dem Generalbevollmächtigten ein Taschengeld auf Lebzeiten ausgezahlt. Ob diese Abnormität wohl in den Genen liegt? Schon dem Großvater Friedrich Krupp ist der Hang zu jungen Männern zum Verhängnis geworden. Wilde Orgien hat die Presse in der Kaiserzeit ihm angehängt, woraufhin sich der Firmenchef mit Ende vierzig umgebracht hat, so munkelte man, denn die tatsächliche Todesursache ist nie ans Licht gekommen.

Man kann nicht gerade behaupten, dass sich die Dinge im Ruhrgebiet seitdem großartig geändert hätten. Vom anderen Ufer zu sein ist zwar nicht mehr so lebensgefährlich wie in der Nazizeit, aber weiterhin existenzbedrohend – zumindest was das angenehme Leben, die Anerkennung im Beruf und die gesellschaftliche Reputation angeht. Bei Arndt von Bohlen und Halbach kann man studieren, wie noch die Mächtigsten bisweilen über den Teppichrand der Sittlichkeit stolpern.

Der Brieföffner fährt durch das handgeschöpfte Papier wie ein Messer durch weiche Butter. Ein Oktoberfestempfang. Hier hat wohl wieder Uli den Vermittler gespielt. Der Freund ist auch Gast auf der Hochzeit des Krupp-Erben gewesen, als dieser eine mütterliche Blondine geheiratet hat, die nun auf ihn aufpasst wie ein in die Jahre gekommenes Kindermädchen. Von der Feier auf einem Schloss der Familie Krupp in der Nähe von Salzburg hat Uli noch Monate geschwärmt. Champagner hat es gegeben, viel Prunk und allerhand Frivolitäten in sogenannten Séparées.

Mit einer Einladung nach München hat Wilhelm nicht gerechnet. Oder frühestens in drei Jahren, zu den Olympischen Sommerspielen. 1972, das ist noch eine ganze Weile hin, dennoch fühlt er sich schon heute wie auf einer Zielgeraden. Wenn nur alles in seinem Leben so liefe wie die Reiterei, wenn nur alles von Fleiß und Training und dem richtigen Pferd abhinge, dann wäre das Leben überschaubar.

Das hier ist aber mal was! Die Einladung freut Wilhelm, obwohl er auf solche gesellschaftlichen Ereignisse an sich gar nicht erpicht ist. Endlich wird er Inga mal wieder etwas bieten können, sie wird begeistert sein. Ein Wochenende im Bayerischen Hof, ein rauschendes Fest bei Bohlen und Halbachs und natürlich ein Besuch der Wiesn – das wird sie auf andere Gedanken bringen. Seit der Geburt der Jüngsten sind sie nicht mehr gemeinsam ausgegangen.

Das Stielmus hat Marianne selbst gezupft und zubereitet. Sie nimmt das Mittagessen in ihrer Küche im ersten Stock ein, allein. Schweigend ist sie mit einem Topf heruntergekommen, hat ihn in Ingas Küche auf den Herd gestellt und ist dann wieder die Treppe hinaufgeschlurft. Stielmus ist Wilhelms Lieblingseintopf. Inga macht sich nichts aus dem verkochten Strunkgemüse. Sie pickt nur die Mettwurst aus dem grünen Papps. Seitdem es die kleine Tochter gibt, ist sie froh, wenn ihr das Kochen, jeder letzte Rest von Hausarbeit, abgenommen wird.

Sie braucht alle Zeit für *Es*. Für das Wunschkind, das jetzt all ihre Wünsche erfüllt. Das Kind ist ihr vom ersten Anblick an so vertraut gewesen, so nah, als wäre es ein Teil ihres eigenen Körpers. Und zu alledem ist auch noch die Geburt ganz natürlich und ohne Komplikationen verlaufen, nach zwei Stunden hatte sie die Jüngste auf dem Arm. Alles wird sie nun besser machen als bei Asta, darauf will sie achten. Anfänglich hat sie sogar darüber nachgedacht, dem Kind die Brust zu geben. Doch kaum, dass Lotte diese Absicht zu Ohren kam, hat sie Inga energisch ins Gewissen geredet. Säugen, wie sie voller Abscheu das Stillen nennt, führt zu Hängebrüsten. Rechtfertigt ein modischer Trend wirklich so einen lebenslangen Makel?

Aber wenigstens das Füttern hat Inga zur Muttersache

erklärt, wie sie überhaupt darauf achtet, dass niemand außer ihr das Kind berührt oder dem Bettchen zu nahe kommt. Asta hat sie neulich den Po verhauen müssen. Während das Fläschchen mit der Milupa-Milch zum Abkühlen auf der Fensterbank in der Küche stand – Inga überprüft die Temperatur immer, indem sie sich die Flasche an ihren Puls auf der Innenseite des Handgelenks hält –, schlich sich Asta in die Küche und nahm einen großen Schluck aus dem sterilisierten Sauger. Nur dem Zufall war es zu verdanken, dass Inga gerade in diesem Moment an der Küchentür vorbeikam. Der Schlag fiel in der ersten Wut vielleicht etwas heftig aus. Theatralisch heulend rannte Asta ins Schlafzimmer und riss Wilhelm aus dem Mittagsschlaf. Inga kann sich schon vorstellen, wie der sich wieder mit seinem Astakind verbündet hat. Und für Inga konnte das Anrühren der Säuglingsnahrung, die ganze Prozedur, wieder von vorn beginnen. Nun aber schnell, ihr Liebchen war aufgewacht und knötterte bereits in der Wiege.

Noch nicht einmal Wilhelm darf das Jüngste füttern. Der macht aber auch keine großen Anstalten. Scherzhaft zwar, aber dennoch kränkend, moniert er das Aussehen des Säuglings und witzelt über den roten Flaum auf dem Kopf, den blassen Teint. *Käsig* sehe das Kind aus, das hat er tatsächlich gesagt!

Nun gut, rote Haare sind nichts, was man dem Kind gewünscht hätte, aber das kann sich ja noch auswachsen. Und wer hat denn bitte diesen Fuchston in die Familie gebracht? Schon komisch, dass Wilhelm gerade darüber klagt. Haut- und Haarfarbe sind aber auch alles, was an die Rautenbergs erinnert. Mehr Ähnlichkeit mit dieser Familie gibt es zum Glück nicht. Inga erkennt sich in ihrer Tochter wieder, sich selbst, wie auf den Schwarz-Weiß-Fotos der Eltern. Die Fehler ihrer Eltern will sie so wenig wiederholen wie die eigenen, die sie bei Asta begangen hat.

Wilhelm kümmert sich nicht um das Kind, er hat sich Ingas Kinderwunsch gefügt, desinteressiert einerseits, aber doch bemüht um das Seelenheil seiner Frau. «Wenn dich noch eins glücklicher macht.»

Er kann also seine eigenen Wünsche hintanstellen; ist das nicht auch ein deutlicher Liebesbeweis?

Das Kind hat Inga tatsächlich ein fragiles Glück beschert. Sie darf jetzt nicht wieder in diese schwarzen Stimmungslöcher fallen. Aufpassen muss sie, auf das Kindchen, aber auch auf sich selbst.

Der Stubenwagen, in dem der Säugling schläft, steht während dieses Mittagessens auf der Schwelle zum Esszimmer. Wilhelm sitzt am Kopfende des Tisches, Inga ihm gegenüber. Zwischen Vater und Mutter stochert Asta lustlos in ihrem Kartoffelbrei herum, den Andrea zubereitet hat. Asta isst nichts Grünes, nichts Rotes, nichts mit Stückchen drin, kein Fleisch, keinen Fisch, keinen Käse und ungern Rohkost. Andrea kocht Asta, was sie am liebsten mag: farblosen Brei. Und seit der Geburt der kleinen Schwester reibt die Haushälterin für die ältere Schwester auch wieder Äpfel und matscht ihr Bananen – und das einem Schulkind! Ach, sollen die beiden doch machen, was sie wollen.

Wilhelm lobt das Essen, ganz so, als ob es Inga gekocht hätte. Es wird ihm egal sein, ja, er wird überhaupt nicht darüber nachdenken, wer den Eintopf fabriziert hat.

Vor dem Nachtisch greift er mit großer Geste in die Innentasche seines Sakkos. «Ich hab eine Überraschung für dich, Strubbel. Du wirst Augen machen.» Dann streckt er ihr feierlich die Einladungskarte entgegen. *Herr Wilhelm Rautenberg und Begleitung*, liest Inga und ärgert sich ein wenig, nicht namentlich genannt worden zu sein. Aber der Ort gefällt ihr sehr – München. Da war sie einmal mit Gaby. Zwei Tage, die Inga in schönster Erinnerung geblieben sind. Das blau-weiße München mit dem Englischen Garten und der vornehmen Maximilianstraße – vornehm könne allenfalls eine Gesinnung sein und keine Straße, hat Wilhelm sie einmal verbessert. München ist ihr bei dem Ausflug mit der Freundin wie die unbeschwerteste, heilste Stadt auf Erden vorgekommen. Menschen, die hier leben dürfen, sind von der Sonne des Südens beschienene Glückspilze. Schon der melodische Zungenschlag löst bei Inga Zutrauen aus. Zwei junge Männer hatten den Mädchen damals im Biergarten unter dem Chinesischen Turm Bier in unhandlich großen Krügen spendiert. Diese forschen Charmeure hatten ihnen gut gefallen, trotz der kurzen Lederhosen und der komischen Kniestrümpfe, der behaarten Knie und ihrer Rasierpinsel an den lächerlichen Filzhüten. Wie gern würde sie nach München fahren, mal wieder ein echtes Fest besuchen. Seit Beginn der Schwangerschaft hat sie nicht mehr getanzt, nur ein paar fade Kaffeekränzchen gab es seitdem.

«Schade, dass wir da nicht hinfahren können. Ich wäre zu gern mal wieder rausgekommen aus diesem Kaff.» Inga schiebt Wilhelm die Einladung auf dem Tischtuch zu.

«Wo denkst du hin? Aber natürlich fahren wir!» Wilhelm will die Kinder tatsächlich in der Obhut von Marianne und Andrea lassen, aber das kommt überhaupt nicht in Frage. «Niemals.»

«Wann fahren wir nach München?», fragt Asta, wobei sie ausnahmsweise sogar von ihrem Vater ignoriert wird.

«Nun amüsiert euch aber mal schön!»

Lotte steht vor dem Lüdersheim'schen Haus und winkt ihnen nach, mit dem Säugling auf dem Arm. Asta hat eigentlich bei Oma Marianne bleiben sollen. Die will aber lieber ihre Ruhe haben. Man muss die Mädchen schließlich nicht aufteilen, nur damit zwei Großmütter beschäftigt sind. «Fahr du mal schön mit nach Schwelte, Kind.»

Jetzt sitzt Asta schmollend auf der Mauer hinter dem Haus der Großeltern und wartet darauf, dass ihr Vater ihr auf Wiedersehen sagt. Der denkt aber gar nicht daran, sondern nur an die näher rückende Abflugzeit.

«Komm, Inga, reiß dich jetzt mal los.» Während Wilhelm den Wagen langsam durch die Ausfahrt lenkt, sieht er aus dem Augenwinkel die Miene seiner Frau. «Es ist doch kein Abschied für immer.»

Am liebsten würde Inga aus dem fahrenden Auto springen. Woher kommt nur dieses Stechen in der Brust? Der Trennungsschmerz nimmt ihr beinah die Luft. In Gedanken geht sie noch einmal alles durch. Sie hat ihrer Mutter das Mischungsverhältnis für die Milch und alle Fütterungszeiten aufgeschrieben. 37,8 Grad soll das Badewasser abends haben. Hat sie auch nicht vergessen, ihr das Thermometer mitzugeben? «Und das Kind nicht in Bauchlage schlafen legen.»

Vom plötzlichen Kindstod hat sie in letzter Zeit immer wieder geträumt, es steht ja so viel in den Zeitschriften. Ihre Mutter schaut nur streng über die Brillenränder: «Wenn du dich bitte daran erinnern möchtest, dass ich in meinem Leben bereits zwei Kinder großgezogen habe.»

Die Kleine ist bei den Eltern in besten Händen. Hans hat schon den Sterilisator aus der Praxis in die Küche getragen, keimfrei wird es zugehen, aber auch liebevoll, zweifellos.

Dafür wird ihr Vater schon sorgen, der seine freie Zeit gern mit den Enkelkindern verbringt. Er beobachtet sie, aus einiger Entfernung, wie ein Tierforscher. Und je kleiner die Kinder, umso lieber sind sie ihm. Kommt auch der Tagesablauf durch die Enkelinnen immer etwas durcheinander, so mag er doch das Leben, die Lebendigkeit, die mit den Kindern ins Haus kommt. Außerdem mag er den Geruch, der aus dem Gitterbettchen aufsteigt, eine Erinnerung an leicht angebrannte Hafermilch.

«Aha, zur roten Laterne wolln S'», sagt der Taxifahrer vor dem Bayerischen Hof.

Was meint der damit? Und warum guckt er Wilhelm und sie so prüfend im Rückspiegel an? Inga holt die Puderdose aus ihrer Handtasche.

Wie unangenehm, dass ihr Gesicht heute so glänzt. Auch die Handflächen sind merkwürdig feucht. Und beim Kämmen der Haare hat die Kopfhaut geschmerzt. Haarwurzelkatarrh, so nennt ihr Vater das. Und auch das Stechen in der Brust ist nicht besser geworden. Schon auf dem Flughafen ging es los mit den kalten Schweißausbrüchen. Dabei hat sie sich doch so auf das Fliegen gefreut. So ein Flughafen ist eine tolle Sache. Die imposanten Maschinen, das Starten und Landen, und die Menschen, die an so einem Ort zusammenkommen, sind immer in einer ganz besonderen Stimmung. Jede Menge gutangezogener Leute sieht man da. Schon allein die Stewardessen mit ihren schrägsitzenden Käppis und den Kosmetikkoffern, wie sie auf hohen Absätzen klackernd ihre weiten Wege über die breiten Gänge zurücklegen, diese Eleganz. Stewardess wäre Inga auch gern geworden. Das aber haben ihre Eltern verhindert. Kellnerin der Lüfte – so weit kam das noch. Bei den seltenen Gelegenheiten, in denen Inga bisher geflogen ist, hat sie sich stets wichtig und privilegiert gefühlt, wie in einem Spielfilm mit toller Kulisse.

Während sie darauf warteten, dass ihr Flug aufgerufen wurde, hatte Wilhelm ihr im Panorama-Restaurant ein Ragout fin und einen Sekt bestellt. «Du hast einfach nur einen flauen Magen und viel zu niedrigen Blutdruck.»

Aber der Sekt schmeckte merkwürdig seifig, und essen mochte sie auch nichts. «Dass sich hier bloß keine Erkältung anbahnt», sagte Wilhelm und drückte seinen Kopf an ihre Stirn.

Im Flugzeug besorgte ihr die Stewardess noch vor dem Start ein Glas Wasser und eine Aspirin. Das Essen in den kleinen weißen Porzellanschälchen, Hühnchen in Aspik, konnte Inga danach nicht mehr anrühren.

In der Georgenstraße Nummer 11 brennt tatsächlich eine rote Laterne an der Tür. Auch aus dem Fenster des Erdgeschosses hinter dem Torbogen leuchtet es rötlich durch die Gardinen. Vor dem Eingang, in langer Schlange, durch den Vorgarten bis auf den Bürgersteig, warten die geladenen Gäste auf Einlass. Inga will nach Wilhelms Hand greifen, der aber hat bereits Uli ausgemacht, sich gleich an den Wartenden vorbeigedrängelt und laut lachend den Freund umarmt. Was wohl so lustig ist? Worüber die beiden jetzt zu kichern haben? Die Eifersucht, die sie immer befällt, wenn Uli auftaucht, ist ihr unangenehm. Es ist so albern, aber sobald Wilhelm auf diesen Menschen trifft, fühlt sie sich abgehängt, abgekoppelt von ihrem gemeinsamen Leben. Der Freund absorbiert Wilhelms ganze Aufmerksamkeit, selbst dann, wenn er sich ihr zuwendet. «Inga, du siehst umwerfend aus.» Wie immer tut er restlos begeistert, während er Inga umarmt.

Er zieht sie eng an sich, küsst sie wie die Franzosen, um sie dann wieder am ausgestreckten Arm verhungern zu lassen und zu bewundern. «Wie machst du das, dass du immer noch schöner wirst?»

«Das sind die durchwachten Nächte mit einem Säugling, der Bauchschmerzen hat, du alter Charmeur.»

Auch Christine, Ulis Frau, umarmt Inga. Christine, eine großgewachsene Walküre mit Pferdegebiss, ist eine gute Reitgenossin für ihren umtriebigen Gatten, sagt Wilhelm und nennt sie *patent*. Nicht gerade Typ Mannequin, und doch hat sie in jüngeren Jahren Werbung für Fassbrause gemacht und in Berlin von jeder Litfaßsäule gelächelt. «Alle 32 Zähne oben», sagt Wilhelm angesichts dieses Lachens, bei dem über den stattlichen Zähnen noch ein schmaler Streifen rosa Zahnfleischs sichtbar wird. Ein Wunder, dass sie nicht wiehert.

Nein, eine Schönheit kann man Ulis zweite Frau nicht gerade nennen, doch ihre Frohnatur ist ansteckend. Was die beiden miteinander außer einem ausgeprägten Hang zum Feiern verbindet, ist niemandem so recht klar. Kinder haben sie jedenfalls keine. Christine kümmert sich um den Haushalt, organisiert Ulis Reisen, arbeitet in seinem Büro, und ein bisschen kommt sie Inga wie seine Gouvernante vor, angestellt, um ihn von dem gröbsten Unfug abzuhalten. Nie hat Inga zwischen den beiden eine Zärtlichkeit beobachtet, etwas Herzliches, aber Spaß haben sie miteinander offenbar, jede Menge. Wovon genau Uli lebt, was er arbeitet, hat Inga nie so recht verstanden. Mal handelt er mit Pferden, dann wieder mit Häusern oder Wertpapieren. Manchmal wohnen die beiden in einer schmucken Villa, dann wieder munkelt man, das illustre Paar habe allen Besitz verloren und müsse in Ulis Mercedes-Coupé nächtigen.

«Wie gut, dass du hier bist», flüstert Christine ihr ins Ohr. «Lass uns zusammenbleiben, man kennt hier ja kaum jemanden.» Inga schaut sich unter den Wartenden um. Was hat Uli da eigentlich an? Um Abendgarderobe ist auf der Einladung gebeten worden, ein Begriff, den die geladenen Gäste bemerkenswert unterschiedlich ausgelegt haben. Uli hat sich in ein silbernes Sakko geworfen und trägt dazu eine Smokinghose mit bordeauxfarbenenem Satinband auf der Außennaht und extrem spitze Lacklederslipper. In diesem Aufzug fehlte ihm zum Zirkusdirektor nur noch der Zylinder. Bei den Damen gibt es aufwendig bestickte Brokatdirndl zu bewundern, aber auch sündhaft teure Modellkleider, neben sehr kurzen Fummeln, die Lotte «Fähnchen» genannt hätte und die deutlich mehr Haut frei lassen, als sie bedecken. Auch bei den Herren ist eine erstaunliche Bandbreite unterschiedlicher Kleidungsstile zu finden: elegante Dinnerjackets und Smokings neben krachledernen Kniebundhosen. Direkt vor ihnen wartet eine Gruppe junger Männer mit Rauschebärten und wilden Haarmähnen in Cordanzügen auf Einlass. Sie sehen den Beatles verblüffend ähnlich. Überhaupt ist der größere Teil der Gästeschar männlichen Geschlechts.

Das Ehepaar von Bohlen und Halbach steht in der mit farbenfrohen Orientteppichen ausgelegten Eingangshalle und begrüßt die Gäste. Hetti mit Handschlag, Arndt nur mit einem Nicken und irritierendem Augenaufschlag. Der Hausherr hat offenbar hellblauen Lidschatten aufgelegt. Er trägt weiße Handschuhe und einen perlenbestickten indischen Gehrock aus türkisfarbener Seide. Mit dem gleichen Stoff sind auch seine Pantoffeln bezogen. Uli umarmt den Gastgeber stürmisch, der ihm wiederum, leicht verdattert, ein Küsschen auf die Wange haucht.

Christine hakt Inga unter. «Was ist denn los mit dir? Du bist ja ganz blass um die Nase.» Sie bahnen sich gemeinsam den Weg durch die Menge. Die Räumlichkeiten, die an das Entree anschließen, sind keine großzügigen Säle, eher kleinere Zimmer, eines hinter dem anderen, und jedes überfüllt. Wie ein Hamsterbau kommt Inga dieses Erdgeschoss vor. Es ist warm, bedrückend schwül wie in einer Sauna. Inga hätte gern ein Fenster aufgerissen. Irgendwo spielt eine Musikkapelle, nur wo? Durch das Menschengewirr schlängeln sich Kellner, die gewandt Tabletts mit Champagnerschalen und Horsd'œuvres balancieren. Ein Wunder, wie sie durch diese vielen Leute in der schummrigen Beleuchtung hindurchkommen, ohne dass alle paar Meter ein Unglück geschieht.

«Ich glaub, mein Kreislauf spielt verrückt», sagt Inga, während sie an Christines Arm leicht strauchelt.

«Ich hol dir ein Glas Wasser.» Christine drückt Inga auf einen kleinen Cocktailsessel und verschwindet in der Menge. Um ein Haar hätte ihr Inga «Lass mich nicht allein» hinterhergerufen. Was sind denn das für kindische Anwandlungen? Vielleicht kommt die Panik durch den Schwindel; sogar im Sitzen dreht sich jetzt der Teppich unter ihr, schweben Kommoden, Leuchter, goldgerahmte Ölbilder und Blumenvasen immer wieder an ihr vorbei wie die Gondeln eines sich ständig schneller drehenden Karussells. Inga presst sich die Zeigefinger an die Schläfen, schließt die Augen und legt den Kopf in den Nacken, aber dadurch wird das Drehen nur noch schlimmer. Als sie den Kopf wieder hebt und die Augen öffnet, schießt ein Schwall Blut aus ihrer Nase. In einem Sturzbach ergießt es sich in ihren Ausschnitt und spritzt auf ihr rosafarbenes Cocktailkleid.

Während sie sich mit der linken Hand die Nase zuhält und

mit der rechten in der Handtasche nach einem Taschentuch kramt, läuft ihr das Blut an der Innenseite des linken Arms hinab und tropft auf Rock und Boden. Hoffentlich bekommt das keiner mit. Sie beugt sich vor, versucht, mit ihren Unterarmen die Flecken auf dem Kleid zu verdecken, und knüllt die Taschentücher fest unter ihrer Nase zusammen.

Christine bleibt erstaunlich ruhig. Sie pflückt einem vorbeikommenden Kellner die gestärkte Serviette vom Unterarm, nimmt auch ihr Spitzentaschentuch zum Stillen des Blutflusses und schafft es sogar noch, Inga etwas Wasser einzuflößen, bevor sie sich auf den Weg zu den Toiletten machen. Sie nimmt sie schützend in den Arm. Dass sie sich dabei ihrerseits mit Blut beschmiert, scheint ihr nichts auszumachen.

Im Waschbecken vermischt sich das Blut mit dem Wasser in einem hellroten Strudel. Christine legt Inga einen kalten Waschlappen in den Nacken und fordert sie auf, den Kopf zurückzubeugen, aber gleich läuft Inga das Blut den Rachen hinunter. Der Geschmack von rostigem Eisen erzeugt Übelkeit. Noch nie in ihrem Leben hat sie Nasenbluten gehabt.

«Das hört gleich wieder auf. So was geht schnell vorbei», versucht eine ältere Dame mit hellblauer Pudelfrisur, sie zu beruhigen, und legt ihr die Hand auf den Unterarm. Aber das Blut läuft und läuft. «Kannst du bitte Wilhelm holen?»

Als Christine die Toilettenräume verlassen hat, versucht Inga, in den Spiegel schauen. Sie blickt in ihr geisterhaft weißes Gesicht, dann wird ihr schwarz vor Augen. Ihr rechter Knöchel knickt um, sie verliert einen ihrer Pumps, versucht, sich noch im Fallen an den Waschtisch zu klammern, erwischt aber nur den Stapel mit den Handtüchern und reißt ihn mit sich zu Boden.

Die Wunde am Hinterkopf muss genäht werden, stellt der Notarzt fest. Wie peinlich, was sollen nur die Leute denken? Inga würde am liebsten im Erdboden versinken, als sie auf der Trage durch die Menge der Festgäste getragen wird. Eine Nacht soll sie im Krankenhaus verbringen, nur zur Beobachtung. Als dann das Nasenbluten erneut einsetzt, drängt man sie dazu, am darauffolgenden Tag, einem Montag, noch einige Untersuchungen durchführen zu lassen. «Das ist doch ganz unmöglich, du musst schließlich wieder ins Geschäft.» Aber Wilhelm sagt, dass es auf einen Tag mehr oder weniger nicht ankommt. «Das Krankenhaus rechts der Isar ist eins der besten in Deutschland. Hier bist du guten Händen.»

TEIL III

Ohnmacht

Wenn Großmutter und ich am Samstagnachmittag *Biene Maja* schauten, ging Großvater in den Keller. Was dieser Unsinn aus Japan, diese Trickfilmfigur mit dem weit aufgerissenen Kindermund, mit dem Buch aus seiner Kindheit zu tun haben sollte, leuchtete ihm nicht ein. Großmutter wiederum verschwand in der Küche, wenn der Großvater die *Muppet Show* anstellte. Wenn die zwei alten Männer erschienen und ihre bissigen Kommentare in der Theaterloge machten, schmunzelte er still in sich hinein. Ungeduldig wartete er auch auf *Schweine im Weltall,* die slapstickartigen Episoden aus einem Operationssaal in einem Raumschiff, mit Miss Piggy in der Rolle einer überdrehten OP-Schwester, die fortwährend ihre strohgelben Haare affektiert zurückwarf. Miss Piggy, so nannte Großvater auch die Besitzerin des Papierwarengeschäfts in der Sedanstraße, wegen ihrer Nase und der beachtlichen Oberweite, die in einem bemerkenswerten Spitz-BH verstaut war. Der Weg zu ihrem Geschäft war nicht weit, daher war mir erlaubt worden, die Bürowaren für die Praxis alleine einzukaufen. Bleistifte, Radiergummis und Farbbänder für die Schreibmaschine. «Nur nicht die Quittung vergessen!» Seitdem ich lesen konnte, durfte ich mir in ihrem Laden auch einmal in der Woche ein Mickymausheft aussuchen. «Teil es dir aber gut ein, damit du es nicht schon morgen wieder ausgelesen hast.»

Als alle Blüten von den Bäumen verschwunden waren und die

Erdbeeren auf dem Markt von den Kirschen abgelöst wurden, war Miss Piggys Laden plötzlich voll mit Schultüten, Mäppchen und Ranzen, die meine Großmutter Tornister nannte. «Such dir eine schöne Tüte aus.» Großmutter hatte geduldig gewartet, bis ich sämtliche Schultüten begutachtet hatte. Eine blaue hatte ich mir ausgesucht, an der war eine richtige Puppe aus Stoff mit roten, filzigen Haaren angebracht. «Natürlich die teuerste.»

Wenn ich die Tüte in den Armen hielt und schwenkte, baumelte die Puppe mit den Beinen. «Die passt zu dir, die hast du gut ausgesucht», lobte mich Miss Piggy. Und während sie die Quittung schrieb, stieg eine Schweißfahne aus ihrem Synthetikpullover, die mich fast ohnmächtig werden ließ.

1

Die ersten zwei Wochen im Krankenhaus hat Wilhelm von morgens bis abends an ihrem Bett gesessen, am dritten Tag bereits mit dem Mundschutz, den von da an alle tragen, auch die Ärzte und die Schwestern, die zu ihr ins Zimmer kommen. Isolierstation – nein, nicht die Patientin ist ansteckend, das hat ihr der junge Oberarzt in aller Ruhe erklärt. Es geht um die Keime, die nicht an sie herangetragen werden sollen, jede Infektionsgefahr muss vermieden werden. Als Wilhelm in der Firma nicht mehr fehlen kann und abreisen muss, kommt das Sauerstoffzelt. Es schwebt wie ein Moskitonetz über ihr. Nur die Gummihandschuhe der Schwestern dringen von Zeit zu Zeit durch den seitlichen Schlitz, um die ungenießbaren Speisen auf dem schwenkbaren Tablett abzustellen. «Frau Rautenberg, nun geben Sie sich doch ein wenig Mühe. Sie haben das Essen ja schon wieder kaum angerührt. Wie wollen Sie denn auf diese Weise gesund werden?»

Bei der Arztvisite stellt sie die immer gleiche Frage und erhält die immer gleiche Antwort. Eine schwere Grippe könne es sein oder auch eine Immunschwäche, ein bisher nicht auszumachender Infekt.

Die Sonne scheint auf das welke Laub vor dem Fenster, zaubert Muster auf die kahlen Wände des Krankenzimmers. Morgens harte, geometrische Formen, mittags weiche Schleier, helle Lichtpunkte am Abend. Als Inga kurz nach dem Krieg in den Sommerferien bei ihren Großeltern in einem Dorf in der Nähe von Köln einmal hohes Fieber bekam und das Bett hüten musste, war ihre einzige Unterhaltung das Lichtspiel an der Tapete gewesen. Fratzen hatte sie in den Schatten erkennen können, manchmal Zahlen und Buchstaben, aber auch exotische Pflanzen und wilde Tiere, zu denen ihr Geschichten einfielen, die sie sich laut erzählte. Jetzt verfolgt sie, wie damals, tage- und wochenlang die Muster, die hinter dem Vorhang des Zeltes an den Wänden ihres Einzelzimmers entlangkriechen. Wenn die Schwestern in den Nachmittagsstunden die Jalousien herunterlassen, sehen die Wandbilder merkwürdig zerschreddert aus. Woher kommt nur diese blühende Phantasie der Kinder? Und warum verliert man sie im Erwachsenenalter unwiederbringlich?

Der Tag dehnt sich, nimmt nach dem faden Frühstück um sieben, dem darauffolgenden lauwarmen Mittagessen auf dem Plastiktablett, dem rechteckigen Kuchenstück in der Assiette und den zwei Scheiben Mischbrot mit Dauerwurst um halb sechs kein Ende. Inga zählt die Lamellen der Jalousie, die Steckdosen und Abdeckklappen in der umlaufenden Elektroleiste aus grauem Plastik, die über ihrem Bett rund um das Zimmer verläuft. Sie bildet die immer gleiche Quersumme aus den quadratischen Elementen der Deckenverkleidung und sagt stumm die Gedichte auf, die sie in der Schule auswendig lernen musste. Es wird dunkel im Zimmer, dann wieder hell, doch die meiste Zeit liegt der Tag zwischen eindeutigen Lichtzuständen in einer mulmigen Dämmerung – in einem Schwebezustand zwischen dem Davor und Danach. In der Erwartung eines Besuches, der sich nur selten einstellt, der Arztvisite, die immer schnell vorbei ist, und der leidigen Essensausgabe, wo doch an Essen gar nicht zu denken ist. Der

Appetit will sich nämlich trotz einer stattlichen Batterie von Vitaminpräparaten und einer Unzahl anderer Arzneien so gar nicht einstellen.

Die Telefonate, so lang sie auch dauern und mit wem auch immer sie geführt werden – mit Wilhelm, Uta, Christine, Gaby und am häufigsten mit den Eltern in Schwelte –, lassen sie nur noch einsamer zurück.

Sie fürchtet bei jeder Begrüßung schon das Klicken in der Leitung, wenn der Gesprächspartner schließlich den Hörer auflegt und wieder die Stille im Zimmer in ihren Ohren rauscht. Das Telefonieren ist in den ersten Wochen noch die einzige keimfreie Betätigung gewesen, die ihr gestattet war. Außer dem Lesen, für das sie aber auch keinen rechten Nerv hat. «Und Jimmy ging zum Regenbogen», so verlockend der Titel sich auch angehört hat, so ermüdend ist die verworrene Spionagegeschichte aus Nationalsozialismus und Kaltem Krieg. Einen Liebesroman hat sie sich von Wilhelm gewünscht, er hat das Buch gewiss aufgrund des fröhlichen, bunten Umschlages mit dem Schreibschrifttitel gewählt. Sobald sie sich auf eine Zeile zu konzentrieren versucht, verschwimmen die Buchstaben, sie liest dann unzählige Male das gleiche Satzende, um dann doch nur nach wenigen Minuten wegzudämmern, bis eine Schwester sie zur nächsten Blutabnahme weckt. Es ist verwirrend, wie viel und wie tief sie schlafen kann, auch am Tag, trotz der beständigen Sauerstoffzufuhr aus den Düsen unter dem Vorhang über ihrem Bett.

Das verdrehte und mehrfach verknotete Telefonkabel bleibt die Nabelschnur zur Außenwelt. Wenn Inga wach ist, telefoniert sie. Ein-, zweimal am Tag mit Wilhelm, noch häufiger mit Lotte. Die Telefonate mit ihr sind anstrengend. Die

Mutter macht sich Sorgen, die Inga dann immer zu entkräften sucht. Was denn die Ärzte sagten, fragt sie jedes Mal. Ob es nicht etwas Neues gebe? Es sei doch merkwürdig, dass man trotz all der Untersuchungen noch immer nichts Genaues wisse. Ob sich denn auch der Chefarzt um sie kümmere? Und was dieses Sauerstoffzelt nur bedeuten solle? Es ist Inga, die ihrer Mutter Mut zusprechen muss, nicht umgekehrt. Selbst eine Grippe ist für Lotte keine harmlose Sache. Die Spanische Grippe hat kurz nach ihrer Geburt Onkel und Tante dahingerafft, und der Bekanntenkreis der Eltern hat sich damals Ende 1919 halbiert. Die Angst hat sich damals von Vater und Mutter auf die kleine Lotte übertragen, die sie wiederum auf ihre eigenen Kinder übertrug. Schon bei erhöhter Temperatur war sie immer in Alarmbereitschaft, rief den Hausarzt auch dann, wenn Hans nur einen harmlosen Sommerschnupfen diagnostiziert hatte. Inga versucht, ihre Mutter zu trösten, so gut es geht. Sie ist in ihrem ganzen Leben nie ernsthaft krank gewesen. Sie hat immer Sport getrieben, sich gesund ernährt, was soll schon sein?

Wilhelm ist da, wann immer er es einrichten kann, manchmal auch nur für ein paar Stunden. An den Wochenenden nimmt er sich ein Zimmer in einer benachbarten Pension und hält die gesamte Besuchszeit, zwei Tage lang, wacker durch. Inga versucht sich dann, so gut es geht, herzurichten. Legt Rouge auf und Lippenstift. Doch der prüfende Blick in den Spiegel ist ernüchternd. Mit etwas Farbe im Gesicht sieht sie zwar nicht unbedingt krank aus, aber immer noch anders, ganz anders, als sie sich in Erinnerung hat. Ihre Augen liegen tief in den Höhlen und erscheinen dabei doch größer, so als wären die Augäpfel geschwollen. Das Gesicht einer Fremden. Sollte

Wilhelm diese Veränderung überhaupt aufgefallen sein, so lässt er es sich nicht anmerken.

Einfach ist es nicht – die Gegenwart des Ehemanns auf dem harten Stuhl vor dem Nachttisch, samstags und sonntags, von morgens um acht bis abends um sieben. Es gibt ja nicht viel zu bereden. In den ersten Stunden geht das Gespräch noch seinen Gang. Wilhelm erzählt ihr von den schulischen Erfolgen Astas. Von den ersten Worten in Schreibschrift, den einfachen Aufgaben in Subtraktion und Addition. Schmerzhafter sind seine Schilderungen der Besuche der Jüngsten bei den Eltern in Schwelte. Das Köpfchen kann sie nun heben und sich auf dem Bauch um die eigene Achse drehen. Löckchen habe sie bekommen und Grübchen, auf den Bäckchen und an den Fingerknöcheln. Sie sehe aus wie frisch aufgepumpt. Inga bittet Wilhelm, ihr Fotos mitzubringen.

Die ältere Tochter hat er gleich nach seiner Rückkehr aus München wieder zu sich geholt. Aber was soll er mit dem Säugling anfangen? Andrea wäre mit dieser Aufgabe doch wohl überfordert. Lotte hat dem Schwiegersohn alle Zweifel genommen, es sei überhaupt kein Problem, dass das Kind noch eine Weile in Schwelte bleibe. Inga müsse erst einmal in Ruhe gesund werden, dann sehe man weiter.

Schon am dritten Tag haben sie es ihm mitgeteilt, einfach so, ohne Vorwarnung, der Oberarzt und der Professor unisono, in sachlichem Ton, mitten ins Gesicht. «Ihre Frau hat Leukämie.»

«Das kann nicht sein», hat Wilhelm reflexhaft geantwortet. Und sofort zu argumentieren begonnen. Noch vor wenigen Tagen sei Inga noch munter ausgeritten, und vor nicht einmal zwölf Wochen habe sie ein gesundes Kind auf die Welt gebracht. Sie sei doch noch so jung, gerade einmal dreißig. «Das glaube ich nicht, das kann ich mir einfach nicht vorstellen.»

Der Professor ist um den Schreibtisch herumgegangen und hat ihm die Hand auf die Schulter gelegt. Und als wäre damit ein Ventil geöffnet worden, hat Wilhelm angefangen zu weinen. Wie ein Kind, wimmernd und laut schluchzend. Noch nie hat er als erwachsener Mann in der Öffentlichkeit geweint, schon gar nicht vor anderen Männern.

Die beiden Ärzte drehten sich zum Fenster und starrten auf den Park an der Isar hinaus, als wollten sie den Fehler in einem Suchbild finden. «Und jetzt? Wie geht es weiter?»

«Sie meinen, der Krankheitsverlauf?», fragte der Arzt und öffnete seinen obersten Hemdknopf.

«Ich meine die Therapie.»

Während der Professor sich wieder auf seinen Bürostuhl setzte und in Ingas Krankenakte blätterte, nannte der junge Kollege die alarmierenden Blutwerte. Er hatte die Zahlen anscheinend auswendig gelernt. Es sei mehr als wahrscheinlich, dass die Krankheit bereits während Ingas Schwangerschaft ausgebrochen war. Die Leukozyten hätten schon einen so hohen Wert, dass von einem akuten Krankheitsverlauf im letzten Stadium auszugehen sei.

Letztes Stadium? Wilhelm verstand nicht, was damit gemeint war, und der Arzt fing noch einmal ganz von vorn an, die Krankheit zu erklären, von der Wilhelm in der Tat nichts wusste. Als Blutpolizei bezeichnete er die weißen Blutkörperchen, die Leukozyten, die in Ingas Organismus anscheinend schon lange in unzulässiger Mannschaftsstärke auf Streife gingen. Eigentlich seien die eine feine Sache und im Normalfall dafür zuständig, Antikörper zu bilden und Krankheitserreger zu zerstören. Doch genau diese Leukos – der Arzt verwendete die Abkürzung wie den Spitznamen eines alten Kumpels – seien es, die sich in ihrer Blutbahn nun täglich auf unheimliche Art vermehrten, sodass die Anzahl der roten Blutkörperchen oder Blutplättchen bereits stark zurückgegangen sei. Dieser Befund sei der Grund dafür, dass man den Krankheitsverlauf als akut bezeichnen müsse.

«Und was nun?»

Hier meldete sich der Professor wieder zu Wort. Wenn Wilhelm damit einverstanden sei, wolle man Inga auf die Isolierstation verlegen und ihr ein Medikament verabreichen, das erst in den letzten Monaten bei Kindern in Amerika Erfolge gezeigt habe. Diese Arznei sei in Deutschland noch nicht zugelassen, und die Kosten dafür müsse Wilhelm privat tragen. Der Hinweis auf irgendeinen wirtschaftlichen Aspekt im Hinblick auf das Gelingen einer möglichen Therapie ließ Wilhelm erschauern. Was war denn das für eine Ethik? Hatten diese Götter in Weiß ihren hippokratischen Eid denn umsonst geschworen?

«Das Finanzielle spielt keine Rolle.» Während er sich diesen Satz sagen hörte, spürte er seinen Herzschlag in den Schläfen pochen. Hatte er Inga damit an diese Männer und ihre Heilkünste verkauft und sie zum Versuchskaninchen gemacht? Sollte man in einem solchen Fall nicht lieber doch erst noch eine zweite Meinung einholen? Nur, wen hätte er fragen sollen?

«Wir dürfen jetzt mit der Behandlung keine Zeit verlieren. Je früher wir anfangen, umso besser», sagte der Professor. «Die Stationsschwester wird die Formalitäten mit Ihnen klären.» Dann schaute er auf seine goldene Armbanduhr.

«Können wir noch etwas für Sie tun?» Der Oberarzt hielt

die Klinke in der Hand, die Tür stand schon offen, da hatte Wilhelm noch eine Bitte.

«Ich wäre gern dabei, wenn Sie es ihr sagen.» Die beiden Ärzte wechselten einen kurzen vielsagenden Blick. «Aus unserer Sicht gibt es keinen Grund, die Patientin einzuweihen. Für einen guten Therapieverlauf ist die Psyche des Patienten entscheidend. Bloß keine Irritationen. Je stabiler er ist, umso aussichtsreicher ist die Behandlung, umso besser schlagen die Medikamente an. Und ...», hier räusperte sich der Oberarzt. «Sollte die Therapie keine Wirkung zeigen, ist Ihrer Frau doch noch eine unbeschwerte Zeit zu wünschen.»

Die Anzahlung für das Arzneimittel aus Amerika muss Wilhelm noch vor der ersten Verabreichung leisten. Wie ist Inga eigentlich krankenversichert? Darüber hat man nie gesprochen. Gar nicht, stellt sich heraus, als er mit den Schwiegereltern telefoniert. Die Ehefrau und auch die Kinder eines Arztes werden seit jeher unentgeltlich behandelt – von den Kollegen. «Nun bring sie doch einfach erst einmal wieder nach Schwelte», meint der Schwiegervater. «Ein Zimmer im Krankenhaus findet sich immer, und einen Infekt können wir hier genauso gut behandeln wie die in Bayern.»

«Ein Transport ist derzeit zu anstrengend für sie», antwortet Wilhelm. Wenn schon Inga nichts über die eigene Erkrankung erfahren darf, gibt es auch erst einmal keinen Grund, die Schwiegereltern einzuweihen.

Notlügen

Während ich auf der obersten Treppenstufe auf meinen Vater wartete, verzweifelte ich an dem Kleid, das mir die Großmutter aufgezwungen hatte. «Kann ich nicht etwas anderes anziehen?» Ich trug ein dottergelbes Frottékleid mit einer dunkelblauen Ente auf der Brust. Die Ente war mit einem durchsichtigen Plastikfaden auf das Vorderteil des Kleides genäht worden, der auf der Rückseite der Applikation an meiner Haut kratzte. «Oder wenigstens ein Unterhemd?»

«Ja, bist du denn jeck? Draußen sind es dreißig Grad. Wie kommst du denn auf diese Schnapsidee?»

«Das Kleid kratzt.»

«Du mit deinem Kratzen! Der Stoff ist doch ganz weich. Nun treib mich nicht zur Weißglut, ich muss noch an den Fiebersaft und die Wärmflasche denken. Und Hände weg von den Taschen! Du bringst nur alles wieder durcheinander, und dann kann ich mit dem Packen von vorn anfangen. Stell dich doch nicht immer so an.»

Immer wenn meine Großmutter Schwierigkeiten damit hatte, ihre Gefühle unter Kontrolle zu halten, wurde der Tonfall, in dem sie mit mir sprach, ungewöhnlich streng. Ich hatte sie an diesem Vormittag etliche Male mit dem hübschen Spitzentaschentuch an ihren Augen herumwischen sehen. Tagelang war sie damit beschäftigt gewesen, meine Besitztümer im Flur aufzustapeln und alles immer wieder neu zu sortieren. Ein paar

Dinge konnten schließlich auch in Schwelte verbleiben, nur welche?

«Möchtest du ein Kuscheltier mitnehmen?»

Diese Frage hätte sich die Großmutter selber beantworten können. Ich kuschelte nicht mit Stofftieren. In meinen Bilderbüchern gab es Kinder, die mit tröstenden Schnuffeltüchern einschliefen und beneidenswerte Zwiegespräche mit einäugigen Stoffhasen führten – so einen Trost hätte ich auch gern gefunden. Ich hatte mir alle Mühe gegeben. Dem Pinguin aus der Schaufensterdekoration des Elektrowaren-Geschäfts, den mein Großvater beim Kauf eines mechanischen Handstaubsaugers der Marke Leifheit für mich abgestaubt hatte, nannte ich auf sein Anraten hin Ping. Doch wenn man ihn umarmen wollte, knisterten in ihm alte Zeitungen, genauso wie in dem gigantischen Bären mit dem kleinen Plastikzylinder auf dem Wasserkopf. Der roch nach Nagellackentferner. «Ach du meine Güte, was ist das denn für ein Ungetüm?», hatte die Großmutter entsetzt ausgerufen, als ich den Hauptgewinn der Tombola auf der Schwelter Herbstkirmes entgegennahm. «Dreimal darf ich raten, wer dieses Monster nun nach Hause tragen muss.»

Uli, der Freund meines Vaters, brachte mir bei jedem Besuch ein Stofftier der Marke Steiff mit. «Das ist noch deutsche Wertarbeit. Wie naturgetreu die schwarzen Tatzen nachgebildet sind, diese grauen Löckchen und der liebe Blick», sagte mein Großvater anerkennend über den sitzenden Pudel mit den flauschigen Ohren und dem leicht schräg gestellten Kopf. Man konnte seine Haltung nicht verändern, er war zu klobig, um ihn auf den Arm zu nehmen, und zu hart, um ihn an sich zu drücken, machte also dem Namen der Firma auf dem gelben Fähnchen, das mit einer silbernen Niete in seinem rechten Ohr befestigt war, alle Ehre. Daher wurde der Hund namenlos auf das Kajütenbett gestellt, wo er neben zwei versteinerten Seerobben, einem stehenden Schaf mit rosa Filzzunge, einem Elefanten aus braunem Leder und einer zusammengerollten Katze verstaubte.

Nein, ich wollte nichts mitnehmen. Ich wollte, dass in meinem Zimmer alles so blieb, wie es immer gewesen war, mit mir in der Mitte auf dem Perserteppich. Die Anordnung der Bücher und Spielsachen sollte nicht verändert werden. Gar nichts sollte verändert werden, nie. Auch ich wollte mich nicht verändern. Am besten nicht mehr wachsen, aber erst recht nicht umziehen. Ich wollte für immer in diesem Zimmer an meinem niedrigen Tisch sitzen und mich still verhalten, niemanden stören, keinen Lärm machen und keine lästigen Fragen stellen, wenn ich nur einfach weiter dort wohnen durfte, wo ich immer gewohnt hatte. Aber genau das sollte ab heute nicht mehr sein.

«Das war die Bedingung», hatte ich meine Großmutter sagen hören, als meine Tante Uta sie beschworen hatte, doch noch einmal mit Wilhelm zu reden. «Es war doch von Anfang an ausgemachte Sache gewesen. Sie sollte bei uns bleiben, bis sie in die Schule kommt. Warum fängst du jetzt schon wieder damit an? Du warst doch dabei, als er den Vorschlag gemacht hat, damals.» Dann hatte ich ein lautes Schluchzen der Großmutter gehört und nachher ihr kräftiges Schnäuzen. «Was soll ich denn jetzt tun? Ich kann doch einen Vater nicht davon abhalten, seine eigene Tochter zu sich zu holen.»

Daraufhin war es eine Weile still geblieben im Wohnzimmer. Ich hatte im Flur die Luft angehalten und das Ohr fest an die kalte Tür gepresst.

«Mami, ich will nicht, dass du dir noch mehr Sorgen machst als ohnehin. Aber es ist ihr auf Norderney wirklich nicht gutgegangen. Wilhelm hat sie bestimmt gern, aber er hat wenig Zeit und auch keine Geduld für so ein kleines Kind. Mit Asta hat er schon genug um die Ohren, und die ist im Übrigen auch nicht gerade erpicht darauf, dass ihre kleine Schwester ihr den Vater streitig macht. Willst du nicht doch noch einmal mit ihm reden? Vielleicht mag er sich nur keine Blöße geben und fühlt sich in der Pflicht, einen alten Vertrag zu erfüllen, und würde jetzt gern zurücktreten. Ob Papi ihm nicht noch mal auf den Zahn fühlen kann?»

«So ein Quatsch. Du kennst doch deinen Vater, der würde sich eher die Zunge abbeißen, als seinen Schwiegersohn in ein solches Gespräch zu verwickeln.»

Das Bild von der abgebissenen Zunge im Mund meines Großvaters verfolgte mich noch tagelang.

«Wenn sie am Wochenende zu euch kommt, freut sie sich bestimmt, wenn sie all ihre Sachen um sich hat. Wir kaufen einfach alles neu.» Mein Vater hatte nur den kleinen Koffer mit dem Waschzeug und einem Schlafanzug zum Auto gebracht und blieb dann da, während die Großmutter nach mir suchte. Großvater hatte sich den ganzen Vormittag nicht blicken lassen. Nach dem Frühstück, bei dem keiner etwas gesagt hatte, war er im Keller verschwunden.

«Das ist jetzt kein Spiel mehr, Suse», hatte sie gerufen. «Dein Vater hat es eilig. Komm sofort aus deinem Versteck.» Ich hörte sie über den Dachboden trippeln und alle Schränke in der Wohnung öffnen. Immer ungeduldiger rief sie mich. Erst als sie mit tränenerstickter Stimme im Schlafzimmer «Nun mach es mir doch nicht noch schwerer, als es ohnehin schon ist» rief, hatte ich den Deckel der Wäschetruhe angehoben, wo ich mich eine geschlagene Stunde unter Großvaters Nacht-, Ober- und Unterhemden versteckt hatte.

«Ach, Susekind, was machst du denn für Quatsch? Jetzt lass

uns aber mal vernünftig sein. In fünf Tagen sehen wir uns doch schon wieder.»

Als die Großmutter auf dem Rücksitz des Mercedes den Sicherheitsgurt um mich legte, wurde es dunkel. Eine gigantische Gewitterwolke hatte sich wie schwarze Watte vor die Sonne geschoben. Pippi Langstrumpf glaubte daran, dass ihre Mutter ihr von einer Wolke aus zuschaute, und die kleine Hexe wurde auf diese Weise von der Muhme Rumpumpel ausspioniert. Ich hatte Angst. Gleich würde das Auto mit mir vom Parkplatz rollen und durch das grüne Tor links auf die Hauptstraße abbiegen. Dann wäre ich so auf mich allein gestellt wie die Helden in meinen Kinderbüchern. Pinocchio, Karlsson vom Dach, der kleine Wassermann, das kleine Gespenst und ich, wir hatten jetzt etwas gemeinsam: die Einsamkeit.

«Du wirst sehen, Lotte», sagte mein Vater und gab ihr zum Abschied die Hand. «Schon an der nächsten Ecke hat sie euch vergessen.» Diesen Satz sollte er jahrelang wie ein Mantra bei jedem Abschied wiederholen. Notlügen sind erlaubt, sagte mein Vater, wenn man ihn bei einer Unwahrheit ertappte. Kindern aber war das Lügen strengstens verboten. In welche Notlage hätten die auch kommen sollen?

2

Anämie – eines Tages hat man Inga mit dieser Diagnose abgespeist. Eine dürftige Vokabel für ihre körperliche Schwäche, das Nasenbluten, das Fieber, das Herzrasen und die Kurzatmigkeit. Für den plötzlichen Haarausfall und die wackelnden Zähne. Ingas rechter Schneidezahn war mit einem Mal grau geworden und dazu noch taub. Das Sauerstoffzelt wurde wieder aus dem Zimmer gerollt. Sie darf sich nun auch anziehen, über die Krankenhausflure gehen, in die Cafeteria und sogar im Park herumspazieren.

Woher die Blutarmut rührt, kann ihr immer noch keiner erklären. Ständig gibt es nun Bluttransfusionen. Wer hätte gedacht, dass ein Blutaustausch so anstrengend sein kann wie ein Tausendmeterlauf? Ist das frische Blut aber erst einmal durch ihre Adern gepumpt, geht es ihr plötzlich wieder so gut, als sei die rätselhafte Krankheit verflogen. Mit der Diagnose haben sich auch die Telefongespräche mit Lotte verändert. Es gibt keine bohrenden Fragen mehr, sie macht ihr Aussichten auf baldige Heilung und kündigt Besuche an. Gut gelaunt wirkt sie auf Inga, auch wenn ihre Stimme bei all der neuen Zuversicht merkwürdig zittert. Kann man so eine Blutarmut nicht auch in Schwelte behandeln? Darüber ist aber mit Wilhelm nicht zu reden. Der Professor hier sei *die* Koryphäe für Hämatologie in ganz Europa. Inga in irgendein hinterwälderisches Dorfkrankenhaus zu verlegen, das komme ja überhaupt nicht in die Tüte.

Uta reist regelmäßig aus Oberstdorf an, sie nutzt dazu jeden ihrer freien Tage. Der Weg ist ja nicht weit, sie kommt nun fast jedes Wochenende. Die Bluttransfusionen werden auf die Donnerstage gelegt, so kann Inga frisch und erholt mit ihrer Schwester, den Eltern und auch Wilhelm ausgehen, in die Münchener Innenstadt, zum Kuchenessen oder Einkaufen. Für die schönen Biergärten ist es leider schon zu kühl. Der November ist zwar sonnig, zu warm für die Jahreszeit, aber draußen sitzen kann man auch nicht mehr. Inga wird bei jedem Ausflug in dicke Jacken gehüllt und mit einem Schal ausgerüstet, eine Verkühlung muss in ihrem Zustand unbedingt vermieden werden. Wenn die Eltern nach München fahren, bricht Uta von Bayern aus nach Schwelte auf, um ihre jüngste Nichte zu hüten.

«Gib sie mir doch mal», bittet Inga am Telefon die Mutter. Die Sehnsucht nach der kleinen Tochter ist schlimmer als alle Krankheitssymptome. Lotte nimmt das Kind aus dem Bettchen und hält ihm den Telefonhörer ans Ohr. Dann kann Inga ihr Kind atmen hören. «Hier ist deine Mami.» Lotte behauptet, der Säugling würde lächeln, wenn er die Stimme der Mutter höre.

Hans lässt immer schön grüßen. «Du weißt doch, Inga, der Papi hat es nicht so mit dem Telefonieren.»

Die erste Krankenhausrechnung landet nach acht Wochen auf Wilhelms Schreibtisch. Fünfunddreißigtausend Mark. Da kann der Sekretärin doch nur ein Kommafehler unterlaufen sein! Doch die Auflistung aller Posten lässt keinen Raum für Zweifel.

«Bist du gerade dabei, ein Krankenhaus zu kaufen?» Karl ist ins Büro eingetreten, schaut Wilhelm über die Schulter und kratzt sich nachdenklich an der Wange. Wilhelm hört das knisternde Geräusch der Barthaare unter seinen Nägeln. Man kann so alt werden, wie man will, und bleibt doch ein Leben lang der kleine Bruder. Was geht das Karl jetzt an? Allenfalls über die wirtschaftlichen Entwicklungen in der Firma schuldet er ihm Rechenschaft. Ärgerlich genug. Geht was schief, ist immer er, Wilhelm, der Schuldige. Und zieht er einen Großauftrag an Land, wird der sofort Karls Ingenieurskunst zugeschrieben. «Was täten wir nur ohne Karl?», pflegt seine Mutter mit salbungsvoller Miene zu sagen. «Der hat das Talent, das handwerkliche Geschick von seinem Vater geerbt. Ohne den wären wir längst verhungert.»

Bevor Wilhelm sich überlegt hat, ob er den Bruder einweihen oder zu einer Notlüge greifen soll, ist Karl auch schon wieder verschwunden, ohne ein weiteres Wort. Wie lange seine Schwägerin schon im Krankenhaus liegt und warum, fragt er nicht, eine Notlüge ist also nicht vonnöten. Dabei greift Wilhelm nicht selten zu Notlügen. So wichtig ihm Aufrichtigkeit bei anderen ist, seine persönlichen Angelegenheiten sind nun einmal kompliziert und erlauben allerlei Ausnahmen. Es gibt Dinge, die man besser nicht unnötig breittritt, will man nicht Unfrieden und Unheil stiften. Sie würden erst wahr werden, wenn man sie ausspricht. Natürlich muss man für all die vielen Ausreden und kleinen Tatsachenkorrekturen ein gutes Gedächtnis haben, damit sie sich einem nicht wie Fallstricke um die eigenen Füße wickeln.

Wilhelm öffnet die rechte Tür seines Schreibtisches und genehmigt sich einen anständigen Schluck Fernet-Branca, direkt aus der Flasche. Dieses Leben schlägt ihm auf den Magen. Wenn er etwas getrunken hat, fällt es ihm leichter, an Wunder zu glauben. Und Wunder hat er nötig, dringend nötig.

Er studiert wieder die Zahlenkolonnen auf der Krankenhausrechnung. Das Sauerstoffzelt und das Einzelzimmer sind mit stolzen Beträgen aufgelistet, allein das Medikament aus Amerika macht über die Hälfte der Summe aus. «Was nichts kost', das ist auch nichts», einer der Lieblingsaussprüche seiner Schwiegermutter Lotte. Der Umkehrschluss gilt leider nicht. Am Anfang der Therapie hatte es zunächst noch gut ausgesehen. Die Leukozytenzahl sank täglich, die Beschwerden ließen nach, lediglich der Haarausfall wurde schlimmer, eine Nebenwirkung, die Inga stark zusetzte. Entgeistert zeigte sie ihm die Büschel Haare, die sie täglich aus ihrer Bürste pflückte. «Wenn das so weitergeht, bin ich bald kahl.»

Und der Haarausfall ängstigte ihn fast noch mehr als sie. Der Verlust ihrer auffälligen blonden Lockenpracht ist ein Zeichen von Endlichkeit, dem er mit demonstrativem Optimismus begegnet. Ob er als Schauspieler halbwegs überzeugend wirkt?

«Wenn das hier überstanden ist, Strubbelchen, stehen dir die Haare nach dem Reiten nur umso wilder vom Kopf ab.» Um ihrem prüfenden Blick zu entgehen, nimmt er sie schnell in den Arm und drückt sein Gesicht in ihre Halskuhle.

Die Anzahl der weißen Blutkörperchen dezimiert sich jedoch immer nur direkt nach der Einnahme des Medikaments, das alle vier Tage verabreicht wird. Am dritten Tag sind die Blutwerte wieder so schlecht wie zuvor, am vierten noch schlechter. Nach Wilhelms Abreise aus München schlägt Inga die Isolierstation täglich stärker aufs Gemüt. Sie isst nicht mehr und wird zunehmend apathisch.

Letztes Wochenende haben ihn die Ärzte davon in Kenntnis gesetzt, dass sie die Therapie beenden mussten. Keinerlei

Langzeitwirkung hat sich nach den zwei Monaten gezeigt, leider Gottes.

Mit Gott hadern? Unsinn. Aber hat er je an diesen eingreifenden Gott geglaubt? Obwohl Marianne zetert und schimpft, schickt er sie von nun an mit Karl in die Kapelle und bleibt dem Gottesdienst fern. Und kann oder will auch der Bruder nicht mit in die Kirche gehen, wird der Mutter kurzerhand ein Taxi bestellt.

«Aber einen Versuch war es wert», hat der Oberarzt noch gesagt, ganz so, als habe sich ein Saucenfleck in der chemischen Reinigung trotz Spezialbehandlung nicht aus dem Smokinghemd entfernen lassen. Dann hat er auf den Knopf seiner Freisprechanlage zum Vorzimmer gedrückt: «Fräulein Gundi, bringen Sie Herrn Rautenberg bitte mal ein Glas Wasser.»

«Machen Sie sich mit Ihrer Frau noch ein paar schöne Monate.» Wilhelm traut seinen Ohren nicht. Was hat ihm der feine Herr in dem weißen Kittel da gerade in aller Beiläufigkeit mitgeteilt? Er ist kurz davor, dem Kerl an die Gurgel zu gehen. Kann einen dieser Beruf, der tägliche Umgang mit himmelschreiender Ungerechtigkeit, körperlichen Qualen, seelischen Schmerzen so abstumpfen lassen, dass man sich selber nicht mehr reden hört? Hier liegt eine zweifache Mutter in der Blüte ihres Lebens im Sterben, seine schöne Inga, sein lieber Strubbel, seine Ehefrau.

Ach, es hilft ja alles nichts.

Acht Wochen hat er an nichts anderes mehr denken können und sich die Frage doch nie gestellt, zu pathetisch tönt sie, selbst unausgesprochen, in seinem Kopf. «Wie viel Zeit bleibt ihr noch?»

«Hier im Klinikum haben wir die beste Dialyseversorgung. Bei regelmäßigem Blutaustausch können wir die Sache noch ein gutes halbes Jahr in die Länge ziehen.»

Ein halbes Jahr und ein gutes ... Womit hat Wilhelm gerechnet? Er ist nicht überrascht, und doch treffen ihn die endgültigen Worte mit der Kraft eines Kinnhakens. Aber noch in der tiefsten Verzweiflung sieht er einen Hoffnungsschimmer. Bluttransfusionen, an denen soll es nicht mangeln. Wenn das Blut nur regelmäßig ausgetauscht wird, sind doch immer genügend rote Blutkörperchen in Umlauf.

«Am Geld soll es nicht liegen. Kann man mit regelmäßigem Blutaustausch nicht auf Dauer weiterleben? Dialysepatienten kriegen doch auch jahrelang gespritzt, was sie brauchen, nicht wahr?»

Hat der junge Arzt etwa schon wieder verschämt auf die Uhr gesehen? Denkt der an seinen Feierabend, während hier über Ingas Lebenserwartung geredet wird? «Nimm dich nicht so wichtig, du bist nur einer von vielen.» Wie häufig hat er diese Ermahnung als Kind von seiner Mutter hören müssen?

Aber auch die noch so schwache Hoffnung wird sofort durch die sachlichen Ausführungen des Oberarztes erstickt. Bluttransfusionen seien leider nicht unbegrenzt lange durchführbar. Für einen angeschlagenen Organismus sei diese Prozedur ein dauernder Angriff auf die physische Stabilität. Hinzu komme bei einem derart geschwächten Immunsystem die wachsende Gefahr von Infektionen. «Wenn ich Sie wäre, würde ich meine Frau mit nach Hause nehmen. Sie spricht von nichts anderem, als dass sie ihre Kinder um sich haben will. Selbst wenn die Versorgung im Ruhrgebiet nicht optimal sein sollte, so wie hier, machen drei oder sechs Monate wirklich den entscheidenden Unterschied? Es geht doch um

Lebensqualität. Denken Sie doch auch an das seelische Wohlergehen Ihrer Frau. Bringen Sie Ihre Frau unter Leute, das ist jetzt die beste Medizin. Unternehmen Sie etwas mit ihr, das ihr Freude macht. Wenn ich Sie wäre …»

Dieser Mann ist aber nicht er, und er kann sich auch nicht annähernd in Wilhelms Lage versetzen.

«Ich brauche Zeit», sagt Wilhelm beschwörend, ganz so, als wäre mit dem Arzt zu verhandeln wie mit Gevatter Tod im Märchen. Von nun an kommt es auf jede gemeinsame Stunde, jede Sekunde Lebenszeit an.

Wilhelm denkt an das bevorstehende Weihnachtsfest mit Inga, daran, wie dieses furchtbare Jahr wohl zu Ende gehen wird, und an die nächsten Sommerferien, allein.

Urteil

«Na, was sagst du nun? Freust du dich?» Mein Vater hatte den kleinen hellblauen Koffer vor mir hergetragen, durch die Diele, treppauf und treppab, zum Anbau hin. Wir durchquerten sein Schlafzimmer, an dessen Längsseite eine schmale Tür mit Glasscheibe zu meinem Zimmer führte. Es war immer noch derselbe kleine Holzkasten, den die Tischler der Firma Rautenberg zu Astas Geburt auf die angrenzende Terrasse gezimmert hatten. Asta war inzwischen unters Dach gezogen. Der ausgebaute Dachboden, aus dem Mariannes Heißmangel hatte weichen müssen, war nun ihr Jugendzimmer. Die Mangel stand in Mariannes Wohnzimmer und versperrte ihr den Weg zu ihrem durchgelegenen Sofa. Asta war aus dem väterlichen Schlafzimmer verbannt worden, als sie vor einigen Monaten ihre Periode bekommen hatte. Höchste Zeit, die Tochter aus dem Ehebett zu entfernen, in dem sie sechs Jahre lang gemeinsam genächtigt hatten – was sollten denn die Leute denken? Der Entschluss war Wilhelm nicht leichtgefallen. Aber Asta war nun kein Kind mehr. Und die kleine Tochter würde ihn über den Verlust der Nähe zu der großen nicht hinwegtrösten können. Für Asta war der väterliche Entschluss eine doppelte Kränkung. Erst die Verbannung aus dem Paradies, dann das Auftauchen dieses Quälgeistes, der ihr ab sofort den Vater streitig machen würde.

Mein Kinderzimmer war komplett neu eingerichtet, und so roch es auch: nach frischem Tapetenleim und fabrikneuem Stoff.

Mein Vater hatte mir ein Kajütenbett gekauft. Es war ein ganz ähnliches Modell wie das, in dem ich in Schwelte schlief, nur in Grün anstatt Rot, aber auch mit dem passenden Schrank und dem dazugehörigen Schreibtisch.

«Ja, freust du dich denn überhaupt nicht?» Mein Vater sah mich enttäuscht an. «Doch.» Ich ließ mich auf die grün karierte Matratze plumpsen und zog die Gardinen der Kajüte zu. Die Ähnlichkeit, die diese vollgestopfte Abstellkammer mit meinem Kinderzimmer bei den Großeltern hatte, verstärkte das Heimweh nur. Mein Vater ging hinaus, seine Schritte wurden leiser, bis ich ihn im Wohnzimmer mit jemandem reden hörte, den ich an diesem Tag noch nicht zu Gesicht bekommen hatte. Oma Marianne?

Als ich erwachte, war es schon ziemlich dunkel in meiner Koje. Was jetzt wohl die Großmutter in Schwelte machte? Ich schaute auf meine neue Armbanduhr, die mir Großvater zum sechsten Geburtstag geschenkt hatte. Linus und sein Hund Snoopy, der im Sekundentakt auf dem Dach seiner Hundehütte auf und ab hüpfte. Es war genau sieben. Jetzt saßen die Großeltern vor dem Fernseher und aßen Butterbrote. Ob es hier auch ein Fernsehgerät gab? Ich machte mich auf die Suche nach meinem Vater. Schlafzimmer, Kaminzimmer, Wohnzimmer, Esszimmer, alles leer, auch in der Küche war niemand. Ich brauchte meine ganze Kraft, um die Tür des mannshohen Kühlschranks zu öffnen. In dem Moment hörte ich Oma Marianne die Treppe herunterschlurfen.

«Kind, was machst du da?» , fragte sie. «Hast du Hunger? Komm mit. Ich hab Kaltschale gemacht.» Was das wohl war? Eine kalte Schale?

Die Oma setzte mich an ihren Küchentisch im Obergeschoss und holte eine Schüssel von der Anrichte, in der eine zähflüssige

Suppe schwappte, bunte Obststücke schwammen darin. Sie war nicht kalt, sondern zimmerwarm und schleimig.

«Kann ich Brot haben?»

«Das hätte ich mir denken können», sagte Oma und reichte mir eine einzelne Scheibe Graubrot, die sie aus einer Plastiktüte nestelte. Das Brot schmeckte sauer und war so trocken, dass ich am Ende doch noch einen weiteren Löffel von der komischen Suppe nahm.

«Darf ich was trinken?»

Sie öffnete den Küchenschrank, in dem unzählige Einmachgläser mit grauen Gurken, braunem Obst und rostfarbenem Kraut standen, und holte vom oberen Bord eine Tasse hervor, die sie unter den Wasserhahn hielt.

«Kann man das Wasser, mit dem man sich wäscht, denn auch trinken?», fragte ich erstaunt. Oma schaute mich lange an, dann schüttelte sie den Kopf und wandte sich dem Abwasch zu. Ich nahm trotzdem einen kleinen Schluck aus der Tasse. Oma bewegte sich wie in Zeitlupe, sie hob die Pantoffeln kaum vom Linoleum. Schlapp, schlapp. Jeder Handgriff, den sie in der winzigen Küche tat, war so, als ob sie ihn nur widerwillig und zum letzten Mal verrichtete.

«Zeit fürs Bett», verkündete sie, als sie das Geschirr abgetrocknet hatte.

«Wo ist Vater?»

«Das weiß ich nicht. Aber warten kannst du nicht auf ihn, das wird zu spät.»

Ich fragte mich, wo er um diese Uhrzeit wohl sein mochte, es war doch schon Abend. Großvater ging immer nur zum Einkaufen allein aus dem Haus, aber nie abends.

«Ich bin noch gar nicht müde», sagte ich. Da trocknete sich Oma ihre Hände an der Schürze ab und nahm ein dickes gelbes

Buch vom Küchenregal. Sie setzte sich mir gegenüber an die geblümte Tischdecke und schlug das Buch in der Mitte auf. Was war das wohl für ein Buch, bei dem man nicht am Anfang zu lesen begann? Ein Märchenbuch? Omas Brille rutschte, während sie las, langsam auf ihre imposante Nasenspitze. Die Brillengläser waren verschmiert, beinahe milchweiß, ein kleines Rechteck war am unteren Brillenrand ins Glas geschliffen. Sie musste ihren Blick beim Lesen auf diesen Ausschnitt konzentrieren, um die Buchstaben zu entziffern, was ihr nicht leichtfiel.

Im Gegensatz zur Schwelter Großmutter las sie stockend, ohne Betonung. Sie leierte den Text herunter, nicht im Geringsten um Aufmerksamkeit bemüht. Auch schaute sie beim Lesen nicht auf und zu mir herüber und stellte mir auch keine Fragen, so wie ich es von den Großeltern gewohnt war. Die Geschichte, die sie mir vorlas, handelte von einem jungen Mann mit roten Haaren. Der Mann hatte in seinem Leben nicht mehr zu tun, als jeden Tag seine schönen Haare zu kämmen. Er ließ sie lang wachsen und betrachtete sich ständig im Spiegel. Am Ende der Geschichte musste der selbstverliebte Jüngling auf einem Pferd vor den Feinden fliehen. Er blieb aber in wildem Ritt mit seiner Haarpracht an einem Baum hängen und starb.

«Eitelkeit wird Gott bestrafen», sagte Oma, als sie die Kinderbibel zuklappte. Ich war froh, dass die Geschichte zu Ende war, und lehnte ihr Angebot ab, mir noch eine weitere vorzulesen.

«Wo ist mein Waschlappen?»

Oma Marianne verstand mich nicht. «Davon hab ich mehr als einen», murmelte sie.

«Ich meine den rosa Lappen, meinen eigenen, den nassen, mit dem ich mich immer wasche.» Ich war mir sicher, dass es auch im Haus meines Vaters so wie bei Großmutter einen angefeuchteten Waschlappen gäbe, der auf dem Waschbeckenrand auf mich wartete, neben der Zahnbürste mit der rot-weiß gestreiften Zahnpastawurst.

«Es wird das Beste sein, ich steck dich jetzt mal in die Wanne», sagte Oma kurz entschlossen, lief ins Bad nebenan und ließ laut gurgelnd heißes Wasser in ihre dunkelgrüne Badewanne ein. Grün wie die Fliesen war auch der Badezusatz, von dem sie einen gehörigen Schuss in das Wasser gab, bis ein Schaumgebirge mit vielen unterschiedlich hohen Gipfeln entstand. Als ich mich auszog, musterte sie mich. «Was bist du nur für ein spiddeliger Hering? Hast du bei deinen Großeltern nichts auf die Gabel bekommen?»

Ich schämte mich, so ganz nackt vor ihr zu stehen – schließlich kannten wir uns kaum. Sie sah mich mit zusammengekniffenen Augen von Kopf bis Fuß an und machte noch ein paar Bemerkungen über meine Hühnerbrust, meine Plattfüße, meine blasse Haut und mein Hohlkreuz. «Also, nach deinem Vater kommst du schon mal nicht.»

Der Badeschaum knisterte, als ich ein Bein in die Wanne steckte. Das Wasser war viel zu heiß, aber ich traute mich nicht, mich zu beschweren. Als ich bis zum Kinn im Badewasser saß, kam Leben in die Oma. Sie verteilte einen Klecks Apfelshampoo auf meinem Kopf und begann, kräftig meine Kopfhaut zu massieren. Mit festem Griff drückte sie meine Schläfen und bearbeitete mit ihren spitzen Fingerknöcheln meine Haarwurzeln. Erneut schüttete sie eine große Portion Shampoo auf meinen Scheitel, rieb es in meine Ohren und knetete mit ihren hornhautüberzogenen Fingerkuppen meinen Nacken. Das Shampoo brannte in den Augen, und ich begann zu weinen. Aber das bemerkte sie nicht, oder sie ignorierte es, so sehr war sie auf den Vorgang der gründlichen Reinigung konzentriert. Als sie allen Schaum mit voll aufgedrehter Handbrause aus meinem Haar gewaschen hatte, nahm sie eine ovale Bürste mit langem Holzgriff von einem Haken an der Wand und schrubbte mir damit kräftig den Rücken. In dem Moment öffnete sich die Badezimmertür ein paar Zentimeter. Ich sah Asta durch die Tür linsen, einer ihrer Zöpfe baumelte kurz durch den Spalt, dann schloss sich die Tür wieder lautlos. «Hinstellen!», rief Oma. Der Waschlappen war so groß wie ein Gästehandtuch. Mit so einem Ding wusch der Großvater samstags sein Auto. Sie zog den Frottéstoff über den Zeigefinger und drehte mir damit in den Ohren herum, rubbelte unter meinen Achseln und strich mir dann durch die Poritze. «Hinsetzen!»

Dann nahm sie sich meine Füße vor. Sie packte den Lappen mit beiden Händen und fuhr mir wie mit einer stumpfen Säge durch alle Zwischenräume meiner Zehen. Anschließend reinigte sie gründlich meine Fußnägel, einen nach dem anderen, mit den eigenen Fingernägeln, die gräulich waren und stumpf, mit tiefen Längsrillen.

«Hinstellen!», befahl sie erneut, dann wickelte sie mich in ein großes Badehandtuch ein, das sie mir über den Kopf zog, und frottierte mich ab vom Scheitel bis zur Sohle. «So, jetzt bist du sauber.»

Als die Sonne hinter den Gardinen meines neuen Kinderzimmers in blassem Hellblau über Bauer Heidkötters Weide erschien und die Spatzen auf der Terrasse zu zwitschern begannen, erwachte ich. Ich blieb so lange liegen, bis ich die ersten Geräusche in der Küche wahrnahm. Im Schlafzimmer nebenan schnarchte der Vater im Tiefschlaf und japste nach Luft, rapp-rapp-schnapp. In der Küche räumte Andrea die Spülmaschine aus.

«Schön, dass du da bist!», rief sie und breitete ihre Arme aus, als ich barfuß und im Schlafanzug in die Küche kam. «Warum bist du denn schon so früh auf den Beinen? Die Einschulung ist doch erst morgen.» Wir deckten gemeinsam den Tisch, holten die Eier aus dem Hühnerstall hinter dem Haus, und ich durfte das Kaffeepulver in den Porzellanfilter auf der silbernen Thermoskanne schaufeln. Asta kam herein und schmierte sich ein Marmeladenbrot, das sie im Stehen aß. «Na, du Gnom, bist du noch schön sauber?», fragte sie mich und grinste breit. Offenbar hatte ich durch das Reinigungsritual für sie gewonnen. Dann fuhr Andrea sie zum Gymnasium in die Stadt.

«Ich hab's mir überlegt, ich möchte doch lieber wieder bei den Großeltern wohnen.»

Der Vater ließ die Zeitung sinken und schaute mich freundlich an. Er zögerte einen Moment, wollte etwas erwidern, nahm dann aber erst noch einen Schluck Kaffee. Plötzlich sah er ganz traurig aus, am liebsten hätte ich ihn umarmt, wenn er mir nur nicht so fremd gewesen wäre.

«Entschuldige, es ist schön bei dir, aber ich glaube, ich möchte trotzdem lieber wieder nach Hause», sagte ich, als er wieder in sein Brötchen biss. Als er fertig mit Kauen war, hatte er sich gefasst.

«Das hier ist jetzt dein Zuhause – Asta, deine Oma und ich. Du wirst dich an uns gewöhnen. Wir brauchen alle nur ein bisschen Zeit.»

Mein Vater tat mir leid. Er wollte mit mir zusammen sein, aber ich nicht mit ihm. Er hatte mir ein Zimmer eingerichtet und wollte mir neue Kleidung und Spielsachen kaufen. «Wie undankbar du bist», das hatte auch Großmutter schon häufig zu mir gesagt. Ich wollte den Vater nicht kränken, aber jetzt wurde es langsam Zeit, wieder nach Schwelte zu kommen. Zum Mittagessen könnte es Pfannekuchen geben, und der Großvater würde dazu Raubrittergeschichten erzählen, in denen Ritter Karl und Ritter Wilhelm von ihrer Felsenburg hoch über dem Rhein auf ihren Baumaschinen herunterkamen, um die Kutschen der Edelleute zu überfallen und Gold und Edelsteine zu erbeuten.

«Ich hab dich lieb», sagte ich, dabei wusste ich gar nicht, ob das stimmte. Der Vater sollte sich nicht schlecht fühlen. «Aber bitte fahr mich jetzt nach Hause. Ich komme dich bald wieder besuchen.»

Da hörte der Vater auf, in seinem Kaffee zu rühren, und erhob sich wortlos. In der Tür zum Flur drehte er sich noch einmal um. Seltsam, sein Haaransatz war ein paar Zentimeter nach hinten gerutscht mitsamt seinen Ohren, die jetzt flach am Kopf anlagen. Wie oft noch sollte ich dieses unheilverkündende Körperphänomen der rückwärts rutschenden Kopfhaut an ihm beobachten? Zwischen Sanftmut und Befehlston konnte er, ohne Vorwarnung, alle Register ziehen. Vielleicht gehört es zu den Talenten erfolgreicher Dressurreiter, die Gangart im Bruchteil einer Sekunde wechseln zu können. Sein entschlossener Blick, dieses Funkeln, das er Asta vererbt hatte, ließ mich zusammenzucken. «Von Montag bis Freitag wohnst du bei mir, an den Wochenenden bei deinen Großeltern. Morgen beginnt die Schule. So ist das ab jetzt, und darüber lasse ich nicht mit mir diskutieren. Du wirst dich daran gewöhnen.»

«Du hast gesagt, wenn es mir hier nicht gefällt, darf ich wieder nach Hause», jammerte ich in den Telefonhörer. Ich hörte, wie Großmutter tief Luft holte. Das Telefon stand auf einem kleinen Tisch vor dem Panoramafenster mit Blick auf das Ruhrtal. Die Telefonnummer der Großeltern hatte ich auf Norderney auswendig gelernt.

«Nein, das habe ich nicht. Das bildest du dir ein», sagte Großmutter energisch. «Du musst dir jetzt mal ein bisschen Mühe geben. Gleich kommt doch auch Asta aus der Schule, und morgen ist dann dein großer Tag. Es geht nicht, dass du uns den ganzen Vormittag über anrufst und ständig die Leitung belegst. So kann uns kein einziger Patient erreichen. Nun sei schön tapfer, ich leg jetzt auf.» Als ich die Nummer wieder wählte, war der Anschluss besetzt. Und so blieb es, bis Andrea mich zum Mittagessen rief.

3

Die laute Stille der Dunkelheit ist kaum zu ertragen. Nachts kommen die Geister. Wenn alle Kranken Ruhe geben, sich auf ihre Schmerzen, die seelischen und die körperlichen, konzentrieren, still weinen und lautlos sterben – gestorben wird immer in der Nacht –, liegt Inga wach. Sie denkt dann an die Hunderte – oder sind es über tausend? – Menschen, die zusammen mit ihr in diesem Labyrinth vegetieren. Sie stellt sich diese unzähligen Leidenden hinter den Mauern und Türen vor, deren einzige Gemeinsamkeit die gestreifte Klinikbettwäsche ist, in der sie sich alle und doch jeder für sich herumwälzen.

Wenn man sich wenigstens sein eigenes Plumeau mitbringen dürfte und die leichte Satinbettwäsche aus dem eigenen Schlafzimmer. Aber nein, die unkomfortable Liegestätte macht hier alle Menschen gleich, so wie die kratzige Kluft die Häftlinge im Gefängnis.

Und mag es nachts auch noch so still sein, irgendetwas summt immer im Inneren dieses Kranken-Bergwerks, brummt leise und vibriert. Wie verwinkelte Stollen gehen die Flure auf jedem Stockwerk in alle Himmelsrichtungen ab, um dann wieder jäh abzubiegen oder in Sackgassen zu enden. Inga hat den Grundriss des Klinikums, seinen Aufbau, immer noch nicht begriffen. Selbst nach drei Monaten verläuft sie sich in dem Gebäude wie in einem Irrgarten. Das Herzstück sind die Lifte, zwei Personen- und zwei Lastenaufzüge. Sie verbinden die Welt der Gesunden vor der Pforte mit der der Menschen auf der Intensivstation. Die der Besucher mit den Moribunden an den Lungenmaschinen, den chronisch bettlägerigen Greisen, den jungen Frauen im Wochenbett und den Frühgeburten, die mit verbundenen Kaulquappenaugen in ihren Brutkästen schlafen.

«Abteilung Inneres» steht auf dem großen Schild an der Glastür. Als ob nicht jede Krankheit irgendwie innerlich wäre. Ihr Zimmer mit der Nummer 202 liegt am Ende des Flurs. Die breiten Türen, die vom Gang abgehen, sind grau, an den Wänden ist auf der Höhe der Krankenhausbetten eine Holzleiste an der Wand angebracht, gegen Kratzer und Schrammen. Bis zu dieser Markierung ist der Flur mit petrolgrüner, abwaschbarer Ölfarbe gestrichen. Die hektischen Einsätze auf der Station, das Hasten über die Gänge im Notfall, haben trotzdem ihre Kerben im Mauerwerk hinterlassen.

An den Tagen nach der Bluttransfusion zieht Inga sich morgens an, schminkt sich, trinkt den dünnen Kaffee und setzt sich auf eine der Sitzschalen im Gang, die an einer Metallschiene festgeschraubt sind. Während die anderen Kranken in ihren Betten herumgerollt werden oder, die Transfusionsständer vor sich herschiebend, in ihren Pantoffeln an ihr vorbeischlurfen, versucht sie, sich die Gesichtszüge der Leute einzuprägen. Im Krankenhaus ist man nur eine Zimmernummer, eine Krankenakte – wie viel da ein bisschen Menschlichkeit ausmacht. Den Schwestern, die Inga mit lieben Worten bedenken, die sich zu ihr ans Bett setzen, ihr ein paar Komplimente machen und sie aufzuheitern und abzulenken versuchen, bringt Wilhelm bei jedem seiner Besuche Blumensträuße mit, Gebäck oder Pralinen von Feinkost Käfer, in kleinen Präsentkörben, die in durchsichtige Folie gewickelt und mit bunten Schleifen versehen sind. Inga versucht jetzt, nachdem sie wieder herumgehen darf, mit den Leuten auf ihrer Station ins Gespräch zu kommen. Einsam sind schließlich alle hier, zumindest die meiste Zeit.

Begonnen hat es mit der feinen Dame, die Inga vor dem Kaffeeautomaten angesprochen hat. «Darf ich Ihnen mal etwas sagen? Sie sehen aus wie ein Filmstar. Sie erinnern mich an die blonde Schönheit aus den Hollywoodfilmen, bevor sie dann diesen alten Fürsten heiratete und ungezogene Kinder bekam. Auch Sie, Kindchen, haben diese ebenmäßige Haut wie Biskuitporzellan.»

Frau Lindemeyer kommt aus Schwabing. Sie ist kinderlos, hat nie geheiratet, aber von ihren Eltern ein stattliches Mietshaus geerbt. «Eigentlich Fräulein Lindemeyer», so hat sie sich vorgestellt. Die dürre Dame singt, pfeift und pustet den lieben langen Tag Operettenmelodien, womit sie ihre Zimmernachbarin zur Verzweiflung bringt. Frau Lindemeyer ist von einer Angina Pectoris geplagt, alle paar Minuten zieht sie einen kleinen grauen Inhalator aus der Rocktasche. Kaum dass sie Luft bekommt, beginnt sie auch schon wieder, wie ein Wellensittich zu zwitschern. Auch optisch ähnelt sie dem Vogel, in ihren knallgelben, blitzblauen und grasgrünen Kammgarnkostümen. Frau Lindemeyer wird irgendwann entlassen, genauso wie ihre grantige Zimmernachbarin, die wochenlang die verwaschenen Flügelhemden des Krankenhauses getragen und ständig ihre Zahnprothese verlegt hat. Auch der leutselige Lkw-Fahrer mit dem Leistenbruch und der freundliche Rentner mit dem Diabetes, dem der rechte Unterschenkel abgenommen wurde, sowie die neugierige dreifache Mutter, die Inga Löcher in den Bauch gefragt hat, verschwinden alle eines Tages grußlos, so wie sie gekommen sind. Nur Inga bleibt. Sie ist immer noch da, wenn alle längst wieder in ihren eigenen Betten schlafen. Sie hält die Stellung, wie Herr Miesel das nennt, mit dem gemeinsam sie bald zu den Langzeitpatienten gehört. Nur dass Herr Miesel noch länger hier ist als sie. Er ist kein Mann, er ist ein Herr, wie Lotte gesagt hat, nachdem sie ihm auf dem Flur vorgestellt worden ist. Er trägt Pyjamas aus Krawattenseide und einen Siegelring. Seine Glatze ist mit unzähligen Altersflecken gesprenkelt, ganz so wie die von Ingas Großvater damals in Koblenz. Wenn sich Herr Miesel nachmittags in den Sessel vor das Fenster setzt und die Spatzen durch einen Spalt mit Teegebäck füttert, dann ist er in einen bordeauxfarbenen Morgenmantel aus Samt gehüllt. Dann hat er sein Rasierwasser aufgelegt, das nach schwarzem Tee und einer staubigen Sattelkammer im Hochsommer riecht. Er war Inga sofort sympathisch, auch weil er anscheinend der einzige Patient in diesem Haus ist, der nicht über seine Krankheit spricht und nichts von Ingas Diagnose wissen will. «Ich rede niemals über Geld, Politik und Krankheiten. Das gehört sich nicht für einen Mann von Welt.» Dabei geht es ihm gar nicht gut, er hat eine aschfahle Gesichtshaut, und das ehemals Weiße in seinen wässrigen Augen ist gelb. Herr Miesel will nur noch eins, Karten spielen. Aber nicht mit Männern. «Fräuleinchen, möchten Sie sich nicht ein wenig mit mir die Zeit vertreiben? Wie wär's mit einem Kartenspiel? Wissen Sie, ich habe mein ganzes Leben lang Männer geliebt, aber gespielt habe ich immer nur ungern mit ihnen. Männer sind schrecklich schlechte Verlierer und aufdringliche Gewinner.»

Wie ungewöhnlich offen dieser alte Herr doch ist, den ihr Vater, wäre er eingeweiht so wie Inga, einen warmen Bruder genannt hätte, einen vom anderen Ufer. Die unumwunden fröhliche Art dieses Charmeurs imponiert Inga, und jeden Nachmittag um fünf geht sie zu ihm, auf eine Partie Bauernskat. Dann verlassen ihn gerade seine jungen Freunde, immer andere fesche Jünglinge, die pünktlich um vier mit kleinen bunten Törtchen zum Kaffee erschienen sind. «Eine Stunde reicht mir mit dem Jungvolk, voll und ganz. Ich weiß gar nicht, woher ich früher die Kraft für all diese Knaben genommen habe», hat ihr Herr Miesel hinter vorgehaltener Hand augenzwinkernd zugeflüstert. Bauernskat ist das einzige Kartenspiel, das er ihr auf die Schnelle beibringen konnte. Nur mit Mau-Mau oder Schwarzer Peter hätte Inga noch dienen können. «Leider fehlt mir zum ausführlichen Erklären von Spielregeln die Lebenszeit. Sonst würde ich Sie jetzt zu einer Partie Bridge herausfordern.» Das ist ein interessanter Widerspruch – zum einen will er sich die Zeit vertreiben, zum anderen scheint er davon nicht mehr viel zu haben.

Skat zu zweit, das entbehrt nicht der Komik. Und die beiden lachen viel. Herr Miesel erzählt beim Kartenspiel seine Anekdoten, Geschichten aus der Tanzschule, die er vierzig Jahre lang geleitet hat, und berichtet, andeutungsweise und diskret, von seinen Amouren. Von André, der ihn mit seinem Scheinwerferblick und der Lagerfeuerstimme verzaubert hat. Er schildert ihr die Nacht mit dem kleinen, namenlosen Spanier in Sevilla, nach dem Stierkampf, bei dem ihn der verendende Stier so unsterblich sentimental gemacht hat. Mit Wehmut erzählt er ihr von dem Türken, an den er einen Großteil seines Ersparten verschwendet hat. «Non, je ne regrette rien», und von seinem Krankenpfleger. Jerzej mit den empfindsamen Händen, der seine letzte große Liebe gewesen ist. Das Kartenspiel treibt die Geschichten vor an, wer gewinnt oder verliert, ist den beiden in diesen Stunden ganz gleich.

«Fräuleinchen, Sie haben Glück in der Liebe. Was kümmert Sie das Spiel?», pflegt Herr Miesel zu sagen, denn natürlich gewinnt bei dem Spiel mit den Phantasieregeln meistens er. Wilhelm bringt jetzt auch Herrn Miesel, dem neuen Gesellschafter seiner Frau, die geliebten Erfrischungsstäbchen mit. «Der alte Knabe ist vernarrt in dich, das mag ich», sagt er. Von da an lässt Herr Miesel jeden Abend schöne Grüße an den Herrn Direktor ausrichten.

Kurz vor dem ersten Advent steigt Schwester Veronika auf die Leiter und befestigt die Weihnachtsdekoration mit durchsichtigen Fäden an den Neonröhren im Gang. Rote Kugeln, goldene Glocken und Tannenzweige mit blauem Lametta. Inga hilft dabei, hält die Leiter und reicht ihr den Tesafilm an. «Sie fühlen sich hier ja fast schon heimisch», scherzt die Krankenschwester. Und Inga lacht, obwohl ihr bei diesen Worten ganz schummrig geworden ist. Zum Weihnachtsfest wird sie nach Hause fahren dürfen. Dieses Versprechen hat sie Wilhelm abgerungen. Zu ihren Kindern will sie, zu ihren Eltern. Wohin auch sonst? Heiligabend werden sie alle zusammen bei Mami und Papi feiern. Mami wird die Gans zubereiten, Papi den Baum aufstellen, und Wilhelm kommt dann auch, zusammen mit Asta – zumindest zu Besuch. Sie zählt die Tage und Stunden, bis sie wieder zu Hause sein, die Kinder in den Arm nehmen, sich von der Mutter in den Arm nehmen lassen kann. Am meisten fehlt ihr die Berührung, die Haut der Menschen, die sie liebt. Sie träumt davon, ihre kleine Tochter mit in ihr Bett zu nehmen, und davon, dass Wilhelm sie in sein Bett nimmt, von der Nähe und dem Duft gesunder Körper.

Drei Tage vor Weihnachten fühlt Inga sich so unwohl wie lange nicht, das alte Schwächegefühl hat sich wieder eingestellt. Zwei Backenzähne sind ihr gezogen worden, ein neues Medikament verursacht Durchfall und Übelkeit. Von «guten» und «schlechten» Tagen sprechen die Ärzte nun ständig. Ingas Leberwerte bereiten ihnen Sorgen. Der nächste, für die Weihnachtstage in Schwelte wichtige Blutaustausch muss ohne Komplikationen verlaufen, sonst – ja sonst, das müsse man leider sagen, sei der Weihnachtsausflug in die Heimat nicht vertretbar.

Für Inga steht die Sache aber fest. Sie wird nach Hause fahren, ganz bald schon. Nun heißt es nur noch sich von Herrn Miesel verabschieden. Die nächste Partie Idioten-Skat wird in den Januar verlegt werden müssen. Während Inga auf die Morgenvisite wartet, kommt ihr die Idee, schnell über den Flur zu huschen, um ihm auf Wiedersehn zu sagen. Den legeren Auftritt im Nachthemd wird er ihr verzeihen.

Schon von weitem sieht sie das rote Licht. Diese Lampe, die rechts oben neben jeder Zimmertür angebracht ist, sie leuchtet blendend hell, und die Tür steht offen. Sie tritt einen Schritt zurück und sucht nach der Zimmernummer. Hat sie sich in der Tür geirrt?

Das Zimmer ist leer, das Bett frisch bezogen, das Laken glatt, im Kopfkissen ein exakter Knick. Das große Fenster steht auf Kipp, aber der sachte Luftzug kann den Geruch von süßlicher Krankheit und scharfem Desinfektionsmittel nicht tilgen. Der Duft des edlen Rasierwassers dagegen ist verflogen. Kein persönlicher Gegenstand ist mehr zu sehen. Kahl ragt der Haken, an dem sein Mantel und sein Hut all die vielen Monate gehangen haben, in den Raum. Der Berg bunter Illustrierter auf dem Tischchen, Woche für Woche angewachsen, jemand hat ihn abgeräumt, ebenso die halbvertrockneten Blumensträuße und das Porträt der Eltern im Silberrahmen. Die Möbel hat man wieder an die Positionen gerückt, die sie in jedem Zimmer, auf jeder Station einnehmen.

In der darauffolgenden Nacht kommt ihr eine Idee. Inga hört das Summen einer Klingel an einem weit entfernten Bett und die Schritte von Schwester Veronika, die an ihrem Zimmer vorbeihasten. Die Schwester ist heute Nacht allein auf der Station. Noch beim Servieren des Abendessens hat sie sich über den Krankenstand ihrer Kolleginnen beschwert, die merkwürdigerweise immer ein paar Tage vor Weihnachten durch Erkältungen und ähnliche Kinkerlitzchen ausfallen. Ingas Knie haben nach dem Blutaustausch den ganzen Tag gezittert. Und obgleich ihre Beine aus Gummi sind, schwingt sie sich nun aus dem Bett, hält sich für einen Moment, vom Schwindel gepackt, an dem kurzen Gitter des Kopfendes fest und huscht barfuß zur Tür hinaus. Das Schwesternzimmer liegt am Ende des Ganges. Zwanzig nach zwei zeigt die Uhr über dem Raucherraum. Still ist es auf der Station, kein Knacken, keinen Laut hört Inga, bis auf die eigenen leisen, immer noch viel zu lauten Schritte.

Das Regal mit den Krankenakten ist über dem Schreibtisch angebracht. An der anderen Ecke des Raums steht ein Bett, in dem sich die Nachtschwester in ihren wenigen Pausen ausruhen soll, das Bettzeug wirkt unangetastet. Von A, oben links, bis Z, auf dem dritten Regalboden unten rechts, stehen die Aktenordner da. *Ra, Rau…* – der dicke Ordner befindet sich direkt in der Mitte des mittleren Regals, auf Augenhöhe. Sie legt ihn auf den Schreibtisch und wird mit einem Mal ganz ruhig.

Ihre Akte ist die Nummer fünf. Inga Rautenberg, geborene Lüdersheim, Geburtsdatum: 01.04.1941. Sie studiert den Anamnesebogen und blättert um. Das erste Blutbild, die Blutsenkung direkt nach der Aufnahme ins Krankenhaus – ein Blick genügt. Sie kann die alarmierenden Werte lesen, die Ausrufezeichen am Rand der Akte hätte es nicht gebraucht.

Daniela, so hieß die junge Patientin, damals in der Praxis von Doktor Schellmann, in Freiburg, wo sie ein Praktikum gemacht hat. «Leukämie ist ein Todesurteil», sagte er, als das junge Mädchen von Besuch zu Besuch immer dünner, dünnhäutiger, zuletzt durchsichtig wurde. Der Chef schickte Inga zum Blumenladen, als der Beerdigungstermin feststand. Dort bestellte sie im Auftrag der Praxis einen Kranz.

In diesem Moment hört sie wieder Schwester Veronikas resolute Schritte auf dem Stationsflur. Sie wirft noch einen Blick auf den Eintrag der letzten Blutuntersuchung, sieht die geringe Anzahl der Thrombozyten, die enorme Überzahl der Leukozyten.

«Ja, Kruzitürkenherrgottnochamal!» Schwester Veronika hält sich am Türrahmen fest. «Was um alles in der Welt haben Sie denn hier mitten in der Nacht zu schaffen?»

Die schönen Haare

Die Ansprache des Direktors fand auf dem überfüllten Schulhof statt, unter strahlend blauem Himmel. Mein Vater und ich lehnten an dem rostigen Schultor. Jungs in kurzen Hosen rempelten sich an und traten einander auf die Füße. «Volle Kanne», rief einer, dem die oberen Schneidezähne fehlten. Mädchen zogen sich an den straffen Zöpfen, streckten die Zunge raus, öffneten sich gegenseitig die neuen Schulranzen und kicherten albern. «Ruhe hier, gleich setzt's was!», schrie einer der Väter, der wie die meisten Männer seinen zu kleinen Sonntagsanzug ausführen musste. Mütter, Onkel, Tanten und Großeltern, die Schultüten trugen, reckten die Hälse, um auch ja nichts von den bedeutungsvollen Worten des dicken Schulleiters zu verpassen. Der stand auf der obersten Stufe der Schultreppe, hatte die Daumen unter der Weste seines Dreiteilers in die Hosenschlaufen gesteckt und erzählte etwas von Gefäßen, die gefüllt werden müssten, und von der Ähnlichkeit kleiner Kinder mit Blättern in unbeschriebenen Heften.

«Das kann hier noch dauern», stellte mein Vater mit Blick auf die Armbanduhr fest und fragte mich, ob ich einen Amerikaner essen wolle. Ich nickte, obwohl mir nicht klar war, was damit gemeint war. Wir gingen in die Bäckerei neben dem Schulhaus, und er bestellte sich an einem Stehtisch einen Kaffee. «Na, kleiner Mann, welches Teilchen willste denn?», fragte mich die Bäckerin. «Du kannst hier aber nicht ewig den Verkehr aufhalten, und Pfoten weg von der Glasvitrine.» Mein Vater bestellte mir eine fliegende Untertasse aus Weichteig, deren weißer, dicker Zuckerguss an meinen Zähnen klebte. Wir waren am Morgen noch schnell beim Friseur gewesen; mein Vater hatte im Bad meine borstigen Locken nicht bändigen können. Die halblangen Haare waren zu kurz, um Zöpfe zu flechten, wie Asta sie trug, aber lang genug, um unberechenbar abzustehen. «Das Kind hat den ganzen Kopf voller Wirbel, da hilft nur ein praktischer Kurzhaarschnitt», hatte der Freund meines Vaters, Figaro, der Herrenfriseur, bemerkt. Figaro, dieser Schriftzug prangte in weißen geschwungenen Lettern auf der Markise über der Eingangstür. Als ich den Salon verließ, wäre ich am liebsten gleich wieder umgekehrt, um meine Haare mitzunehmen, die wie Schlangen auf dem Linoleumboden lagen.

Mit dem Großvater hatte ich im Fernsehen einmal einen rückwärtslaufenden Film gesehen. *Der 7. Sinn* hieß die Fernsehsendung, in der Gefahren im Straßenverkehr behandelt wurden. Bei dem Filmausschnitt handelte es sich um einen Auffahrunfall. Mehrfach wurde das Geschehen zurückgespult, um dem exakten Hergang auf die Spur zu kommen. Da entknitterte sich das Heck der Audi-Limousine wie von Geisterhand, und der Lkw rollte rückwärts, bis er wieder seelenruhig mit leuchtenden Scheinwerfern an der Einmündung einer dunklen Ausfallstraße stand.

Ich war neugierig gewesen, wie ich wohl mit kurzen Haaren aussehen würde, und hatte dem Vorschlag des Vaters nicht widersprochen. Jetzt, da ich es wusste, hätte ich gern wieder so ausgesehen wie zuvor. Stattdessen erinnerte mich mein Spiegelbild an Schwelte. Jörg, der Nachbarsjunge, hatte genau die gleiche Frisur gehabt. Das heißt, Frisur war eigentlich ein zu großes Wort. Die Haare waren einfach ab.

Was wohl die Großmutter dazu sagen würde?

Als wir aus der Bäckerei zurückkamen, war der Schulhof so leer wie an einem Sonntagnachmittag. Im Foyer trafen wir dann wieder die Eltern und Verwandten, die in kleinen Gruppen herumstanden. Manche von ihnen saßen auch auf den Heizkörpern unter der großen Treppe. «Keine Sorge, das haben wir gleich», sagte mein Vater und suchte mit mir an der Hand das Sekretariat.

«Raum 4, erster Stock, die Klassenlehrerin heißt Frau Roberts», las die Schulsekretärin von einem Blatt ab. «Aber der Unterricht hat schon begonnen.» Mein Vater fragte noch, wie lang er voraussichtlich dauern würde, dann hasteten wir gemeinsam die Treppe hoch, auf der Suche nach meinem Klassenraum.

«Ich hab doch noch gar keinen Schulranzen», sagte ich ängstlich.

«Den brauchst du heute sowieso nicht, in einer halben Stunde soll ich dich doch schon wieder abholen», sagte mein Vater und klopfte an die Tür des Klassenraums.

Frau Roberts war eine Wucht. Sie trug einen hautengen Jeans-Overall, dazu einen breiten Hüftgürtel und um den Hals bunten Indianerschmuck mit Federn an einer Silberkette. Sie war schlank und dunkelbraun gebrannt, schwarze Locken rahmten ihr Gesicht. Die Frisur hatte Ähnlichkeit mit der bauschigen Duschhaube meiner Großmutter, die an einer Kordel in der Brausekabine in Schwelte hing.

«Auf dich haben wir gewartet», rief sie fröhlich, legte ihren Arm um meine Schultern und geleitete mich an einen der Zweiertische, die wie verschachtelte Dominosteine im Klassenraum verteilt waren. «Das ist Martin. Er wird dir zeigen, was wir heute basteln wollen», sagte Frau Roberts so verheißungsvoll, als ob am Ende der bunten Papierstreifen, die auf meiner Tischseite lagen, das große Glück auf mich lauerte. Es ging aber nur darum, die Streifen durch ein geschlitztes Papier zu fädeln. Das Prinzip war das des Webrahmens im Kindergarten bei Schwester Isfrida. Drüber und drunter, und am Ende hielt man einen bunten Untersetzer in den Händen, den man gleich nach der ersten Schulstunde der Mutter schenken sollte. Meine schlimmsten Befürchtungen bestätigten sich. Es würde in dieser Zwangsgemeinschaft so eintönig weitergehen, wie ich es aus dem Kindergarten kannte. Das einzig Neue war meine offensichtliche Sonderbehandlung durch die Lehrerin, der Schutz, den ich bei ihr genoss. Die Blicke meiner Mitschüler prallten an mir ab wie am Schild eines Ritters.

Als sich alle Kinder mit ihren Namen vorstellen sollten, merkte ich, dass sich die meisten offenbar schon kannten. Man kommentierte die Wortmeldungen der anderen mit Blödeleien, kniff sich gegenseitig in die Wangen und versuchte, dem kippelnden Banknachbarn den Stuhl wegzuziehen. Es gab jede Menge Zwischenrufe und Scherze, die ich nicht verstand. «Wir kennen uns aus der Vorschule», erklärte mir Martin. «Außerdem spielen wir hier fast alle im selben Spielmannszug.» Was das wohl wieder war, ein Spielmannszug? Schellen an Mützen, Narrenkappen fielen mir ein, auch Till Eulenspiegel, und ich musste an den Rattenfänger von Hameln denken. Am Ende der Stunde sangen wir ein Lied über den Sommer. «Der Sommer, der Sommer, der Sommer, der ist da.» Dann aßen wir Bonbons, auf denen unterschiedliche Früchte abgebildet waren, nach denen die harten Dinger aber nun wirklich nicht schmeckten.

Als es klingelte, stellte sich Frau Roberts an die Tür, und alle Kinder gaben ihr die Hand. Dazu mussten wir noch einmal unsere Namen sagen. «Damit ich euch morgen, wenn wir richtig loslegen, auch ordentlich anreden kann.»

Als ich an der Reihe war, kam sie mir zuvor. «Ich wünsche dir noch einen schönen Tag. Hast du denn schon in deine Schultüte geschaut?» Bevor ich antworten konnte, trat mich ein großes, blondes, langbeiniges Mädchen, das einen weißen Tennisrock trug, von hinten ganz leicht in die rechte Kniekehle, sodass ich unwillkürlich einen blöden Knicks machte.

Nach dem Läuten strömten die Kinder durch die Tür des Klassenraums und polterten die Schultreppe hinunter. Auf dem Schulhof strubbelten die Väter den Söhnen durch die Haare und knufften mit der Faust ihre schmalen Schultern. Großeltern beugten sich zu ihren Enkeln, um sie zu küssen, die Mütter rückten den Töchtern die Ranzen zurecht und mahnten zur Eile. Die Grüppchen verteilten sich, Familien marschierten durch das Schultor, Kinder und Erwachsene verabschiedeten sich per Handschlag oder mit Umarmungen. Autos wurden angelassen, und der Linienbus fuhr ächzend aus der Haltestelle ab.

Mein Vater war nirgends zu sehen. Ich stand allein auf dem Schulhof. Nur hinter mir, auf der Empore zum Eingang, waren noch ein paar Lehrer ins Gespräch vertieft.

In Schwelte kannte ich alle Wege, ich wäre von jeder Stelle in der Stadt auch allein nach Hause gekommen, aber was tat ich in diesem Dorf, in dem ich noch nie gewesen war? Ich wusste noch nicht einmal, in welcher Himmelsrichtung Vaters Haus lag, und wie lang die Autofahrt zur Schule dauerte, hatte ich vergessen.

«Dein Vater ist bestimmt gleich da.» Ich hatte Frau Roberts gar nicht kommen hören, so sehr war ich damit beschäftigt, die Straße vor der Schule zu fixieren und meinen Vater herbeizuwünschen.

Sie weiß es, dachte ich. Den Das-arme-Kind-hat-keine-Mutter-Blick kannte ich nur zu gut. In meinen schwitzigen Händen hielt ich den Untersetzer; den hätte ich jetzt gern Frau Roberts geschenkt, aber leider hatte ich ihn bereits zu einer bunten Wurst gedreht.

«Komm mit, ich zeig dir mein neues Auto, das steht gleich da vorne.»

Ihr Polo war grün wie ein Laubfrosch. Über dem Tankdeckel entzifferte ich die Serienbezeichnung *Jeans*. «Magst du Jeans auch so sehr wie ich?», fragte sie, während sie die Beifahrertür öffnete. Tatsächlich besaß Frau Roberts das schönste Auto, das ich je gesehen hatte. Die Sitze, ja sogar der Lenker und die Rückbank waren mit blauem Stoff bezogen, alles sah aus wie Jeans. Die doppelt gesteppten Nähte, Nieten und sogar die aufgenähten Taschen waren naturgetreu aufgedruckt.

«Verzeihen Sie die Verspätung.» Von der gegenüberliegenden Straßenseite her kam mein Vater mit wehenden Jackettschößen angelaufen. In der Hand schwenkte er einen Schulranzen. Er deutete einen Diener an, stellte sich vor, und schon lächelte Frau Roberts. Auf ihren Wangen und ihrem Hals verbreitete sich, durch die Sonnenbräune hindurch, ein Hauch von Rot. «Angenehm, Elke Roberts.»

Der Schulranzen war aus blauem, weichem Plastik, die Kanten waren mit einem weißen Rand eingefasst. Er sah billig aus, und am liebsten hätte ich ihn über die kleine Hecke neben der Bäckerei geworfen.

«Das sind aber hübsche Katzenaugen», sagte Frau Roberts und strich mit ihren schönen Händen über die roten Klippverschlüsse. Da gefiel er mir gleich etwas besser.

In der Drogerie wollte Vater noch schnell Haarwasser kaufen.

«Ist der Junge heute eingeschult worden?», fragte der Drogist. «Wie wär's mit einem Erinnerungsfoto?» Vater stellte mich vor die Beifahrertür seines blauen Mercedes und drückte mir meine Schultüte in die Hand. Der Drogeriebesitzer musste sich auf dem Bürgersteig vor dem Laden, den Fotoapparat in der Hand, mit dem Rücken gegen die Hauswand drücken. «Wer guckt denn da wie ein begossener Pudel? Nun lach doch mal. Du machst ja ein Gesicht wie sieben Tage Regenwetter.»

Die Schultüte war merkwürdig leicht, und als ich sie im Auto öffnete, sah ich, was ich schon befürchtet hatte – sie war völlig leer. «Ich wusste nicht, welche Süßigkeiten du magst. Bei Lüdersheims ist man immer so etepetete. Komm, wir fahren jetzt in den Supermarkt, und du suchst dir einfach was aus.»

Als ich dann im Laden zögernd eine Tafel Kinderschokolade aus dem Regal nahm, schob mich mein Vater zur Seite und packte einfach den Einkaufswagen voll. Schaumerdbeeren, Kolafläschchen, Suchard-, Sarotti-, Lindt- und Ritter-Sport-Schokolade, Gummibärchen, Katjes, Rolo, Eiskonfekt, Puffreis, Toffifee, Duplo, Hanuta und Gletscherbonbons; die Einkaufstüte war so schwer, dass ich sie kaum zum Auto tragen konnte.

Zu Hause saß Asta im Schneidersitz auf dem Sofa im Wohnzimmer und las. Das Buch sah interessant aus, der Einband war aus dunkelgrünem Leinen, Kamele waren auf dem Titel und Menschen mit Turban vor einem rosaroten Gebirge. «Was liest du da?», fragte ich, aber Asta schien gar nicht bemerkt zu haben, dass ich mich neben sie gesetzt hatte. Ich rückte etwas näher an sie heran und horchte. Ich konnte nur laut lesen und dachte, dass auch Asta sich selber vorlesen würde, nur etwas leiser. Ich rückte ihr noch mehr auf die Pelle, da sah ich, dass ihre Lippen sich gar nicht bewegten. Nachdem ich ihr eine Weile auf den Mund gestarrt hatte, erwischte mich völlig unvorbereitet eine saftige Ohrfeige. «Sag mal, spinnst du total, du Spast? Zieh Leine, aber dalli.»

«Nimm deine Schwester mit zu Jens», sagte mein Vater zu Asta, als er sich nach dem Essen auf den Weg ins Schlafzimmer machte, um sein Mittagsschläfchen zu halten. Jens war Onkel Karls kleinster Sohn, er war nur einen Tag jünger als Asta, die beiden galten als Duo infernale. Im Winter zuvor hatten sie mit Bobschlitten durch das Kantinenfenster Schnee auf die Arbeiter gekippt, die gerade zu Mittag aßen. Und vor ein paar Wochen hatte es riesigen Ärger gegeben, als sie alle Autos auf dem Firmenparkplatz umdekorierten, indem sie die Aufkleber abknibbelten und neu verteilten. Da war plötzlich jemand im Phantasialand gewesen, der von dem Freizeitpark nie gehört hatte. Ein ambitionierter Abstinenzler trank auf einmal Jägermeister, und ein eingeschworener Junggeselle hatte ein Baby an Bord. Wenn solche Missetaten ans Licht kamen, verwamste Karl den Jüngsten, und es setzte eine Woche Hausarrest, während Wilhelm, ein Haus weiter, nur lachte und Asta vergnügt an den Ohren zog. «Du bist mir vielleicht ein Satansbraten.»

Wir rannten die Wiese hinter dem Haus hinunter zum Nachbargrundstück und vorbei an Onkel Karls Schwimmbad, dem türkis funkelnden Rechteck im frisch gemähten Rasen. Hinter einem Maschendrahtzaun mit mehreren großen Löchern lag ein Birkenwäldchen. Hier saß Jens vor einem kleinen Spielhaus und schnitzte mit seinem Klappmesser an einem morschen Ast herum. Das Häuschen stammte noch aus der Zeit, als Asta und Jens sich Joe und Jack nannten und Westen aus Kaninchenfell trugen, die Edelgard, Onkel Karls Haushälterin, ihnen genäht hatte. Die Kaninchen hatten Jens gehört, aber die armen Tiere wurden regelmäßig von Hanka, unserer Jagdhündin, aufgespürt und erlegt. Nach jedem Massaker kaufte Onkel Karl zwei neue Kaninchen. Edelgard hätte inzwischen einen ganzen Indianerstamm mit Fellwesten ausstatten können.

Als ich mich in dem muffig riechenden Spielhaus umschaute, dessen Einrichtung nach allen Regeln der Kunst zerlegt worden war, tauchten draußen die drei Söhne von Bauer Heidkötter auf. «Ist sie das?», hörte ich sie Asta fragen, dann steckten sie die Köpfe durch das Fenster hinein. Aber so interessant schienen sie mich doch nicht zu finden Die Jugendlichen legten sich auf die Wiese und kauten auf Grashalmen herum. Asta begann, auf einem besonders breiten Halm zu pfeifen, und versuchte, es den anderen beizubringen. Jens machte rosa Kaugummiblasen, die so groß wurden, dass nach dem Platzen fast sein ganzes Gesicht verklebt war. Ich hatte mich zu den anderen gehockt, kämpfte mit ein paar lästigen Stechmücken und schwitzte, mir war langweilig.

«Meine Schwester kann Regenwürmer essen», sagte Asta plötzlich in die Stille. «Hat jemand fünf Mark, dann zeigt sie es euch.» Sie hielt einen ziemlich großen erdfarbenen Wurm in die Höhe, der sich langsam zwischen ihrem Daumen und Zeigefinger wand.

«Zeig!», forderte mich der älteste von den Heidkötterjungs auf, dem bereits ein fieseliges Bärtchen auf der Oberlippe spross. Ich hatte noch nie einen Wurm gegessen, aber ich wollte Asta gefallen und den großen Jungs imponieren. Außerdem ekelte ich mich nicht besonders vor Würmern. Man darf nur nicht kauen, dachte ich mir. Ganz so leicht war es dann aber doch nicht, weil sich das Tier auf meiner Zunge bewegte. Es wäre ganz gut gewesen, dazu etwas zu trinken, aber wir hatten nichts dabei. Der Wurm hing noch ein wenig in meinem Hals fest, weil er ziemlich lang war, doch als ich kräftig schluckte, war er im Magen. Geschafft! Ich streckte die Hand aus, und der Junge, der Jürgen hieß, tat so, als ob er seine Cordhosentaschen durchsuchen würde. Er zog sie sogar auf links.

«Oh, tut mir leid. Jetzt hab ich das Geld doch glatt zu Hause vergessen», sagte er mit schlecht gespielter Überraschung.

«Ist nicht schlimm», erwiderte ich. «Ich brauch kein Geld.»

«Was ist denn das für ein komischer Vogel?», fragte Jürgen und sah Asta an. «Warum brauchst du denn kein Geld? Wenn man Geld hat, kann man zur Tankstelle gehen und Süßigkeiten kaufen.»

Da fielen mir meine Bonbons und die Schokolade in der Einkaufstüte wieder ein. Ich hatte sie vor dem Essen auf mein Bett geworfen. «Wartet», rief ich und rannte zum Haus zurück. Ich hatte Angst, die Kinder könnten vielleicht nicht mehr da sein, aber als ich mit meinen Schätzen zurückkehrte, waren alle noch da. «Nehmt euch, was ihr wollt.» Die Jungs rissen mir die Tüte aus der Hand und langten, alle gleichzeitig, hinein. Als Erstes griffen sie sich die Schokoladentafeln. Die Bonbontüten wurden nacheinander aufgerissen. Der jüngste Heidkötter füllte sich die Hosentaschen mit den Schokoriegeln. Noch nie hatte ich jemanden so schnell Süßigkeiten runterschlingen gesehen. «Boah! Joghurette, igitt», sagte Jens und rotzte einen Schokoladenklumpen ins Gebüsch. Als sie alle genug hatten, lagen die Bonbonpapierchen und die leeren Schokoladenverpackungen im Gras verstreut. Die Supermarkttüte war leer, nur die Lakritzschnecken hatte niemand angerührt, die mochte keiner.

«Komm, noch eine Mutprobe», sagte Jürgen und deutete auf die große Kastanie. «Wenn du da raufklettern kannst, gehörst du zu uns. Dann nehmen wir dich in unsere Bande auf.»

«Ey, lass den Scheiß», sagte Asta.

Auf einen Baum geklettert war ich auch noch nie, aber der hier sah nach einem passenden Klettergerüst aus. Und Klettern mochte ich. Für die Aufnahme in die Bande konnte ich ruhig ein paar Kratzer riskieren.

«Ich weiß gar nicht, was du hast», sagte Jürgen zu Asta. «Der Furzknoten ist doch ganz unterhaltsam.» Aber Asta erinnerte sich wahrscheinlich gerade daran, wie sie einmal mächtigen Ärger mit ihrem Onkel bekommen hatte, nachdem sie Marie, die leicht bekloppte Nachbarin von der anderen Seite der Weide, mit ihrem Lasso an genau diese Kastanie gefesselt hatten. Das Mädchen mit den hautfarbenen Hörgeräten hinter den abstehenden Ohren hatte sie zu doll mit ihren blöden Fragen genervt. «Darf ich mitspielen?», immer wieder, und am Ende war sie dann eben bei Sheriff und Indianer die Squaw, die an den Marterpfahl gebunden wurde. Aber ungelogen, es war ganz allein die Idee von Jens gewesen, Marie auch noch mit den Füßen in einen Eimer mit kaltem Wasser zu stellen, und das im Oktober.

Nach dem Vorfall durfte Jens das Grundstück seiner Familie erst einmal nicht mehr verlassen. Asta traf ihn trotzdem nach dem Mittagessen am Zaun. Jens schoss den ganzen Nachmittag mit Pfeil und Bogen auf eine Zielscheibe an der Garage. Er war, obwohl er ständig übte, kein besonders guter Schütze. Im Gegensatz zu Asta, die noch aus ihrem Teil des Gartens über den Jägerzaun hinweg ins Schwarze traf. Das machte Jens eines Tages so wütend, dass er, als seine Cousine dreimal hintereinander 100 Punkte gemacht hatte, ihr in den Oberarm schoss, einfach so ohne Vorwarnung, von hinten. Der Pfeil steckte direkt unter der kreisförmigen Impfnarbe und knapp über der Bisswunde, die ihr Hanka einmal im Kampf mit einem Dobermann zugefügt hatte. Danach verschwand Jens für einen Monat in seinem Zimmer im Souterrain.

Ich hatte mich nicht geirrt, der Anfang der Kletterpartie war kinderleicht. Jürgen half mir mit einer Räuberleiter auf den untersten Ast der Kastanie. Von dem dicken Stamm gingen in regelmäßigem Abstand mehrere Äste ab, die stabil genug waren.

Ich stellte einen Fuß nach dem anderen in die Astgabeln. Dann wurden die Zweige dünner, aber der Baumstamm, an dem ich mich festhielt, wurde auch zunehmend glatter, und meine Hände fanden leichter Halt.

«So, jetzt ist gut. Kannst wieder runterkommen», rief Asta. Aber der Wipfel war nicht mehr weit, und ich war mir nicht sicher, ob diese Etappe schon für die Mutprobe reichte. Ich wollte das nicht umsonst gemacht haben. Da krachte es unter meinem linken Fuß, der Zweig brach, und ich konnte mich gerade noch rittlings auf den Ast schräg unter mir plumpsen lassen. Unten sprangen die anderen beiseite.

«Ach du Kacke», hörte ich Jürgen rufen. Den ganzen Aufstieg hatte ich nicht nach unten geschaut, jetzt sah ich Asta ganz klein neben dem Baum stehen und die Heidkötterkinder, wie sie über die Weide davonrannten, winzig wie Ameisen. In meiner Körpermitte bewegte sich ein Fahrstuhl blitzschnell aus dem obersten Stockwerk in die Tiefgarage. Ich konnte mich nicht mehr bewegen. Auch Rufen ging nicht, ich musste plötzlich krampfhaft die Lippen aufeinanderpressen.

«Bleib ganz ruhig und rühr dich nicht von der Stelle, ich hol Hilfe», rief Asta und flitzte den Hügel zu unserem Haus hinauf. Ich sah, wie Andrea das Küchenfenster aufriss, und hörte einen gellenden Schrei.

Es dauerte eine Ewigkeit, bis Tischler aus der Fabrik meines Vaters aufkreuzten, Andrea hatte sie gerufen. Mein Pipi lief schon am Baumstamm herunter, als die Männer endlich die ausziehbare Feuerwehrleiter an die Kastanie lehnten. Einer der Tischler geleitete mich rückwärts hinter mir stehend auf der Leiter nach unten, Schritt für Schritt.

Mein Vater verlor über den Zwischenfall kein Wort. Ob ihm niemand von der Mutprobe berichtet hatte? Andrea hatte bestimmt nicht gepetzt, Asta schon gar nichts verraten, aber dass die Arbeiter dichtgehalten hatten, konnte ich mir nicht vorstellen. Die nächsten gemeinsamen Mittagessen verliefen friedlich, wie immer wurde wenig geredet, und an den Abenden saß ich allein vor dem Fernseher, bis mir die Augen zufielen und mich das Testbild oder der heimkehrende Vater weckte.

In der Schule wurden Lesefibeln ausgeteilt, und Frau Roberts staunte Bauklötze, wie gut ich schon lesen konnte. Für die ersten Buchstabenketten, die ich in das Heft mit den vielen Linien malte, hatte ich schon drei Fleißbienchen-Stempel eingeheimst. Beliebter wurde ich dadurch nicht. Ich saß inzwischen allein. Martin hatte neben seinem Freund Kai sitzen wollen, und Brigitte, die für einen Tag neben mir gesessen hatte, wollte auch lieber an einen anderen Tisch wechseln.

«Du riechst so komisch», hatte sie zu mir gesagt und an mir herumgeschnüffelt. «Irgendwie nach Schnaps.»

Woher dieser Geruch kam, wusste ich – das war Vaters Haarwasser, Silvikrin. Tatsächlich waren nämlich meine kurzen Haare überhaupt nicht leichter zu kämmen als die halblangen. Mit meinem widerborstigen Schopf wurde er nur fertig, indem er mir sein Haarwasser auf den Kopf goss und mir die Haare, während sie noch feucht waren, mit einem grünen runden Plastikding an die Kopfhaut striegelte.

«Wenn du morgen nach Schwelte kommst, kannst du uns ja mal erklären, wie du auf so einen Bockmist gekommen bist», sagte die Großmutter drohend am Telefon. Ich hatte die Sache mit der Kastanie schon ganz vergessen. «Du könntest jetzt querschnittsgelähmt sein oder tot. Ist dir das eigentlich klar?»

Woher sie von meiner Missetat erfahren hatte, fragte ich mich nicht. Dass sie alles sah und alles wusste, war mir nicht neu. Und so richtete ich mich schon einmal auf eine ordentliche Standpauke ein.

Als mich Andrea am Freitag nach der Schule bei den Großeltern ablieferte, rannte ich, so schnell ich konnte, die Treppe hinauf. Oben stand Großmutter und breitete ihre Arme aus. «Wer kommt in meine Arme?» Doch als sie mich sah, ließ sie sie sinken und starrte mich an. «Wo sind denn deine schönen Haare?» Dann schlug sie die Hände vors Gesicht. Es war das erste Mal, dass ich meine Großmutter weinen sah.

4

Ob sie es in diesem Zustand überhaupt bis zum Taxi schaffen wird? Inga hat sich seit seinem letzten Besuch vor fünf Tagen stärker verändert als in den drei Monaten ihres Krankenhausaufenthaltes zuvor. Der Haarausfall ist noch schlimmer geworden, ihre Haut zunehmend blasser, gleichzeitig gelblicher, und sie haben ihr den fünften Zahn ziehen müssen. Auch der unaufhaltsame Gewichtsverlust wirkt alarmierend. In den Wochen davor sind Wilhelm die Veränderungen an seiner Frau gar nicht aufgefallen. Für ihn ist Inga schön wie immer, und er hat sich vorgenommen, diese Einstellung zu bewahren.

Ein paar Tage vor Weihnachten jedoch, als er sie abholen kommt, nimmt er etwas wahr, das erschreckender ist als ihr körperlicher Verfall – einen fremden Ausdruck in ihrem Gesicht. Ingas Augen liegen tief in den violett umrandeten Höhlen, und gleichzeitig treten sie rund hervor. Ihr Blick geht durch ihn hindurch, als stünde ein Gespenst vor ihr. Sie sitzt auf dem Bett, neben ihr der gepackte Koffer, und schaut ihn stumm an.

«Strubbelchen, komm, wir gehen.»

Inga hakt sich bei ihm unter und strauchelt schon bei den ersten Schritten. Sie torkelt über den Krankenhausflur wie am letzten Neujahrsmorgen um fünf, nach Ulis und Christines Silvesterfeier und der großzügig ausgeschenkten Weinbrandbowle. Wilhelm hat Uli seit dem Ausbruch von Ingas Krankheit nicht mehr getroffen. Sein Begehren ist jetzt allein darauf gerichtet, *den Laden in Gang zu halten.* Er ist jetzt wieder so frei von seinen inneren Dämonen wie damals vor dem Krieg oder zu Beginn seiner Zeit auf der Trabrennbahn, bevor die Sache mit dem Jockey passierte, der ihm nachts aufgelauert hat. Weshalb es ausgerechnet diesen Typen brauchte, um ihm klarzumachen, dass es ihn nicht nur zu den Frauen hinzieht, hat er sich selbst nie erklären können. Man war durch diesen verdammten Krieg eben total verkorkst.

Er ist auch kaum mehr zu Hause. Deshalb kann Uli ihn nicht erreichen, und wenn sein Freund in der Firma anruft, lässt er sich von der Sekretärin verleugnen.

Die Zeit, die er bei Inga am Krankenbett verbringt, fehlt ihm für die Dinge, die sein Leben bisher ausgemacht haben. An den Wochenenden in München kann er nicht für die bevorstehende Olympiade trainieren, was ihn unter ähnlichen Druck setzt wie Karls Erfindung eines neuartigen Baggers, der eine bisher ungekannte Schaufelgröße aufweist. Eine Weltneuheit! Für die Produktionskosten haben die Brüder einen Großteil der Anschubfinanzierung aus eigener Kasse geleistet. Wenn diese leer ist, und das ist sie meistens, erhöhen die beiden einfach ihr Geschäftsführergehalt aus den Krediten. Nicht nur hat Karl sich unlängst das Schwimmbad auf dem Grundstück bauen lassen und dazu noch eine Cessna gekauft, er hat auch vor einem Jahr ein Ferienhaus am Comer See erstanden, mit einem Motorboot am Privatsteg. Und zusammen mit Wilhelm hat er gerade den Kaufvertrag für ein Grundstück auf Norderney unterschrieben – die Gelegenheit war einfach zu günstig. Die Nordseeinsel ist aber auch ideal für die Brüder. Ein Reiterparadies, und einen Sportflughafen gibt es auch. Da ist ganz schön was zusammengekommen, aber immerhin, die guten Umsätze beruhigen den Nachtschlaf. «Wird schon werden», sagt Karl und reibt sich den stattlichen Bauch.

Wilhelm denkt sich seinen Teil. Schon längst sind die Kosten, die durch Ingas Krankheit entstanden sind, und noch mehr die steigenden Anschaffungspreise für die immer besser ausgebildeten Pferde durch kein Sparbuch, keinen Immobilien- und Aktienbesitz mehr gedeckt. Aber wenn Wilhelm ein Pferd sieht, das ihm gefällt, glaubt er sofort, es würde ihm zum Durchbruch verhelfen, und er muss es einfach kaufen. Dass die Anzahl dieser erfolgversprechenden Turnierpferde, die so teuer sind wie Eigentumswohnungen, nie weniger wird, dafür sorgt schon sein Trainer Harry, der sich nebenbei auch auf Pferdehandel versteht. Wenn Wilhelm über eine Neuerwerbung nachdenkt, redet er sich immer häufiger ein: «Darauf kommt es jetzt auch nicht mehr an.»

Ende der fünfziger Jahre haben sie ihm noch leidgetan, die Arbeiter, wie sie jeden Morgen durch das Firmentor auf die Stechuhr zustapfen, wie sie in der mörderisch lauten und heißen Halle an den Maschinen stehen, jeder falsche Handgriff kann eine Hand, einen Arm, wenn nicht das Leben kosten, ihres oder das des Kollegen.

Wenn er jetzt zu Beginn der Adventszeit bei seinem Fahrer ein paar Weihnachtsleckereien vorbeibringt und die Familie in der engen Bude der Schumanns beisammenhocken sieht, dann beneidet er sie um ihr einfaches Leben. Die Ehefrau umsorgt den Mann so liebevoll wie ein sechstes Kind, Freunde und Besucher werden ganz selbstverständlich mitbekocht. Mit der ständig wachsenden Schar Enkelkinder werden Brett- und Kartenspiele gespielt, und am Wochenende kümmert man sich gemeinsam um den gepachteten

Schrebergarten. Dazu noch ein, zwei Ferienwochen im Riesengebirge im Jahr, und das Leben dieser Familie ist perfekt. Nicht erst seit Ingas Krankheit hätte er gern mit dem dicken Schumann getauscht.

Nun laufen sie durch die Münchner Innenstadt, und obwohl Inga inzwischen so dünn ist, dass ihr die kleinste Konfektionsgröße um den Leib schlottert, scheint sie es immer noch zu genießen, mit Wilhelm einkaufen zu gehen. Er kauft ihr alles, was ihr gefällt. Vor den Auslagen des ersten Juweliers am Platz fordert er sie auf, einen Wunsch zu äußern.

«Aber ich hab doch nicht Geburtstag», sagt sie. Dennoch schenkt er ihr das Smaragdarmband, auf das sie länger und sehnsüchtiger geschaut hat als auf all den anderen Schmuck. Dass es das teuerste Stück in der Vitrine ist, interessiert ihn nicht. Ich möchte dir jetzt die Geschenke machen, die ich dir in den nächsten fünfzig Jahren gemacht hätte, denkt er und schämt sich für den Gedanken.

Weihnachtseinkäufe will sie noch erledigen, von der Idee ist sie nicht abzubringen. Wie das wohl gehen soll? Wilhelm bittet den Taxifahrer, den Bayerischen Hof anzusteuern. «Wir bringen erst einmal dein Gepäck aufs Zimmer.»

«Du kannst dir nicht vorstellen, wie ich mich darauf gefreut habe, unter die Dusche zu kommen. Ich kann immer noch den Krankenhausmief an mir riechen.» Sie ist jetzt wieder richtig munter. «Wie Uta das nur erträgt, jeden Tag acht Stunden in diesem Gestank zu arbeiten? Wenn ich erst mal entlassen werde, setz ich nie wieder einen Fuß in ein Krankenhaus. Dann mache ich auch keine Krankenbesuche mehr, nicht einmal für ...»

Inga spricht den Satz nicht zu Ende. Während sie sich das

Haar frottiert, landen einige lange Strähnen auf dem flauschigen Teppichboden des Hotelzimmers. Sie wickelt sich in das schwere weiße Badehandtuch.

«Komm doch mal her zu mir», muntert Wilhelm sie auf und klopft mit der flachen Hand auf die gesteppte Tagesdecke. Das Bett ist überdimensional groß. Er sinkt weich in die Matratze ein, als er sich nach hinten fallen lässt. Immer schon haben ihn Ingas gerade, breite Schultern fasziniert. Er mag ihre Schwimmerinnenfigur. Wie lange ist er mit seiner Frau nicht mehr allein gewesen? Er hat Sehnsucht nach ihrem vertrauten Körper. Nur stehen jetzt ihre Schlüsselbeine und Schulterknochen scharfkantig unter der dünnen Haut hervor, wie die Enden eines Kleiderbügels unter einem Seidenkleid. Ihre Arme sind mit blauen Flecken übersät. Besonders schlimm sieht die rechte Armbeuge aus. Und der linke Handrücken: bunt schillernd wie eine Ölpfütze in der Sommersonne. Erst am Vormittag hat Schwester Veronika die dicken Kanülen gezogen. «Jetzt müssen Sie aber auch ab und zu ein bisschen Essen durch Ihren Mund in den Magen lassen. Wollen Sie mir das versprechen? Es muss ja nicht gleich die ganze Weihnachtsgans sein.»

Inga legt sich neben ihn. Er stützt sich auf seinen Unterarm und schlägt das Handtuch auf. Seine Frau dreht ihren Kopf weg und schließt die Augen. Was er jetzt sieht, kennt sie aus dem Spiegel im Krankenhaus.

Es ist nicht nur die Magerkeit. Ihr Körper, an dem man jeden Knochen einzeln abzählen kann, ist mit weichem Flaum bedeckt. Dieses verstörende Körperphänomen, zusammen mit den merkwürdig vorstehenden Augen, verleiht ihr das Aussehen eines frisch geschlüpften Vögelchens. Die Hüftknochen stechen so spitz durch die Haut, dass Wilhelm unwillkürlich an das Anatomieskelett im Klassenraum seiner Volksschule denken muss. Hansi hatten es die Jungs genannt. Eines Tages hatte es eine Wehrmachtsmütze getragen.

Bewegungslos liegt Inga da und lässt sich mit geschlossenen Augen von ihrem Mann betrachten. Wilhelm deckt sie wieder mit dem Handtuch zu und versucht, sie in den Arm zu nehmen. Doch Inga macht sich so steif, dass er seine Hand nicht unter sie schieben kann. Er legt seine Stirn an ihre Schläfe. «Alles wird gut», sagt er.

Lotte streicht die frische Bettwäsche glatt und rollt das Gitterbettchen neben das große Bett. In diesem Kinderbett haben schon ihre eigenen Töchter geschlafen. Die Erstgeborene mit den dunklen Locken hat Hans geähnelt. Die zweite mit dem blonden Schopf ist vielleicht ein wenig mehr nach ihr gekommen. Das Kind, das jetzt in diesem Bett liegt, hat nur ein paar spärliche rote Haare auf dem quadratischen Kopf und erinnert sie an niemanden. Was hätte sie darum gegeben, wenn die Enkelin mehr Ähnlichkeit mit ihrer Mutter, Lottes Jüngster, gehabt hätte. Wenn Ingas Antlitz auftaucht, wenn sie dieses Kind ansieht. Aber nichts an diesem Wesen erinnert sie an die eigenen Kinder. Sechs Monate ist auch nicht gerade das hübscheste Alter. Der ehemals so zarte Säugling sieht aus, als wäre er mit einer Fahrradpumpe aufgeblasen worden. Die Bäckchen sind prall, und der Kopf liegt halslos auf den Schultern, in den Halsfalten sammeln sich Kekskrümel und Breireste, dort muss man das Kind immer besonders gründlich waschen. Unter dem Strampelanzug wölbt sich der Bauch wie ein kleiner Luftballon.

«Es hat einen richtigen Bummskopf», hat Hans neulich bemerkt. Inzwischen kann das Kind seinen Kopf allein hochhalten, doch wenn Lotte es auf den Arm nimmt, lastet sein Doppelkinn auf dem Ausschnitt des Strampelanzugs. Ungeduldig schlägt es mit einer Rassel auf das Moltontuch. Die Kleine ist aus dem Mittagsschlaf erwacht und will aus dem Bett genommen werden, sie wartet auf das Fläschchen. Seit kurzem kann sie sich allein auf den Bauch rollen, kommt dann aber nicht wieder in die Rückenlage zurück.

In einer Frauenzeitschrift hat Lotte gelesen, dass der plötzliche Kindstod meistens dann auftritt, wenn Säuglinge in der Bauchlage schlafen. Sie hat bei Hudek einen Schlafsack mit Bindegurten gekauft, mit denen wird die Enkelin jetzt zum Schlafen an den Gitterstäben des Bettchens festgezurrt – sicher ist sicher. Seitdem wacht sie wieder nachts auf. Dabei hat sie immer so gut durchgeschlafen. «Das Kind ist wirklich leicht zu handhaben», hat Hans schon zu Anfang bemerkt. Aber dieses Gejammer in der Nacht ist etwas, das Lotte den letzten Nerv raubt.

Hans hört das Weinen aus dem Nachbarzimmer nicht. Er ist zu beneiden mit seinem gesegneten Nachtschlaf. Aber als sie sich einmal aus dem Bett erhoben hat, weil das Heulen kein Ende nahm, ist er doch wach geworden und hat sie davon abgehalten, nach dem Kind zu schauen. «Wenn du jetzt zu ihr gehst, wirst du jede Nacht aufstehen müssen. Es gibt keinen Grund, da immer hinzurennen. Was soll sie auch haben? Sie ist satt und gesund. Wenn wir sie jetzt verzärteln, wird sie uns bald auf der Nase herumtanzen.» Da hat sich Lotte wieder hingelegt, und tatsächlich hat das Wimmern nach einiger Zeit aufgehört.

Jetzt beginnt sich der Säugling in dem Schlafsack unwillig zu winden. Der kleine Mund verzieht sich bereits unheilverkündend. Lotte ist schon bereit, ihn hochzuheben, sauber zu machen, ihm den Brei zuzubereiten, da hält sie inne, bleibt auf dem Gästebett sitzen, das sie gerade für ihre Tochter Inga frisch bezogen hatte, und schaut auf ihre im Schoß gefalteten Hände.

Immer öfter versinkt sie jetzt in diese bleierne Untätigkeit. Es gibt Tage, da ist jeder Handgriff zu viel, das Kartoffelschälen so kräftezehrend wie Kugelstoßen.

«Könnten wir nicht eine Sprechstundengehilfin einstellen? Wilhelm würde bestimmt etwas Geld dazutun.» Doch darüber ist mit Hans nicht zu reden.

«Du weißt, wie schlecht ich mich an fremde Menschen gewöhnen kann. Wenn ich diese Ziegen schon von weitem sehe, die bei den Kollegen in den Praxen ihr Unwesen treiben. So etwas kann ich gerade noch gebrauchen, an meinem Schreibtisch. Eh diese dummen Dinger verstanden haben, wie die Arbeit läuft, bin ich längst in Rente.»

Als es abends an der Tür klingelt, bleiben Lotte und Hans erst einmal regungslos vorm Fernseher sitzen. Wer mag das sein? Wohl ein Tippelbruder, der darauf wartet, dass Hans die üblichen fünf Mark aus dem Lokusfenster wirft.

Wilhelm ist noch nie ohne Ankündigung zu Besuch gekommen. Kaum hat er sich im Wohnzimmer in den Ledersessel fallen lassen, fällt Lotte auch schon die süßlich herbe Schnapsfahne auf. Hans bietet ihm trotzdem noch einen Asbach an, obwohl auch ihm die geröteten Augen und die Gesichtshaut des Schwiegersohns nicht entgangen sind. Na ja, Wilhelms Heimweg ist neuerdings nicht lang, vor ein paar Wochen erst ist der neue Autobahnzubringer fertig geworden. Über dem Jackett klebt ihm das Haar feucht gelockt im Nacken.

Es geht um die Vorbereitung der Weihnachtstage. Inga habe den Wunsch geäußert, bei den Eltern zu bleiben, um dem Kind nahe zu sein, erklärt Wilhelm umständlich. Lotte ärgert sich immer, wenn der Schwiegersohn so tut, als könne er sie für dumm verkaufen. Immerhin ist sie es, mit der Inga jeden Abend vor dem Schlafen als Letztes telefoniert. Sie lässt ihn geduldig ausreden, unterbricht ihn nicht, als er ihnen weitschweifig darlegt, warum es für Inga das Beste sei, in Schwelte zu schlafen. Was der Schwiegersohn sich wohl denkt?

«Ich glaube, er will mich nicht bei sich haben», hat Inga Lotte am Abend zuvor gesagt.

«Unsinn, er weiß, dass wir dich gern umsorgen wollen und wie sehr du uns fehlst. Es ist doch auch das Beste für dich und das Kind.»

Lotte versteht Wilhelm einfach nicht. Er bringt seine Frau nicht wieder zurück in ihr Elternhaus, will sie aber auch nicht bei sich haben. Er beansprucht die Hoheit über ihren Aufenthaltsort, ihre Gefühle aber scheinen ihm egal zu sein. Wenn es ihm zu viel wird, delegiert er die Arbeit einfach an die Schwiegereltern.

«Wir möchten nur wissen, warum du sie nicht wieder ganz zu dir holst. Oder bringst du sie endgültig zu uns?»

«Sie wird in München optimal versorgt», sagt Wilhelm. Er vermeidet es, seine Schwiegermutter anzuschauen, die mit steinernem Gesichtsausdruck ihr Taschentuch knetet. Da spürt Lotte eine kalte, stumme Wut in sich aufsteigen. Dieses Tauziehen hat es von Anfang an gegeben. Es ist doch mein Kind, denkt Lotte. Ich habe es geboren, ich kenne meine Inga hundertmal besser als dieser Mann.

Was Hans seinem Schwiegersohn am meisten übelnimmt, ist die Tatsache, dass der es ihm überlassen hat, Lotte von der

Diagnose zu informieren. Anämie, als ob er mit diesem Unfug in einem Arzthaushalt lange durchgekommen wäre. Gleich bei seinem ersten Besuch in München hat Hans den Chefarzt beiseitegenommen und ein langes Gespräch mit ihm geführt, von Kollege zu Kollege. Die Krankengeschichte war ihm nicht eine Sekunde lang plausibel erschienen. Nichts hatte zueinander gepasst. Und an eine erfolgreiche Therapie mit diesem Arzneimittel aus Übersee hatte er auch nie geglaubt. Das war doch neumodischer Quatsch, reine Geldschneiderei. Am Ende war er es gewesen, der seiner Frau die grausame Wahrheit mitteilen musste. Seither hat Lotte aufgehört, mit ihm zu reden, als hätten erst seine Worte die tödliche Krankheit ausgelöst.

Sie schaut ihn nicht mehr an, behandelt ihn wie Luft. Ihre Stimme bekommt er nur noch zu hören, wenn sie mit dem Kind spricht. Und auch er ist verstummt, bis auf die knappen Anweisungen während der Sprechstunde. Die Diagnose Leukämie hat sie beide sprachlos gemacht.

Im Krieg während der Bombenangriffe, bei seinem Einberufungsbefehl, in der Hungersnot der Nachkriegsjahre, in der Zeit, als die eigenen Eltern erkrankten, ja sogar beim Tod seines Vaters hatte es immer noch Hoffnung gegeben. Das Leben ist immer irgendwie weitergegangen. Aber jetzt ist die Zukunft vor die Wand gefahren. Was gibt es da noch zu sagen?

Und so besprechen sie an diesem Dezemberabend die Speisefolge und den zeitlichen Ablauf des Heiligen Abends. Bescherung um sechs, danach der Gänsebraten, Wilhelm will den Wein beisteuern.

Zur Erinnerung

Als mein Vater sich wieder einmal verspätet hatte, sprach mich vor der Schule ein kleines Männchen an. Es trug eine altmodische Hose aus dickem Wollstoff, eine hellblaue Windjacke und orthopädische Schnürstiefel, Klamotten wie ein Rentner, dabei war das kein Rentner. Um seinen Hals baumelte eine hellbraune Kameratasche. Der kleine Mann hatte ein bleiches Kindergesicht, dünne, akkurat gescheitelte, farblose Haare und blinzelte, als hätte ihm jemand Staub in die Augen gepustet.

«Nicht weglaufen, bi-bi-bitte nicht weglaufen, nu-nu-nur ganz kurz stehen, stehen bleiben», bat er, flehentlich, und kam aus dem Bushäuschen auf mich zugetrippelt. «Da-da-da-darf ich dich fo-fo-foto-tografieren? Bitte, bitte.» Ich fürchtete mich nicht, aber von dem seltsamen Wesen angesprochen und begafft zu werden war mir unangenehm. Ich schaute mich um, ob jemand uns sah, die Situation war peinlich. Zugleich tat es mir leid wie ein ausgesetztes Haustier. Das Männlein öffnete die Tasche vor seiner Brust und holte umständlich die Kamera hervor, dann ging es vor mir in die Knie und fotografierte mich. Seine Hände zitterten so stark, dass ihm beinah die Kamera aus der Hand gefallen wäre. «Da-da-das ist aber-ber-ber sch-schön», sagte der Zwerg mit bebender Unterlippe. Er war total aus dem Häuschen.

«Das war der rote Klaus», klärte mich Bianca auf, die mir mit der Posaune unterm Arm entgegenkam. Am Freitag traf sich nach dem Unterricht der Spielmannszug zum Proben in der Sporthalle. «Der steht hier ständig rum und fotografiert uns, wenn wir etwas Rotes anhaben. Seine Eltern und seine Geschwister sind, als er noch klein war, in ihrer Wohnung verbrannt. Nur Klaus wurde von den Feuerwehrmännern gerettet. Seitdem fotografiert er alles, was rot ist. Der mochte bestimmt deine Haare.»

In der nächsten Woche stand der rote Klaus wieder zum Unterrichtsschluss am Schultor. Ich tat so, als würde ich ihn nicht sehen, und ging etwas schneller, aber er hielt mich am Jackenärmel fest. «Ich hab ein Geschenk für dich», flüsterte er, als teilten wir ein Geheimnis. Er stotterte nicht mehr. Umständlich kramte er aus der Innentasche seiner Jacke ein Papieretui mit Fotoabzügen hervor.

«Ich hab's eilig, da vorne wartet mein Vater.»

«Das ist für dich», sagte er feierlich und überreichte mir ein Foto.

Auf dem verschwommenen Abzug war links ein diagonaler Streifen Hecke zu erkennen, in der Mitte ragte eine Parkuhr ins Bild, und am oberen rechten Rand sah ich den schmalen Ausschnitt eines Gesichts, ein geschlossenes Auge und ein einzelnes Ohr, hinter dem eine rote Haarsträhne klemmte.

«Hat der rote Klaus dich fotografiert?», fragte mich mein Vater im Wagen und schmunzelte. Ich fühlte mich ertappt, als hätte ich mit dem Mann ein Geheimnis geteilt.

Das Sommerfest im Behinderten-Betriebswerk stand an. Frau Roberts bereitete uns im Sachkundeunterricht auf das Ereignis vor. Wir sollten überlegen, was wir für den Tag basteln wollten. Auf einem Basar würden unsere Handarbeiten verkauft werden, und von dem Erlös sollte den Behinderten dann eine Betriebsfahrt ins Sauerland finanziert werden.

Frau Roberts teilte Zettel aus. Unsere Mütter wurden gebeten,

Kuchen zu backen und Salate zu machen. Ob einer der Väter Zeit hätte, den Grill zu bedienen? Stefan Gras meldete sich: «Mein Vater ist arbeitslos, der hat immer Zeit, der macht nix lieber als grillen.»

Herr Hofmüller, der Klassenlehrer der Dritten, würde mit uns die Stände auf dem Innenhof der Anstalt aufbauen. In Gruppenarbeit sollten wir erarbeiten, was den geistig und körperlich Behinderten an diesem Tag eine besondere Freude bereiten könnte, und uns Spiele für die Behinderten ausdenken.

«Bitte beachtet, dass nicht alle so fit sind wie ihr und dass auch die Älteren und Erwachsenen auf ihre Kosten kommen müssen.»

Stefan schlug ein Bierzelt vor, dann würde sein Vater noch lieber zum Grillen kommen. Frau Roberts überging diesen frechen Zwischenruf und teilte uns in verschiedene Arbeitsgruppen ein.

Die Utensilien fürs Dosenwerfen, das Glücksrad mit der Tombola, ein dickes Tau fürs Seilziehen, Jutesäcke fürs Sackhüpfen, ein Mühlespiel mit Steinen so groß wie Autoreifen bewahrte der Hausmeister in seiner Garage auf. Etwas wirklich Neues war uns zur Unterhaltung der Behinderten anscheinend nicht eingefallen. Und dass die Broschen aus Fimo, die Monika mit ihren Freundinnen bastelte – kleine Hüte in unterschiedlichen Farben und Formen, die sie auf Sicherheitsnadeln geleimt hatte –, ein Verkaufsschlager werden würden, hätte mich ähnlich überrascht wie meinen Vater das Ansinnen, er solle auf diesem Sommerfest am Grill stehen.

«Findet dieses Fest nicht tagsüber statt?», fragte er nur. «Sollen sich die Väter für die Schule Urlaub nehmen, oder wie hat sich das deine Lehrerin gedacht?»

Weil Andrea mit ihrem Verlobten Urlaub auf Teneriffa machte, konnte ich keinen Kuchen mitbringen. Als ich auf der Fahrt zur

Schule darüber jammerte, dass alle außer mir Kuchen mitbrächten, fuhr mein Vater wortlos vor der Bäckerei rechts ran.

Die Bäckerin hatte alle Berliner aus der Vitrine auf fünf Tabletts übereinandergestapelt und zu einem Paket verschnürt, so schwer, dass ich es kaum in den Linienbus hieven konnte, der uns zur Behindertenanstalt brachte. Monika hatte eine Schwarzwälder Kirschtorte von ihrer Oma dabei, und ich ahnte schon, es würde wieder Geraune und Gelächter geben, wenn ich die Teilchen vom Bäcker auspacken musste.

Ob es so peinlich würde wie an Weihnachten, als am letzten Schultag alle ein kleines Geschenk für einen Mitschüler mitbringen sollten, im Wert von fünf Mark? Das Geschenk hatte ich total vergessen, erst am Morgen der geplanten Weihnachtsfeier war es mir wieder eingefallen. «Das haben wir gleich», hatte mein Vater gesagt und aus seiner Sockenschublade eine frische Dreierpackung Damasttaschentücher hervorgeholt, mit eingestickten Initialen. WR. Geschenkpapier fanden wir auf die Schnelle nicht.

Susanne schaute finster drein, als sie an der Reihe war und die Taschentücher aus dem Sack zog. Ursula hatte Wachsmalstifte bekommen und Karin eine kleine Playmobilfigur. Nur gut, dass niemand wissen konnte, wer die Taschentücher mitgebracht hatte. Aber als Susanne die Packung öffnete, in der Erwartung, dass noch irgendetwas Tolles zwischen den Stofflagen auftauchen würde, rief Monika: «Die komischen Lappen hat die da in den Sack getan, das weiß ich ganz genau.»

An dem Morgen, an dem das Sommerfest stattfand, hatte ich erst einmal Glück. Ich ergatterte im Linienbus einen letzten Sitz, gleich hinter dem Busfahrer. Der war eigentlich für die Schwerbeschädigten reserviert. Aber die fuhren an diesem Tag nicht

Bus, sondern warteten im Behindertenwerk auf uns. Auf dem Gang drängelten sich die Mitschüler, ständig bekam ich einen Ellenbogen in die Seite, und als der Bus anfuhr, hielt sich ein Junge aus der Vierten an meiner Nase fest. Ich stellte das schwere Kuchenpaket auf meine Knie und wünschte mir, der Tag wäre schon vorbei. Ereignisse außerhalb des Stundenplans bereiteten mir unweigerlich Magenschmerzen. Nicht zu verstehen, wie die anderen es schafften, etwas zu mögen, was sie so wenig vorhersehen konnten wie dieses Sommerfest mit den Behinderten. Da hätte ich ja noch lieber in unserer Klasse still auf meinem Stuhl gesessen und ausgerechnet, wie viele Würste Pauls Bruder noch übrig hat, wenn er zweiundsiebzig kauft und Maria vierunddreißig abgibt.

Ich hatte schon gehört, dass im Linienbus häufig komische Gestalten saßen, Monika beschwerte sich ständig über eine verwahrloste Alte, die nach Pipi roch und von morgens bis nachmittags vom Dorf in den Ort und wieder zurück fuhr, vor der ekelte sie sich. Auch Allan, der Stadtstreicher, lag immer hinten im Bus und schlief quer auf der letzten Bank seinen Rausch aus. Alle Kinder kannten ihn. Wenn er nicht am Markt in der Kneipe hockte, fuhr er im Bus herum.

«Man kann ihm ins Ohr pusten, dann fängt er an zu schreien», erklärte mir Stefan, als er einmal beobachtete, wie ich Allan anstarrte. «Soll ich mal?»

«Bitte nicht.»

Allan schnarchte, ein Speichelfaden hing an seinem stoppeligen Kinn, er roch wie die Pissrinne im Jungsklo. Die langen schwarzen Haare fielen ihm strähnig über die scharf geschnittene Nase, und seine Haut war faltig und sonnengegerbt, eher dunkelrot als gebräunt – genau so stellte ich mir Indianer-Joe vor.

Tom Sawyer war nämlich mein Held, Asta hatte das Buch als Schallplatte. Wenn sie noch nicht aus der Schule zurück oder mit unserem Vater bei den Pferden in der Reithalle war, ging ich in ihrem Zimmer an den Plattenspieler, was total verboten war. Ein Zettel verkündete: «Lästige Zwerge draußen bleiben!»

Die Szene, in der Tom sich mit Huckleberry Finn zu ihrer eigenen Trauerfeier in die Kirche schleicht, war mir eine der liebsten. «Du bist die Auferstehung und das Leben», dröhnt der Pfarrer in der Geschichte, genau in dem Moment, als die selbsternannten Piraten – mitnichten im Mississippi ertrunken – die Kirchenpforte öffnen und die Gemeinde an ein Wunder glauben lassen. Aber bei der Szene, in der Huck sich auf der Suche nach dem Schatz mit seinen Freunden im Labyrinth der McDouglas-Höhle verläuft und in der Dunkelheit unvermittelt auf Indianer-Joe trifft, rannte ich immer schnell aus dem Zimmer – die Spannung war einfach nicht auszuhalten. Dabei vergaß ich oft, den Plattenspieler auszustellen, und war jedes Mal aufs Neue überrascht, wenn ich mir von Asta eine saftige Ohrfeige einfing.

Als wir am Behindertenwerk ankamen, trichterte uns Frau Roberts noch einmal im Bus stehend ein, dass die Behinderten genau solche Menschen wären wie wir. Nur eben etwas anders. Genauso, nur anders, wer konnte sich darunter etwas vorstellen?

Gleich beim Aussteigen fiel mir ein Zwillingspaar auf, etwas größer als ich, keine Kinder mehr, aber waren das nun Jugendliche oder schon Erwachsene? Ihr Alter ließ sich schwer schätzen. Zum Begrüßungskomitee, das an der Schranke neben dem Pförtnerhäuschen unsere Ankunft erwartet hatte, gehörte außerdem ein Rollstuhlfahrer ohne Arme und Beine, der sein elektrisches Gefährt mit dem Mund steuerte, indem er sich zu einem kleinen schwarzen Hebel hinunterbeugte. Ein junger Mann, der von einer Krankenschwester auf einer Art fahrbarer Sonnenliege geschoben wurde, warf den Kopf hin und her und ruderte mit abgewinkelten Ellenbogen. Sein Körper war so ganz und gar in sich verdreht, dass seine Schuhsohlen nach oben schauten. Nun entdeckte ich noch weitere Geschwister der Zwillinge. Das musste ja eine ganze Großfamilie sein. Sie sahen sich alle ähnlich, hatten das gleiche breite Gesicht und dieselbe Frisur, mit einem Scheitel, der nicht längs, sondern quer über dem Kopf verlief. Ihre Haare waren ordentlich an den flachen Hinterkopf gekämmt, die Ponyfransen klebten ihnen an der Stirn. Allen stand der Mund etwas offen. Da fiel mir ein, wo ich eine weitere Verwandte von ihnen schon einmal gesehen hatte. An der Kasse des Zeitungskiosks vor dem Bahnhof in Schwelte.

«Für ein Mongölchen kann das Mädchen aber gut rechnen», hatte der Großvater gesagt. «Es ist traurig, diese Menschen werden alle nicht alt. Die Natur kann so grausam sein. Besser, sie würden erst gar nicht geboren.»

Zur Begrüßung sollten wir jetzt mit den Behinderten einen großen Kreis bilden und zusammen singen. Stefan, Michael und ein paar andere Jungs schlichen sich unbemerkt fort und versteckten sich hinter einem Rhododendronbusch. Ich wollte ihnen folgen, aber da kam auch schon Frau Roberts und schob mich zwischen die Zwillinge. Wir sollten uns an den Händen fassen, aber darauf waren die Zwillinge so wenig erpicht wie ich. Die Hand der einen, die meine ergriff, war winzig klein, weich und feucht.

«Geh aus, mein Herz, und suche Freud», sangen wir, als jemand sich plötzlich hinter uns hindurchdrängelte. Der rote Klaus streckte seine kurzen Arme aus, um mir über die Haare zu streicheln. «Schön, sch-sch-schön», stotterte er.

5

«Alle Jahre wieder kommt das Christuskind», singen die Regensburger Domspatzen mit ihren Eunuchenstimmchen. Die brennenden Bienenwachskerzen in Kombination mit den am Baum hängenden Strohsternen, es kommt Wilhelm vor, als sollte an diesem Weihnachtsfest das Schicksal herausgefordert werden. Immer wieder schaut er nach dem gutgefüllten Wassereimer, den der Schwiegervater neben die Übergardine platziert hat. Zu Hause bei Marianne steht der Weihnachtsbaum immer auf einem Hocker in der Küche und wird von Elektrokerzen erleuchtet. Das genügt doch völlig und ist sicher.

«Weißt du noch, wie du als Kind immer den Text so lustig falsch gesungen hast?», wendet Lotte sich an Inga. «*Kehrt mit seinem Besen ein in jedem Haus.* Du hast geglaubt, das Christkind soll an Weihnachten bei den Menschen sauber machen.»

«Ich kann diese Weihnachtsmusik nicht mehr hören», sagt Hans, erhebt sich aus seinem Sessel und geht zum Schrank mit den Schallplatten. «Mehr als sechzig Weihnachten habe ich jetzt schon erlebt, und immer werden dieselben blödsinnigen Lieder gesungen. Dieser Quatsch vom Tannenbaum, der grüne Blätter trägt. Die Texte sind dümmlich, die Melodien einfältig, da nützen auch die schönen Stimmen nichts.»

Vorsichtig hebt er den Arm des Plattenspielers an, nimmt mit weit ausgestellten Zeigefingern die Platte vom Teller und lässt sie behutsam in die Papierhülle gleiten. Fettfinger auf den Schallplatten sind ihm ein Graus.

«Ave Maria, Santa Mari-ih-ih-ih-aaa ...»

Maria Callas nimmt stimmgewaltig das Wohnzimmer ein. «Nun gut, das lässt man sich noch gefallen», sagt Hans, nachdem er wieder mit geschlossenen Augen in seinen Sessel gesunken ist, und streicht mit seinen sehnigen Händen abwesend über die Armlehnen. Der Sekt auf dem Tisch ist längst warm geworden. Als Lotte auffällt, dass Wilhelm sein Sektglas nicht angerührt hat, bringt sie ihm wortlos ein Bier und einen Korn in einem eiskalt beschlagenen Schnapsglas.

«Lotte, du bist ein Engel.»

Inga sitzt auf dem Sofa und hält die Kleine auf ihrem Schoß. Ein wahrhaft weihnachtliches Bild, Madonna mit dem Kinde. Uta legt einen Film in ihre Kamera ein. «Setz dich doch mal neben deine Mami», wird Asta aufgefordert, die vor dem Baum auf dem Teppich hockt und damit beschäftigt ist, die schwarzen Schienen ihrer neuen Carrerabahn zusammenzustecken. Ab und zu flucht sie leise.

«*Scheiße* würde ich besser nicht sagen», flüstert Wilhelm ihr ins Ohr, «sonst können wir uns hier gleich was anhören.»

«Ist das nicht eher was für Jungs?», fragt Lotte ihre Enkelin. «Und bist du dafür nicht noch zu klein? Das wirkt alles so technisch und kompliziert.»

«Die hab ich mir gewünscht», sagt Asta und reicht die Schienenteile zum Großvater hoch, der die Dinger mit gequälter Miene zusammensteckt.

«Dass wir aber nicht gleich in der ganzen Wohnung über diese Rennbahn stolpern», mahnt der Großvater. «Nun sei artig und tu, was Tante Uta gesagt hat. Geh mal zu deiner Mami rüber. Uta macht jetzt ein paar Fotos.»

Im Flur auf dem Weg zum Bad hat Wilhelm mitbekommen, wie Lotte in der Küche versucht hat, Uta von der obligatorischen Weihnachtsfotografiererei abzuhalten. «Sie sieht doch so blass aus. Wir können doch auch mal ein Jahr lang gar keine Fotos machen.»

Aber Inga hat Uta extra um ein Foto von sich und den Kindern gebeten, für den Nachttisch im Krankenhaus; sie ahnt ja, dass sie wieder dorthin zurückmuss, was soll man tun?

Als Lotte eine Schale mit Spekulatius auf den Tisch stellt, steigt neben Wilhelm auf einmal ein beißender Dampf auf. Sofort überlagert er den saftigen Gänsebratengeruch, der aus der Küche über den Wohnungsflur wabert. Ein Gestank wie lauwarmer, vergorener Blumenkohl. Wilhelm schaut an seinem Sessel herab und entdeckt den Pudel Peter, der mit hochgezogenen Lefzen und Schmatzgeräuschen an der eigenen Poperze nagt.

Inga hat einen Arm um ihre ältere Tochter gelegt, die mit eingefrorenem Lächeln in die Kameralinse starrt. Der Säugling strampelt mit seinen Beinchen, und Asta verscheucht eine träge taumelnde, blau schimmernde Winterfliege von ihrem Unterarm.

«Ihr müsst aber auch mal stillhalten», ruft Uta mit einem zugekniffenen Auge hinter der Kamera hervor. «Sonst wird das nichts.»

Ohne ihr Lächeln zu verändern, zischt Asta dem Vater zu: «Wann fahren wir denn endlich wieder nach Hause?»

Alles anders

Ich träumte von Olaf. Olaf konnte im Sportunterricht so flink an dem von der Decke hängenden Seil hochklettern wie die jungen Schimpansen im Dortmunder Zoo. Der erste Ausflug mit der Klasse war in den Tierpark gegangen. Von den exotischen Tieren bekam ich nicht sonderlich viel mit, weil mir auf der Busfahrt schlecht geworden war. Es war warm und stickig, der Bus hatte am Morgen ziemlich lange in der brennenden Sonne gestanden, denn unsere Musiklehrerin, Frau Bille, die Frau Roberts auf dem Ausflug unterstützen sollte, war am Kamener Kreuz im Stau stecken geblieben.

Vor Langeweile hatte ich meinen Proviant – eine spitze Papiertüte voller bunter Süßigkeiten vom Kiosk, ein Negerkussbrötchen und eine Puddingschnecke – schon vor der Abfahrt aufgegessen.

«Setz dich nach vorn», hatte mir mein Vater eingeschärft, «da wird einem nicht so schnell schlecht.» Aber auf den vorderen Plätzen hatten schon die Lehrerinnen gesessen, und um nicht wieder als Streberin bezeichnet zu werden, hatte ich mich mutig auf die hintere durchgehende Bank in die Mitte gesetzt, neben Monika. Monika war die Anführerin einer Gruppe sportlicher Mädchen, die nachmittags immer zusammen Tennis spielten. Die Mädchen hatten meine Schaumerdbeeren und sauren Gurken ausgeschlagen und sich einfach weiter unterhalten, durch mich hindurch und über meinen Kopf hinweg.

Im Stau auf der A1 war dann der Süßkram in einem Schwall, leicht anverdaut, in der Tüte aus Butterbrotpapier gelandet, die ich in letzter Sekunde aus dem Netz an der Rücklehne des Vordersitzes hatte ziehen können. Igittigitt, hatte Monika gerufen, die wie immer ihren weißen Tennisrock trug, und war vom Nachbarsitz aufgesprungen. Dann gab es ein Gerangel, die Mädchen auf den Sitzen neben mir stürmten in den vorderen Teil des Busses. «Ich glaub, ich spinne», dröhnte der Busfahrer durch das Mikrophon. «Ich zähl jetzt bis drei, und dann sitzt jeder wieder auf seinem Hintern, aber dalli.»

Die Sitze um mich herum und die Reihen vor mir waren leer geblieben. Nur Olaf hatte seinen Platz direkt vor mir nicht verlassen und mir durch den Spalt zwischen den Rücklehnen seine Trinkflasche mit den Worten gereicht, ich solle immer schön aus dem Fenster schauen, auf den Horizont. Tatsächlich war es mir dann bei der Ankunft schon etwas besser gegangen. Als er nach mir aus seiner Flasche getrunken hatte, ohne eine Miene zu verziehen, hatte ich mir gewünscht, Olaf wäre in mich verliebt. Das hatten die anderen Kinder natürlich sofort gemerkt und hinter ihm hergerufen: «Olaf ist in Pumuckel verknallt.» Olaf hatte das anscheinend nicht gejuckt. Leider hatte er mich danach auch nicht mehr weiter beachtet.

Kaum im Tierpark angekommen, rangelten die Jungs miteinander, zogen sich gegenseitig die Kapuzen ihrer Windjacken über die Köpfe, traten sich auf die Füße und jagten dem Fußball nach, den Stefan verbotenerweise mit auf das Gelände geschmuggelt hatte. Sie waren ständig in Bewegung, fegten umher, machten Radau und nahmen sich gegenseitig in den Schwitzkasten. Die Mädchen blieben in kleinen Gruppen zusammen, teilweise untergehakt, und gingen, in wichtige Gespräche vertieft, achtlos an den Käfigen mit den Papageien und Waschbären vorbei.

Andere lauschten artig Frau Roberts' Ausführungen zu den einzelnen Tierarten, während Frau Bille als Nachhut versuchte, die ganze Bande zusammenzuhalten. Ich trottete ein wenig abseits dahin, mit meinem flauen Magen beschäftigt und in Gedanken sehnsuchtsvoll bei Olaf, der an der Spitze des Feldes dem Ball hinterherjagte. Alles an ihm gefiel mir, sein halblanges Haar und die lässige Art, mit der er an diesem warmen Spätsommertag seine Regenjacke trug. Er hatte sich nur die Kapuze aufgesetzt, die Jacke flatterte beim Laufen lässig wie Zorros Umhang. Seine Umhängetasche baumelte ihm quer über dem Rücken, von vorn sah man nur den Lederriemen an seinem Hals.

In meiner Vorstellung gingen wir jetzt gerade zu zweit durch den Tierpark und hatten die Außenwelt vergessen. Die Gitterstäbe und Zäune machten mich melancholisch. Wozu das alles? Die Besucher waren doch sowieso mehr mit sich selbst beschäftigt als mit den haarigen oder gefiederten Gefangenen. Die meisten Tiere dösten oder starrten apathisch vor sich hin. Sie beachteten die Menschen nicht, selbst dann nicht, wenn die Krach machten und an den Zäunen rüttelten. Ein Gorilla mit kahler Stelle am Hinterkopf warf dem Jungen, der einen Armeeparka trug, nur einen kurzen Blick über die Schulter zu, als der mit seiner Faust mehrfach gegen die Panzerscheibe wummerte. Was diese Menschen nur immer für ein Theater machten.

Die Enten auf dem trockenen Gras wirkten dagegen ganz aufgeräumt. Eine besonders aufgeplusterte, braun gesprenkelte mit einem leuchtend blauen Streifen unter den Flügeln zwinkerte mir zu, als ich sie ansprach. Sie latschte im Wiegeschritt direkt zu mir herüber. Ich steckte meinen rechten Fuß unter den Gitterzaun und wackelte mit den nackten Zehen in meinen Sandalen. Vielleicht würde sie an mir schnuppern. Tatsächlich kam sie immer näher, bis sie ein paar Zentimeter vor mir stehen blieb.

Dann senkte sie den Kopf, öffnete den Schnabel, machte noch einen Schritt und biss mir in den großen Zeh. Der Schmerz kam so überraschend wie ein Wespenstich aus dem Hinterhalt. Kleine Blutstropfen traten neben dem Nagelbett hervor – die Ente war ja ein richtiger Haifisch! Ich schaute mich um und stellte erleichtert fest, dass keiner meiner Mitschüler die Attacke mitbekommen hatte, dann wickelte ich mir einen Streifen Tempotaschentuch um den blutenden Zeh. Was für ein bescheuerter Tag.

Als Olaf vor dem Käfig mit den knallbunten Aras seine Schinkenbrote auspackte, wünschte ich, er würde mir vor allen Kindern eines davon anbieten, als Zeichen unserer Liebe. Von Olafs Brot hätte ich sofort abgebissen, auch wenn mir immer noch ziemlich übel war.

Am Kiosk neben dem Raubkatzengehege durften wir uns Eis kaufen, auch wenn Frau Roberts mit besorgtem Blick meinte, ich solle besser nur ein Getränk nehmen. Als ich an der Reihe war, holte ich das Portemonnaie aus meiner Umhängetasche und zog den Fünfzigmarkschein hervor, den mir mein Vater am Morgen in die Hand gedrückt hatte. «Schaut mal, was die dabeihat», rief Monika laut. «Fünfzig Mark!»

«Lädst du mich auf ein Eis ein?», fragte die dicke Susanne, die immer etwas komisch aussah, weil sie die alten Klamotten ihres zehn Jahre älteren Bruders auftragen musste. Warum nicht? «Mich auch! Mich auch!» Plötzlich drängten sich alle um mich, und ich fing an zu bestellen: ein Dolomiti für Susanne, ein Domino für Monika, einmal Brauner Bär für Michael, Ed von Schleck für Frank, zwei Capri für Heiko und Sabine. Aber da bahnte sich auch schon Frau Roberts ihren Weg durch die drängelnde Kinderschar und machte meine Bestellung bei dem Kioskbetreiber rückgängig.

«Gib mir bitte den Geldschein.» Wie auf Kommando hatten

sich alle zu uns umgedreht; offenbar fanden sie die Lehrerin und mich interessanter als die Löwenkinder im Freigehege. «Du bekommst dein Geld nach dem Ausflug zurück. Solange bewahr ich es für dich auf. Du kannst hier nicht einfach alle Kinder einladen.»

Ich hatte keine Ahnung, warum das nicht gehen sollte. Ich war doch an der Reihe gewesen, und es hätte für alle gereicht. Ohne zu wissen, wofür, schämte ich mich. Mein Kopf war heiß, und in meinen Ohren rauschte ein Gebirgsbach der Verzweiflung. Ich kämpfte erfolglos gegen die Tränen, als Frau Roberts mir im Tausch gegen den Schein eine Mark fünfzig für eine *Bluna* in die Hand drückte. Es war das erste Mal, dass sie so streng mit mir gewesen war. Ihre Gunst zu verlieren war vom ersten Schultag an meine größte Angst und gleichzeitig auch meine sichere Überzeugung gewesen. Alle Aufgaben, die ich in der Schule machte, erledigte ich so gut, wie ich konnte, nur um Frau Roberts zu gefallen. Das Anfängerglück verließ mich trotzdem, unaufhaltsam. Mein Vorsprung vor den anderen Kindern wurde täglich geringer. Bald konnten auch die anderen ganze Worte und kurze Sätze schreiben, aber in schönerer Schrift und vor allem fehlerfrei. Ich stand immer häufiger umsonst in der Schlange vor Frau Roberts' Pult um einen Bienchen-Stempel an. «Du musst dich ein bisschen besser konzentrieren», sagte sie, wenn sie mir ein korrigiertes Arbeitsblatt zurückgab. «Das große E ist doch keine 3.»

Tatsächlich schrieb ich einige Buchstaben spiegelverkehrt. Am schwierigsten war das S. Ich konnte mir einfach nicht merken, wie herum es richtig ging. Schön war es, wenn Frau Roberts mich dann bei Schreibübungen von hinten umarmte und mit ihrer Hand die meine führte. Doch auch wenn sie nie ungeduldig mit mir wurde und mich weiterhin für meine Erfolge lobte, die anderen Kinder wurden mehr gelobt.

Für fünf dieser Fleißstempel bekam man von unserer Klassenlehrerin eine Postkarte. Monika, die Buchstaben so akkurat in das Schönschriftheft setzen konnte, als wären sie gedruckt, hatte schon einen ganzen Stapel von diesen Karten mit Blumen- und Tiermotiven, mit denen auf dem Schulhof ein reger Tauschhandel betrieben wurde. Ich hatte erst zwei. Auf einer nagte ein Koalabär an einem Eukalyptuszweig, auf der anderen war eine Vase, in der ein Strauß Osterglocken steckte. Tauschen wollte niemand mit mir.

In den Schulpausen schnürte ich allein über den Schulhof, tat unbeteiligt und versuchte, möglichst unauffällig die Mitschüler zu observieren. Die Mädchen spielten Gummitwist und ließen Seile schwingen, durch die sie auf und ab hüpften, auf einem Bein, dann wieder auf beiden, mit Drehungen, so schnell und elegant, dass mir schon vom Zuschauen schwindlig wurde. Niemals hätte ich da mithalten können. Die Jungs kickten Getränkedosen oder spielten Autoquartett. «Du weißt doch noch nicht einmal, was PS bedeutet», sagte Stefan, als ich einmal fragte, ob ich mal mitspielen dürfe.

«Es wird wohl seine Gründe haben, wenn niemand mit dir spielen will», sagte mein Vater. Er hatte dann aber doch Mitleid mit mir. So kam es, dass er jeden Morgen aus seinem Büro zur Schule fuhr, um mich in der ersten Pause zu besuchen. Er brachte mir ein Teilchen vom Bäcker mit und ein Getränk in einer farbigen, weichen Plastikflasche, das *Dreh und Trink* hieß, weil der Verschluss, ein kleiner Knebel, vor Gebrauch abgedreht werden musste.

Mein Vater war immer schon da, stand am Schultor und winkte, wenn ich die Treppe zum Hof herunterkam. Er lehnte auf der einen Seite des Tores, und ich blieb auf der anderen Seite stehen, vorschriftsgemäß auf dem Schulgelände. Anfangs machten die

Kinder noch ihre Bemerkungen, doch irgendwann gehörte mein Vater so selbstverständlich zur Frühstückspause wie das durchdringende Klingeln oder der grimmige Hausmeister, der in einer Garage die Schulmilch ausgab. Und jeden Tag freute ich mich aufs Neue, wenn ich schon von weitem sein kariertes Sakko sah. Für zwanzig Minuten waren wir uns sehr nah.

Er erzählte mir von der Firma, ich berichtete, was wir gelernt hatten oder wie sehr mir der Teerdunst von den Bauarbeiten auf dem Flachdach der Sporthalle auf den Magen geschlagen hatte. «Den nervösen Magen hast du von mir», sagte er dann.

Wenn es klingelte, gab er mir zum Abschied ein Küsschen. Das tat er sonst nie. Dann war mir stets so wehmütig ums Herz, als würde ich mich auf einem Bahnsteig für eine Reise ins Ungewisse verabschieden, als würden Jahre vergehen, bis wir uns wiedersahen, und nicht nur die nächsten vier Unterrichtsstunden. Bei Schulschluss, wenn die Kinder zum Bus rannten oder sich auf ihre Fahrräder schwangen, stand sein blauer Mercedes wieder vor dem Tor. Ich war das einzige Kind, das immer abgeholt wurde.

Beim Einschlafen dachte ich in meinem Bett sehnsüchtig an Olaf. Gegen das Alleinsein – der Vater kehrte vom Reiten häufig erst spät zurück nach Hause, Asta kam so gut wie nie aus ihrem Zimmer hervor – half am besten das Fernsehprogramm. Wenn ich den ganzen Abend ferngesehen hatte, nicht selten schon für ein paar Stunden auf dem Fernsehsessel eingenickt war, fand ich nicht leicht wieder in den Schlaf, selbst dann nicht, wenn es schon weit nach Mitternacht war.

«Abends wird nichts mehr geschaut, sonst bist du viel zu aufgedreht und kommst nicht zur Ruhe.» Wie recht meine Großmutter mit ihren Prinzipien hatte, wusste ich erst, seitdem ich tagsüber chronisch müde war. Manchmal fielen mir im Unterricht die Augen zu, ohne dass ich es merkte. Ich konnte sie mit aller Willenskraft nicht mehr aufhalten und schlief regelmäßig in der letzten Schulstunde ein, den Kopf auf dem Tisch.

Im Religionsunterricht träumte ich von einem Hausbrand. Olaf war der unerschrockene Feuerwehrmann, der auf einer ausgefahrenen Leiter zu einem Fenster hinaufbalancierte, aus dem orange Flammen loderten und Susanne schrie und winkte. Unten vor meinem Traum-Mietshaus hüpfte Frau Roberts auf dem Springtuch wie auf einem Trampolin. Als Pastor Heinrichs mich sanft an der Schulter rüttelte, wusste ich weder, wo, noch, wer ich war. Ich hatte doch nur kurz meinen Kopf auf die Unterarme gelegt.

Nachts, wenn ich das Licht der Nachttischlampe endlich ausgeknipst hatte, jagten mir dann die vielen Erwachsenenfilme durch den Kopf, deren Handlung ich meistens nicht verstand und die vor allem dann aufregend waren, wenn nicht nur geschossen oder gemordet wurde, sondern wenn Leute sich küssten. Für meinen Geschmack gab es viel zu wenig Liebesszenen in den Filmen. In Schwelte hatte ich im Fernsehen nur ein einziges Mal küssende Menschen gesehen. Das war mir äußerst unangenehm gewesen, gerade so, als wäre es die eigene Phantasie gewesen, die diese Szenen auf den Bildschirm gezaubert hatte. Der Großvater hatte sich komisch geräuspert. «Na, das muss ja etwas besonders Schönes sein», hatte er gesagt, als wären ihm solche Begebenheiten, Gedanken an Liebe und Zärtlichkeit, vollkommen unbekannt.

«Für meinen Geschmack könnte man auf dieses Herumgewühle im Bett verzichten», hatte die Großmutter dazu bemerkt. «Wie diese Leute immer so albern die Münder aufreißen beim Küssen, das ist doch unappetitlich.» Dann war sie in die Küche gegangen, um Erdnüsse zu holen. Ob meine Großeltern sich früher auch geküsst hatten?

Wenn ich jetzt nachts allein vor dem Fernseher saß, genoss ich die Liebesszenen, sie hielten mich hellwach. Manchmal hätte ich gern zurückgespult und noch einmal genau angeschaut, was die Erwachsenen da miteinander machten, wie bei den Krimihörspielen in meinem Kassettenrekorder, wenn ich ein Detail bei der Aufklärung des Falls nicht richtig mitbekommen hatte.

Am Tag übte ich mich am Badezimmerspiegel im Küssen. Das machte aber wenig Spaß. Der Spiegel war kalt und glatt, und ich war ich und nicht Olaf. Ich stellte mir vor, wie ich mit ihm Radtouren unternahm, hin zu einsamen Waldlichtungen, wo wir uns auf eine karierte Decke legen und in die Sonne schauen würden. Olaf hatte ein gelbes Bonanzarad, an die hohe Lehne des gebogenen Sattels war ein Fuchsschwanz gebunden. Genau so eins, nur in Blau, besaß auch Asta. Eigentlich war es ihr schon ein bisschen zu klein, aber sie wollte es mir partout nicht leihen. Unser Vater sagte, es komme überhaupt nicht in die Tüte, dass ich morgens allein zur Schule radeln würde. «So schusselig, wie du bist, kommst du mit dem Kopf unterm Arm dort an.»

So wurde nichts aus den Spritztouren mit Olaf. Nach dem Schulausflug zum Tierpark hatte er sowieso nie wieder ein Wort mit mir gewechselt. Mir blieb nur, von ihm zu träumen, ihm, dem Gefährten, meinem Verbündeten, der mich wortlos verstand und sich breitbeinig beschützend Monika und den anderen Sportskanonen entgegenstellte. Wie blöd die uns nachgeschaut hätten, wenn wir beide zusammen vom Hof geradelt wären!

Ich war schon im Tiefschlaf, als mein Vater mich weckte. In dieser Nacht war das Einschlafen besonders schwer gewesen. Mein Vater war am späten Nachmittag zum Elternabend aufgebrochen.

«Da bin ich aber mal gespannt, was die in der Schule über dich zu berichten haben», hatte er gesagt. Und ich erst! Würde Frau Roberts es ihm verraten? Mengenlehre – beim Sortieren der roten und blauen Plättchen war ich doch immer ganz gut gewesen. Beim Rechnen allerdings musste ich noch die Finger benutzen, sogar beim einfachen Plusrechnen bis zehn. Dabei hatte Susanne am Nachbartisch schon mit den Minusaufgaben im Hunderterbereich begonnen.

Sein Blick weckte mich. Ganz still saß er im Dunkeln auf meiner Bettkante. Durch die Gardinen fiel ein breiter Streifen grauen Mondlichts quer über den Teppich. Langsam gewöhnten sich meine Augen an die Finsternis. Genauso hatte Großmutter immer, wenn ich Fieber hatte, neben mir am Bett gesessen, wenn sie sich Sorgen machte.

«Was muss ich da hören?», sagte mein Vater und holte tief Luft. Sein Atem roch nach Bier und Schnaps, und sein Anzug dünstete die schwere Kneipenluft aus, den herben Zigaretten- und Zigarrenrauch der Männer, die den Tresen mit ihm geteilt hatten. Ich war hellwach. Ja, was denn? Und dann begann er zu erzählen.

«Ich hätte nie gedacht, dass du solche Probleme in der Schule hast. Du bist ja nicht dumm, das sagt deine Lehrerin auch. Aber es klappt einfach nicht mit dir. Wie erklärst du dir das?» Und während ich entsetzt nach einer Antwort suchte, fuhr er fort: «Es ist ja schlimm genug, dass du nie deine Hausaufgaben machst und im Rechnen und Schreiben nicht mitkommst. Aber warum kannst du dich nicht den anderen Kindern gegenüber normal verhalten?»

«Wir haben doch noch gar keine Hausaufgaben auf. Frau Roberts sagt, Hausaufgaben gibt es erst ab der zweiten Klasse.»

Mein Vater hörte mir nicht zu, er redete einfach weiter. «Deine

Lehrerin hat mir erzählt, dass du ständig Streit suchst. Du störst den Unterricht, passt nicht auf, und deine Schulsachen hast du auch nicht dabei. Warum kannst du nicht wenigstens in deinem Ranzen Ordnung halten, wenn du schon dem Unterricht so schlecht folgst? Du weißt dich nicht zu benehmen, traurig genug. Aber warum gibst du auch noch vor deinen Mitschülern mit unseren Pferden an?»

Er saß vornübergebeugt, die Ellenbogen auf die Knie gestützt, die Hände gefaltet, als würde er die Antworten im Lochmuster seiner Budapester suchen. «Keiner mag Angeber. Nimm dir ein Beispiel an deiner Schwester. Die ist überall beliebt. Die prahlt nicht herum. Du musst dich nicht wundern, wenn du keinen Anschluss findest.»

Immer neues Fehlverhalten, immer weitere Missetaten fielen ihm ein. Bis er plötzlich mit einem Ruck aufstand und heftig gegen meinen Kleiderschrank trat. Die Schranktüren schepperten. Mein Vater schwankte, taumelte rückwärts und konnte sich gerade noch am Türrahmen abstützen. Eine Weile stand er so da, die Klinke in der Hand, und atmete schwer, wie unter einer drückenden Last. Dann ging er aus dem Zimmer und ließ die Tür hinter sich zufallen.

Das Mondlicht wich der Morgendämmerung, die Mäuse raschelten durch das welke Laub auf der Terrasse, die Amseln begannen, monoton zu zwitschern, und ein neuer Schultag begann, ohne dass ich nochmals eingeschlafen wäre. Wie würde es jetzt in der Schule weitergehen? Und was sollte ich anstellen, wie mich verhalten, wenn ich Frau Roberts gleich wieder begegnete? Hatte sie mit dem Angeben die Sache mit dem Geldschein gemeint? Und die Unordnung in meinem Schulranzen? Letzte Woche war mir eine Tube Deckweiß aufgeplatzt und hatte die Lineale, die Hefte und die Trinkflasche befleckt. Ich konnte doch nichts dafür.

Was mein Vater mir in der Nacht erzählt hatte, war so vernichtend und endgültig, dass es eigentlich gar kein Morgen hätte geben dürfen. Zumindest nicht hier. Ach, warum konnte ich nicht zurück zu den Großeltern, zu Menschen, die mich kannten und alle Lügen durchschauten? Ich musste etwas tun, musste mir was einfallen lassen, um wieder nach Schwelte zu kommen, wo ich hingehörte, für immer. Krank sein, das wäre die Rettung.

Ich beschloss, nichts mehr zu essen. Am Morgen schob ich den Toast, den Andrea mir geschmiert hatte, beiseite, auf dem Schulhof schmiss ich meine Pausenbrote in den Papierkorb. Im Unterricht malte ich Landschaften in mein Rechenheft und Prinzessinnen in die Lesefibel. Ich beschloss, mich nicht mehr zu melden, und als Frau Roberts die Kinder aufforderte, ihre Hefte zum Diktat aufzuschlagen – Peter spielt Ball, Anna hat eine Puppe –, gab ich ein leeres Blatt ab. Zu Hause rührte ich das Mittagessen nicht an, und ich trank auch keine Limo mehr, von der so viele Kästen im Keller standen.

Aber es dauerte, bis von meinem Hungerstreik Notiz genommen wurde.

«Schmeckt es dir nicht bei uns?», fragte mein Vater.

«Jetzt musst du mir aber mal sagen, was mit dir los ist», sagte Frau Roberts, als ich wieder einmal in der zweiten Schulpause Hofdienst hatte. «Du bist immer müde und siehst so blass aus, geht es dir nicht gut?» Ich war gerade damit beschäftigt, mit einem Stock, an dessen Ende eine Zange angebracht war, die man per Seilzug mit einem Griff betätigen konnte, den herumliegenden Müll in einen großen blauen Sack zu sammeln. Frau Roberts ging neben mir her, sie wirkte aufrichtig besorgt. Da hüpfte etwas in meiner Brust. Der liebe Blick der Lehrerin verwirrte mich, machte mich weich und überglücklich und gleichzeitig traurig.

Ich ließ den Müllsack fallen. «Warum, warum denn? Was hab ich denn getan? Ich versteh das nicht.» Mein Gestammel erstickte in Schluchzen, und als die Lehrerin mich sanft an den Schultern führend zur nächsten Bank geleitete, wurde ich von einem Weinkrampf ergriffen.

«Ich habe nie mit den Pferden angegeben. Ich kann Pferde doch gar nicht leiden …»

Da nahm sie mich in den Arm, strich mir übers Haar. «Alles gut. Du musst mir nur sagen, was los ist.»

Ich wand mich aus ihrer Umarmung. «Wieso haben Sie das erzählt? Warum haben Sie auf dem Elternabend zu meinem Vater gesagt, dass ich eine Angeberin bin …?»

Da unterbrach mich Frau Roberts energisch. «Das muss ein Missverständnis sein. Dein Vater ist gar nicht zum Elternabend gekommen. Ich hätte gern mit ihm geredet, schade.»

Von da an zählte ich die Stunden, bis ich wieder zu den Großeltern gebracht wurde. Ich wollte vergessen, was ich gehört hatte, wollte vergessen, dass Frau Roberts wusste, was ich wusste. Aber was wusste ich schon?

Zurück zu Großmutter, nach Hause, zu Kartoffelsuppe mit Mettwürstchen, zu dem geliebten, immer gleichen Ablauf der stillen Tage in Schwelte; es musste doch zu machen sein, dass ich wieder da wohnen durfte. Sie sollten mit meinem Vater sprechen und ihm erklären, dass es für uns alle so besser wäre.

Als ich am Freitagnachmittag die Treppe zur großelterlichen Wohnung hinaufstieg, erwartete mich die Großmutter auf der obersten Stufe. Traurig sah sie aus, und zum ersten Mal fielen mir die tiefen Querfalten auf ihrer Stirn auf. Waren die da immer schon gewesen?

Diesmal umarmte sie mich nicht wie sonst immer. Sie hielt mich, auf einmal unnahbar, an der ausgestreckten Hand.

«Wie kannst du uns nur so enttäuschen?» Dramatische Pause. «Wie führst du dich nur in der Schule auf? Schlimm ist das! Was soll denn dein Vater von unserer Erziehung denken?»

Erst als ich zu weinen begann, schloss sie mich in ihre Arme.

6

Mit den blauen Flecken hat es angefangen. Noch vor der Party in München sind sie ihm an Ingas Unterschenkeln und an ihren Knöcheln aufgefallen. Ungewöhnliche kleine Blutergüsse, wie eingestanzt, ähnlich der dunklen Musterung im Fell der Raubkatzen. Erst im Krankenhaus hat Wilhelm sich wieder an sie erinnert, bei der Eröffnung der Diagnose «Akute Leukämie». Die Flecken sind immer noch da, er sieht sie jetzt auch auf Ingas schmalen Füßen. Sie hat Schuhe und Strümpfe ausgezogen, denn Wilhelm hat die Heizung im Mercedes voll aufgedreht. Inga liegt auf dem zurückgelehnten Beifahrersitz und hält die Augen geschlossen. Lotte hat sie vorhin noch mit einer Kamelhaardecke zugedeckt, die ist nun heruntergerutscht.

«Können wir nicht mit dem Auto nach München zurückfahren, anstatt zu fliegen?», hat ihn Inga am Neujahrstag gebeten.

«Alles, was du willst, Strubbelchen.»

Da ist ihm Inga vor Freude fast um den Hals gefallen. Nun ja, zumindest hat sie ihre Arme um seinen Nacken gelegt. «Ach, schön.»

Lange schon hat er Inga nicht mehr so lächeln sehen. Das Strahlen von früher leuchtet noch einmal kurz auf, wie der Lichtstrahl eines Leuchtturms, der unvermittelt aufblitzt und noch rascher verschwindet.

Sein Schwiegervater hat an den Festtagen nicht ein Mal das Wort an ihn gerichtet. Ingas Krankheit hat Hans reizbar und ungeduldig gemacht. Anfänglich glaubte Wilhelm, er würde ihm etwas übelnehmen. Nur was? Dann aber ist ihm aufgefallen, dass Hans auch seine Töchter und seine Frau kaum beachtete. Anscheinend ist er beleidigt, nur warum? Von der großen Unbekannten namens Schicksal?

«Warum bringst du sie wieder fort?» Lotte hat ihm die Frage nicht gestellt, und doch las er sie in ihrem Blick, als sie die Beine ihrer Tochter, die schwer und taub waren, ins Auto hob. Sie küsste Inga zum Abschied auf die Wange und wendete sich dann schnell ab, nachdem sie die Beifahrertür hinter ihr geschlossen hatte. Dabei zitterte Lotte am ganzen Körper. Wilhelm fuhr vom Hof, während Inga mit erkennbarer Mühe in die Dunkelheit winkte.

Nein, es ist nicht die ärztliche Versorgung in München, deretwegen er sie wieder zurück ins Klinikum bringt. Aber ein Lügner kann eben nur in dem Maße überzeugend sein, in dem er an seine erfundenen Geschichten glaubt.

Also glaubt Wilhelm an ein Wunder, das der Professor an Inga vollbringen wird. Aber noch mehr als an das glaubt er an München als den einzigen Ort, an dem er Inga noch einmal für sich allein haben kann.

«Sie können Ihre Frau auch zu sich nach Hause nehmen und sie von ihrem Hausarzt versorgen lassen», hat der Professor ihm erneut vorgeschlagen. Aber das ist ganz undenkbar. Er wird Inga jetzt mit niemandem mehr teilen. Wie sollte er dem Arzt das erklären? Im eigenen Haus, mit der Mutter im ersten Stock, den Geschäften und Tochter Asta könnte er ihr nie seine ungeteilte Aufmerksamkeit zukommen lassen. Er kann seine Frau nicht mit zu sich nehmen, sie ins Ehebett legen und sich daneben. Wie soll das gehen? Er fürchtet sich davor, mit der kranken Inga wieder ein gemeinsames Leben zu führen, ganz so, als würde die Krankheit erst dadurch wahr, wenn sie Teil seines Alltags wäre, den er doch gerade erst neu organisiert hat. Er will nicht, dass ihre Freundinnen und all die Bekannten aus der Gemeinde zu Besuch kommen. Das ganze Gerede, die großen Augen des Bedauerns und die mitleidigen Worte gehen ihm auf die Nerven. *Ich fühle mit dir.* Wie schnell ihnen das von den Lippen geht.

Aber Inga bei den Eltern im Kinderzimmer liegen zu lassen, als hätte er sie verstoßen, das geht erst recht nicht. Was für ein Unsinn – verstoßen. Das Gegenteil ist der Fall, er liebt sie, wie er sie nie zuvor geliebt hat.

Er hat ihr nicht oft genug seine Liebe erklärt, das weiß er nun. Und so versucht er, das Versäumte nachzuholen.

«Das weiß ich doch», versichert Inga ihm immer wieder. Und das ist noch besser als «Ich dich auch».

«Stehst du auf Männer?» Das hat ihn der Jockey damals auf der Trabrennbahn gefragt, bevor passierte, was alles veränderte.

Liebe. Ein Wort, das man so hinsagt, wie man Blumen überreicht. Oder ein Gefühl der Gemeinsamkeit, nachts zusammen im Bett unter der Decke, nach Befriedigung und Erschöpfung. Es hat nicht viele Momente gegeben, in denen Wilhelm über die Liebe nachgedacht hat. Das Wort drängte sich ihm nicht eben auf – bis zu dem Augenblick, als der Arzt ihm das Todesurteil verkündete.

«Nimm mich an ihrer Stelle», das war sein erster Gedanke in dem Moment. Wie oft hat er das seither gedacht. Wenn er ihr Leben durch seines retten könnte, er würde es sofort tun.

Er hat sich geprüft, immer und immer wieder, ob es ihm ernst ist damit. Ist er dazu wirklich bereit?

Inga erwacht. Er streichelt ihr über die Wange. «Ich liebe dich.» Wieder das kurze Scheinwerferlächeln.

«Was wünschst du dir?», fragt er.

«Das Schwimmbad. Meinst du, das klappt?» Inga kurbelt den Beifahrersitz etwas höher und langt hinter sich nach den Bauplänen für das neue Haus. *Am Hövel*, was für eine merkwürdige Adresse. Die Feiertage über hat Inga sich mit den Zeichnungen des Architekten beschäftigt und lauter Anmerkungen an den Rand der Blätter notiert. Der Hövel, wie sie das Haus nur noch nennt, macht allerlei Schwierigkeiten. Ein Neubau im Naturschutzgebiet ist nicht genehmigt worden. Das alte Bauernhaus neben der Reithalle darf umgebaut, nicht aber erweitert werden; Nutztierhaltung erlaubt.

So gibt es jetzt einen offiziellen Grundriss mit angrenzenden Schweine- und Kuhställen und einen inoffiziellen, auf dem an derselben Stelle ein Schwimmbad und ein Tennisplatz eingezeichnet sind. Baudezernent Gruber ist mit Wilhelm gemeinsam in Kriegsgefangenschaft gewesen, außerdem gerade in finanziellen Schwierigkeiten; Wilhelm hat ihm recht generös unter die Arme gegriffen.

Fenster mit Butzenscheiben hat Inga sich für die Fassade ausgesucht und im hinteren Teil große, in den Boden absenkbare Fenster, sodass man schwellenlos in den Garten laufen kann. Die rötlichen Fliesen hat sie in einem Katalog entdeckt, für drinnen wie draußen, im Wohnbereich und auf der Terrasse. Südländisches Terrakotta ist gerade schwer in Mode.

Sie schaut auf die weißen Fahrbahnbegrenzungen der leeren Autobahn.

«Zum Richtfest im Juni bin ich wieder da.»

Glück der Erde

Zum Pfingstturnier in Wiesbaden sollten Asta und ich den Vater begleiten. Großmutter hatte mir gut zugeredet. Ein einzelnes Wochenende in Schwelte könnten wir ruhig mal ausfallen lassen. «Dem Vater liegt viel an diesem Turnier, und er hat gute Aussichten zu gewinnen.»

Herr Schuhmann, Vaters Chauffeur aus der Firma, fuhr die Pferde jedes Wochenende in einem mächtigen Transporter zu den Veranstaltungen. Asta begleitete ihn. Sie nannte ihn nur *den Dicken,* er sie *die Lange,* ich wurde *die Dünne* getauft. Der Dicke rauchte Reval, eine nach der anderen, bald schon waberte dunkelblauer Nebel im Fahrerhäuschen des Lkw. Wir drehten am Knopf des Radios, und als uns das Programm nicht mehr gefiel, sangen wir zusammen «Bolle reiste jüngst zu Pfingsten» oder «Das Lied von der krummen Lanke», Herr Schuhmann war nämlich in Berlin geboren. Vor der Fahrt klappte er den Tacho auf und legte den Fahrtenschreiber ein, auf dem die Geschwindigkeit während der Fahrt in Zickzackstrichen eingezeichnet wurde. «Eigentlich Quatsch, denn schneller als achtzig wollen weder die Pferde noch ich. Wir haben es ja nicht eilig.»

Nein, eilig hatten wir es nicht. Es war toll mit Asta und dem Dicken. Meinetwegen hätten wir ans Ende der Welt fahren können, mit Kochgeschirr und Zelt, wie es in einem anderen Lied hieß, von dem Asta alle fünf Strophen auswendig kannte. «Die Oma hat 'n Kind gekriegt und weiß noch nicht, von wem, der

Opa hat 'nen Schäferhund, vielleicht ist es von dem.» Das sollte ich mal lieber nicht der Großmutter vorsingen, riet mir Asta, und ich versprach es ihr.

«Das Lied ist unser Geheimnis», sagte ich stolz. Da lachte meine Schwester und knuffte mich in die Seite.

Es war noch früher Morgen, als wir auf dem Turniergelände ankamen, mitten in der Nacht waren wir in Herwede aufgebrochen. Tristan war schon da, lud die Tiere und das Sattelzeug aus und begann, die Mähne des braunen Wallachs Whisky einzuflechten. Mein Vater kam später dazu, er trug bereits die weiße Reithose und ein Hemd mit blütenweißem Plastron, in dem eine goldene Nadel steckte. Eine Wolke Rasierwasser umgab ihn. Tristan ritt Whisky ab, wie das Warmmachen genannt wurde. Die Punktrichter wollten, dass die Pferde trainiert wirkten, wenn sie auf das Turnierfeld kamen. Dazu gehörte ein leichter Schweißfilm und ein wenig Schaum am Gebiss der Trense. *Ajona* hieß die Zahncreme, die Vater Whisky kurz vor dem Start ins Maul rieb.

Hinter den Forsythiensträuchern hatte das Turnier bereits begonnen. Die Stimme des Kommentators kündigte die Reiter an, dann folgten die Durchsagen zu den einzelnen Punkten der Prüfung und zum Schluss die Noten. Der Dicke kam immer wieder angehumpelt und unterrichtete Wilhelm über die Noten der anderen. «Der Linsenhoff ist der Gaul fast unterm Arsch eingeschlafen. Bisher keine ernsthafte Konkurrenz in Sicht, Chef. Du wirst schon sehen, das wird heute ein Kinderspiel.»

Asta und ich liefen ziellos in der Sonne umher, aßen lustlos fettige Bratwürste und langweilten uns. An einem Stand mit Krimskrams kaufte meine Schwester mir von dem Geld, das ihr der Vater in die Hand gedrückt hatte, eine grobgewebte Umhängetasche mit Fransen, mit der ich mir wie Winnetous Schwester vorkam. Nscho-tschi in Bad Segeberg hatte neulich genau so eine getragen.

Dann steuerte Asta die Tribüne an. Sie klappte das Heft auf, in dem sämtliche Prüfungen und die Teilnehmer des Turniers aufgelistet waren, und begann, hinter den Namen der Reiter die erreichte Punktzahl zu notieren. Noch sah es für den Vater gut aus. Aber dann machte Harry Boldt eine ziemlich ordentliche Figur. «Die Pirouetten gut durchgesprungen, der starke Trab überzeugend», quäkte die Stimme des Kommentators aus den Lautsprechern. Asta seufzte: «Gegen den haben wir's schwer. Whisky ist nicht so groß und elegant wie Woyzeck.»

Asta zählte bei der sogenannten Schaukel aufmerksam mit. «Vier Schritte zurück, vier vor, wieder vier zurück.» Ohne zu stocken, tat das schöne Tier, was von ihm verlangt wurde. Doch dann passierte es: Ein kleines Kind in der ersten Reihe wedelte mit einem roten Luftballon, der Wallach war irritiert und sprang kurz in den Galopp. Der Fehler wurde sofort korrigiert, aber das Missgeschick wurde laut kommentiert, und Pferd und Reiter wirkten von da an unkonzentriert. «Der Einerwechsel versprungen …» – die Stimme aus dem Lautsprecher hörte sich nicht sehr bedauernd an. Asta lächelte.

An der Schranke zum Platz stand der Dicke mit hochrotem Kopf, er hatte Wilhelm die gute Nachricht, den Fehler des Konkurrenten, bereits überbracht. Schnaufend ließ sich der Dicke zwischen uns auf die Bank fallen. «Wie ist es gegangen?»

«Psst», machte Asta streng, denn in diesem Moment erschallte die Ansage.

«Wilhelm Rautenberg auf Whisky.»

Der Vater sah großartig aus in dem enggeschnittenen Frack und mit dem Zylinder auf dem Kopf. Whisky war auf Hochglanz poliert und in Bestform. Die beiden schwebten förmlich ins Viereck und kamen exakt in der Mitte zum Stehen. Vater hielt beide Zügel in einer Hand, und mit einer zackigen Bewegung hob er den Zylinder vom Kopf. Kurzes Nicken, und der Zylinder wurde wieder aufgesetzt. Für einen Moment verharrten Ross und Reiter regungslos, auch das Publikum auf der Tribüne war mit einem Mal still und gespannt. Dann ging es los.

Whisky war hochkonzentriert, das Tier hatte die Ohren gespitzt. Sein kräftiger Körper wirkte wie eins mit dem des Reiters. In den griechischen Sagen, die mir mein Großvater manchmal vorlas, wimmelte es von Fabelwesen. Am meisten interessierte ich mich für die Zentauren – hier hatte ich nun einen vor mir.

Asta flüsterte mir zu, das Wort *versammelt* bedeute bei Trab und Galopp in der Reitersprache eigentlich langsam. Versammelte Gangarten seien wie das Fahren mit angezogener Handbremse, während *stark* einfach schnell hieß.

Im starken Trab ging es jetzt auf die Punktrichter zu. «Der dritte von links ist befangen. Der hat 'nen Krösken mit der Linsenhoff», zischte der Dicke und zeigte auf einen Richter mit Goldrandbrille, der sich gerade mit dem kleinen Finger in der Nase bohrte. Nun folgte eine Traversale, dann ging es wieder in starkem Trab quer durch die Bahn.

«Als würde er direkt in den Himmel reiten», brummte der Dicke anerkennend. Er war in den vielen Jahren, die er seinen Chef zu den Turnieren begleitete, zu einem Fachmann geworden.

Jetzt kam die knifflige Stelle, der Übergang von der Piaffe in die Passage. Mit unsichtbaren Kommandos, ohne zu stocken und sanft durchgeschwungen, legten die beiden die Figur fehlerfrei hin. Ein Raunen ging durch das Publikum. Jetzt folgte die Schaukel. Aus dem Galopp durchparieren zum Stand – für einen Moment verharrten sie wie ein Reiterstandbild. Dann wieder los.

Vier Schritte zurück, ebenso viele vor, wieder zurück und fehlerlos in die Passage gewechselt. Von der Tribüne erschallte Szenenapplaus.

«Die Einerwechsel elegant und geschmeidig, die Pirouetten eng auf der Hinterhand und sauber durchgesprungen», kommentierte die Lautsprecherstimme.

«Wir haben's geschafft», rief Asta und klopfte mir auf die Schulter.

Und das wusste mein Vater nun auch. Sein Gesichtsausdruck war nicht mehr angespannt und konzentriert, sondern still begeistert. Zufrieden lächelnd ließ er das Pferd wieder in der Platzmitte durchparieren und zog noch einmal den Zylinder zum Abschiedsgruß.

Das Publikum wartete die Wertung der Richter nicht ab. Die Zuschauer auf den Bänken klatschten, Asta und ich jubelten. Die Noten: 9,5, 10, noch mal 10. Sogar der Richter mit der Goldrandbrille kam um eine 9 nicht herum. In moderatem Ton lobte der Kommentator die Reinheit der Gänge, das Engagement der Hinterhand, die Gehorsamkeit und Durchlässigkeit des Pferdes, den korrekten Sitz und die perfekte Anwendung der Hilfen des Reiters.

Glücklich nahm Tristan den Wallach wieder entgegen und tätschelte ihm den Hals.

«Den Preis hätten wir in der Tasche», stellte der Dicke zufrieden fest, wuchtete sich von der Bank und rieb sich mit einem Taschentuch den Schweiß von der Stirn. Asta breitete die Arme aus und drückte mich an sich. Nicht einmal mein Küsschen wischte sie ab.

Hinter der Schranke sah ich den Vater in Richtung Bierzelt streben.

7

Nach dem Krieg war die Dortmunder Trabrennbahn Wilhelms erste Anlaufstelle gewesen. Reiten wollte er, unbedingt. Nur kannte er keinen einzigen Reiter. In einer Pinte lernte er am Tresen Lothar kennen. Lothar war Jockey und nahm ihn an einem Sonntag mit zum Rennstall. Dabei interessierte sich Wilhelm herzlich wenig für Pferderennen, er wollte Dressurreiter werden. Aber Pferde waren ein teures Hobby, und Geld hatte der junge Wilhelm keins, so blieb er erst einmal auf der Rennbahn.

Ein stinkreicher Tuchfabrikant aus dem Bergischen Land suchte damals talentierte Jockeys für seine Rennpferde, die er als Investition erworben hatte, so leidenschaftslos, wie andere Wertpapiere kauften. Das Herumflitzen auf der Bahn in dem wackligen Sulky war nichts für Wilhelm, und mit der langen Gerte auf die Tiere einzudreschen lag ihm noch weniger. Trotzdem lernte er schnell und erntete schon nach kurzer Zeit erste Erfolge. Dass er nicht der Größte war und immer noch recht abgemagert von der Kriegsgefangenschaft, erwies sich dabei als Vorteil. Komische Typen waren das, diese Jockeys, kleine bunte Männchen in ihren Blousons aus Fallschirmseide. Manche waren wortkarg und abweisend, während andere – ein undurchsichtiges Grüppchen schmaler Jungs, zu denen auch Lothar als einer der Ältesten gehörte – ständig miteinander herumhingen, jede freie Minute miteinander verbrachten, endlos quatschend.

Wilhelm versuchte, so gut es ging, für sich zu bleiben. Bis ihn Lothar eines Abends hinter der Reithalle abpasste. Er drängte sich unvermittelt an ihn, presste ihn rückwärts an die Wand und stellte ihm diese merkwürdige Frage: «Liebst du Männer?» Daraufhin war Wilhelm mit ihm nach Hause gegangen. Seither gehörte er zu den anderen, den «Weichen».

Sie schleppten Wilhelm mit in ihre Kneipen hinter dem Hauptbahnhof. Eines Tages traf er dort Uli. Uli kannte diese Pferdezüchterin im Münsterland, die ihm gegen kleine Gefälligkeiten im Bett die Reitstunden finanzierte. Kaum hatte Edeltraut Wilhelm kennengelernt, stellte sie für ihre beiden Hausfreunde einen Trainer ein. Kurz darauf kaufte sie jedem der beiden ein eigenes Pferd.

In ihren Stallungen standen noch die hochbetagten Gäule ihres Mannes, die dort ihr Gnadenbrot fristeten. Gustav hatte sein Geld mit einer Rolllagerfabrik gemacht, die im Krieg ein wichtiger Zulieferer für die Panzerproduktion der Wehrmacht war. An den Wochenenden Anfang der vierziger Jahre war er oft mit Reichswirtschaftsminister Walther Funk auf die Jagd gegangen, man war per du. Die einflussreichen Männer verband mehr als nur die Leidenschaft für die Natur und die Tiere, sie waren standesbewusste Alkoholiker und beide vom anderen Ufer. Walther Funk hatte seine Luise aus dem gleichen Grund geheiratet wie Gustav die muntere Edeltraut: eine Paravent-Ehe. «Du wirst es nie bereuen», hatte Gustav seiner Zukünftigen versprochen. Er sollte recht behalten. Als der Naziminister, vom Alkohol schon total verblödet, nach dem Krieg im Ruhrgebiet von den Briten gekascht wurde, hatte Gustav längst das Weite gesucht. Jetzt saß Funk in Spandau in Einzelhaft, in einer der Nachbarzellen von Rudolf

Heß, während Gustav in der argentinischen Pampa auf einer Farm in der Nähe von Buenos Aires Rinder züchtete.

Edeltraut blieben ein stattliches Nummernkonto in der Schweiz, der gutgefüllte Weinkeller und ein großer Freundeskreis aus dem benachbarten Jagdverein. Besonders die jungen Männer schätzten Edeltrauts Freigebigkeit. Jedes letzte Wochenende im Monat schmiss sie die dollsten Saufgelage. Jedes Mal himmelblau, landeten Wilhelm und Uli nachts gemeinsam im Bett der frivolen Gönnerin, hin und wieder auch gemeinsam mit ihr. Kehrte Wilhelm nach solchen Ausschweifungen zurück nach Herwede, kam es ihm vor, als hätte man ihm einen zu engen Schlips um den Hals gelegt.

Hier wehte er also, der Duft der großen weiten Welt. In Edeltrauts Stall begannen die beiden ihre Karriere als Reiter und eine zweite als Eintänzer. Nach den wilden Gelagen an den Samstagabenden büxten die Freunde sonntags aus und verbrachten immer mehr Zeit miteinander. Sollte Marianne schimpfen, soviel sie wollte, an diesen Sonntagen musste sein Bruder Karl sie zur Kapelle fahren.

Uli und die Reiterei blieben für Jahrzehnte die beruhigenden Fixpunkte in Wilhelms Leben. Eine Ablenkung vom aufreibenden Alltag in der Firma, von den Pflichten der Mutterbetreuung und den lästigen Vormittagen in der Gemeinde.

Aber nachdem Ingas Krankheit ausgebrochen ist, hat er Uli nur noch ein Mal getroffen. «Willst du mich denn gar nicht mehr sehen?», hat ihn der Freund bei einem nächtlichen Telefonat angefleht. «Du hast wohl ein schlechtes Gewissen?»

«Das hab ich seit zwanzig Jahren», hat Wilhelm geantwortet und den Hörer aufgelegt.

Zu spät

Keine zehn Minuten dauerte unsere Fahrt von der Grundschule nach Hause. Während mein Vater den Wagen durch die hügelige Landschaft chauffierte, schaute er mich hin und wieder im Rückspiegel prüfend an. Die kurze Zeit nutzte ich für Fragen, die ich mir weder auf dem Schulhof noch am Mittagstisch zu stellen getraut hätte. Wir mochten beide diese überraschenden Gesprächsmomente.

Seitdem ich zum Vater gezogen war, brannte mir eine Frage ganz besonders auf der Seele. All die vielen Fotos in den Silberrahmen, die über das ganze Haus verstreut aufgestellt waren, diese unzähligen Aufnahmen meiner Mutter zeigten eine glückliche, niemals alternde, zeitlos schöne Frau, die ich nie kennengelernt hatte. Sie existierte nur in meiner Phantasie. Ob ich mit dieser Fremden wohl irgendeine Ähnlichkeit hatte?

Sag mal, werde ich auch mal so schön wie Mami?

In einem großen Wandschrank bewahrte mein Vater ihre Kleidung auf. Aus Langeweile hatte ich einmal an einem langen Winternachmittag alle Schränke geöffnet und war auf diese Schätze gestoßen. Seidene Kleider, elegante Ledermäntel mit passenden Schuhen und den dazugehörigen Handtaschen, alles sorgsam in durchsichtige Kleiderbeutel verpackt und mit komisch riechenden grünen Papierstreifen gegen Motten geschützt, ganz so, als würde ihre Besitzerin in der nächsten Saison zurückkehren. In mehreren Schubladen hatte er sogar ihre Unterwäsche aufbewahrt, Büstenhalter und Schlüpfer farblich passend sortiert. Auch ein Schminktäschchen mit Puderdose und ranzigem Lippenstift hatte ich aufgespürt. Auf dem Parfümflakon war eine Pferdekutsche auf goldenem Grund abgebildet. Ein paar Tropfen hatte ich mir aufs Handgelenk gesprüht und hinter die Ohren getupft. Ob meine Mutter so geduftet hatte? Aber das Zeug hatte sich in all den Jahren dunkelbraun verfärbt. Es roch nur noch wie Möbelpolitur. Einmal hatte ich versucht, ein paar ihrer Nylonstrümpfe anzuprobieren, doch die waren so mürbe, dass sie in meinen Händen in lauter Laufmaschen zerfielen, noch bevor mein dünnes Kinderbein in sie hineinschlüpfen konnte.

«Meinst du, ich werde auch mal so schön wie meine Mutter?», fragte ich also meinen Vater im Auto. Das war die Frage der Fragen, ich hatte sie mir lange bereitgelegt. Ich war aufgeregt, denn von ihrer Beantwortung, da war ich mir sicher, hing meine Zukunft ab.

Mein Vater drehte sich nicht einmal um. Ohne zu zögern, sagte er: «Nein.»

Ob wir schon mal etwas vom Gleichnis vom Nadelöhr gehört hätten, fragte Pastor Heinrichs uns im Religionsunterricht. Niemand meldete sich. «Eher geht ein Kamel durch ein Nadelöhr, als dass ein Reicher in das Reich Gottes kommt», zitierte der Pastor die Bibel, zog seine goldene Uhr aus der Westentasche, hielt sie weit von sich, um die Zeit abzulesen, streichelte sich über den Kugelbauch und steckte die Uhr wieder zurück. «Also, fällt euch dazu etwas ein?»

«Reiche sind Schweine», sagte Stefan und wurde vom Pastor vor die Tür geschickt.

«Das ist nicht wahr. Vor Gott sind alle Menschen gleich», sagte ich.

«Erst melden, dann abwarten, ob man drankommt, dann sprechen», sagte Pastor Heinrichs. Und weil sich daraufhin keiner mehr meldete, gab er uns die Sache als Hausaufgabe auf. *Was mir das Gleichnis sagen will.*

«Stell dir vor, was wir heute im Religionsunterricht gehört haben.» Als ich mich auf den Rücksitz plumpsen ließ, war ich immer noch aufgebracht über diese himmelschreiende Ungerechtigkeit, die uns der Religionslehrer in der letzten Schulstunde unterbreitet hatte. Warum ein reicher Mensch schwerer ins Paradies gelangen sollte als ein armer, leuchtete mir nicht ein. Was hatte das Himmelreich mit Reichtum zu tun? Dorthin konnte man doch sein Geld eh nicht mitnehmen, so viel stand mal fest. Aber was, wenn etwas dran war, wenn der Satz stimmte? Dann schwebte mein Vater ja in größter Gefahr. Denn dass er reich war, schwerreich, daran bestand für mich kein Zweifel.

Zu meiner Überraschung wusste mein Vater sofort, worum es ging. Die komische Sache mit dem Kamel hatte er anscheinend schon mal gehört. Und nicht nur das, er war auch mit dem Pfarrer einer Meinung. Nicht zu fassen, mein Vater unternahm noch nicht einmal den Versuch, sein Seelenheil zu retten.

«Das ist wahr. Ein Reicher kann nicht in den Himmel kommen. Da hat euer Lehrer recht.»

«Aber warum denn nicht? Man muss doch nur ein guter Mensch sein, dann kommt man doch automatisch in den Himmel.»

«Das ist es ja», sagte der Vater. «Wer reich ist, der hat anderen Geld weggenommen, denn das Geld ist nicht gerecht verteilt. Niemand, der viel Geld hat, kann sauber bleiben. Entweder ist er auf krummen Touren zu seinem Besitz gekommen, oder er hat schlimme Dinge getan, um seinen Reichtum festzuhalten.»

Mir traten die Tränen in die Augen. Das war ja schrecklich. Warum sagte er so was? Meinte er damit vielleicht sich selbst?

«Und du?», fragte ich ängstlich. «Was ist mit dir? Gilt das auch für dich?»

«Alles», sagte Vater und gab in der letzten Haarnadelkurve vor der Auffahrt zu unserem Haus noch einmal Vollgas.

8

Der Frühling vor den Gardinen ist farblos, fahl wie ein nicht endender November. Vögel zwitschern lautlos hinter den geschlossenen Fenstern, und die ersten lauwarmen Sonnenstrahlen prallen an den lichtundurchlässigen Vorhängen ab, die nach dem Willen der Patientin auch am Tag zugezogen bleiben. Es wird alles so gemacht, wie Inga es wünscht. Sie verlässt ihr Zimmer nicht mehr, trinkt nur noch Pfefferminztee und isst weiches Weißbrot ohne Rinde. Sie zieht sich nicht mehr an, auch tagsüber trägt sie die hellblauen und rosafarbenen Spitzennachthemden einer teuren Schweizer Firma, die Lotte für den Gipfel an Luxus hält. Jedes Mal, wenn die Mutter ihre Tochter besucht, bringt sie ein neues Negligé mit. Die schöne Nachtwäsche bedeckt Ingas magere Arme nicht, und sie verdeckt auch nicht die blauen Flecken, doch bringt sie ein wenig des Komforts zurück, der einmal so selbstverständlich zu Ingas Leben gehört hat wie ihre Gesundheit.

Erfreuen kann man Inga mit nichts mehr. Sie ist noch ansprechbar, anwesend, sie reagiert auf Fragen und antwortet freundlich, aber einsilbig. Das Reden im Liegen strengt sie an. Von der Jahreszeit, den Mondphasen und dem Sonnenverlauf nimmt sie keine Notiz mehr. Wachen und schlafen, alles eins. Es kommt vor, dass sie die Besuche von Uta oder Wilhelm einfach verschläft. Sie durchdämmert die Tage und die Nächte. Erst kam die Verzweiflung, dann die Kapitulation vor der Krankheit, aus der nun fast schon eine Form von Einverständnis geworden ist. Es ist paradox, seitdem sie sich aufgegeben hat, geht es ihr besser.

Sie weiß genau, was in ihrem Körper jetzt vor sich geht. Die Lymphknoten am Hals und in der Leistengegend sind so dick wie Murmeln. Die Rückenschmerzen können von der vergrößerten Milz oder der angeschwollenen Leber herrühren. Die Übelkeit und das mehrfache Erbrechen täglich sind so nervzehrend wie die plötzlichen Sehstörungen. Eines Morgens erwacht sie mit einer Gesichtslähmung, die eine Kiefersperre erzeugt. Sie kann den Mund nur noch wenige Zentimeter öffnen und muss den Tee aus einer Schnabeltasse trinken. Der Anstieg der Leukämiezellen im Knochenmark erzeugt die bohrenden Schmerzen in den Armen und den Beinen. Das Morphium soll auch gegen die quälende Lichtempfindlichkeit helfen, die Dosis muss täglich erhöht werden. Wenn am Abend das Flurlicht in ihr dunkles Zimmer fällt, trifft sie ein blitzendes Lichtschwert.

Meningeosis leucaemica – Gehirnhautentzündung. Sie kann sich noch genau daran erinnern, wie Dr. Schellmann dieses letzte Stadium bei der kleinen Daniela diagnostizierte, danach hat es nicht mehr lange gedauert. Ist es schon so weit? Sie ist bereit. Sie hat sich verabschiedet, auch wenn es niemand merkt. Ihr Krankenhausalltag besteht nur noch aus Wiederholungen, ein Tag ist wie der andere. Wenigstens begegnet sie jetzt keinem Spiegel mehr, das ist der Vorteil, wenn man ans Bett gefesselt ist.

Mitte Juni kündigen sich ihre Eltern an. Sie wollen Lottes Geburtstag in einem Biergarten feiern. «Es ist so schönes Frühlingswetter. Komm, Ingalein, es wäre so schön, wenn du uns in den Englischen Garten begleiten könntest. Mit dem Professor habe ich schon gesprochen. Er sagt, wenn du dich danach fühlst, hat er keine Einwände.»

Allein das Anziehen dauert eine geschlagene Stunde. Schwester Veronika hilft ihr geduldig in das Kleid, die Strümpfe und die Schuhe. «Haben Sie sich das auch gut überlegt, Frau Rautenberg? Wollen Sie nicht lieber mit Ihren Eltern nur in die Cafeteria gehen?» Aber Inga hat sich fest vorgenommen, der Mutter noch diesen einen Wunsch zu erfüllen.

Mit der dunklen Sonnenbrille auf der Nase geht sie an Lottes Arm im Schneckentempo den Krankenhausflur entlang. Ihr Vater wartet mit dem Auto vor der Krankenhauspforte und fährt sie direkt zum Eingang der Wirtschaft. Lotte bestellt im Gastgarten Erdbeertorte und Kännchen Kaffee für alle. Inga tut so, als ob sie essen würde, und hebt ab und zu die Gabel mit dem Kuchenstück an. Sie kann den Mund nicht weit genug öffnen, um den Kaffee aus der Tasse zu trinken. Beim ersten Versuch tropft ihr die braune Brühe aus dem Mundwinkel aufs Kleid. «Was für ein schöner Tag», sagt Lotte immer wieder. Der Vater sagt nichts. Die Mutter redet in einem fort. «Ob es hier in Bayern Berliner Weiße gibt? Die kann man mit einem Strohhalm trinken.»

Als Wilhelm wie jeden Abend um halb sechs bei Inga anruft, meldet sich nur die Stationsschwester. Seine Frau sei mit ihren Eltern ausgegangen, ob man ihm das nicht gesagt habe? Wilhelm traut seinen Ohren nicht. Was haben die Schwiegereltern getan? Wie können sie die schwache Inga nur vor die Tür zerren?

Er wirft sich das Jackett über die Schulter, schwingt sich ins Auto und rast, die zulässige Höchstgeschwindigkeit an allen Baustellen überschreitend, ohne Pause nach München.

Im Bayerischen Hof angekommen, ruft er um ein Uhr nachts auf der Station an. Die Nachtschwester ist kurz angebunden. Er solle sich am Morgen wieder melden. Um diese Zeit sei ohnehin nichts zu machen. Wilhelm hinterlässt seine Telefonnummer, die Durchwahl zu seinem Hotelzimmer. Dann hockt er sich an die Bar und bestellt einen Aquavit und ein Pils. Nach dem dritten Gedeck setzt sich eine Frau mit hellblau geschminkten Augendeckeln neben ihn. Sie trägt ein kurzes Paillettenkleid, riecht nach Haarspray und billigem Deodorant und spricht ihn kess von der Seite an. «Na, was treibt denn so einen feschen Mann so spät noch an die Bar?»

Wilhelm tut so, als höre er sie nicht, und bestellt sich noch einen Schnaps. Die Frau zieht wieder ab.

Er ist der letzte Gast, die Beleuchtung in der Hotelbar voll aufgedreht, als ihm der Barkeeper auf die Schulter klopft. Er muss kurz eingenickt sein. Auf seinem Zimmer macht er kein Licht, er lässt sich einfach im Anzug rücklings aufs Bett fallen. Nicht einmal die Schuhe zieht er aus.

Ob die Krankenschwester nicht gewusst oder ihm absichtlich nicht gesagt hat, dass seine Frau in der Nacht auf die Intensivstation verlegt worden ist? Inga ist von ihrem Ausflug mit hohem Fieber zurückgekehrt. Ein paar Stunden später stieg die Temperatur auf über einundvierzig Grad. Verdacht auf Lungenentzündung. Die Herzfrequenz wird immer schlechter. Wie ist das Wasser nur so schnell in die Lunge gekommen? Um fünf Uhr morgens hat der Professor Ingas Lunge punktiert, die Wassereinlagerungen sind nun lebensbedrohlich. Das Herz schlägt von Minute zu Minute schwächer.

Um sechs Uhr hatte Schwester Veronika das erste Mal probiert, bei Wilhelm anzurufen. Um sieben hatte es der Professor noch einmal persönlich versucht. Doch Wilhelm war nicht ans Telefon zu bekommen. Die Sekretärin hatte eine Nachricht an der Rezeption des Hotels hinterlassen, der Hotelpage an Wilhelms Zimmertür geklopft, aber der Gast meldete sich nicht.

Kurz vor acht entdeckte Wilhelm auf dem Weg zum Bad den Zettel, den der Page unter der Tür hindurchgeschoben hatte. «Nachricht an Herrn Rautenberg, Zimmer 103: Bitte umgehend ins Klinikum rechts der Isar kommen.» Wilhelm klatscht sich einen Schwall Wasser ins Gesicht und fährt sich mit dem Kamm durchs Haar, fünf Minuten später sitzt er im Taxi. Mit derart zitternden Händen hätte er ohnehin nicht Auto fahren können.

Durch den Krankenhauspark geht er widerstrebend auf den Eingang zu, als ihm plötzlich schwarz vor Augen wird. Er lässt sich auf eine Bank fallen. Das Krankenhaus ist zum Zentrum seiner Angst geworden. Und hinter einem der Fenster vor ihm, dem dort oben rechts, oder war es das darüber, liegt seine Frau und verliert soeben ihr letztes Gefecht.

Wilhelm schaut auf seine Armbanduhr und beobachtet den Sekundenzeiger. Wie er unermüdlich voranzuckt. Die Uhren ticken noch, wenn die Herzen längst aufgehört haben zu schlagen. Er bleibt auf der Bank sitzen und bewegt sich nicht vom Fleck, starrt nur immer abwechselnd auf das Zifferblatt seiner Uhr und auf die Krankenhausfassade. Als hinter ihm von einem Kirchturm das Mittagsläuten erklingt, steht er auf. Ein letztes Mal geht er durch die Tür mit den schweren

Griffen, die immer offen steht, ein letztes Mal grüßt er die Frau mit der Lesebrille an der Pforte, drückt ein letztes Mal die Taste mit der 2 im Fahrstuhl und biegt ein letztes Mal auf der Station nach links ab. Schon von weitem sieht er das rote Licht über der Zimmertür leuchten. Es ist vorbei.

Die ganze Nacht habe er an ihrem Bett gesessen und kein Auge zugetan. Am Morgen habe sie noch ein Eis essen wollen. Sie habe ihn losgeschickt, und als er mit dem gewünschten Erdbeereis zurückgekommen sei, sei sie bereits tot gewesen. Sie müsse gewusst haben, dass es mit ihr zu Ende ging. Sie habe ihn schützen, ihm den finalen Moment ersparen wollen. Das ist seine Variante von Ingas Tod. Er hat sie später so oft erzählt, dass er sie eines Tages selbst glaubt.

TEIL IV

Der Fünfzigste

Was für Onkel Karl der Partykeller im Souterrain war, das war für uns der längliche Raum am Ende der Reithalle, das sogenannte Reiterstübchen, in dem man durch ein großes Fenster das Geschehen auf dem Parcours beobachten konnte.

Zum Training am Nachmittag versammelten sich hier die Freunde meines Vaters, deren Pferde in unserem Stall untergebracht waren. Manchmal schauten sich die Reiter auch gegenseitig beim Üben zu und kommentierten Stärken und Schwächen – die der Pferde und noch leidenschaftlicher die ihrer Reiter. Die Ehefrauen kamen später vom Tennisplatz herüber und verfolgten das Geschehen mehr oder weniger aufmerksam. Meistens aber wurde einfach nur gebechert.

Mein Vater war häufig gar nicht zugegen. Wenn überhaupt, kam er erst am Abend dazu, denn er ritt seine Pferde bei gutem Wetter lieber auf dem Platz im Freien. Sollten sich die Freunde einfach amüsieren.

Reiterstübchen – der Diminutiv bemäntelte nur unzureichend die hier stattfindenden Saufgelage, die mit einem Feierabendbier begannen und mit Wermut, Fernet-Branca und Rémy Martin endeten. Spät wurde es dabei selten. Der angenehme Alkoholpegel war schnell erreicht und noch fixer überschritten. Gegen neun, spätestens zehn Uhr rollten die Autos langsam wieder vom Hof, mit und ohne Licht, hinein in das dunkle Waldstück hinter dem Hövel.

Wie in einer richtigen Wirtschaft gab es im Reiterstübchen einen Tresen mit Zapfanlage und ein Regal mit bunten Schnapsflaschen, davor Barhocker und in einer Ecke auch eine bequeme Sofalandschaft. Die Wände waren mit Wilhelms farbigen Siegerschleifen geschmückt. Es roch immer etwas muffig, nach der benachbarten Kornkammer und dem Raum mit dem Sattelzeug. Die Pferde wurden auch häufiger geputzt als der Versammlungsort.

Hier hatte ich mit acht Jahren meinen ersten Vollrausch erlebt. Eine Packung Weinbrandbohnen war mir in die Hände gekommen, und als die leer war, hatte ich die Flasche Apfelkorn entdeckt. Sie hing kopfüber in einer Halterung. Drückte man mit dem Schnapsglas von unten gegen den Flaschenhals, füllte sich das Glas – Simsalabim – genau bis zu dem feinen roten Rand, ohne überzulaufen. Der Schnaps schmeckte wie Tri Top, der Sirup, den man mit Wasser verdünnen sollte, den ich aber meistens in kleinen Schlucken direkt aus der Flasche trank.

Die Erwachsenen hatten mein Treiben entweder nicht bemerkt oder, was wahrscheinlicher war, da sie selber schon blau waren, lustig gefunden. Nie zuvor, nicht einmal bei höchstem Seegang auf der Norderneyfähre, war mir so schlecht gewesen.

Der Fünfzigste sollte ganz groß gefeiert werden. Kaum anzunehmen, dass diese Idee meinem Vater selbst gekommen war. Diesmal stieg die Feier nicht im Reiterstübchen, sondern im neuen Haus. Der Hövel war im Frühjahr fertiggestellt worden, nach über acht Jahren Bauzeit. Über hundert Freunde, Bekannte, Verwandte und die bewährtesten Mitarbeiter der Firma waren geladen, ein Partyzelt wurde auf dem Rasen aufgestellt, wo es ein warmes Buffet geben sollte.

Tante Hilde, die Gattin des besten Freundes meines Vaters, seines Zeichens Chefarzt am Krankenhaus Herwede, kam jeden Tag schon nach dem Mittagessen. Der Vater hielt dann seinen Mittagsschlaf und hatte noch ein, zwei Stunden in der Firma vor sich. Frau Hilde schmiss im Schwimmbad die Sauna an, und mittwochs spielte sie mit ihrer Bekannten Helene Wirtz eine Partie Tennis. Sie war stets die Erste, die im Reiterstübchen den Sekt entkorkte, noch bevor ihr Mann den letzten Bypass gelegt hatte. Ihr Sohn Fred hatte sein Pferd bei uns stehen, aber für ihr Erscheinen brauchte Tante Hilde keinen Grund. Sie war Vaters Hausfreundin und ganz erpicht auf Partys.

Mit dem Einzug in das neue Haus hatte es auch einen entscheidenden Personalwechsel gegeben. Andrea war schwanger geworden und hatte den Bezirksschornsteinfeger geheiratet. Der Vater musste sich nach einer neuen Haushälterin umschauen. Auf die Stellenanzeige in einer überregionalen Tageszeitung hatte sich Josefa Stuckbrock gemeldet. Die hatte schon bei den von Opels, Mangolds und Schickedanz den Haushalt geschmissen. Warum sie den Job bei der erlauchten Herrschaft aufgegeben hatte, nachdem Gustav Schickedanz in seinem Büro zusammengebrochen war, blieb ihr Geheimnis. Mit ihr, die stets über und über mit Familienschmuck behangen und elegant gekleidet war, zog ein Hauch von großer weiter Welt in den Hövel ein, der nach dem Tod meiner Mutter für Jahre verweht gewesen war.

Gut möglich, dass Frau Stuckbrock gemeinsam mit Tante Hilde die große Sause zum runden Geburtstag meines Vaters ausgeheckt hatte. Noch wahrscheinlicher, dass er sich kampflos in dieses Geschehen gefügt hatte. Begeistert war er von dem Vorhaben jedenfalls nicht. Frau Stuckbrock hatte groß auffahren lassen, das Buffet kam vom ersten Feinkosthandel am Platz, die

Süßspeisen und die dreistöckige Torte hatte sie seit Tagen vorbereitet. Sie hatte auch eine begehbare Fünfzig gebacken. Das war ein Apfelstrudel, der auf einem riesigen Tischkonstrukt das ganze Esszimmer einnahm. Junge Kellner in grünen Westen liefen bereits seit dem Vormittag durch das Haus, arrangierten die Blumengebinde auf den Stehtischen auf dem Vorplatz und deckten im Zelt die Biertische mit weißen Damastdecken ein.

Die Blumen erinnerten mich an die Beisetzung von Jochen Wirtz, dem alten Reitkameraden meines Vaters. Ich war zuvor noch nie auf einer Beerdigung gewesen. Als sich alle Trauergäste zum Kondolieren am offenen Grab anstellten, warf ich, wie die Erwachsenen, eine Handvoll Sand über die Kunstrasenbalustrade auf den braunen Sarg, was mir feierlich und bedeutungsvoll vorkam. Vaters Freund war auf unserer Weide beim Auftakt zur Herbstjagd im Galopp vom Pferd gerutscht. Tot, von einer Sekunde auf die nächste. Herzinfarkt, eigentlich ja ein ganz schöner Tod, nur mit neunundvierzig doch reichlich verfrüht.

Meinem Vater waren die Geburtstagsvorbereitungen im eigenen Haus unheimlich, er hielt sich von dem Treiben fern. Er war nicht ins Büro gegangen und blieb in seinen Räumen unterm Dach für sich.

Um sechs erschien die fünfköpfige Musikband. Das Schlagzeug wurde vorm Kamin in der Halle aufgestellt, und als die ersten Gäste auftauchten, wurden auch schon Roger-Whittaker-Songs geschrammelt, *The Last Farewell* und *River Lady*. Frau Stuckbrock empfing an der Haustür die Gäste mit Handschlag. Als mein Onkel Karl mit Familie erschien, standen sich die Haushälterin und meine Tante plötzlich im gleichen Kleid gegenüber. «Der Lenz ist da …», trällerte Frau Stuckbrock, die eine schlanke Erscheinung war, fröhlich. Es war der Werbeslogan eines Versandhauses, das auf exklusive Damenoberbekleidung spezialisiert war. Die Tante wirkte in demselben modischen Fummel ausgesprochen blunzig. Ihr Gesichtsausdruck war mir nicht entgangen.

«Schau doch bitte mal, wo dein Vater ist», bat mich Frau Stuckbrock, denn nach dem Aperitif sollte nun das Buffet eröffnet werden. Im Flur, in der Halle und im Festzelt herrschte schon reges Gedränge.

«Na, wo bleibt er denn? Wo steckt denn das Geburtstagskind?», fragten die Gäste, die, mit Blumensträußen und Flaschen bewaffnet, eingetroffen waren. Nachdem ich das ganze Haus durchsucht hatte, fand ich ihn in seinem Schlafzimmer. Vater lag in einer weißen Schiesser-Feinrippunterhose mit weit ausgebreiteten Armen auf seinem gigantischen Doppelbett und schlief.

«Hoch soll er leben», sang die Gästeschar, als er endlich im dunklen Anzug die Treppe hinunterschritt.

«Ich freu mich, dass ihr alle da seid.» Wer außer mir ahnte noch, dass es sich hier um eine faustdicke Lüge handelte? Mein Vater lächelte, und sein Lächeln erzeugte bei den Gästen ein allgemeines Lächel-Echo.

«Dein Vater ist ja so charmant.» Das hatte auch Astas Mathelehrerin geseufzt, nachdem unser Vater einmal die Fünf meiner Schwester mit Hilfe eines prächtigen Orchideengebindes in eine Vier minus verwandelt hatte

Nach der kurzen Begrüßung durch den Jubilar bildete sich sofort eine Schlange vor dem Buffet, an dem Köche mit albern hohen Mützen mit Vorlegebesteck in den beheizten Metallbehältern herumkratzten. Ganz vorne stand unsere Familie an. Die Onkel und Tanten hielten erwartungsfroh die Teller hin, wie bei der Schulspeisung. Alle hatten sich hübsch gemacht und trugen Kostüme, in denen sie so verkleidet wirkten, als hätten sie Papphütchen oder rote Clownsnasen aufgesetzt. Glitzernde Pailletten auf prallen Brüsten, Lurex-Krawatten so breit wie Frühstücksbrettchen, stramme Waden in durchsichtigen Nylonstrümpfen, durch die sich die drahtige Beinbehaarung in Wellen abzeichnete wie Tiefdruckgebiete auf der Wetterkarte der Tagesschau. Auch die Brüder und Schwestern aus der Gemeinde hatten ihre sandfarbenen Windjacken und taubengrauen Faltenröcke gegen eine Menge Synthetiksamt, Taft, Tüll und Spitze getauscht.

«Du bist aber groß geworden», sagte jeder zweite Erwachsene zu mir, ständig kniff mir jemand in die Wange. «Wie läuft es denn in der Schule?» Hatte ich zuerst noch nach einer treffenden Antwort gesucht, war mir schnell aufgefallen, dass niemand etwas von mir hören wollte. «Was? Acht Jahre bist du schon? Kinder, wie die Zeit vergeht! Wie groß du geworden bist, bald kannst du deinem Vater auf den Kopf spucken.»

«Wo sind denn deine schönen Haare geblieben?», fragte mich Tante Putti.

Wahrheitsgetreu antwortete ich: «Im Mülleimer.»

«Na, du bist mir ja eine ganz Kesse», sagte die Tante, was sich nicht unbedingt nett anhörte.

Oma Marianne wurde von ihrer Pflegerin auf einem wackeligen Krankenhausstuhl ins Zelt gerollt. Man hatte sie ordentlich gekämmt und ihr eine Hochsteckfrisur mit kleinen braunen Kämmchen verpasst. Nach dem Oberschenkelhalsbruch im letzten Frühjahr war sie nicht mehr die Alte. Mager und in sich zusammengesunken, wirkte sie wie ein alter Kranich, der in den Ausschnitt eines Seidenkleides gerutscht war. Ich wusste, dass man die Sitzfläche ihres Stuhls in der Mitte abheben konnte. Wenn Oma nachts zu wimmern begann, stemmte die Pflegerin sie aus ihrem Bett und hievte sie auf dieses Ding, um ihr den Topf unterzuschieben.

Die reichen Geschäftsfreunde meines Vaters standen in dunkelblauen Anzügen an den Stehtischen, rauchten oder hatten die Hände tief in die Hosentaschen gesteckt. Ihre jungen Gattinnen im Alter der Kinder aus erster Ehe trugen dezentes Makeup, schlichte Etuikleider, sparsam, aber wirkungsvoll eingesetzten Brillantschmuck und stellten schon zu Beginn des Abends unverhohlene Langeweile zur Schau.

Wochenlang hatte Frau Stuckbrock an der Tischordnung gefeilt. An der Küchenwand hatte sie einen Plan angebracht, auf dem alle Tische und Sitze im Festzelt auf Millimeterpapier maßstabsgetreu eingezeichnet waren. Unzählige Male hatte sie die Namen der Gäste mit Stecknadeln neu angeordnet, bis ihr die jeweiligen Tischgesellschaften ausgewogen und gut gemischt vorkamen.

Als der Vater auf der Treppe erschien, hatten Asta und Fred in einem unbeobachteten Moment die Tischkärtchen neu verteilt. Jetzt saß die langweilige Familie mit den braven Angestellten der Firma zusammen und war von den paar illustren Freunden meines Vaters getrennt wie das Dotter vom Eiweiß.

Die Teenager hatten sich zwischen Figaro, den Friseur, Uli und seine Frau platziert. Christine trug ihr platinblondes Haar hüftlang, dazu ein goldenes Stirnband und eine weiße Federboa. Aber auch Uli war in seinem türkisfarbenen Dinnerjacket nicht zu übersehen. Die beiden waren mal wieder mit Abstand die schillerndsten Gäste des Abends. Am selben Tisch saß auch noch Freds netter Vater Dieter, der Chefarzt und Ehemann von Tante Hilde, die meine Schwester kurzerhand ans hintere Ende des Festzelts verbannt hatte, zu der erzfrommen Tante Hanne. Tante Hilde konnte Asta nicht ausstehen. Ich setzte mich zwischen Dieter und Herrn Ernst, einen Vertreter aus der Firma, von dem ich wusste, dass er tolle Kunststücke konnte. Immer wenn ich ihn im Büro meines Vaters traf, blies er sein Stofftaschentuch wie einen Ballon für mich auf, er konnte das Ding sogar mit einem Knall platzen lassen. Oder er machte einen Kartentrick, bei dem er eine Spielkarte unter der Schuhsohle verschwinden ließ und hinter seinem rechten Ohr wieder hervorzauberte. Ich bedankte mich für diese Darbietungen, indem ich ihn während der Unterredungen, die er mit meinem Vater führte, zeichnete. «Du bist eine echte Künstlerin», lobte er mich. «Du hast ein gutes Auge.» Er bat mich, meine Zeichnungen zu signieren. «Die bewahre ich im Tresor auf. Und wenn du mal so bekannt bist wie Picasso, dann bin ich ein reicher Mann.»

Obwohl ich natürlich wusste, dass er nur Witze machte, war ich stolz, dass ihm meine Bilder gefielen. Mein Vater interessierte sich nicht sonderlich für meine Künste, und die Großeltern hatten immer nur Verbesserungsvorschläge parat. Meistens stimmte etwas mit der Perspektive nicht. Deine Mutter hatte ein großes Zeichentalent, sagte mein Großvater gern, der selber aus dem Handgelenk eine Mosellandschaft mit Brücken und Schlössern auf einen Bierdeckel zeichnen konnte. Als ich in die Schule kam, hatte mir Großmutter Mutters Zeichenmappe gezeigt, die sie als junges Mädchen angelegt hatte, mit schönen Blumenwiesen, breiten Ruhrpanoramen, detailgetreuen Pferdedroschken, einem bunten Marktplatztreiben mit Hunderten von Figuren und dem Porträt eines traurigen Clowns, dem eine glitzernde Träne über die dick geschminkte Wange lief. Danach malte ich in Schwelte kein einziges Bild mehr.

«Was hab ich doch für ein Glück mit meiner kleinen Tischdame!», sagte Herr Ernst, hob die rechte Braue in die Höhe und schielte dazu mit dem linken Auge. Er tauchte seinen Zeigefinger ins Wasserglas und begann, auf den Rändern der Bier-, Weiß- und Rotweingläser *Hoch auf dem gelben Wagen* zu spielen. Leider wurde er von Bruder Zwille unterbrochen, der mit der Messerklinge ans Glas klopfte und die Feiergemeinde um eine Minute der Einkehr bat.

Mein Vater stand an einem der hohen Tische im Eingang zum Zelt. Er machte den Eindruck eines Reisenden, der am Bahnsteig auf den nächsten Schnellzug ins Ungewisse wartet und dabei in aller Ruhe die Mitreisenden beobachtet.

Bruder Zwille dankte zuerst dem Herrn für die Speisen und den festlichen Abend und dann noch einmal seinem Freund Wilhelm für genau das Gleiche. Als er gerade Luft holte, um das Gebet in Richtung Demut und die Sinnfälligkeit von Opfergaben zu lenken, rief mein Vater: «Lass gut sein, Siegmar. Das Reh wird kalt. Wir beten alle wieder am nächsten Sonntag, versprochen.» Und nach einem Gelächter und Stoßseufzern der Erleichterung begann umgehend die Klappersymphonie der Messer und Gabeln.

Ich ließ mir eine Entenkeule geben, die am Ende eine Art weißes Schweißband trug, allerdings aus Papier und nicht aus Frotté wie das der Tennisspieler. Das Entenfleisch schmeckte dumpf und muffig, so wie der Pudel meiner Großeltern im Regen roch. Die braune Soße verfestigte sich auf dem Teller zu einer glibberig schillernden Puddingschicht. Aber dieses Essen vom Buffet war unterhaltsam. Kaum stand man auf, um etwas Neues zu holen, verschwand der Teller mit dem, was man nicht mochte, vom Tisch. Spanferkel, Wildgerichte und Geflügel, Lachs und Karpfen. Ich fand es lustig, immer wieder etwas Neues zu probieren, wenn mir auch nichts davon schmeckte. Am besten waren noch die Dosenbirnen mit der Preiselbeerfüllung.

Zum Nachtisch wurden die Gäste vom Zelt ins Esszimmer zu

Frau Stuckbrocks Dessertauswahl umgeleitet. Auf diese Weise formierten sich die Gruppen an den Tischen nun neu. «Schau mal», hörte ich meinen Vater zu Uli sagen. «Tante Hilde schäkert mit dem Schlagzeuger.» In der Tat, Vaters Busenfreundin hatte sich zu den Bandmitgliedern gesetzt. Sie ließ ganz schön tief blicken, wie sie da, mit der weit aufgeknöpften Bluse über den Tisch gelehnt, den Ausführungen des Musikers mit der dauergewellten Nackentolle lauschte. Er hatte anscheinend Faszinierendes zu berichten.

Nach dem Essen ging ich in mein Zimmer, stellte meinen neuen Fernseher an und sah eine halbe Stunde lang einen James-Bond-Film mit Roger Moore und einer langbeinigen Blondine, die an ihrem knappen Bikiniunterteil einen Revolver trug.

Als ich wieder nach unten kam, wurden in der Halle Teewagen mit Schnäpsen herumgerollt. Frau Stuckbrock lief mit einem Kaffeetablett durch die Menge, die sich träge durch den Flur, das Wohnzimmer und die Halle schob. Die Gäste zogen von den Tischen auf die Sofas um.

What A Beautyful Noise. Die Band spielte ein Medley von Neil Diamond: *He Ain't Heavy He's My Brother, I Am … I Said, Song Sung Blue.* Auf der Tanzfläche war mächtig was los. An vorderster Front Tante Hilde, die sich lasziv drehte und mit geschlossenen Augen ihr Haar im Nacken anhob. Die Pumps hatte sie, direkt von den Füßen weg, neben den Bassisten geschleudert.

Ich suchte nach Asta und Fred. Die Leute hier hatten genug davon, mir über den Scheitel zu streicheln, sie waren jetzt vollkommen mit sich selbst beschäftigt. Ständig lachte jemand mit weit aufgerissenem Mund. Was die Erwachsenen so alles im Mund hatten, jede Menge Gold, aber auch schwarze Füllungen und zerklüftete Zungen, dunkelblau vom Rotwein. Die Aschenbecher quollen über, die Kellner waren mit dem Abtragen der leeren Gläser und dem Nachschenken so beschäftigt, dass sich unter den Kellnerwesten dunkle Ränder abzeichneten. In der Küche herrschte, unter Frau Stuckbrocks strengem Regiment, hektisches Treiben.

Astas Zimmertür war abgeschlossen. Zu dumm. An normalen Tagen hätte dieser Umstand einen ordentlichen Zoff gegeben, das Abschließen von Zimmern hatte uns Vater unter Androhung der schlimmsten Sanktionen verboten. Hätte ich gepetzt, wäre ordentlich was los gewesen. Diesen Aufruhr mochte ich immer ganz gern. Doch an diesem besonderen Tag hätte eine abgeschlossene Jugendzimmertür wohl kaum jemanden interessiert. Ich linste durchs Schlüsselloch, konnte aber nur Astas kleinen Couchtisch erkennen, auf dem ein Palästinenser-Halstuch als Tischdecke lag, darauf stand das Teegeschirr, aus dem sie nachmittagelang Vanilletee schlürfte. Der Teppichboden war mit Tabakkrümeln übersät. Fred rauchte Selbstgedrehte. «Deshalb wächst er auch nicht mehr und bleibt für immer klein», hatte mein Vater dazu einmal grimmig bemerkt. Warum die Eltern hier nicht einschritten? Der Knabe war erst fünfzehn. Wie konnte man denn in aller Seelenruhe zuschauen, wenn das eigene Kind sich mit Nikotin vergiftete? Natürlich rauchte auch Asta längst. Aber das wollte er nicht wahrhaben, obwohl es sich schwerlich übersehen ließ. Sie hatte ihm schließlich versprochen, damit gar nicht erst anzufangen. Der Sitzsack, auf dem Asta und Fred gerade bestimmt eng umschlungen lagen, stand leider neben der Tür in der Zimmerecke. Ich sah nur Astas Socken, die Frau Stuckbrock ihr gestrickt hatte, und zwischen Astas Füßen Freds Schuhe, hellblaue Turnschuhe. Mehr war nicht zu erspähen, wie sehr ich auch mein Auge gegen die Tür presste. Ich rüttelte an der Klinke.

«Kann ich mal reinkommen?»

«Verpiss dich!»

Unten an der Haustür verabschiedeten sich schon die ersten Familienmitglieder händeschüttelnd von Frau Stuckbrock. Das ging hier ja fix. «Und nochmals unseren Dank an den Jubilar.» Der war anscheinend schon wieder verschwunden.

Ich fühlte mich plötzlich sehr allein, war müde und suchte nach einem ruhigen Plätzchen. Hinter der Sofalandschaft, in dem Spalt zwischen Wand und Rückenlehne, machte ich es mir mit einer Wolldecke im Dunkeln auf dem Boden bequem. Auf dem Sofa über mir erzählte Onkel Hubert, der Frauenarzt, dem Apotheker Wolken schweinische Witze.

«Sagt die Frau zum Mann: ‹Könntest du beim Fingern das nächste Mal den Siegelring abnehmen?› – ‹Welchen Ring?›, fragt darauf der Mann. ‹Das war meine Armbanduhr.›» Was wohl mit Fingern gemeint war?

Den Witz wollte ich mir merken und gleich am Montag in der großen Pause unter der Schultreppe Stefan Gras erzählen. Ich hatte das unbestimmte Gefühl, damit einen ziemlichen Treffer zu landen.

Herr Wolken lachte herzlich und revanchierte sich seinerseits mit einem Witz. Aber der Apotheker war schon an seiner Ladentheke schwer zu verstehen, er sprach immer leicht schmatzend, wegen seines künstlichen Gebisses. Hinter dem Polster des Büffelledersofas verstand ich nur so viel, dass es sich um eine Art Wortwitz handelte, dessen Pointe in der Verwechslung der Bezeichnung des Musikinstruments «Saxophon» und dem Satz «Wenn ich deinen Sack so von vorn sehe» lag.

Die Band spielte währenddessen *Strangers in the Night*. Und ich fühlte mich in meinem dunklen Versteck geborgen, wie in einem dunklen Kokon.

Wie lang ich wohl geschlafen hatte? Als ich hinter dem Sofa hervorkroch, machte die Band gerade Feierabend. Der Gitarrist rollte die Kabel zusammen, und der Sänger trug den Verstärker in Richtung Diele. Dabei zwinkerte er Tante Hilde zu, die vor Vaters Plattenschrank stand und gerade eine Scheibe auflegte. «Ich brauch Tapetenwechsel, sprach die Birke.» In der Luft hingen hellblaue Schwaden, die trinkfesten Männer auf dem großen Sofa rauchten Kette. Jemand hob das Bierglas und rief: «Hey, Barberiba, lasst uns die blonde Hexe küssen.»

In der Küche herrschte bereits wieder die alte Ordnung, Frau Stuckbrock spülte Gläser.

«Zeit, ins Bett zu gehen, Giftzwerg», sagte Asta, die im Esszimmer an der begehbaren Fünfzig stand, von der nur noch der untere Rand der Null übrig geblieben war. Jemand hatte im Kuchen eine Kippe ausgedrückt. «Mann o Mann, die sind aber vielleicht alle stramm», sagte Asta und nahm einen Schluck Vanillesauce direkt aus dem silbernen Kännchen. «Willste mal was Lustiges sehen?» Sie ging vor mir her durch das Wohnzimmer, in dem Tante Hilde sich mit dem Bandleader im Engtanz auf dem Teppich drehte. In der Halle waren noch gut zwanzig Freunde meines Vaters vor dem Kamin versammelt. Figaro, der Friseur, schlug sich gerade amüsiert mit der flachen Hand auf die Schenkel, als Asta von hinten an ihn herantrat und mit einer flinken Handbewegung sein Toupet lüftete wie der Kellner in einem Sterne-Restaurant die silberne Haube über dem Hauptgericht. Kahlköpfig war der Friseur plötzlich wie nackt, total verwandelt, auf der Straße hätte ich ihn nicht wiedererkannt. «Fang!» Meine Schwester warf mir das Haarteil zu, ich fing es auf, und wir liefen zur Garderobe, wo sich ein großer Spiegel befand. Hinter uns brandete lautes Gelächter auf. Wir setzten uns den Haarteppich abwechselnd auf, mal als Pony in die Stirn, dann wieder in den

Nacken geschoben, und hielten ihn uns gegenseitig als Pferdeschwanz an, bis ich vor Lachen Seitenstechen bekam. Dann kam Dieter, der Chefarzt, angeschwankt und nahm uns das Spielzeug ab. «Marsch, ab ins Bett, ihr Plagegeister», lallte er und marschierte, hart gegen den Seegang ankämpfend, wieder von dannen. Das Toupet schwang in seiner Hand wie ein Skalp.

«Komm, gehen wir schlafen», sagte Asta und rannte vor mir die Treppe hoch. Ich warf noch einmal einen Blick ins Schwimmbad. Aus den Lautsprechern unter der Decke dröhnte die gleiche Musik wie im Wohnzimmer: *Waterloo*. Christine hatte die Gegenstromanlage angestellt und trieb hüllenlos auf dem Wasser. Sie machte anscheinend gerade toter Mann. Neben ihr schwamm, wie ein Teppich, eins unserer großen hellblauen Badehandtücher. Uli, ebenfalls nackt, sauste um den Beckenrand herum. «Und jetzt achte auf die Arschbombe», sagte er zu meiner Tante Uta, die im Abendkleid auf einer Sonnenliege ausgestreckt lag und sich ihr Sektglas auf den Bauch gestellt hatte.

Er sprang mit so viel Schwung ins Becken, dass das Wasser bis an die Wände platschte. Jemand hatte die Fenster zum Garten herabgesenkt. «Ich mach mal ’nen Schneeadler im August», rief ein mir unbekannter Nackter, der rücklings auf unserem englischen Rasen lag und mit Armen und Beinen ruderte.

Plötzlich hatte ich wieder Hunger. In der Küche traf ich auf meinen Vater, der nun wieder nichts mehr als nur seine halblange weiße Unterhose und Hausschlappen trug. Seine Haare standen am Hinterkopf ab. Auch er schien schon ein kleines Schläfchen gemacht zu haben. Gemeinsam schauten wir unschlüssig in den Kühlschrank. Ich nahm mir einen Schokopudding, und er holte ein langes glitschiges Etwas aus dem Gemüsefach.

«Aal ist jetzt genau das Richtige», sagte er und schnitt den fettig glänzenden Fisch mit unserer Haushaltsschere in große Stücke. Die schwarzen Rollen hüpften über die geflieste Arbeitsplatte der Einbauküche.

«Oh, guck mal!» Vater nahm einen Schluck aus dem Underbergfläschchen und schaute interessiert aus dem Küchenfenster. «Der arme Dieter würfelt.» Freund Dieter hielt sich vornübergebeugt am Blumenkübel neben der Garage fest und erbrach sich in die Begonien. «Der düngt die Pflanzen», bemerkte Vater und wühlte im Kühlschrank nach der Mayonnaise, während Dieter draußen wie ein Schlagbaum langsam zur Seite kippte.

Ich warf noch einmal einen Blick ins Wohnzimmer, wo zwei Pärchen knutschten. Der Mann, der unter einer sehr korpulenten Frau lag, deren Rock so weit hochgerutscht war, dass man an den Oberschenkeln den Spitzenabschluss einer hautfarbenen Miederhose sehen konnte, sah irgendwie so aus wie Onkel Karl. Aber war der nicht schon vor Stunden zusammen mit seiner Frau nach Hause gegangen? Ich musste mal.

Als ich die Tür zur Gästetoilette öffnete, sah ich zunächst nur einen blanken, nach hinten ausgestreckten Po. Die Frau hatte die Unterarme auf dem Waschbecken abgestützt, ihre weiße Bluse hing geöffnet über dem Rock, der wie ein Gürtel zusammengeschoben in ihrer Taille saß. Die schweren Brüste mit den großen Brustwarzen baumelten über den Armaturen, in dem Takt, den der Mann vorgab.

Dem Mann, der hinter ihr stand, hing die Hose in den Knien. Er stützte sich mit der linken Hand auf das Fach mit den Gästehandtüchern und hielt mit der rechten ihr Haar gepackt. Dabei machte er Geräusche, die mich an die ächzende Drehbank in Vaters Fabrik erinnerten. Die Frau wimmerte mit gesenkten Lidern wie ein kleines Baby. Auf ihren Wangen zeigten sich Flecke, rot wie Götterspeise. Dann warf sie plötzlich ihren Kopf in den Nacken – und im Spiegel starrten mich weit aufgerissene Augen an.

Behutsam schloss ich die Tür. Und obwohl ich mir verbot, das alles gesehen zu haben, wusste ich doch, dass dieser Anblick mich genauso verfolgen würde wie die Gewissheit, diese Scham unfreiwillig teilen zu müssen. Im Kopf gab es keinen Ort für verbotene Bilder, den man abschließen konnte. Und meine Mitwisserschaft würde mir noch lange nachgetragen werden.

Unter Blinden

Derrick oder *Der Alte,* ja sogar die Kindesentführungen, die Gewaltverbrechen an einsamen Rentnern, die Banküberfälle und Terrorakte in der Sendung *Aktenzeichen XY ungelöst* durfte ich inzwischen gemeinsam mit den Großeltern schauen. Die Sendungen entzündeten jeden Freitag in mir ein Lagerfeuer der Behaglichkeit. Die Welt war in Ordnung, wenn ich in Schwelte nach dem letzten Mord unter der weichen Daunendecke in meinem Bett lag. Der Tagesablauf im großelterlichen Haushalt, die festen Essenszeiten und alten Rituale, in diesem Gerüst heilten die Alltagswunden über das Wochenende ab. Doch der innere Frieden hielt immer nur bis zum Abschiedskuss. Dann ging der Belagerungszustand aus schlechten Noten, den Anfeindungen der Klassenkameraden und Vaters willkürlichen Bestrafungen oder unvorhersehbaren, mich überfordernden Liebesbekundungen wieder von vorn los. Sonntagabends, auf der Heimfahrt von den Großeltern, wenn mir Vater in der Kneipe *Am Heck* Münzen für die Jukebox in die Hand drückte und ich, nachdem mir die ketterauchende Wirtin Nutellabrote geschmiert hatte, unter dem Billardtisch einschlief, war die Ruhe längst wieder dahin.

Der Wachsengel auf einer der Bauerntruhen meines Vaters war einmal eine Weihnachtsdekoration gewesen. Nun stand er das ganze Jahr über in seinem grünen Samtkleid neben dem Schwarz-Weiß-Porträt meiner Mutter. Zu dieser Figur betete ich manchmal. Lieber Engel, mach bitte aus dem Montag ganz schnell einen Freitag oder lass mich wenigstens über Nacht zu den Großeltern fliegen.

«Der wird dir nicht viel helfen. Wir sind evangelisch», sagte mein Vater, als er mich einmal bei meinem geheimen Zwiegespräch mit der Figur ertappte. «An Engel glauben wir nicht.»

Samstags gingen Großmutter und ich spazieren – mit Ziel. «Ein starker Kaffee und ein gutes Stück Kuchen ist die Belohnung für den ordentlichen Marsch», sagte die Großmutter. Wegzehrung gab's auch. Am Büdchen vor dem Krankenhaus an der Ecke hielten wir das erste Mal an.

«Gummibärchen oder Katjes?» Großmutter mochte nur die weißen Gummibärchen, ich aß den Rest. «Aber denk auch an den Rückweg und teil dir den Proviant gut ein.»

Weiter ging es, aus dem Ort heraus und an der Schule meiner Mutter vorbei. Wie immer stellte ich mir vor, wie das neunjährige Kommunionkind mit dem weißem Blümchenhaarreif, das ich aus den Fotoalben kannte, dort mit den Klassenkameradinnen Fangen gespielt hatte. Oder wie ich selbst diesen Schulhof beim Klingeln überqueren würde, um mich auf den Heimweg zum Mittagessen bei Großmutter aufzumachen. Das war mein Traum: in Schwelte zur Schule zu gehen. Hinter der neuen Umgehungsstraße kamen wir am Krämerladen von Herrn Niehoff vorbei, der aber für immer geschlossen hatte. Das Glas in der Eingangstür war mit Packpapier verklebt, durch die großen Schaufenster konnte man noch die dunkelbraune Ladeneinrichtung sehen, die Schrankfächer, aus denen Herr Niehoff früher das Mehl und den Zucker direkt in die Papiertüten geschaufelt hatte, die er dann auf die Waage mit den Gewichten stellte. Mein Kaufmannsladen stand auch schon seit einer Ewigkeit unbespielt auf dem großelterlichen Speicher. Den Supermarkt, in dem Großmutter mittlerweile einkaufte, nannte der Großvater «neumodisch».

In der Kleingartenkolonie spielten Großmutter und ich das immer gleiche Spiel. «In welchem Häuschen möchtest du wohnen?» Großmutters Wahl fiel auf den Schuppen mit der stattlichsten Blumenwiese weit und breit und dem penibel angelegten Gemüsebeet, meine auf das Häuschen mit dem Wintergarten und dem schiefen Schornstein auf dem roten Schindeldach. Die Häuser waren winzig. Ich stellte mir vor, wie ich allein dort wohnen und es mir darin gemütlich machen würde, fernab von allen anderen.

«Allein sein ist nicht das Gleiche wie Einsamkeit», hatte ich meinen Großvater einmal sagen hören. Dieser Satz stieg immer wieder in mir hoch, wie ein Gedankenschluckauf. Vater war einsam, aber allein war er selten, allenfalls in der Nacht. Nach dem Fünfzigsten hatte es keine großen Zusammenkünfte, keine Partys und Feiern mehr gegeben, aber Tante Hilde und die Reitertruppe kamen immer noch jeden Tag und blieben, bis die letzte Flasche geleert war. Frau Stuckbrock war nach einem knappen Jahr weitergezogen. Ihr ging es im Rautenberg'schen Haushalt nicht herrschaftlich genug zu.

War der Vater daheim, liefen die Abende immer nach dem gleichen Muster ab. Nach ein paar Bieren und den dazugehörigen Schnäpsen stand er vom Sofa auf und ging grußlos ins Bett, ganz gleich, ob noch Gäste im Haus waren. Aber mitten in der Nacht, wenn endlich alles still war und auch die Töchter schliefen, stand er wieder auf, holte die Flasche Dimple aus der Bar und legte eine Platte auf.

Es war nicht die Musik, es war das Weinen, das mich weckte, unzählige Male, immer weit nach Mitternacht. *Ich steh im Regen und warte auf dich … Der Zeiger der Kirchturmuhr rückt von*

Strich zu Strich. Ach, wo bleibst du denn nur? Denkst du nicht mehr an mich?

Vater weinte laut schluchzend. Er lag auf dem Zweiersofa in der Halle, den rechten Arm angewinkelt unter dem Kopf, sein ganzer Körper bebte. Die Whiskyflasche lag umgekippt auf dem Perserteppich, wo sich ein dunkler Fleck ausgebreitet hatte.

«Komm, es ist spät, gehen wir schlafen», sagte ich. Meistens ließ er sich überreden. Ich gab ihm die Hand und zog ihn vom Sofa hoch. Er lehnte sich schwer auf meinen Arm, stützte sich beim Gehen auf meine Schulter.

«Ich hab dich lieb.»

«Ich dich auch.»

Wenn ich Albträume hatte und in sein Bett kroch, musste ich immer meine Bettdecke mitbringen. Ich zog sie hinter mir her, die Treppe zu seinem Schlafzimmer hinauf in den zweiten Stock, auf der Flucht vor den bösen Geistern. Er mochte meine Körperwärme und das Herumgezappel nicht. In Vaters einsamen Nächten aber, nach seinen Weinanfällen, durfte ich mit ihm zusammen unter einer Decke schlafen.

«Wie geht es deinem Vater?», fragte die Großmutter auf unseren Spaziergängen.

«Gut.» Gut war die Antwort, die Großmutter hören wollte. «Wie läuft es in der Schule? Was machen deine Reitkünste?» Alles gut. Wenn ich Glück hatte, fragte sie dann nichts mehr. Oder zumindest kaprizierte sie sich nur noch auf ein ganz bestimmtes Thema.

«War die Frau mal wieder da?»

Mein Vater hatte im Reitstall auf Norderney eine junge Lehrerin kennengelernt. Sabine aus Oldenburg. Sabine arbeitete an einer Sonderschule. Sie war gut zwanzig Jahre jünger als er, übte sich im Dressur- und Vielseitigkeitsreiten und vergötterte meinen Vater, der schnell den Gedanken fasste, sie als Stiefmutter in unseren Haushalt einzugliedern.

Wenn sie in Herwede zu Besuch war, spielte und zeichnete sie mit mir, aber ich fühlte mich unwohl dabei. In jeder Stunde, die sie mit mir verbrachte, kam ich mir vor wie eines der schwer erziehbaren Kinder, die sie in Oldenburg unterrichten musste.

An Ostern hatte sie meinem Vater eine gerahmte Fotografie von sich geschenkt. Es war die Arbeit eines professionellen Fotografen – Sabine mit Schlagschatten im Halbprofil. Die Fotos meiner Mutter waren mit einem Mal verschwunden.

Wenn Sabine bei uns zu Hause auftauchte, verstummte Asta und kam nicht mehr aus ihrem Zimmer. Sie hasste Sabine, die mit allen pädagogischen Kniffen versuchte, sich uns zu nähern. Sabine brachte uns kleine Geschenke mit, sie war stets gutgelaunt und voller Ideen.

«Die will sich doch nur an uns anwanzen», ätzte meine Schwester. «Die ganz billige Tour.»

Um Asta zu gefallen, kam ich eines Tages auf die Idee, Sabines Foto zu zerschneiden. Die kleinen Schnipsel füllte ich wieder in den Wechselrahmen. Mein Vater hatte die Zerstörung gar nicht bemerkt. Sabine bekam beim Anblick der Fotoschnipsel einen Wutanfall, den mein Vater dadurch parierte, dass er wortlos verschwand und erst spätnachts wieder heimkehrte. Sabine saß bis dahin wie versteinert auf dem Sofa und hielt tapfer die Stellung.

Auch sonst ließ sie nichts unversucht. So war sie eine passionierte Briefeschreiberin. Jeden Tag, den sie nicht mit meinem Vater verbringen konnte, schrieb sie ihm einen mehrseitigen Brief, den er jedoch meist achtlos im Haus herumliegen ließ. Es war unmöglich, diese Briefe nicht zu lesen. Sabine hatte eine schöne, runde, gut lesbare Lehrerinnenhandschrift. Die Briefe waren voller Fragen: «Warum darf ich nicht bei dir übernachten? Weshalb schiebst du deine Kinder vor, wenn du mit mir Zeit verbringen könntest? Wieso sehen wir uns nie allein? Liebst du mich?» Ich hatte meinen Vater im ganzen Leben noch keinen Brief schreiben sehen und war mir sicher, dass Sabine auf all diese Fragen nie eine Antwort erhielt.

Als wir einmal gemeinsam nach Österreich in den Skiurlaub fuhren, fragte der Rezeptionist des Hotels: «Wo sollen Ihre drei Töchter denn schlafen?» Und mein Vater verlangte ganz selbstverständlich vier Einzelzimmer.

Zum Weihnachtsfest 1978 schenkte mein Vater Sabine einen mondänen Mantel aus Fuchspelz. Am Neujahrsmorgen knallte die Haustür.

«Und deinen Scheißpelz kannst du auch behalten!» Das war das Letzte, was wir von Sabine hörten.

«Ihr seid schrecklich», sagte Tante Hilde und rollte die Augen unter den froschgrün geschminkten Lidern. «Ihr grässlichen Töchter habt eurem Vater die Freundin vergrault.» Sie selbst hatte nicht ein einziges Mal das Wort an die Sonderschullehrerin aus Niedersachsen gerichtet.

Meine Großmutter wirkte erleichtert. «So ein junges Ding hat doch keinen blassen Schimmer vom Leben. Das hätte niemals gutgehen können.»

Nicht einmal mein Vater wirkte sonderlich betrübt.

Auf unserem Spaziergang kamen wir immer an einer großen Scheune vorbei. Sie stand, majestätisch wie ein Herrenhaus, mit Spitzgiebel und einem kleinen Fenster, auf einem großen Gerstenacker. Solange ich denken konnte, hatte sie dort gestanden.

Eines Tages aber war sie fort. Verschwunden, als hätte es sie nie gegeben. Noch nicht einmal ein Abdruck von ihr war in dem

Ackerboden übrig geblieben. «Also, ich weiß jetzt beim besten Willen nicht, was es da zu weinen gibt», sagte Großmutter und zog mich an der Hand hinter sich her. «So ein verschwundener Heuschober ist doch kein Unglück.»

Die Erwachsenen verstanden es nicht. Jede noch so kleine Veränderung brachte mich aus dem Gleichgewicht. Die neuen Tapeten, die moderne Einbauküche, die der Großvater voller Stolz seiner Gattin spendiert hatte, ein neuer Fernsehapparat, selbst der ausgewechselte Bodenbelag im Badezimmer war ein direkter Angriff auf meine innere Sicherheit. In Schwelte sollte alles so bleiben, wie es immer gewesen war, wenigstens dort. Und nachdem ich jedes Mal einen Weinkrampf bekommen hatte, versprachen mir die Großeltern, niemals ohne mein Einverständnis auch nur eine Lampe in meinem Zimmer auszuwechseln. Alles blieb für Jahre an seinem Platz. Auch die Armada der Playmobilmännchen wurde von der Putzfrau noch abgestaubt, als ich, längst halbwüchsig, die Wochenenden ganz woanders verbrachte.

An diesen Nachmittagen gehörte die Großmutter mir ganz allein. Nur der Pudel musste ab und zu davon abgehalten werden, sich in den Kuhfladen zu wälzen oder in der dreckigen Ruhr baden zu gehen.

«Hast du denn endlich mal eine richtige Freundin gefunden?»

Die Frage drückte Vorwurf und Sorge zugleich aus. Ich erzählte ihr, was sie hören wollte. Erfand jede Menge Spielgefährtinnen und Geschichten, berichtete von Kindergeburtstagen und schwärmte von den Übernachtungspartys, zu denen mich natürlich niemand einlud. Dabei brachte ich immer wieder die Namen meiner Freundinnen durcheinander und hatte in Wirklichkeit keine einzige. Niemand wollte mit mir befreundet sein.

Nachdem wir in den Hövel gezogen waren, kamen immerhin

manchmal Mädchen aus der Schule zu Besuch. Sie nahmen die lange Anfahrt nur wegen der Pferde auf sich. Sie mussten den Bus nehmen, der nur einmal in der Stunde fuhr, und dann noch einmal eine Stunde bis zum Hövel laufen. Zur Belohnung wollten sie reiten. Oder wenigstens die Pferde putzen. Das war leicht zu machen, denn das Striegeln der Tiere fanden Asta und ich eher öde. Ich drückte ihnen das Putzzeug in die Hand und beobachtete die Mädchen, wie sie mit Inbrunst die Hufe auskratzten und mit einem dicken Pinsel das grüne Huffett auftrugen. Was daran wohl so toll war? Für mich interessierten sich diese Mädchen nicht die Bohne.

Als mein Vater mich zu sich geholt hatte, hatte er mir ein Pony gekauft, in der Lüneburger Heide, wo wir gerade die Herbstferien verbrachten. Lilly war ein kleiner Schimmel. Das sei gar kein Pony, sondern ein Hannoveraner Kleinpferd. Damit hatte er mich beruhigt, als Asta sich über die Größe des störrischen Tieres lustig machte. Er nahm Lilly ein-, zweimal an eine lange Hundeleine und zog sie und mich auf den Ausritten hinter sich her. Dann erklärte er: «So, nun hast du ja wohl das Wichtigste begriffen.» Das mit dem Reiten war aber irgendwie etwas anderes als das mit dem Schwimmenlernen, wo es mit einer Überrumpelungstaktik funktioniert hatte. Wir wohnten noch in dem alten Haus von Oma Marianne, als an einem lauen Sommerabend die Trinkgesellschaft meines Vaters beschloss, schwimmen zu gehen. Die Gruppe war schon ziemlich betrunken, als man sich zum Schwimmbad von Onkel Karl nebenan aufmachte. Aus Spaß, oder was es auch immer gewesen sein mochte, ließ mir der Vater die Luft aus den Schwimmflügeln, in der Mitte des Pools. «Worüber regst du dich so auf?», fragte er nachher immer, wenn die Sprache auf die Massen Wasser kam, die ich damals geschluckt hatte. «Danach konntest du schwimmen. Glaub mir, wir haben eine Menge Zeit gespart.»

Mit dem Reiten gestaltete sich das schwieriger, denn Lilly war unberechenbar. Sie tat einfach nicht, was ich von ihr wollte.

«Und nun hören wir mal wie Onkel Gertie», sagte mein Vater, wenn er mal wieder bei einem Reitausflug die Abkürzung über einen frisch bestellten Acker nahm und der dazugehörige Bauer in der Ferne wütend brüllte. Onkel Gertie wurde auch Fummel-Gertie genannt, weil er beim Tanzen auf Partys den Damen immer direkt und ungelenk an die Wäsche ging. Er war schwerhörig, allerdings hörte er bei Tischgesellschaften jedes Gespräch, das nicht für ihn bestimmt war.

Und nach der sportlichen Aufforderung meines Vaters sauste dann die ganze Reiterschar quer durch den halbhohen Mais. Doch Lilly bog meistens rechts ab, stoppte scharf und begann, genüsslich auf einer saftigen Weide zu grasen. Und während sich mir der wütende Landwirt näherte, schimpfte ich auf dem Ponyrücken vor mich hin, tobte und zerrte ohne Erfolg an der Trense.

Nachdem wir Lilly gekauft hatten, wurde sie von Woche zu Woche dicker. «Setzt sie mal auf halbe Ration», wies Vater Tristan an. Aber schon bald ragte der dicke Ponybauch prall neben den Flanken hervor. «Die hat 'nen Braten in der Röhre», stellte Tristan fest. Wir hatten ein trächtiges Pony untergeschoben bekommen.

Kurz vor den Sommerferien plumpste ein langbeiniges, graues, blutverschmiertes Fohlen aus Lilly heraus und lag zappelnd im Stroh. Tristan hatte mich in der Nacht geweckt, und ich war bei dem unheimlichen und blutigen Ereignis dabei gewesen. Mein Pony tat mir unendlich leid. Gebannt starrte ich auf die Körperöffnung, die immer größer und weiter wurde, bis Lilly schließlich diesen großen Fohlenkörper aus sich herauspresste. Im Gegensatz zu der Geburt eines Menschen, die ich schon mal im Fernsehen gesehen hatte und bei der die Mutter japste, jammerte und weinte, gab das arme Tier kaum einen Laut von sich. Es atmete nur ab und zu schwer und verhielt sich sonst ganz still, unendlich geduldig.

Wenig später begann Lilly, ihr Fohlen vorsichtig abzuschlecken und mit gleichmäßigen Zungenbewegungen aus einer Art grauem Sack zu befreien. Ob sich Lilly über den Nachwuchs freute? Gefühlsregungen waren nicht auszumachen.

Das war es vielleicht, was mich an den Pferden so befremdete. Sie reagierten nicht erkennbar, auch nicht auf mich. Es ließ sich nicht deuten, was in ihnen vorging. Hunde freuten sich über mich, wenn ich mit ihnen sprach oder sie streichelte, aber diesen großen Tieren war ich total gleichgültig. Ich konnte sie mit trockenen Brötchen und Möhren zu mir locken, aber sobald sie gefressen hatten, drehten sie mir den Hintern zu. Mein Vater hatte Pferde, die den Kopf aus den Boxen reckten, sobald er die Tür zur Stallgasse öffnete. Er sprach nicht hörbar zu ihnen, aber die Tiere waren verbunden mit ihm, durch unsichtbare Signale, durch seine Atmung, ja sogar durch seine Gedanken, so kam es mir vor.

«Dein Vater hat einen Bezug zu den Pferden», sagte Großmutter gern anerkennend – und ich hörte aus dieser Feststellung heraus: Du nicht.

Mein Vater nannte den kleinen Schimmel mit den dunklen Flecken auf dem Rücken Piccolo. Das Fohlen wuchs in rasantem Tempo und hatte schon nach wenigen Wochen längere Beine als seine Mutter. Ganz offensichtlich war sein Vater kein Pony gewesen. Piccolo roch gut, nach süßer Milch, Heu und Stroh und nach Lakritz. Die dunkel beflaumte Stelle neben seinen Nüstern war das weichste Stückchen Haut, das ich jemals berührt hatte. Bald schon überragte er seine Mutter und begann, Lilly zu ärgern, biss sie in die Ohren und knuffte sie mit der Nase in die Seite.

Als wir in den Sommerferien nach Norderney fuhren, mussten wir Piccolo, der noch von Lilly gesäugt wurde, mitnehmen. Die Ausritte, bei denen ich versuchte, Asta und Vater auf ihren großen Pferden zu folgen, endeten meistens schon nach der Ankunft am Strand. In den Dünen begann Lilly zu wiehern, immer lauter, je weiter sie sich von ihrem Sohn entfernte. Ob Piccolo sie hörte? Ob er ihr antwortete? Ich hörte nichts.

«Halt die Zügel gut fest», ermahnte mich der Vater, doch schon beim ersten Trab, den er vorlegte, drehte Lilly einfach um und peste in fliegendem Galopp an den Badegästen vorbei, trampelte Sandburgen platt, preschte den hohen Sandwall wieder hinauf, überholte an der großen Straße die Radfahrer und bremste laut schnaubend vor der Koppel am Stall, wo Piccolo auf sie wartete.

Als der Sommer zu Ende ging, kam ein Geländewagen mit Anhänger auf unseren Hof gerollt. Ein Mann mit Schiebermütze und grüner Steppweste zog Piccolo aus dem Stall an einer Leine hinter sich her. Lilly wieherte und drängte sich an das Gitter ihrer Box, auch Piccolo wieherte.

«Du weißt doch, dass wir ihn unmöglich behalten können», sagte Vater. «Der macht uns hier all die andern Pferde verrückt.»

Als das Auto mit Piccolo durch den Wald davongerollt war, hörte Lilly auf zu wiehern. Sie stand wieder ganz still. Ihre schwarzen Augen mit den weißen borstigen Wimpern blickten ausdruckslos, ohne Lidschlag. Schlossen Pferde eigentlich auch mal die Lider? Und was sahen diese Tiere überhaupt, deren Augen so merkwürdig weit auseinanderstanden? Es hieß, sie seien farbenblind. Vielleicht hatten sie auch gar kein zusammenhängendes

Gesichtsfeld und lebten mit einem schwarzen Mittelstreifen in ihrer optischen Wahrnehmung.

Ich umarmte Lillys warmen Hals und weinte in ihr Fell.

Das Pony machte einen Schritt und stellte seinen linken Huf auf meinen Fuß. Das tat sie auch, wenn ich versuchte, ihr die Trense anzulegen, oder beim Striegeln. Sie machte das absichtlich, verlagerte ihr ganzes Körpergewicht auf meinen Reitstiefel. Sie war schwer, und mein Fußspann begann zu schmerzen. Ich brauchte immer all meine Kraft, um sie zur Seite zu drängen, manchmal musste ich auch Tristan zu Hilfe rufen. Dass Lilly sich an diesem Tag, nachdem ihr Fohlen für immer verschwunden war, auf meinen Fuß stellte, anstatt sich von mir trösten zu lassen, kränkte mich ganz besonders.

Nein, wir konnten keine Freunde werden. Lilly fehlte das Talent zu einem treuen Begleiter, sie würde niemals das für mich werden, was der Kleine Onkel für Pippi Langstrumpf gewesen war. Nun gut, ich hatte ja auch keine Pippi-Qualitäten. Ich konnte mein Pony nicht hochheben, und nächtliche Zwiegespräche mit meiner verstorbenen Mutter im Himmel gelangen mir auch nicht.

Um meine Klassenkameradinnen auf den Hövel zu locken, dafür waren die Pferde immerhin gut. Danach ging es meistens nicht mehr so recht weiter. Hatte Tristan sich erbarmt, Lilly zu satteln oder ein Pferd meines Vaters in der Halle an die Longe zu nehmen und die Kinder voltigieren zu lassen – auch kleine gymnastische Kunststücke brachte er den Mädchen bei, stehend mit ausgebreiteten Armen, lachten sie im Trab glücklich auf den Pferderücken –, wollten sie immer direkt wieder nach Hause.

Für mich begann dann erst der lustige Teil des Nachmittags, den die anderen schon nicht mehr mitmachen wollten. Schwimmen in unserem Pool, damit konnte man sie meistens noch locken. War aber abgemacht, dass sie bei mir übernachten sollten, konnte ich sicher sein, dass um zehn Uhr abends eine korpulente Mutter in unsrer Diele stand, um ihr Mädchen, das vor Heimweh zu Hause angerufen hatte, wieder mitzunehmen. Dass keine dieser sogenannten Freundinnen bei mir schlafen wollte, war eine schlimme Niederlage, denn jeder Besuch barg die Hoffnung, endlich doch noch einen Verbündeten gefunden zu haben.

Auf den Spaziergängen erzählte mir Großmutter von ihrer Jugendzeit in Koblenz. Von Freundin Greta, mit der sie immer so munter im Sommer die Stromschnellen genommen hatte, als das Rheinwasser noch so klar war, dass man darin schwimmen konnte – nicht so eine mulmige Brühe wie die Ruhr, die wir bei unseren Spaziergängen überqueren mussten. Von Rosi, ihrer allerbesten Freundin, die so unsterblich in den Klassenlehrer verliebt war und den sie dann später, wer hätte das gedacht, geheiratet hatte. Eine heile Welt musste das gewesen sein. Großmutters Geschichten waren so fern von meinem Leben wie die Abenteuer von Hanni und Nanni. Alle diese Internatsgeschichten hatte ich begeistert gelesen, und eines Tages hatte ich sogar den Vater gebeten, dass er mich auch auf so ein Mädchenpensionat schickte.

Er habe meiner Mutter versprochen, uns niemals in eine Heimschule zu geben, behauptete er. Weil ich zu betteln nicht aufhörte, fuhr er eines Tages dann doch mit mir zu einem Schloss im Münsterland. Der Ausflug war heilsam. Ich sah den Stacheldrahtzaun mit den Glasscherben auf der Außenmauer und bei einem Rundgang durch das Gebäude die ramponierten, zweckmäßig eingerichteten Mehrbettzimmer mit der rot karierten Bettwäsche. «Noch Fragen?», sagte mein Vater, als wir zu meiner Erleichterung wieder das Schlosstor passierten.

Eine Gymnasialempfehlung hatte Frau Bille mir nicht ausstellen wollen. Was meinen Vater nicht daran hinderte, mich auf dem städtischen Gymnasium anzumelden, eine andere Schule kannte er nicht. Nach dem Weggang von Frau Roberts war es für mich in der Grundschule noch unerträglicher geworden. Als unsere Lehrerin auf einmal nicht mehr in ihren engen Jeans, sondern in merkwürdigen Hängerchen, in Kleinmädchenkleidern im Großformat, im Unterricht erschien, schwante mir nichts Gutes.

Stefan Gras war es, der es mal wieder als Erster laut herausposaunte: «Die Roberts kriegt 'n Kind.» Das wollte ich nicht glauben, das durfte einfach nicht sein. Es war noch nicht lange her, da hatte sie alle Drittklässler vor den großen Ferien zu sich nach Hause eingeladen. Frau Roberts wohnte im Erdgeschoss einer geräumigen Altbauvilla direkt neben dem Stadtsaal. Ihr Mann war Rechtsanwalt. In der Wohnung mit den hohen Decken, den Bücherregalen, dem knarzenden Parkett und den weiten Flügeltüren fühlte ich mich sofort zu Hause. Ihr Mann bediente an diesem Tag das Waffeleisen, und wir Kinder durften durch die ganze Wohnung und den Garten toben. Frau Roberts hatte mich an diesem Tag zum Abschied in den Arm genommen. «Du bist etwas ganz Besonderes», hatte sie mir ins Ohr geflüstert. «Das darfst du nie vergessen.»

Und jetzt war sie weg, von einem Tag auf den anderen. Die Schwangerschaft war eigentlich noch nicht so weit fortgeschritten, aber es hieß, sie sei auf der Kellertreppe ausgerutscht und müsse nun das Bett hüten. Wieder war es Stefan Gras, der über Hintergrundinformationen verfügte. Und als das Kind dann auf der Welt war und wir alle für unsere ehemalige Klassenlehrerin Bilder malen sollten, sagte er: «Die Roberts hat sich im Keller vor einem Tier erschreckt, und jetzt hat das Baby ein Muttermal auf dem Rücken, einen großen lila Fleck in Form einer Ratte.»

Die anderen Kinder schauderte es bei dieser Vorstellung, ich aber war mit einem ganz anderen Schock beschäftigt. Warum hatte Frau Roberts nicht mich als ihr Kind angenommen? Wieso musste sie unbedingt ein eigenes Kind von diesem fremden Mann haben?

Ich wusste schon, dass ich nicht zur Adoption freigegeben war. Aber dass meine heißgeliebte Lehrerin mich verraten hatte, konnte ich trotzdem nicht verkraften. Nicht einmal verabschiedet hatte sie sich von mir.

In unserer Stadt gab es neben den Evangelisch-Freikirchlichen und den Baptisten noch eine andere Gruppe Strenggläubiger, die lebten ein bisschen wie im Mittelalter. Die Frauen und Mädchen trugen lange Röcke und noch längere Zöpfe, weil es bei ihnen verboten war, sich die Haare schneiden zu lassen. In ihren Häusern gab es keinen Fernseher, und es herrschten strenge Regeln, der Vater hatte immer das Sagen. Die Väter sahen allerdings ganz normal aus, und ihr Glaube hinderte sie nicht daran, dicke Autos zu fahren. Die Kinder der namenlosen Christen hatten es gut. Die mussten nicht am Aufklärungsunterricht teilnehmen.

Es war schrecklich peinlich, als die Lehrerin Anatomiemodelle, Querschnittsdarstellungen des männlichen und weiblichen Unterkörpers, auf das Lehrerpult stellte. Samenleiter und Hodensack, Jungfernhäutchen und Gebärmutter – allein die Bezeichnungen waren so unappetitlich, dass ich mir fest vornahm, sie niemals auszusprechen. Als uns dann anhand zweier Puppen gezeigt wurde, wie der Mann sich auf die Frau legen muss, um sein hässliches Ding bei ihr da unten reinzufummeln, dachte ich daran, dass auch Frau Roberts so etwas Fieses gemacht haben musste, nur damit dieses Kind entstanden war.

Auf dem Spaziergang kamen wir hinter der Ruhr an einem großen Spielplatz vorbei. Hier setzte sich Großmutter auf eine Bank, und ich durfte schaukeln und rutschen, solange ich wollte. *Engelsgeduld* war eines von Großmutters Lieblingsworten. Selbst wenn es nieselte und stürmte, saß sie auf ihrem weißen Taschentuch, das sie auf der Sitzfläche ausgebreitet hatte, und schaute mir beim Spielen zu. «Nun tob dich mal schön aus.»

Erst wenn ich alle Klettergerüste ausgiebig in Anspruch genommen hatte, setzten wir unseren Weg durch ein Neubaugebiet fort, an kleinen Eigenheimen vorbei, in deren Vorgärten stabile Rutschen und bunte Gummistiefel in unterschiedlichsten Größen vor den Haustüren standen. Väter hatten mit ihren Kindern Baumhäuser gebaut. So wollte ich auch einmal mit meiner Familie leben, wenn ich groß war.

«Dafür brauchst du aber den richtigen Mann», sagte Großmutter. «Ich hab Glück gehabt, mein Mann hat für mich und die Familie gesorgt. Heutzutage müssen viele Frauen arbeiten gehen. Die Kinder können einem leidtun.»

Sie wechselte das Thema. «Und wie läuft's am Gymnasium?»

Das hätte der Moment sein können, Großmutter das Herz auszuschütten, wie sie das nannte. Aber was dann? Was hätte sie gesagt, wenn ich wirklich ausgepackt hätte, nachdem ich ihr schon die ganzen Demütigungen in der Grundschule verheimlicht hatte? Was wäre ihr dazu eingefallen, dass die Fünftklässler mich bereits am ersten Schultag am Kartenständer im Bioraum aufgehängt hatten? Nur weil ich diesen albernen Overall trug, den Großmutter im Winterschlussverkauf bei Hudeck so preisgünstig erstanden hatte. Zu dritt hatten sie mich festgehalten, mir einen Kleiderbügel hinten in den Ausschnitt gesteckt und mich direkt vor der Landkarte von Afrika aufgehängt.

Es war mir auch ein Rätsel, warum mich ständig irgendwer in

den Mülleimer auf dem Pausenhof stecken wollte. Große Jungs, die mich überhaupt nicht kannten, die sich nicht mehr einkriegten vor Lachen, wenn ich mit dem Po im Müll nicht mehr aus der Tonne herauskam, von Tausenden Wespen umschwärmt.

Es war alles so schnell gegangen. Der Neuanfang in der Fünften, der die Zukunft versprach, und dann nach wenigen Tagen schon die Ernüchterung. Ich kam überhaupt nicht mehr mit, weder mit dem Schulstoff noch mit den Grüppchen, die sich um mich herum formierten.

«Irgendeinen Mist wirst du wohl angestellt haben, wenn sie dir derart übel mitspielen», sagte mein Vater, als er mich aus der Notaufnahme abholte, nachdem es mich wieder einmal erwischt hatte: Nasenbeinfraktur.

«Windei.» Oder hatte ich «Weichei» gesagt? Auf dem Gymnasium hatte sich mein Schatz an Schimpfwörtern schnell erweitert. Der lange Lulatsch, der mir während des Englischunterrichts den Weg zur Schultoilette versperrt hatte, war viel älter als ich, er gehörte zu denen, die mit ihren Freunden im Treppenhaus herumlümmelten. Die sinnlosen Freistunden gab es erst ab der Achten.

«Du musst dich auch mal wehren», riet mir der Vater immer, wenn ich ihm davon erzählte, dass ich in den Pausen geärgert wurde.

«Was hast du da gesagt, du Bonzenkind? Du tickst wohl nicht sauber», hatte ein anderer gerufen, der nun mit zwei Kumpels hinter dem Schaukasten mit den ausgestellten Laubsägearbeiten hervorgetreten war. Und als wäre es abgesprochene Sache gewesen, hatte mich der Lange am rechten Handgelenk gepackt, ein Zweiter hielt mich am linken Arm fest, und der Rest der Bande zog mir von hinten die Beine weg und hob mich an den Fußknöcheln in die Höhe. So baumelte ich nun kopfüber zwischen den

Jungs, Arme und Beine weit abgespreizt, die Nase knapp über dem Steinboden.

«Die stecken wir jetzt erst mal mit dem Kopf in die Pissrinne», rief der Lulatsch, und der Konvoi setzte sich in Bewegung, ich in der Mitte, wie eine zappelnde Fliege im Netz. Immer wenn ich auf dem Schulflur am Jungsklo vorbeikam, musste ich die Luft anhalten. Man konnte ja nie wissen, was in diesem beißenden Gestank für gefährliche Bakterien lauerten, Krankheitserreger, vor denen mich die Großeltern immer gewarnt hatten. Als wir uns der Toilettentür näherten, begann ich, wie wild zu zappeln. Auf der Schwelle zu diesem Scheißhaus, beim Anblick der gelben, schmierigen Fliesen, erfasste mich endgültig Panik und verlieh mir ungeahnte Kräfte. Ich bäumte mich auf und versuchte, mich aus den Griffen der vier zu befreien – da ließ der lange Lulatsch mein Handgelenk los, und ich knallte mit dem Kopf vornüber auf die Fliesen.

«Die schönen neuen Zähne. Wenn es doch wenigstens noch die Milchzähne gewesen wären», sagte Großmutter und hatte wieder einmal Tränen in den Augen, als sie mich am Freitagnachmittag in die Arme schloss. Von meinen oberen Schneidezähnen fehlte die Hälfte, meine Nase war in einen dreieckigen Gips eingekleidet.

«Was haben denn die Eltern dazu gesagt? Man muss die Familien doch belangen können. Das sind ja richtige Kriminelle.»

«Lass. Ist nicht so schlimm.»

Dass mein Vater niemals Kontakt mit den Eltern aufnehmen würde, war mir klar. «Was gibt's denn da noch zu besprechen?», hatte er nur gefragt. «Das Kind ist ja schon in den Brunnen gefallen.»

«Wenn du älter bist, bekommst du schöne Kronen auf die Zähne», sagte meine Großmutter, als wir an diesem Wochenende wie immer Hand in Hand in Richtung Café Becker stapften, zur gedeckten Apfeltorte.

Irgendwann verstand ich auch die Hausaufgaben nicht mehr. Wenn ich das Schulbuch zu Hause aufschlug und die Fragen las, konnte ich nur raten, was man von mir wollte. Folglich ließ ich es ganz sein. Mein Vater unternahm noch Anläufe, mir in Mathe zu helfen, aber seine Versuche, mir das Bruchrechnen beizubringen, machten alles nur noch schwerer. «Die Vier von oben runter und zwei im Sinn. Alles klar?» Leider nein. Meistens endeten die Nachmittagsstunden über den Rechenheften mit Heulerei und Türenknallen.

«Dir ist aber auch wirklich nicht zu helfen.»

Wenn ich in Bio oder Erdkunde nur ein einziges Mal im Unterricht geträumt hatte, war überhaupt kein Durchfinden mehr. Dabei *wollte* ich doch aufpassen! Aber es war so wie bei der Predigt in der Kirche, der Sinn des Gesagten entzog sich mir. Die Worte der Lehrer rauschten in meinen Ohren, während sich die Kastanie vor dem Klassenraum im Wind bog und in ihren Zweigen Grimassen und Fabelwesen erschienen.

Frau Rosdücher, die Englischlehrerin, mochte mich. Und ich mochte die Geschichte «Polly the Parrot» mit dem sprechenden Papagei, der aus Spaß immer wieder bei der Feuerwehr anrief, bis es eines Tages wirklich brannte und keiner mehr zu Hilfe kam.

«Du hast eine gute Aussprache», lobte mich Frau Rosdücher, wenn ich vor der Klasse, mit ihrem Schlüsselbund als Telefonhörer in der Hand, im Rollenspiel den Part des Papageien übernahm. Die Gute war völlig zerknirscht, als sie schon unter die erste Klassenarbeit eine Fünf setzen musste. «Kein Wort richtig geschrieben. Das ist ja wirklich eine Leistung.»

«Legasthenie zieht ihre Bahnen durch alle Sprachen», hörte

ich unseren Klassenlehrer zu ihr sagen, denn in Deutsch war es genau dasselbe.

Angesichts dieses Elends war dann selbst eine schwere Grippe eine willkommene Abwechslung. Der Vater brachte mich mit hohem Fieber nach Schwelte, wo mich die Großmutter umsorgte. Im Oktober wurde ich krank, und im November war immer noch keine Besserung in Sicht. Meine Großeltern machten sich langsam ernsthaft Sorgen. Ich sorgte mich auch, denn nach kaum zwei Wochen hatte ich mich eigentlich schon wieder ganz gesund gefühlt. Der Gedanke an die Schule jedoch war mir sofort auf den Magen geschlagen. Da half es, einfach mal nichts zu essen. So blieb ich krank, und das Hungern machte tatsächlich auf Dauer auch schwach. Das Fieber erzeugte ich, indem ich beim Messen unter dem Arm von hinten auf das Thermometer klopfte, sofort stieg die Quecksilbersäule. «Komisch, die Stirn ist gar nicht heiß.»

Der Hungerstreik war auch einfacher, als ich gedacht hatte. Mein Körper fühlte sich herrlich leicht und plötzlich ganz luftig an. Eben erst hatten sich Ansätze von Brustwachstum gezeigt. Wer wollte schon Brüste bekommen? Schwups, und schon waren sie wieder weg.

Kinderarzt Dr. Wiggermann verschrieb Astronautennahrung. Das war eine rosa Paste aus der Tube, die ich, wenn die Großmutter das Zimmer verließ, auf das Dach des Anbaus warf, wo die Amseln schon darauf warteten. Da ich immer noch nicht zunehmen wollte, begann Großmutter, mich am Bettrand sitzend zu füttern.

Asta hatte mal gesagt, dass man kotzen müsse, wenn man sich den Finger oder den Stiel der Zahnbürste in den Hals steckt. Funktionierte bei mir leider nicht. Aber ich machte die Erfahrung, dass die ganze schwere Kost wieder herauszubringen war, wenn ich einen Liter Sprudelwasser, ohne abzusetzen, in einem Zug austrank. Die Kohlensäure beförderte alles zuverlässig wieder zutage.

Röntgen, Belastungs-EKG, Kernspintomographie, kleines und großes Blutbild – die Ärzte rätselten und stellten irgendwann die klangvolle Diagnose: Coxsackie B3. Meine Krankheit hatte nun einen Namen.

Die Großeltern wurden blass vor Kummer. Vater brachte von nun an zweimal in der Woche Geschenke an mein Bett. Er schleppte Barbiepuppen, Monchichis, Lego- und Playmobilfiguren herbei. Schade. Wenn er gegangen war, hinderte mich mein schlechtes Gewissen daran, das Spielzeug in die Hand zu nehmen. Es war mir unmöglich, mich daran zu erfreuen. Ich wollte den Erwachsenen doch eigentlich keinen Kummer bereiten. Ich wusste ja, was für Alarmglocken das Thema Krankheit in diesem Haushalt erklingen ließ.

Im Januar, ein paar Tage nach Silvester, gab ich auf. Die Schauspielerei war nicht mehr durchzuhalten. Ich begann wieder zu essen, das Fieber verschwand. Nur waren meine Beine und Arme ganz dünn geworden. Zur endgültigen Genesung fuhren mein Vater und ich nach Pontresina, in den Skiurlaub.

Das Hotel Kronenhof stand wie eine überdimensionierte Schlafzimmerkommode vor dem Bergpanorama. In den weiten Hallen des mächtigen Gründerzeitkastens, den Ball- und Speisesälen funkelten überall Kristalllüster an den hohen Decken. Auf den Fluren der fünf Etagen, die mit weichen roten Läufern ausgelegt waren, spielte ich mit Fathi, dem Sohn eines persischen Teppichhändlers aus München, Fangen und Verstecken.

Beim Abendessen gab es keine Speisekarte. Man wünschte sich einfach, was man essen wollte, und der Wunsch erschien unter silbernen Hauben auf Tellern, so groß wie Autoreifen. Viel lieber als das Skilaufen war es mir, die Tage im Hotel zu verbringen, im Schwimmbad herumzudümpeln, auf dem großen Himmelbett fernzusehen und den Zimmerservice mit Sonderwünschen auf Trab zu halten. Das Hotel erinnerte mich an eines meiner Bilderbücher; es handelte von einem Mädchen, einer kleinen reichen Erbin, die in genau so einem Hotel mit ihrer alten Tante lebte und im Geschirraufzug durch die Etagen schwebte.

Mein Vater versuchte weiter, mich auf die Piste zu locken. Daher gab ich nach wenigen Tagen vor, mir in einer Haarnadelkurve den Arm verstaucht zu haben, und durfte tagsüber im Hotel bleiben, während Vater, der das Skifahren genoss, mir weismachen wollte, er habe sich in Ricarda, die fesche Skilehrerin, verliebt.

«Das erzählen wir dem Großvater aber nicht, dass wir hier so über die Stränge schlagen», sagte Großmutter, wenn sie mir das zweite Stück Torte spendierte. «Der muss ja nicht alles wissen.» Das Café Becker lag an einem Waldrand, es war ein schönes Haus mit großer Terrasse. «Der Blick ist einzigartig», stellte sie jedes Mal fest und erfreute sich am Anblick der Rehe und des Rotwilds, die in einiger Entfernung zwischen den Tannen an den Büschen knabberten.

Einmal tauchte Stefanie, die Tochter einer ehemaligen Nachbarin der Lüdersheims, mit ihrem Freund in dem Café zwischen den Sonnenschirmen auf. Stefanie war jetzt Model, sogar aus Paris und New York habe sie Angebote.

Sie sah umwerfend aus, wie sie da stand mit ihrer blonden Löwenmähne, in der Lederjacke mit Fransen an den Ärmeln und der schwarz-weiß gestreiften Jeans, die sich eng wie eine Strumpfhose an ihre dünnen langen Beine schmiegte. Ihr langhaariger Begleiter sondierte den Gastgarten wie ein Außerirdischer. Die beiden bestellten Weinbrand, der in riesigen bauchigen Cognacschwenkern serviert wurde. Den kippten sie in einem Zug runter. «Komm, lass uns abhauen», sagte Stefanie. «Hier hocken doch nur alte Tanten herum.» Großmutter schaute den beiden nach. «Die Stefanie war früher so ein hübsches Kind, schüchtern und artig. Was ist da nur schiefgelaufen? Jetzt ist sie anscheinend unter die Rowdys gegangen.»

Richtig gute Laune bekam meine Großmutter, wenn ihr Lieblingskellner an diesen Samstagnachmittagen Dienst hatte. Der begrüßte sie mit Handkuss und rückte ihr den Stuhl zurecht.

«So einem netten jungen Mann gibt man doch gern mal eine Mark Trinkgeld», stellte sie dann fest, obwohl sie von dieser «Unsitte» sonst wenig hielt. «Und was für schöne Haare der hat, und diese gute Haltung. Achte mal auf seinen Gang.» Sie schaute ihm versonnen nach, wenn er die Bestellung aufgenommen hatte.

«Ich glaub, der ist schwul», sagte ich.

Da wurde Großmutter ungehalten: «Das ist ja wieder typisch. Kaum hält ein junger Mann auf sein Äußeres und weiß sich zu benehmen, ist er ein Homo. Wo hast du nur solche Ansichten her?»

Die letzten Monate auf dem Gymnasium machte ich nur noch Faxen. Im Musikunterricht schlug ich Rad, in der Geschichtsstunde machte ich einen Handstand in der Klassenecke, und in Bio versteckte ich mich hinter der großen grünen Tafel. Die Lehrer nahmen gar keine Notiz mehr von meinem Unsinn. «Den Klassenclown zu mimen nützt dir jetzt auch nichts mehr.»

Im Sommer darauf kam ich auf die Realschule. Das war ein bunter, wabenförmiger Mehrzweck-Neubau auf Betonstelzen, in dessen Erdgeschoss die Hauptschule untergebracht war. Der soziale Abstieg war offenkundig: Hier landeten nur noch die Kinder der Arbeiter, der Proleten, wie meine Großmutter sagte, und die Zurückgebliebenen. In der Hauptschule liefen die Schulhofgespräche auf Türkisch und Jugoslawisch ab.

Meine Noten wurden schnell besser, mein Umgang dagegen schlechter.

Ich traf Stefan Gras wieder. Mit dreizehn schon frisierte er nachmittags auf dem Schulhof die Mopeds seiner älteren Schulkameraden, die ihn dafür mit Bier und Zigaretten bezahlten. Nach der siebten Klasse kam ich in den Sommerferien mit einem ganz passablen Zeugnis bei den Großeltern an. Zwanzig Mark Zeugnisgeld förderte der Großvater aus seiner Brieftasche zutage: «Nun ja, unter den Blinden ist der Einäugige König.»

Geld und Angst

Manchmal beschwerte sich Vater bei den Haushälterinnen über das ölige Essen, von dem er Sodbrennen bekam. Die Ölkrise, von der immer öfter die Rede war, hatte aber offenbar eher mit Geld zu tun als mit Fett. Von Geld war nun ständig die Rede, vor allem von dem, was fehlte. Das war neu; über Geld und über Politik hatte mein Vater nie gern gesprochen. Es musste außerdem schon einmal eine Krise gegeben haben, denn diese war die zweite.

Vater und Großvater saßen an den Sonntagabenden ratlos beieinander, sprachen über ihre Aktienverluste, den unwägbaren Finanzmarkt und die generelle politische Misere. Großvater legte die Stirn in Falten, und mein Vater fuhr sich immer wieder mit der flachen Hand über die Schläfen und durch die Haare, die abends im Nacken feucht gelockt abstanden.

Der Erwerb der amerikanischen Agrar-Aktien war Vaters Idee gewesen. «Getreide können die da drüben.» Und jetzt war das ganze Geld futsch. Ärgerlich für meinen Vater – für meine Großeltern war es eine Katastrophe. Wie konnte man sich nur so vertan haben? «Das schöne Geld», murmelte mein Großvater und hörte dann mit verschlossener Miene an, was ihm der Schwiegersohn jetzt noch zu erzählen hatte. Davon kam das verlorene Kapital auch nicht zurück. Für Wilhelm mochten das ja Kleinigkeiten sein, der hatte sich das Geld nicht vom Munde abgespart.

Mein Vater versuchte, dem Schwiegervater noch ein anderes,

ungeahntes Ausmaß dieser Finanzkatastrophe nahezubringen. Die verlorenen Aktien, da ging es doch bloß um ein paar tausend Mark, und Spekulationen waren nun einmal nicht ohne Risiko. Die Aussicht auf 15 Prozent Rendite hatte alle verlockt. Wenn das aufgegangen wäre, hätte der Schwiegervater sich zurücklehnen können. Nun sah der ihn an, als sei er der Schuldige und hätte ihn da böswillig in etwas hineingeritten.

Ich schaute den beiden zu wie einem Tennismatch. Das Gespräch drehte sich nun darum, wie die Firma nach den vielen geplatzten Großaufträgen in der Chemie-Industrie durch das nächste Geschäftsjahr zu bringen sei. Das war die Frage, die Vater nicht mehr schlafen ließ. Großvater zuckte nur mit den Schultern. Entlassungen, Kurzarbeit, Anrufe von Brüdern und Schwestern aus der Gemeinde, die nun um ihre Stelle bangten. Der Vater gestand, dass er schon nicht mehr ans Telefon ging.

Auch Karl würde ihn immer nur fragend anschauen: Was machen wir denn jetzt? Was ging die Leute im Ruhrgebiet schon eine Revolution im fernen Iran an, bei der der Schah von irgendwelchen Ajatollahs aus dem Palast verjagt wurde? Alles weit weg und undurchschaubar. Und keiner der Politiker hatte eine Antwort darauf, wie ein mittelständisches Unternehmen jetzt die Gehälter und Löhne auszahlen sollte. Denen fiel nur so ein Mumpitz wie ein autofreier Sonntag ein.

Wenn mich der Vater mit seinem Mercedes von der Schule abholte, hielten wir meistens noch einmal vor der Apotheke an. Bevor es ans Mittagessen ging, sah ich dann, wie er die vielen bunten Pillen aus ihren Verpackungen auf die Arbeitsplatte in der Küche drückte und mit der linken Hand in die Handfläche der rechten fegte. Er litt an Herzproblemen. Tagelang musste er ins Krankenhaus zur Beobachtung. Sein Freund Dieter besorgte ihm als Chefarzt immer ein Einzelzimmer. Bluthochdruck, Vorhofflimmern, Herzrhythmusstörungen, Verdacht auf Zucker und ein Magengeschwür – über Nacht war unser Vater ein kranker Mann geworden. «Kein Pferd für Moskau», hatte es in der *Westfalenpost* geheißen. Nein, an eine Teilnahme an den Olympischen Spielen war für Vater, in dessen Stall immer noch die am besten ausgebildeten Wallache der Region standen, nicht mehr zu denken.

Auf einer Klassenfahrt nach Bad Zwischenahn, wo wir in einer heruntergekommenen Jugendherberge unterkamen – das Besteck vergammelt, die Bettwäsche stockfleckig, sieben Tage lang trug der Herbergsvater dieselben Kartoffelbreiflocken im Bart –, rief ich täglich aus einer Telefonzelle Vater auf der Station an. Ich hatte Angst, dass wir uns nicht lebend wiedersehen würden. Doch mein Vater überstand die wirtschaftliche wie die gesundheitliche Krise dann doch, irgendwie. Die Reiterei aber war zu Ende. Die Freunde aus dem Reiterverein zogen mit ihren Pferden aus unserem Stall ab, die Geschäfte gingen mit verminderter Belegschaft weiter, und Vater nahm das Tagesgeschäft wieder auf – lädiert, aber unverdrossen. Von nun an trank er allein.

Mittlerweile hatte Frau Schmidt, eine Ökotrophologin aus Bielefeld, den Haushalt übernommen. Frau Schmidt wohnte als Nachfolgerin von Frau Struckbrock in der kleinen Wohnung, die über den Balkon im ersten Stock betreten wurde. Eine richtige Einliegerwohnung hatte das Bauamt verhindert, eine außenliegende Treppe war nicht genehmigt worden. Nachdem Vaters gute Beziehungen zur Stadtverwaltung abgebrochen waren – der Baudezernent ging in Rente –, flog der Schwindel auf. Die angeblichen Außenställe, in denen in Wahrheit Tennis gespielt wurde, und die geflieste Sickergrube, die sich bei näherer Betrachtung als Schwimmbad herausstellte, all diese Bausünden im Naturschutzgebiet kosteten den Vater eine Menge Geld.

Die Treppe zur Wohnung der Haushälterin wurde ihm schließlich nicht mehr genehmigt. Bekam Frau Schmidt Besuch, musste der zuerst durch unseren Hausflur, die Treppe hoch und über den Flur und traf dort womöglich noch auf den Vater. Herrenbesuch war damit ausgeschlossen.

Frau Schmidt war Ende dreißig, alleinstehend, geschieden und kinderlos. Sie buhlte nicht um Astas und meine Sympathie, daher mochten wir sie. Und sie lud mich anfänglich nach Dienstschluss oft noch in die kleine Wohnung ein, wo wir Tee tranken und Frau Schmidt mir Kniffel und andere Würfelspiele beibrachte.

Schon bei den Schulaufgaben, für die jetzt jeden Tag eine schweigsame Nachhilfelehrerin erschien, weil ich sie ohne Aufsicht einfach nicht erledigte, begann ich, mich auf die Spielabende mit Frau Schmidt zu freuen. Ich hatte ziemliches Glück im Würfeln, ständig gelangen mir Sechser-Pasche. Aber schon nach ein, zwei Wochen erlahmte die Spielfreude der neuen Haushälterin.

Die Wochenenden verbrachte Frau Schmidt bei ihrem Freund, der wie das Sandmännchen aus dem Vorabendfernsehen aussah. Ich stellte mir vor, wie die beiden zusammen Kniffel spielten, und war eifersüchtig. Als ich wieder einmal abends an ihre Tür klopfte, öffnete sie mir im Bademantel und sagte: «Bitte versteh mich nicht falsch, aber irgendwann muss ich auch mal Feierabend haben.»

Da erst ging mir auf, dass sie dafür bezahlt wurde, mit mir Zeit zu verbringen. Ich war ihre Arbeit. Und ihre Arbeitszeit endete um fünf. Das war das Ende meiner Glückssträhne. Frau Schmidt lud mich nicht mehr zu sich ein, Kniffel habe ich nie wieder gespielt.

Die neue Haushälterin regierte den Hövel pragmatisch. Das Einzige, was sie aus der Ruhe brachte: wenn der Vater zum Mittagessen so spät erschien, dass der Wirsing verkocht war.

Wir wussten alle, dass diese Verspätungen mit dem «Laternchen» zusammenhingen, der Pinte, an der er auf dem Heimweg vom Büro haltmachte. Die Anzahl der mittäglichen Schnäpse hielt ihn mal kürzer, mal länger auf, je nachdem, welchen der Bauern aus der Umgebung er dort am Tresen traf und wie groß die Probleme in der Firma waren, die gemeinsam weggesoffen werden mussten.

«Ich zünde mir jetzt eine Zigarette an, dann kommt er bestimmt.» Damit bewirkte Frau Schmidt jedes Mal Vaters Erscheinen. Kaum hatte sie ihre Atika in Brand gesetzt, bog Vaters Mercedes auch schon in die Hofeinfahrt. Er schritt durch die Halle, steuerte auf den Kühlschrank zu, öffnete die Tür über dem Gefrierfach und holte den Fernet hervor. Den italienischen Kräuterlikör trank er immer gleich aus der Flasche, die am Boden des Fachs klebrige Ringe hinterließ. Dann konnte das Mittagessen beginnen.

Mir fiel auf, dass wir auf dem Heimweg von der Schule nach Hause zunehmend längere Umwege nahmen. Vater fuhr immer entlegenere Apotheken an und holte dort seine Tabletten ab. Meistens blieb ich im Auto sitzen, manchmal war ich auch scharf auf die Kinderzeitung *Medi&Zini*, mit den lustigen Tiergeschichten, die mir die Apotheker über den Tresen schoben. «Ohne Rezept kann ich nichts mehr für Sie tun», sagte eines Tages einer der Apotheker und blickte meinen Vater durchdringend an. Grußlos verließen wir dieses Geschäft und fuhren wieder zu Apotheker Wolken. Die Apotheke hatte zur Mittagspause geschlossen. Aus dem Beifahrerfenster sah ich, wie der Vater an der Wohnung über der Apotheke Sturm klingelte, bis Herr Wolken irgendwann die Haustür öffnete und im Tausch gegen ein Bündel Geldscheine eine Tablettenpackung herausreichte.

«Wenn man aufgeregt ist, muss man was tun», sagte mein Vater, als ich mich morgens vor einer Klassenarbeit von ihm verabschiedete. Er lag noch im Bett. «Warte mal.» Er zog die Schubladen seines Medizinschrankes auf und gab mir eine Tablette. Und tatsächlich, plötzlich war es nicht mehr ich, die da etwas leisten und beweisen sollte, sondern die Umstände sortierten sich vor mir wie von selbst. Kein Herzklopfen mehr, nur noch wache, gespannte Aufmerksamkeit, ungeahnte Konzentration. Die Aufgaben sprangen mich in schönster Klarheit an. Besser wurden die Noten in den naturwissenschaftlichen Fächern dadurch nicht, und die nicht gelernten Vokabeln fanden auch nicht von selbst den Weg in meinen Kopf. Aber die Angst war weg.

Angst? Wenn ich die Pillen genommen hatte, war mir das Wort gänzlich unbekannt.

Frühes Leid

Asta hatte einen neuen Freund. Thomas war Musiker, er spielte Gitarre, und Asta nahm inzwischen Schlagzeugunterricht. Die beiden hatten mit ein paar Freunden eine Band gegründet und sich im Keller, hinter dem großen Heizöltank, einen Übungsraum eingerichtet. An den Wänden klebten Eierkartons, und in den Ecken lagen Matratzen. Thomas hatte seinen Fender-Verstärker mitgebracht. Es standen nun jeden Tag eine Menge Motorräder auf unserem Hof, der Bassist kam sogar schon im eigenen Auto vorgefahren, und in den Nachmittagsstunden begann es, im Wohnzimmer, unter den beheizten Terrakottafliesen, zu wummern und zu scheppern.

Wenn Asta und ihre Freunde rauchten, dann roch es manchmal komisch. Ich musste versprechen, nichts von dem sonderbaren Geruch zu petzen, dann durfte ich nachmittags in einer Ecke des Kellers stillsitzen und den Musikern zuschauen. Asta war inzwischen mein absolutes Vorbild geworden. Für mich war sie überirdisch schön, ganz besonders, wenn sie mit ihren muskulösen Armen das Schlagzeug bearbeitete. Und auch Thomas gefiel mir sehr. Er sah so aus, wie ich mir einen echten Rockstar vorstellte, wahnsinnig dünn. Und nicht so recht von dieser Welt. Er redete wenig, lächelte viel und schaute beim Gitarrenspiel mit gebeugtem Kopf durch sein langes Haar hindurch auf die Saiten seines Instruments und auf seine abgekauten Fingernägel. Er trug einen alten Trenchcoat, schmale Seidenschals, enge Lederhosen mit seitlicher Schnürung und schlabbrige Opa-Unterhemden. Wenn es mir langweilig wurde, forderte er mich auf, Musiktexte zu schreiben. Ich schrieb die Liedzeilen mit Wachsmalstift auf liniertes Papier. «Als du fortgingst, war ich traurig» oder «Du bist so schön wie die Sonne und die Sommerblumen» oder «Ohne dich kann ich nicht leben». War ich mit den Texten fertig, setzte sich Thomas in einer der Bierpausen zu mir auf die Matratze. Er spielte ein paar Riffs auf seiner Gitarre und begann dann, leise meine Texte dazu zu singen, auf Englisch. Das klinge einfach besser. «Since you were gone … My beautiful sunshine … Flowers of my heart.» Das sollte ich geschrieben haben? Das hörte sich ja ganz toll an! «Mach weiter», forderte er mich immer wieder auf. «Große Bands brauchen große Texte.»

Die Fete zu Astas achtzehntem Geburtstag sollte im Reiterstübchen steigen. Seit Jahren schon hatten in der Reithalle keine Zusammenkünfte mehr stattgefunden. Frau Roksana, unsere jugoslawische Putzfrau, entfernte die zentimeterdicke Staubschicht und Hunderte Spinnweben.

Die Band meiner Schwester nannte sich DECAY. Verfall? Ich, als die heimliche Texterin im Hintergrund, hätte mir einen klangvolleren Bandnamen gewünscht. Aber leider hatte man mich nicht gefragt.

Mit Asta verstand ich mich tatsächlich immer besser. Nicht einmal mehr auf ihrer Geburtstagsparty störte ich. Den ganzen Abend lief Musik von Marius Müller-Westernhagen. Das Lied *Dicke* mochte ich besonders gern. «Dicke schwitzen wie die Schweine, stopfen Fressen in sich rin …» Den Text hatte ich auch schon einmal den Großeltern vorgesungen. «Dem kann ich wenig abgewinnen», hatte mein Großvater dazu bemerkt. Aber *Trio* fand er seltsamerweise gut: zwar auch Afterkunst, aber doch mit einem gewissen Niveau.

Zu *Johnny Walker* schwofte ich im Engtanz mit Holzi.

«Wie alt bist du?», fragte Holzi.

«Zwölf.»

«Wenn du achtzehn bist, heirate ich dich.»

«Abgemacht.»

«Nicht vergessen: Jetzt sind wir verlobt.»

Darauf schrieb ich Holzi einen Brief nach dem anderen, und ein paarmal kam auch einer von ihm zurück. Er schrieb von unserer Zukunft und der Anzahl der Kinder, die wir einst haben würden. Das Haus, in dem er mit mir wohnen wollte, war mit Buntstiften gezeichnet, und einen seiner Briefe hatte er mit einer schönen farbigen Blumengirlande verziert. Auf jeden Brief antwortete ich sofort und gab meinen dann Asta in die Schule mit. Aber eines Tages antwortete Holzi nicht mehr. Ich war untröstlich und bohrte immer wieder nach. «Meinst du, Holzi hat mit mir Schluss gemacht?», fragte ich Asta schließlich.

Da lachte sie und strubbelte mir durch die Haare. «Ach, Kurze, das war doch nur Spaß. Holzi wollte nett zu dir sein. Der ist doch auch viel zu alt für dich. Warte noch ein paar Jahre, dann triffst du einen richtigen Freund.»

Spaß? Was sollte daran lustig gewesen sein?

Ich war kreuzunglücklich. Ich war das Alleinsein leid, ein paar Jahre warten, das war zu viel verlangt.

In den darauffolgenden Sommerferien, wieder waren wir auf Norderney, lernte ich Bert kennen. Bert war fünfzehn, zwei Jahre älter als ich. Sein Vater hatte eine Metzgerei in Essen-Stiepel. «Möller – Fleisch und Wurst für Kenner und Genießer». Seine Mutter, sagte Bert, ackere von früh bis spät im Laden. Aber sie hatte auch ein Pferd auf der Insel, das im Stall der Junkers stand, wie die Tiere meines Vaters. Berts Mutter war die erste Frau, die es mit meiner verschwundenen Lehrerin Frau Roberts aufnehmen konnte. Gilla, so durfte ich sie nennen, hatte schönes, kurz geschnittenes dunkles Haar, einen festen runden Popo in der engen Reithose und immer gute Laune. Es war Liebe auf den ersten Blick, vor allem deshalb freundete ich mich mit ihrem Sohn an.

Bert hatte einen blonden Popperhaarschnitt und trug gelbe Poloshirts mit kleinen Krokodilen auf der Brust. Den ersten Kuss gaben wir uns im Pferdeanhänger. Dort lagen wir stundenlang auf den Pferdedecken und überlegten, wie unsere gemeinsame Zukunft aussehen könnte. Unseren Kindern gaben wir die Namen Anne und David. Wir sausten mit BMX-Rädern über die Insel, tauschten unsere Walkmen und die Musikkassetten. Bei Regen versteckten wir uns in zusammengeschobenen Strandkörben, wir spielten Minigolf, liehen uns Kettcars aus, futterten Pizza Hawaii und schauten uns im Ferienhaus der Möllers gegenseitig in die Schlüpfer. In Berts Unterhose sah ich zum ersten Mal etwas aus der Nähe, das sehr erwachsen, ja sogar prächtig ausgewachsen in fülligem dunkelblondem Haar lag. Etwas, das in einem merkwürdigen Widerspruch zu Berts unbehaarten Kinderwangen stand.

Es war ein schöner Sommer, leider nur drei Wochen lang. Bert musste zuerst abreisen – es gab Abschiedstränen an der Mole und ein Gefühl tiefer Hollywoodverzweiflung. Wochenlang hörte ich *Gone to Earth* von Barclay James Harvest und immer wieder Mike Oldfields *To France*. Beim Mittagessen zog mein Vater mich mit meinem kleinen Freund und meinem Liebeskummer auf.

Mich machte das böse. Was für ein stumpfes Leben doch die Erwachsenen führten! Arbeiten und Geld, Bier und Schnaps, und immer wieder war von Steuern die Rede – von Liebe hatten die alle nicht die leiseste Ahnung. Außer Asta. Sie hatte inzwischen ein Auto. Einen schicken dunkelblauen Opel Corsa mit goldenen Rallyestreifen an den Seiten. Sie fuhr mich jeden Sonntagnachmittag nach Essen, wo ich Bert in der Wohnung über der Metzgerei besuchte. Wenn wir uns wiedersahen, waren Bert und ich immer etwas befangen. Die Wochenpause zwischen unseren Treffen entfremdete uns jedes Mal aufs Neue. Es war unmöglich, in unserem Schulalltag an die Sommerstimmung anzuknüpfen.

Während der Osterferien in der Lüneburger Heide hatte ich zum ersten Mal meine Tage. Die Matratze des Doppelbettes, in dem ich zusammen mit meinem Vater schlief, sah eines Morgens aus, als hätte jemand eine ganze Flasche Heinz Ketchup auf ihr ausgeleert. Mein Vater schimpfte leise vor sich hin, während er auf den Hotelfluren das Zimmermädchen suchte, dem er einen Zwanzigmarkschein in die Hand drückte und das Malheur erklärte. «Man könnte ja sonst was denken …»

Mir war das viele Blut noch peinlicher. Ich schämte mich für den muffigen Geruch, der an mir und dem Bett klebte, am meisten allerdings dafür, den Vater in eine Situation gebracht zu haben, in der man «sonst was denken könnte».

Als das achte Schuljahr begann, musste ich einmal in der Woche zur Bibelstunde, die im Keller unseres Gemeindebaus abgehalten wurde. Am Ende des Unterrichts sollten die Jugendlichen der Heiligen Schrift kundig sein und sich in aller Freiwilligkeit taufen lassen.

Der Pastor übersprang die eigentlich ganz spannenden Storys aus dem Alten Testament und kaute wochenlang die nur mäßig unterhaltsamen Apostelgeschichten durch. Am Ende sollten wir immer einen Bibelvers auswendig lernen. Doch es war wie im Englischunterricht mit den Five Great Lakes, von denen ich mir immer nur Ontario merken konnte, da ich mich weder für Seen noch für Nordamerika interessierte.

Bei *Der Herr ist mein Hirte* kam ich immer nur bis zu dem Wort *mangeln,* bei dem ich an Oma Mariannes Heißmangel denken musste, dann wusste ich nicht mehr weiter. Da half auch die Eselsbrücke nicht, mir vorzustellen, ich sei ein Schaf. Wie das mit dem Wasser weiterging, wollte auch nicht in meinen Kopf, ebenso wenig wie die grüne Aue. Aua und Aue. Seltsamerweise konnte ich Großvaters sämtliche Balladen aufsagen, und jeder Songtext saß nach einmal Hören.

Jeden Donnerstag musste ich mich entscheiden, was langweiliger war, die Stunde zu schwänzen und die Zeit auf dem Friedhof totzuschlagen oder den öden Ausführungen Pastor Uhles zu lauschen.

Der Pfarrer hatte eine interessante Frisur. Er war weitgehend kahl, verfügte aber am Hinterkopf noch über einen relativ fülligen Haarkranz, den hatte er sich so lang wachsen lassen, dass er eine breite Tolle von hinten nach vorn in die Stirn kämmen konnte, wo er sie als Ponyfransen mit Brillantine festklebte. Er trug Anzüge in einer Farbe, unter der in meinem Wassermalkasten das Wort *Umbra* stand. Seine Haut war einen Ton heller, und wenn ich die Augen zusammenkniff, sah der Pastor aus, als wäre er nackt.

Hatte ich etwas Geld dabei, entschied ich mich meistens fürs Schwänzen. Dann konnte ich in dem Büdchen vor der Kirche Lakritzschnecken kaufen und mir mit dem Abwickeln und Einsaugen der schwarzen Schnüre die Zeit vertreiben, bis ich von Frau Schmidt wieder abgeholt wurde. Auch Duplos und Hanutas mochte ich, da waren Bilder von Asterix, Obelix und Idefix drin, die man, wenn man sie mit dem Wasser aus dem Friedhofstümpel befeuchtete, sich auf die Unterarme rubbeln konnte. Danach setzte ich mich auf unser Familiengrab, wo ich die meiste Zeit damit beschäftigt war, mir vorzustellen, wie die Knochen meiner Mutter auf den Resten ihres Schwiegervaters lagen – zwei Tote, die sich im Leben nie begegnet waren.

In meiner Klasse unterhielten sich die Kinder der normalen Evangelen darüber, was für Geschenke sie zur Konfirmation von ihren Verwandten erwarteten. Den meisten wurde einfach das Sparkonto aufgefüllt, unter den Mädchen war Schmuck beliebt, während die Jungs auf ein Moped hofften. Ich fand es ungerecht, dass es in unserer Gemeinde nicht üblich war, als Krönung des Unterrichts von den Verwandten mit Bargeld überhäuft zu werden. Der Lohn aller Mühe des Lernens sei die Taufe selbst.

«Was willst du denn überhaupt für Geschenke?», fragte mein Vater. «Was du haben möchtest, kaufe ich dir doch sowieso.» Aber er riet mir ohnehin ab von der Taufe. «Meinst du, das ist das Richtige für dich? Du bist doch viel mehr mit deinem kleinen Metzgersohn als mit Jesus Christus beschäftigt.»

Womit er nicht unrecht hatte.

Und so war ich bei der feierlichen Zeremonie, einem Gottesdienst für die Jugendlichen mit anschließender Taufe, die Einzige, der es erspart blieb, ein weißes Nachthemd über einen Adidas-Sportbadeanzug ziehen zu müssen, um sich von Pastor Uhle in dem eigens dafür freigelegten Bassin unter dem groben Holzkreuz eintauchen zu lassen. Was auch besser war, denn dazu hätte ich meinen schwarzen Rollkragenpullover ablegen müssen, der an meinem Hals einen blauvioletten Knutschfleck verbarg. Ich war auch die Einzige, die an diesem Tag einen ziemlich knappen Minirock trug.

«Du musst ja wissen, was du tust», hatte mein Vater resigniert dazu bemerkt.

«Rufe mich an, so will ich dir antworten und will dir kundtun große und unfassbare Dinge, von denen du nichts weißt. Jeremia 33,3.»

Einen kurzen und einfachen Spruch habe er für mich ausgesucht, sagte Pastor Uhle. Über dessen Bedeutung könne ich später ruhig einmal nachdenken. Es gebe da wohl so einige Dinge, von denen ich nichts wisse, ich hätte schließlich die meiste Zeit des Bibelunterrichts durch Abwesenheit geglänzt.

Die Jungs trugen dunkelblaue Anzüge und die Mädchen weiße Blusen zu knielangen Röcken. Wir hatten uns auf der Tribüne aufgestellt und mussten nacheinander vortreten, ans Mikrophon.

Nun verließ mich doch der Mut. Noch nie hatte ich in ein Mikrophon gesprochen. Keiner meiner Vorgänger hatte sich verhaspelt, die Latte lag hoch. Ich hatte weiche Knie, als ich die drei Schritte zum Bühnenrand machte. «Ruf mich nicht an …» Im Saal brach Heiterkeit aus. «Ach nein …», sagte ich in das Mikrophon. Hinter mir wurde laut gelacht. Mein Vater rutschte in der Bank nach unten, als wolle er in Deckung gehen. Ich schwankte ein wenig und machte einen kleinen Ausfallschritt gegen den Mikrophonständer. Da gab es eine pfeifende Rückkopplung. In die anschließende Stille hallte mein letztes Wort laut und deutlich von den schmucklosen Wänden: «Scheiße.»

An den Sonntagen schauten Bert und ich uns im Kino irgendwelche Filme an, um im Dunkel in Ruhe knutschen zu können. Hin und wieder gingen wir für mich Klamotten einkaufen, denn Bert hatte meine Kinderkleidung von Hudek für unmöglich befunden. Er selbst hatte inzwischen sein Popper-Outfit gegen einen besonders dunklen Gruftie-Style getauscht. Wir gingen in einen Laden, in dem die Wände mit «The Cure»-Postern plakatiert waren, und Bert kaufte mir lauter schwarze Sachen und *Doc Martens* mit neongrünen Schnürsenkeln.

Dann wieder erzählten wir uns einfach nur stundenlang in seinem Zimmer von unseren Schulsorgen und sahen den Goldfischen in Berts Aquarium zu, die durch eine kleine, mit Algen bewachsene Schlossruine schwammen. Gilla ging irgendwann zu ihrem Pferd in den Reitstall, Berts Vater war nie zu Hause. Er war Jäger und traf sonntags seine Freunde. Also hatten wir endlich für ein paar Stunden sturmfreie Bude. Doch bis wir uns trauten, uns auf Berts schmalem Jugendbett näher zu kommen, war seine Mutter meist schon wieder zurück.

Einmal, wir hatten uns gerade zu *Purple Rain* von Prince gegenseitig die Sweatshirts abgestreift, hörten wir im Wohnungsflur ein Poltern. Bert geriet in Panik. «Schnell!» Aber wie immer, wenn es auf schnelle Reaktionen ankam, verfiel ich in eine Art Schockstarre. Und so lag ich noch, oben ohne, auf Berts bunt karierter Bettwäsche, als sein Vater mit hochrotem Kopf ins Kinderzimmer stürmte. Ich begegnete ihm zum ersten Mal. Herr Möller sah dem Schlagzeuger der Band Genesis, Phil Collins, verblüffend ähnlich. Und er war hoffnungslos besoffen. Er torkelte an der Schrankwand entlang, wie in Rage, und lallte. Mit erdbeerrotem Kopf trat er gegen Berts Möbel. Ich hatte schon eine Menge vollalkoholisierte Erwachsene erlebt, aber noch nie so einen Kontrollverlust. Es war, als wäre einer der rachsüchtigen Zombies aus den Horrorstreifen im Kino Gloria von der Leinwand direkt zu uns ins Zimmer herabgestiegen.

«Komm her, komm du mir her», brüllte er immer wieder und jagte Bert um den Schreibtisch.

«Du bleib hier!», rief Bert mir zu und entwischte durch die Tür. Der Vater jagte ihm nach. Ich hörte meinen Freund im Wohnzimmer beschwichtigend auf den Alten einreden, von dessen unartikuliertem Schreien kein Wort zu verstehen war. Tische und Stühle wurden umgeworfen, Türen knallten. Als Bert sich in höchster Angst im Elternschlafzimmer einschloss, versteckte ich mich in seinem Kleiderschrank. Ich hörte die schweren Schritte des besoffenen Vaters, dann stand er vor der Schranktür.

«Na, wo ist denn das Früchtchen?»

Da stürzte Bert aus dem Schlafzimmer, und das Handgemenge ging in die nächste Runde. Als ich das Knallen einer Peitsche hörte, hielt ich es im Schrank nicht länger aus. Ich musste Bert zu Hilfe eilen. Im Flur kam Gilla gerade die Treppe herauf. Gemeinsam rannten wir ins Wohnzimmer, wo Bert auf allen vieren kauerte, während sein Vater mit einer Reitgerte auf seinen Hintern einschlug. Als er seine Frau und mich in der Tür erblickte, ließ er von ihm ab, murmelte noch paar vulgäre Schimpfwörter, von denen Schlampe und Hurenbock noch die harmlosesten waren, und wankte dann aus der Wohnung.

Wir setzten uns an den Küchentisch. Gilla goss uns Cola ein, schmierte Leberwurstbrote, und eine Weile schwiegen wir drei mit klopfenden Herzen. Als es Zeit war, nach Hause zu fahren, holte mir Gilla in der Metzgerei noch einen Kranz Fleischwurst aus dem Kühlraum. «Mit oder ohne?» Sie meinte den Knoblauch.

Wie jedes Mal fuhr sie mich in ihrem Jeep nach Hause, und wie immer hörten wir Musik. Auf WDR 3 war Schlagerzeit. «Nur nicht aus Liebe weinen», sang Zarah Leander.

«Es tut mir leid, dass du das mitbekommen musstest, Berts Vater ist manchmal etwas schwierig», sagte Gilla, als sie mir an einer Ampel bei Rot ein Tempotaschentuch reichte.

Forelle, Mutter

Wir wohnten erst kurze Zeit im Hövel, da siedelte Oma Marianne zu uns um. Sie hatte sich in ihrem Garten bei der Spinaternte den Oberschenkelhals gebrochen. Von da an stand ihr altes Heim leer, in dem wir kurz zuvor noch alle zusammengelebt hatten. Die Möbel und alles blieben an Ort und Stelle, Omas Fuchspelz hing weiterhin in dem braunen, bauchigen Schlafzimmerschrank und die Bratpfanne am Haken neben dem Herd. In dem Blumenfenster im Erdgeschoss zerbröselte die staubige Erde, und in den Wintermonaten wurde jedes Zimmer geheizt. Oma wünschte, nach ihrer Genesung unverzüglich wieder in ihr eigenes Haus zurückzukehren. Sie nahm Vater das Versprechen ab, während ihrer Abwesenheit nichts zu verändern, die Hühner füttern zu lassen und einen Gärtner zu engagieren. Warum sie nicht zu ihrem Sohn Karl gezogen war, der direkt nebenan wohnte, konnte mir niemand verraten.

Das Krankenhausbett wurde in einem Trakt neben meinem Zimmer aufgestellt. Den hatte mein Vater schon bei der Planung des Hauses als den Altersruhesitz für seine Mutter vorgesehen. Vater engagierte einen philippinischen Pfleger, der Tag und Nacht über die bettlägerige Mutter wachte. Der Mann verwirrte die geistig ohnehin schon stark in Mitleidenschaft gezogene Oma vollends. Ein männliches Wesen sollte sie pflegen? Noch dazu eines mit fremdländischen Gesichtszügen, dessen Deutsch durch eine merkwürdig schleppende Aussprache und diverse

Grammatikfehler ziemlich unverständlich war. Sosehr sie auch an den Hörgeräten drehte, sie konnte ihn nicht verstehen. Sie musste sogar mit diesem Mann zusammen in einem Zimmer schlafen. Er sollte sie nicht nur anziehen, sondern auch waschen. Der Pfleger hieß Pastor – mit Vornamen. Das war sein Glück. In der Annahme, es handele sich um einen Geistlichen, ließ Oma, wenngleich auch unter fortwährendem Gejammer und Gestöhne, die Pflege über sich ergehen.

Eine komische Sache war das schon: Pastoren, die mit Waschlappen an einem herumhantierten und Bettpfannen wechselten. Mein Vater atmete auf, als der Pfleger den Job an seine Ehefrau Cecile abtrat, Cecile mit englischer Aussprache. Pastor hatte sie eigens aus den Philippinen einfliegen lassen, wo sie ihre beiden Söhne im Kleinkindalter zurückgelassen hatte. Cecile sprach kein Wort Deutsch. Merkwürdigerweise verstand sie die Großmutter auch so. Sie war wirklich liebevoll zu der störrischen Alten, die sich steif machte und um sich schlug, wenn man ihr die großen Windeln anzog. Die immer wieder grundlos zu weinen begann und die ganze Welt, ja sogar den Herrn und Jesus Christus anklagte. Cecile umsorgte Oma so fürsorglich, als wäre sie keine klapprige, alte Frau, sondern ein frischgeborener Säugling.

Doch Omas Gezeter drang immer wieder in mein Kinderzimmer. Ich hörte es, während ich Hausaufgaben machte, beim Malen und Tagebuchschreiben und durch das Rattern der Nähmaschine hindurch, wenn ich die neusten Klamotten aus der Burda nachnähte, alles in Schwarz und Lila. In der Nähe dieser Krankenstation zu leben, erfüllte mich mit einer schwelenden Wut, die nur mit den Platten von Cyndi Lauper, Yes, Talking Heads und den Eurythmics und einem voll aufgedrehten Verstärker bekämpft werden konnte. Prompt beschwerte sich die angeblich schwerhörige Oma dann über den Hottentottenkrach.

Wenn meine Schwester früher zu laut Musik gehört hatte, war mein Vater immer mit der Drohung «Ich schmeiße deine Hi-Fi-Anlage durch mein Fenster auf dein Auto» zur Stelle gewesen. Aber Vater war jetzt oft im Krankenhaus, und wir sahen ihn wochenlang nicht, oder er verschwand schon am frühen Nachmittag und kehrte erst spätnachts heim. Er ritt nur noch selten, und wenn, dann allein durch den Wald und die Felder. Tristan ließ die Pferde täglich an der Longe auf dem Platz und in der Halle im Kreis herumtraben.

Sobald Oma abends eingeschlafen war und mit offenem, zahnlosem Mund zu schnarchen begann, setzte Cecile sich an den Telefontisch. Während der Telefonate, die sie in ihrer fremden Sprache führte, wirkte sie tief verzweifelt. Es hörte sich für mich an, als ob sie die ganze Zeit die Worte *Papperlapapp* und *Kaulquappe* gequetscht aneinanderreihte. Ceciles dunkle Augen zuckten während dieser Gespräche, ihre Pupillen gingen hin und her, als würde sie in einem Schnellzug sitzen und versuchen, die vorbeirasende Landschaft zu erfassen. Die gerahmten Bilder ihrer Söhne hatte sie auf Omas Fernseher gestellt. Jedes Mal bevor sie zu Bett ging, küsste sie die Fotografien. Sie erzählte viel von ihren *Boys* und davon, wie sehr sie ihre Kinder vermisse und dass sie hoffe, die berufstätigen Großeltern in Manila würden sich gut um sie kümmern. An einem unserer einsamen Abende, die wir mit Cola und Chips verbrachten, während wir *Dallas* und *Denver Clan* schauten, zog sie ihr T-Shirt hoch, zeigte mir die hellen Schwangerschaftsstreifen auf ihrem weichen braunen Bauch und weinte.

Sie trug ein kleines goldenes Kreuz um den Hals und betete abends zusammen mit der Oma – Cecile mit geraden, aneinandergelegten Handflächen kniend zu ihrem gekreuzigten Heiland und Marianne mit ihren verschränkten knochigen Fingern über der Bettdecke zu ihrem protestantischen Herrn.

Wir sprachen englisch miteinander. Mein Englisch war nicht besonders gut, Ceciles auch nicht, aber so viel verstand ich – während diese junge Mutter in dem fremden Land, fern der Heimat, eine alte Frau pflegte, sorgte sie sich in jeder Minute um ihre Kinder, die sie zurückgelassen hatte, um Geld für ihre Familie zu verdienen. Meine Wut auf die so gründlich umsorgte Oma wuchs noch.

Jeden Pfennig, den Pastor, dessen Familiensinn anscheinend nicht ganz so ausgeprägt war, ihr ließ, schickte sie in die von Unruhen, Überschwemmungen und Erdbeben geplagte Heimat. Wenn in Manila niemand ans Telefon ging, lag sie, zitternd vor Angst, zusammengekauert auf dem Klappbett neben der Oma.

Eines Tages hing an der Pinnwand in der Küche eine Telefonrechnung über 1698,32 Mark. Daraufhin ließ der Vater alle internationalen Vorwahlnummern für seinen Telefonanschluss sperren.

Cecile blieb nur wenige Monate bei uns. Plötzlich war sie verschwunden, ohne Vorankündigung.

Auch mein Pony Lilly stand an einem Sommersonntag nicht mehr in seiner Box.

«Du hast dich doch nicht mehr um sie gekümmert», sagte mein Vater. «Ich hab sie auf einen Reiterhof bringen lassen, da dürfen behinderte Kinder auf ihr reiten.»

«So ein Quatsch», regte sich Asta auf. «Mit Lilly kannste dich jetzt waschen. Aus der haben sie Seife gemacht.»

Und die Pflegerinnen kamen und gingen. Oma blieb über Jahre in ihrem Bett liegen, in unverändertem Zustand. Das leere Haus über der Fabrik wurde weiter beheizt und der Garten geharkt.

Oma sah aus wie ein mit dünner grauer Wachstuchdecke bezogenes Skelett. Wenn sie gewaschen werden musste, betrachtete ich das Schauspiel, im Türrahmen des Badezimmers lehnend, mit einer Mischung aus Ekel und Sadismus. Die früher so korpulente Frau bestand nur noch aus Knochen und mehr und mehr Haut. Die schlaffen Hautlappen hingen in losen Wellen wie eine Raffgardine über dem verkrümmten Kleinkindkörper. Wenn die Pflegerinnen sie mit dem Waschlappen bearbeiteten, mussten sie Omas Brüste anheben wie leere Einkaufstüten. Ihr Hintern hing unter den Beckenknochen wie zwei kleine Fischernetze.

Merkwürdige Frauen waren das, die mein Vater als Pflegerinnen anstellte, eine ganze Reihe farbloser alter Mädchen und schmallippiger Jungfern. Es war nicht einfach, Kräfte zu finden, die Pflege rund um die Uhr anboten. Eine Matrone mit Wallehaar und Filzklamotten, die aussah wie die Mutter der Kelly Family, konnte die Oma vom ersten Tag an nicht leiden.

Oma flehte meinen Vater an, sie vor dieser bösen Frau zu beschützen. Auf meinen Vater aber machte die zunächst keinen besonders verdächtigen Eindruck. Frau Roksana, die Putzfrau, war es, die bezeugen konnte, dass die Pflegerin, wenn sie sich mit Oma allein wähnte, die Fenster mit schwarzen Tüchern verhängte und Kerzen im Zimmer anzündete. Es stellte sich heraus, dass sie eine Teufelsanbeterin war, sie gehörte tatsächlich zu einer satanischen Sekte. Mit ihrem Gefasel über Beelzebub und Luzifer versetzte sie unsere Oma in Angst und Schrecken. Mein Vater schmiss sie kurzerhand raus, ihr schweinslederner Koffer flog in hohem Bogen auf den Hof.

Stefan Gras hatte mir für fünf Mark eine Ratte verkauft, die ich auf den Namen Cosma Shiva taufte. So hatte Nina Hagen gerade ihre Tochter genannt. Manchmal stattete ich der Oma im Nachbarzimmer ungefragt einen Besuch ab und ließ die Ratte über die weiße Bettwäsche laufen. Dann bäumte sich die Oma auf und stieß schrille Schreie aus.

Frau Albert, Omas neue Pflegerin, wusste um ihre Rattenphobie. Als junge Frau war Oma einmal im Stall von einer hungrigen Ratte attackiert worden, die sich von einem Dachbalken hatte fallen lassen, angelockt von einem Eimer mit Hühnerfutter, stattdessen war sie in Omas Ausschnitt gefallen, in den sie sich verbiss. Man konnte die gezackte Narbe auch noch in hohem Alter unter dem hervorstehenden Brustbein sehen.

«So, nun ist gut, Kind», sagte Frau Albert bestimmt, aber nicht unfreundlich. «Nimm das Tier und troll dich in dein Zimmer.»

Worauf ich Cosma Shiva wieder unter meinen weiten Mohair-Pullover krabbeln ließ und abzog.

Frau Albert stammte wie Oma aus Ostpreußen, sie trug eine Perücke und, als ich sie das erste Mal sah, einen dunkelblauen Hut, Handschuhe sowie eine steife Handtasche, eine Art Arztkoffer. Sie sah aus wie eine rüstige Mary Poppins im Rentenalter, und genauso wie diese erzog sie auch in unserem Haushalt die ganze Familie. Wir benahmen uns alle ein bisschen besser, wenn Frau Albert da war, sogar die Oma.

Die beiden verstanden sich fabelhaft. Was nicht nur an den regionalen Eigenheiten der Damen, ihrer knarzenden Sprechweise und der Vorliebe für Mehlspeisen und schwere Kartoffelgerichte lag, sondern auch daran, dass Frau Albert Oma sofort ins Herz geschlossen hatte – grundlos, wie ich fand.

Wie konnte man diesen garstigen Menschen jeden Tag ertragen, von Zuneigung ganz zu schweigen? Sogar wenn sie schlief, fühlte ich mich noch durch die Mauern hindurch von ihr gestört. Ihre Anwesenheit lag für mich wie ein dräuendes, nie abziehendes Tiefdruckgebiet über der ganzen Familie.

Frau Albert mochte aber nicht nur meine Oma, sondern uns alle. Sie schien von unserer Familie richtiggehend begeistert. Ganz besonders von meinem Vater, den sie tief verehrte. Wenige Tage nach ihrer Einstellung war man darauf gekommen, dass er vor kurzem mit Herrn Albert, dem Gatten der Pflegerin, eine muntere Zeit auf einer Krankenhausstation verbracht hatte. Herrn Albert hatte es als Kettenraucher dorthin verschlagen, ihn plagten Venenprobleme in den Beinen, mein Vater litt an verstopften Herzkranzgefäßen. Herr Albert war ein Gentleman alter Schule und hatte noch im hohen Alter den Schneid und die blauen Augen eines Hans Albers. Vor seinem Charme war niemand sicher, und so sägte er sich noch mit fast achtzig Jahren im Krankenhaus an die Schwesternschülerinnen heran. Mein Vater hatte ihn auf dem Stationsflur kennengelernt, wo sich Herr Albert auf der Suche nach Gesellschaft vornehmlich aufhielt. Vater hatte ihn nach einem kurzen Gespräch in sein Einzelzimmer eingeladen. Von da an trafen sie sich allabendlich noch auf ein Gläschen von dem Cognac aus dem Nachtschrank meines Vaters. «Aber rauchen, mein lieber Freund, müssen Sie leider auf dem Balkon.»

Nein, was für ein Zufall. Nun hatte sich tatsächlich die Frau seines Leidensgenossen auf die letzte Stellenannonce gemeldet. Als sie am ersten Arbeitstag in einem schicken Kostüm erschien, machte sie einen derart weltläufigen Eindruck auf die Oma, dass diese der neuen Pflegerin auf die Frage, um welche Uhrzeit es bei uns denn Kaffee und Kuchen gäbe, mit gewichtiger Miene «Bei uns wird nur Tee serviert» antwortete, ganz so, als wäre sie ihr Leben lang nicht von Hühnern, sondern von Dienstboten umgeben gewesen.

Zum Mittagessen musste Oma aus dem ersten Stock ins Esszimmer gelangen. Frau Albert rollte sie in ihrem Krankenhausstuhl über den Flur, dann wurde sie die Wendeltreppe hinuntergeleitet, Schritt für Schritt, am Arm untergehakt. Darauf verharrte Oma jammernd neben der Bodenvase im Flur, bis die ebenfalls schon recht betagte Frau Albert den schweren Stuhl die Treppe hinabgeschleppt hatte. Der ganze Vorgang dauerte mindestens eine halbe Stunde und war so diffizil wie das Timing in der Spanischen Hofreitschule. Frau Albert durfte mit dem Umzug der Oma nicht zu spät beginnen, sonst saßen die Familienmitglieder vor der erkaltenden Kartoffelsuppe, aber auch nicht zu früh, denn dann begann die Oma am Esstisch lautstark zu lamentieren, dass sie immerzu allein irgendwo herumsitzen müsse.

Die Mittagessen waren die einzigen Zusammenkünfte, an denen alle Familienmitglieder, die Haushälterin und die Pflegerin teilnahmen. Das Esszimmer war unser familiärer Boxring. Aber auch bahnbrechende technische Neuerungen wurden hier besprochen, wie die Erfindung des Telefax, das in Zukunft die alten gelöcherten Telexstreifen überflüssig machen sollte. Man müsse einfach nur ein Blatt Papier in den kleinen Schlitz an dem klobigen Gerät stecken, eine Telefonnummer wählen, und dann komme die Fotokopie des Briefes am anderen Ende der Welt wieder heraus. Sogar Bilder könne man so in Sekundenschnelle bis nach Australien versenden. Wie genau das technisch vor sich ging, konnte der Vater genauso wenig erklären wie die Funktionsweise der Mikrowelle, in der Asta und ich Experimente mit platzenden Negerküssen veranstalteten. «Den Mist macht ihr aber auch schön wieder sauber», mahnte Frau Schmidt.

Das Esszimmer war auch die Arena, in der Vaters letzte Erziehungsversuche stattfanden. Hier stritten Asta und ich uns eifersüchtig vor Publikum. Merkwürdig nur, dass sich die angeblich schwerhörige Oma immer wieder punktgenau in alle Gespräche einmischte. Es sei denn, Asta und Vater fochten einen Kampf zu ihren unterschiedlichen politischen Ansichten aus, sie mit dem Palästinensertuch um den Hals, mein Vater im Dreiteiler. Dann nahm Oma die Hörgeräte aus den Ohren, steckte sie in die Taschen ihres Morgenmantels und stöhnte nur noch leise vor sich hin.

Wenn der Vater besonders gute Laune hatte, fing er an, Asta zu provozieren. Ihre Freunde waren dann allesamt ungewaschen und faul. Das reichte schon, damit meine Schwester in die Luft ging. Sie revanchierte sich mit der Kritik daran, dass der Vater als Geldanlage südafrikanische Krügerrand-Münzen kaufte, fragte mit schnarrender Stimme, ob man Geschäfte mit Waffenlieferanten machen dürfe und welche Droge gefährlicher sei, Marihuana oder Alkohol. Da hatte Asta nämlich Antworten parat, die wiederum unseren Vater zur Weißglut trieben.

Wenn es dem Vater aber schlechtging und er sich über Karl junior beschwerte, der ihm ohne Absprache in seine Geschäfte funkte und alles besser wusste, wenn ihn der Bluthochdruck oder das Herz plagten, verliefen die Mittagessen recht schweigsam. Auch Karl senior, sein Bruder, bereitete Vater Sorgen. Der konnte plötzlich nach einem Schlaganfall nicht mehr richtig sprechen. Er ging dem Vater seitdem auf den Wecker, weil er stundenlang in seinem Büro in der Sitzecke herumlümmelte und vor sich hin murmelte, einzig das Wort «beschissen» war deutlich aus dem Sermon herauszuhören. Die Firma suchte nun nach einem neuen technischen Leiter, doch gab es kaum passende Bewerber. Vater goss sich seufzend ein Glas Weißwein ein und schüttelte stumm den Kopf.

Da stritt er sich schon lieber mit uns. Er platzierte präzise seine Provokationen, die sich immer wieder auf Astas linke

Gesinnung oder meine schlechten Schulnoten bezogen. Oma sorgte währenddessen für allgemeinen Unmut, indem sie auf dem Höhepunkt der Streitereien demonstrativ mit dem Besteck über die Jagdszenen auf dem Porzellanteller kratzte. Davon bekam meine Schwester Zahnschmerzen, und mir stand die Armbehaarung zu Berge. Manchmal nahm Oma auch während des Essens ihr Gebiss aus dem Mund, mitsamt dem daran klebenden Kartoffelbrei, und wickelte es umständlich in die große Serviette. Ab und zu landete es sogar, gut sichtbar für uns alle, auf ihrem Teller.

«Danke. Ich bin jetzt fertig mit Essen, ich muss kotzen», sagte Asta dann.

«Aber Frau Rautenberg, was machen wir denn da heute wieder für Sachen?», fragte die Pflegerin, immer wieder aufs Neue erstaunt.

Oma gegenüberzusitzen war auch sonst nicht gerade appetitanregend. Ständig rutschte ihr der Bissen von der Gabel, die Suppe landete neben dem Mund, oder es fielen ihr die zusammengeknüllten Tempotaschentücher aus den Ärmeln des Morgenmantels ins Essen, in dem sie dann mit ihren dürren Spinnenfingern herumfuhrwerkte.

Das Speisezimmer war ein wandgetäfelter Raum, der von der Küche wie vom Wohnzimmer her betreten werden konnte. Von dort aus konnte man Tristan beim Rasenmähen zusehen und hatte auf der anderen Seite die Koppel im Blick. Auf der Weide galoppierten die Pferde ohne erkennbaren Grund aus dem Stand mit wehender Mähne los, um genauso abrupt wieder abzubremsen und regungslos zu verharren. Manchmal dösten die Tiere auch nur träge in der Sonne, zuckten ab und zu mit den Ohren, wedelten mit dem Schweif oder ließen ihr Fell auf dem Rücken leicht erzittern, um die Fliegen zu verscheuchen.

Hin und wieder fiel auch eins tot um. Das hatte dann den Bolzen des Abdeckers zwischen die Augen bekommen, der auf Wunsch meines Vaters Hausbesuche machte. Pferde, nach Vaters Worten schlau und sensibel wie die Schweine, witterten den Blutgeruch des Schlachthofs schon von weitem. Deshalb wurden die alten und kranken Tiere direkt auf unserer Weide ins Jenseits befördert.

Als ich einmal von meinen Königsberger Klopsen aufschaute, sah ich, wie ein klappriger brauner Wallach mit den Hinterläufen einknickte, nach vorn sackte, sodass es für einen Moment aussah, als ob er kniete, dann zur Seite kippte und alle viere von sich streckte. Das alles geschah völlig geräuschlos. Durch die Verbundglasfenster des Esszimmers war kein Laut zu uns an den Tisch gedrungen.

«Der hat's jetzt hinter sich. Dreiundzwanzig ist ein schönes Alter. Zuletzt haben ihm die Knochen so sehr geschmerzt, dass er nichts mehr gefressen hat. Nun taugt er nicht einmal mehr zum Sauerbraten», sagte mein Vater, der meinem Blick gefolgt war, und wischte sich mit der Serviette die Saucenreste vom Mund. Dann legte er Messer und Gabel beiseite, auch ihm war anscheinend der Appetit vergangen.

Als unser Garten einen ganzen Sommer lang Schauplatz täglicher Sit-ins von Astas gesamter Schulstufe war, unter Gitarrengeklampfe und Trommelklängen, stand Vater wieder der Sinn nach Ärger. Frau Albert hatte frei, und er konnte sich so richtig gehenlassen.

Astas beste Freundin war mit einem Bekannten aufgetaucht, der so schwarz war wie Harry Belafonte. Mein Vater erkannte das Potenzial für einen zünftigen Streit. «Wenn hier ständig Neger in mein Schwimmbad springen, lass ich das Wasser raus.»

Wumms! Beim Aufstehen schmiss Asta den Stuhl um, und dann knallte sie die Esszimmertür hinter sich zu, dass die Reitertrophäen, die Zinnteller und Pokale, in der Schrankwand des Wohnzimmers, ratttattata, wie Dominosteine umfielen.

Interessant war, dass die Gespräche meistens erst nach Vaters drittem Wein eskalierten. Wenn er nicht nach mir schaute, trank ich manchmal hastig einen Schluck aus seinem Glas, auch wenn ich die Fetthalbmonde am Rand immer etwas eklig fand.

Ärgerte sich der Vater, zeigte sich sein aufwallender Unmut an dem zurückwandernden Haaransatz, das kannte ich ja schon. Seine Ohren lagen dann eng am Kopf an, und das Bluthochdruckgesicht wurde noch eine Nuance dunkler. Selbst wenn Asta mit dem Stänkern angefangen hatte, war ich es, die den Schlag auf den Hinterkopf abbekam, denn ich saß direkt neben ihm. Jedes Mal war ich erstaunt, dass ich das Unheil schon lange heraufziehen fühlte. Noch ehe mein Vater zuschlug, fing mein Nacken an zu kribbeln. Zack! Der Schlag saß, immer wieder war ich zu Tode erschrocken.

«Komm, Herr Jesus, sei du unser Gast und segne, was du uns bescheret hast.» Einer von uns musste immer beten. Asta oder ich schafften das Tischgebet in wenigen Sekunden, mein Vater dagegen machte seine Sache etwas gründlicher.

«Haben wir schon gebetet?», fragte Oma trotz allem und schaute in gespielter Irritation über den ganzen Tisch. Dann sorgte sie mit ihren tastenden Händen für ein paar Pfiffe aus den Hörgeräten und fing, kaum dass wir das Besteck aufgenommen hatten, noch einmal ganz von vorn an. «Herr, wir danken dir für deine Gaben, die du heute in deiner unendlichen Güte für uns bereitgestellt hast …» Es dauerte eine Ewigkeit, bis sie auch noch die diversen Fürbitten zugunsten kranker und manchmal längst verstorbener Familienmitglieder ausformuliert hatte – inzwischen waren die Forellen kalt geworden.

Jeden Freitag gab es Forelle, immer nur Forelle, niemals einen anderen Fisch, und immer auf die gleiche Art zubereitet: blau, also gekocht. Die Fische kaufte mein Vater donnerstagabends im Nachbardorf, dort schwammen sie bis kurz vor ihrem Ableben in einem kleinen Teich.

Ich bekam immer die Bäckchen, die er zuerst aus dem Fischkopf herausschnitt. Das war eine großzügige Geste, denn auch er mochte die zarten Stückchen am liebsten, genau wie die Spargelköpfe, die er im Frühling immer selbstlos an mich abtrat. Nachdem mir einmal eine Gräte im Hals stecken geblieben war, aß ich von den Forellen nur noch diese kleinen Happen. Asta hatte mir bei dem Zwischenfall das Leben gerettet. Während die ganze Familie am Tisch nur zugeschaut hatte, wie ich blau wurde, so blau wie die Forellen, hatte sie geistesgegenwärtig in meinen Rachen gegriffen und mich von der Gräte befreit.

Nach einem längeren Krankenhausaufenthalt erschien der Vater einmal mit zwei großen braunen Pflastern links und rechts am Hals. Man hatte ihm einen Bypass gelegt. Es war eine schwierige und zeitaufwendige Operation gewesen, zudem hatte es Komplikationen gegeben. Auch die Heilung verlief nicht wie gewünscht. Er musste Kortison nehmen und hatte bald ein Gesicht so breit und prall wie ein American Football. Obwohl Oma jeden Tag seiner Abwesenheit unzählige Male nach ihrem Sohn gefragt hatte, ignorierte sie ihn nach seiner Rückkehr. Sie weigerte sich sogar, ihn zu begrüßen.

Als mein Vater sich an diesem Tag an den Mittagstisch setzte, rückte sie demonstrativ von ihm ab. Die Narben an seinem Hals schmerzten noch, seine Stimme klang belegt, und das Reden fiel ihm hörbar schwer.

Es war Freitag, und Frau Schmidt servierte wie immer die Forellen.

«Was ist das für ein Fisch?», fragte Oma.

«Forelle», stieß mein Vater hervor.

«Heilbutt?»

«Forelle, Mutter», sagte mein Vater, so laut er konnte.

«Kabeljau?», fragte Oma, während sie unschlüssig auf den schmalen Fisch mit den milchigen Augen und der stumpfen Schwanzflosse starrte. «Karpfen?»

Mein Vater räusperte sich: «Forelle, Mutter.»

Er versuchte, so laut zu sprechen, wie es eben ging, dabei legte er die Hände an die Pflaster an seinem Hals und verzog das Gesicht vor Schmerzen.

«Hering?»

Inzwischen riefen alle am Tisch Sitzenden immer lauter: «Forelle.» Aber Oma verstand uns nicht. Sie wollte die Antwort von ihrem Sohn hören. Auf jede darauf noch folgende Fischart – es war ganz erstaunlich, wie viele Fische Oma kannte – antwortete Vater immer wieder nur das Gleiche, immer verzweifelter: «Forelle, Mutter.»

«Sardine?», fragte Oma, in die plötzlich wieder Leben gekommen war. Ihre eingefallenen Wangen glühten nun rosig.

Da gab der Vater auf. «Ja, genau, Sardine», murmelte er nur noch. Er schwitzte und wischte sich mit der Serviette über den Hemdkragen.

Da begann Oma, die auf dem Grätenskelett liegenden Filets mit dem Fischmesser zu untersuchen. Sie hob das Filet an, nahm ein kleines Stück auf die Gabel und roch misstrauisch daran.

«Das ist nicht recht», sagte sie und starrte den Sohn mit ihren wässrigen Augen an. «Das ist doch eine Forelle, Junge. Warum belügst du mich?»

Die Männer

Als Asta zu studieren begann und mit Thomas eine eigene kleine Wohnung in einem von Vaters Mietshäusern im Dorf bezog, kamen die Männer.

Mein Vater brachte einen neuen Freund aus dem Schäferhundverein mit nach Hause – Wolf. Wolf trug senffarbene Cordhosen, ein dünnes goldenes Brillengestell und die Ärmel seiner dunkelblauen Pullover verknotet über den rosa Polohemden mit aufgestelltem Hemdkragen.

Wolf, den Namen hatte ich noch nie gehört. Dass man mit Vornamen wie ein Tier heißen konnte, war mir neu. Dieser Wolf aber war ein ausgesprochen lieber. Er schenkte mir Musikkassetten mit selbstaufgenommenen Songs und mochte Boy George, genau wie ich. *Karma, karma, karma, karma, karma chamelion, you come and go …*

Wolf war viel jünger als die Reiterfreunde meines Vaters, vielleicht war das der Grund, dass wir uns gut leiden konnten. Abends nahmen mein Vater und sein Freund mich manchmal mit zum Essen in einen Gasthof, wo ich mir Berliner Weiße oder Orangensaft mit Campari bestellen durfte. Danach schlief ich wunderbar tief.

Wir gingen in immer andere Restaurants, fuhren immer weiter hinaus, zu Ortschaften, in denen ich noch nie gewesen war. Die neugierigen Blicke der Bedienung und der Gäste waren uns immer garantiert. Ein junger Mann und ein alter, in Begleitung eines pickeligen Mädchens – man drehte sich nach uns um und machte hinter vorgehaltener Hand Kommentare. Ich beobachtete meinen Vater. Nahm er das Tuscheln wahr? Was die anderen von seinen Töchtern dachten, war ihm immer wichtig gewesen. «Du bist zu jung, um dich zu schminken. Zieh dir nicht so kurze Röcke an, was sollen denn die Leute denken?» Doch es waren weder mein neonfarbener Lippenstift noch die kaputten Netzstrumpfhosen, die alle Aufmerksamkeit auf uns zogen.

Ich mochte es jedenfalls, mit den beiden essen zu gehen. Wolf war der Erste, der sich vernünftig mit mir unterhielt, auch über Politik und so. Er fragte nach meinen Sorgen und meinen Erlebnissen, hörte mir zu und hatte nicht sofort auf alle Fragen Antworten, wie die meisten Erwachsenen, die sich nur nach der Schule und meinen Freunden erkundigten, um dann ihre Standardformeln anzubringen. Sprüche wie: «Mach dir nichts draus. Wenn du heiratest, ist alles vergessen.»

Zu meinem sechzehnten Geburtstag schenkte mir Vater ein Moped, eine Hercules Prima 6. Damit fuhr ich nach der Schule Asta besuchen, wenn es mir in meinem Zimmer zu einsam wurde. Sie drehte mir Zigaretten, und wir tranken in ihrer kleinen Küche Bier.

Ich erzählte ihr von Christian, meinem neuen Freund, den ich auf einer Skifreizeit kennengelernt hatte. Nach dem Vorfall mit seinem Vater hatte Bert sich nicht mehr bei mir gemeldet. Ich hatte ihm noch einen Brief geschrieben, in dem ich versprach, die Sache zu vergessen, war aber insgeheim froh, dass nie eine Antwort gekommen war. Denn es verhielt sich mit dem Vergessen und Daran-Denken wie in der Geschichte, die ich auf Astas Plattenspieler so häufig gehört hatte. In der ging es um einen Jungen, der einen Schatz suchen sollte. Kurz vor dem Ziel wird ihm jedoch noch eine letzte Information gegeben: Er darf beim Graben nicht an ein blaues Nilpferd denken. Damit war alles verwirkt, denn natürlich dachte der Junge schon beim ersten Spatenstich an nichts anderes mehr, den blauen Dickhäuter bekam er nicht mehr aus dem Kopf. Der auf allen vieren kauernde Bert verfolgte mich bis in meine Träume. Wie sollte ich diesen Anblick vergessen?

Christian war dick und wollte von Beruf zuerst Bürgermeister und dann Bundeskanzler werden. Er war bei den Jusos, zu deren Sitzungen er mich einmal mitnahm. Als ich zu Hause die Internationale sang, verfinsterte sich Vaters Miene. Dass ich mit einem Sozi angebändelt hatte, gefiel ihm noch weniger als die Körperfülle meines neuen Freundes. Christian war auch nicht gerade mein Traumprinz. Er war in den Skiferien eines Abends beim Flaschendrehen der Letzte in der Stuhlrunde gewesen, übrig geblieben, sozusagen. Er war wirklich nicht attraktiv, dafür ziemlich unterhaltsam, außerdem hatte er einen Führerschein. Er machte gerade seinen Zivildienst und fuhr Essen auf Rädern aus. So rasant, dass in den Schlaglöchern die Spiegeleier in den Styroporbehältern einen Salto in den Rahmspinat machten, erzählte er mir.

Viele der Mädchen in meiner Klasse hatten schon feste Freunde und prahlten damit, wie sich die Jungs um sie rissen und was sie an den Wochenenden unternahmen, so als Paar. Sie berichteten sich gegenseitig detailliert von ihren sexuellen Erlebnissen. Ich wollte den Einstieg in das Thema so schnell wie möglich hinter mir haben und mitreden können. So kompliziert konnte das doch alles nicht sein.

Der Frauenarzt am Dorfplatz verschrieb mir anstandslos die Pille. Asta fand ihn fies, ein ganz anzüglicher Typ sei das. Was sie damit meinte, verstand ich erst, nachdem ich das erste Mal bei ihm gewesen war. Während er mit Hilfe einer Art silbernen Schuhlöffels in mich hineinschaute, hielt der Arzt einen Vortrag zum Thema Golf. Eine Sportart, die gut zu mir passen würde, sagte er, während er auf seinem Hocker zwischen meinen gespreizten Beinen herumrollte.

Ich lag auf dem Untersuchungsstuhl und musste daran denken, wie das Fohlen aus meinem Pony geflutscht war, und an die versauten Witze der Freunde meines Vaters, damals im Reiterstübchen. Was dieser fremde Mann von mir dachte? Hoffentlich würde mein Vater nichts von diesem Arztbesuch erfahren. Dass die Rechnung für die Untersuchung und das Rezept auf seinem Schreibtisch landen würden, hatte ich nicht bedacht.

Mit Christian war bereits ein Termin ausgemacht, an einem frühen Abend, wenn seine Eltern zum Kegeln waren. Wir standen zuerst etwas unschlüssig in seinem Zimmer herum. Er wohnte noch zu Hause, in einem dieser braunen Kinderzimmer, deren gesamte Einrichtung mit dem gleichen Holzfurnier verkleidet war. Ein Einbauzimmer aus dem Otto-Katalog, bei dem die Regale in den Schreibtisch und der Nachttisch in das schmale Bett mit dem ausziehbaren Bettkasten übergingen. Die Wände waren auch dunkelbraun verschalt. Über die Deckenlampe hatte Christian seinen gelb-schwarz gestreiften BVB-Schal geworfen. Für romantische Beleuchtung war also gesorgt.

Während er ein gestreiftes Badehandtuch über seine Matratze breitete, dachte ich an Astas Ermahnungen, die sich wie die Ratschläge von Dr. Sommer aus der *Bravo* angehört hatten.

«Das erste Mal ist etwas ganz Besonderes. Lass dir Zeit. Du musst dir sicher sein, dass es der Richtige ist.» Warum das denn? Mir war das erste Mal ziemlich egal. Um mich herum gab es wenig Auswahl, und um zu wissen, worum es ging und was ich wollte, musste ein Anfang gemacht werden, irgendeiner. Alles würde sowieso bald besser werden, ich musste nur noch die Schule beenden und durfte mich dabei nicht zu Tode langweilen. Dann würde ich aufbrechen, weg aus diesem Kuhkaff. Besser etwas Doofes erleben als gar nichts. Meine Erwartungen waren gleich null.

Auch für Christian war es das erste Mal. Aber was sogar seine Alten draufhatten, konnte ja so schwierig nicht sein. Neulich sei er seinem Vater morgens im Flur begegnet, einen Ständer habe der vor sich hergetragen. Schnell habe sich sein Vater beide Hände vor die Latte gehalten. Ob die beiden Alten es immer noch miteinander trieben? Unglaublich! Das fand ich auch.

Der Vater war zwei Köpfe kleiner als Christians Mutter, die dem Sohn ihre Leibesfülle mitgegeben hatte. Der Vater war dürr und hager wie eine Brechbohne. Die Mutter trug an den Nachmittagen, wenn sie von der Arbeit kam, Lockenwickler, die mit bunten Nadeln in ihrem kurzen Haar befestigt waren. Wenn Christian auf dem Klo saß, wo er viel Zeit verbrachte, kratzte er sich mit diesen *Pinörpeln,* wie er das runde Ende der Lockenwicklernadeln nannte, genussvoll in den Ohren.

«Das ist so geil», sagte er, «da geht mir fast einer ab.»

Der Nachtschwester in der Notaufnahme wird er später eine andere Version von den Vorkommnissen erzählt haben, als eine der dicken Kugeln abgebrochen und in seinem Gehörgang stecken geblieben war.

Für das, was wir an diesem frühen Abend vorhatten, gab es eine Menge ekliger Wörter, die ich seit Jahren an den Türen der Schulklos gelesen hatte. Von all diesen Ausdrücken war «Liebe machen» der abartigste und für das, was kurz darauf auf dem Handtuch geschah, auch der unpassendste.

Christians Körper wurde auf mir schwerer, und sein Atem ging immer schneller. Das, was er mit mir machte, erinnerte mich an

Lego oder Fisher-Price, nein, mehr noch an die hölzerne Brio-Bahn, an deren Schienen hier ein Loch und da eine runde knubbelige Steckverbindung angebracht war. Versuchte man, die falschen Schienen zusammenzustecken, deren Krümmungen nicht zueinanderpassten, dann fügten sich die Enden nicht in die Löcher, und man musste sie mit Gewalt reindrücken. Wenn man die unpassenden Schienen dann doch irgendwie zusammengewurschtelt bekam, entstand eine unrunde Kurve, und der Zug holperte an den Übergängen oder fiel aus dem Gleis.

«Gib's zu, das war gar nicht dein erstes Mal», sagte Christian, während er das Handtuch inspizierte, auf dem kein einziger Blutstropfen zu sehen war. Er tat so, als glaube er meinen Beteuerungen nicht. Dabei kannte er mich inzwischen gut genug, um zu wissen, dass ich niemals mit einem Vorsprung an Erfahrung hinterm Berg gehalten hätte.

Christian hatte im Abi Bio als Leistungsfach gehabt. Dass die Premiere blutig oder ebenso gut auch unblutig vor sich gehen konnte, war ihm bekannt. Er wollte mich nur verunsichern, um davon abzulenken, dass auch er ernüchtert war. Von sich selbst, von seiner mangelnden Einfühlung? So viel Feingefühl traute ich ihm nicht zu. Wahrscheinlich hatte ich ihn enttäuscht, mit meinem unfertigen Körper, den spitzen Brüsten und den vorstehenden Rippen. Während wir nebeneinander auf der Bettkante saßen, breitete sich die Scham zwischen uns aus, ein brennendes Gefühl, das uns voneinander abstieß.

Nichts wie weg hier. Beam me up, Scotty!

Christian war schon im Flur beim Telefon und bestellte mir ein Taxi. Während wir auf den Wagen warteten, blickten wir schweigend auf die dunkle Spielstraße vor seinem Kinderzimmerfenster, wie Verbrecher nach einem misslungenen Einbruch.

Am liebsten wäre ich zu Fuß nach Hause gegangen. Der Taxifahrer beobachtete mich im Rückspiegel. Ob er sah, was ich gerade getan hatte? In meiner Unterhose breitete sich warm Feuchtigkeit aus.

«Was hast du denn gedacht?», wunderte sich meine Freundin Anke, mit der ich am nächsten Tag das Vorkommnis besprach. «Wenn man da unten was reintut, muss es ja auch irgendwie wieder herauskommen.»

Gar nichts hatte ich gedacht. Wäre mir klar gewesen, dass man nach dem Sex Körperflüssigkeit von jemand anderem in sich herumtragen musste, dann hätte ich vielleicht auf meine große Schwester gehört. Und wenn schon nicht auf den Richtigen, so doch auf einen Besseren gewartet.

Es war schon seltsam, ich hatte jetzt einen Freund, jemanden, mit dem ich ging, aber nach dieser körperlichen Vereinigung fühlte ich mich verlorener als je zuvor. Dabei meldete sich Christian regelmäßig und verabredete sich mit mir, um die Kegelabende der Eltern sinnvoll zu nutzen. Und ich war immer pünktlich zur Stelle.

Schwer zu glauben: Das war es also, was die Erwachsenen antrieb? Darum ging es in all den Büchern und Dramen? In den Kinofilmen gab es wenigstens noch die tiefen Blicke, die Schwüre und Geigenmusik. Christian schaute mich nie an, nicht währenddessen und auch nicht danach. Und auch für mich war es das Beste, die Augen fest geschlossen zu halten.

Wenn ich hinterher auf dem Rücksitz des Taxis Platz nahm, kam ich mir vor wie eine Hochstaplerin. Keine meiner Schulfreundinnen ließ sich von fremden Leuten chauffieren. Die meisten hatten Mütter, die sie von ihren Freunden oder aus der Disco abholten. Aber was sollte ich tun? Moped- oder Busfahren in der Dunkelheit war mir verboten worden. Auch am helllichten Tag durfte ich nicht mehr in unserem Wald spazieren gehen. Mein Vater hatte Angst um mich. Und dafür gab es einen Grund.

Es hatte mit anonymen Anrufen, Belästigungen, Drohungen begonnen, von denen ich zunächst nichts mitbekam. Erst als unser Bernhardiner Bully an einem vergifteten Fleischstück verendet war und morgens tot vor seiner Hütte lag, erfuhr ich von der Erpressung. Vater behauptete, nicht zu wissen, wer dahintersteckte. Haben Sie Feinde? So ein Quatsch, unser Leben war schließlich kein Krimi, auch wenn mir die Polizei erst einmal eine Woche Hausarrest verordnete. Nach Bullys Tod wurde ich noch dringender ermahnt, abends pünktlich nach Hause zu kommen und mich genau an die verabredeten Zeiten zu halten. Vater konnte vor Sorge verrückt werden, wenn ich mich auch nur um zehn Minuten verspätete. Die Ohrfeige musste sein, redete er sich hinterher heraus, reiner Affekt.

Zu den Großeltern fuhr ich nicht mehr so oft. Ich langweilte mich bei ihnen. Und dann die langen Spaziergänge mit der Großmutter – alles so anstrengend. Überhaupt hatte mich eine unheimliche Lethargie befallen, und tagsüber im Bett oder auf dem Sofa zu liegen war mir in Schwelte verboten. «In Straßenkleidung legen wir nicht die Füße hoch.» Aber auch im Schlafanzug zu frühstücken wurde im Arzthaushalt nicht gern gesehen. Dort herrschte noch die alte Ordnung. Auch mit weit über siebzig stand Großvater pünktlich um neun in der Praxis. Es erschienen die treuen, alten Patienten. Am Vormittag waren es, wenn es hochkam, fünf, am Nachmittag zwei, drei, die mussten sich dann um die Modelleisenbahnplatte herumzwängen, um zu der Liege zu gelangen, auf der Großvater den Augendruck maß, wie seit fünfzig Jahren.

Wenn Großmutter außerhalb der Praxiszeiten zum Einkaufen oder zum Friseur ging, stand der Großvater am Fenster, hinter den Gardinen, starrte auf das Gartentor und wartete darauf, dass seine Frau wieder zurückkam. «Wo bleibt sie denn nur so lange?», murmelte er schon nach wenigen Minuten. Er sprach gern mit sich selbst. Mit mir nicht mehr so häufig. Je älter ich wurde, desto weniger wollte er etwas von mir wissen. Sein *Es* war ich schon lange nicht mehr.

Nachdem irgendwo in der Sowjetunion ein Kernkraftwerk explodiert war, kochte Großmutter keine Pilzgerichte mehr, und ich versuchte, mich mit dem Großvater über den Ausstieg aus der Atomkraft zu unterhalten. Wobei ich keine andere Meinung gelten ließ als meine eigene. Ich setzte ihm mächtig zu und belehrte ihn über Kernenergie, Rechtsextremismus, Wettrüsten und so einiges mehr. Großvater musste meine Vorträge über sich ergehen lassen, obwohl er in den wenigsten Fällen anderer Ansicht war als ich. Lediglich über Joseph Beuys konnten wir uns bis aufs Blut streiten, den nannte er einen Afterkünstler. Afterkunst, war das nicht ein Nazibegriff?

Es war schon verdächtig: Immer wenn im Fernsehen Bilder aus dem Zweiten Weltkrieg gezeigt wurden, Spielfilme aus dem Dritten Reich oder Dokumentationen, schaltete Großvater um. «Irgendwann muss auch mal Schluss sein. Das ist doch alles schon eine Ewigkeit her.»

Aber wenn wir schon einmal beim Thema waren, wollte ich doch gern von ihm wissen, was er eigentlich so unter Hitler getrieben und ob er von der Vernichtung der Juden gewusst habe. Das war dann immer der Moment, an dem er schweigend aufstand und sich zu seiner Modelleisenbahnsammlung in der Praxis verzog.

«Man muss das auch mal von der anderen Seite sehen», versuchte die Großmutter zu vermitteln. «Nach der Weltwirtschaftskrise litten die Leute doch Hunger und Not. Man sagte den Juden nach, sie hätten ein Händchen fürs Geldmachen, denn denen gehörten die Banken und die großen Kaufhäuser. Das machte viele neidisch. Das muss man schließlich auch mal mitbedenken, wenn man heute so schlau daherredet.»

Schlau daherreden? «Und da habt ihr euch gedacht, wenn sechs Millionen Juden weg sind, bleibt für uns mehr auf dem Teller?»

«Du glaubst wohl, du hättest die Weisheit mit Löffeln gefressen», sagte meine Großmutter, nahm dann aber wieder ungefragt das Gespräch auf. Sie erzählte mir, dass am Beginn dieser Unglückszeit der Großvater vor allem ästhetische Bedenken gehabt habe. Dieses Rumgebrülle und die braune Kostümierung habe er immer schon missbilligt, dann seien ihm aber auch inhaltliche Bedenken gekommen, lange bevor der Krieg begann. «Ich war ja so dumm, damals», seufzte Großmutter und schlug sich mit der flachen Hand vor die Stirn. «Auch meine Eltern hatten Hitler gewählt, sie waren glühende Verehrer des Führers. Deshalb versuchte ich, deinen Großvater später dazu zu drängen, in die Partei einzutreten. Ich dachte, das wäre ganz geschickt, für unsere Kinder und Vergünstigungen im Alltag während der Kriegszeit. Aber darüber war mit ihm nie zu reden. Dafür bin ich ihm bis heute dankbar.» Es war das erste Mal, dass Großmutter so offen mit mir sprach, auf einmal fühlte ich mich fast erwachsen.

«Ich habe so viel Glück gehabt in meinem Leben», sagte sie und streichelte mir so sanft und zärtlich über die Wange, wie nur sie das konnte. «Es gibt kein Leben ohne Leid.»

Unser Vater rief Großmutter regelmäßig nachts an und beschwerte sich über seine ungezogenen Töchter. «Er hat es auch wirklich nicht leicht. Bei Asta geht es mit dem Studium nicht voran, und du interessierst dich mehr für junge Männer als für deine Schulaufgaben. Er macht sich Sorgen, wie es mit euch weitergehen soll. In der Firma gibt es auch nur Probleme. Nehmt ihr eigentlich auch mal Rücksicht auf seine angeschlagene Gesundheit? Denkt ihr daran, dass euer Vater ein kranker Mann ist? Er wird nicht ewig für euch sorgen können.»

Ich konnte mir denken, in welchem Tonfall Vater nachts mit der Großmutter sprach. *Herumpoussieren,* das war der Ausdruck, den er ihr gegenüber benutzte. Für etwas, das er vor mir ganz anders genannt hatte, als er von dem Rezept für die Pille erfuhr. «Du willst wohl einen Freifahrtschein fürs Bumsen von mir», hatte er geschrien und sich wütend in seinem Schlafzimmer eingeschlossen. Es regte mich auf.

«Der ist doch blau, wenn er dich anruft. Merkst du das nicht?»

«Sei nicht so respektlos! Dein Vater hat sich seine paar Schnäpse redlich verdient. Du hast keine Ahnung, wie es ist, die Verantwortung für so viele Arbeiter zu tragen, und dazu ist er auch noch ganz auf sich allein gestellt.»

Ach ja? Wer war denn hier alleingelassen worden? Wer saß denn jede Nacht mutterseelenallein in einem knarzenden Haus, am Arsch der Welt?

Und dann erzählte ich Großmutter von Uwe.

Uwe, der nach Wolf, dem arbeitslosen Masseur, dem jungen Saxophonspieler und dem namenlosen Friseur gekommen war, Uwe, der nun jeden Nachmittag mit seinem dicken Motorrad vorgefahren kam.

«Er hat seine Frau auch an Krebs verloren», hatte der Vater ungefragt erklärt. Wie blöd sah ich eigentlich aus? Wenn dieser

Typ mit den Holzfällerhemden, deren Ärmel er bis knapp unter die Schulter aufgerollt trug, und dem sorgsam gestutzten Bärtchen, das Asta Arschlochbart nannte, weil es sich so akkurat um die rosigen Lippen schloss, in seinem ganzen Leben auch nur für einen Tag eine Freundin gehabt hatte, wollte ich keinen Besen fressen, sondern unseren stattlichen, dunkelgrünen Vorwerk-Staubsauger. Uwe war jung, groß und muskulös, er hatte die Angewohnheit, leicht auf der Stelle zu trippeln und mit den Schultern Lockerungsübungen zu machen, als müsse er sich fortwährend für Leichtathletikwettkämpfe aufwärmen. Und Vaters Augen glänzten, wenn er von Uwes Erfolgen im Biathlon berichtete – Skilanglauf und Schießen, und in beidem Gold, das müsse man sich mal vorstellen.

Vater brachte Uwe das Reiten bei, und Uwe schenkte dem Vater zwei riesige ungarische Hütehunde, die nach dem Mord an unserem Bernhardiner Bully den Hövel bewachten wie die Höllenhunde aus dem Märchen.

Uwe war nicht gerade angetan davon, dass ich ihn und den Vater abends gerne zum Essen begleiten wollte. Doch Vater tat so, als ob er die Rivalität zwischen uns nicht bemerkte. Ich mochte es, Uwe zu studieren. Er strotzte vor Kraft, hatte Oberarmmuskeln wie Popeye und wedelte mit seinen Händen in der Luft wie eine Tante beim Kaffeekränzchen.

Einmal musste mich Frau Schmidt an einem Freitag zu den Großeltern bringen, ich bestand darauf, obwohl ich wusste, dass Großmutter im Krankenhaus lag. Sie war wegen einer «Frauensache» operiert worden, über die nicht näher gesprochen wurde. Ob ich nicht doch lieber morgen kommen wolle, hatte mich Großvater am Telefon beinah flehentlich gefragt. Am Samstag sei sie wieder zurück. Er war offensichtlich nicht scharf auf meinen Besuch. Mir aber drohte mal wieder ein einsames Wochenende im Hövel, und ich wollte einfach nicht mutterseelenallein in dem großen Haus herumsitzen.

Es war das erste und das letzte Mal, dass wir ein paar Stunden allein für uns hatten, ohne Großmutter. Erst fremdelten wir ein wenig, doch Großvater war erkennbar bemüht, das Beste aus der Situation zu machen. Was wir denn mal essen sollten, fragte er mich. Ein heikles Thema, normalerweise betrat Großvater die Küche nur, wenn es etwas zu reparieren gab. Ohne seine Frau war er in seiner eigenen Wohnung nur zu Gast. Aber er wusste immerhin, wo der elektrische Dosenöffner für die serbische Bohnensuppe zu finden war, den hatte er eigenhändig an der Schranktür unter der Spüle angebracht. Zum Nachtisch aßen wir dicke gelbe Pfirsichhälften, ebenfalls aus der Dose. Zu meiner Überraschung wollte Großvater nicht fernsehen. Er war unerwartet gesprächig und zog seine alten *Simplicissimus*-Ausgaben und vergilbte Schulzeugnisse hervor. Dann wurden Schallplatten aufgelegt. Zu Wagners Lohengrin servierte er einen Punsch aus Weinbrand und Eiern. Ich revanchierte mich mit Pink Floyds *Dark Side of the Moon,* die Platte hatte ich extra für ihn mitgebracht. Während Großvater konzentriert der Musik lauschte, hielt er die rechte Hand hinter das eine Ohr und die Augen geschlossen.

Speak To Me, befand er abschließend, sei das interessanteste Stück – sehr symphonisch. Als er mich ins Bett brachte, stopfte er das weiche Daunenplumeau ordentlich unter mir fest.

«Wie seid ihr denn miteinander zurechtgekommen?», wollte Großmutter wissen, als wir sie am anderen Morgen vom Krankenhaus abholten.

«Ganz vorzüglich», antwortete Großvater zu meiner Freude.

In der Küche stapelten sich Teller, Tassen und Töpfe in der Spüle, und der Mixbecher, in dem noch ein Rest vom Eierpunsch klebte, stand auf dem Tisch. Nicht einmal die leeren Dosen hatten wir in den Müll geworfen. «Schön zu wissen, dass man gebraucht wird», sagte Großmutter lachend und zog sich die gelben Spülhandschuhe über.

In der großen Pause verließen wir oft unerlaubt das Schulgelände und gingen in den Supermarkt, um Negerkussbrötchen, Fleischwurst, Raider, Snickers, Chips und Cola in Dosen zu kaufen. Die Ausflüge in die Freiheit mochte ich sehr, auch der drohende Tadel konnte mich nicht davon abhalten.

Eines Tages sah ich meinen Vater an der Kasse stehen, er suchte in der Tasche seines Jacketts nach Kleingeld. Zwischen uns standen nur drei gebeugte Rentnerinnen. Im Arm hielt er eine Flasche Wodka Moskovskaya. Zuerst wollte ich nach ihm rufen, aber dann war mir dieses Zusammentreffen vor meinen Schulkameraden peinlich. Da drehte sich die Alte mit den lila Löckchen zu der gebeugten Frau in dem Persianermantel vor mir um.

«Ist das nicht der Rautenberg da vorne?»

«Ich glaub schon. Kauft am helllichten Tag Schnaps. Na ja, der hat es auch nicht leicht gehabt im Leben.»

«Einsam muss das sein, da draußen in dem Haus im Wald, jottwede.»

«War der nicht mal ein ganz erfolgreicher Dressurreiter?»

«Schau ihn dir doch mal an. Das war vor Ewigkeiten. Der Schlankste ist er auch nicht mehr.»

«Muss Jahre her sein, dass seine Frau gestorben ist.»

«Zehn, fünfzehn bestimmt.»

«Die Töchter hat er wohl alleine großgezogen.»

«Man hat auch nie mehr eine Frau an seiner Seite gesehen. Schon 'ne komische Sache.»

Die beiden Omas flüsterten ziemlich laut, das Thema schien sie zu beleben. Ich schaute auf die dunkelgrauen Fugen zwischen den Bodenfliesen. Meine Klassenkameraden stritten sich darüber, wer besser wäre, Prince oder Michael Jackson.

«Dafür gehen da nun ja ständig junge Männer aus und ein», sagte die Pelzmantelfrau mit bedeutungsvoller Miene.

Die Alte mit der pastellfarbenen Frisur machte mit ihrer blau geäderten Hand eine vage Bewegung und sah ihre Gesprächspartnerin mit hochgezogenen Augenbrauen an. «Nichts Genaues weiß man nicht.»

Wenn Vater mit Uwe unterwegs war, legte ich mich in sein Bett, das sich auf Knopfdruck bequem in einen gigantischen Fernsehsessel verwandeln ließ. Sein Fernseher hatte eine Fernbedienung, meiner nicht. Auf diese Weise konnte ich bequem im Bett liegen bleiben und essen. Sobald ich fernsah, bekam ich Hunger. Ich aß meistens thematisch, bei *Daktari* bekam ich Appetit auf Bananen, bei *Heidi* musste es Schweizer Käse sein. Manchmal rasteten meine Essensgelüste auch ein, und ich aß tagelang nur Kiwis oder Kefir mit Honig, oder ich ernährte mich über Wochen von Kindermilchschnitten, die so unterhaltsam waren, weil man zunächst die braunen Teigseiten abnagen und dann schön die weiße Füllung lutschen konnte.

«Also vom Fleisch fällst du schon mal nicht mehr», sagte meine Großmutter irgendwann und musterte mich kritisch von der Seite. «Gerade in der Pubertät muss man besonders auf seine Linie achten. Was einmal auf den Rippen ist, bekommt man so schnell nicht wieder runter.»

Beim Fernsehen in Vaters Zimmer trug ich seine Schlafanzüge und seine abgelegten dicken Kaschmirrollis. Vater warf niemals ein Kleidungsstück fort, sein begehbarer Kleiderschrank war ein wahrer Kostümfundus. Er enthielt noch seinen Hochzeitsfrack mit dem Zylinder und die Frottéshorts, in denen er mit Asta am Strand von Norderney Sandburgen gebaut hatte.

Ich schlüpfte in die roten Jacketts mit den schwarzen Samtkragen, die er früher zur Fuchsjagd getragen hatte, und band mir unmodisch breite Krawatten mit psychedelischen Mustern um. In den Taschen war oft noch Kleingeld, von dem ich mir in den Schulpausen Mäusespeck und Erdnussflips kaufte. Unter der alten Skibekleidung fand ich außerdem eine schwarze Plastiktüte mit Zeitschriften. Das Papier dieser Hefte war merkwürdig dick und glänzend, und was ich sah, korrespondierte auf unheimliche Art mit dem schweren Parfümgeruch, der von ihnen ausging. Ich starrte auf offene Münder, in dunklen Haarlocken verborgene rosa Körperöffnungen, auf Nahaufnahmen von feuchten Genitalvereinigungen, Frauenaugen, in Ekstase verdreht, und angespannte, muskulöse Männerhintern.

So etwas hatte ich noch nie gesehen. Die Bilder waren abstoßend, widerlich und zugleich unendlich interessant. Ich wollte das nicht gesehen haben und blieb doch minutenlang daran kleben. Ich musste die Hefte in Sicherheit bringen, um das alles in Ruhe studieren zu können. Ich war so aufgekratzt, als hätte ich eine ganze Kanne Filterkaffee geleert. Mit zitternden Händen trug ich die Tüte in mein Badezimmer, den einzigen Ort, an dem es mir gestattet war, die Tür abzuschließen.

Ich legte alle drei Doppelseiten ausgebreitet auf den Badezimmerboden, setzte mich auf den Badewannenrand und vertiefte mich in die Bilder. In dem dritten Heft waren keine Frauen mehr zu sehen, nur Männer. Das gefiel mir am besten. Ganz besonders die Fotos, auf denen man von den Köpfen nichts sah. Die wie von Schmerzen verzerrten Gesichter irritierten mich.

Als ich Vaters Mercedes vorm Garagentor hörte, steckte ich

die Magazine schnell wieder in die Tüte. Sie zurückzubringen, dafür war es nun zu spät. Hektisch suchte ich in meinem Kinderzimmer nach einem Versteck. Schließlich ließ ich sie in dem schmalen Schlitz zwischen der Schrankwand und der Tapete verschwinden.

Tags darauf freute ich mich schon in der Schule auf die Mittagsruhe, wenn Vater schlief, auch Oma Marianne sich wieder hingelegt hatte und Frau Schmidt in ihrer Wohnung verschwunden war, dann wollte ich die Hefte hinter meinem Schrank hervorholen.

Als es endlich still war im Haus, schloss ich mich im Badezimmer ein und legte mich auf den Teppich. Beim Studieren der Kopulationen, der formenreichen männlichen Genitalien und der vielfältigen, unterschiedlich farbigen, weiblichen Gegenstücke verstand ich endlich, was mir beim Herumfummeln mit Christian entgangen war. Als ich mich selbst berührte, ahnte ich mit einem Mal, was Sex war, was daran Spaß machen konnte. Dass es bei allen Menschen, wenn nicht immer gleich, so doch gleich hässlich aussah und dass gerade der Anblick des Unaussprechlichen daran das Aufregendste war.

Am liebsten hätte ich noch viel mehr dieser Hefte gehabt, ganz für mich allein. Mir war klar, dass ich sie wieder zurücklegen musste, aber noch brauchte ich sie für meine Studien. Zu dumm, ich konnte mich plötzlich nicht mehr daran erinnern, wo genau sie in Vaters Schrank gelegen hatten. Ich verlängerte meine Zeit mit den Heften Tag für Tag, morgen würde ich sie zurückbringen, immer wieder aufs Neue. Vielleicht fiel es ihm gar nicht auf? Dass er sie vermisste, konnte ich mir nicht vorstellen. Was wollte mein Vater denn mit dem Zeug anfangen?

Eines Tages, als er mich von der Schule abholte, lagen die Magazine auf dem Beifahrersitz seines Mercedes. Ich öffnete die

Autotür und starrte auf ein Paar rot geschminkte Lippen, die sich über einem stattlichen braunen Schwanz schlossen. Vater warf die Hefte auf den Rücksitz, ließ mich stumm einsteigen und fuhr los, den Blick stur auf die Fahrbahn gerichtet. Kurz vor unserem Wäldchen hielt ich die Stille nicht mehr aus.

«Wie kommen denn die Hefte ins Auto?»

«Wie sind sie denn hinter deinen Schrank gekommen?» Er fuhr auf dem Waldweg rechts ran und drehte sich zu mir. Wieder sah ich, wie sich seine Ohren an den Schädel anlegten und der Haaransatz nach hinten wanderte. «Frau Roksana hat sie beim Saubermachen gefunden. Was fällt dir eigentlich ein, mir hinterherzuspionieren?» Er gab wieder Gas; eine Antwort schien er nicht zu erwarten.

Oh, bitte nicht. Unsere erzkatholische Putzfrau hatte die Hefte hinter meinem Schrank hervorgezogen? «Jetzt denkt sie bestimmt, die sind von mir.»

«Worauf du dich verlassen kannst.»

Immer wieder erstaunlich, wie er eine gemeinsame peinliche Situation zu meiner Privatangelegenheit machen konnte.

Von da an vermied ich ein Zusammentreffen mit Frau Roksana. Ich wartete in meinem Zimmer, bis sie auf dem Flur mit dem Staubsauger die Richtung wechselte. Irgendwann lief ich ihr dann doch zufällig über den Weg, und sie grüßte so unbekümmert freundlich wie eh und je. Da wusste ich, dass mein Vater die Hefte bei mir gesucht und gefunden hatte. Das Geheimnis um die Hefte entfremdete uns aufs Neue.

Geheimnisse, darin waren wir gut. Dass Onkel Karl gestorben war, wurde Oma einfach nicht erzählt. Drei Jahre lag er schon unter der Erde, da bestand sie immer noch darauf, dass er es war, der ihr den Gemeindebrief aus der Kapelle ans Bett gelegt hatte. Mein Vater widersprach nicht. Sollte Mustersohn Karl in der Vorstellung der Mutter doch ewig leben. Es gab ja nichts Schlimmeres, als das eigene Kind zu überleben. Ganz gleich, ob es mit drei, mit dreißig oder, wie in Karls Fall, mit dreiundsechzig Jahren gestorben war.

Wenn Oma schon am frühen Abend allein in ihrem Bett lag, weil Frau Albert mit Frau Schmidt auf die Terrasse rauchen ging, hörte ich sie nebenan laut mit sich selbst reden: «Da ist doch gerade ein Auto gekommen ...»

Dann warf sie energisch die Bettdecke zurück, schwang die atrophischen Beinchen mit den geschwollenen Kniescheiben aus dem Bett, richtete sich auf und ließ die Füße von der Matratze baumeln. Sie zog sich an ihrem Stuhl mit dem integrierten Nachttopf hoch und stemmte sich wackelig auf die Beine. Mit etwas Anlauf leicht freihändig balancierend, trippelte sie zum Fenster. Ich beobachtete die Szene durch den Spalt in der Zimmertür.

«Sehr merkwürdig, Dortmunder Nummernschild», murmelte sie und inspizierte mit zusammengekniffenen Augen den Sportwagen, den Vater Uwe zum Geburtstag geschenkt hatte. «Wenn das nur nicht wieder einer dieser Männer ist.»

Taub, halbblind und bettlägerig war sie, aber all das hielt sie nicht davon ab, auf das Fensterbrett gestützt ihrem Spionagewerk nachzugehen. Wenn ich dann, immer mit demselben Überraschungsffekt, die Tür aufriss, sackte sie verzweifelt in sich zusammen. «Hach, hach, hach ...» Sie konnte sich dann beim besten Willen nicht erklären, wie sie ohne fremde Hilfe zum Fenster gekommen war.

Frau Albert musste den Stuhl herbeiholen und sie mühsam ins Bett hieven.

«Sie sind mir eine. Keine Minute kann man Sie aus den Augen lassen.»

Mit Uwe kam jedenfalls wieder Leben in den Hövel – auch in Form der unterschiedlichen Haustiere, die er anschaffte. Er baute Ställe für die Kaninchen und die bunt gefiederten Zwerghühner. Eine Meerschweinchenfamilie wohnte in einem Käfig in Astas ehemaligem Badezimmer. Mir schenkte er einen Wolfsspitzwelpen, den ich Kimba nannte. Der haarte das ganze Haus voll, war einfach nicht stubenrein zu bekommen und vertrug sich nicht mit meiner Ratte, darum blieb er nur wenige Wochen bei uns. Vater mochte keine Tiere im Haus, aber für Uwe machte er Ausnahmen. Auch an Cosma Shiva gewöhnte er sich schließlich. Er fand die Ratte sogar interessant. Ihm gefielen ihre schlanken rosa Pfoten, die so possierlich Kekskrümel halten konnten. «Wie Menschenhände. Sie könnte einem fast sympathisch sein. Wenn nur der schuppige Schwanz nicht wäre, kann man den nicht kupieren?»

«Ratten sind überaus intelligent», sagte Christian und baute Cosma Shiva aus meinen Schneider-Taschenbüchern ein Labyrinth, an dessen Ende Kaffee und Kuchen auf Barbiepuppengeschirr auf sie wartete. Aber die Ratte war dumm, sie sprengte die Büchermauern und verzog sich hinter die Gardinen, wo sie in aller Ruhe große Löcher in den Schritt meiner getragenen Unterhosen fraß. Wenn sie Langeweile hatte, wühlte sie die Hydrokultur-Klümpchen aus dem Topf meiner Yuccapalme, bis sie die Wurzeln freigelegt hatte, und kackte in meine Kakteensammlung.

Wenn Christian bei mir war, standen wir unter verschärfter Aufsicht. Frau Schmidt klopfte alle halbe Stunde an die Tür, um frische Wäsche in meinen Schrank einzusortieren oder um uns Kekse und Getränke anzubieten. Offensichtlich war sie von Vater mit Stören beauftragt worden.

Christian hatte aber tatsächlich pausenlos Hunger, es gab keinen Imbiss, den er abgelehnt hätte. Zum Fummeln kamen wir auf diese Weise natürlich nicht. Dabei trug er extra Jogginghosen ohne was drunter, aber so schnell, wie bei mir immer jemand im Zimmer stand, konnte man die einfach nicht hochziehen. Dass ich meinen Freund zu Hause besuchte, wurde natürlich ungern gesehen. Wenn ich am Wochenende von Christian und seinen Freunden abgeholt wurde, um auf eine Kirmes oder in die Disco zu gehen, verlangte Vater, dass die Jungs ins Haus kamen und ihm die Hand gaben. «Wer auf dem Hof einfach nur hupt», sagte er, «braucht sich in Zukunft hier nicht mehr blickenzulassen.»

Manchmal erlaubte mir der Vater auszugehen, um dann meine Treffen, Minuten bevor ich abgeholt wurde, zu verbieten. «War um, warum? Weil ich es kann. Ich bin dein Vater, und wenn ich sage: Du bleibst hier, ist das so.»

Also saß ich mit Oma und Frau Albert im Hövel herum, und Vater fuhr mit Uwe ins Sauerland, wo er sich ein Ferienhaus gekauft hatte, denn sein Freund liebte die Berge.

Dann hielt der Tod wieder Einkehr bei uns.

Cosma Shiva wurde nicht alt. Irgendwann begann sie, faulig zu riechen. Sie leckte sich nicht mehr sauber, und ihr weißes Fell wurde langsam gelb. «Fühl mal, die ist ganz klumpig», stellte Christian eines Tages fest. Beim Tierarzt rückten die Frauen mit ihren Katzenkörben von mir und meiner Ratte ab. Ich hielt sie in der Hand, denn unterm Pullover schiss sie mir nun meistens aufs Unterhemd.

«Das sind Versuchstiere, die sind mit Krebs verseucht», stellte der Tierarzt mitleidslos fest. Aber Einschläfern kam für mich nicht in Frage. Als sie kurz darauf halbseitig gelähmt in ihrem Käfig lag, standen Asta, mein Vater und Christian ratlos um das zitternde Tier herum. Nun müsse man sie doch erlösen, dem Leid ein Ende machen. In die Mikrowelle, schlug Asta vor. Christian hatte gelesen, der Tod durch Erfrieren sei ein ganz angenehmer. Aber niemand, auch der Vater nicht, wollte Cosma Shiva nach draußen bringen und sie auf die Wiese in den Schnee legen. Ich trug sie schließlich in ihrem Käfig in den Heizungskeller, wo es warm war und ich ihr Quieken nicht mehr hören musste. Am nächsten Tag lag sie erstarrt auf den feuchten Sägespänen. Ihr Schwanz war steif wie eine Antenne, die schwarzen Knopfaugen standen weit offen. Plötzlich war sie nicht mehr meine Weggefährtin, sondern nur noch eine tote Ratte, ein Ungeziefer wie aus dem Film *Nosferatu*. Vater packte sie am Schwanz und warf sie in in die Mülltonne.

Dass Oma Marianne bald sterben würde, erkannte man, wenn man ihre Nase spitz wie eine Haifischflosse aus dem Kissen ragen sah. Ihre Wangen waren neben das schmale Gesicht gerutscht, und die Schädelknochen zeichneten sich unter der Haut kantig ab. Von der Seite sah das aus wie ein Totenkopf mit angeklebter Nase und großen Ohren. Sie hatte schließlich ganz aufgehört zu essen und lag nun im Schlaf oder dämmerte vor sich hin. Unser Hausarzt, Dr. Westerhoff, mit den Jahren ebenso klapprig geworden, kam zweimal täglich, um die Beutel mit der durchsichtigen Infusionslösung auszutauschen, was ihm nicht leichtfiel. Durch seine Parkinson-Erkrankung zitterten ihm die Hände, ständig musste er sich nach dem Schlauch und der Infusionsnadel bücken.

«Worauf kauen Sie da eigentlich immer so herum?», fragte ihn die todkranke Oma, misstrauisch bis zuletzt. «Wieso rühren Sie so spaßig mit den Händen in der Luft?»

«Frau Rautenberg, Sie werden mich noch überleben.» Aber das meinte er natürlich nicht so.

«Es geht dem Ende zu, versuchen Sie, den Sohn zu erreichen», trug er Frau Albert auf. «Wie es aussieht, hat sie es bis heute Abend geschafft.»

Aber erst war mein Vater im Sauerland nicht an den Apparat zu bekommen, und als die Pflegerin ihn endlich informieren konnte, dauerte es immer noch Stunden, ehe er im Hövel aufkreuzte. Die schlechte Witterung, der Verkehr auf den Straßen …

Als er endlich ankam, war Oma längst tot. Kurz bevor sie ihren letzten Seufzer getan hatte, war ich noch einmal zu ihr gegangen. Eine eigenartige, fast weihevolle Stille hatte sich in diesen Tagen im Hövel ausgebreitet.

Frau Schmidt und Frau Albert redeten in der Küche nur in gedämpftem Ton miteinander und huschten geräuschlos über die Flure. Oma war bis zum Kinn zugedeckt, die auf der Brust gefalteten Hände zeichneten sich unter der Bettdecke ab. Sie verströmte einen süßlichen Geruch, oder war es das abgestandene Wasser in den Vasen der verblühten Sommerblumen? Sie lag so still da, dass ich ganz nah an sie herantrat, um zu sehen, ob sie noch atmete.

Da öffnete sie die Augen, in Zeitlupe, langsam wie ein uralter Alligator, und sagte: «Dich hab ich noch nie leiden können.»

Ohne Gebiss war Oma nicht leicht zu verstehen, aber ich hatte mich nicht verhört.

«Ich dich auch nicht.»

So hatten wir voneinander Abschied genommen.

Als Vater ins Zimmer trat, hatte Doktor Westerhoff ihr längst mit seinen zitternden Fingern die Augenlider zugedrückt.

«Dass ich zu Mutters Tod zu spät gekommen bin, werde ich mir nie verzeihen», flüsterte Vater und küsste Omas gefaltete Hände, die nun über der Decke ruhten. Er weinte, als sei das Ableben der Mutter mit dreiundneunzig Jahren, nach zehnjähriger Bettlägerigkeit, ein unerwarteter Schicksalsschlag.

Auflösung

Kurz nach Oma Mariannes Beerdigung richtete ich mich in ihren Räumen ein. Ich installierte meine Anlage und drehte die Boxen auf – Rock me Amadeus.

Zwei Arbeiter aus der Fabrik räumten das Krankenhausbett, die Plüschlandschaft und den Eichentisch aus und stellten dann mein Mobiliar ins Zimmer. Die schweren Möbel stopften sie in mein ehemaliges Jugendzimmer, das von nun an von Frau Schmidt als Wäsche- und Bügelraum und für überwinternde Terrassenpflanzen genutzt wurde. Nichts blieb, wie es war. In Astas Zimmer lagerten unsere Koffer, die alten Reitstiefel, kaputte Spielsachen, zusammengerollte Teppiche und der gesamte Weihnachtsschmuck. Vater schlief inzwischen im Gästezimmer, in dem ein Wasserschaden an der Dachschräge auf der Blümchentapete einen braunen Fleck hinterlassen hatte, die Landkarte von Lateinamerika. Aus seinem Schlafzimmer war er geflüchtet, weil ihn das nächtliche Quaken der Kröten vor seinem Fenster immer wieder aus dem Schlaf gerissen hatte. Uwe hatte im Garten ein Feuchtbiotop angelegt, weshalb wir im Sommer jetzt noch eine Mückenplage im Hövel hatten.

Überhaupt wurde unser Haus nach Oma Mariannes Tod von einer Umwandlung ergriffen, von einer fortschreitenden Auflösung, der Verfall war unübersehbar.

«Der Hövel altert so schlecht wie Tante Putzi», hörte ich Vater zu Uwe sagen, als sie die gesprungenen Terrakottafliesen im

Wohnbereich und auf der Terrasse inspizierten. Die diversen Tanten konnten dem Vater jetzt gestohlen bleiben. Wenn sie anriefen, um sich für einen Besuch anzumelden, ließ er sich verleugnen. «Ich ertrage diese Altweibergesichter nicht, die vielen Falten.»

Asta warf ein, dass auch er seinem Jugendbildnis ungefähr noch so ähnelte wie Marlon Brando inzwischen dem Jüngling aus *Endstation Sehnsucht,* aber das ignorierte er.

Auf dem Hügel über der Firma stand immer noch Oma Mariannes Haus, gut in Schuss, gelüftet und beheizt wie eh und je, im Hövel dagegen fielen schon nach zehn Jahren die brüchigen Schindeln vom Dach. Dunkelgrünes Moos breitete sich nicht nur auf den Terrassenfliesen, sondern auch auf den ehemals weißen Flächen des Fachwerks aus, es kroch durch die Verbundglasfenster, deren Holzrahmen rissig geworden waren, bis in die Badezimmer, wo es auf den Kalk traf, der unter den Wasserhähnen, in der Badewanne und an den Duschwänden graue Krusten hinterlassen hatte, und auf die schwarzen Stockflecken in den Kachelfugen.

Frau Roksana war wieder in ihre Heimat gezogen, nach Dubrovnik, um sich dort mit ihrem frisch pensionierten Mann dem eigenen Heim zu widmen. An ihrer Stelle hatte Frau Schmidt das Putzen übernommen. Der Haushalt war ja auch stark geschrumpft, er bestand nur noch aus Vater und mir.

Im Erdgeschoss fiel immer wieder die Fußbodenheizung aus, der Swimmingpool dagegen blieb dauerhaft unangenehm warm, der Technik war einfach nicht beizukommen. «Und das bei dem Ölpreis», stöhnte der Vater. In der Küche hatte der Hightech-Ofen seinen Geist aufgegeben. Das störte ihn weniger. «Gebackenes darf ich mit meinem Zucker sowieso nicht essen.»

Frau Albert war wieder in ihre kleine Wohnung zurückgekehrt, zu Herrn Albert, dem, kaum dass Oma gestorben war, beide Beine amputiert werden mussten. Abgenommen worden seien sie ihm, hatte Frau Albert gesagt, ganz so, als wäre mit seinen Unterschenkeln eine Last von ihm abgefallen. Und so war es auch, zumindest für Frau Albert, denn mit dem Rollstuhl kam Herr Albert nicht mehr zu seiner Stammkneipe, wo seine alten Trinkkumpane vergebens auf ihn und seine Lokalrunden warteten. Die Haushaltskasse war voll wie nie und Herr Albert ausgenüchtert. Zwei Flaschen Bier, eine mittags, eine abends, wurden ihm als Tagesration von seiner Frau zugeteilt, die die neuste Volte des Lebens wie stets mit Fassung trug. «So soll es anscheinend sein. Irgendjemanden muss ich wohl immer pflegen.»

Wie sich erwies, war Frau Schmidt mit dem Saubermachen im Hövel überfordert. Ob Vater die Spinnweben, den Staub auf den Lampen, die toten Fliegen auf den Fensterbrettern und die dreckigen Scheiben nicht bemerkte? Oder störte ihn das nicht? Dann waren da noch die Tölen. Bei Gewitter jaulten die beiden Hütehunde in ihrem Zwinger so herzzerreißend, dass Vater sie in unserem Wohnzimmer schlafen ließ, wo sie die schweinsledernen Lampenschirme bis auf die Drahtskelette abnagten. Außerdem fraßen sie die Fransen und Ecken der Perserteppiche, auf die sie bei den Unwettern aus Angst flüssige Haufen schissen, in die ich dann morgens barfüßig hineintrat.

Über die Couchtische und Truhen, auf denen sich die Gläser und Flaschen mit dunklen Ringen verewigt hatten, breitete Frau Schmidt Papierservietten mit Weihnachtsmustern, immer schön über Eck. Die wellten sich noch im Hochsommer gelblich in der Sonne.

«Hier sieht's aus wie bei Lehmanns», stöhnte Asta, als sie mal wieder zum Mittagessen nach Hause kam. Sie machte gerade ein Praktikum in unserer Firma, für ihr BWL-Studium. Das hatte sie begonnen, nachdem sie festgestellt hatte, dass weder Jura noch Geschichte oder Politikwissenschaften das Richtige für sie waren. So aßen wir wieder zu dritt. Die Mittagessen verliefen jetzt merkwürdig schweigsam, keiner stritt sich mehr. Mein Vater wirkte zunehmend apathisch. Mit Oma Marianne war anscheinend die dominierende Figur in unserem Familienspiel vom Brett gefegt worden.

Ich hatte gelernt, mit Vaters leisen Wutausbrüchen, den unvorhersehbaren Gefühlsexplosionen zu leben, und für die willkürlichen Verbote würde ich bald zu alt sein – seine Hilflosigkeit aber konnte mich immer noch fertigmachen. Mit dem Tod seiner Mutter war ihm der letzte Rest Lebensfreude abhandengekommen. Immer häufiger sah ich ihn tatenlos an seinem mit ungeöffneter Beileidspost überfüllten Schreibtisch sitzen oder im Wohnzimmer auf dem Sofa herumhocken. Vornübergebeugt starrte er das Teppichmuster an und wartete darauf, dass die Zeit verging, und auf Uwe. Wenn sein Freund sich verspätete, drehte er im Wohnzimmer Runde um Runde um die Sitzgruppe. Seitdem er mit Uwe zum Einkaufen in die Stadt fuhr, trug er die merkwürdig bunten Pullover einer italienischen Modemarke, dazu hellblaue Jeans, die so weit waren, dass er sie bequem unter dem Bauch zumachen konnte und sein dünner Hintern in ihnen verschwand. Windjacken und Baseballcaps kauften sie sich im Partnerlook. Als ich Vater fragte, ob er sich jetzt auch ein Ohrloch für einen kleinen Brilli stechen lassen wolle, so wie Uwe ihn im linken Ohr trug, zeigte er mir einen Vogel. Seine rote Gesichtshaut wirkte papieren, als wäre sie von fünfzig Jahren Rasieren dünn geworden. Auf Uwes Anraten hatte er sein dünnes Haar und die Augenbrauen bei Figaro haselnussbraun färben lassen, es sah verheerend aus und erinnerte mich an den *Tod in Venedig*. Das Buch hatte mir Asta zu lesen gegeben. Unser Vater las nichts mehr, noch nicht einmal die Romane von Simmel und Utta Danella, die sich auf einem Regal über seinem Bett türmten.

Frau Schmidt aß jetzt nur noch selten mit uns zu Mittag, manchmal auch gar nicht. Oft sah ich sie allein auf der Küchenbank sitzen.

«Weißt du noch, wie wir vor kurzem noch alle mittags auf den Vater gewartet haben? Das war immer schön, wenn wir so zusammensaßen. Frau Roksana fehlt mir, die Albert auch. Und der Sekt, den Tristan ausgab, wenn unsere Tippgemeinschaft mal wieder fünf Mark im Lotto gewonnen hatte. Ich denke, es wird für mich bald Zeit, mir eine neue Stelle zu suchen.» Mein Erschrecken entging ihr nicht. «Ach, Kind, du bist doch auch im nächsten Sommer fort. Was hab ich denn dann hier noch allein zu schaffen?»

Tatsächlich war inzwischen klar, dass ich nicht bis zum Abitur so weitermachen würde. Mein Vater hatte meinen Entschluss, nach der zehnten Klasse abzugehen, mit Fassung getragen. Oder war er sogar erleichtert gewesen? An drei weiteren Jahren Wohngemeinschaft war uns beiden wohl nicht gelegen. Die Empfehlung fürs Gymnasium hatte ich in den Wind geschlagen und mir eine Lehrstelle als Damenschneiderin gesucht. In Düsseldorf, bei einem der letzten professionellen Maßschneider.

«Aber versprich mir, nach der Ausbildung das Abitur nachzumachen», sagte Vater, und ich versprach's und wusste, mein Abitur würde ihm ganz gleich sein, wie das meiste, wenn ich erst einmal ausgezogen war.

Als ich wieder einmal krank wurde, setzte ich mich mit Fieber und Gliederschmerzen auf mein Moped und fuhr zu Asta, die ein Bett auf ihrem Sofa zurechtmachte und mir Hühnersuppe kochte.

«Petting statt Pershing», stand auf der Tür zu ihrem Schlafzimmer, was meine Phantasie anregte. Thomas übte auf dem Bett sitzend auf der Gitarre *Black Magic Woman*. So einen Freund hätte ich auch gern gehabt.

«Du kannst dir nicht vorstellen, was für ein Horror diese Firma ist», sagte Asta, während sie mir die Wärmflasche unter das Plumeau und ein Fieberthermometer in den Mundwinkel steckte. Und dann begann sie, von ihrem Praktikum zu berichten. Davon, wie sie dort niemand ernst nahm, keiner etwas für sie zu tun hatte. Sie, die Tochter des Chefs, sollte immer nur in einem leeren Raum vor dem Telefon sitzen oder ab und zu die Rezeptionistin in der Mittagspause ablösen. Den Vater interessiere das nicht, dem sei sowieso alles egal. Sein Büro war meist leer, und die alten Säcke auf den anderen Büroetagen nahmen sie nicht für voll.

«Falls du vorhattest, die Firma zu übernehmen, ist dir das reichlich spät eingefallen», habe er nur gesagt. Und jetzt sei nach diversen Entlassungen auch wirklich schon wieder Kurzarbeit angesagt. Den anderen Fabriken in der Region ging es ebenfalls schlecht, jede Woche konnte man in der Zeitung von neuen Schließungen lesen. Von einer drohenden Insolvenz der Firma Rautenberg sei ständig die Rede. Alle Mitarbeiter quäle die Existenzangst, aber unser Vater vergnüge sich offenbar lieber im Sauerland. Richtig in Fahrt geraten konnte Asta, wenn sie über die trübe Zukunft der Firma sprach.

«Manchmal denke ich, der will die Karre absichtlich vor die Wand fahren. Mit einem Nachfolger könnte der gar nicht leben. Niemand kann es ihm recht machen, schon gar nicht die eigene

Tochter. Und wenn er so richtig in Panik gerät, kauft er noch schnell ein neues Pferd. Total plemplem.»

Dann schilderte sie noch, wie Herr Riemann, der Prokurist, unlängst im Fahrstuhl kollabiert war. Nachdem man ihn ins Krankenhaus gebracht hatte, fand man in seinem Büro unzählige leere Schnapsflaschen. Den Nachschub an vollen hatte er hinter dem Firmenparkplatz in der Buchsbaumhecke deponiert. «Der ist jetzt auch weg vom Fenster.»

Ich fragte Asta, wie ihr das mit Uwe eigentlich so gefalle.

«Na, so ist Vater wenigstens nicht ganz allein, wenn du ab nächsten Sommer auch nicht mehr da bist.» Aber so richtig schien der Gedanke sie nicht zu begeistern. «Weißt du eigentlich, dass er ihm eine Vollmacht über seine Bankkonten erteilt hat? Und eine Verfügung, nach der Uwe ihn pflegen soll, wenn ihm mal etwas passiert? Wie kommt man denn auf solche Gedanken, wenn man noch gut zu Fuß und geistig da ist? Ich hoffe nicht, dass der Wunsch nach Pflege bei uns in den Genen liegt.» Sie schnaubte entnervt. «Ständig zeigt er mir im Büro neue Versionen seines Testaments. Das ganze Gerede über Geld geht mir so auf den Keks. Und ich muss mir anhören, ich würde nicht wissen, was ich will.»

Sie ging hinaus, um mir eine heiße Zitrone mit Honig zu machen. Danach ging es gleich weiter.

«Aber wer hat uns denn eingeredet, wir wären so reich, dass wir in unserem ganzen Leben nie arbeiten müssten? Und nun hält er mir vor, ich wär faul. Dabei hab ich doch nur keine Idee, was ich werden will.»

Ich fand es schön, bei Asta krank zu sein. «Wir haben ja noch uns», sagte ich.

«Ich hab dich lieb», antwortete Asta zu meiner Überraschung, zum ersten Mal.

Zu Weihnachten stand plötzlich ein alter Flipperautomat im Wohnzimmer. Den hatte mein Vater spontan einem Gastwirt abgekauft, dessen Kneipe bankrottgegangen war.

«Das Ding stinkt leider so furchtbar nach Zigarettenqualm, dass man beim Spielen die Luft anhalten muss», sagte er. Überraschenderweise zeigte er einiges Talent im Flippern; er konnte gar nicht genug davon bekommen.

Auf den Automaten war ein blonder, braun gebrannter Mann gesprayt, der ein Stirnband im Haar hatte und einen Lendenschurz um die muskulösen Hüften. Er trug eine langhaarige Schönheit auf den Armen, ihre prallen Brüste waren nur spärlich von zwei blitzeblauen Bikinidreiecken bedeckt. In der Sprechblase über der Frau stand: «It was such a beautiful place once ...» Und der Mann antwortete: «Forget it Baby, we are on our way.»

Asta bekam von Vater eine Cartier-Armbanduhr geschenkt, die so aussah, als wäre sie mit vielen kleinen Schrauben an ihr Handgelenk montiert worden. Mir schenkte er einen Atari-Computer, auf dem man mit einem Joystick herumirrende Flugobjekte abschießen konnte. Das machte Spaß.

Ob er auch mal versuchen wolle, fragte ich ihn. Aber er schüttelte nur den Kopf. Das Ballern erinnere ihn an seine Zeit als Flakhelfer. «Wie wir immer gejubelt haben, wenn wir wieder eine Maschine vom Himmel geholt hatten. Wir haben das tatsächlich für ein Spiel gehalten damals. An die Menschen in den Flugzeugen haben wir gar nicht gedacht. Wir waren ja noch Kinder.»

Bei diesem Weihnachtsfest flipperten wir bis tief in die Nacht, und der Vater gewann fast jede Partie. Wir hörten unsere alten verkratzten Bing-Crosby-Weihnachtsplatten, tranken Krimsekt und aßen Kaviar mit einem Suppenlöffel direkt aus der blauen Dose – Geschenke eines russischen Geschäftspartners. «Der

Russe gehört mit dem Japsen zu den Letzten, die noch Schotter haben.»

Erst als eine der Gardinen von einer Tannenbaumkerze Feuer gefangen und Vater und Asta mit einem Perserteppich den Brand im letzten Augenblick erstickt hatten, gingen wir schlafen. Die angekokelte Gardine und den rußigen Teppich hatte Vater noch auf die schneebedeckte Wiese geworfen, wo Tristan sie am nächsten Morgen entsorgte und mit den anderen Resten des Festes hinter den Misthaufen warf.

Das waren vielleicht die letzten freudvollen Tage im Hövel gewesen. Wenn Uwe den Vater abends in seinem Sportwagen nach Hause brachte, konnte ich in meinem Zimmer nun hören, wie sie sich auf dem Hof stritten. Worum es ging, verstand ich nicht. Uwe war der Meinung, dass Vater zu viel trank. Das wusste ich selber, aber was er sonst noch an ihm auszusetzen hatte, blieb mir schleierhaft. Mein Vater war immer sehr zuvorkommend zu ihm. Er, der gern harte Urteile über seine Mitmenschen fällte, redete niemals schlecht über Uwe. Nach den Streitereien blieb der manchmal tagelang weg. Dann geriet Vater so aus der Fassung, dass er schon am Nachmittag seine Pillen nahm, die er sonst nur zum Einschlafen brauchte. Er saß am Telefontisch und starrte das grüne Telefon mit den schwarzen Tasten an. Oder lag auf seinem Bett und wartete dort auf den erlösenden Anruf.

«Wenn das Telefon schweigt, weiß ich, das bist du ...», sang Ulla Meinecke in meinem Zimmer. Manchmal rannten wir beide zum Apparat, wenn nach Stunden der Stille das Klingeln durchs Haus hallte. Auch Christian machte sich nämlich immer öfter rar, versprach mir einen Besuch am Wochenende und verschlief dann die Tage, ohne sich ein einziges Mal zu melden. Wenn Vater und ich in unseren Zimmern gleichzeitig den Hörer abnahmen, konnten wir uns gegenseitig belauschen. Ein kaum merkliches Knacken im Hörer verriet den Spitzel.

«Geh mal aus der Leitung!»

Hin und wieder gelang es mir dennoch, Uwe und Vater abzuhören, doch die Gespräche blieben seltsam unbestimmt. Sie unterhielten sich über die maroden Eichen, die auf dem Grundstück im Sauerland gefällt werden mussten, und über den Durchfall der Hündin, der trotz der Verabreichung von Kohlekompretten nicht zu stoppen war.

«Hört da etwa wieder einer mit?» Leises Ausatmen konnte einen schon verraten.

Wenn Vater es im Haus nicht mehr aushielt, machte er lange Spaziergänge mit den Hunden. Er fuhr nachmittags nicht mehr in die Firma, auch die Ausflüge in die umliegenden Kneipen waren gestrichen. Seitdem es Uwe gab, ging er den Bauern, den Arbeitern, sämtlichen alten Freunden aus dem Weg.

Selbst Tante Hilde, früher praktisch Teil des Haushalts, war Uwe nur ein einziges Mal begegnet. Vater hatte einen Champagner geöffnet, und beinah war es so wie damals. Die drei hatten an dem niedrigen Couchtisch vor dem Kamin beisammengesessen und sich angeregt unterhalten. Danach war sie nie wieder in den Hövel gekommen. Aber Vater vermisste niemanden mehr, außer Uwe.

In dem kleinen Kühlschrank neben seinem Bett standen Bier und Aquavit. Morgens quirlte er mit einem kleinen, silbernen Schneebesen die Kohlensäure aus dem Mineralwasser und warf zwei Aspirin plus C ins Glas.

Ganz selten noch bat er Tristan, ein Pferd aufzuzäumen, dann ritt er durch den Wald. Es standen nur noch drei Pferde im Stall. Wenn Vater ein neues Pferd kaufte, dann nur, um es gleich an seinen früheren Trainer weiterzugeben, der es entweder selbst ausbildete oder einen geeigneten Dressurreiter für das Tier suchte. Geld verdiente Vater mit seiner Reiterei, die ihn zu so vielen sportlichen Höhepunkten geführt hatte, schon lange nicht mehr. Hier und da gelang ihm noch ein Coup. *Chicago* und *Acapella* belegten einen dritten und einen vierten Platz in Aachen und München, das reichte aber nicht mehr zu internationaler Bekanntheit. Über *Tender Dreams*, den zuletzt erworbenen Schimmel, hatte er gesagt, der sei so wunderschön, dass er ihn am liebsten mit ins Bett nehmen würde. Aber auch der löste die großen Versprechungen nicht ein.

«Pass auf, den sticht der Hafer», hatte Tristan Vater vor einem Ausritt mit dem Schönen gewarnt. Während Vater aufstieg, tänzelte der Schimmel nervös auf der Stelle. Ich stand in der Küche, löffelte Nutella aus dem Glas und sah, wie Vater mit dem unruhigen Tier hinter den neongelb blühenden Forsythienbüschen verschwand. Es waren keine fünf Minuten vergangen, da zuckelte das Tier wieder am Küchenfenster vorbei, ganz entspannt, diesmal in Richtung Stall, ohne Reiter.

Ich machte mich besorgt auf die Suche. Vater kam mir auf dem Schotterweg hinter unserem Haus entgegen, ein Taschentuch vor der Stirn, aber das Blut lief weiter aus einer breiten Stirnwunde über sein Gesicht. Auch das Hemd war quer über die Brust blutgetränkt, und auf der Reithose hatten sich große tiefrote Flecken ausgebreitet, Blutspritzer sogar auf den Stiefeln.

Für einen kurzen Moment hatte er bei seinem Sprint durchs Unterholz einem Rehkitz nachgeschaut und die Zügel etwas locker gelassen. Da flatterte plötzlich ein rot-weißes Band, eins dieser Plastikdinger, mit denen die Forstarbeiter den kaputten Hochsitz abgesperrt hatten, im Wind. Von dem Geräusch aufgeschreckt, war der Schimmel durchgegangen, in die Brombeerhecken gesprungen, den Berg hinabgesaust, und hinter einer scharfen Wegbiegung hatte den Vater dann ein herunterhängender Ast aus dem Sattel gehoben.

Aber warum sah er aus, als wäre er von einem Apachen skalpiert worden? Beim Anblick des herunterlaufenden Bluts wurde mir flau im Magen. Mit zitternden Fingern wählte ich Astas Nummer. «Du musst dich beeilen, er verblutet.»

Marcumar hieß der Blutgerinnungshemmer, das Medikament war der Grund dafür, dass Vater, in der Küche sitzend, auch noch zwei weiße Badehandtücher rot färbte und in Astas Opel Corsa auf dem Weg ins Krankenhaus Spuren hinterließ. Die gingen nie mehr fort, und Vater setzte sich fürs Erste auf kein Pferd mehr.

Brehmers Mutter, die alte Wirtin in dem Gasthof an der Landstraße nach Schwelte, bei der wir früher immer unser Sonntagsessen eingenommen hatten, war gestorben, und nur zwei Wochen später war ihr der Mann gefolgt. Das Haus hatte ein junges Paar gekauft. Sie kam aus Duisburg, er aus dem Elsass. Die beiden hatten die Pension geschlossen und das Lokal gründlich renoviert, nun wurde Französisch gekocht. Dort gingen wir manchmal hin.

«Heute gibt es schöne Lotte», sagte die neue Wirtin, die nur wenig älter war als Asta, jedes Mal, wenn sie die Speisekarte aufsagte. Lotte – das Wort brachte uns immer zum Kichern, und für Vater war klar, er würde niemals einen Fisch bestellen, der so hieß wie seine Schwiegermutter. Aber das Paar gefiel ihm.

«Wie fleißig die jungen Leute sind. Und wie gut das Essen von Jules schmeckt.» Er flirtete mit der jungen Wirtin und gab reichlich Trinkgeld. Wenn Asta uns begleitete, nahm sie dem Vater spätestens beim Digestif, wie der Absacker jetzt hieß, die Autoschlüssel ab und fuhr uns nach Hause. Vater war an diesen Abenden anfangs immer in Hochstimmung, ganz der Alte. Doch schon nach zwei, drei Bieren wurde seine Aussprache schleppend, sein Blick glasig. Es war nicht zu übersehen, er wurde nun immer schneller sternhagelblau.

«Das liegt an den Pillen», sagte Asta, wenn der Vater sich schwankend in Richtung Toilette aufmachte. Die junge Wirtin störte Vaters desolater Zustand nicht. Sie mochte ihn und schäkerte auch dann noch mit ihm, wenn seine Scherze kaum noch zu verstehen waren. Nach dem Dessert lenkte Asta Vaters Mercedes wieder sicher in den Hövel.

Als ich mit dem Vater einmal allein im «Chez Jules» zum Essen war, kam ein Blumenverkäufer vorbei. Vater schwelgte gerade in Anekdoten von den Anfängen seiner Reiterlaufbahn. Er war gut drauf, es war seine beste Zeit, die nach dem ersten Bier und vor dem zweiten Korn. Der dunkelhaarige Verkäufer, der einen schäbigen Anzug trug, blieb erwartungsvoll vor unserem Tisch stehen. Dachte er, wir seien ein Paar? Ich hatte eine Freundin, die ihre Eltern mit dem Vornamen ansprach, nun wollte ich das auch mal ausprobieren.

«Worauf hast denn Lust, Wilhelm?», fragte ich Vater, der die Speisekarte studierte.

«Für dich immer noch Vater», zischte er. Die Vorstellung, der Blumenverkäufer könnte ihn für eine alten Lüstling mit seiner jungen Gespielin halten, trieb ihm die Schamröte ins Gesicht. Der Mann hielt Vater weiter die langstieligen, dunkelroten Rosen hin, solche, wie er sie zu feierlichen Anlässen an seine betagten Freundinnen verschenkte – Baccara-Rosen, das Stück zu vier Mark. Vater kramte umständlich in der Jacketttasche und holte eine Fünfmarkmünze hervor.

«Wie viele bekomme ich dafür?» Der Mann zögerte und überlegte, dann legte er zwei Rosen auf die Tischdecke. «Geben Sie mir alle.» Vater blätterte mehrere Scheine aus der Brieftasche, der Blumenverkäufer verbeugte sich und trat ab. Als der riesige Berg von Rosen auf unserem Tisch lag, rannte die Wirtin los, um einen Sektkühler als Blumenvase zu holen.

Mein Vater schaute auf den Scheiterhaufen aus Blumenstielen. «Das waren ihre Lieblingsblumen.»

«Fehlt sie dir noch?» Mein Herzschlag beschleunigte sich. Ich hätte so gern gehört, dass er jetzt etwas Inniges über sie sagen würde. Dass er ein Geheimnis preisgeben würde, irgendein Detail über die große Unbekannte, nicht nur das Gerede von ihren schönen Zähnen und den schlanken Beinen, sondern etwas über ihr Wesen, ihre Liebenswürdigkeit, über die große Liebe zu ihr.

«Willst du es wirklich wissen?» Jetzt hätte ich gern einen Rückzieher gemacht. Wir schwiegen ziemlich lange, dann sagte er: «Ich bin mir nicht sicher, ob ich heute noch mit ihr verheiratet wäre.»

Die Wirtin kam und fragte, ob wir noch einen Wunsch hätten. Vater bestellte einen Bommerlunder. «Es ist ja alles lange her. Aber heute würde ich sagen, wir waren nicht gerade füreinander geschaffen.»

Ich musste reflexhaft lächeln. Und was war mit seiner jahrzehntelangen Trauer gewesen? Mit dieser verzweifelten Einsamkeit? War der Verlust seiner jungen Frau gar nicht der Grund seiner Verzweiflung?

Wir starrten das Schnapsglas auf dem Tisch an, als wären von dort die klaren Gedanken aufgestiegen.

Dann war also alles umsonst gewesen. Sinnlos, sinnlos, sinnlos.

Der Fall

Im Sommer knipste ein Fotograf in schwarzer Lederjacke, mit Schmerbauch und dünnem Zöpfchen, das letzte Klassenfoto der 10 a. Die Mädchen saßen in der Sporthalle auf den schmalen, zusammengeschobenen Bänken, alle hatten sich noch schnell gekämmt und Lippenstift aufgelegt. Die Jungs hinter uns: eine Galerie von Gestalten mit Aknenarben und fettigem Haar. Die mussten sich nicht so um ihr Aussehen kümmern. Danach gingen wir auseinander. Das war meine Schulzeit gewesen.

Zu meiner großen Überraschung bot Asta mir in diesem Sommer an, mit ihr und Thomas nach Brighton zu fahren. Sie wollte die Familie besuchen, bei der sie einmal einen ziemlich gelungenen Sprachurlaub verlebt hatte. Ich war begeistert – eine Einladung zu gemeinsamen Ferien, das war der geschwisterliche Ritterschlag. Leider hatte ich in meiner Euphorie total vergessen, dass die Großeltern bereits eine Reise in den Schwarzwald gebucht hatten, bei der ich fest eingeplant war. Danach würde es für mich, wie in jedem Sommer, mit dem Vater nach Norderney gehen. Mit der Großmutter bei Schwarzwälder Kirschtorte in der *Pension Talblick* zu sitzen, während Asta und Thomas am Pier von Brighton Bier tranken, einarmige Banditen bearbeiteten, auf Rockkonzerte und in Discos gingen, das kam für mich jetzt natürlich nicht mehr in Frage.

«Nun gib dir mal einen Ruck und halte dich an die Abmachungen», sagte Großvater streng, als Großmutter aus dem Wohnzimmer gestürmt war. «Unsere Ferien sind seit Monaten ausgemachte Sache. Schau, was du angerichtet hast. Großmutter freut sich schon die ganze Zeit auf die schönen Wanderungen mit dir in Hinterzarten.»

Am nächsten Tag schenkte er mir eine hellblaue Quarzuhr von Tchibo.

Jede Woche eine neue Welt, das war der Werbeslogan, der Großvater in die Kaffeehandelszentrale in der Fußgängerzone lockte, immer mittwochs, wenn die neuen Produkte da waren, Geschenkartikel oder praktische Haushaltswaren, die so unschlagbar preisgünstig waren.

«Das muss man sich mal vorstellen, da sitzt ein Mensch irgendwo in der Welt und malt mit einem Pinsel dieses gestochen scharfe Bergpanorama auf Porzellan, und wir können diese Unikate für nur zwanzig Mark kaufen. So was hat es doch früher gar nicht gegeben.» Und schon war die Wohnzimmerwand um einen Porzellanteller reicher.

Das sparsame Familienoberhaupt machte nun auch gern Geschenke, völlig ohne Anlass. Uta bekam ein silbernes Amulett, auf dessen Deckel blaue Stiefmütterchen in Emaille verewigt waren. «Es gibt sie auch noch in Rot, falls dir das besser gefällt. Alle Waren sind innerhalb von zwei Wochen umtauschbar.» Großmutter schenkte er eine Teflonpfanne, in der nie mehr etwas anbrennen würde, und eine Schwebehaube als Haartrockner.

«Aber Männe, ich mach mir die Haare doch nie selbst. Ich geh doch zum Friseur.»

«Ach ja?»

«Was merkst du dir eigentlich? Ich könnte mir die Haare grün färben lassen, und du würdest es nicht mitbekommen.»

Mir schenkte er außerdem einen Plüschbären mit Aufhänger, ein praktisches Ding, weil man in seinem sackartigen Bauch

Sachen aufbewahren konnte. Nur was? Als Tchibo eine Porzellanpuppenkollektion herausbrachte, besaß ich schon bald alle Modelle. Die sähen exakt so aus wie die wertvollen Puppen seiner Schwester von anno 1920, behauptete Großvater, der wieder einmal ganz entzückt war von dieser großen Handwerkskunst zu kleinen Preisen.

Nachdem er mir die Armbanduhr feierlich überreicht hatte und Großmutter erst nach anderthalb Stunden wieder aus der Küche hervorgekommen war, sagte ich Asta ab.

«Soll ich mal mit den Großeltern reden? Die können doch auch noch im Herbst mit dir wegfahren, wenn sie so scharf darauf sind. Ich versteh das Drama nicht.»

«Nee, lass mal lieber.»

Am Abreisetag warf ich stumm meinen Koffer in Großvaters Wagen und schmollte die fünfhundert Kilometer auf dem Rücksitz vor mich hin. Ich hatte mir vorgenommen, in diesen Ferien nur das Nötigste zu reden. Ständig musste ich daran denken, was Asta und Thomas jetzt wohl gerade Tolles erlebten. Während ich in glühender Hitze auf den Feldberg kraxelte, fuhren die beiden bestimmt gerade in einem Doppeldeckerbus durch Brighton, oben in der ersten Reihe sitzend, es war zum Verrücktwerden.

Die Großeltern zwangen sich immer, bergauf zu wandern und dann die Seilbahn ins Tal zu nehmen. Bescheuert. «Bergab tun einem nur die Knie weh.»

«Mir nicht.»

Während wir eine Kuckucksuhrfabrik besichtigten, schlenderten Asta und Thomas bestimmt gerade in London durch Soho und kauften sich coole Klamotten. Unzählige Male schaute ich auf meine neue Digitaluhr. Die Tage im Schwarzwald verliefen so zäh, als würde jeder einzelne aus zwölf Doppelstunden Mathe bestehen.

Oh Mann, wie konnte man nur so falsch geparkt werden? Wenn ich zum Abendessen eine zweite Spezi trinken wollte, musste ich fragen. Dann gab Großvater sich theatralisch einen Ruck. «Warum nicht? Wir sind schließlich im Urlaub.»

Ich wollte ja freundlich zu den beiden sein, aber es gelang mir nicht. «Wir haben doch nur dich», sagte Großmutter einmal, als ich besonders bissig war. Ich wusste, dass sie mich liebhatten. Auch wenn sie das nie sagten.

«Du bist für uns doch immer die Hauptperson», sagte Großmutter dafür. Aber was mich früher getröstet hatte, ging mir jetzt auf die Nerven. Sie verstanden nicht, dass man rauswollte aus ihrer engen Welt.

«Du hattest es ja gut, damals, als du mit fünfzehn den Mann deines Lebens gefunden hast, den du bis heute liebst», hatte ich einmal zur Großmutter gesagt.

«Liebe … Liebe …», das Wort hatte sie wie eine fremde Vokabel wiederholt. «Liebe wird heutzutage überschätzt. Ich hab einfach Glück gehabt. Der erste Mann war eben der richtige. Wir haben ein gutes Leben. Aber falls du das meinst, ja, ich war immer zufrieden mit dem, was ich hatte.»

Das klang nach einem Leben im Format einer Ritter-Sport-Schokolade: *quadratisch, praktisch, gut*. Etwas mehr zarter Schmelz durfte es für mich schon sein.

Nach dem Abendessen in der Pension ging ich immer sofort auf mein Zimmer, das Fernsehprogramm in dem kleinen kastenförmigen Fernseher lenkte mich ab. Doch spätestens um zehn musste ich das Ding ausstellen, da die Geräusche durch die Ziehharmonikaverbindungstür drangen und die Großeltern im Nachbarzimmer am Einschlafen hinderten.

Ich jammerte über die Hitze, beschwerte mich über das Essen, wollte nicht mitwandern, die Landschaft ödete mich an. Kurzum, ich benahm mich unausstehlich, und während ich mal wieder über den spießigen Schwarzwald und seine grau gelockten Touristen in den hellen Blousons lästerte, schämte ich mich gleichzeitig dafür, wie ich den Großeltern die Stimmung versaute. Es war eine zwanghafte Abrechnung. Ich konnte nicht anders, sie sollten für meinen verpassten Englandausflug büßen.

«So, das war aber wirklich das letzte Mal, dass wir dich mitgenommen haben. Du hast uns nach allen Regeln der Kunst die ruhigen Tage und den schönen Sommer vermiest», sagte Großmutter, als sie mich wieder vor Vaters Haus absetzten. Es tat mir aufrichtig leid.

Ich sah Großvaters Auto nach und winkte, aber die beiden schauten sich nicht mehr um, als ihr Wagen hinter den Hecken verschwand.

Vater hatte Uwe meinen Haustürschlüssel gegeben. Als ich klingelte, öffnete niemand. Komisch, ich hatte meine Ankunft doch angekündigt. Es war Sonntag, Frau Schmidts freier Tag. Im Eingang zum Haus stand eine Bank, auf der streckte ich mich aus und schlief ein.

Jemand fasste mir an die Schulter, es war Uwe. Da war es bereits stockdunkel, und ich fror in meinen feuchten Klamotten.

«Was machst du denn schon hier? Ich dachte, du würdest erst morgen gebracht», sagte Vater. «Oder welchen Tag haben wir heute?» So richtig zu interessieren schien es ihn nicht. War das hier noch mein Zuhause?

Doch nun kam erst einmal der zweite Teil der Sommerferien. Christian hatte seine Patentante überredet, gemeinsam mit ihm nach Norderney zu fahren. Die Tante war begütert und pflegte bei jeder Gelegenheit mit Geld um sich zu schmeißen. Er nannte sie den «Scheinwerfer». Sie hatte ihm die Fahrschule finanziert, das Auto bezahlt, und anscheinend hatte er immer noch einen bei ihr gut, denn kaum war der Wunsch ausgesprochen, da buchte Tantchen auch schon ein Doppelzimmer in einem der Hotelkästen am Damenpfad, exakt für die Wochen, die auch ich gemeinsam mit dem Vater auf Norderney verbringen sollte.

Die Neuigkeit, dass uns Uwe in diesem Jahr begleitete, wurde mir erst unterbreitet, als unsere Pferde schon reisefertig im Anhänger schnaubten. Meine Begeisterung hielt sich in Grenzen. Vater machte den Eindruck, als würde ihm eine Absage in letzter Sekunde ganz gelegen kommen. Aber was hätte ich denn allein in Herwede gemacht, während Christian die Wochen an der Nordsee mit seiner Tante in trauter Zweisamkeit verbringen musste?

Auf Norderney angekommen, okkupierte Uwe wie selbstverständlich mein Zimmer im ersten Stock. «Nun reg dich doch nicht so auf», sagte Vater, der wie immer in seinem Zimmer wohnte. «Es ist doch egal, wo man schläft.»

In dem übriggebliebenen Schlafzimmer fand ich im Kleiderschrank Tante Utas geblümten Bademantel, den sie in dem Sommer getragen hatte, als ich zu Vater kam, ich fand auch meine roten Sandalen mit den weißen Schmetterlingen in Schuhgröße 29. Nur ein Kopfkissen war nicht aufzutreiben. Ich ging in Vaters Zimmer und nahm mir eines der beiden Kissen von seinem Bett. «Halt, das gehört Uwe.» Das war ihm anscheinend so rausgerutscht. Wütend riss er mir das Kissen aus der Hand.

«Das ist ja interessant, was macht denn Uwes Kissen in deinem Bett?» Ich war gespannt, was er mir antworten würde.

«Ach, so ein Quatsch», sagte Vater bloß, wobei nicht klar war, was er damit meinte, das Kissen rückte er jedenfalls nicht wieder raus. Er drehte sich um und packte stumm weiter seinen Koffer aus.

Nachdem ich meine Klamotten im Schrank verstaut hatte, fuhr ich mit unserem verrosteten Klapprad zum Minigolfplatz und spielte eine Runde mit mir selbst. Gern wäre ich in eines der kleinen Motorbötchen gestiegen, die auf einem künstlichen Tümpel in der Mitte des Platzes schaukelten, hätte eine Mark in den Schlitz gesteckt und eine Runde in dem bemoosten Bassin gedreht. Klein zu sein war eigentlich gar nicht so übel gewesen; erwachsen zu sein stellte ich mir auch ganz okay vor. Nur die zehn Jahre dazwischen, die konnte man irgendwie knicken.

Als ich nach Hause kam, war Vater mit Uwe essen gegangen. Auf dem Küchentisch hatte er mir einen Zehner liegen lassen. Beim *Old Smuggler* kaufte ich mir Bratfisch mit Pommes. Auf dem Rückweg überholte mich eine Horde Jungs, die in Richtung Landschulheim radelten – freihändig. Ich fuhr ein paarmal unsere Straße auf und ab und übte, den Lenker mit beiden Händen loszulassen. Nach einer halben Stunde klappte es schon ganz prima. Wenn ich es schaffte, einmal freihändig um den Block zu fahren, würden das gute Ferien mit Christian werden. Diese Art magischen Denkens aus der Grundschulzeit hatte ich fast vergessen. Ich war schon innerlich jubelnd auf der Zielgeraden, kurz vor unserem Jägerzaun, als ich über einen Pflasterstein hoppelte. Der Lenker und das kleine Vorderrad schlugen um, und ich schrappte mit dem Knie an der Bordsteinkante entlang. Mein alter Kinderglaube hatte mir wieder kein Glück gebracht, nur die gleichen aufgeschürften Schienbeine beschert wie damals.

Es war ziemlich spät, als Vater das Auto hinterm Haus parkte. Ich lag schon im Bett und beendete meine lauten, mich einschläfernden Selbstgespräche, in denen ich mit meinem Traumprinzen flirtete, der in diesem Sommer von Richard Gere gespielt wurde. *Atemlos* hatte ich zu Hause immer abends in den Videorecorder eingelegt, um beim Einschlafen nur eine einzige Szene, meine absolute Lieblingsszene, zu schauen – die, in der Jesse in seiner engen, karierten Hose vor dem Fenster der Angebeteten im Garten herumrockt. «Und ich sag, Monica-Baby, ich fahr mit dir nach Mexiko …» Und was macht die doofe Kuh Monica? Sie fährt nicht mit ihm, sie lässt ihn einfach abblitzen. War das zu verstehen? «Great balls of fire»: Also, ich wäre sofort durchs Fenster gestiegen und in seinen roten Sportwagen gehüpft, da hätte mich Jesse nicht lange bitten müssen. Wie gern hätte ich so einen echten Mann mal getroffen. Ob mich jemals einer so toll finden würde wie Richard Gere diese Schnepfe? Ein Typ wie der war von Christian so weit entfernt wie Norderney von den Bahamas.

Ich hörte, wie die Autotüren zuschlugen, und dann nichts mehr.

Kein Schlüsselgeräusch, keine knarzenden Treppenstufen. Ob die beiden wohl noch einmal weggegangen waren? Als ich den Vorhang beiseiteschob, sah ich, wie sie im Schatten der Gartenlaterne vor dem froschgrünen 8er-BMW standen. «Diese Angeberkarre hat ihm Uwe aufgeschwatzt», war Astas Kommentar zum neuen Auto gewesen.

Uwe hatte Vater den Arm um die Schulter gelegt, und sie küssten sich, lange. Plötzlich drehten sie sich um und schauten zu mir herauf, mir direkt in die Augen. Ich ließ die Gardine zurückfallen und sprang wieder ins Bett.

Als ich am nächsten Morgen aufwachte, wusste ich nicht mehr, ob das, was ich gesehen hatte, wirklich passiert war. Klar, ich hatte die ganze Zeit etwas geahnt. Aber dass Vater und Uwe ein Paar waren? Der Kuss hatte mich total aus der Bahn geworfen. Konnte es nicht sein, dass ich mir das alles bloß eingebildet hatte? Hatte meine Phantasie mir die versauten Bilder in den Kopf gezaubert?

War das alles nur passiert, weil ich zufällig im Weg stand, und ich hatte die ganze Szene in Gedanken erzeugt? Am liebsten wäre ich für den Rest der Ferien im Bett liegen geblieben.

«Willst du darüber reden?», fragte Vater, der mich vorm Badezimmer abpasste und mein Handgelenk festhielt, als ich am späten Vormittag, ohne aufzusehen, im Flur an ihm vorbeihuschen wollte.

«Nee.»

«Dann will ich aber auch nie wieder was davon hören.»

Wie machte er das? Es war wie die Geschichte mit den Heften. Als wäre nicht das, was passiert war, sondern meine Neugier der Skandal.

Christian hatte Glück, seine Tante traf gleich am ersten Tag auf der Strandpromenade eine alte Schulfreundin, die gerade mit ihrer gesamten Familie, ihrer Tochter samt dem Schwiegersohn und den drei halbwüchsigen Jungs, auf der Insel Urlaub machte. «Die sind wir jetzt erst mal los», seufzte er erleichtert.

Die Familie lud sie noch am selben Tag in ihr Ferienhaus zum Grillen ein, Christian und ich seien ebenfalls herzlich willkommen.

«Erst essen wir uns da satt, und dann gehen wir ein bisschen in die Dünen», sagte Christian grinsend. Das waren ja Aussichten.

Die Kunzes wohnten in einem der neuen Ferienhäuser am Alten Hafen, die Schwedenhäuser genannt wurden, weil sie ganz aus Holz gebaut, gelb und blau angestrichen waren, rote Dächer hatten und in einer Spielzeuglandschaft herumstanden – ein buntes Bullerbü an der Nordsee. Hier verbrachten sie die Ferien wie die Familie aus der Rama-Werbung. Der älteste von den Söhnen trug eine knappe weiße Tennishose und fachte gerade im Garten den Grill an, was nicht so einfach war, ein enormer Wind fegte über die Insel. Die steife Brise war auch der Grund dafür, dass die Tante und ihre alte Freundin bis zum Kinn in dicke Wolldecken gewickelt in dem dekorativen weißen Strandkorb saßen. Mit geschlossenen Augen genossen sie die gute Luft und die Nordseesonne. Als Christian und ich durch den Vorgarten liefen, winkte die Mutter schon aus der Küche, sie klopfte sich die mehligen Hände an der Schürze ab. «Ihr könnt mich ruhig duzen», sagte sie heiter und wirkte dabei so locker wie die Moderatorin in einer Kindersendung. Sie lud uns ein, mit ihr in der Küche die Pizza zu belegen.

Christian krempelte sofort die Ärmel hoch und wollte gerade in die Schüssel mit den Goudastreifen fassen, als er von der Mutter auch schon wieder gestoppt wurde. «Halt! Erst schön die Hände waschen.»

Auf der Arbeitsfläche lagen zwei Sorten Gemüse, oder war das Obst? Das hatte ich noch nie gesehen. Das eine sah aus wie eine pockennarbige dunkelgrüne Birne, die wurde halbiert, entkernt und mit Nordseekrabben gefüllt. Das andere hatte eine ähnliche Form, war aber dunkellila und deutlich größer. Die fleischigen Dinger sollten in Scheiben geschnitten auf den Grill gelegt werden. Dass man Gemüse grillen konnte, war mir neu. Auf der Fensterbank in der Küche standen drei Holzmöwen, sie schauten Christian listig dabei zu, wie er mit seinen Wurstfingern Schinken und Salami auf dem Pizzateig verteilte. Währenddessem starrten ihre echten Artgenossen von der anderen Seite des Fensters an den Attrappen vorbei auf das Pizzablech. Ich steckte meine Hände in die Hosentaschen und lehnte mich an den Kühlschrank. Was war das denn für eine komische Essenseinladung, bei der man sich sein Essen selber basteln musste? Mir wurde ganz mulmig. Für diese Heile-Welt-Kulisse war ich nicht perfekt genug, ich fühlte mich ganz und gar fehl am Platze.

Im Wohnzimmer saßen die beiden anderen Brüder an einem niedrigen Tischchen vor dem offenen Kamin und spielten konzentriert Schach. Sie trugen wie ihr großer Bruder Tennishosen und Tennissocken. Als sie mich sahen, standen sie auf, stellten sich vor und reichten mir die Hand. Was waren denn das für komische Vögel? Der Altersunterschied zwischen den drei Brüdern schien nur gering, in ihren identischen Popperklamotten hätten sie fast für Drillinge durchgehen können. Auch ihre Namen waren ähnlich – Tom, John, Tim, Jim oder so, ich hatte nicht genau hingehört, sie erinnerten mich an die Neffen von Donald Duck.

Im Wohnzimmer roch es nach Farbe und fabrikneuen Möbeln. Landhausstil mit Korbstühlen und Streublümchengardine, alles extrem gemütlich. Das Haus war unheimlich aufgeräumt, nirgendwo lag etwas herum, bis in den letzten Winkel wirkte alles fotogen dekoriert. In unserem Ferienhaus war die Einrichtung dagegen über die Jahre wahllos zusammengekommen. Es sah eher nach Sechziger-Jahre-Camping aus als nach Wohnen. Wenn etwas kaputtging, Teller, Töpfe, Gläser oder Möbel, sorgte Vater im nächsten Geschäft wahllos für Ersatz. So war mit der Zeit aus dem Mobiliar ein wildes Sammelsurium geworden. Die Familie von Onkel Karl, mit der wir uns das Haus teilten, hielt es nicht anders. Jahr um Jahr wuchs das Durcheinander in allen Zimmern. Von den auf Pappe geklebten Pferdepuzzles an der Wand fehlten immer ein paar Teile mehr, während die Skimütze, der Wollschal mit den Bommeln, der Spazierstock mit den aufgenagelten bunten Emaillewappen und der gelbe, unwirklich große Friesennerz in der Garderobe immer mehr Staub ansetzten. Niemand vermisste den Plunder, keiner wollte ihn anfassen, darum wurde er auch nicht weggeworfen, und so blieb alles, wo es war, und bekam ständig Zuwachs.

Plop, pong, plop, pong … Applaus und wieder Stille. Im Fernseher lief ein Tennismatch. Vater Kunze saß vor der Röhre und verfolgte gespannt das Turnier. Man sah ein Ballett von Köpfen auf der Zuschauertribüne hinter den grünen Werbebannern, sie drehten sich synchron von links nach rechts.

Zwei sehr blonde Frauen spielten da gegeneinander, die eine war jung und hatte einen ordentlichen Zinken im Gesicht, die andere war deutlich älter und trug eine abenteuerlich große getönte Brille. «Advantage Graf», schallte es in die Stille, und ich sah, wie der alte Kunze seinen Griff um die Armlehnen seines Korbstuhls so verstärkte, dass die Fingerknöchel blass wurden. «Jaaaaaa!»

Er reckte die Faust zur Zimmerdecke und machte einen kleinen Hüpfer im Sessel. «Du schaffst es, Steffi.»

Verwundert sah ich, wie die Söhne nach der letzten Partie Schach aufstanden und ohne Aufforderung den Tisch deckten. «Wie steht's?», fragten sie den Vater, der, den Blick gebannt auf die Mattscheibe gerichtet, nur knapp «Sehr gut» antwortete. Die Mutter stellte das Pizzablech in die Durchreiche zum Esszimmer. «Essen ist fertig, ihr Lieben.»

In dem Moment brandete tosender Applaus im Fernseher auf. Vater Kunze erhob sich schwerfällig von seinem Sessel, als wäre es nicht die junge deutsche Spielerin gewesen, sondern er höchstpersönlich, der soeben in mehreren schweißtreibenden Sätzen auf dem roten Sand gewonnen hatte.

«Erst das Bobbele und nun die Steffi», sagte er mit beseeltem Gesichtsausdruck. «Das muss gefeiert werden.»

«Der Prosecco ist im Gemüsefach», rief die Mutter. Als der Vater verliebt in die Küche tänzelte, sah ich, dass auch er eine Tennishose trug.

«Wie alt bist du?», fragte er mich, als er mit der Flasche an den Tisch zurückkehrte. Er beschloss, dass siebzehn so gut wie volljährig war, und schenkte Christian und mir großzügig ein. Das Gespräch drehte sich noch eine Weile um das Match und die neue deutsche Tennishoffnung.

«Unsere beiden Wunderkinder sind zwar keine Schönheiten, aber spielen können sie, das muss man ihnen lassen.» Die unterlegene Gegnerin nannte Herr Kunze ein Mannweib.

Während alle ihre Pizza knabberten, hieß es, ich solle mal ein bisschen von mir erzählen. Da tat sich das gefährlich weite Minenfeld der falschen Antworten vor mir auf. Ich begann damit, dass ich in diesem Sommer die Schule mit der mittleren Reife beendet hätte. Das klang für mich nach einem gewissen Etappensieg. Der Familienvater hob skeptisch seine buschigen Brauen und fragte, was ich denn ohne Abitur so mit meiner Zukunft zu tun gedächte.

Ich entschied mich, mit einer Gegenfrage zu antworten. «Was haben Sie denn so mit Ihrer Zukunft vor?»

Die Mutter hüstelte, die Söhne hörten auf zu kauen, Christians Tante legte mir beschwichtigend die gichtige Hand auf den Unterarm, und mein Freund grinste breit. Herr Kunze lehnte sich demonstrativ erheitert zurück, aber ich sah, dass er nicht wirklich amüsiert war. Den Blick kannte ich von meinem Mathelehrer, der mir immer wohlgesinnt gewesen war, weil er meine frechen Sprüche lustig fand und mich für aufgeweckt hielt, wie er das nannte. Manchmal hatte er sogar laut lachen müssen. Blitzschnell aber konnte die Stimmung umkippen, und er zeigte mir das «Ende der Fahnenstange», damit ich nicht allzu übermütig wurde.

Bestimmt war auch Herr Kunze Lehrer, er hatte so einen pädagogischen Zug um den Mund. Die Fragestunde konnte also weitergehen: Wo und wann geboren? Was war der Vater von Beruf? Geschwister? Ich freute mich schon darauf, wie alle am Tisch beim frühen Tod der Mutter schauen würden. Das machte immer Eindruck. «So jung! Das muss aber sehr schlimm für dich gewesen sein.»

Inzwischen stand eine Karaffe mit Rotwein auf dem Tisch. Bevor ich den Kunzes von meiner Kleinkindzeit bei den Großeltern berichtete, füllte ich mein Sektglas mit Rotwein auf. Ich spürte, wie alle schweigend auf das Glas schauten. In diesem Augenblick der Erregung allgemeinen Anstoßes – die Söhne tranken artig das stille Mineralwasser, der älteste fummelte mit gesenktem Blick an der Kerze auf dem Tisch – fragte ich Herrn Kunze, ob er Lehrer sei. Neiheiheiheihein, wieherte er. Da könne ich ganz unbesorgt sein, er sei Kinderpsychologe. Dann fragte er: «Die erste Kindheitserinnerung?»

Ich erzählte von dem Bad im Tulpenwasser auf der Beerdigung meiner Mutter, damals in dem Ställchen, in der Wohnung der Großeltern. Von den genauen Bildern, die ich von diesem Tag, als ich zehn Monate alt war, im Kopf hatte. Und davon, dass ich mich an diesen Nachmittag besser erinnern konnte als an den Tag meiner Einschulung. Genauer als an meinen letzten Geburtstag.

Herr Kunze legte das Besteck beiseite, faltete die Hände über dem Teller, wobei er die Ellenbogen auf die bunt karierte Tischdecke stützte. «Das ist nun wirklich interessant! Derartige Erinnerungsphänomene kommen häufiger vor, als man lange angenommen hat. So ein traumatisches Erlebnis kann die Sprachbarriere überwinden, mit der das Erinnerungsvermögen üblicherweise einsetzt, etwa im dritten Lebensjahr. Hier liegt dann das Phänomen der emotionalen Erinnerung in Bildern vor, wie wir das nennen. Es handelt sich sozusagen um eine Erinnerung ohne Worte.»

Herr Kunze hatte die Augen geschlossen. Er sprach sehr konzentriert, mehr zu sich selbst als zu mir. «Du hast also dein Erinnern vor die Zeit der Ich-Werdung verlagert. Unfreiwillig natürlich, höchstwahrscheinlich durch ein Trauma bedingt, das noch nicht einmal dein eigenes sein muss. Es kann innerhalb der Familie auf dich übergesprungen sein. In der amerikanischen Traumaforschung werden gerade psychische Defekte in Bezug auf ihren familiären Ursprung untersucht. Die Fragestellung dabei ist, ob eine seelische Verletzung auf die nächste Generation übertragen werden kann. In deinem Fall wäre es interessant zu wissen, inwieweit das Leid deiner kranken Mutter von deiner Großmutter und deinem Vater an dich weitergegeben wurde und wie es dein Erinnerungsvermögen geprägt hat.» Er stand auf, holte einen Notizblock vom Fernsehtisch und begann, sich Aufzeichnungen zu machen. Ich kam mir vor wie ein Pantoffeltierchen auf dem Objektträger seines scharfgestellten Psychologenmikroskops. Zugleich erfüllte mich die ungeteilte Aufmerksamkeit der Erwachsenen im Raum mit einem gewissen Stolz.

Den Brüdern, die unterm Tisch die ganze Zeit herumgezappelt hatten, wurde erlaubt aufzustehen. Alle waren auf dem Weg hinaus, als ihr Vater rief: «Denkt immer schön an die alte Kellnerregel: Kein Gang leer!» Da drehten sie sich wie auf Kommando um und räumten artig Teller und Schüsseln ab.

Nun hatte ich die Bühne für mich allein, und ich merkte, wie ich noch mitteilsamer wurde. Herr Kunze wollte jetzt alles über meinen Vater wissen.

Bis zu welchem Alter meine Schwester denn bei ihm im Bett geschlafen habe?

«Soso, bis sie zwölf war. Das ist ja interessant.»

Der Mann fand inzwischen fast alles, was ich sagte, interessant. Das gefiel mir, und ich drehte noch ein bisschen mehr auf. Wie zu erwarten, wischte sich Frau Kunze bei den Schilderungen des Krankheitsverlaufs meiner Mutter mit der geblümten Papierserviette die Tränen von den Wangen. Die alten Tanten schauten mich so mitleidig an, als wäre ich die letzte Überlebende einer Naturkatastrophe. Christian hatte ein Dauergrinsen aufgelegt. Er war sichtlich stolz darauf, dem Therapeutenvater einen derart interessanten Fall zugeführt zu haben.

«Genau», mischte sich Christians Tante ein. «Es kommt ja auch noch das Siechtum der Mutter hinzu. Wer weiß, ob sie die Leukämieerkrankung nicht schon während der Schwangerschaft in sich trug. Was für Auswirkungen so ein kranker Organismus der Mutter wohl auf das Seelenleben eines Ungeborenen hat?»

«Der Einfluss des psychischen Zustands der Mutter auf die geistige und körperliche Entwicklung eines Kindes ist tatsächlich noch weitgehend unerforscht.»

Ich goss mir Rotwein nach und beantwortete brav alle Fragen, die der große Kinderpsychologe mir stellte. Allmählich entwickelte sich unsere Tischrunde zu meinem persönlichen Therapiegespräch. Herr Kunze imponierte mir. Er stellte die Fragen, als könne er meine Antworten voraussehen. «Bestimmt hast du dich schon einmal gefragt, warum …» Und: «Du wirst gemerkt haben, dass …» Ich kam aus dem Nicken gar nicht mehr heraus. Dass er mit vielen seiner Mutmaßungen ziemlich danebenlag, störte mich nicht. Immer wieder kam er auf das Bett unseres Vaters zurück. Ob auch ich darin geschlafen hätte? Als ich ihm erzählte, dass ich, wenn ich Albträume hätte, immer noch in Vaters Bett schlafen dürfe und dass wir uns morgens gegenseitig kitzelten, machte Herr Kunze sich wieder Notizen. Da erfasste mich eifrige Vorfreude. Ich hatte noch etwas auf Lager, etwas, womit hier keiner rechnen würde.

Ich begann, von Uwe zu erzählen. Und als ich das Gefühl hatte, dass man mir nicht recht glaubte, beschloss ich, noch einen draufzusetzen und haarklein vom gestrigen Abend zu berichten.

Bei der Schilderung des Kusses blickte Christians Tante betreten auf die Tischdecke, ihre grauhaarige Freundin hüstelte, und die Mutter schob mit dem Zeigefinger ihre Brille den Nasenrücken hoch. Herr Kunze legte den Kugelschreiber beiseite. Zum ersten Mal an diesem Abend hatte er keine weiteren Fragen mehr.

Schon auf dem Weg zur Toilette begann ich, meine Mitteilsamkeit zu bereuen. Wie war es nur so weit gekommen, dass ich vor diesen wildfremden Menschen mein ganzes Leben ausbreitete? Was sie im Wohnzimmer gerade wohl über mich redeten? Das Hochgefühl, in das meine Selbstentblößungen mich versetzt hatten, wich plötzlich brennender Scham. Im Spiegel betrachtete ich meine glühenden Wangen. Bloß gut, dass ich diese Leute nie wieder treffen musste.

Im Flur schlug die Standuhr. Oh nein! Halb elf. Um zehn musste ich zu Hause sein, allerspätestens.

«Ruf doch schnell mal bei deinem Vater an», schlug Herr Kunze vor. «Nicht, dass er sich Sorgen macht.» Doch ich war schon auf dem Heimweg. Ich stürmte aus der Tür und zog mir im Vorgarten hastig die Windjacke über. Das Ehepaar Kunze rannte hinter mir her.

«Du kannst dich jederzeit bei mir melden», sagte Herr Kunze und reichte mir seine Visitenkarte über den Jägerzaun, an den ich mein Klapprad angeschlossen hatte. «Versprich mir, dass du anrufst, wenn du Hilfe brauchst.»

Während ich in die Pedale trat, fiel mir gerade noch ein, mich zu bedanken, bevor ich hinterm Deich verschwand. «Danke!», rief ich gegen den Wind.

«Immer gern», hallte es zurück. Die Karte ließ ich an der nächsten Wegbiegung in eine Hagebuttenhecke fallen.

Die grauen, windigen Nordseeabende, an denen das letzte Licht des Tages in einem schmalen hellblauen Streifen am

Horizont stand und die schwarzen Schatten der kleinen Buchen länger wurden, gaben mir sonst immer ein Gefühl von innerer Ruhe, doch heute empfand ich das alles nur als bedrohlich. Ich radelte im Stehen, so schnell ich konnte, und verfluchte mein lahmes Fahrrad. Plötzlich hörte ich Geräusche hinter mir, etwas kam näher. Als ich mich, verbissen radelnd, umschaute, war ich mir sicher, den Schimmelreiter auf dem Deich stehen zu sehen. Den Film hatte ich im letzten Sommer im Inselkino angeschaut, und ich hatte mich so sehr gegruselt, dass ich nächtelang nicht schlafen konnte. Aber es war nur Christian, der mir auf dem Radweg schwer atmend hinterherjagte.

«Hey, warte mal. Ich bring dich nach Hause.» So fürsorglich kannte ich ihn gar nicht. Zum Abschied umarmten wir uns vor der Haustür und verabredeten uns für den nächsten Nachmittag zum Kino. Was wir an diesem Tag in den Dünen verpasst hatten, könnte man morgen im Dunkel des Kinos nachholen. *Ghostbusters* stand auf dem Spielplan.

Als ich in meiner Umhängetasche nach dem Schlüssel kramte, öffnete sich unvermittelt die Tür. Eine Hand packte mich am Genick, und ich wurde in den Flur gezogen. Christian, der mir folgen wollte, bekam einen Stoß vor die Brust und landete rücklings auf dem Gartenweg, dann knallte die Tür hinter mir ins Schloss.

«Du hast dich an die Abmachungen zu halten! Hast du mich verstanden, du Früchtchen?» Es war Uwe. «Während du da draußen rummachst, wird dein Vater hier krank vor Sorge. Was fällt dir ein, eine ganze Stunde zu spät zu kommen? Diese Rücksichtslosigkeit gegenüber eurem Vater – verdammt, ich bin es leid.»

Uwe lockerte seinen Griff, und ich wand mich aus der Umklammerung. Für einen Moment hielt er nur noch die Kapuze meiner Regenjacke in der Hand. Dann holte er aus.

Sein Schlag traf mich an der Schläfe, mit ungeahnter Wucht. Ich hörte ein leises, knirschendes Geräusch, wie das Knacken von Eierschalen. Sternchen sehen – das also war damit gemeint. Ich musste lachen, tatsächlich tanzten plötzlich goldene Sterne auf rotem Grund vor meinen Augen.

Ich musste noch mehr lachen, als ich sah, wie Christian seine fleischigen Wangen von außen an das schmale Flurfenster presste. Mit weit aufgerissenen Augen starrte er auf die Szene im Flur. Ich lachte darüber, wie Vater «Nun lass sie doch, nun lass sie doch!» rief. Ich lachte über Vaters Tränen, darüber, wie er oben im ersten Stock hilflos an der Treppe stand und dass ihm die Schlafanzughose auf halb acht hing. Und ich lachte über Uwe, der immer noch meine gelbe Jacke in der Hand hielt, und über seine weißen Füße in den blauen Badelatschen. Als ich endlich aufhörte zu lachen, wurde es still.

Ich fasste mir ans Auge, über dem ein heißer Schmerz puckerte. Ich spürte meinen Herzschlag in der linken Augenbraue. Das Blut an meinen Fingern war hellrot, angenehm warm und etwas klebrig. Was soll's, dachte ich, bleib cool.

Dann fing ich so laut zu schreien an, wie ich konnte: «Hilfe. Hiiilfe …»

Und ich hörte, wie auch Christian im Vorgarten um Hilfe rief.

«Das will ich nicht, das wollte ich alles gar nicht …» Vater stand reglos oben am Treppengeländer, er hielt die Augen geschlossen. Ich wollte ihn trösten, er sollte nicht traurig sein. Das hier hatte nichts mit uns beiden zu tun. Ich wollte zu ihm, ihn in den Arm nehmen. Zwei, drei Stufen ging ich ihm entgegen, dann drehte ich mich plötzlich in einem immer schneller kreiselnden Wirbel, und bevor ich mich am Geländer festhalten konnte, rutschte ich ab und fiel. Es war ein Sturz wie im Traum, wie in den kurzen Stolperträumen beim Einschlafen, in denen man zusammenzuckt, während man im Bruchteil einer Sekunde in die Tiefe saust. Ich stürzte rückwärts, breitete die Arme aus und schlug mit dem Hinterkopf gegen den Heizkörper unter dem Flurfenster. Ein dumpfer Bums.

Die Türklingel weckte mich.

Zwei schlanke Polizisten in grüner Uniform baten höflich um Einlass. Kurz darauf ertönte das Martinshorn eines Krankenwagens in der Ferne, kam näher, und plötzlich war unser Haus umstellt. «Nicht bewegen», sagte einer der Sanitäter, der vor mir kniete. Er winkelte meinen Arm unter dem Kopf an und rollte mich in die stabile Seitenlage.

Als sie mich auf der Trage aus dem Haus brachten, sah ich, wie Vater in Schlafanzug und Hausschuhen an der Schiebetür der grünen Minna stand, während Christian bereits in dem VW-Bus vor einem Streifenpolizisten saß und Auskunft gab. Im Haus gegenüber lugten die Nachbarn hinter den Gardinen hervor.

Der arme Vater. Wie schlimm diese Situation für ihn sein musste. Seine unbehagliche Lage schmerzte mich mehr als die Wunde an meiner Schläfe.

Ich hätte den Kunzes das mit dem Kuss nicht erzählen dürfen. Jetzt war mir alles klar. Ich hatte uns verraten und damit das Unheil erst heraufbeschworen.

Wie sagte Großmutter so gern: «Kleine Sünden bestraft der liebe Gott sofort.»

Ein junger Assistenzarzt nähte die Platzwunde mit drei Stichen, während eine Schwester meine Hand hielt und mir über die Stirn streichelte.

«Da ist aber mal einer tapfer.» Was nicht stimmte, denn ich hatte im Krankenwagen zu weinen angefangen und seitdem nicht mehr aufgehört.

«Tut es so weh? Ich hab doch alles gut betäubt», wunderte sich der Arzt und traute sich kaum, den letzten Faden einzuziehen.

Dann brachte man mich in ein dunkles Zimmer, in dem eine alte Frau schnarchte. Es roch nach verkochtem Blumenkohl und feuchtem Verbandszeug. Ich hörte das Wellenrauschen vor dem Fenster, das Echo des Schnarchens der Omi. An Schlaf war nicht zu denken, ich starrte aus dem Fenster auf die tiefschwarze Nordsee.

Im Morgengrauen begannen die Möwen zu kreischen, und erst als die Flut kam, verebbten meine Tränen. Die Sonne stand schon über dem Horizont, da klopfte die Krankenschwester an die Tür, Visite. Keine Stunde später, nach einem Kamillentee und einem kalten Toast, saß ich wieder neben Vater im Auto auf dem Krankenhausparkplatz. Der Verdacht auf Gehirnerschütterung war zum Glück unbegründet gewesen.

«Und? Wie soll es jetzt weitergehen mit unseren Ferien?»

Da war er wieder, dieser anklagende Ton, der unausgesprochene Vorwurf: Schau, was du angerichtet hast, du hast uns in diese Lage gebracht. Was sollen die Leute hier von uns denken?

Immer war ich es, die mit ihren unmöglichen Aktionen etwas auslöste, das alle beschämte. Es war doch klar, dass sein Freund ihm bei der Erziehung der frechen Tochter behilflich sein wollte. Die Schläfe tat immer noch weh.

Vater inspizierte die Reihen der parkenden Autos zwischen den weißen Begrenzungslinien. Er wirkte gefasst, doch seine Augen waren gerötet. Am V-Ausschnitt seines bunt gemusterten Pullovers klebte Eigelb. Unter dem rechten Nasenloch und über dem Kinngrübchen standen noch zwei kleine Haarinseln. Verrückte Stoppeln, nannte Asta die Barthaare, die der Vater neuerdings beim Rasieren öfter mal übersah. Er sah überhaupt ziemlich ramponiert aus. Der Irrsinn der letzten Nacht hing noch über uns und konnte sich jederzeit wieder ausbreiten, wie die warme Heizungsluft in Vaters BMW.

«Ich möchte nach Hause.»

«Das hab ich mir schon gedacht.»

Vater steuerte den Wagen vom Parkplatz. Am Hafen standen wieder die Autos mit den Pferdeanhängern und die Busse und warteten auf die erste Fähre. Wir hielten vor dem Kartenschalter, Vater ging um das Auto herum, den Motor ließ er laufen, und holte mein Gepäck aus dem Kofferraum. Ich wusste, es war Uwe gewesen, der meine Sachen gepackt hatte. Ich sah ihn vor mir, wie er alles in den Koffer warf. Vater fummelte seine Brieftasche aus dem Jackett und blätterte umständlich in den Scheinen.

«Wie viel brauchst du?» Er drückte mir fünf Hunderter in die Hand.

«Das ist doch viel zu viel.»

«Am Kartenschalter kannst du mit dem Fährticket gleich die Bahnfahrkarte lösen. Der Zug fährt ohne Umsteigen durch bis Schwelte.»

Nach Hause. Er hatte die ganze Zeit gewusst, dass damit immer Schwelte für mich gemeint war: Schwelte und die Großeltern.

«Pass auf dich auf», sagte er und nahm mich in den Arm.

«Du auch auf dich.» Da begannen wir gleichzeitig zu weinen.

«Ich hab dich lieb.»

«Ich dich auch.»

Wir trennten uns. Er würde mir nicht nachwinken, und ich schaute mich nicht mehr um.

So war es gewesen: An einem Sommertag 1976 hatte ein kleines Mädchen in einem Frottékleid im Hausflur der Großeltern auf den Vater gewartet, bei dem es in Zukunft wohnen sollte. Und zehn Jahre später ging es wieder retour, wie eine schadhafte Ware.

Ab Norddeich Mole hatte ich das staubige Abteil für mich allein. Vor dem Fenster des D-Zugs bogen sich die Kiefern im Wind, dicke Wolken verfinsterten den Himmel, der Regen ließ diagonale Streifen über das dreckige Fensterglas zittern. Ich knipste das Leselicht über meinem Sitzplatz an und vertiefte mich in einen Agatha-Christie-Krimi. Ich freute mich über die Behaglichkeit in dem ratternden Zug, den gelblichen Schein der kleinen Lampe auf den Buchseiten und das leise Knarren der federnden Sitze. So könnte es weitergehen. Warum musste man immer Abschied nehmen, immer irgendwo ankommen, wo doch Unterwegssein das Eigentliche war?

In Schwelte staunte die Großmutter nicht schlecht. Ich fiel ihr um den Hals und sog den blumigen Duft ihrer Tagescreme und das Chemiearoma ihres Haarsprays ein. In meinen Augen sammelten sich Tränen.

«Was machst du denn hier, Kind?», fragte Großmutter erfreut und beunruhigt zugleich. Der Vater hatte mich nicht angekündigt. In Windeseile wurde mein Bett bezogen, wurden Nachthemd und Zahnbürste bereitgelegt. Die Großeltern fragten nicht, weshalb ich so außerplanmäßig bei ihnen aufgetaucht war, und auch nicht, wie lange ich bleiben würde.

«Was soll ich kochen? Huhn auf Reis? Oder soll ich dir Pfannekuchen machen?»

Das Bettzeug bei den Großeltern war seidenweich, die Daunendecke leicht, dick und warm. Als ich hinter den rot karierten Vorhängen meines Kajütenbetts verschwand, war ich in Sicherheit.

Die Reise war nicht zu Ende. Sie hatte gerade erst begonnen. Hier, an dem Ort, wo ich nicht mehr hingehörte, in dieser friedlichen Zone zwischen Abschied und Ankunft, würde ich nicht mehr lange bleiben.

Und hätte der Liebe nicht

Wilhelm Rautenbergs Beerdigung ist die erste, die in dem neuen Gemeindehaus stattfindet, erst vor wenigen Wochen ist der Bau fertiggestellt worden.

Man könnte den Glaskubus mit den Stahlverstrebungen auch für ein Autohaus oder ein Gartencenter halten. Neben dem Bahnhof steht ein Gebäude von ganz ähnlicher Machart, das hat derselbe Architekt da hingeklotzt. Allerdings nicht als hohe Halle, sondern mit vier Stockwerken; es beherbergt die Kreissparkasse.

Die breiten Flügeltüren stehen offen, es läuten die Glocken. Junge Leute in schwarzen Jeans und Sweater eilen die Treppenstufen hinauf. Ein gebeugter Alter schiebt eine zusammengesunkene Gestalt in einem Rollstuhl, sie nehmen den Seiteneingang, über eine scheppernde Rampe. In dem lichtdurchfluteten Saal hängt noch der Dunst von Holzlack und frischer Farbe. Viele der stapelbaren Stühle mit den roten Synthetikbezügen sind frei geblieben. Es gibt keine Kirchenbänke mehr, keine Kanzel, und auch das große Holzkreuz fehlt. Die neuen Stühle kann man nach Bedarf anordnen. In Hufeisenform stehen sie um eine kleine Bühne herum, wenn die junge Pfarrerin abends mit der Christenjugend musiziert, zurzeit werden noch ein E-Gitarrist und ein Schlagzeuger gesucht. Für den Nachwuchs wird allerhand getan, Bibelfreizeiten und soziale Hilfsprogramme in der Dritten Welt sind im Angebot, und für die Jüngsten baut die Gemeinde gerade einen Kindergarten.

Mit dem früheren Gebäude ist auch die Strenge der alten Gemeindemitglieder, ist auch der autoritäre Pfarrer verschwunden. Die Traditionalisten liegen längst nebenan, auf dem Friedhof am Waldrand, unterm Gras der quadratischen Parzellen, die durch schnurgerade Kieswege getrennt sind. In einem dieser grünen Vierecke haben die Friedhofsgärtner am Tag zuvor ein frisches Grab geschaufelt, die akkurat ausgestochenen Wände sind mit Kunstrasen bekleidet. Im Grab der Großeltern Rautenberg, Marianne und Karl, ist vor einem Vierteljahrhundert Schwiegertochter Inga beigesetzt worden – da ist kein Platz mehr.

Neben dem klobigen Sandstein, auf dem die Geburts- und Sterbedaten in bronzenen Lettern eingelassen sind, treiben an diesem Frühlingstag Krokusse, Tulpen und duftende Hyazinthen aus der feuchten Erde.

Wilhelm wird heute ein Grab für sich allein bekommen.

Der Sarg am Ende der neuen Gebetshalle steht auf einem Rollgestell, er ist leicht angekippt. Der braune Eichenholzdeckel erinnert an die Einbauküchen der achtziger Jahre, an das barocke Relief der Hängeschranktüren mit den gusseisernen Griffen. Er ist mit roten Rosen geschmückt, mit diesen unnatürlichen Inseln aus zusammengesteckten Schnittblumen, wie sie früher in den Gaststätten die langen Tische bei Festessen zierten, an den unzähligen Geburtstagen, Hochzeiten und Taufen, die in der Gemeinde begangen wurden. Rote Rosen, darauf hatte die ältere der Rautenberg-Töchter bestanden. Die jüngere ist sich sicher, dass der Vater gelbe Rosen am liebsten gehabt hat. Zum Streit ist es deswegen nicht gekommen. Zu viele Anfeindungen und Verleumdungen haben die Töchter in den letzten Jahren gemeinsam ausgestanden, wegen Kleinigkeiten kriegt man sich nicht mehr in die Haare.

Die Gerichtsverhandlungen, in denen sie mit Uwe um den Verbleib des kranken Vaters stritten, haben sie verloren, alle. Die Parteien hatten einander im Rechtsstreit immer dasselbe vorgeworfen – durch Fürsorge getarnte Erbschleicherei: Es gehe der anderen Seite doch bloß ums Geld. Dabei hätte Asta den Vater sogar bei sich aufgenommen, ihn zu Hause gepflegt oder zumindest pflegen lassen, so wie es Wilhelm auch mit seiner Mutter getan hatte.

Es stimmt, die dunkelroten Rosen sind es, die hier jeden an Wilhelm erinnern. Vor allem die alten Damen, die «Tanten», wie die Töchter sie früher nennen sollten, denken bei dem Anblick an seine legendären Blumensträuße, an die Baccara-Rosen mit den dicken Stielen – Versprechen, die selten gehalten wurden. Gebeugt suchen diese grauen Witwen nach einem passenden Sitzplatz, schieben Rollatoren oder werden von Pflegerinnen geführt.

In der ersten Reihe haben die Töchter Platz genommen. Neben der großen sitzt ein kleiner Junge in dunklem Anzug, mit ernstem Gesichtsausdruck. Die Furcht vor der zu erwartenden Langeweile ist ihm ins runde Gesicht geschrieben. Die jüngere Tochter hält an der Hand ein kleines Mädchen mit geflochtenen Zöpfen – oder ist es umgekehrt? Wer stützt hier wen?

Die Ehemänner der Töchter sitzen in der Reihe dahinter. Platz ist genug, die neue Kapelle wird heute nicht voll werden. Die Gemeinde denkt sich so ihren Teil. Wilhelm Rautenberg ist lange krank gewesen. Neurose oder Psychose oder zu viele Tabletten, egal, oder war es nach dem letzten Herzinfarkt der kalte Entzug von Valium und Alkohol, den die Krankenhausärzte aus Unwissenheit herbeigeführt hatten? Jedenfalls hatte der plötzliche Zusammenbruch in ein langes Siechtum gemündet. So sind ihm die alten Weggefährten abhandengekommen. Freundschaften, Geschäftsverbindungen, Reiterkameradschaften, das alles hatte sich in den Jahren seiner psychischen Krankheit verbraucht. Am Ende war er so allein, wie er sich immer gefühlt hatte.

Ein paar Arbeiter und Angestellte aus dem Unternehmen sind erschienen. Viele sind es nicht mehr. Die Firma Rautenberg ist längst abgewickelt. Manch einer nimmt es dem Chef übel, den Laden im Stich gelassen zu haben. Die Älteren beziehen seitdem Stütze. Sie haben die Hoffnung auf eine neue Arbeitsstelle aufgegeben, bald sind sie in Rente.

Der Wandel in der gesamten Region ist nicht mehr aufzuhalten. Investoren aus aller Welt übernehmen die letzten rentablen Unternehmen, Konzerne schlucken die kleinen Klitschen, der Mittelstand bleibt auf der Strecke. Mit den Dumpingpreisen der Chinesen am Markt für Maschinenproduktion kann man nicht mithalten. Die Arbeitslosen müssen jetzt aufs Geld schauen, es ist nicht leicht. «Wir könnten mal ’nen Aufschwung West gebrauchen», witzeln sie nach dem dritten Bier am Tresen in Brinkmanns Hof.

Aus den Produktionshallen der Firma Rautenberg sind Lagerräume geworden. In einer der backsteinernen Hallen stapeln sich Reisekoffer, eine andere wurde für Dämmstoffe requiriert. Ein Nebengebäude beherbergt eine Werkstatt für Motorräder, dort werden Harley-Davidsons aufgepeppt. Ein Unternehmen aus der Umgebung stellt seine Sattelschlepper auf dem Firmenparkplatz unter. Mit ihnen werden im Sommer die schweren Motorräder nach Spanien befördert. Die

Provinz-Biker sind alt geworden und zu hüftsteif, um den Weg auf ihren Feuerstühlen in Richtung Süden noch selbst zu bewältigen. Die Sehnsucht nach der Fahrt in den Sonnenuntergang ist eines der letzten lukrativen Geschäfte hier.

Wilhelm Rautenberg hat zeit seines Lebens eine Menge Menschen mit Großzügigkeit an sich gebunden. Liebesbekundungen waren häufig mit dem Ausschreiben eines Schecks verbunden. Nachdem Uwe, aufgrund einer schriftlichen Verfügung Wilhelms, zum wirtschaftlichen Betreuer ernannt wurde, drehte er den Geldhahn zu. Er allein bestimmte von da an, was im Hövel passierte. Für die Töchter schwer zu ertragen.

Als die Trauergemeinde auf ihren Plätzen zur Ruhe gekommen ist, beginnt das Orgelspiel. Die neue Pfarrerin hat Wilhelm nicht mehr kennengelernt. Erst vor kurzem hat sie die Stelle in Herwede angetreten. Aber sie hat Asta einen langen Besuch abgestattet und sich mit den letzten von Wilhelms alten Freunden getroffen. Sie spendet Trost, ist unparteiisch. Und ohne ein Urteil zu fällen, schafft sie es, die Gemüter zu beruhigen.

«Auch wenn alles einmal aufhört, Glaube, Hoffnung und Liebe nicht. Diese drei werden immer bleiben; doch am höchsten steht die Liebe», 1. Korinther 13. Mit dem Spruch, den Wilhelm vor dreißig Jahren zu seiner Hochzeit gewählt hat, beginnt die Pfarrerin ihre Predigt. *«Wenn sich die ganze Wahrheit enthüllen wird, ist es mit dem Stückwerk vorbei»,* fährt sie freihändig am Mikrophon stehend fort. Immer wieder fallen die Worte Wahrheit, Hoffnung, Liebe, man mag sie bald nicht mehr hören. Aber dann, aber dann … Die ganze Wahrheit – mit der halben hätten die Töchter sich schon begnügt, die des

Vaters hätte ihnen gereicht. Doch die nimmt er nun mit sich. Gleich wird eine Hand vom Sand des Schweigens auf ihn und alle offenen Fragen geworfen.

«Einst, als ich ein Kind war, da redete ich wie ein Kind, ich fühlte und dachte wie ein Kind …» Nichts ist schlimmer als die kindliche Vorstellung. Die Leiche des Vaters, gewaschen, geschminkt und mit einem Anzug bekleidet, den Uwe ausgesucht hat, liegt nun mit gefalteten Händen vor ihnen in einer Holzkiste.

«Daran darfst du nicht denken», hat Großmutter Lüdersheim als Durchhalteparole ausgegeben. «Es gibt Momente im Leben, da hilft nur, sich zusammenzureißen und die Gedanken zu kontrollieren.» Sie selbst ist nicht zur Beerdigung erschienen. Sie hat ihre jüngste Tochter, ihre Eltern und ihre zwei besten Freundinnen unter die Erde gebracht, das reicht. «Haltet mich bitte nicht für herzlos, aber für mich gibt es noch eine letzte Beerdigung, meine eigene. Großvater überlebt mich ohnehin.»

«Wenn einer von uns stirbt, dann zieh ich nach Paris», hatte Großvater dazu nur bemerkt. Auch er ist nicht gekommen, er erträgt Beerdigungen nicht, selbst der Beisetzung seiner Tochter blieb er damals fern.

«Manchmal erscheint unser menschliches Leben wie ein Puzzle, das ein Bild erahnen lässt», sagt die Pfarrerin. «Doch da fehlen Teile, und andere passen nicht hinein.»

Das Leben ist ein Hunderttausend-Teile-Puzzle, so schwer zu legen wie das Motiv *Rote Geranien vor blauem Himmel*, denkt Wilhelms jüngere Tochter. Die Pfarrerin sagt, dass Jesus die Puzzleteile ordnen wird. Asta weint.

«Nicht Verletzungen, Enttäuschungen und Schmerz bleiben, sondern die Liebe.» Schön wär's.

Bei diesen Worten kommt Uta in die Kapelle gehuscht und setzt sich neben ihre Nichten in die erste Reihe. Sie hat auch an diesem Morgen schnell noch ein paar Besorgungen für die Eltern machen müssen – Einkäufe, Sachen umtauschen. Sie kümmert sich um die beiden, die auch nicht mehr jünger werden.

Auf ihrem Dekolleté baumelt ein kleines silbernes Herz mit Granatsteinen, das Schmuckstück, das sie schon auf Ingas Beerdigung trug, die liegt jetzt mehr als ein Vierteljahrhundert zurück. Der kleine Anhänger war das Geschenk des Verehrers aus Oberstdorf – ihres letzten. Ihr Herz hat sie seither nie mehr verschenkt.

Als die Pfarrerin Wilhelms Ehefrau gedenkt, der allzu früh verstorbenen, beginnt Uta, mit geröteten Augen in ihrer Handtasche nach einem Tempo zu kramen.

Mit großer Wesensstärke und innerer Führung habe Wilhelm den Verlust seiner Frau getragen, behauptet die Pfarrerin. Dann rühmt sie seine Leistungen als vielfach ausgezeichneter Reiter, Fabrikant und alleinerziehender Vater. Auch von den Ausflügen, die der Vater mit seinen Kindern oft an den Wochenenden unternahm, weiß sie zu berichten. Wer ihr wohl von den Rehgehegen und den Freizeitparks erzählt hat?

«Wir dürfen Gott Wilhelm zurückgeben, mit allem Guten und Gelungenen, aber auch mit den Stellen, an denen das Puzzle unvollständig geblieben ist, und darauf hoffen, dass Gott sein Leben vollendet.»

Da meldet sich plötzlich Astas kleiner Sohn: «Ich hab sie aufgegessen.» Asta flüstert ihm etwas ins Ohr, er ist aber nicht zu beruhigen. «Ich hab zwei Teile von dem Puzzle mit dem gelben Bagger runtergeschluckt. Timo hat mich im Kindergarten wieder geärgert. Kommt Opi jetzt nicht in den Himmel?» – «Psst.»

«Und wir sind eingeladen», fährt die Pastorin unbeirrt fort, «Gott auch die Bruchstücke unseres eigenen Lebens anzuvertrauen und uns von ihm zeigen zu lassen, wie er uns in seiner Liebe sieht. Auch wo wir an unsere Grenzen stoßen, bleibt sein Wort wahr.»

Die Friedhofsgärtner sind erschienen. Sie warten darauf, den Sarg hinausbringen zu dürfen. Die Pastorin hat geendet, nun ist der richtige Zeitpunkt. Im Freien werden vier Männer aus dem Reiterverein den Sarg übernehmen, sie tragen ihre Dressuruniformen.

Unter den Geleitworten *«Von dieser Liebe, die Gott selbst ist, können wir leben. Und mit dieser Liebe können wir dann auch getrost sterben»* setzt sich der Sarg in Bewegung. Das obligatorische Konzerthüsteln der Trauergemeinde, als sich alle von den Stühlen erheben und langsam und bedächtig mit geneigtem Kopf dem Sarg folgen. Gemächlich geht es vorwärts, die Menge schwankt wie eine Horde Betrunkener. Allen voran schreiten die Töchter. Einmal geraten die Sargträger ins Straucheln. Auf der kleinen Treppe zu den ersten Parzellen stolpert einer von ihnen, und kurz sieht es so aus, als würde Wilhelm in das Grab der Familie Stoltenbeck rutschen, doch dann fängt man sich wieder, und der Sarg landet unbeschadet auf den Dachbalken über seinem Grab.

Die Blechbläser des Jagdvereins tuten etwas in ihre Posaunen und Hörner. Dann werden die Seile gelockert, die Balken entfernt, und der Sarg wird hinabgelassen.

«Der Herr behüte dich vor allem Übel, er behüte deine Seele. Der Herr behüte deinen Ausgang und Eingang von nun an bis in Ewigkeit.»

Die Pfarrerin tauscht mit den Angehörigen den Platz am Kopfende des Grabes, und die Beileidsbekundungen beginnen. Wie häufig hat man das im Kino und im Fernsehen gesehen? Für Wilhelms Töchter fühlt sich das alles unecht an, als wären sie Laiendarsteller in Trauerkleidung. Einzelne Rosen liegen am Rande des Grabes, und ein Behältnis mit dem Sand steht bereit. Zuerst fliegt eine Blume, dann eine Handvoll Sand hinterher.

Als Erste steht Hanni Brinkmann vor Asta. «Mein herzliches Beileid.»

Was sagt man da? – «Danke.»

Die beiden Schwestern schauen in Gesichter, die sie lange nicht gesehen haben, Gesichter von nahen und fernen Verwandten, von alten Bekannten des Vaters, von ehemaligen Angestellten der Firma, manche kommen ihnen so grotesk gealtert vor, dass sie wirken wie schlecht geschminkte Hollywoodschauspieler.

Auch die zwei kleinen Enkelkinder und die Ehemänner werden von Menschen, die sie noch nie gesehen haben, mit warmen Worten bedacht.

Wilhelms polnische Pflegerinnen bilden das Schlusslicht in der Reihe der Kondolierenden. Ihre Trauer tröstet die Töchter mehr als die vorangegangenen Worte. Diese Frauen haben den Vater erst nach seiner Erkrankung kennengelernt, als den schwachen, alten Mann, der er dann jahrelang war – doch das hat sie nicht davon abgehalten, ihn zu mögen. Anscheinend war Wilhelm sogar noch als verwirrter Greis liebenswert.

Kurz sieht es so aus, als hätte die Schlange der Anteilnehmenden ein Ende, bis eine Gruppe Männer hinter einer Trauerweide auftaucht: ein kleiner Mann mit schwarzer Schiebermütze, ein anderer in knapper Lederjacke, ein junger, dünner mit Ohrring und hochgegelter Ponyfrisur. Keinen von ihnen kennen die Töchter. Als Letzter in dieser Truppe erscheint Uwe. Auch er murmelt sein Beileid und streckt den Schwestern seine große Hand entgegen. Diese Hand, die Jüngere erinnert sich, damals war das, in den Sommerferien auf der Insel. Die feine Narbe ist bis heute sichtbar, ein schmaler weißer Strich teilt die Braue. Das ist nun die rechte Wange, denkt sie, als sie die Hand schüttelt. Jetzt ist es gut – und vorbei.

Der Leichenschmaus findet im Souterrain der Kapelle statt. Harter Marmorkuchen und dünner Filterkaffee, seit Ingas Tod hat sich daran nichts geändert. Astas Freundinnen haben Brote geschmiert und die langen Tische gedeckt, sogar alte Freunde aus der Schulzeit der Töchter sind gekommen. Man hat den Vater der Freundin, die Sommer am Pool bei den Rautenbergs noch in so guter Erinnerung. In dieser versöhnlichen Stimmung tauen die Trauermienen langsam auf. Die Anspannung im Angesicht der Endlichkeit fällt ab, die ersten Biere sind getrunken, Krawattenknoten werden gelockert.

Der Vorsitzende des Schäferhundvereins erzählt Anekdoten, ein alter Reitfreund berichtet von Wilhelms Spendierlaune und davon, wie er nach dem Krieg einen Güterwaggon charterte, um seine Freunde und deren Pferde zu einem Ausritt in die Umgebung einzuladen. Mit dem Alkohol zieht auch Wilhelms Charme wieder in den Versammlungsraum ein, seine unbekümmerte Feierlaune, sein Frohsinn aus längst vergangenen Zeiten. Schon sind erste Lacher zu hören, die Stimmen tönen lauter, Schultern werden geklopft, und man prostet sich gegenseitig zu.

Am Buffet treffen die Töchter auf Tante Hilde und ihren Gatten. Dieter, der Chefarzt, ist längst in Rente. Er war es, der Wilhelm vor ein paar Jahren von der Abteilung Inneres in die

Psychiatrie eines anderen Krankenhauses überwiesen hatte, zu Ärzten, die seine Krankenakte nicht kannten. Danach hatte der Albtraum begonnen, aus dem die Töchter gerade erst langsam erwachen. Ihr Leben und das ihres Vaters hatte von da an keinerlei Ähnlichkeit mehr mit dem davor.

Die Familie hatte sich aufgelöst. Erst der Bankrott, dann die Krankheit. Das Geld war futsch und damit auch das Ansehen. Nach dem Ausbruch seiner Psychose wechselten die Leute die Straßenseite, wenn Asta auftauchte. Kehrte sie mit ihrem Vater in der Eisdiele ein, wurden sie neugierig angestarrt.

Tante Hilde redet belangloses Zeug.

Dieter schaufelt sich ein Brötchen mit Hackepeter und eine Donauwelle auf seinen Pappteller.

«Kannst du dich noch an unsere Ferien in der Lüneburger Heide erinnern?», wird die jüngere Tochter von Tante Hilde gefragt. «Du hast damals von der Speisekarte immer Sachen bestellt, die du dann nicht gegessen hast. Euer Vater hat ja nie eingegriffen, einfach alles hat er euch durchgehen lassen. So ein Glück hattet ihr mit ihm. Ihr konntet ihm auf der Nase herumtanzen, wie ihr wolltet, er war einfach zu gut für diese Welt.» Tante Hilde nickt zu diesen Worten. «Und als wieder einmal der ganze Heidschnuckenbraten zurückgehen sollte und ich dich ermahnt habe, dass du aufessen musst, erinnerst du dich noch, was du da gesagt hast?»

Nun schauen alle zu Dieter hinüber, der gerade mit großem Appetit in sein Kuchenstück beißt.

«Du hast Dieter den Teller rübergeschoben. ‹Iss du das auf›, hast du zu ihm gesagt. ‹Du bist doch der Müllschlucker hier.› Und was hat dein Vater getan? Nichts! Er hat nur gelacht.»

Die beiden Schwestern sehen sich an. Na klar, der immer hungrige Dieter, der gern auch die Teller der anderen leer aß, wenn die etwas draufgelassen hatten. «Du bist hier wohl der Mülleimer», damit hat auch ihr Vater ihn mehr als ein Mal aufgezogen.

Dieter kaut mit vollen Backen und wischt sich verlegen lächelnd die Kuchenkrümel aus dem Bart.

Tante Hilde seufzt. Dann legt sie mir die Hand auf die Schulter, kommt einen Schritt näher und flüstert mir ins Ohr:

«Du warst wirklich ein schreckliches Kind.»